별것도 아닌 인생이

별것도 아닌 인생이

마광수 장편소설

책읽는귀족

 **작가의 말**

인생이란 그저 우연히 '내던져진 것'

　예전부터 나는 건조하고 냉소적인 문장으로 된 소설을 한번 쓰고 싶었다. 말하자면 뚜렷한 메시지도 없고 드라마틱한 줄거리도 없는, 그런 가운데 이 시대의 삶을 어느 한 면에서나마 객관적으로 담아낼 수 있는 형식의 소설이다.
　인생이란 것은 그저 우연히 '내던져진 것'이라는 생각이 요즘 와서 부쩍 든다. 또한 인간의 삶에 '발전'이나 '인격의 향상' 같은 것은 있을 수 없고, 그저 그날그날을 때워 나가면서 살아갈 수밖에 없다는 생각도 든다. 그럴 경우 우리의 지친 삶을 달래줄 수 있는 '놀이'는 그래도 '사랑'뿐일 것이다.
　소설 『즐거운 사라』 필화사건으로 인해서 생긴 피해의식과 자기검열 의식을 나는 이번 작품 『별것도 아닌 인생이』를 통해 극복하고 싶었다. 현대인의 냉소적 삶을 그리고, 여주인공 '로라'를 중심으로 주변에서 벌어지는 일상적 사건들을 '나'를 비롯한 여러 인물들을 등장시켜 파노라마식으로 엮어보려 한 것이다. 그러려면 냉소적인 '연애'가 들어갈 수밖에 없었다.

  나는 문체를 건조하고 간결하게 하고 서술도 되도록 짧게 한 다음, 주로 '대화' 위주로 소설을 이끌어가 읽는 이들에게 '경쾌한 속도감'이라는 독서의 쾌감을 선물로 주려고 했다. 또한 수필적 요소를 가미하고 시를 많이 집어넣어, 편안한 가운데 '감상(感傷)'과 '퇴폐'의 미(美)를 맛볼 수 있도록 애썼다.

  『별것도 아닌 인생이』는 같은 제목으로 1999년 11월부터 2000년 9월까지 <문화일보>에 삽화까지 내가 직접 그리며 연재한 것이다. 해냄출판사에서 2005년에 '로라'라는 제목으로 1, 2권으로 나눠 출판한 적이 있지만, 원래 제목을 찾고 내용에 손질을 하여 다시 한 권으로 묶어 출판하게 되었다.

2012년 늦가을

馬 光 洙

별것도 아닌 인생이

차 례

작가의 말 ⋯⋯ 4

1. 로라 ⋯⋯ 9
2. 무성생식의 시대 ⋯⋯ 47
3. 가질 수 없는 것에 대한 애도 ⋯⋯ 89
4. 엿보이는 것은 아름답다 ⋯⋯ 129
5. 장미화랑 ⋯⋯ 169
6. 옛날에 한 소년이 살았습니다 ⋯⋯ 215
7. 흐름 속에서 ⋯⋯ 253
8. 사랑, 잡채 같은 ⋯⋯ 293
9. 예뻐서 우울한 ⋯⋯ 339
10. 강 건너 등불 ⋯⋯ 387
11. 다시 비 ⋯⋯ 429
12. 사랑보다는 돈 ⋯⋯ 467
13. 그저 그런 ⋯⋯ 505

1
로라

1

 내가 보기에 삶이란 그저 '우연히 내던져진 것'이다. 로라도 역시 그런 경우였다. 하지만 로라는 운이 좋았다. '내던져진 인생' 치고는 얼굴이 썩 괜찮게 생겼기 때문이었다.
 로라의 본명은 김순희였다. 너무나 촌스러운 이름이다(얼굴이 예쁜 여자들은 대개 이름이 촌스럽다). 그런데 그녀가 미스코리아 대회에 입상하고 난 뒤, 어느 3류 영화감독이 그녀를 스카우트해 배우로 기용할 때 예명을 '오로라'로 지어주었다. '오로라'는 발음도 괜찮지만 북극의 '극광(極光)'을 뜻하고 있어 좋았다. 이름이 뜻하는 대로 배우로서의 찬란한 출세가 보장돼 있는 것 같아 보였다. 하지만 그녀는 그 영화에서 여지없이 실패했다. 워낙 완성도가 낮은 성애영화였기 때문이었다. 하지만 한번 붙은 예명이 지금은 그녀의 본명처럼 통하고 있었다. 영화는 엉터리였지만 워낙 그녀의 인상이 강해서였다.
 로라는 영화가 실패로 끝나고 난 뒤 곧바로 결혼을 했다. 꽤 이른 나이였다. 미스코리아 대회에 나간 게 그녀가 고등학교를 중퇴하고 놀고 있을 때였기 때문이다.

나는 그녀가 영화를 계속했더라면 좋았을 거라고 생각하고 있다. 그녀만큼 얼굴윤곽이 예쁜 여자는 한국에서 드물다고 보기 때문이다. 약간 긴 얼굴이긴 하지만 턱선이 아주 날씬하게 갸름하고, 뺨선 역시 놀라울 정도로 홀쭉하게 빠져 있다.

외국 영화배우에 비긴다면 내가 좋아하는 캐럴 부케('007 시리즈' 가운데 <For your eyes only>에 나왔고, 얼마 전 우리나라에도 수입된 루이 브뉘엘 감독의 <욕망의 모호한 대상>에도 나왔다)의 얼굴형과 코 모양을 닮아 있었다. 그런데 눈만은 캐럴 부케처럼 약간 무섭게 옆으로 째진 눈이 아니라, 나스타샤 킨스키의 눈처럼 크고 어린애 같으면서 마릴린 먼로처럼 몽롱하고 선정적인 추파를 던지는 눈이었다.

특히 뾰족하게 선 코끝과 좁고 날카로운 콧날이 일품이었다. 아무리 뜯어보고 만져봐도 성형수술을 받은 것 같지 않았다. 왜 뜯어보고 만져봤냐 하면, 우리나라 여자들 대부분은 성형수술을 하고서도 하지 않았다고 시치미를 떼는 게 보통이기 때문이다. 아무튼 그래서 나는 그녀가 영화에 계속 도전했더라면 꽤나 성공했을 것 같다는 생각이 드는 것이다.

하지만 내 예상이 빗나간 것일 수도 있다. 한국 사람들의 미관(美觀)은 아직 촌스러운 단계에 머물러 있어서, 로라처럼 이른바 '여우같이' 생긴 여자를 별로 좋아하지 않기 때문이다. 약간 촌스럽게 두덕두덕하면서(좋게 말해서 '서민적 친근감'을 주면서) 귀엽게 생긴 얼굴을 가진 여배우들이 대개 톱스타가 되는 것을 나는 계속 목격해왔다.

로라가 미스코리아 대회에 나갔을 때도 그녀가 3등(즉, 진·선·미) 안에 들지 못하고 '미스 태평양'인가 '미스 드봉'인가 뭔가 하는 꼴찌로 입상한 것도 그녀의 얼굴이 주는 '암여우 같은 선정적 이미지' 때문인 것도 같다. 아니면 학벌이 작용한 탓인지도 모른다. 그때 1등으로 뽑힌 여자는 세칭 1류 대학에 재학 중인 여대생이었고, 2, 3등도 다 웬만한 대학의 재학생들이었다.

로라는 키도 다른 출전자들 못지않게 훤칠했고, 다리도 쭉 뻗어있었다. 다만 유방이 조금 납작하고 몸매가 꽤나 말라 있다는 게 흠이긴 했다.

로라가 미스코리아 대회에 나갔을 때의 일을 세세하게 기억하고 있는 건 그때 내가 텔레비전 중계를 관심 있게 지켜봤기 때문이고, 로라가 1등이 안 된 것에 대해 투덜거리면서 분개하며 심사위원들의 멍청한 미의식을 경멸하는 마음을 가졌기 때문이다. '교양미'니 '지성미'니 하는 게 채점 기준에 많이 들어가 있는지는 모르겠지만, 어쨌든 로라는 나로서는 납득할 수 없는 심사 기준에 의해 꼴찌로 입상했다.

하긴 꼴찌로라도 입상할 수 있었다는 게 다행한 일이었는지도 모른다. 그녀는 다른 출전자들과는 달리 대담하게도 긴 생머리를 그대로 늘어뜨리고 나왔다. 결 좋은 머리카락이 종아리 밑까지 내려오고 있었다. 그녀가 다니다 그만둔 학교가 연예인을 길러낸다는 무슨 예술고등학교여서, 그렇게 오랫동안 머리를 길게 기르는 게 가능했던 모양이었.

다른 출전자들은 모두 파마를 한 머리를 부풀려가지고 위로 솟구치게 올려붙이고 있었는데(키가 더 커 보이게 하려고 그러는지도 모른다), 로라만은 앞가르마를 탄 샛노란색 머리카락을 그냥 아래로 흘러내려뜨리고 있었다. 그때만 해도 샛노란 금발 염색이 드물기도 하고 약간 천박하게 보일 때여서, 나는 그녀가 금발로 염색을 한 것이 점수가 깎이는 원인이 됐을지도 모른다는 생각을 했었다.

로라는 미스코리아에 입상한 뒤, 인도네시아 자카르타에서 열린 별로 이름 없는 국제 미인대회에 한국 대표로 출전했다. 거기서 그녀는 3등을 했는데, 서구의 백인 여성들이 많이 출전한 대회 치고는 괜찮은 성적이었다.

국제 미인대회 출전은 로라의 인생에 또 하나의 '우연'을 가져다주었다. 인도네시아의 어느 갑부가 미인대회를 텔레비전 중계로 지켜보다가 그녀한테 홀라당 반했기 때문이었다. 그 갑부는 마흔 살 정도 되는 중국 화교계의 재벌 2세였는데, 아버지가 몸이 불편한 관계로 사업을 거의 혼자서 맡아 보고 있었다. 워낙 큰 부자라 여자 보는 눈이 높아 그때까지 결혼을 안 하고 있었을 것이다.

그런데 로라가 그 사람 눈에 들었던 것을 보면, 그녀가 확실히 묘하게 생긴 것만은 틀림이 없다. 아마도 내 생각엔 로라의 백설탕 같은 새하얀 피부색과 순진한 관능미가 그 사람의 마음을 사로잡았던 것 같다.

인도네시아의 그 갑부는 대회가 끝나자마자 로라를 그의 집으로 초대했고, 어마어마하게 큰 규모의 저택은(나중에 로라가 해준 말을 들으니 집의 넓이가 우리나라 경복궁보다 훨씬 더 컸다고 했다) 로라의 마음을 이미 어느 정도 들썩이게 해놓았다.

그 갑부는 로라가 한국으로 돌아온 뒤에도 계속 연서를 보내며(사람을 시켜 한국말로 번역해서 보냈다고 한다) 결혼하자고 졸라댔는데, 막상 결혼 신청을 받자 로라는 망설일 수밖에 없었다. 말도 잘 통하지 않는데다가 만리타향 이국(異國)으로 떠나야 하는 것이기 때문이었다.

그녀가 망설이자 그 남자는 직접 한국으로 날아와 로라에게 들러붙어 비굴할 정도로 아첨하며 청혼을 했고, 그 이후에도 틈만 나면 한국으로 찾아왔다. 올 때마다 비싼 보석 장신구와 고급 옷을 선물로 가져온 것은 물론이었다. 로라가 계속 우물쭈물하고 있는 사이에 때마침 영화 출연 제의가 들어왔다. K감독이 만드는 <깊은 방>이란 제목의 영화였다. 나는 때마침 영화를 직접 극장에까지 가서 보았다. 보통 국산 영화들은 평판이 괜찮게 난 뒤에 비디오로 빌려다 보는 게 내 습관인데, 로라가 나오는 영화라서 그랬던 것이다. 나는 미스코리아 대회 때 본 그녀의 인상을 지울 수 없었다.

<깊은 방>은 제목도 별로 선정적이지 않고 영화 광고 또한 한껏 양다리를 걸치고 있었는데(작가의 의식이 진짜 야하지도 못하고 솔직하지도 못한 저질 에로영화나 에로소설일수록 '실존의 해부'니 '성을 통한 현대인의 소외의식 탐구'니 해가며 들입다 '똥폼'을 잡는 게 우리나라 예술계의 고질이다), 오로지 로라의 '몸뚱이' 하나만을 이용하고 있는 영화였다. 그것도 미학적으로 이용하지도 못하고 그저 '감질나는 엿보기'의 대상으로만 이용하고 있었다. 나오는 성희장면들이라는 게 모두 씩씩거리며 대드는 '우람한 남자'와의 원시적 삽입성교뿐이고, 탐미적 에로티시즘이나 때깔 좋은 '미장센(화면구성)'을 도무지 찾아볼 수가 없었다. 나는 로라가 첫 출연 작품으로 그런 영화를 만나게 됐다는 사실이 몹시도 안타까웠다.

하지만 영화는 로라 때문인지(연기는 형편없었지만 그래도 당당하게 벗었으므로) 어느 정도 관객이 들었고, 영화 출연 제의나 광고모델 제의도 그런대로 들어왔다. 로라는 첫 영화가 좋지 못한 평을 받은 것 자체에는 별 관심을 두지 않았다. 다만 영화 출연 작업이 너무도 힘들고 고되다는 것에 상당히 정이 떨어졌을 뿐이었다. 그래서 가끔 화장품 광고 모델로나 나가며 그럭저럭 시간을 때워나가고 있었다(그녀는 돈에는 별로 큰 욕심이 없었다).

그러는 중에도 인도네시아의 갑부는 줄곧 로라를 추적해 왔고, 그러다가 결국 결혼 승낙을 얻어내기에 이른 것이었다. 결혼을 승낙하게 된 이유는 '부자로 살아가는 게 도대체 어떤 것인지 부쩍 호기심이 당겨서였다'는 게 그녀가 나중에 내게 해준 말이었다.

로라의 결혼은 아주 특별한 '신데렐라' 케이스는 아니었다고 볼 수 있다. 여러 해 전에도 성악을 공부하러 프랑스에 가 있던 '키메라'라는 한국 여자가 중동의 갑부와 결혼한 적이 있고, 그 뒤에도 미스코리아 대회에서 입상했던 '이해정'이라는 여자가 대만의 갑부에게 시집간 일이 있다. 이해정은 미스코리아 진·선·미에도 못 들고 꼴찌를 했었다.

다만 로라의 케이스가 그들과 좀 다르다면 그것은 이런 점에서다. 즉, '키메라'는 우리 눈으로 보기엔 뚱뚱한 체격에 두덕두덕한 얼굴을 한 그저 그런 외모의 여자였고(하지만 그녀의 그로테스크하게 요란한 눈화장 하나만큼은 나도 뿅 간 바 있다), 대만 갑부에게 시집간 여자도 내가 보기엔 키만 클 뿐 얼굴과 피부색은 별로였다는 것이다. 그런데 로라는 내 보기엔 완벽한 윤곽을 가진 묘하게 육감적인 얼굴과 희디흰 피부를 갖고 있었다. 물론 대다수의 한국 사람들이 볼 때 로라의 얼굴은 '재수 없게 병적(病的)으로 생긴 불여우 같은 얼굴'이고, 로라의 몸매는 '비린내 나게 말라빠진 육체'였을지도 모르지만 말이다.

그러고 보면 그 인도네시아 갑부는 여자 보는 눈이 꽤나 세련됐던 셈이다. 로라가 그 남자에게 시집간다는 기사가 신문에 났을 때, 나는 약간 시큰둥한 질투심을 느꼈었다.

로라의 '백설탕같이 희디흰 피부' 얘기를 하다 보니 문득 얼마 전에 받은 독자 편지 생각이 난다.

내가 겉간판으로 내세우고 있는 직업은 '시인'이고 주된 수입원이 돼 주는 것은 미술평론인데, 내 시를 문단에서는 별로 인정해 주지 않고 있다. 대다수의 우리나라 시인들이 견지하는 경건주의 시풍(詩風)과는 다르게, 주로 여자의 비현실적인 아름다움이나 그로테스크한 관능미를 탐미적으로 그리기 때문인 것 같다.

그래서 시집을 내도 별로 많이 팔리지 않고 독자도 많지 않다. 그래도 이따금 독자들한테서 편지가 오기는 한다. 대개는 '고독'타령이거나 자신의 신세 한탄을 곁들인 '잡담'인데, 이번에 받은 편지는 내게 정색을 하며 이렇게 따져 묻고 있었다.

" '하얀 목덜미'라구요? 나는 화가 나요. 모든 여자가 다 그렇게 하얀가요? 왜 당신의 시에 나오는 여자들은 그렇게 다들 하얗죠? 내 피부는 너무 까만데……. 그리고 왜 그녀들은 다 그리 섬섬옥수이고 반듯한 이마와 코, 앵두 같은 매혹적인 입술, 반짝이는 눈을 갖고 있는 거죠? 또 왜 다들 그렇게 싱그럽고 아름답기만 한 거죠? 그러면 당신은 이렇게 대꾸하겠죠. '내 맘대로 상상도 못 하냐?'…… 당신의 환상에 미치지 못하는 나 자신이 싫어서 울분 한번 터뜨려봤습니다."

재미있고 솔직한 편지였다. 그리고 어찌 보면 '불쌍한' 편지였다. 하지만 희디흰 피부를 가진 여자, 만화에 나오는 공주같이 예쁜 여자가 좋은 걸 어쩌란 말이냐. 못생기게 태어난 것도 다 팔자소관이요, 잘생기게 태어난 것도 다 팔자소관이다. 그러고 보면 인생이란 참 더러운 것이다.

내게 편지를 보낸 독자는 내가 그런 여자를 '상상' 속에서나 그리고 있는 줄 아는 모양이었다. 물론 그런 여자가 실제로 매우 드문 건 사실이다. 웬만큼 흰 피부를 가진 여자는 그런 대로 꽤 많지만 '백설탕같이 희디흰 피부'를 갖고 있는 여자를 찾아보기는 참으로 어려운 것이다. 그런데 로라의 피부는 정말 백지장처럼 창백하고 눈 내린 달밤처럼 교교(皎皎)하고 백설탕처럼 희었다. 그리고 몹시도 매끄러웠다.

여자의 '흰 피부' 하면 보통 백인 여성의 피부를 연상하기 쉬운데, 백인 여성들 대부분은 흰 피부가 아니라 '불그죽죽한 피부'를 갖고 있다. 그리고 피부 표면이 곱게 매끄럽지 못하고 사지(砂紙)처럼 거친 게 보통이다. 또 거친 잔털이 부숭부숭 많이 나 있어 징그러운 느낌을 줄 뿐더러 냄새도 좋지 않다. 이른바 '비단결처럼' 매끄럽게 고운 피부로 말하면 사실 흑인 여성을 당할 수 없다. 하지만 그네들은 너무나 못생겼다. 특히 망치로 찍어 누른 듯한 넓적한 코가 그렇다.

거기에 비하면 한국 여자들의 얼굴은 상당히 괜찮게 생긴 편이고, 피부의 색이나 매끄러움은 백인 여성들을 능가할 때가 많다. 특히 '희디흰 피부색'과 '비단결같이 매끄러운 살결'이 합쳐진 경우는, 물론 극히 드문 경우지만, 한국 여성들 가운데서만 찾아볼 수 있는 것이다.

사실 로라는 너무나 흰 피부를 갖고 있었기 때문에 영화에 출연했을 때 조금 손해를 보았다. 까무잡잡한 피부의 얼굴이 화면에는 더 잘 받기 때문이었다. 그래서 감독은 로라에게 갈색 파운데이션을 많이 바르게 했는데, 그래서 나는 로라의 진면목이 오히려 훼손됐다고 생각했다. 로라는 얼굴 윤곽도 일품이지만, 특히나 '흰 피부'가 압권이기 때문이었다.

나의 이런 판단에는 물론 '제 눈에 안경' 원칙이 작용했다는 것을 부인할 수 없다. 하지만 '제 눈에 안경'도 '제 눈에 안경' 나름이지, 내가 어찌 '노트르담의 꼽추'같이 못생긴 여자를 아름답다고 할 수 있겠는가.

2

로라는 인도네시아의 갑부에게 시집간 뒤 3년 동안 살았다. '인형 같은 생활'이었다고 했다. 그녀는 원래 공부하기를 싫어하여 고등학교조차 중퇴한 만큼 새로 인도네시아 말을 배운다거나 남편이 웬만큼 하는 영어도 더 열심히 배우려고 하지 않았다. 그래서 오직 '예쁜 인형'으로 존재하면서 신나게 돈을 쓰며 사치를 하고, 권태를 달래기 위해 오로지 멋을 내며 나르시시즘을 즐기는 데 총력을 기울였을 뿐이었다.

그런데도 로라의 남편은 그녀에게 아낌없이 돈을 주고, 그녀의 시큰둥하고 건방진 '남편 대접'을 잘 받아주었다고 했다. 그 남자가 통이 큰 성격의 중국인인 데다가 또 워낙 바쁜 사람이라서 그게 가능했던 모양이었다.

인도네시아는 한국과 달리 일단 부자로 살게 되면 완전히 '귀족'이 된다고 했다. 말하자면 아무리 드러나게 사치를 하고, 아무리 거드름 떨며 하인들을 노예처럼 부려도 별로 문제가 되지 않는 사회라는 것이다. 우리나라는 무지막지한 부자라고 해도 큰 별장 하나 가지는 것만으로도 사회적으로 말이 많아지는 사회다. 자본주의를 표방하고 있는 나라치고는 기이한 '이중성'이라 하지 않을 수 없다. 철저히 세금을 징수하면서 부자들이 마음껏 돈을 쓰며 호사를 하게 해야 국가수입에도 도움을 줄 터인데, 돈을 열심히 벌라고 들입다 계몽하고 나서는 돈을 사치스럽게 쓰는 것은 '퇴폐'요, '몰염치'라고 따지며 몰아붙인다.

그러다 보니 돈 많은 자들로 하여금 마카오나 라스베이거스 등의 외국으로 나가 도박으로 돈을 탕진하게 하고, 외국에 호화롭고 거대한 별장을 사들이게 만들어 귀중한 외화를 해외로 유출시키도록 유도한다. 기이한 자본주의요, 철저하게 이중적인 위선으로 가득 찬 괴이한 사회 분위기라고 할 수 있다. 그러면서 음성적인 세금 포탈 같은 것은 얼마든지 가능한, 황당하고 요상한 '집단적 기만'이 판치는 사회라 하지 않을 수 없다.

로라의 말을 들으니 인도네시아는 빈부 차이가 엄청나다고 했다. 돈만 많으면 몸종을 대여섯 명이나 두고 살면서 왕족 같은 생활을 할 수 있다고 했다. 그녀가 내게 해준 말 가운데 이런 얘기가 기억난다.

"골프장에 가면 물에 빠지는 골프공을 건지는 것만으로 생계를 이어가는 사람들이 따로 있을 정도예요. 그들은 하루 종일 다리를 물에 담그고 서 있으면서 가끔씩 떨어지는 공을 건져주는 일을 하면서 먹고 살죠. 처음엔 불쌍하기도 하고 왠지 어색한 느낌이 들기도 했지만 나중엔 기분이 좋아졌어요. 묘한 사디즘(Sadism)을 느꼈으니까요. 집에서 부리는 하인이나 하녀들은 더 말할 것도 없고요. 저는 손 하나 까딱 않고 그들을 노예처럼 부려먹을 수 있었어요."

로라는 '사디즘'이라는 말을 거침없이 쓰고 있었다. 그만큼 그녀는 유식해져 있었다. 부호의 아내로서의 생활은, 그녀가 별 공부를 따로 하지 않아도 그녀를 '웬만한 지식인'으로 만들어주었던 것이다.

나는 로라의 말을 듣고 묘한 관능적 흥분을 느꼈다. 이성적으로 아무리 부정하려고 해도 부정할 수 없는 게 바로 '황제망상(皇帝妄想)'이기 때문이었다. 특히 로라가 내게 해준 '브루나이 왕국'에서의 왕족들 파티 얘기는 압권이었다.

브루나이는 다 알다시피 보르네오 섬 북쪽에 자리 잡은 소왕국이다. 그런데 석유 생산량이 무지무지하게 많아 왕족들은 엄청난 부(富)를 소유하고 있다. 로라의 남편이 인도네시아 굴지의 갑부였던 만큼, 이따금 브루나이 왕국의 왕족들 파티에 참석할 기회가 있었다고 했다.

"한번 파티를 하면 일주일 이상 계속돼요. 그리고 미국이나 유럽의 고급 윤락 여성들이 공수돼 오지요. 그녀들은 우선 철저한 건강검진부터 받아요. 에이즈 등의 성병이 있으면 안 되니까요. 그런 다음 왕족 남자들과 함께 질탕한 육체적 파티를 연속해서 벌이는 거예요. 제가 하도 심심해하자 남편은 저를 그런 파티에 함께 데려가주었어요. 서유럽에서 공수해 온 윤락녀들은 너무나 섹시하고 예쁘더군요. 도무지 윤락녀들 같지가 않았어요. 나중에 얘기를 들으니 엄청나게 많은 돈을 주기 때문에 브루나이로 오고 싶어하는 서양 여자들이 줄을 서서 기다릴 정도라더군요. 저는 그런 파티에 참석하고 나서야 비로소 성(性)을 배웠어요. 성이란 별게 아니더군요. 완전히 동물로 돌아가 순진무구하게 음탕한 유희에 빠져들 수 있는 게 진짜 성이었어요. 그런 점에서 보면 제 남편은 참 좋은 사람이었어요. 답답하게 움츠러들어 있던 저의 본능을 한껏 발산할 수 있도록 도와줬으니까요."

나는 로라의 말을 듣고 질투심이나 '민중적 적개심' 같은 것을 별로 느끼지 않았다. 나는 상상 속에서 매일 질탕한 광연(狂宴)을 벌이고 있었기 때문이었다. 아무튼 로라는 굉장한 여자였다. 그런 호사스런 경험을 갖고 있으면서도 매너 하나만은 '순박한 민중' 그 자체였기 때문이었다.

로라는 개를 좋아했다. 그녀는 외출할 때도 가끔씩 개를 데리고 나왔다. 여러 마리의 개를 기르고 있었는데 밖으로 데리고 나오는 개는 작은 몸집의 '치와와'나 '푸들' 같은 종(種)의 개였다. 개들은 그녀를 몹시 따라 시도 때도 없이 그녀의 얼굴을 핥았다.

심성이 고약하거나 성적(性的) 결벽증이 있는 여자들은 개가 핥는 것을 싫어하는 법이다. 그런데 로라는 개의 길쭉한 혓바닥이 아무리 자기 얼굴을 핥아대도, 그래서 공들여 화장한 그녀의 얼굴이 개의 침으로 얼룩져도 전혀 언짢은 내색을 하지 않았다. 그리고 개의 혓바닥에 자기의 혓바닥을 들이밀어 입을 맞추기까지 하는 것이었다. 나는 로라가 그러는 모습을 보며 묘한 흥분을 느꼈고, 그녀가 존경스러워지기까지 했다. 그녀는 진정한 성기(性器)는 페니스나 클리토리스가 아니라 '혀'라는 사실을 알고 있는 것 같았다.

로라의 '혓바닥'이나 '혓바닥 놀림'에 대한 스스럼없는 집착은 나의 '혓바닥 취향'과 잘 맞아떨어졌다. 그녀는 요즘 서구에서 유행하는 보디 피어싱(Body piercing)인 '혀고리'까지 하고 있었다. 키스를 할 때마다 유별난 관능적 쾌감을 느끼게 된다는 것이었다. 특히 그녀가 개를 좋아하고 개처럼 혓바닥을 놀린다는 사실은 나로 하여금 그녀를 좋아하고 신뢰하도록 만들었다.

나도 개를 세 마리나 길러본 적이 있다. 아파트로 이사 오기 전의 일이다. 허름하지만 그래도 마당이 있는, 세검정의 단독주택을 버리고 지금 살고 있는 낙원동의 N아파트로 이사 오게 된 것은, 사실 개를 잃어버린 것이 결정적인 동기가 됐다.

나는 집을 잃고 헤매 다니는 아사 직전의 잡종견 한 마리가 불쌍하게 느껴져 그 개를 거두어 길렀는데, 알고 보니 아이를 밴 암놈이었다. '갑순이'라고 이름 붙인 그 개는 내가 기르기 시작한지 얼마 후 새끼 두 마리를 낳았다. 하나는 '일남(一男)이'로 이름 붙이고 하나는 '이남(二男)이'로 이름 붙여 세 마리를 7~8년 동안이나 길렀다. 잡종견이라 그런지 애정 표시가 유별나게 솔직했다. 물론 '혀'를 주로 사용하는데, 내 몸이나 얼굴 여기저기를 마구잡이로 핥아대며 사랑을 표시하는 것이었다.

　특히 내가 그들에게 감동받았던 것은, 발정기 때가 되면 스스럼없이 서로 섞여 순진하게 근친상간을 하며 핥고 빤다는 점이었다. 개들이란 게 원래 다 그런 것인지, '족보'가 없는 똥개들이라 그랬던 것인지 그건 잘 알 수 없지만, 아무튼 나는 인간의 위선에 대한 혐오감과 더불어 비상(非常)한 감동을 받았다. 내가 '양반'을 자처하는 지식인들을 경멸하며, 족보도 없는 쌍놈 출신이라는 사실에 '자랑'과 '다행스러움(양반 집안에서 태어났더라면 글을 자유롭게 쓸 수 없었을 것 같아서)'을 느끼고 있었기 때문인지도 모른다.

　그러다가 어느 날 도둑이 들어 다른 물건들과 함께 개 세 마리를 다 훔쳐 가고 말았다. 너무도 슬프고 안타까워서 나는 한 달 이상을 동네 주변을 헤매 다니며 갑순이와 일남이 이남이 모자(母子)를 찾았다. 하지만 허탕이었다. 잡종견이라 보나마나 보신탕집으로 팔려갔을 게 분명했다.

　혼자 살고 있는 나로서는 그들을 잃어버린 것이 너무나 서글픈 일이었다. 그래서 그 집을 떠나고 싶어졌고. 또 개 때문에 할 수 없이 불편한 단독주택에서 살고 있던 생활을 아파트 생활로 바꾸게 된 것이었다(개는 더 이상 안 기르기로 했다. 너무 정이 간다는 게 오히려 안쓰러웠기 때문이었다).

　서울 토박이나 다름없는 나로서는 을씨년스런 강남으로 이사 가긴 죽기보다 싫었고, 그래서 낡았지만 정취가 있는 낙원동의 N아파트로 이사를 오게 된 것이었다. N아파트에서는 북한산이 바라보여 좋았다. 그리고 나의 주업(主業)이 되다시피 한 미술평론 작업을 위해서도 안성맞춤이었다. 낙원동은 인사동 옆에 있었고, 인사동에는 화랑들이 제일 많이 몰려 있기 때문이었다. 그리고 내가 자주 출입하는 미술잡지사인 <미술계>사가 아파트 바로 옆에 있어 편했다.

아무튼 그래서 나는 로라가 개를 좋아하고, 개와 스스럼없이 입맞추는 것이 무척이나 사랑스러워 보였다. 개를 좋아하는 사람은 특별히 정이 많고 외로움을 타는 사람들일 경우가 많다. 정도 없고, 외로움을 타지도 않는 사람이 개를 기를 경우, 걸핏하면 때리는 게 보통이고 밥조차 굶기기 쉬운 것이다.

로라가 3년 만에 인도네시아를 떠나게 된 것은 그녀의 남편과 이혼을 하게 돼서가 아니었다. 우선 한국이 너무나 그립고, 결혼생활이 너무나 권태로웠기 때문이었다. 로라의 남편은 그녀를 너무나 사랑하고 있어 이혼만은 안 된다며 못을 박았다고 했다. 그녀가 아이를 낳기 싫다고 우겨 아이는 없는 상태였다. 그래서 로라는 다시 독신으로 살아가는 생활을 꿈꾸고 있었고, 남편은 로라의 그런 소망을 인정하여 별거를 제의했다. 자기가 이따금 한국으로 오면 로라가 그를 만나주는 조건이었다. 돈은 로라가 마음대로 쓸 수 있는 어마어마한 규모의 계좌를 마련해 주었고, 로라가 자유연애(섹스를 포함하여)를 하는 것도 허락해 주었다. 확실히 '통이 큰 중국인'다웠다.

나는 그녀가 '한국이 그리워졌기 때문에' 돌아왔다는 이유만은 사실 잘 납득하지 못하고 있다. 한국처럼 답답하고 꽉 막힌 사회도 드물기 때문이다. 하지만 나 역시 한국을 떠나지 못하고 있다는 사실을 감안해 보면(그런 것이 바로 애증병존(愛憎竝存)일 것이다), 로라가 인도네시아를 떠나 한국으로 돌아온 까닭을 어느 정도 이해할 수는 있다.

나는 로라의 '혀고리'가 보면 볼수록 신기했다. 외국 영화나 잡지에서는 가끔 봤지만 한국 여자가 그걸 한 것을 본 것은 처음이기 때문이었다.

이젠 한국 여성들 사이에서도 '보디 피어싱'이 상당히 유행하고 있다. 귓불이나 귓바퀴에 서너 개 이상의 구멍을 뚫고 귀고리나 귀찌를 다는 것은 이젠 '피어싱' 축에도 들지 못한다. 코고리나 배꼽고리 그리고 입술고리나 젖꼭지고리까지도 빠른 속도로 유행을 타고 있다. 귀고리나 코고리 같은 것은 남자들도 상당히 많이 한다.

로라도 물론 귓불과 귓바퀴에 다섯 개의 구멍을 뚫고 있었고, 코고리와 입술고리(구멍은 뚫지 않고 압착식(壓着式)으로 된 것을 매달았다), 젖꼭지고리와 배꼽고리(그곳엔 구멍을 뚫고 걸었다)를 하고 있었다. 그런데 내게 제일 신기하게 여겨졌던 것은 혀고리와 음순고리(나중에 보게 되었지만)였다. 둘 다 살에 구멍을 뚫고 황금으로 된 둔탁한 모양의 링을 매달고 있었다. 내가 혀고리를 오랫동안 자세히 만져보며 그것을 달게 된 이유를 묻자, 로라는 차분한 음색으로 다음과 같이 대답해 주었다.

"워낙 심심했기 때문이지요. 권태로웠기 때문에 저는 미국이나 유럽으로 문득 날아가는 적이 많았어요. 거기 가서 보니 보디 피어싱이 유행이더군요. 그래서 호기심 삼아 하나씩 해나가다 보니까 혀고리나 음순고리까지 해보게 된 거예요. 귀에도 구멍을 더 뚫게 됐구요. 다만 코나 입술엔 구멍을 뚫기가 왠지 아까운 생각이 들었죠. 저는 제 코와 입술 모양에 상당한 자부심을 품고 있거든요. 남편도 저의 혀고리나 배꼽고리 등을 아주 좋아해 주었어요. 음순고리까지 한 걸 보자 이왕이면 클리토리스고리까지 하라고 조를 정도였으니까요. 중국인들은 원래 페티시(fetish, 탐미적 집착의 대상물)를 좋아해요. 발에 전족을 하는 풍습도 그래서 만들어낸 걸 거예요. 또 여자뿐만 아니라 남자들도 다 손톱을 길게 길렀으니까요. 남편은 저에게 전족 대신 굽 높은 뾰족구두만을 신고 있게 했고, 손톱도 아주 길게 기르도록 시켰어요."

중국의 돈 많은 남자들은 예전부터 여자를 '인형'처럼 꾸며놓고(다시 말해서 '식물인간'처럼 만들어놓고) 바라보기를 즐겼다. '전족'의 풍습도 그래서 고안된 것이다. 전족은 아내나 첩을 도망가지 못하게 하기 위해서, 또는 여성을 사디스틱하게 학대하는 것을 즐기기 위해서 만들어낸 페티시가 아니다. 여자가 일을 하지 않고 있거나 움직이지 않고 있도록(또는 일을 하지 않아도 되거나 수고스럽게 움직이지 않아도 되도록) 하기 위해 만들어낸 고안물(考案物)이다. 그래서 지금도 중국에서는 일반 평민들까지도 밥 짓고 집 안 청소하는 것이 남자들이 마땅히 '해야 하는 일'로 되어 있는 것이다.

사회주의가 남녀평등을 실현시킨 것도 물론 한 원인으로 작용했겠지만, 근본적인 이유로 작용한 것은 역시 중국 남성들이 전통적으로 갖고 있는 '인형처럼 가만히 정지돼 있는 여성에 대한 탐미적 집착'일 것이다. 이것은 손을 쓸 수 없게(아니, 손을 쓰지 않고서도 살아갈 수 있게) 손톱을 아주 길게 기르는 풍습으로 연결되었고, '손톱 기르기'는 귀족 여성들뿐만 아니라 귀족 남성들에게까지도 퍼져나갔다. 그리고 나중에 가서는 귀족뿐만 아니라 평민들까지도 왼손 한두 개의 손톱만이라도 아주 길게 기르는 풍습으로 이어졌다.

로라는 딱딱한 여자가 아니라 '부드러운 여자'였다. 나는 여자가 부드러우냐 부드럽지 못하냐를 단적으로 판단할 수 있는 방법으로, 여자를 나이트클럽으로 데리고 가 블루스를 춰보는 방식을 택하고 있다. 우선 블루스를 가까운 연인(이를테면 살을 섞은)끼리나 출 수 있는 '음탕한 춤'이라고 생각하여 춤추기를 거부하는 여성은 일단 '부드러운 여성'의 범주에서 제외된다. 그렇게 촌스럽게 행동하며 폼을 잰다는 것 자체가,

몸매나 매너의 부드러움 이전에 '생각의 부드러움', 즉 '사고방식의 유연성'이 없다는 증거이기 때문이다.

또 마지못해 블루스를 춘다고 해도, 온몸이 경직돼 있어 마치 장작개비를 붙들고 춤추는 것 같은 느낌이 들면 역시 낙제다. 그런 여자들은 대개 춤추는 동안 남자의 몸과 자기 몸 사이에 사과 한 알 정도의 간격을 유지하려 든다. 그리고 서로 포옹하는 자세로 춤추는 것을 거부하고 엉터리로라도 정식 스텝을 밟으려고만 한다.

이런 여자라면 설사 그녀가 진짜 애인과 블루스를 춘다고 하더라도, 필시 장작개비같이 뻣뻣하고 사이비 귀부인같이 오만방자한 몸놀림으로 춤을 출 것이 틀림없다. 어쩌다 내가 그런 여자와 함께 어정쩡하고 어색하게 춤을 추다가, "왜 이리 몸이 굳어져 있느냐. 절대로 잡아먹지 않을 테니까 염려 말고 몸을 풀어라" 라고 말하면, 여자 쪽에서는 대개 이런 대답이 나온다.

"당신하고는 어쩐지 어색한 느낌이 들어서 그래요. 저도 진짜 사랑하는 사람을 만나면 둘이서 꼭 부둥켜안고 춤을 출 거예요."

하지만 내 경험으로는, 그런 여자는 아무리 진짜 애인을 만나더라도 블루스를 유연하고 섹시하게 추지는 못할 거라고 생각한다. 그런 여자는 춤 자체를 즐기기보다 주변사람들 눈치 보기에 급급해 하는 부류이기 때문이다.

진짜로 '부드러운 여자'는 일단 블루스를 추게 되면 스텝을 알든 모르든 간에 남자 품 안에 착착 감겨 들어온다. 그러면서도 자기가 천한 행동을 하고 있다는 생각은 전혀 하지 않는다. 자신의 부드럽고 따뜻한 매너에 대해 이미 당당한 자신감이 서 있기 때문이다.

그런데 이른바 '딱딱한 여자'들은 항상 남 눈치 살피기에 바빠서 자기의 몸을 '고상하게' 놀리려고만 든다. 그래서 결국 '사랑스런 여자'가 되지 못하는 것이다.

'부드러운 여자'와 '딱딱한 여자'는 키스를 할 경우에도 마찬가지로 구별된다. 설사 서로의 마음이 맞아떨어져 상호 합의하에 키스를 한다 하더라도, 부드럽지 못한 여자들은 입술이나 혓바닥을 유연하게 놀리지 못하는 것이다. 딱딱한 여자들은 남자의 혓바닥이 자기 입 안으로 들어오면, 마치 더러운 물건이 쳐들어오기라도 한 듯 지레 겁을 먹고 입술을 움츠리는 게 보통이다.

순결이데올로기에 집착하는 촌스러운 한국 남자들이 속아 넘어가기 쉬운 게 바로 이런 경우다.

그런 남자들은 어떤 여자가 '혓바닥 놀리기'를 거북해 하면(또는 블루스 추기를 거북해 하면), 그것이 섹스 경험과는 무관하게 형성된 그 여자의 속성이나 체질인 줄도 모르고, 다만 그녀가 '수줍어서' 그런 행동을 하는 것이라고 여기며 흐뭇해한다. 그러면서 '진짜 순진한 처녀'를 만났다고 생각하며 바보같이 기뻐하는 것이다. 딱딱한 체질의 여자와 사랑을 나눈다는 것이 얼마나 재미없고 지겨운 '노동'인지 미처 모르고서 말이다.

3

나는 로라와 함께 블루스를 처음 춰본 기억을 감미롭게 간직하고 있다.

나는 로라를 <미술계>사 지하일 주간에게서 소개받아 만났다. 로라는 한국으로 돌아와 몹시 심심해하고 있었다. 그러다가 돈 많고 권태로운 여자들이 흔히 덤벼드는 '고급스런 화랑 경영'을 그녀 역시 생각해보게 되었다. 그때 로라의 '지적(知的) 허영심(또는 지적 콤플렉스)'을 자극하여 화랑을 개설하도록 적극적으로 꼬드기는 역할을 한 것이 바로 지 주간이었다.

지하일 주간은 사실 <미술계>사의 경영주인데, 자신이 '지 사장'으로 불리는 것보다 '지 주간'으로 불리는 것을 좋아했다. 그쪽이 좀 더 격 높게 들리기 때문인 것 같았다. 미술잡지사만을 경영하며 수지타산을 맞추기는 어려워서, 그는 전시회 기획이나 팸플릿 제작 등을 맡아 돈을 벌기도 하고, 또 미술품 거래의 중개역을 맡아 꽤 많은 수입을 얻기도 했다. 그러다가 로라가 그녀의 호사스런 서울 집 인테리어를 위해 미술품을 사들일 때 거간꾼 노릇을 해주어 로라와 인연을 맺게 된 것이었다.

  지 주간은 로라가 그냥 돈만 뿌리며 살아가기는 좀 뭣해서 겉 간판으로 내세울 만한 '일'을 찾고 있다는 것을 간파하고 나서, 그녀에게 호화롭고 규모가 큰 화랑을 하나 경영해 보라고 적극적으로 권유했다. 로라는 귀가 솔깃해져 결국 화랑을 하나 개설하게 됐는데 나중에 그녀는 그 이유를 이렇게 설명해 주었다.

  "전 원래 어렸을 적부터 공부하기를 싫어해서, 책이나 신문같이 글자로 된 것은 뭐든 증오했어요. 그러니 예술 중에서도 문학을 제일 싫어할 수밖에 없었지요. 물론 분량이 짧은 시 같은 건 그래도 읽을 만했지만 소설같이 길고 복잡한 것은 조금 읽다 보면 골치가 쑤셔오곤 했죠. 또 클래식 음악같이 괜히 거룩한 체하는 예술도 싫었고, 영화는 줄거리를 쫓아가야만 한다는 것 자체가 귀찮았어요. 특히 자막을 읽어나가야 하는 외국 영화를 보는 건 저한텐 진짜 고역이었죠. ……그러다 보니 이른바 예술이라고 폼 잡는 것들 중에서는 그래도 미술에 제일 친근감이 가더군요. 별 생각 없이 쳐다보기만 해도 웬만큼 감(感)을 잡을 수 있었으니까요. 그래서 권태로운 생활도 때워나갈 겸 사람들도 왁자지껄 만날 핑계도 만들어낼 겸 해서 화랑을 하게 된 거예요."

  화랑을 경영하게 되면 신문, 잡지 등에 홍보도 필요하고, 팸플릿 제작도 잘해서 뿌려야 하므로 미술평론가를 데리고 있어야 한다. 그래서 홍보는 지 주간이 담당하기로 했고(상당히 돈이 남는 일이었다. 미술 기자들에 대한 교제비 명목 등으로 로라한테서 많은 돈을 얻어냈기 때문이었다), 팸플릿에 들어가는 '해설'은 내가 주로 맡아 써주기로 한 것이었다.

내가 시로 데뷔했지만 전업 미술평론가로 주수입을 얻게 된 것은 내가 한때 신문사 문화부 미술담당 기자로 일했기 때문이다. 그때 내가 쓴 글은 꽤 좋은 평을 얻었고, 그러다 보니 신문사를 그만두고 아예 미술평론가가 돼버린 것이었다.

미술평론은 문학작품에 비해 원고료가 엄청나게 세다. 역시 '돈'과 관련이 있는 글이기 때문일 것이다. 일단 한번 유명해진 작가의 미술품은 가격이 비싸지게 마련이고, 부자들의 예술적 허영심을 자극해주는 역할을 하는 게 바로 미술평론이다.

신인 작가나 소장 작가들의 전시회 때 만들어지는 팸플릿에 들어가는 '평론' 겸 '해설'이 가장 원고료가 센데, 원고료라기보다는 일종의 '사례금'이다. 2백자 원고지로 쳐서 고료를 계산한다면 문학 작품(문학평론을 포함하여) 원고료의 스무 배에서 서른 배쯤 된다. 또 글의 분량이 짧아서 좋다.

일종의 '착취'이자 '공생'인 셈인데, 문학평론이나 음악평론들 역시 구색 맞추기식 '해설'로 전락해 버린 것을 생각할 때, 별로 께름칙해 할 것도 없다. 인생이란 결국 '먹고살기 위한 싸움'이 아니더냐. 이른바 명예로운 일이든 천한 일이든 모든 것은 다 '노동'이고, 종당에 가서는 더 잘 먹고 더 잘 섹스하기 위한 치사한 이전투구(泥田鬪狗)가 된다.

미술평론을 하는 것은 시를 쓰는 나에게 있어 적성과 능력에 맞는 작업이다. 뜬구름 잡는 식의 난해한 시를 쓰는 기분으로 현학적이면서 두루뭉술하고 모호한 장광설을 펼치면 그만이기 때문이다.

시처럼 제목이 제일 중요한데, '부재(不在)에의 동경'이니 '절망을 넘어서는 허(虛)의 추구'니 해가며 애매몽롱한 타이틀을 붙이면 불쌍한 미술 감상객들(또는 돈 많고 무식한 졸부들)은 대개 속아 넘어가준다.

4

로라를 처음 만났을 때 나는 우선 그녀의 길디긴 손톱에 눈이 팽 돌아갔다. 손톱들이 손끝에서 적어도 10센티미터 정도는 뻗어나가 있었다. 구부러들며 휘어진 정도가 들쭉날쭉한 것을 보니 모조손톱을 붙인 게 아니었다. 열 개의 손톱들은 각각 다른 빛깔의 매니큐어로 채색되어 있었고, 파란색·까만색·황금색·노란색 등 현란하고 그로테스크한 색깔의 매니큐어 위에는 자잘한 은색 반짝이들이 붙어 있었다. 특히 왼손 새끼손가락과 집게손가락 그리고 오른손 엄지손가락과 가운뎃손가락의 손톱 끝에 구멍을 뚫고서, 작은 다이아몬드들로 이어진 5센티미터 가량 되는 길이의 체인을 늘어뜨리고 있는 것이 인상적이었다.

그녀는 손을 움직일 때마다 손톱이 다칠까 봐 조심스러워 하는 모습을 보였는데, 아주 습관화된 동작이라 무척이나 우아하면서도 나태해 보여 나의 성감대를 자극시켰다. 주로 두 손을 무릎 위에 포개고 있었는데, 날카로운 손톱 끝이 손등을 찌르지 않도록 손가락들을 부챗살처럼 확 펴고 있는 모습이 소름 끼치도록 고귀해 보였다. 가끔씩 손을 움직일 때도 그녀의 손가락들은 마치 너울너울 느린 무용을 하고 있는 것처럼 보였다.

나는 요즘 지식인들이 '정신'이나 '지식'의 '상품화'는 필요하다고 말하면서, '몸의 상품화'를 부정하려 드는 것은 모순이라고 생각한다. '몸의 상품화'는 '관능미의 상품화'로 발전하고, 이를 통해 성은 '지배(또는 소유)'와 '피지배(또는 피소유)'의 구조를 벗어나 '탐미적 완상' 위주의 아름다운 에로티시즘으로 구현될 수 있다는 게 내 생각이다.

이럴 경우 '페티시'의 역할이 매우 중요하다. '긴 손톱'에 내가 특별히 집착하는 이유는, 그것이 인간의 폭력성을 완화시켜 주거나 아예 없애

줄 수 있기 때문이다. 나는 그것을 '유미적 평화주의'라고 부르는데, 이를테면 손톱을 아주 길게 기른 여성은 손톱이 부러질까봐 겁을 내어(또는 손톱이 부러지는 게 아까워) 남자를 쉽사리 할퀼 수 없는 것과도 같은 이치다.

이것은 '긴 머리카락'의 경우도 같다. 만약 모든 나라의 군인들에게 머리를 아주 길게 기르도록 한다면, 머리를 가꾸고 관리하는 데 공을 들이지 않을 수 없게 되어 싸움을 하지 않게 되거나 싫어하게 될 것이고, 결국에 가서는 전쟁 자체가 없어질 것이다.

로라의 길디긴 손톱을 보고 내 눈이 팽글팽글 돌아가고 있는 것을 눈치 챈 지 주간은, 나를 위해 적당한 핑계를 대고서 자리를 비켜주었다.

지 주간은 어깨가 떡 벌어지게 넓고 몸집이 큰 사람인데(대신 목이 짧고 키가 좀 작다), 그런 체격을 가진 한국 남자들이 거의 다 그렇듯 요란할 정도로 야하게 치장하고 두껍게 화장한 여자를 별로 좋아하지 않았다. 언젠가 그의 아내를 본 적이 있는데 항상 화장 안 한 맨얼굴로 지내는 것 같았고, 몸집이 두덕두덕하게 육감적인 것이 꼭 지 주간을 닮아 있었다. 말하자면 '탐미적 관음'이나 '감각적인 성희'보다 '옹골찬 삽입성교'에 중점을 두는 커플이었고, '인공미'보다 '자연미'를 더 좋아하는 사람들이었다.

지 주간은 몹시 통이 넓은 호인이긴 하지만 미의식은 구태의연했다. 미술잡지사를 경영하며 편집까지 맡아보고 있는 사람의 미감(美感)이 내 보기에 촌스러운 단계에 머물러 있다는 것이 나로서는 잘 납득이 가지 않았다. 하긴 한국인들은 예술을 하는 사람이든 아니든, 미감에 있어서만은 한결같이 보수적인 봉건성을 유지하고 있지만 말이다.

지 주간은 젊은 여자들과 놀기를 좋아하고 바람도 곧잘 피웠다. 그래서 젊은 신진 여류화가들에게 지면을 많이 제공해 주곤 했는데, 그가 좋아하는 젊은 여류화가들은 다들 도무지 화가 같아 보이지가 않는 밋밋한(좋게 말해서 깨끗하고 말끔한) 얼굴에 고상한 치장을 하고 있었다.

지 주간이 자리를 비켜주자 나는 로라가 '부드러운 여자'인지 '딱딱한 여자'인지 빨리 시험해 보고 싶어 그녀를 어느 나이트클럽으로 데리고 갔다. 특히 한국 여성의 경우 손톱을 길게 기르거나 화장을 짙게 하는 등 '겉'이 야하다고 해서 반드시 '속'까지 야하지는 않다는 것을 나는 경험을 통해 알고 있었기 때문이었다. 물론 로라가 별 군소리 없이 금세 따라나서는 것을 보고, 내가 그녀에게 막연한 '희망'을 품게 된 것은 사실이었다.

로라는 몸에 친친 휘감겨드는, 옆구리에 은색 줄무늬가 들어간 하늘하늘한 옷감의 보라색 망토를 걸치고 있었다. 아주 짧은 길이의 망토여서, 엉덩이만 아슬아슬하게 가릴 정도의 짧디짧은 뱀가죽 무의의 스판덱스 천으로 된 미니스커트의 끝자락이 살짝 드러나 보였다. 그녀의 다리는 엄청나게 길고 매끈했으며, 뱀이 꽃을 휘감고 있는 모양으로 짜인 검은색 망사 스타킹을 신고 있었다.

그녀가 고개를 움직일 때마다 왼쪽 귀에 매달린 다섯 줄의 굵은 금빛 쇠사슬이 어깨까지 드리워져 있는 것이 강조되었다. 오른쪽 귀에는 한 줄의 긴 금사슬과 솔방울만한 크기의 사파이어 귀고리가 무겁게 매달려 있었다.

머리카락의 빛깔은 순은색이었는데, 뒤로 한데 모아 묶어 한 가닥으로 길게 땋아내리고 있었다. 머리카락의 길이가 그녀의 키보다 30센티미터는 넘게 길어 보였다. 그래서 그런지 그녀는 앞창이 얇고 날렵하게 생긴 전형적인 펌프스 스타일의 하이힐이 아니라, 앞창을 15센티미터 정도의 높이로 두껍게 댄 통굽 모양의 하이힐을 신고 있었다. 구두 굽만은 송곳처럼 날카롭게 뻗어내려 있었는데, 굽 높이가 족히 25센티미터는 넘어 보였다.

"둔탁하게 생긴 구두를 신고 있어서 죄송해요. 나이트클럽에 가게 될 줄 몰랐거든요. 춤을 멋있게 추려면 날렵한 모양의 구두를 신고 있어야 하는데 말이에요……. 저는 앞창을 두껍게 댄 둔탁하게 생긴 통굽 모양의 하이힐을 사실 싫어해요. 하지만 머리가 원체 길어 질질 끌리다 보니 외출할 땐 이런 구두를 자주 신게 되었지요. 또 한국남자들은 여자의 뾰족구두나 긴 손톱의 날카롭고 길다란 선(線) 같은 데 별로 관심을 두고 있지 않은 것 같아서, 더 그런 버릇이 들게 됐어요."

하고 문득 로라가 내게 말했다.

나는 로라가 내 의중을 정확하게 꿰뚫어보고 있는 것을 알고서 깜짝 놀랐다. 그래서 나는 로라에게,

"어쩌면 그렇게 내 마음속을 잘 꿰뚫어보고 있죠?"

하고 물었다. 그러자 로라는 이렇게 대답했다.

"지 주간님이 저에게 선생님의 시집 한 권을 미리 보내줬거든요. 그래서 선생님의 관능적 취향을 잘 알게 되었어요. 지 주간님이 제게 그러시더군요. 아름다움에 대한 생각에 있어 선생님과 저는 서로 쿵짝이 잘 맞아떨어질 거라구요. 사실 전 앞창이 얇은 날씬한 모양의 정식 뾰족구두라도 15센티미터 정도의 굽까지는 신을 수 있어요. 아슬아슬하게 걷는 것도 그렇지만 긴 머리가 땅에 질질 끌리는 걸 느끼는 것 또한 묘한 쾌감을 가져다주거든요."

빗자루처럼 긴 금빛 속눈썹을 붙인 그녀의 요요(夭夭)한 눈매가 나를 향하고 있어 나는 무의식중에 눈길을 피할 수밖에 없었다. 그녀의 눈길이 너무나 뇌쇄적이기 때문이었다.

"선생님은 제 모습이 마음에 드시나요?"

하고 다시 로라가 말했다.

"그럼요. 매우매우, 아니, 무지무지."

"다행이군요. 제 남편과 취향이 비슷하신가 봐요."

'남편'이라는 말에 움찔 신경이 곤두설 뻔했지만 그녀의 따뜻한 미소

가 내 마음을 포근하고 자유롭게 했다.

　나이트클럽에 들어서자 마침 빈 자리가 있었다. 나는 그녀가 의자에 앉을 때 그토록 짧은 미니스커트가 아슬아슬하게 당겨 올라가는 것을 편안하게 주시했다. 로라가 노출의 쾌감을 즐기는 성격의 여자라는 것을 알게 되었기 때문이었다.
　주변에 있는 사람들이 검은 망사스타킹에 둘러싸인 그녀의 미끈한 다리를 슬금슬금 훔쳐보고 있었다. 그녀는 처음엔 왼쪽 다리를 오른쪽 다리 위에 올려 꼬고 앉아 있다가, 조금 시간이 지나자 왼쪽다리를 내려놓고 두 다리를 약간 벌리고 앉았다. 거지같이 감질나게 야한 영화인 <원초적 본능>에 나오는 한 장면을 연상시켰다. 하지만 '샤론 스톤'은 로라에겐 상대가 되지 않았다. 그녀는 로라에 비해 너무 늙고 못생기고 교활한 얼굴이었다.
　샤론 스톤에 생각이 미치자, 나는 로라가 팬티를 입고 있을까 안 입고 있을까 하는 문제에 대해 추측해 보기 시작했다. 그런 사소한 의문을 가지고 상대방을 열심히 관찰하면서 추측을 해본다는 것 자체가 참으로 유쾌하고 재미있었다. 권태롭고 짜증나던 나의 일상(日常)은, 어느새 로라로 인해 '즐거운 각성 상태'로 들어가고 있었다.
　로라와 함께 춤을 추기 전에 가졌던 우리 둘 사이의 행동을 여기서 자세히 묘사하지는 않겠다. 그날 밤 내가 그녀와의 첫 살갗 접촉을 소재로 단숨에 써 내려간 산문시 한 편을 소개하는 것으로 장황한 묘사를 대신하기로 한다. 나는 시의 제목을 「감사(感謝)」로 붙였다.

　너는 내가 첫 데이트 때부터 네 초미니스커트 아래로 희게 드러나 있는 너의 허벅지 사이에 내 손을 다짜고짜 찔러 넣는 것을 허락해주었다. 너무 길이가 짧은 치마라 앉을 때는 다리를 꼬고 있을 수

밖에 없어 내 차가운 손바닥은 네 사타구니 사이에 포근하게 갇혔
다. 내 손에 전달돼 오는 맨살의 따스한 온기와 '노 팬티'로 인한 음
모의 부드러운 감촉 때문에 나는 너무나 너무나 행복했다. 너는 또
내 더러운 혓바닥이 네 얼굴을 개처럼 핥아대도 조용히 있어주었
고, 내 이빨이 네 귓불을 질겅질겅 씹어대도 가만히 있어주었다. 너
처럼 첫 만남에서부터 나를 편안하게 해준 여자는 없다. 다들 조금
씩은 폼을 잡거나 생색을 냈다. 너를 사랑했기 때문에 네 사타구니
사이에 손을 찔러 넣은 것은 아니었다. 그러나 네가 잠자코 내 응석
을 받아주었기 때문에 나는 너를 사랑하게 되었다.

윗 시의 마지막 부분에 나오는 "너를 사랑했기 때문에 네 사타구니 사이에 손을 찔러 넣은 것은 아니었다. 그러나 네가 잠자코 내 응석을 받아주었기 때문에 나는 너를 사랑하게 되었다"는 구절에는 사실 약간의 거짓말이 섞여 있다. 로라가 내 응석을 받아주었기 때문에 그녀를 사랑하게 된 것은 아니었다. 나는 로라를 처음 보는 순간부터 사랑하고 있었다. 외모나 치장이 너무나 마음에 들었기 때문이었다.

그런데도 시의 마지막 부분에서 약간의 '능청'을 떤 것은, 시에서든 산문에서든 거기 나오는 여자가 너무너무 예쁘다고 (또는 너무너무 섹시하다고) 표현하면 질투심을 느끼는 독자들(아무래도 못생긴 여자들이 주가 될 것이다)이 너무나 많기 때문이다. 말하자면 나로서는 시의 '발표'를 의식하여, 독자들한테 적당히 '아부'를 한 셈이었다.

따져서 생각해 보면, 내가 로라를 처음 보자마자 '사랑'하게 됐다는 말 자체에도 어폐가 있다. '사랑'이라기보다는 '관능적 흥분'이나 '기분 좋은 발기(勃起)'라는 말이 더 적당할 것이다.

나는 참된 에로티시즘은 '사정(射精)'이 아니라 '발기(勃起)'에 있다고 늘 생각해 왔다. 순진하게 농염한 얼굴과 길디긴 손톱이 그로테스크

하게 조화를 이룬 로라의 모습은 나의 '상상적 발기'를 최대한도로 가능하게 해주었다. 다시 말해서 오르가슴의 순간을 가슴 두근거리며 기대하게 하는 시간을 한없이 연장시켜 주었다.

이것은 여성의 경우도 마찬가지라고 생각한다. '사정'이란 말을 '수정(受精)'이란 말로 바꾸기만 하면 되기 때문이다. '발기'는 여자나 남자나 같다. 여자는 '페니스' 대신 '클리토리스'가 발기하는 것이 다를 뿐이다(질(膣) 같은 것은 성기 축에도 들지 못한다. 그것은 그저 '아이 나오는 구멍'에 불과하다). 다시 풀어서 설명하자면 여자에게 있어 참된 에로티시즘은 '수정'이 아니라 '발기'에 있다.

'사랑'이란 것이 굳이 있다면 그것은 오직 상대방의 외모에 대한 '탐미적 경탄'의 감정일 뿐이라는 게 내 생각이다(상대방에는 물론 동성도 포함된다). '정신적 사랑'이나 '이심전심(以心傳心)의 사랑' 같은 말들은 다 말짱 헛소리들이다.

그런 말을 앵무새처럼 뇌까리는 자들은 모두 못생긴 파트너를 갖고 있는 자들이다(한번 주위 사람들을 가지고 시험해 보라). '사랑'이 뭐 별 거더냐. '아름다움', 아니 '관능적인 외모'에 대한 '군침 흘리기'가 바로 '사랑'이다.

그건 그렇고, 어쨌든 나는 로라가 '노 팬티'로 있다는 사실 하나만으로도, 그녀가 '딱딱한 여자'가 아니라 '부드럽고 말랑말랑한 여자'라는 사실을 직감적으로 알 수 있었다.

술을 몇 잔 마시고 나니 드디어 블루스 곡이 흘러나왔다. 나는 블루스 곡이 빨리 안 나와 내심 초조해 하고 있었다. '디스코'는 도무지 추기가 싫은 춤이기 때문이었다. 내가 나이가 많고 체력이 딸려서가 아니라, '살갖 접촉'이 없는 춤은 춤이 아니라는 생각을 굳센 확신으로 견지하고 있어서 그랬다.

'디스코'든 '록'이든 '테크노댄스'든, 그건 모두 다 일종의 '보건체조'에 가깝다. 신체 단련을 위한 '운동'으로라면 몰라도, 남녀가 서로 살을 붙이지 않고 떨어져서 추는 춤은 자칫하면 쓸데없는 '에너지 낭비'가 되기 십상인 것이다.

블루스 곡은 마침 내가 좋아하는 바브라 스트라이샌드의 <메모리(Memory)>였다. 아무리 들어도 좋은 노래다. 멜랑콜리한 내용의 멜로디와 가사가 은근히 관능적이다. '야한 관능'이란 것은 언제나 센티멘털리즘과 관련을 맺고 있다. '정사(情事)'라는 것 자체가 결국은 허무한 마음으로 끝날 수밖에 없는 것이기 때문인지도 모른다.

로라는 기다렸다는 듯, 춤을 추러 나가기 전에 겉에 입고 있던 얇은 망토를 벗어젖혔다. 우유빛같이 고운 피부가 거의 다 그대로 드러났고, 그녀의 상체에는 아주 작은 역삼각형 모양의 시폰(chiffon) 옷감으로 된 '배가리개'가 느슨하게 붙어 있을 뿐이었다. 너비가 3센티미터쯤 되는 링 모양의 두 젖꼭지고리와, 얇은 두께의 링에 여러 개의 다이아몬드 줄이 내려뜨려져 있는 배꼽고리에 연결돼 있는 역삼각형의 노란색 천이, 그녀의 희디흰 살갗을 살풋하게 드러내주고 있었다.

"블루스 춤은 추는 사람도 섹시하게 춰야 하지만 남들이 볼 때도 근사하게 요염하지 않으면 안 돼요. 그래서 제가 겉옷을 벗었는데, 선생님도 동의해 주시겠죠? 혹시 남 보기에 창피하다고 생각하시면 망토를 도로 입을게요."

하고 로라가 해사하게 웃으며 말했다.

동의하고 말고가 없었다. 나는 그저 감격스러울 뿐이었다. 요염무쌍한 여자와 살을 맞대고 춤을 추면서 보는 사람들로 하여금 침을 질질 흘리게 하며 질투의 감정을 유발시킨다는 것은, 유쾌하기 그지없는 '노출증적 쾌감'이기 때문이었다.

블루스춤을 추기 시작할때부터, 나는 로라가 '부드러운 여자' 정도가 아니라 '뱀같이 섹시하게 휘감기는 여자'라는 사실을 알게 되었다. 그녀는 우선 그녀의 불두덩을 나의 불두덩에 바짝 밀착시켜 왔다. 그리고 마치 힘주어 마사지를 하듯 계속 내 하복부를 자극해 가면서, 자신의 배를 울툭불툭 움직여가며 내밀었다 들이밀었다 하는 것이었다. 마치 아라비아의 오달리스크(하렘의 여자 노예)가 배꼽 춤(Belly dance)을 추고 있는 것 같았다. 그리고는 두 팔을 내 어깨 위로 올려 깍지껴 가지고, 그 긴 손톱으로 내 등을 계속 살근살근 긁어대고 있었다.

물론 나 역시 그녀에게 질세라, 두 팔로 로라의 허리를 껴안고서 지속적으로 그녀의 엉덩이를 어루만져주었다. 손바닥에 느껴지는 감촉이 이루 말할 수 없이 감미로웠다. 그녀가 걸치고 있는 초미니스커트 역시 시폰 옷감을 방불하게 얇고 하늘하늘한 천으로 만들어져, 둔부에 착 달라붙는 '쫄쫄이' 옷감으로 된 것이기 때문이었다.

로라가 문득 한 가닥으로 땋아 내린 그녀의 길디긴 머리 다발을 손으로 집어 올려 내 목에 친친 감았다. 그녀의 은빛 머리 다발은 블랙라이트(Black light) 조명을 받아 마치 꿈틀거리는 백사(白蛇)처럼 보였다. 그래서 내 목은 똬리를 튼 뱀 사이에 끼여 질식 직전의 상태에서 묘한 오르가슴을 느끼는 처지가 되었다. 나는 서서히 발기되어오는 나의 심벌을 느끼며(나는 발기 속도가 느리다. 그것이 또한 나의 자존심을 지탱시켜 준다), 그녀의 입술에 정신없이 입을 갖다 댔다. 내 혀에 느껴지는 그녀의 하늘거리는 혓바닥과, 혓바닥에 꿰어져 있는 금속성의 혀고리가 느끼게 해주는 섬뜩한 감촉이, 나를 점차 농밀한 흥분 상태로 몰아가고 있었다.

나는 로라의 머리가닥에 묶여 한참 동안 그녀에게 질질 끌려가듯 수동적으로 춤을 추었다. 묘한 마조히즘(masochism)을 느끼게 해 준 기막힌 카타르시스였다.

그러던 중에 바브라 스트라이샌드의 <메모리>가 끝났다. 이어서 시끄러운 요즘 노래가 흘러나왔다. 'H·O·T'가 부르는 <아이야>였다.

'H·O·T' 멤버들은 다들 예쁘게 생겼고(특히 긴 손톱이 붙어 있는 가죽장갑을 끼고 등장하는 한 남자아이의 얼굴과, 금발을 위로 묶어 올린 헤어스타일이 마음에 쏙 든다) 노래도 잘 부르는데, 가사가 영 마음에 안 든다. 말하자면 '서태지'의 재탕이라고 할 수 있다. 요즘 노래의 경우, 처음엔 청소년들의 저항정신을 들입다 '고취'시키는 척하다가, 결국에 가서는 '사랑'으로 얼렁뚱땅 마무리 짓는 게 보통이다. 한껏 야하게 꾸미고서 노래를 부르는 젊은 가수들이라고 해도 '양다리 걸치기식 교훈주의'로 끝나는 것은 기득권에 편입돼 있는 성인 예술가들과 별다를 바가 없다.

나는 원체 빠른 춤을 싫어하는데다가 노래도 마음에 안 들어 로라에게 물어보지도 않고 자리로 돌아와 버렸다. 그러자 로라는 내 행동에는 별로 개의치 않고 빠른 리듬에 맞춰 신나게 춤을 추어대는 것이었다. 그토록 굽이 높은 하이힐을 신고서 날렵하고 빠르게 몸을 놀리는 게 정말 신기해 보였다.

나는 자리로 돌아온 뒤 어쩐지 기분이 머쓱해져서 술을 벌컥벌컥 빠르게 들이마셨다. 거지 같은 가사에 맞춰 신이 나게 춤을 추는 로라가 어쩐지 '가까이 하기엔 너무 먼 당신'처럼 느껴졌기 때문이었다.

곡이 끝나자 로라는 자리로 돌아와 목이 마른 듯 빠른 속도로 술잔을 비웠다. 그러고 나서 이렇게 말했다.

"제가 혼자서 춤을 춰서 기분이 언짢으셨지요? 저도 그냥 한번 운동삼아 춰본 것이지 노래가 좋아 춤을 춘 것은 아니에요. 도대체 우리나라엔 젊은 가수들의 노래라 할지라도 솔직하게 야한 가사가 없어요. 적어도 비틀스의 <행복은 따뜻한 총(Happiness is Warm gun)> 정도는 돼야 할 텐데 말이에요."

나는 그녀가 비틀스의 노래를 알고 있다는 데 놀랐다. 나는 예전부터 비틀스의 존 레논과 비슷한 얼굴을 갖고 있다는 말을 자주 들어왔기 때문에(하지만 존 레논처럼 죽기는 죽어도 싫다), 비틀스에 대해 특별한 친밀감을 느껴왔었다. <행복은 따뜻한 총>은 특히 내가 좋아하는 노래였다. 여기서 'Warm gun'이란 곧 '페니스'를 가리킨다.

"그런 옛날 노래는 어떻게 알았지?"

어느새 나는 반말로 로라에게 물었다. 이심전심의 친밀감이 느껴져 더 이상 존댓말을 쓸 필요가 없을 것 같다는 생각이 들어서였다.

"비틀스를 모르는 사람도 있나요? 저는 학교 다닐 때 공부하기는 죽어라고 싫어했지만 노래만은 옛것이건 요즘 것이건 너무나 많이 들었어요."

말을 마치고 나서 로라는 문득 땋아 내린 머리가닥을 풀었다. 숱 많은 머리카락들이 폭포수처럼 쏟아져 내렸다. 나는 정신이 아찔해졌다. 로라의 머리카락 더미 속에 묻혀, 온갖 시름을 잊고 영원히 잠들어버리고 싶다는 생각이 났다.

다시 블루스 곡이 나왔다. 로라와 나는 다시 플로어로 나가 춤을 추었다.

이번 곡은 다미타 조가 부르는 <사랑할 시간(A Time to Love)>이었다. 오랜만에 옛날 노래, 그것도 느린 템포에 맞춰 선정적으로 흐느적거리는 '멜로 재즈(Mellow Jazz)' 곡을 듣게 되어 기분이 너무 좋았다. 은은하게 서드럭거리는 멜로디가, 저절로 리듬을 타고 발을 움직이게 만들었다.

로라의 길디긴 은빛 머리카락 더미는 수만 마리의 기다란 실뱀들이 한데 뭉쳐 꿈틀거리듯, 플로어 바닥까지 수직으로 흘러내려와 음험하게 물결치고 있었다. 나는 나의 얼굴을 그녀의 머리카락 수풀 속에 들이밀어 감추고서, 그녀의 매끄러운 목에 혓바닥을 갖다대보았다. 로라의 피부에서는 머리카락 냄새에 섞여 묘한 맛과 향기가 풍겨 나왔다. 재스민 향기 같기도 하고 살구 향기 같기도 하고 개의 암내 같기도 한 야릇한 냄새였다.

"머리를 한번 풀어봤어요. 선생님께 여쭤보지도 않고 제 마음대로 해서 죄송해요. 왠지 '변화'를 좋아하실 것 같은 생각이 들어서 그랬으니 용서해 주세요."

일부러 겸손을 떠는 어조가 아니었다. 그녀는 진짜로 보드랍고 따뜻한 참된 모성애를 연상케 하는 '진솔하게 마조히스틱한 매너'를 천성적으로 타고난 여자 같았다. 나는 그동안 조금만 얼굴이 예뻐도 시건방지게 '얼굴값'을 하려고 드는 '뻔뻔스럽게 딱딱한 여자들'한테 질려 있던 참이라서, 로라의 겸손한 말투에 그만 전신이 녹아내리는 것 같았다. 그러면서 '혹시 이 여자가 나를 좋아하는 것이 아닐까' 하는 부질없는 생각이 잠깐 내 머릿속을 스치며 지나갔다.

하지만 문득 정신을 수습하고 나서 다시 생각해 보니, 그녀가 나를 좋아하기 때문에 그런 태도를 보이는 것은 확실히 아니라는 결론에 다다를 수밖에 없었다. 그런 찰나적 판단을 내리게 된 것은, 역시 내가 그럭저럭 나이를 먹어가는 동안 많은 여자를 상대해 본 경험을 가졌기 때문이었다.

말하자면 로라는 모든 남자한테 부드러운 태도를 보이는 여자이고 에로틱한 분위기를 만나면 그것을 실속 있게 이용하고 즐길 줄 아는 여자임에 틀림없었다. 그녀의 남편이 그녀를 한사코 놓아주지 않으려고 한 이유를 나는 충분히 짐작해 알 수 있을 것 같았다. 약간 서운한 생각이 스쳐갔지만 이내 마음이 가라앉아왔다. 나 역시 '분위기'만을 순간적으로 충실히 즐기는 것을 모토로 삼아 여태껏 이를 악물고 독신생활을 유지해 왔기 때문이었다.

그런 생각이 들자 나는 문득 대담해져서 로라의 노출된 유방에 손을 가져갔다. 우선 커다란 젖꼭지고리부터 만져보았다. 아주 살짝 만졌는데도 불구하고 로라는 옅은 신음소리를 내었다. 젖꼭지고리를 조금 더 세게 당기자 그녀의 신음소리는 두 배로 커졌다. 관능적 '끼'를 타고난 여자들이 젖꼭지고리를 하는 이유를 알 수 있을 것 같았다.

"왜, 아파서 그래?"

하고 나는 짐짓 시치미를 떼고서 물어보았다.

"아프기는요. 너무 선정적인 자극이 와서 그래요. 젖꼭지고리를 하고 있는 것 자체만으로도 하루 종일 오르가슴 비슷한 것이 느껴지거든요. 그런 정도이니 남자가 젖꼭지고리를 조금이라도 만져주면 금세 흥분이 될 수밖에 없지요."

로라가 숨을 약간 가쁘게 몰아쉬며 대답했다. 젖꼭지가 훌륭한 성감대 역할을 할 수 있는 여자의 신체구조가 너무나 부럽게 느껴졌다. 남자의 젖꼭지는 우선 그 모양부터가 절벽에 붙어 있는 건포도처럼 영 볼품없게 생겼을 뿐만 아니라, 성감을 느끼는 면에 있어서도 여자의 10분의 1에도 채 미치지 못하기 때문이었다.

나는 이번엔 로라의 젖무덤 전체를 손으로 오랫동안 주물럭거리며 어루만져보았다. 아까 춤을 출 때는 그녀의 관능적인 옷 모양에만 눈이 팔려 미처 못 느꼈었는데, 로라의 젖가슴이 엄청나게 크다는 사실을 나는 손으로 전해지는 촉감을 통해 확실히 알 수 있었다. 분명 유방 확대수술을 받은 것이 틀림없었다. 그녀가 미스코리아 대회에 나왔을 때 보았던, 약간 빈약한 젖가슴이 내 머릿속엔 아직까지 각인되어 있었기 때문이었다.

나는 포옹을 풀고서 그녀한테서 약간 떨어져 나와 그녀의 전신을 관찰해 보았다. 연필같이 가느다란 체형에 매달려 있는 고무풍선처럼 풍만한 젖가슴이 기묘한 언밸런스를 이루면서, 그녀의 고혹적인 염정미(艶情美)를 그로테스크하게 배가시켜 주고 있었다.

나는 다시 로라에게 다가가 오른팔로 세게 포옹을 하면서 왼손으로 그녀의 젖가슴을 주물럭거렸다. 참 기분이 좋았다. 한참을 그러고 있다가 나는 로라에게 물어보았다.

"유방 확대수술을 받았나 보지?"

"저는 원래 성형수술 같은 것을 퍽 싫어했어요. 아니 싫어했다기보다 할 필요가 없다고 느꼈지요. 얼굴이나 몸매에 웬만큼 자신이 있었으니까요. 그런데 질탕한 파티에 가 섹시한 서양 여자들을 많이 만나게 되다 보니까 그녀들의 풍만한 젖가슴이 부러워지더라구요. 그래서 미국에 놀러 갔을 때 큰맘 먹고 유방 확대수술을 해보았죠. 그것도 아주 크게 해달라고 했지요. 여러 곳에 보디 피어싱도 했는데 유방수술을 하는 게 뭐 어떠랴 싶은 생각이 들어서요. 선생님 보시기엔 아니 만지시기엔, 어떤 느낌이 드셔요?"

"아주아주 좋아. 유난히 부드럽고 물렁물렁해서 좋군. 유방 확대 수술을 한 여자의 젖가슴은 이렇게 부드럽고 탄력이 있게 느껴지지 않는 걸로 알고 있는데……."

"최고로 수술을 잘한다는 의사한테 아주 비싼 돈 내고 수술을 받은 데다가 요즘엔 실리콘 대신 식염수를 써서 그런가 봐요."

내가 유방 확대수술을 받은 여자의 젖가슴을 처음 만져본 것은 오래전 일이다. 어느 룸살롱에 갔다가 파트너로 나온 여자의 젖가슴이 유난히 커 유심히 만져보았다. 그런데 느낌이 너무 딱딱하고 부자연스러웠다. 실리콘을 삽입할 때라서 그랬는지, 수술을 잘 못해서 그랬는지, 나로서는 알 수 없었다. 그런데 나중에 알게 된 성형외과 의사한테서 들으니, 그건 수술 기술이 미숙해서 그렇게 됐다는 것이었다. 그리고 실리콘의 부작용을 막기 위해서 나온 삽입 물질인 식염수를 쓴다고 해서 무조건 유방이 부드럽게 되고 부작용이 없는 것은 아니라고 했다. 역시 의사의 기술이 제일 중요하다는 것이었다.

"식염수를 쓴다고 해서 수술이 다 잘되고 부작용이 없는 것은 아니라고 들었어. 아무튼 느낌이 너무너무 좋군."

<사랑할 시간>이 끝나고 다시 또 이름 모를 블루스곡이 이어졌다. 나는 느릿느릿 춤을 춰가면서 고개를 내리 숙여 그녀의 젖무덤 사이에 얼굴을 들이밀었다. 마치 따끈따끈한 커다란 찐빵 사이에 머리를 박고 있는 듯한 느낌이었다. 내가 혓바닥으로 그녀의 두 젖무덤 사이의 계곡을 계속 핥아주자, 그녀는 긴 손톱으로 내 머리통과 내 뒷목을 계속 살금살금 갉작거리며 할퀴어주었다. 기분이 너무너무 근사했다. 나는 그녀의 한손을 잡아끌어 서서히 발기되고 있는 나의 심벌로 가져갔다. 바지의 옷감을 사이에 두고 느껴지는 그녀의 손톱놀림은 더욱 안쓰러울 수밖에 없었고, 그래서 발기의 쾌감과 긴장감을 한층 더 은은하고 지속적으로 인식시켜 주었다.

나는 그녀의 젖무덤 사이에 처박고 있던 머리를 들어 그녀의 얼굴 쪽으로 가져갔다. 내 얼굴과 그녀의 얼굴이 겹쳐지면서 로라는 살며시 눈을 감았다. 로라의 입술이 천천히 열리고 나의 혓바닥이 꽤 힘 있게 그녀의 입 안으로 쳐들어갔다. 나는 조심스럽게 그녀의 혓바닥이 주는 감촉을 음미했다. 그녀의 혀고리에 내 혀가 닿을 때마다 미묘하게 껄끄러우면서 감미로운 마찰의 쾌감이 왔고, 그녀는 내가 젖꼭지고리를 만지작거릴 때보다 더 큰 신음소리를 냈다. 로라 역시 열심히 혓바닥을 내밀어 내 혀를 음미하고 있었다.

조심스러우면서도 적극적으로 내 혓바닥을 음미하고 있던 그녀가 내 머리의 무게에 눌려 뒤로 쓰러지려 하자, 나는 두 손으로 그녀의 머리를 받쳤다. 그러는 동안에도 나의 혓바닥은 그녀의 구강 내부를 이리저리 휘젓고 다니고 있었고, 그녀의 입술은 나의 입술을 강렬한 흡인력으로 빨아들이고 있었다. 편도선 근처까지 밀고 들어온 나의 혓바닥 때문에 숨이 가빠진 로라가 나의 머리를 살짝 떼어내려 하자, 나는 더욱 세게 그녀를 끌어안았다.

나의 타액과 로라의 타액이 뒤섞여 그녀의 목구멍으로 넘어가는 소리가 아련히 들려왔다. 그 소리에 장단 맞추기라도 하듯, 나의 입술은 그녀의 입술을 더욱 보채듯 거세게 빨아들이고 있었다.

나의 숨소리가 차츰 커지면서 나의 이가 로라의 입술을 살금살금 안쓰럽게 깨물었다. 나는 나의 이 사이에 그녀의 아랫입술을 잘근 물고 있다가 앞으로 당겨서 퉁겨도 보고, 혓바닥을 꺼내 그녀의 입술을 들추고서 잇몸 언저리를 훑고 다녀보기도 했다.

로라의 입 주위가 온통 나의 침으로 어지러워졌고, 나의 입에서 뿜어 나오는 공기의 기압 때문에 그녀는 가쁜 숨을 고르느라 색색거렸다.

나는 로라의 입술을 더 크게 벌리고서 더욱 깊숙이 혀를 집어넣었다. 그녀의 콧구멍에서 더욱 뜨거운 콧김이 빠르게 새어 나오면서, 그녀의 섹시한 코걸이를 흔들거리게 했다.

나는 크게 벌린 입으로 그녀의 입을 강하게 압박하여 그녀가 입을 다물지 못하게 했다. 그녀 역시 입술을 더 크게 벌리려고 애쓰면서(그럴 때 그녀의 입술걸이가 더 도드라지면서 나를 묘하게 흥분시켰다), 혓바닥을 한껏 길게 빼내어 나의 혓바닥과 입천장을 고르게 문질러주려고 노력했다. 감겨 있던 로라의 눈이 반쯤 열리면서 길다란 속눈썹 사이로 허연 흰자위가 드러나 보였다.

동시에 그녀의 머리가 뒤로 젖혀지면서, 머리카락에 가려 있던 그녀의 하얗고 긴 목이 드러났다. 그녀의 얼굴 위에 머물러 아득한 진공상태에 빠져 있던 나의 정신이, 아니 나의 머리가 살짝 들려지면서, 나의 입술이 그녀의 턱 선을 타고 목 아래로 내려갔다.

로라의 목 왼쪽 부분에 파랗게 돋아나 있는 정맥이 나의 눈에 짙푸른 강물처럼 크게 확대되어 들어왔다. 나는 그 부분에 대해 이상하리만치 강한 집착이 가는 것을 느끼며, 물을 마시듯 그녀의 목을 계속 갈증나게 흡입했다.

잠시 후 나는 로라의 목에서 입술을 떼어냈다. 그러나 어느새 내 혓바닥이 나의 입술사이로 다시 또 길고 나른하게 빠져나왔고, 내 혓바닥은 그녀의 젖가슴 쪽을 향해서 서서히 이동해 가기 시작했다.

젖꼭지고리를 입 안에 머금은 순간 음악이 멈췄다. 그리고는 빠른 디스코곡이 흘러나왔다.

나는 아쉬운 마음을 품고서 로라를 데리고 자리로 돌아왔다. 자리에 앉아 술을 한 모금 마시고 나서, 나는 다시 그녀의 젖가슴을 향해 내 혓바닥을 가져갔다.

내가 그녀의 젖꼭지와 젖꼭지고리를 음미하는 동안, 그녀는 침착한 자세로 핸드백을 뒤지더니 새 장신구를 하나 꺼냈다. 귀걸이인 줄 알았는데, 여러 겹의 에메랄드로 이어진 체인 모양의 '뺨고리'였다.

"뺨에 구멍을 뚫고 뺨고리를 하기엔 제 피부가 너무 아까웠어요. 그래서 접착제로 붙이게 돼 있는 뺨고리를 구한 거죠. 새로운 흥분을 느끼실 수 있을 거예요."

하고 로라가 말했다. 나는 그녀가 '변화'를 추구하여 나를 기쁘게 해주려는 모습이 너무나 사랑스러워 보여 그녀의 젖꼭지를 한껏 세게 핥아주었다.

2
무성생식의 시대

1

며칠 동안 비가 내린 뒤끝이라 서울 하늘의 대기(大氣)가 모처럼 맑아 기분이 좋았다. 나는 아파트 베란다에 있는 의자에 앉아, 날이 점차 어두워오면서 회색빛 하늘이 화선지 위의 먹물처럼 멋있게 번져가는 광경을 바라보고 있었다. 허여멀끔한 새 건물들과 거무튀튀한 헌 건물들이 뒤섞여 있는 인사동의 거리 풍경이 제법 근사해 보였다. 서울 거리는 강남이든 강북이든 원체 대책 없이 을씨년스런 부조화를 이루고 있기 때문에, 땅거미가 내릴 때나 날씨가 흐릴 때, 또는 눈이 오거나 비가 올 때만 조금 멋있어 보인다.

청정한 대기와 어우러지며 뉘엿뉘엿 해가 넘어가는 흐릿한 거리풍경이 마음에 들어서, 나는 문득 술이 마시고 싶어졌다. 저녁때마다 혼자서 술을 마시는 데 익숙해져 버렸지만, 오늘만은 사람들과 왁자지껄 어울려 떠들어대며 거나하게 취하고 싶었다. 그래서 나는 주섬주섬 옷을 차례입고 <미술계>사로 갔다.

<미술계>사에는 화가나 미술 애호가들뿐만 아니라 문인들이나 의

사·사업가 같은 사람들이 저녁때마다 많이 모여들었다. 지 주간이 원체 성격이 좋은 데다가, 편집실 옆에 따로 널찍한 방 하나를 비워 빈둥거리며 잡담할 수 있는 공간을 마련해 놓았기 때문이었다.

바둑을 두며 하릴없이 시간을 때워나가는 '잘 안 팔리는 화가'들도 있었고, 문학 관계 잡지사들의 '패 가르기식 편애(偏愛)'와 권위주의에 식상하여(미술을 하는 사람들은 문학을 하는 사람들보다 한결 마음이 너그럽다. 질투와 중상모략이 문학가들보다는 그래도 덜하다) 모여드는 문인들도 있었다. <미술계>에서는 양념격으로 수필이나 시 또는 콩트 같은 것도 싣고 있기 때문이었다.

의사나 사업가 같은 사람들은 말하자면 '미술품 컬렉터'들인데, 그림을 자주 구입하는 사람들이라기보다는 사업에서 받는 스트레스를 해소하기 위해 모여드는 사람들이었다. 예술을 하는 사람들과 만나면 비즈니스적 이해관계를 떠나 편안하게 한담을 나눌 수 있기 때문인 것 같았다. 또한 젊은 여류화가나 예쁘장하게 생긴 미술대학 여대생들, 그리고 화려하게 꾸미고 다니면서 딜레탕트(예술 애호가) 노릇을 하며 지적 허영심을 충족시키는 돈 많고 비교적 젊은 나이의 미시족(族) 여성들을 만나볼 수 있다는 것도, 그런 사람들을 <미술계>사로 이끌어 들이는 역할을 하였다. 지 주간은 그런 남자들이나 돈 많은 유부녀들을 은근히 부추겨 그림을 사게 했고, 그럴 때 남는 이문(利文)으로 잡지사를 그럭저럭 꾸려 나갈 수 있었다.

나는 <미술계>사에 저녁때 자주 들르는 편은 아니었다. 많은 사람들과 어울리는 것을 별로 좋아하지 않을 뿐더러, 술이 몹시 취한 사람들의 주정을 받아주는 것도 큰 고역이기 때문이었다. 그리고 예쁘게 생긴 젊은 여자들만 모여드는 게 아니라, 못생긴 얼굴에 처덕처덕 화장을 하고 비싼 옷만 걸쳐 입는 유부녀들 역시 많이 모여들기 때문이었다. 특히 미술대학 교수로 재직하고 있는 중년 여류 화가들이나 여류 미술평론가들이 제일 꼴 보기 싫었는데(하긴 남자의 경우도 마찬가지지만), 실력과는 별도로 '교수'라는 직함만 가지고 우라지게 으스대는 모습이 더럽게 꼴사나워 보이는 경우가 많았기 때문이었다.

<미술계>사에 들어서니 직원들은 다 퇴근하고 지 주간과 한그루 그리고 이길로와 김주리가 앉아 잡담을 나누고 있었다. 한그루는 작가이고 이길로와 김주리는 화가였다. 생각했던 것보다 모여 있는 사람이 적어 나는 안심했다. 사람들이 너무 많다 보면 재미있게 술을 마실 수가 없을뿐더러 골치만 아파지기 때문이었다.
  게다가 남자들만 있는 게 아니라 여자가 하나 끼여 있어 마음이 놓였다. 남자들만의 술자리란 언제나 듣기 싫은 신세타령이나 기분 나쁜 음담패설의 연속이 되기 십상이기 때문이었다(거기에 비해 여자들끼리의 술자리는 한결 화기애애하고 간단(間斷) 없는 화제의 연속이 가능해지는 것 같다. 참으로 이상한 일이다. 여자들끼리는 별 '심통' 없이 시간을 때워나갈 수 있지만, 남자들끼리 모이면 대개는 '심통'과 '질투'가 나오고 나중에 가서는 싸움이 일어나기 쉽다. 그러고 보면 남자는 평생 '엄마 품'을 떠나지 못하는 어린애라는 생각이 든다).
  한그루는 요즘 몹시 기분이 상해 있었다. 아내와 별거 상태로 있은 지 10년이 됐는데도 이혼이 성립되지 않고 있기 때문이었다. 그리고 최근에 낸 소설 서너 권이 계속 판매 면에서 실패로 끝났기 때문에 더 그랬다. '한그루'는 당연히 예명이다. 그의 본명이 촌스럽디촌스러운 '김복남(金福男)'이었으니 소설가로 데뷔할 때 예명을 따로 안 지을래야 안 지을 수가 없었다.
  그는 오랫동안 별거하고 있는 아내에게 '협의이혼'을 애걸복걸 하소연해 봤지만 아내가 도무지 말을 들어주지 않아 결국에 가서는 가정법원에 이혼소송을 냈다. 그가 기대했던 것은 '파탄주의'에 입각한 판사의 법해석이었다. 누가 잘못해서 별거가 이루어졌든지 간에, 이미 부부 쌍방 간에 결혼생활을 계속할 수 없는 '파탄'이 생겼으면 이혼을 허가해 주도록 되어 있는 선진국형 법해석이다. 한국에도 이젠 이혼율이 높아져 이혼소송에서 이기리라 생각했는데, 그는 1심과 2심에서 패소했고, 지금 대법원에 상고 중이었다. 그가 새로 사귀고 있는 20대 후반의 젊은 애인은 그가 이혼을 못하고 미적거리고 있자 은근히 그에게 사이를 두고 있었다. 그래서 그는 사람들을 만날 적마다 늘 불평이었다.

"천 시인, 노스트라다무스가 세계 멸망의 날이라고 예언한 1999년 7월이 훨씬 전에 지났는데, 왜 지구가 아직도 멸망하지 않고 있는 거야? 자넨 머리가 좋으니 한번 대답해 보게."

한그루는 나를 보자마자 의례적인 인사도 나누지 않고 다짜고짜 이렇게 물었다.

내 이름은 '천민(千民)'이다. 예명이 아니라 본명이다. 한자로 보면 뜻이 그럴듯하지만 발음으로 보면 '천민(賤民)'이 연상되어 어쩐지 기분이 묘해진다. 그래서 학교에 다닐 때 친구들이나 선배들한테서 놀림도 많이 받았다. 하지만 지금은 아무렇지도 않다. 한국 지식인들의 그 알량한 '양반의식'을 증오하고 있는 나에게는, '천민'이란 이름이 썩 안성맞춤이란 생각이 든다.

한 가지 덧붙이고 싶은 말은, 우리나라 사람들은 남의 이름을 부를 때 서양 선진국 사람들처럼 그냥 이름만 부르지를 못하고 반드시 '직함'을 붙여서 부르는 것을 '예의'로 안다는 것이 영 기분 나쁘다는 사실이다. '지하일'은 '지 주간'이 되고 '한그루'는 '한 작가'가 된다. 그러니 나 역시 '벼슬'이 없어 '천 시인'이 될 수밖에 없다.

"글쎄, 나도 잘 모르겠어. 노스트라다무스가 계산한 날짜가 틀린 건지도 모르지. 조금만 더 기다려보게. 요즘 세계 곳곳에서 지진이 자주 일어나는 등 천재지변이 많은 걸로 봐서 언젠가 지구가 꽈다당 무너질지도 모르니까……. 그런데 자넨 왜 그렇게 지구가 망하길 바라나? 지구가 망하지 않더라도 우린 어차피 얼마 후 죽어 넘어질 신세가 아닌가?"
"사는 게 신경질이 나서 그러네. 별것도 아닌 인생이 이렇게 힘들 수가 없어."
"이혼이 안 돼서 그러는 모양인데, 그까짓 걸 가지고 뭐 그러나? 그냥 지금 상태로 버티고 살면서 슬슬 연애나 하면 될 거 아닌가?"
하고 지 주간이 끼어들었다.
"그 '연애'란 게 잘 안 돼줘서 그렇지. 이혼이 안 되니까 나리도 자꾸 나를 멀리하고 있으니 더 울화통이 터진단 말야."
하고 한그루가 말했다.
'나리'는 그가 2년째 쫓아다니고 있는 여자의 이름이었다.
"그럼 그 여자는 자네와 결혼을 할 것을 전제로 자네를 만나왔단 말인가? 요즘 젊은 여자가 뭐 그렇게 보수적이고 촌스럽지? 그냥 연애 상태를 지속하면서 섹스나 즐기면 되는 게 세련된 남녀 관계 아냐?"
하고 이길로가 말했다. 이길로는 최근 협의이혼에 성공한 후 홀가분한 해방감 때문에 득의만만해 있었다.
"그건 나리를 모독하는 얘기야. 그 여잔 요새 여자들하고 달라. 순진한 숫처녀란 말일세."
하고 한그루가 말했다.
"전위적인 소설을 쓴다고 자부하는 사람이 여자의 순결이나 밝히고……. 자네도 참 한심하이."
하고 지 주간이 말했다.
"나도 모르겠어. 처녀가 아닌 여자는 도무지 구미가 안 당긴단 말야."
하고 한그루가 말했다.
"처녀인지 아닌지 어떻게 알 수 있나? 요즘엔 성형수술 기술이 발달해서 처녀막도 새로 만들 수 있다는데……. 주리는 어떻게 생각해? 여자

입장에서 한번 의견을 말해봐."

하고 이길로가 말했다. 김주리는 30대 초반의 나이인데, 실험적인 전위미술을 하고 있었다. 키도 꽤 큰 편이고 신체도 팔등신에 가까워 '여류' 자(字) 붙은 예술가들 중에서는 상당히 근사한 멋쟁이였다. 다만 얼굴이 둥글고 넓적한 게 흠인데, 그래서 그녀는 앞가르마를 탄 직모(直毛) 상태의 머리를 항상 좌우로 늘어뜨려 두 뺨을 가리고 있었다.

"처녀냐 아니냐가 뭐가 그렇게 중요해요? 그럼 저도 총각이냐 아니냐를 따지며 남자를 꼬드겨야 한다는 얘긴데, 처녀를 밝히는 한국 남자들의 심리를 전 정말 이해할 수 없어요."

하고 김주리가 약간 신경질적으로 말했다. 그녀는 요즘 어린 남자 누드모델 하나를 좋아하고 있는데, 그 남자가 말을 잘 안 들어 신경이 약간 곤두서 있었다.

"그럼 만약 이혼이 이루어지면 한 작가는 조나리 씨와 결혼하겠단 말인가? 잘못한 결혼 때문에 그렇게 고생하고 있으면서 또 '행복한 결혼'을 꿈꾸고 있으니 당신도 참 괴상한 사람이군."

하고 지 주간이 말했다.

나 역시 지 주간의 말에 동감이었다. 나는 원래부터 '결혼제도' 자체를 싫어해 왔다. 그런데 유럽으로 외국 유학까지 다녀온 사람이 조선조식(朝鮮朝式) 여성관을 갖고 있다는 사실이 나로서는 도무지 이해가 가지 않았다.

한그루가 지금까지 이혼을 못하고 있는 이유는 그가 10년 전에 한 황당한 실수 때문이었다. 아내와 결혼한 지 얼마 후 성격상의 트러블이 잦아지자 그는 아내에게 협의이혼을 끈질기게 애원·강요했고, 그의 아내도 자존심이 뻗쳐 결국 이혼에 동의했다. 그래서 둘이 가정법원에 가서 이혼 판결문을 받아내는 데 성공했는데, 한그루는 그것으로 이혼 절차가 다 끝난 줄 알고 구청에 가서 호적 정리를 하지 않았던 것이다.

그런 지 얼마 후 그는 새 여자를 만나 연애를 시작했다. 그러자 그의 아내는 화가 머리끝까지 솟구치게 되었고, 그러던 중 호적 정리가 아직 안 돼 있다는 것을 알아내게 되었다. 그래서 그녀는 남편의 뒷조사를 해 증거 사진을 만들어내 가지고 고소했다. 한그루는 속절없이 당할 수밖에 없었는데, 간통 사건을 맡은 판사가 두 사람이 화해하고 계속 같이 살기로 하면 그를 구속하지 않겠다고 화해를 붙여왔다. 그래서 그는 얼떨결에 손을 들어버리게 되었고, 결국 판사의 종용에 따르게 된 것이었다.

사건이 그렇게 끝났다고 해서 부부가 다시 합칠 수는 없었다. 그리고 한그루와 연애하던 여자도 어느 결에 도망가버리고 말았다.

그래서 한그루는 홧김에 있는 돈 없는 돈 긁어모아 이탈리아로 유학을 떠났고(그는 대학에서 이탈리아어를 전공했다), 5년 동안 로마에 머무르고 있다가 돌아와 작가가 된 것이었다. 처음엔 교수가 되려고 했으나 이탈리아어과가 있는 대학이 원체 드물어 뜻대로 되지가 않았다.

그러자 그는 이탈리아 사람들의 자유로운 성풍속을 소재로 한 소설을 써서 작가로 데뷔했고(나는 그가 쓴 소설을 보고 이탈리아를 더욱 사랑하게 되었다. '치치올리나'라는 포르노 배우가 국회의원이 될 만큼 이탈리아는 정말 성에 있어 촌스러운 편견이 없는 나라다), 그 작품은 그런대로 꽤 팔려나갔다.

작가로 어느 정도 성공하자 그는 더욱 기세가 등등해져 자주 연애를 했는데, 그의 아내는 그런 꼴이 보기 싫어서인지 그가 아무리 애원하고 설득해도 이혼에 동의를 해주지 않았다. 그래서 결국 이혼소송을 내기에 이르렀는데, 10년이나 별거 상태에 있었는데도 결국 1, 2심에서 패소하고 만 것이었다.

요즘 한국에도 페미니즘 바람이 불어, 이혼 재판 때 남자가 불리한 입장에 놓이게 됐다는 것도 패소의 이유로 작용했다. 게다가 가장 중요한

1심 재판 때 만난 판사가 하필이면 여자 판사였다. 대법원에 상고를 해놓고는 있지만 대법원 재판에서 판결이 뒤집어지는 확률은 극히 낮기 때문에, 그가 이혼 재판에 질 것은 불을 보듯 뻔한 일이었다.

아무튼 이탈리아에서 뭇여성들과 프리섹스를 했다고 자랑하는 그가 숫처녀를 밝히고, 또 '새 결혼'을 꿈꾸고 있다는 것은 나로서는 정말 납득이 안 가는 일이었다. 그는 결국 '전형적인 한국 지식인', 즉 '사대주의'와 '국수주의'에 양다리 걸치는 지식인에 지나지 않았던 것이다.

인간의 삶이란 그저 그날그날을 때워나가며 살아갈 수밖에 없는 것이다. 그럴 경우 우리의 지친 삶을 달래줄 수 있는 '놀이'는 그래도 '사랑'뿐일 것이다. 그런데 사랑을 '놀이'로 즐기지 못하고 '결혼'이라는 굴레와 연관시켜 생각하곤 하는 게 바로 한국의 '보통 사람들'이다.

한그루가 그의 자유분방한 소설 내용과는 달리 '결혼'이나 '순결'에 집착하고 있다는 사실이 나는 못내 안타까웠다. 하지만 그 점만 빼놓고는 그가 하는 행동이 대체로 마음에 들어 그와 계속 사귀고 있는 것인데, 그는 한마디로 말해 '뒤끝'이 없는 성격이었다. 그리고 특히 한국 남성들에게 많은 '질투'와 '심통'이 비교적 적었다.

또 '여자 보는 눈'이 나와는 아주 다르다는 것도, 그와의 부담 없는 교제를 가능하게 하는 한 원인이 되어주었다. 그는 지 주간과 마찬가지로, 화장이나 치장을 많이 한 여자는 질색이었다. 나는 그가 좋아하는 여자를 탐내지 않았고, 그 역시 내가 좋아하는 여자를 탐내지 않았다. 그는 내가 여자의 '긴 손톱'에 유달리 강한 집착을 보이고 있고, 또 그런 심리나 '긴 손톱' 등의 페티시를 소재로 시나 산문을 많이 쓸 수밖에 없는 '절박한 탐미주의'를 통 이해하지 못하고 있었다.

지 주간이 약간 면박을 주는 말을 했는데도, 한그루는 별로 동요의 빛을 보이지 않았다. 그리고는 오른손 검지로 코를 후비면서(그는 코를 자

무성생식의 시대 · 55

주 후비는 더러운 버릇이 있다. 나는 그가 '여자 앞에서도 저럴까' 하고 생각해 보는 적이 많다. 몇 번 지적해 주려고 마음먹었다가, 그가 코를 후빌 때마다 시선을 다른 곳으로 옮기는 것으로 낙착을 보았다), 지 주간의 말에 이렇게 대꾸했다.

"행복한 결혼생활에 대한 꿈이 아직도 남아 있는 걸 어떡해. 나리는 정말 순수한 여자야. 나는 나리와 결혼식을 근사하게 올린 후 멋진 곳으로 신혼여행을 가서, 첫날밤 그녀의 처녀막을 파열시킬 때 느끼게 될 감격을 감미롭게 공상해 보곤 한다네."

"정말 못 말리는 친구로군. 아무튼 잘해보게. 도와주면 도와줬지 훼방은 놓지 않을 테니까."

하고 이길로가 약간 비아냥거리는 어조로 말했다. 그래도 한그루는 여전히 진지하고 태평스런 얼굴이었다.

나는 그가 쫓아다니는 '조나리'라는 여자를 한번 만나본 적이 있다. 내 보기엔 그저 보통보다 약간 넘는 정도의 외모를 지닌 평범한 여자였다. 그녀가 가진 장점이라면 20대 중반의 젊은 나이라는 것과 얼굴이 갸름하고 몸이 비교적 날씬하다는 것이었다. 하지만 키가 163센티미터 정도밖에 안 돼 보였기 때문에 나에겐 성이 차지 않았다. 나라면 차라리 조나리보다는, 나이가 30이 넘고 얼굴 면적이 비교적 넓은 편이라고 해도 키가 170센티미터쯤은 되는(물론 로라보다는 10센티미터 정도 작지만) 김주리를 택했을 것이다.

한국 남자들은 대개 '품안에 꽉 들어오는 여자'를 좋아하는 경향이 있다. 아무래도 점점 무너져가고 있는 '남성 우월주의'에 대한 자격지심과 열등감이 작용해서 그럴 것이다. 그래서 일류 영화배우라는 여자들도 대개는 키가 다 '오종종'하다. 그렇기 때문에 내가 좋아하고 사모하는 한국 여자배우는 아직 한 명도 없다. 키가 작으면 마릴린 먼로처럼 섹시하기라도 해야 할 터인데, 얼굴이 다들 '지적(知的) 내숭' 형으로 생겨먹었기 때문이다.

2

 이런저런 잡담 끝에 우리는 함께 나가서 저녁을 먹었다. 반주를 많이 곁들여 저녁을 먹고 나니 다들 웬만큼 취했다. 그래서 술을 더 마시기로 합의를 보았다.
 "이왕이면 재미있는 곳으로 가요. 인사동 술집들은 이젠 너무 뻔해서 싫더라."
 하고 김주리가 말했다.
 "그럼 종로통으로 나가볼까? 거긴 이곳보다 좀 더 화려하지."
 하고 지 주간이 말했다.
 "거긴 어린애들 천지라 우리 같은 나이의 사람들한테는 안 어울려."
 하고 이길로가 말했다.
 "난 좀 기이하고 신나는 곳에 가서 스트레스를 풀고 싶어요. 요즘 제 깐엔 야심만만하게 하는 '보디 페인팅(Body painting)' 작업이 영 잘 안 풀려나가서 기분이 울적해 죽겠거든요." 하고 김주리가 말했다.
 "작업이 안 풀리는 게 아니라 그 남자모델이 주리의 사랑을 안 받아줘서 애가 타는 거겠지."
 지 주간이 빙그레 웃으면서 김주리에게 말했다.
 "그 말은 사실이에요. '사랑'까진 아니고 그런대로 꽤 마음을 줬는데, 멀쩡하게 페니스가 달린 남자가 꼭 고자같이 굴거든요. 내깐엔 최대로 야하게 차려입고 작업을 해도 통 반응을 보이지 않는단 말이죠."
 "그 남자, 얼굴이 그렇게 잘생겼나?"

하고 내가 끼어들었다.
"잘생겼다기보다는 꼭 여자같이 예쁘게 생겼어. 피부도 아주 곱고. 그러니 주리가 반할 만도 하지. 주리는 아름답게 생긴 남성을 좋아하니까. 아니, 아름답게 생긴 남성뿐만 아니라 아름답게 생긴 여자도 좋아하지. 같은 여자인데도 예쁜 여자한테 질투심을 안 느끼는 건 주리의 미덕이야. 그런 면에서 주리는 정말 예술가다워."
하고 지 주간이 말했다.
"주리는 너무 남자의 외모를 밝히는 게 탈이야. 또 어린애를 너무 좋아하고. 나 같은 사람하고는 단둘이 데이트 한번 안 해주는데, 내가 너무 늙어서 그러나?"
하고 이길로가 말했다.
"늙어서 그렇다기보다는 좀 못생기셔서 그래요."
'못생겼다'는 말을 거침없이 내뱉는 걸 보니, 주리의 마음이 스트레스로 꽉 뭉쳐 독이 나 있는 게 분명했다.
"오늘은 주리의 마음을 좀 풀어줘야겠군. 기이하고 신나는 데라······. 그런 곳이 대체 서울 어디에 있을까?"
하고 지 주간이 말했다.
"홍대 앞에 '몸부림'이라는 록카페가 새로 생겼대. 물이 상당히 좋다더군."
하고 이길로가 말했다.
"홍대 앞도 이젠 신물이 나요. 대학 4년에다 대학원 2년까지 다닐 때 거기서 너무너무 죽쳤거든요."
하고 김주리가 말했다.
"그럼 주리가 한번 가보고 싶은 장소를 말해봐. 혹시 '호스트 바' 같은 곳을 생각하고 있는 거 아냐? ······하지만 그런 장소엔 우리 같은 남자들은 들어갈 수가 없잖아?"

하고 한그루가 말했다.

 김주리는 한참 동안 꽤 진지한 모습으로 생각에 잠겨 있었다. 그러고 나서 이렇게 말했다.

 "생각 같아선 소문으로만 듣던 그 '호스트 바'라는 곳엘 한번 가보고 싶어요. 거기선 여자들이 남자들을 장난감 가지고 놀듯이 마음대로 가지고 논다니까요. 하지만 지금은 안 되겠군요. ……그럼 호스트 바와 비슷한 '게이 바'로 가보는 건 어떨까요? 거긴 남녀가 같이 들어가도 괜찮다면서요? '게이 바' 역시 꼭 한번 가보고 싶던 곳이었거든요."

 '게이 바'라는 곳은 노는 방식이나 접대 방식이 다 다르다. 그리고 게이가 접대부로 나오는 '게이 바'일 경우, 접대부로 나오는 '게이'의 양태나 차림새도 천차만별일 수밖에 없다. 그래서 나는 주리에게 물었다.

 "대관절 어떤 '게이 바'를 말하는 거야? 게이들이 모여서 술을 마시는 게이 바는 이 근처에 있는 허리우드 극장 언저리에도 꽤 많은데……."

 "저는 여자처럼 꾸민 남자들이 접대부로 나오는 게이 바를 말하는 거예요. 듣기엔 그런데 나오는 게이들이 여자 찜 쪄 먹게 예쁘고 섹시하다던데요."

 겉보기엔 멀쩡한 남자로 보이는 게이들이 모여드는 '게이 바'엔 나도 몇 년 전에 가본 적이 있다. 허리우드 극장 옆골목에 있는 허름한 카페였다. 동성애를 하고 있는 20대 말의 대학 후배 하나가(그는 여자처럼 꾸미고 다니는 게이가 아니라 남자 역할을 하는 게이였다) 자신들이 우리 사회에서 너무나 소외되어 있고 또 천대받고 있다고 하소연하면서, 나를 그곳으로 데리고 가 많은 남성동성애자들을 소개해 주었다. 나는 동성애엔 별로 흥미가 없었지만 그렇다고 해서 그들을 '변태'로 본다거나 깔보는 마음은 전혀 없었다. 하지만 그곳에 모여 있는 남성 동성애자들 중에 여자처럼 예쁘게 꾸민 남자가 한 사람도 없어 상당히 실망할 수밖에 없었던 기억을 가지고 있다. 말하자면 내가 보고 싶어했던 '게이'는 동성애자라기보다는 '쉬메일(Shemale, transvestite)'이었던 것이다(미국에서는 그들을 보통 Drag Queen이나 'T·V'라고 부른다). 물론 그들 중 상당수가 동성애자를 겸하고 있는 것은 사실이다.

지 주간이나 이길로나 한그루는 주리가 가보고 싶어하는 게이 바가 이태원에 몇 군데 있다는 것만은 들어서 알고 있는 듯했다. 하지만 어디가 가장 '물'이 좋은지, 또 그곳의 상호(商號)가 무엇이고 위치가 어딘지는 모르겠다고 말했다. 그래서 할 수 없이 내가 누군가에게 들어서 알고 있던 장소로 그들을 안내하게 되었다. '오르가슴'이라는 이름의 게이 클럽이었다.

우리는 식당에서 나와 이태원으로 갔다. 이태원으로 가는 차 안에서도 나는 그런 곳으로 가는 것에 대해 내심 찜찜해하고 있었다. '오르가슴'이란 곳이 과연 물이 좋은지 알 수 없을 뿐더러, 10년 전쯤에 가봤던 이태원 어느 '게이 클럽'에서 느꼈던 실망의 감정이 새삼 생각나서였다. 한마디로 말해서 그때 접대부로 나왔던 게이들은 화장이나 치장만 여자처럼 했을 뿐, 모두 다 근육이 울퉁불퉁 징그럽게 튀어나와 있고 얼굴이 못생긴 편에 속하는 '괴상한 여자'들이었던 것이다. 나는 그들이 여자처럼 애교를 부리며 섹시한 포즈를 취하려고 안간힘 쓰며 노력하는 것이, 그저 불쌍하고 안쓰러워 보이기만 했었다.

이태원에 도착하여 우리는 묻고 물어 드디어 '오르가슴'을 찾았다. 간판이 아주 조그맣게 달려 있고 또 지하에 위치하고 있어 찾기가 무척이나 어려웠다. '오르가슴'이 어디 있냐고 묻자, 젊은 '삐끼'들은 그곳보다 훨씬 더 물이 좋은 곳이 있다며 우리를 강제로 끌어가다시피 하려고 들어 무척이나 애를 먹었다. 그래서 자칫 다른 곳으로 갈 뻔 했지만, 결국 우리는 '오르가슴'을 찾아내게 되었다.

'오르가슴'에 들어서니 손님이 한 사람도 없었다. 그래서 우리는 여러 명의 '아가씨'들에 둘러싸여 극진한 환영 인사를 받았다. 조명이 어두워서 진짜 아가씨들인지 '게이(또는 T·V)'인지 알 수가 없었다.

하지만 어두운 조명에 눈이 차차 익숙해지자, 한두 명의 '아가씨'가 남자 같은 골격을 하고 있다는 것을 알게 되어 우리가 진짜 '게이 클럽'을 잘 찾아왔다는 사실을 확인할 수 있었다. 왜 손님이 없느냐고 물으니, 10시는 되어야 손님이 들어오기 시작한다고 했다. 1차로 오는 손님은 거의 없고, 대개는 술김에 호기심 삼아 2차로 술을 마시러 오기 때문이라는 것이었다.

'오르가슴'은 꽤 넓은 공간으로 된 플로어를 앞에 두고, 빙 둘러 소파식으로 만들어진 의자들과 테이블들을 배치하고 있었다.

플로어 겸 무대에서 한 명의 '아가씨'가 인도의 에로틱한 무용 비슷한 춤을 혼자서 연습하고 있는 것이 인상적이었다. 그 옆에 가라오케 시설이 돼 있는 걸로 보아, 넓은 플로어는 손님들이 노래도 부르고 춤도 출 수 있는 공간이면서 자기네들의 쇼 공연 공간 역할을 겸하고 있는 것 같았다.

우리는 무대를 정면으로 보는 맨 앞 테이블에 자리를 잡고 앉아 술과 안주를 시켰다. 손님이 없어서인지 무대에서 춤을 연습하고 있는 아가씨를 뺀 여덟 명의 '아가씨'가 우르르 몰려와 사이사이에 끼어 앉았다.

웨이터가 술과 안주를 날라와 테이블 위에 놓자 주인인 듯싶은 40대의 '마담'이 인사를 왔다. 여자처럼 꾸미긴 했는데 얼굴 윤곽이나 체격이 완전한 남자였다. 10여 년 전에 내가 가봤던 '게이 클럽'의 '아가씨'들 모습이 연상되었다.

"처음 오신 분들 같은데 찾아주셔서 고마워요. 오늘 밤 재미있게 노시고, 마음에 드시면 다음에도 자주 들러주세요."

나는 무척이나 겸손한 어투로 말하는 마담의 얼굴이나 말씨가 아무래도 10여 년 전 그 게이 클럽에서 봤던 '아가씨' 같아 그에게 말을 붙였다.

"혹시 예전에 '열정'이라는 곳에서 일하지 않으셨나요? 그때 뵌 기억이 어슴푸레하게 나는데……."

"어머, 어떻게 그걸 아시죠? 그때 전 그곳에서 일했었어요. 지금은 그 집이 없어져버렸지만요. …… 그땐 아마 실망하셨을 거예요. 저나 동료 애들이 별로 안 예쁘게 생겼었으니까요. 하지만 요즘은 정말 세상이 달라졌답니다. 여자 찜 쪄 먹게 예쁘게 생긴 남자애들도 많고, 또 성형수술이 발달해서 피눈물 나는 노력 끝에 예쁘게 된 애들도 많아요. 보셔요, 다들 예쁘고 야하고 섹시하지 않아요?"

마담이 말을 끝내자 나는 주변에 앉아 있는 '아가씨'들의 얼굴을 촘촘하게 뜯어보았다. 음탕하게 불그레한 조명 탓인지는 몰라도 하나같이 섹시한 얼굴들이었다. 나뿐만 아니라 다른 친구들도 놀라는 눈치였다.

특히 김주리는 아주아주 놀라하고 신기해하면서 약간 창피스러워하는 낯빛을 했다. 그리고는,

"아무래도 화장을 좀 더 짙고 야하게 하고 와야겠네요. 자칫하면 이 아가씨들한테 주눅이 들어 오늘 밤 별 재미를 못 볼 것 같아요."

하고 말하면서 자리를 떴다.

잠시 후 주리가 한결 짙고 화사한 화장을 하고 돌아오자 다른 '아가씨'들과 겨우 밸런스가 맞게 되었다. 하지만 그로테스크하게 섹시한 면에서는 '게임'이 되지 않았다. '밤 화장'이란 짙기만 해서는 안 되고 음음(淫淫)하게 고혹적이어야 하는 것이기 때문이었다.

'오르가슴'의 아가씨들은 보통 여자들이 하는 짙은 밤 화장과는 달리 특이하고 그로테스크한 화장을 하고 있었다. 예를 들면 눈썹을 다 밀어버리고 은색 반짝이들을 촘촘히 이어 붙이는 식이었다. 아가씨들이 다 똑같이 그런 식의 '변형'을 추구하고 있는 것은 아니고, 아가씨들마다 각자의 독특한 화장술이나 의상 그리고 기묘한 '페티시'를 경쟁하듯 보여주고 있었다.

나는 예전에 봤던 여장남성들에 비해 훨씬 더 세련되게 관능적으로 되고 아름다워진 그들을 보고 감동스런 마음이 일어났다. 그리고 '오르가슴'이란 곳은 다른 게이 바나 룸살롱들과는 달리 분위기가 전혀 새로운 '별천지' 같은 곳이라고 말하며 이곳을 소개해 준, 어떤 친구가 고맙게 생각되었다. 하지만 나를 빼놓고는 지 주간이나 한그루나 이길로 그리고 이곳에 오자고 한 김주리마저도 다들 약간 당혹스러워 하는 눈치였다.

  술을 한두 잔씩 마시며 아가씨들의 자기소개를 듣고, 조금 어색한 상태로 이런저런 이야기를 나누고 나자 비로소 경직된 분위기가 풀렸다. 그때 플로어에서 인도 무용 연습을 하고 있던 아가씨에게 마담이 다가가 뭐라고 귀엣말을 했다. 그러자 그 아가씨가 무대 앞으로 나와 마이크를 잡고서 남자 악사의 반주에 맞춰 노래를 부르기 시작했다. 아마도 우리를 위해 본격적인 '공연'을 시작하려는 모양이었다.

  풀어헤쳐진 숱 많은 긴 보라색 머리카락과 머리 사이에서 이마 한가운데로 드리워진 하트 모양의 인도식 보석 장신구, 그리고 커다란 코걸이와 입술걸이가 무척이나 인상적이었다. 아가씨는 보랏빛 거웃으로 물결치는 '노 팬티'의 치구(恥丘)가 훤히 들여다보일 만큼, 시폰 옷감보다도 훨씬 더 얇고 성글게 짜진 '인도 실크'로 된 양옆이 터진 긴 치마를 골반에 걸리게 하여 느슨하게 걸치고 있었다. 배꼽에 커다란 보석 장식을 박아 넣고 그 둘레에 달무리 모양의 채색을 한 것이 몸서리치게 관능적이었다.

  상체에는 아무것도 안 걸치고 커다란 젖가슴을 그대로 드러내놓고 있었다. 젖꼭지 언저리에도 무지갯빛 일곱 색깔을 달무리 모양으로 둥글게 칠하고 있었는데, 젖꼭지만은 유난히 새빨간 색으로 칠해져 있었다. 그리고 젖꼭지에 꿰어져 있는 자전거 바퀴만큼이나 큰 젖꼭지고리에서는 수십 가닥의 가느다란 금빛 은빛 체인이 폭포수처럼 흘러내려와 은하수처럼 반짝거리고 있었다.

손톱 역시 아주아주 길었고, 왼손 다섯 손가락에는 30센티미터 정도 길이의 칼날같이 뾰족한 금속으로 된 손가락 끼우개를 끼고 있었다. 열 손가락에 낀 열 개의 반지는 가는 금속 체인으로 팔찌에 연결되어 있었고, 팔찌는 다시 암릿(armlet)에, 암릿은 다시 목걸이에, 목걸이는 다시 코걸이에 연결되어 있었다. 그녀(이제부터는 그 '아가씨'를 아예 '그녀'라고 부르기로 하겠다)가 부른 노래는 영어로 된 외국 노래였다. 마침 내가 좋아했던 가수인 프린스(Prince)의 <사랑스런 니키(Darling Nikki)>였는데 가사의 한 부분을 소개하면 이렇다.

I knew a girl named Nikki.
In a hotel lobby,
Masterbating with magazines.
She had many devices,
Nikki started to grind…….

나는 그녀가 1980년대에 인기를 끈 남자 가수 '프린스'의 노래를 알고 있는 것에 놀랐다. 그녀의 얼굴은 아무리 봐도 스무 살을 갓 넘은 듯싶어 보이는 앳돼 보이는 얼굴이기 때문이었다.

'프린스'는 로큰롤을 흑인음악에 접합시킴으로써, 자유로운 성을 음악으로 표현하는 데 한층 더 생명력을 불어넣어주었다. 예전의 대중음악이 도덕주의적이고 정신주의적인 측면만을 강조했던 것과는 정반대로, 그는 성을 과감하고 직접적인 방법으로 표현함으로써 광범위한 인기를 얻을 수 있었다.

그의 대표적 앨범인 <심홍색 비(Purple Rain)>가 미국의 신애국주의(新愛國主義)를 표방한 '브루스 스프링스턴'의 <미국에서 태어나서 (Born In the U.S.A.)>를 연 24주 동안이나 계속 2위에 머물게 하는 불명예를 안겨주면서, 줄곧 정상을 지켰다는 것에는 큰 상징적 의미가 있다.

그는 공연 중에 목욕탕의 욕조를 무대 위에 올려다 놓고 관객 앞에서 나체로 샤워를 즐긴 일까지 있다. '프린스'의 이러한 행동은 그가 이른바 변태성욕의 하나로 간주되는 '노출증(exhibitionism)'을 당당하게 표출시킨 것으로 해석될 수 있다. '노출증'의 상대적 개념은 '관음증(觀淫症, voyeurism)'이라고 할 수 있는데, '프린스'의 노출은 관객들에게 관음증적 쾌감을 모처럼 푸짐하게 선물해 주었다고 할 수 있다. 그의 대표적 앨범인 <퍼플 레인>에는 그때까지 금기시되어 왔던 성의 한계를 무너뜨린 작품들이 실려 있는데(아, 한국에서는 언제 가서야 그런 앨범이 나오려나?), 그 가운데서도 <사랑스런 니키>에서는 다양한 관능의 형태를 자유롭게 표현하고자 노력하는 그의 의도가 가장 잘 드러나고 있다.

"나는 니키라는 이름의 소녀를 호텔 로비에서 만났다. 그녀는 잡지를 보며 자위행위를 하고 있었다……"로 시작되는 이 노래의 가사는 실로 대담무쌍하고 솔직하기 그지없는 가사라고 할 수 있다. 그러나 모든 예술이란 결국 '관능적 판타지(fantasy)'요 '음란한 꿈'이라는 사실을 염두에 두고서 이 노래를 음미해 본다면, 지나치게 퇴폐적이라는 느낌이 들기 이전에 '건강하고 시원한 카타르시스'를 맛볼 수 있는 것이다.

'프린스'는 빈약하고 가느다란 체구와 여성적 이미지를 통해 오히려 여성 관객들을 열광케 했다. 그래서 나는 프린스의 <사랑스런 니키>를 부르는 그녀가 '당당한 나르시시스트'에 속하는 게이(혹은 쉬메일)라는 사실을 확신할 수 있었다.

마담에게 그녀의 이름을 물으니 '이채나'라고 했다. '오르가슴'에 나오는 애들 가운데 가장 예쁜 얼굴과 몸매를 지니고 있는 아이라는 것이었다. 채나가 성전환수술을 했느냐고 물으니 아직 안 하고 있다는 것이었다.

  채나의 노래가 끝나갈 때쯤 해서 슬슬 손님들이 들어오기 시작했다. 그래서 우리 곁에 앉아 있던 '아가씨'들은 둘만 남고 자리를 떴다. 다만 마담만은 우리가 처음 온 손님들이라 그런지 자리를 안 뜨고 있었다. 나는 마담에게 부탁해 채나를 내 옆으로 오게 했다.

  채나는 내 옆에 와 자리를 잡고 앉자 허리를 꼿꼿이 편 자세로 고개를 약간 내리숙이고서, 마치 고대 인도의 왕궁에서 춤추는 여자노예 같은 태도를 보였다. 그래서 그녀가 입고 있는 인도풍의 의상과 장신구들이 주는 이미지와 더불어 진짜 인도 무희를 보고 있는 듯한 착각마저 들었다.

  무척이나 겸손한 그녀의 태도가 나로 하여금 여느 룸살롱이나 룸가라오케 집에서 나오는 호스티스들과 그녀를 비교해 보도록 만들었다. 그런데 나오는 '여자' 호스티스들은 손님한테서 뻔뻔스럽게 돈만 거저 뺏어먹으려고 들 뿐이지, 에로틱한 서비스나 겸손한 매너 면에서는 통 '직업정신'을 보여주지 않는 게 보통이기 때문이었다.

  채나는 계속 눈을 아래로 내리뜨고서 공손한 자세로 앉아 말이 없었다. 갸름한 얼굴 윤곽이며 오똑한 콧날이며 조붓한 입술 모양 등이 영락없는 여자였다. 특히 처마처럼 흐른 좁은 어깨와 기다란 목과 가늘고 긴 다리가, 예쁘다고 자부하는 진짜 여성들보다도 훨씬 더 아름다워 보였다. 내가 말없이 그녀의 모습을 음미하고만 있자 곁에 있던 마담이 채나에 대해 이렇게 부연 설명을 해주었다.

  "이 애는 제가 보기에 진짜 '드래그 퀸(Drag Queen)'에 속하는 쉬메일이예요. 말하자면 남자를 사랑하여 그들을 꼬드기기 위해 여자처럼 몸을 꾸미는 남성 동성애자가 아니라, 스스로 고전적인 여성의 매너를 가진 마조히스트 여자처럼 되려고 무진 애를 쓰며 정성껏 대담하게 멋을 내고, 또 그러면서 탐미적 나르시시즘을 적극적으로 느끼는 아이란 말이죠. 신기한 것은, 채나는 젖가슴을 빼놓고는 성형수술을 받은 데가 한군데도 없다는 점이에요. 남자의 얼굴이 어쩌면 저렇게 예쁠 수 있을까, 또 조붓한 어깨에 가느다란 다리 등 남자의 체형이 어쩌면 저렇게 아름다울 수 있을까, 하고 저는 늘 감탄하게 되죠."

나는 마담의 말을 들으면서, 아까 채나가 노래를 할 때 속이 훤히 비치는 옷감 사이로 들여다보였던 치구 부분을 머릿속에 선명히 떠올리고 있었다. 불그레한 조명 탓인지는 몰라도, 남자의 생식기가 달려 있는 표시가 전혀 안 났었기 때문이었다.

성전환 수술을 받지 않은 남자 게이가, 어떻게 그토록 대담무쌍한 '시스루' 스타일의 치마를 걸칠 수 있었을까? 나는 채나의 아랫도리를 직접 만져보고 싶었지만 그녀의 자존심에 상처를 줄 것 같아, 내가 가졌던 의문을 마담에게 솔직히 털어놓고 물어보았다. 그러자 마담은,

"그건 숱이 아주 많은 인조 음모를 붙였기 때문이에요. 그렇게 속으로만 궁금해 하지 마시고 직접 한번 보시지 그러셔요?"

하고 말하며 빙그레 웃었다.

마담의 말이 끝나자 채나가 말없이 치마를 걷어 올렸다. 정교하게 부착된 보랏빛 거웃 수풀이 채나의 꽤 큰 성기를 감쪽같이 덮어주고 있었다. 가까이 들여다보니 무성한 음모가 불두덩을 거쳐 허벅지 윗부분까지 흘러내려오고 있었다. 나는 평소엔 전혀 상상해 보지 못했던 기묘한 관능적 흥분을 느꼈다. 옆에 있던 한그루는 고개를 옆으로 돌리며 불쾌한 낯빛으로 입맛을 쩝쩝 다시고 있었다. 그는 확실히 '관능적 끼'가 부족한 작가였다.

"그래, 채나는 성전환 수술을 계속 안 받고 버틸 셈이야? …… 혹시 돈이 많이 들어서 그러는 건 아닌가?"

하고 내가 채나에게 물어보았다.

"글쎄요······. 현재로선 성전환 수술을 하지 않았다고 해도 별 불편을 느끼지 않고 있어요. 또 남자의 성기가 달려 있는 상태로 여자처럼 꾸미고 다니는 데 대해 열등감이나 수치심 같은 것을 느껴본 적도 없구요. 저는 지금 상태만으로도 큰 행복감을 느끼고 있어요. 그렇게 된 건 다 '오르가슴'의 김 마담 언니 덕분이지요. '오르가슴'에 나오지 않더라면 저는 제 '끼'를 주체하지 못해 퍽 우울한 나날들을 보냈을 거예요."

하고 채나가 대답했다. 목소리에서만은 약간 남자 같은 체취가 풍겨 나왔다. 하지만 아주 징그럽게 들리는 '게이'들의 굵직한 남자 목소리가 아니었다. 매력적으로 들리는 허스키한 음색의 여자 가수 같은 목소리였다.

"채나는 매달 여성 호르몬 주사를 맞는 것 말고는 별로 신경 써야 할 게 없어요. 다른 애들은 우선 턱을 깎는 등 얼굴부터 아주 많이 손질을 해야 하지요. 흉한 목소리 때문에 성대수술을 받는 아이들도 있구요."

하고 김 마담이 말했다.

"성전환 수술을 받으면 정말 여자같이 되나요?"

하고 주리가 마담에게 물었다.

"진짜 여자처럼 될 수는 없어요. 말하자면 옛날의 내시들이 그랬던 것처럼 고환과 음경을 잘라내고, 여자 성기 비슷한 모양을 만들어주는 것이 이른바 '성전환수술'이죠. 자궁이 없으니 아이를 가질 수도 없고, 보통 여자들처럼 질(膣)이나 클리토리스 자극에 의한 오르가슴을 느낄 수도 없어요."

"그런데 왜 성전환 수술을 받는 거죠?"

"남자로 태어난 게 너무 억울해서 그러는 거죠. 우선 겉모양이라도 여자처럼 만들어놓으면 상당한 행복감과 자족감을 느낄 수 있으니까요. 그리고 정신적으로 느끼는 오르가슴도 상당하구요."

김 마담의 대답이 끝나자 이내 채나는 자리를 떴다. 그리고는 무대 위로 올라가 춤을 출 채비를 했다. 곧이어 흐느적거리는 중동풍으로 된 재즈곡인 <타부(Taboo)>가 흘러나왔다.

　채나는 음악에 맞춰 아라비아의 배꼽춤과 인도의 민속무용을 합친 듯한 독창적인 율동의 무용을 했다. 서서만 추는 게 아니라 바닥에 엎드려 스멀스멀 기기도 하고, 발딱 누운 자세로 다리와 팔을 선정적으로 움직여 성행위시의 몸짓을 은유적으로 흉내 내기도 했다. 그녀의 센스 있는 몸짓 하나하나가 무척이나 관능적이었다.

　"채나가 이곳에 나오는 것을 직업으로 삼고 있나요?"

　채나가 추는 춤을 홀린 듯 바라보며 내가 마담에게 물었다.

　"아니에요. 저 애는 가끔가다 기분 내킬 때만 나와요. 말하자면 취미로 나오는 셈이죠. 솔직히 말씀드려서 채나는 지금 대학에 다니고 있어요. 학교에서는 그저 '야하게 꾸미고 다니는 예쁘게 생긴 남자' 정도로만 알고 있다나 봐요. 요즘엔 머리를 길게 길러 염색을 하거나 귀걸이, 목걸이를 하는 등 여자처럼 꾸미고 다니는 남학생들이 많기 때문에 별로 의심을 받지 않는대요. 또 채나는 동성애자라기보다 탐미적 나르시시스트이기 때문에 남자로서 사회 생활을 하는 것에 대해 아직은 별 부담감을 느끼지 않고 있어요. 하지만 제가 보기엔 저 애도 차츰 진짜 '게이'처럼 되어갈 것이 분명해요. 다시 말씀드려서 남자를 사랑하게 될 거라는 거죠. 우선 군대에 가기를 싫어하고, 이곳에 나와 이 옷 저 옷 갈아입어가면서, 그리고 이 가발 저 가발 이 장신구 저 장신구 갈아대 가면서 남자의 칭찬을 듣는 것을 너무나 기뻐하고 있으니까요."

　마담의 말이 끝날 때쯤 해서 채나의 춤이 끝났다. 그러자 옆에 있던 두 아가씨가 자리에서 일어나 무대 뒤로 갔다. 다른 좌석에서 술시중을 들고 있던 아가씨들도 다 함께 일어나 무대 뒤로 들어가 더욱 선정적인 옷으로 갈아입고 나왔다. 채나의 춤 순서에 이어 다 같이 군무(群舞)를 추려는 모양이었다.

아가씨들의 의상은 꽤나 섹시하고 변태적이었다. 특히 온몸을 검은색 비닐로 착 달라붙게 친친 묶은 옷은 'S·M(사디즘과 마조히즘)'을 연상시켰다. 그녀들이 스트립쇼에 라이브쇼를 합쳐서 흉내 낸 군무를 추고 있는 동안, 채나는 무대 뒤로 들어가 옷을 갈아입고 왔다. 속이 훤히 비치는 얇은 지지미 옷감으로 만들어진, 가슴을 깊게 판 병아리색 초미니 원피스였다. 그래서 그녀는 싱그러운 젊음을 자랑하는 청초하면서도 야한, 상큼한 모습의 사춘기 소녀로 보였다.

"아가씨들이 입고 있는 옷들은 다 자기 돈으로 산 겁니까?"

하고 이길로가 마담에게 실없는 질문을 했다.

"지금 채나가 입고 있는 옷은 채나 돈으로 산 옷이지요. 일상복으로도 입을 수 있는 옷이니까요. 하지만 아까 채나가 입고 있던 인도식 옷이나 장신구, 그리고 지금 다른 애들이 입고 있는 특이한 옷이나 장신구들은 가게 돈으로 구입해서 돌려가며 사용하는 거예요. 저는 아이들에게 옷을 계속 갈아입도록 시키고 있죠. 그래야만 손님들께서 권태를 느끼지 않으실 테니까요. …… 저희 가게에서는 손님들에게 특별하게 엑조틱(exotic)한 분위기와 에로틱한 쇼를 제공해 드리려고 애쓰고 있어요. 그래야만 이런 식의 다른 가게들이나 보통 룸살롱들과 구별이 되어 손님들께서 찾아온 보람을 느끼실 것 아니겠어요?"

채나는 자리에 앉아 숨을 약간 할딱거리며 이마의 땀을 닦고 있었다. 그것을 보고 있던 지 주간이 채나보고 수고했다고 말하며, 자신이 마시던 맥주잔을 채나 앞으로 가져가 맥주를 따라주었다. 채나는 술잔을 단숨에 비운 뒤 다시 지 주간에게 가져가 조심스럽게 맥주를 따랐다. 그리고는 자기 앞에 있던 양주잔을 들어 내 앞으로 공손히 내밀면서 말했다.

"맥주가 시원해서 좋기는 한데 역시 좀 싱겁군요. 전 오빠가 따라주시는 양주를 한잔 받아 마시고 싶어요."

나는 속으로, 손님들을 보고 무조건 '오빠'라고 부르는 건 여느 룸살롱과 다를 바가 없구나, 하고 느끼며 그녀의 잔에 양주를 가득 따라주었다. 긴 손톱 때문에 술잔을 불편하게 쥐고 있는 그녀의 긴 손가락이 유난히 우아하고 귀족적으로 느껴졌다. 그러면서 나의 긴 손가락과 그녀의 긴 손가락이 퍽 닮았다는 생각이 들었다.

나는 사춘기 때 내 긴 손가락을 지그시 바라보며 마스터베이션을 한 적조차 있을 만큼, 내 손가락이 갖고 있는 여성적인 미(美)에 자부심을 갖고 있었다. 초등학교 때는 누나가 바르던 투명색 매니큐어를 식구들 몰래 발라본 적도 있었다. 여자의 긴 손톱(그냥 손톱이 길기만 하면 안 된다. 반드시 손가락도 함께 길어야 한다)에 몰입하는 나의 페티시즘 취향도, 어찌 보면 내가 갖고 있는 '긴 손가락'에 대한 나르시시즘이 투사된 것인지도 몰랐다. 나의 이런 생각이 이심전심으로 전해졌는지, 채나가 내가 따라준 술을 단숨에 마시고 나서 내게 이렇게 말했다.

"어머, 오빠의 손가락이 정말 길고 예쁘군요. 손톱까지 기르시면 진짜 금상첨화겠어요."

채나가 말을 끝마치자마자 주리가 무심결에 자기의 손가락을 들여다보고 있는 게 보였다. 그녀는 꽤 큰 키에 비해 짧은 손가락을 갖고 있다는 것에 늘 콤플렉스를 느끼고 있었다(여자든 남자든 손가락 길이는 키에 꼭 정비례하지 않는다). 게다가 미술작업을 하고 있는 관계로 손톱을 길게 기를 수도 없어, 항상 내게 '억울함'을 하소연해 오곤 했었다.

"어때, 주리, 이런 곳에 와서 기분이 좀 풀렸어?"

나는 주리가 채나의 긴 손가락과 외모에 주눅 들어 하고 있는 것이 보기에 안쓰러워 이렇게 말을 붙였다.

"공연히 이런 곳에 오자고 했나 봐요. 여기 있는 아가씨들을 보니까 내 짝사랑이 더 서글프게 느껴졌어요."

"그게 무슨 소리야? 주리가 좋아하고 있는 남자모델하고 이 아가씨들이 무슨 상관이 있지?"
"그 친구가 여기 있는 아가씨들만큼이나 예쁘게 생겼거든요."
"그럼 그 친구 호모인가?"
하고 한그루가 끼어들었다.
"호모 같은 티를 내진 않아요. 오히려 남자답게 굴려고 애를 쓰죠. 하지만 아무리 생각해도 호모 끼를 타고 난 남자 같아요. 오늘 여기 와서 느낀 거죠. 우선 얼굴이 너무 예쁘게 생겼거든요."
"김 작가가 너무 나이가 많아서 그 친구가 거리를 두고 있는 것은 아닐까?"
하고 지 주간이 말했다
"제가 뭐 그렇게 나이가 많아요? 걔하고 겨우 여섯 살 차이인 걸요."
"'겨우 여섯 살'이라구? 참 세상 많이 달라졌군. 내가 20대 땐 여섯 살 위의 여자를 보면 누나 정도가 아니라 엄마처럼 느껴졌어."
하고 이길로가 히죽 웃으며 말했다.
"아무튼 잘해보라구. 열 번 찍어서 안 넘어가는 나무 없으니까. 특히 섹시한 터치(touch)를 자연스럽게 자주 해줘야 돼. 그럼 모든 남자는 다 여자한테 넘어가게 되어 있어."
하고 내가 말했다. 그러자 김주리는 내가 의례적인 위로의 말을 해 준 것을 눈치 챘는지, 한숨을 길게 쉬며 담배를 한 대 피워 물었다.

주리가 담배를 서글프면서도 맛있게 빨아들이는 것을 보고 있던 채나가 문득 나를 바라보며 말했다.
"죄송해요. 저도 담배 한 대 피워도 될까요?"
"당연하지. 그런 걸 왜 꼭 물어야 하지?"
"여자가 남자 앞에서 담배 피우는 모습은 제가 보기에 불손한 행동으로 보여서요. 담배 피우는 것을 허락해 주셔서 감사드려요. 잠깐 한 대 피우고 올게요."

 이렇게 말하고 나서 채나는 자리에서 일어나 무대 옆 스탠드바로 갔다. 그리고 거기 있는 높다란 의자에 앉아 가느다란 슬림형의 담배를 피워 무는 것이었다. 그녀의 가느다랗고 긴 손가락과 긴 손톱은 가늘고 긴 담배와 썩 잘 어울렸다.

 "쟤가 왜 저렇게 내숭을 떨죠?"

 하고 내가 마담에게 물어보았다.

 "내숭이 아니에요. 채나는 가장 여자답게 되어 스스로 나르시시즘을 느끼는 방법을 '남자에 대한 순종'에서 찾고 있어요. 그러니까 채나를 꼬시고 싶은 생각이 혹시라도 드신다면 사디스트, 아니 '지배자' 노릇을 잘해주셔야 해요. 저 애는 '순종자' 역할을 할 때 가장 큰 기쁨을 느끼는 게이니까요."

 하고 마담이 대답했다.

3

 마담의 얘기를 듣고 나니 최근에 본 어떤 책의 내용이 연상되었다. 요즘 서구에서 한창 유행하고 있는 'S·M식 사랑'에 대해 미국의 어느 성전문가가 쓴 책이었는데, 서구의 'S·M주의자'들은 이제 자기들이 '사디스트'나 '마조히스트'로 불리는 것을 극도로 싫어하고 있다는 것이었다.

 '사디스트'나 '마조히스트'라는 말은 곧바로 '가학(加虐)'이나 '피학(被虐)'을 연상시키고, 나아가 채찍으로 무지막지하게 때리고 맞는 장면을 상기시킨다. 그러나 요즘 유행하는 'S·M식 사랑'은 그런 '물리적 피·가학'에서 오는 '위험한 기쁨'보다 '정신적 피·가학'에서 오는 '즐겁고 안전한 기쁨'을 추구한다. 마조히스트가 느끼는 쾌감을 갖고서 비유하자면, 독실한 종교인들이 '신에 대한 절대 복종'에서 무한한 희열을 느끼는 것과 마찬가지라고 볼 수 있다. 그래서 그들은 자신들을 사디스트와 마조히스트라는 명칭으로 부르지 않고 '지배자'와 '순종자'라는 명칭으로 부른다는 것이다.

이럴 경우 가장 중요한 것은 '주인-노예' 관계의 '유희적 설정'이다. 거의 종교적 의식에 가깝다고 할 수 있다. 특히 기독교의 예배의식에서는 '주님(즉, 주인님)'이나 '종'이라는 말이 다반사로 쓰이고 있기 때문이다.

재미있는 것은, 남녀를 불문하고 '지배자' 역할을 맡는 것을 원하는 사람보다 '순종자' 역할을 맡는 것을 원하는 사람이 훨씬 더 많다는 사실이다. 이 경향은 남성의 경우가 여성의 경우보다 한결 더 심하다고 하는데, 이런 현상을 놓고 보더라도 현대 남성들은 '남성다움'이라는 그럴듯한 허울을 붙여 부과되는 '가족 부양의 책임'이나 '병역의 의무' 또는 '용감해야 하는 의무'나 '여성을 보호해야 하는 의무'로부터 도피하고 싶어한다는 것을 알 수 있다. 지배받는 고통의 대가로 '순종자'에게 부여되는 것은 '안락한 피보호'와 '무책임'이요, 지배하는 기쁨의 대가로 '지배자'에게 부과되는 것은 '부담스런 보호의 의무'와 '무거운 책임감'이기 때문이다. 나아가 지금껏 여성들이 사회 구조상 마조히스트 입장에 서서, 거기에 대한 보너스로 부여받았던 '몸을 마음껏 섹시하고 아름답게 치장할 수 있는 권리' 또한 현대 남성들에게는 한없이 부러운 선망의 표적이 되고 있는 것이다.

채나가 담배를 피우고 자리로 돌아오자, 나는 그녀가 다른 아가씨들처럼 손님들 좌석을 이리저리 순회하지 않고 내 옆으로 와 앉는 것에 대해 의문을 느꼈다. 그래서 나는 마담에게,

"채나는 다른 손님들 자리에 가서 앉지 않아도 되나?"

하고 물어보았다. 그러자 마담은,

"채나는 우리 가게에서 특별히 대우하는 '게스트'예요. 그래서 저 애가 파트너를 선택할 권리를 주고 있죠. 그러니까 오늘 밤엔 선생님이 채나한테 간택을 받으신 셈이에요. 듣기에 기분 나쁘실지 모르지만 오늘 밤 선생님은 채나의 '먹잇감'이 되신 거죠."

하고 대답했다.

듣기에 별로 기분 나쁜 말도 아니었다. 지독한 남성우월주의자인 한 그루조차도 나를 약간 부러운 시선으로 쳐다보고 있었기 때문이었다. 채나는 어쨌든 '오르가슴'에 있는 아가씨들 가운데 제일 예쁘고 싱싱하고 섹시했던 것이다.

그러는 중에 무대 위에서 아가씨들이 보여주던 에로틱한 쇼가 끝났다. 두 명의 아가씨가 우리가 있는 자리로 돌아와 사이에 끼여 앉았.

한 아가씨가 술을 한잔 맛있게 들이켜고 나서 말했다.

"이젠 가라오케와 춤 시간이에요. 노래를 부르시고 싶은 분은 노래를 부르시고, 춤을 추고 싶은 분은 노래에 맞춰 춤을 추셔도 돼요."

노래는 김주리의 특기였다. 그녀는 우울한 심사를 노래로 달래기라도 하려는 듯, 제일 먼저 무대 위로 뛰어올라갔다. 악사에게 노래제목을 말하자 이어 전자오르간 반주에 가라오케 반주가 섞인 전주가 흘러나왔다. 김주리가 단골노래로 삼아 자주 부르는 <거리에서>였다.

거리에 가로등불이 하나둘씩 켜지고
검붉은 노을 넘어 또 하루가 저물 땐
왠지 모든 것이 꿈결 같아요
유리에 비친 내 모습은
무얼 찾고 있는지
뭐라 말하려 해도 기억하려 하여도

허한 눈길만이 되돌아와요······
그리운 그대 아름다운 모습으로
마치 아무 일도 없던 것처럼
내가 알지 못하는 머나먼 그곳으로
떠나버린 후
사랑의 슬픈 추억은 소리없이 흩어져
이제 그대 모습도 함께 나눈 사랑도
더딘 시간 속에 잊혀져가요······

<거리에서>는 나도 아주 좋아하는 노래였다. 특히 노래를 부른 김광석이 내 고등학교 후배라서 더 그랬다. 그가 자살하기 얼마 전에도 나는 그를 만난 적이 있다. 그때 그는 전혀 죽을 것 같은 기미를 보이지 않았다. 다만 가끔가다 웃는 웃음 가운데 어쩐지 서글픈 여운이 남아 있었다는 것이, 그의 자살 소식을 접하고 난 뒤 내가 기억해 낸 자살의 희미한 전조였다. 나는 그가 가정문제로 그토록 고민하고 있었다는 사실을 꿈에도 몰랐다. 언제나 서글서글한 표정으로 선량한 눈웃음을 짓고 있었고, 그와 나눈 대화 또한 음악이나 예술에 관한 것들뿐이었기 때문이었다. 그런데 그가 자살한 후 보도된 것을 보니, 부부간의 불화가 가장 큰 원인으로 작용했다는 것을 알 수 있었다.

사랑이 '즐거운 유희'가 되지 못하고 '치열한 힘 겨루기'가 되면 사람을 죽음으로까지 몰아가기도 한다. 나는 문득 '사랑'에 대한 공포와 더불어 애증병존(愛憎竝存)의 양가감정(兩價感情)이 느껴지면서, 다른 한편으로는 낭만적인 사랑에 몹시도 목말라 하고 있는 나 자신을 느꼈다. <거리에서>의 가사가 세련된 센티멘털리즘을 보여주고 있어, 가사의 내용에 나도 모르게 빨려 들어가고 있기 때문인지도 몰랐다.

채나가 내 손을 잡아끌어 나는 그녀와 함께 춤을 추러 플로어로 나갔다. 지 주간과 이길로는 벌써 아가씨 둘과 선정적으로 부둥켜안고서 블루스 춤을 추고 있었고, 다른 손님들 역시 아가씨들과 춤을 추고 있었다. 채나는 플로어 위로 올라가자마자 다짜고짜 내 품에 찰싹 안겨 들어왔다. 불두덩과 불두덩이 마주치는 순간 나는 묵직하고 둔중한 마찰감을 느낄 수 있었다. 하지만 별로 징그럽게 느껴지지 않는 마찰감이었다.

채나와 춤을 추면서, 나는 문득 영화 <크라잉 게임(Crying Game)>에 '게이'로 나왔던 주인공을 생각했다. 상당히 관능적이긴 했지만 얼굴이 아무래도 채나만은 못했었다. 특히 <M. 버터플라이>에 게이로 나왔던 '존 론'은 정말 흉칙한 남자 얼굴에 어색한 몸매를 하고 있었다. 그중에서도 떡 벌어진 어깨가 내 눈을 계속 짜증 나게 했고, 그런 '게이'를 진짜 여자로 알고 사랑에 빠지는 '제레미 아이언스'가 정말 불쌍해 보였다.

아니, 제레미 아이언스가 불쌍한 게 아니라 '존 론'을 미스캐스팅한 감독의 촌스러운 미의식이 불쌍했다. 만약에 채나가 <M. 버터플라이>에서 히로인 역할을 했더라면 그 영화는 기막히게 성공했을 것이었다.

채나와 나는 바짝 부둥켜안은 자세로 말없이 춤을 추었다. 그러던 중 갑자기 그녀가 몸 전체를 부르르 떨며 전율하는 것이 느껴졌다. 그 전율은 대략 30초 동안 계속되었다. 마치 강력한 전기에 감전되기라도 한 것 같은 모양새였다. 그러나 그러한 전율에 고통스러워하는 얼굴빛은 절대로 아니었다. 나는 그러는 그녀가 이상하게 느껴져 채나에게 물어보았다.

"갑자기 왜 그러지? 추워서 그런 것은 아닐 테고……. 꼭 전기에 감전된 것처럼 몸을 떨었으니 말야."

채나는 고개를 내 어깨에 묻은 채 말이 없었다. 그러고 나서 한참 있다가 조그만 목소리로 대답했다.

"…… 저도 잘 모르겠어요. 이런 경험은 저도 생전 처음이에요. …… 아마도 제가 오빠를 사랑하게 돼서 그런가 봐요. 묘한 오르가슴 비슷한 것이 느껴졌거든요."

"그러고 보니 채나가 조금 아까 보인 행동은 꼭 여자가 성행위를 할 때 극치감을 느끼며 보여주는 행동과 흡사했어. 하지만 이상하군. 채나는 여자가 아니니까 여자가 느끼는 오르가슴이 어떤 것인지 잘 모를 거 아니겠어?"

"사랑이라고 표현하든 성애라고 표현하든, 그 속에 몰입할 때 느끼게 되는 육체적 쾌감의 원천은 아무래도 '정신'인 것 같아요. 저는 정신적으로는 이미 완전한 여자거든요. 육체적 성기의 구별이나 그에 따른 쾌감의 메커니즘의 차이 따위는 제겐 아무런 문제가 안 돼요."

채나의 말을 듣고 나니 '사랑의 고백' 같은 뉘앙스를 풍기고 있어, 어쩐지 부담스러운 마음이 들기도 하고 한편으로는 기분이 좋은 쪽으로 알딸딸해지기도 했다. 아무튼 채나는 무척이나 '똑똑한' 게이라는 것을 알 수 있었다.

나는 원래 '똑' 소리 나는 지성적인 여자를 별로 좋아하지 않는다. 그보다는 흔한 말로 '관능적 백치미'를 풍기는 여자를 훨씬 더 좋아한다. 로라는 아무래도 '관능적 백치미' 쪽이라서 처음 봤을 때부터 친밀감을 느꼈던 것인데, 채나는 상당히 지적이고 분석적인 어투로 얘기하고 있어 어쩐지 떨떠름한 생각이 들었다.

하지만 그녀의 목소리나 억양이 무척이나 겸손하다는 것, 그리고 항상 눈을 내리깔고서 마치 노예가 주인을 대하는 듯한 자세로 얘기한다는 것이, 내가 그녀한테서 느끼는 거리감을 한결 감소시켜 주었다(남자의 눈을 똑바로 뚫어져라 쳐다보며 얘기하는 여자들은 대개 남자에 대한 적개심이 잠재의식 깊숙이 깔려 있는 '얼치기 과격파 페미니스트'이기 쉽다. 그런 여자들은 외모가 아무리 야하더라도 영 재수가 없다).

게다가 채나가 몸을 야하디야하게 차리고 있을 뿐더러, 얼굴이나 몸매가 미인이라는 여자들보다도 훨씬 더 매력적으로 생긴 남자라는 사실이, 나로 하여금 그녀에게 '관능적 호기심'을 격렬하게 품도록 만들어주었다.

약간 어색하기도 하고 또 조금 흥분되기도 하는 마음을 가라앉힐 겸 해서, 나는 화제를 다른 데로 돌렸다.

"……채나는 지금 대학에 다니고 있다지? 그럼 뭘 전공하고 있나?"

"일어일문학이에요."

"일본문학은 나도 상당히 좋아하지. 걔네들은 에로티시즘을 바라보는 눈에 있어, 한국 사람들 같은 '문화적 촌티'나 '심통'이 없으니까. 나는 탐미적 내용의 시를 주로 쓰고 있는데, 일본문학에서 많은 영향을 받았어. 특히 다니자키 준이치로의 작품이 너무 좋았지. 모두 다 '탐미적 변태성욕'을 다루고 있어서 말야."

"저도 그래서 일문학을 전공으로 택했어요. 중학교 때부터 일본문학에 푹 빠졌었거든요. 특히 무라카미 류의 작품이 좋았어요."

여기까지 얘기했을 때 김주리가 부르는 <거리에서>가 끝났다. 상당히 긴 노래였기 때문에 오랜 시간의 블루스 춤이 가능했었다. 주리는 체면 불구하고, 노래를 하나 더 불러야겠다고 선언했다. 아무래도 노래로라도 '본전'을 뽑으려는 모양이었다. 그래서 나는 채나와 블루스 춤을 한 곡 더 추고 싶어 주리에게 최양숙이 부른 <기다리겠어요>를 불러 달라고 부탁했다. <기다리겠어요>는 사실 내가 최근에 개발한 단골노래인데, 내 노래를 듣고 주리가 하도 좋다고 하기에 가르쳐준 노래였다. <거리에서>와 마찬가지로 멜랑콜리한 정서가 듬뿍 담겨 있는 노래다.

너무나 당신을 사랑했기에
떠나가버린 지금도 잊을 수 없어요
날이 가면 갈수록
사무치는 이 마음

영원히 못 잊을
그날의 그 속삭임……

"탐미적인 시를 쓰신다는 분이 센티멘털한 발라드풍의 노래를 좋아하시는군요."
다시 춤을 추기 시작했을 때 채나가 나를 눈을 약간 내리뜬 채로 바라보며 말했다.
"탐미적인 것과 슬픈 것은 언제나 서로 통하니까. 채나는 아까 부른 프린스의 <사랑스런 니키> 같은 곡만 좋아하나 보지?"
"아녜요. 저도 슬픈 발라드 역시 좋아해요. 전 싫어하는 게 별로 없어요. 요즘 유행하는 살사 댄스곡이나 람바다풍의 노래도 좋고, 탱고 곡도 좋고, 고상한 가곡도 좋아요. 음악은 뭐든 다 좋아요. 어떤 곡이든지 간에 뭔가 육감적인 전류가 흐르고 있으니까요."
"그건 그렇고……, 아까 채나가 무라카미 류를 좋아한다고 해서 사실 좀 실망했어. 나는 그 작가를 싫어하거든. 그 사람의 대표작은 역시 『한없이 투명에 가까운 블루』인데 떼지어 하는 혼음에 마약까지 상용하던 남주인공이 결국에 가서는 '섹스는 역시 허무하더라'로 끝을 맺는 '양다리 걸치기'식 선정주의 소설이기 때문이지."
"그 말씀은 맞아요. 저도 요즘 그 소설을 다시 읽고서 섹스에 대한 이중적 태도에 실망했어요. 전 섹스는 절대로 허무한 게 아니라고 생각하거든요, 그건 이른바 '변태'라고 해도 마찬가지지요. 다만 전 어렸을 때 그 소설을 보고 나서, 실감나는 그룹 섹스 묘사나 동성애 묘사 자체에 흥미를 느꼈을 뿐이에요."
"채나는 다니자키의 작품을 읽어본 적은 없나?"
"왜요, 요즘 제가 제일 좋아하는 일본 작가가 다니자키 준이치로인 걸요. 그 작가의 여성 동경사상과 탐미주의 성향은 정말 대단해요. 또 자신의 미적(美的) 취향에 대해 말할 수 없이 솔직하구요."

"그 사람의 소설 중 어떤 작품이 제일 마음에 들었어?"

"『춘금초(春琴抄)』와 『치인(痴人)의 사랑』이에요. 둘 다 남자가 여성의 아름다움에 감복하여 느끼는 마조히즘 심리를 다루고 있기 때문이죠. 제가 요즘 느끼는 마음과 똑같거든요."

"채나는 나와 정말 취향이 같군. 나도 그 작품들을 너무나 좋아하지. 나 역시 탐미적 여성 동경주의자니까. 다니자키의 『미친 노인의 일기』도 좋아. 며느리의 '발'에 탐미적으로 집착하는 노인의 페티시즘을 그리고 있지."

"언제 한번 꼭 읽어볼게요. 저도 페티시스트니까요."

"나도 페티시스트야. 그래서 마음껏 페티시를 창조해 낼 수 있도록 사회적으로 어느 정도 허용돼 있는 '여자'를 너무나 부러워하고 있지."

"정말 오빠는 여성을 선망하고 계시는군요. 제가 오래전에 느꼈던 심정을 갖고 계셔요. 그렇게 부러워하지만 마시고 아예 한번 여자처럼 꾸며보실 생각은 없으세요? 가느다란 손가락에다 좁고 부드럽게 흐른 어깨……. 오빠의 체형은 천상 여자예요."

여자처럼 좁은 어깨와 깔때기처럼 좁은 가슴은 내가 어렸을 때부터 대학 시절까지 뼈저리게 느꼈던 콤플렉스였다. 나는 딱 벌어진 어깨를 가진 친구들이 늘 부러웠고, 그래서 어깨에 두꺼운 패드가 붙은 옷을 입어 좁은 어깨를 보완할 수 없는 '여름'을 극도로 싫어했다. 내가 이런 얘기를 해주니까 채나는,

"저도 중학교 때까지는 좁고 처진 어깨에 대한 콤플렉스를 갖고 있었어요. 하지만 지금은 오히려 그런 체형에 자부심을 느끼고 있죠. 오빠도 한번 생각을 백팔십도로 전환시켜 보세요."

하고 내게 가벼운 키스를 해주면서 말했다.

"지금은 사실 별로 콤플렉스를 느끼지 않아. 오랜 기간에 걸쳐 면역이

돼버렸기 때문이지. 하지만 여자처럼 꾸민다고 해도 채나만큼 예쁘게 될 수는 없다고 생각해. 채나는 얼굴이 아주 작지만 난 얼굴이 큰 편이라서 말야."

"얼굴 면적은 헤어스타일로 얼마든지 커버할 수 있어요. 오빠와 같이 오신 언니도 머리로 얼굴을 반쯤 가리니까 큰 얼굴이 카무플라주 되지 않았어요? 저 언니에 비하면 오빠의 얼굴은 오히려 작은 편이고, 또 참외처럼 좁고 갸름한 하관이 일품이에요. 그렇기 때문에 머리를 길게 길러 파마를 하고 앞가르마를 타 뺨을 살짝 가리도록 늘어뜨리면 아주 섹시한 얼굴이 될 거예요. 제가 오빠를 한번 화사하게 꾸며드리고 또 화장도 해드리고 싶군요."

로라도 전에 이런 얘기를 해준 적이 있다. 나는 채나까지 그런 얘기를 하자 바짝 호기심이 생기고, 그녀들처럼 야하게 꾸며보고 싶은 욕구가 은근히 발동해 오는 것을 느꼈다.

"차차 생각해 보기로 하지……. 하지만 그러려면 우선 채나가 화장하는 과정과 모습을 찬찬히 뜯어보며 바라봐야 할 것 같은 생각이 드는군."

"언제라도 보여드릴게요. 전 제가 변신하는 모습을 거울을 통해 바라보며 미묘한 오르가슴을 느끼곤 해요. 그러니 미적 센스가 있는 오빠 같은 분이 제가 화장하는 모습을 바라봐주신다면 한결 더 신이 날 것 아니겠어요? 괜찮으시다면 오빠 연락처를 가르쳐주세요."

나는 그녀에게 명함을 꺼내주었다. 내 명함이래야 직함 같은 것 없이 이름과 주소와 전화번호만 적혀 있는 명함이었다.

명함을 받고 나서 채나는 내 수첩에 자기가 살고 있는 집 전화번호를 적어주었다.

"채나는 혼자 살고 있나?"

"대학에 입학한 후 쭉 혼자서 살고 있어요. 원래 집은 부산이구요. 아버지는 안 계시고 어머니만 계시는데, 지금 부산에서 사업을 하시고 있죠. 전 외동딸이에요."

"외동딸이라니? 외동아들이 아니고?"

"아 참, 맞아요. 전 외동아들이에요."

"어머니는 채나가 이러고 다니는 걸 알고 계신가?"

물어놓고 나서 생각해 보니 좀 촌스러운 질문이었다.

"이런 데 나오는 건 모르고 있지만 여자처럼 꾸미고 다니는 건 알고 있어요. 엄마는 제가 아주 어렸을 때부터 여자처럼 꾸미고 입히는 것을 즐겼어요."

"채나의 어머니 역시 탐미적 나르시시스트로군."

"탐미주의도 탐미주의지만 남자 또는 남자와의 섹스를 워낙 싫어하셨어요. 그래서 아빠가 교통사고로 죽자 은근히 시원하고 홀가분한 생각이 들었대요. 엄마는 보통 사람들 눈으로 보면 이른바 불감증 환자인 셈이죠. 하지만 정말 야한 멋쟁이세요. 아들은 엄마를 닮는다는 말이 있는데 제 얼굴과 몸매는 엄마를 쏙 빼닮고 있죠. 엄마는 제가 여자처럼 돼가는 것을 은근히 즐기고 있어요. 그래서 유방확대 수술을 받을 때도 적극적으로 찬성해 주었죠."

여기까지 얘기하고 나자 주리의 노래가 끝났다. 곧이어 흥겨운 '살사' 곡이 흘러나왔다. 채나는 신이 나서 살사댄스를 추었다. 살사춤은 골반을 주로 움직이는 라틴계통의 춤이라 몹시도 염정적(艶情的)이었다. 라틴아메리카에서 개발한 리듬이나 춤들은 모두 다 섹시하기 그지없다. 탱고나 삼바, 람바다 같은 것 역시 마찬가지다. 나도 채나에게 보조를 맞춰주고 싶어 한껏 안간힘을 쓰며 몸을 흔들어보았다.

춤을 끝내고 나서 자리로 돌아오자 지 주간과 이길로는 드디어 옆의 아가씨들을 주물럭주물럭 만져대고 있었다. 다만 한그루만은 그가 사모하는 '나리'에 대해 지조를 지키려는 듯, 그의 옆에 새로 와서 앉은 '아가씨'를 만지지 않고 잠자코 술만 마시고 있었다. 그리고 김주리는 약간 침울한 표정으로 담배만 빡빡 피워대고 있었다. 어쩐지 주리가 불쌍해 보여, 나는 그녀의 어깨를 오른팔로 끌어안고서 젖가슴 윗부분 등 여기저기를 어루만져주었다. 주리는 싫지 않은 기색이었다. 나는 또 왼손으로는 채나의 허벅지를 슬근슬근 어루만지며 그녀와 얘기를 계속했다.

"채나는 요즘 우리나라에서 번져가고 있는 동성애 인권운동을 어떻게 생각해? 참, 채나가 다니고 있는 학교에도 동성애 권익운동 동아리가 있나?"

"있어요. 그래서 저도 한번 호기심 삼아 가입해 봤죠. 그런데 두세 달 나가다가 그만두고 말았어요. 모두들 동성애를 너무 '정치'에다가만 연결시키는 데다가, 또 양성애자를 일종의 '배신자' 취급을 하는 등 너무 꽉 막혀 있는 '전투적 동성애'를 외치고 있어 그만 정이 떨어져버리고 말았죠. 그리고 뭣보다 싫었던 것은, 동아리에 모인 남자애들은 물론이고 여자애들조차도 남자처럼 차리고 다니면서 거친 매너를 보여준다는 점이었어요. 걔네들은 저 같은 '드래그 퀸'을 싫어하고 있더군요. 순수한 동성애는 '몸의 상품화'를 배격해야 한다나 어쩐다나 떠들어대면서, 몸을 아름답게 꾸미는 것마저도 자본주의적 상품화의 산물로 몰아붙이고 있었죠. 그런 남자애들이나 여자애들일수록 얼굴이 너무 못생겼더군요. 그리고 예뻐지려고 노력하는 애들이 간혹 있어도 따돌림을 당하고 있었구요."

"동성애자라고 해도 악에 받친 전투적 여성 페미니스트들과 다를 바가 별로 없군. 나는 동성애 문제에 대해선 그저 여장 남성들에게 막연한 동경을 가졌을 뿐 깊이 생각해 본 적이 없지만, 전투적인 여성 페미니스트들의 '남성 닮기' 운동엔 퍽이나 회의적이었어. 나는 한국의 여성해방운동도 이제는 이를테면 '립스틱 페미니즘(Lipstick feminism)' 같은 것으로 가야 한다고 생각하고 있지. 동성애 운동도 마찬가지고. 유미적인 요소를 빼놓으면 호모든 레즈비언이든 결국은 또 다른 모럴 테러리즘이나 '정치적 화풀이'의 주체로 변하기 십상이니까."

내가 채나와 이야기하는 것을 듣고 있던 곁의 아가씨가 우리 대화에 끼어들었다.

"채나가 성전환 수술을 안 받고 있는 게 저로서는 잘 이해가 가지 않아요. 수술을 받을 때 느꼈던 날아오를 듯한 해방감과 짜릿한 오르가슴을 전 여지껏 잊지 못하고 있거든요."

"채나는 '여자'가 되기보다 '여자처럼' 야하고 아름답게 꾸미는 것만을 좋아하고 있기 때문이겠지. 채나 생각은 어때?"

하고 내가 대꾸하며 채나에게 물었다.

"현재로선 오빠 말이 맞아요. 거기다 한 가지 덧붙인다면, 한 몸뚱어리에 양성적(兩性的) 요소를 함께 갖고 있다는 사실이 은근한 쾌감을 가져다주기도 하구요."

하고 채나가 대답하며 곁의 아가씨에게 이어서 물었다.

"그런데 언니가 수술을 받을 때 느꼈다는 '짜릿한 오르가슴'이란 대체 어떤 것이었나요?"

"피어싱을 할 때 느끼게 되는 기분과 비슷하다고 설명하면 아마 채나도 납득이 갈 거야. 너도 몸뚱어리에 꽤 많은 구멍을 뚫고 있으니까."

"그러면 좀 이해가 가요. 신체의 특정 부위를 관통할 때 나는 소리, 특히 저의 경우 젖꼭지에 구멍을 뚫을 때 나는 '뽁'하는 소리가 마치 음계의 A음 '라'처럼 들렸어요. 그리고 귀 위쪽에 구멍을 두 개 더 뚫을 때는, 마치 타악기 중에서 팀파니가 내는 상큼하면서도 약간 둔탁한 음이 머릿속을 울리면서 공명을 느끼게 해줬지요. 마취를 안 하고 하기 때문에 더 그랬을 거예요."

채나가 말을 끝내자 한그루가 한심하고 불쌍하다는 표정을 하며 이렇게 말했다.

"피어싱이란 게 결국 '신체 훼손' 아닌가? 요즘 세계적으로 피어싱이 유행하고 있는 건 세기말적 증후에 의한 일종의 '자학적 도피심리' 때문이 아닐까? 난 요즘 젊은 남자애들까지 몸 여기저기에 피어싱을 하는 풍속이 영 못마땅하게 느껴져. 다들 원시시대의 야만성으로 미쳐 돌아가는 것 같아서 말야."

"원시주의로의 회귀는 욕할 게 못 되지. 현대 문명이 주는 스트레스가 사람들을 결국 그렇게 만들도록 시키고 있으니까."

하고 지 주간이 말을 받았다. 이럴 때의 지 주간은 과연 미술 잡지사의 편집장다웠다.

"오빠 말씀이 어느 정도는 맞아요. 하지만 피어싱은 원시주의로의 회귀나 신체 훼손이 아니라 '새로운 신체의 창조'라고 저는 생각해요. 또 흔히들 말하는 '소영웅주의'나 변태적 나르시시즘은 더더욱 아니구요."

하고 채나가 아주 똑똑한 음색으로 말했다. 이럴 때의 그녀는 공부를 아주 창의적으로 잘하는 모범생 같아 보였다.

"그런 걸 알면서 왜 너는 성전환 수술을 안 받고 있니?"

하고 곁의 아가씨가 채나에게 따지고 들었다.

"그건 제가 아직 그럴 필요를 못 느껴서 그러는 것이지, 수술 자체를 두려워하거나 경멸해서 그러는 건 절대로 아니에요."

"채나 말이 맞아. 나는 채나에게 달려 있는 남성 성기를 보면서 더욱 큰 '창조성'을 느꼈어."

하고 내가 말했다.

여기까지 이야기하고 나자 한그루가 신청해 놓은 노래의 반주가 흘러나왔다. 그는 무대 위로 올라가 서글픈 음색으로 예전에 차중락이 부른 (그러고 보면 그도 김광석처럼 일찍 죽어버린 가수다) <낙엽 따라 가버린 사랑>과 <사랑의 종말>을 연달아 불렀다.

이길로는 곁에 있던 아가씨와 함께 무대 위로 나가 음악에 맞춰 춤을 추었고, 지 주간은 김주리와 춤을 추었다. 그리고 한 아가씨는 다른 테이블에 있는 남자 손님에게 불려가 그와 함께 춤을 추었다. 그래서 테이블에는 나와 채나 둘이만 남게 되었다.

이번엔 어쩐지 춤을 추기가 싫어서, 나는 채나를 부드럽게 끌어안고서 그녀의 귓바퀴와 뺨 그리고 목과 젖꼭지를 천천히 핥아주었다. 채나도 기분 좋아하는 눈치였다. 그녀는 나의 애무에 화답이라도 하듯 내 바지단추를 끄른 후(손톱이 길어 시간이 꽤 오래 걸렸다), 나의 심벌을 끄집어내어 손으로 조물락조물락 어루만져주었다. 기분이 그런대로 삼삼했다.

그러다가 채나는 술잔을 들어 술을 한 모금 입 안에 머금은 후, 내 입에다가 살금살금 흘려 넣어주었다. 그러는 동안에도 그녀의 몸 전체에서는 아까 춤출 때 보여줬던 전율이 느껴져 왔다. 나는 그녀의 젖꼭지고리에 달린 고리를 약간 세게 잡아당겼다 놓았다 하면서, 그녀의 '즐거운 전율'에 도움을 주려고 애썼다.

채나의 입에서 점차 희미한 신음소리가 새어나오기 시작했다. 그녀는 백일몽적 판타지에 잠겨 오르가슴을 느껴가는 듯했다. 내가 그녀의 등과 엉덩이를 살살 긁어주자 신음소리는 두 배로 커졌고, 그러다가 그녀는 더 이상 못 참겠다는 듯, 내게 헐떡이는 목소리로 이렇게 말했다.

"감질이 나서 못 참겠어요. …… 오빠께 뭘 하나 부탁드려도 될까요? 건방진 주문이라 생각하지 마시고 제 청을 들어주셨으면 해요."

"건방진 주문이긴……. 뭐든 어려워하지 말고 얘기해 봐. 해줄 수 있는 거라면 뭐든지 해줄게."

"제 부탁이 이상하다고 생각하시면 안 돼요. 아마 오빠는 제 심리를 파악하고 계실 거예요……. 무슨 핑계를 대가지고 제 뺨을 한 대 때려주셔요."

별로 해괴한 주문도 아니었다. 하지만 무슨 핑계를 대야 할지 그것이 문제였다. 나는 한참 동안 생각하다가 드디어 꼬투리를 하나 잡아내는 데 성공했다. 그래서 나는

"네 속눈썹이 너무 짧아. 훨씬 더 긴 걸 붙였어야지. 야하다고 자부하는 애가 겨우 그 정도냐?"

하고 말하며 그녀의 뺨을 한 대 살짝 때려주었다.

채나는 뺨을 한 대 얻어맞고 나서 황홀한 표정을 지었다. 그러고 나서 한참 있다가 공손한 자세로 자리에서 일어나 무대 뒤로 갔다.

자리에 돌아온 채나는 희한하게 긴 오색 인조 속눈썹을 붙이고 있었다. 갈가리 뻗어 내려온 속눈썹의 길이가 턱까지 다다르고 있었다. 그렇게 긴 속눈썹을 본 건 처음이었다.

"마침 준비하고 있던 것을 주문해 주셔서 너무너무 고마워요. 제가 사랑하는 사람에게만 보여주려고 고이고이 간직하고 있던 제 보물이에요."

하고 채나가 말하며 생긋 웃었다.

3
가질 수 없는
것에 대한 애도

1

다음날 나는 김주리를 만났다. 주리가 자신의 주체할 수 없는 감정을 내게 털어놓으며 조언을 구하고 싶다고 해서였다. 아마도 그녀가 뒤늦게 '사랑의 불길' 속으로 정신없이 빠져들게 된 그 연하의 남자모델 얘기인 것 같았다. 만나자마자 주리는 내게 이런 얘기부터 했다.
"보는 것만으로 여자를 흥분시킬 수 있는 남자가 존재한다는 사실을, 저는 미스터 강을 보고 나서 처음 깨달았어요. 남성은 본래 시각만으로도 성적 충동을 일으키는 것이 충분히 가능하지만, 여성은 촉각이 더해져야만 성적 흥분과 쾌감이 비로소 가능하다는 교과서적 원칙을 저는 그대로 믿고 있었거든요. 그렇지만 세상사가 언제나 그렇듯이, 절대적 원칙이라는 것에도 예외가 있는 법이더군요. 그 남자는 보는 것만으로도 저를 아찔하게 만들었고, 그 이후에도 저를 계속 애타게 만들었어요. 더군다나 수없이 많은 남자들의 육체를 보아온 저에게 있어 말이에요."
김주리는 화가이긴 화가인데 좀 특별한 화가다. 캔버스 대신 인간의 육체 위에 그림을 그리기 때문이다. 쉽게 말해서 '보디 페인터(Body painter)'라고 할 수 있다. 아직 전위미술이 폭넓게 보급돼 있지 않은 한국에서는 그녀의 예술행위를 미술이 아닌 '퍼포먼스'라고 단정짓기도 하고, 또 어떤 이들은(특히 보수적 미술계 원로들이 그렇다) 그녀가 하고 있는 일종의 '선정적 작업'이 진정한 예술 활동인지에 대해 의문을 제기하기도 한다. 하지만 그따위 '꽉 막힌 소리'들이 무슨 상관이랴. 나는 그녀가 하는 미술작업이 문화적 선진국에서는 이미 싫증날 만큼 보편화되어 있는 작업이기 때문에 뒤늦게나마 한국에서 그녀 같은 화가가 출현했다는 사실에 대해 글로써 칭찬을 퍼부어주고 있었다.

전위미술은 항상 에로티시즘에 바탕을 두고 있게 마련이고, 그럴 때의 에로티시즘은 자연히 '선정성'을 띠게 된다. 오래전에 여자의 벌거벗은 몸뚱이에 물감을 묻혀, 캔버스 위를 뒹굴게 하는 작업을 시작한 서구의 어느 화가는 벌써 미술사에 '대가급(大家級)' 전위미술가로 기록되어 있다. 그리고 우리나라 미술대학의 석사학위 논문 주제로도 이따금 채택되고 있다.

하지만 한국의 실제 현실은 그게 아니어서, 성기가 노골적으로 노출된 상태로 성교 행위를 하는 것을 그린 신윤복의 전통적 춘화(春畵)와 피카소의 야한 그림을 실은 어느 미술잡지는 잡지가 판금을 당한 것은 물론 잡지사의 편집장이 형사입건된 적조차 있다. 누구나 공인하는 명화인 고야의 <벌거벗은 마야>를 인쇄해 넣은 성냥을 만들어 판 어느 성냥공장 사장이 '음란물 유통죄'로 유죄 판결을 받는 희극적 해프닝이 벌어지기도 했다.

전라의 누드 장면이 몇 번 나온다는 이유로 몇 명의 연극 연출가는 형사범으로 기소되는 수모를 겪었다. 그리고 소설에서의 '야한 묘사'가 곧바로 '음란물 제조행위'가 되어, 심지어 작가가 전격 구속되기까지 하는 일이 벌어진 게 바로 '문화의 민주화'를 떠들고 있는 한국의 참담한 현실인 것이다.

한마디로 말해서 한국은 아직 '문화적 촌티'에서 못 벗어나고 있다고 볼 수 있다. 지배 엘리트들(그들 가운데 이른바 '예술가'들이 상당수 포함되어 있다는 사실은 정말 통곡할 만한 비극이다)의 섹스에 대한 과도한 '알레르기 증상'은 그 이유가 '윤리'에 있지 않고 '합리적 지성의 부재(不在)'와 '문화적 세련도의 부재'에 있다는 게 내 생각이다.

내가 이런 생각에 빠져 있는 동안 주리는 얘기를 계속했다.

"대학 시절부터 저는 벌거벗은 인간의 육체 자체가 갖는 예술성과 탐미성에 집착해 왔어요. 그래서 자연히 누드화 수업에 열심일 수밖에 없었지요. ……화가들, 또는 화가 지망생들은 누드화를 그리는 화가들에 대한 일반 대중들의 호기심 어린 시선에 대해 이렇게 대답하곤 하지요. '우리에게 있어 누드란 예술의 일종에 불과하기 때문에 벌거벗은 모델을 봐도 전혀 아무렇지도 않다'고요. 하지만 그건 천만의 말씀이에요. 화가도 인간이다 보니 본능이 발동하게 마련이지요. 그래서 여성 누드화 실기 수업 시간에는 모델의 불두덩 쪽을 정면으로 볼 수 있는 공간을 확보하기 위한 자리 쟁탈전이 치열했고, 몇몇 남학생들은 여자모델 불두덩 부근의 거뭇거뭇한 곳을 부분적으로 확대·과장하여 세밀하게 묘사하기도 했어요. 이와는 대조적으로 남자모델은 절대로 '완전한 알몸'으로 모델대에 세우지 않는다는 이상한 불문율 때문에 별 인기가 없었죠."

"그건 남녀평등에 위배되는 규칙 아냐? 왜 그런 규칙이 생겼을까?"

하고 주리의 얘기 중간에 내가 물었다.

"완전히 알몸을 드러낸 상태로 학생들의 따가운 시선을 받게 되면, 페니스가 자연히 부풀어 오르게 마련이기 때문이라나 봐요. 그래서 모델의 정신적 의지와는 별도로 저절로 '부풀려짐'과 '오그라짐'을 반복하는 남성 특유의 '반사작용'을 막기 위해서, 언제나 팬티 한 장만은 꼭 걸치고서 포즈를 취하게 하는 것이 규칙으로 돼 있었죠. 하지만 이런 규칙은 순수한 육체 자체만의 미(美)를 갈망하고 있던 저에게 있어서는 언제나 큰 불만이었어요. …… 그렇게 투덜거리면서 대학원까지는 그럭저럭 한국에서 다닐 수 있었는데, 더 이상은 도저히 안 되겠더군요. 그래서 전 큰맘 먹고 프랑스로 유학을 떠났고, 파리에서 공부하는 동안 '인간의 알몸'이라는 완벽한 캔버스를 활용하는 '보디 페인팅'에 빠져들게 된 거예요. 그 작업은 저의 예술적 기질과 재능에도 잘 맞아떨어졌어요. 그래서 한국에 돌아온 후에도 이따금 파리에서 발표회를 가지면서 '젊은 동양인 보디 페인터'로 어느 정도 이름이 알려지게 된 거지요."

"순전히 예술적 의도에서 보디 페인팅을 시작한 건 아니었겠지?"

"물론이죠. 남성의 알몸뚱이를 찬찬히 매만지고 문지르고 쓰다듬다 보면 묘한 쾌감이 따라온다는 것을 부정할 수 없어요."

"내가 듣기엔 서구라고 해도 여성의 몸을 이용하는 남성 보디 페인터는 많지만, 남성의 몸을 이용하는 여성 보디 페인터는 거의 없다고 하던데……."

"맞아요. 남성의 알몸뚱이를 당당하게 만지면서 요리하는 여성 보디 페인터가, 그것도 굉장히 보수적인 국가로 알려져 있는 한국에서 출현했다는 것 자체가, 저의 이름을 그곳 미술계 사람들 입에 오르내리게 하는 데 '플러스 알파' 요인으로 작용한 건 사실이에요."

"그건 그렇다 치고……, 보디 페인팅이 주는 매력의 핵심은 대체 뭐야? 단순히 선정적인 이유만은 아닐 테고……."

"이 세상에서 가장 아름다운 창조물인 인간의 신체야말로 저의 예술관을 형상화시키는 데 있어 더없이 이상적인 재료이기 때문이죠."

"그런데 그중에서도 하필이면 왜 '남성의 신체'를 택했지? 난 여성의 신체가 더 아름다워 보이던데……."

"그건 모르시는 말씀이에요. 이른바 '플라토닉 러브'라는 것도 원래는 '미소년이 갖고 있는 육체미에 대한 사랑'을 뜻하는 것이라는 것을 선생님도 아실 텐데요. 어제 '오르가슴'에서 봤던 채나라는 애도 정말 미소년이었어요. …… 그리스 시대의 조각상들을 보면 남성의 육체미가 얼마나 아름다운지를 잘 알 수 있지요. 그때 올림픽에서는 남자들이 모두 자랑스럽게 홀라당 발가벗고 출전했대요."

"그건 맞아. 나도 동물들, 특히 공작새나 원앙새 같은 것을 보면 수놈이 암놈보다 훨씬 더 아름답다는 것을 확인하게 되지. 그래서 인간은 왜 그렇지 않을까 하고 생각해 보게 될 때가 많아. 그러고 보면 인류의 역사는 남자를 전쟁이나 노동에 동원하기 위해 남성의 아름다움이나 미의식 자체를 박탈해 버리는 역사였어. 내가 여자를 부러워하는 것도 그 때문이고. 여자는 마음껏 화장하고 치장할 자유를 남자보다 훨씬 더 보장받고 있으니까."

"치장할 자유를 보장받고 있는 게 아니에요. 남자보다 못생겼으니까 할 수 없이 치장하게 된 거지요."

"그건 좀 더 깊이 토론해 봐야 할 문제니까 일단 논의를 보류하기로 하지. …… 그런데 보디 페인팅 작업을 하는 데 특별히 어려운 점 같은 건 없나?"

"저는 이루 표현할 수 없으리만치 큰 즐거움과 성취감 그리고 예술적 도전 의식이 가져다주는 야릇한 쾌감을 함께 맛보고 있어요. 그렇기 때문에 특별히 어려운 점 같은 건 없지요. 다만 장시간 벌거벗은 상태로 포즈를 취해야 하는 모델들이 겪는 어려움과 곤혹스러움은 상당히 큰 것 같아요."

"벌거벗은 남자의 피부를 캔버스로 삼는다는 것 자체가 아무래도 작가의 성욕을 부채질해서 정신을 헷갈리게 만들 것 같은데……."

"그보다는 남자모델의 성기 때문에 겪는 불편이 더 크지요. 저는 대부분의 작업을 붓 대신 손으로 처리하고 있는데, 나긋나긋한 손길로 남자 모델의 성기 부분을 색칠할 때면 페니스가 자꾸 커지고 일어서는 바람에 제대로 작업을 할 수 없는 경우가 많아요. 심한 경우엔 정액까지 쏟아내 기껏 칠해놓은 부분을 망쳐놓기 일쑤지요. 그럴 때 저는 수건으로 정액을 닦아낸 다음 발기가 새로 시작되기 전에 재빨리 그 부분의 채색을 끝내곤 하죠. 이런 점이 바로 모델에게 있어서나 저에게 있어서 가장 크게 곤혹스러운 점인데, 그건 사실 보디 페인팅이라는 예술 작업이 가져다주는 가장 큰 매력이기도 해요."

주리의 얘기를 더 들어보니, 그녀는 자신의 손길로 남자의 성적 흥분을 유도하는 데 대해 미묘한 정복감과 자부심을 느끼고 있었다. 상당히 많은 남자들이 그녀의 손놀림 하나하나에 따라 거친 숨결을 내뱉으며 황홀해했고, 그럴 때마다 그녀는 '흥분'과 '억제'와 '수치감'이 뒤범벅이 된 남자의 벌건 얼굴과 벌떡 일어선 심벌을 바라보며 사디스틱한 우월감과 '간접 섹스'의 쾌감을 함께 느끼곤 했다는 것이었다.

'피조물'이 '창조자'와 감히 몸을 한데 섞을 수는 없는 일이다. 주리는 남자모델들을 흥분시켜 그들의 몸이 안타깝게 달아오르도록 만드는 것만으로 만족하고는, 곧바로 다시 작업에 몰두하곤 했다고 했다.

그런데 이번 경우만은 문제가 좀 다르다는 것이었다. 밀라노에서 열리는 '국제 보디 페인팅 전(展)'에 출품할 작품을 구성하던 중에 만나게 된 남자모델인 '미스터 강'은 처음부터 특유의 독특한 분위기로 그녀의 마음을 사로잡았다고 했다.

……어깨까지 늘어진 금발로 염색한 고수머리 사이에는, 한국 사람으로선 드물게 서늘하도록 푸른 눈빛과 관능적인 모양의 크고 새빨간 입술이 기막히도록 아름다운 대조를 이루고 있었다. 알맞게 큰 키에 단단한 근육질의 구릿빛 몸매는, 흡사 그리스 신화에 남성미의 상징으로

나오는 헤라클레스를 연상시켰다. 하지만 찬찬히 관찰해보면 몸의 곡선은 기묘하게도 여자의 그것처럼 지극히 부드럽게 이어져 있어, 풍만한 여성미의 대명사처럼 불리는 '밀로의 비너스'를 보고 있는 듯했다.

그리고 주리를 특히나 아찔하게 만든 것은 그의 너무나 잘생긴 남근이었다. 그녀는 이상화의 시 「나의 침실로」에서 여성의 터질 듯 풍만한 젖가슴의 상징으로 나오는 '수밀도(水蜜桃)'라는 과일이, 남성의 잘생긴 남근의 상징으로도 쓰일 수 있다는 사실을 깨달았다. 그만큼이나 미스터 강의 남근은 분홍빛과 붉은빛이 묘하게 섞인 요염한 빛깔을 띠고 있을 뿐더러, 굵고 풍만하고 알차고 부드럽고 아름다웠다. 한마디로 말해서 그녀가 보아온 남자들의 성기 가운데 단연 최고였다.

주리는 솟구쳐 오르는 예술적 영감과 함께, 미치도록 뜨거운 기운이 그녀의 몸 한가운데서 무럭무럭 피어올라 그녀의 젖가슴을 불끈불끈 팽창하게 만들고, 그녀의 젖꼭지를 파르르 떨리게 하고, 그녀의 입술을 바짝바짝 타들어가게 하는 것을 느꼈다. 주리의 육체가 '그녀의 피조물을 만드는 재료'에 불과한 남자모델을 애타게 그리워하게 된 것은 이번이 처음이었다. 그래서 그녀는 번개처럼 내리치는 관능적 영감으로 단번에 작품 구상을 끝내고 나서, 당장에 작업을 시작했다.

모델을 더듬는 그녀의 손길이 이처럼 뜨겁고 부드러웠던 적은 없었다. 그녀는 온 정성을 다하여 모델의 가슴 부위부터 매만지고 쓰다듬어 나가면서, 그를 에로티시즘의 화신으로 창조해 보려고 애썼다. 양성(兩性)의 미(美)를 고루 갖춘 그를 성적 황홀경과 탐미적 쾌락의 상징으로 표현하고자 했던 그녀의 구상은 너무나 자연스럽고 당연한 것이었다.

가슴과 배, 엉덩이를 거쳐 드디어 그 '명품'을 채색할 차례가 되었다. 그녀는 탐스럽고 수분이 많은 수밀도를 그의 심벌 위에 그려나가기 시작했다. 먼저 '옐로 그린'과 '블루'를 섞어 그의 양쪽 고환을 초록 잎사귀로 표현하기 시작했다. 그런데 신기한 것은, 오래도록 손을 써서 채색했는데도 그의 심벌이 조금도 커지거나 솟아오르지 않는다는 사실이었다.

그녀는 이상하다고 생각하며 이번에는 '브라이트 레드'와 '밴 다이크 브라운' 약간에 '카드뮴 옐로'를 섞어 아름다운 붉은색을 만든 뒤, 손가락과 손바닥에 흠뻑 묻혀 그의 페니스를 부드럽게 마사지해나갔다.

하지만 '미스터 강'은 여전히 약간의 미동도 보여주지 않았다. 그래서 주리는 점점 더 오기가 발동하기 시작했다. 이번에는 부드러운 털이 길게 많이 달린 커다란 붓으로 그의 무성한 거웃 수풀을 노란색 덤불 숲으로 아주 천천히 바꿔나가면서, 그의 불두덩과 심벌을 느릿느릿 간지럽혀 보았다. 그러나 역시 반응은 마찬가지였다. 그의 페니스는 여전히 축 늘어진 채 조금의 변화도 없었다.

마침내 주리의 내면 깊숙이 감춰져 있던 '창작자'로서의 자부심과 자존심이 산산이 부서지기 시작했다. 그러면서 그녀는 그를 흥분시키기 위해 필사적인 노력을 기울였다. 채색을 다 끝마친 곳도 일부러 다시 덧칠해 가며 장시간 성기 하나에만 매달렸다. 하지만 그의 성기는 여전히 다리와 수평을 이루고 있을 뿐이었다.

드디어 주리는 최후의 수단으로 그녀가 입고 있던 옷을 하나하나 벗어던지기 시작했다. 수치심이나 창피스러움은 이미 저 멀리 도망가 버린 후였다. 그만큼이나 그녀는 '창조자'로서의 자존심과 정복감을 지키기 위해 안간힘 쓰며 몸부림쳤던 것이다.

그러다가 그녀가 모든 것을 포기했을 때는 그녀 자신이 알몸뚱이 상태가 되어 작업을 다시 시작한 지 세 시간이 지난 후였다. 그녀는 주섬주섬 옷을 다시 주워 입고 담배를 한 대 피워 물었다. 여태껏 그녀를 굳건히 떠받쳐주고 있던 기둥이 뿌리째 와르르 뽑혀버린 것 같은 기분이었다.

한낱 '피조물'에 불과한 어린 남자모델 하나를 정복하기 위해 그녀의 모든 혼과 정열과 관능을 쏟아 붓고 나서도, 결국 그를 정복하지 못했다는 사실이 그녀의 자존심에 크나큰 상처를 안겨주었다. 더군다나 그녀에게 마음의 상처를 입힌 주체는, 그녀로 하여금 일생일대의 걸작을 꿈꾸며 에로틱한 쾌락에의 기대와 영감을 함께 떠올리게 만든 사랑스러운 '남자'였다.

그런 점을 생각하니 화가로서의 창작의욕과 자신의 예술적 능력에 대한 자부심조차 함께 사그라드는 느낌이 들었다. 정말로 정말로 비참한 기분이었다. 그녀의 눈동자에서는 어느새 눈물 한 줄기가 뺨을 타고 스르르 흘러내리고 있었다.

여기까지 얘기한 후, 주리는 자신이 그런 경험을 한 것이 나흘 전이었다고 말했다. 그래서 줄곧 침울한 상태로 있을 수밖에 없었다는 것이었다. 그러던 중에 '미스터 강'이 아무래도 '게이'인 것 같은 생각이 들어 '게이 클럽'이란 곳을 가보고 싶은 마음이 생겼고, 드디어 어젯밤 '오르가슴'을 찾게 됐다는 것이었다.

나는 주리의 얘기를 듣고 나서, 주리에게 동정이 가기보다는 '전위예술'을 핑계댄 '에로티시즘 예술'에 부쩍 호기심이 당겨졌다. 그리고 '예술'이라는 명분에 기대어 합법적으로 야한 행동을 할 수 있는 전위예술가들이 부럽게 느껴졌고, 나도 남의 똥구멍이나 핥아주는 '미술평론'만 할 게 아니라 미술창작을 해보고 싶은 생각이 들었다.

꼭 '에로틱 아트'가 아니라고 하더라도, 어쨌든 평론보다는 한결 시원한 카타르시스를 선물해 줄 것이 분명하기 때문이었다. 사실 '시'와 '미술'은 서로 통하는 바가 많다. 시를 쓰고 있는 내가 미술까지 하지 말라는 법은 없었다.

문득 여러 해 전에 본 기록영화 <몬도가네>가 생각났다. 세계 곳곳에 숨겨져 있는 기이한 풍속이나 특이한 전위예술들을 그대로 필름에 담은 영화였는데, 그중에 가장 인상 깊었던 전위예술은 음악과 미술 두 가지였다.

첫째는 키 순서로 남자들을 무대 위에 세워놓고서, 여자 연주자가 두 손으로 잽싸게 이 남자 저 남자의 따귀를 때려가며 타악기의 선율을 만들어내는 '인간 악기 연주회'였다. 더욱 가관이었던 것은, 그 연주회가 우아하고 고전적인 양식으로 인테리어 된 클래식 공연장에서 열리고 있었다는 점이었다. 그리고 청중들은 모두 턱시도나 이브닝드레스 차림의 정장을 한 귀족풍의 신사·숙녀들이었던 것이다. 참으로 '사디스틱'한 연주회여서 나는 공연히 사타구니 언저리가 근질거려 오는 것을 느꼈다.

둘째는 한 남자 전위미술가의 작품 제작 장면이었는데, 벌거벗은 미녀들을 데리고서 일종의 '하렘'을 만들어놓고 집단 창작을 하고 있는 장면을 담은 것이라 정말로 에로틱했다.

화려한 궁전 모양으로 만들어진 홀 한구석에는 아주 커다란 캔버스가 낮게 걸려 있었다. 그리고 반대쪽 구석에 마련된 황금 옥좌 위에는 남자 전위예술가가 화려한 옷에 번쩍이는 왕관을 쓰고서 오만한 표정으로 앉아 있었다. 그는 식용 색소로 만들어진 여러 가지 물감들을 앞에 벌여놓고서, 이 물감 저 물감을 입 안에 머금어가며 이리저리 뒤섞고 있었다. 그러다가 벌거벗은 미녀들이 하나씩 그의 앞으로 교태를 부리며 기어와 절을 하고서 그의 뺨에 키스를 하면, 화가는 입에 머금고 있던 물감을 그녀들의 입 안에 가래를 뱉듯 냅다 뱉어내는 것이었다. 그러면 미녀들은 황홀한 표정을 하며 화가에게 엎드려 절을 하고, 다시 캔버스 앞으로 기어와 입 안에 머금고 있던 물감을 캔버스 위에 뿜어대는 것이다.

이런 과정이 여러 시간 동안 반복되면서 캔버스는 드디어 어지러운 문양의 요상한 추상화를 만들어냈다. 그러자 이번에는 화가가 여자들의 부축을 받으며 '말' 역할을 하는 한 여자의 등을 타고 앉아 캔버스 앞으로 왔다. 그리고는 마지막 '사인'을 하는 격으로 입 안에 머금고 있던 물감을 세게 뿜어대는 것이었다.
 미술 작업이라기보다는 일종의 야한 '퍼포먼스'였는데, 나는 수십 명의 벌거벗은 미녀들을 데리고서 유유히 '음탕한 작업'을 벌이고 있는 그 남자 화가가 몹시도 부럽게 느껴졌었다. 내가 이런 생각에 잠겨 있는데도 주리는 내 속마음을 눈치 채지 못하고 계속 슬픈 눈길로 나에게 위로의 말을 구하고 있었다.

 사람들은 모두 바보다. '약육강식'으로 점철되는 생존경쟁의 장(場)인 이 세상에서, 남에게 진심 어린 위로의 말을 건네줄 인간은 아무도 없다. 먹고사는 방편으로 목사나 신부나 승려, 또는 학교의 카운슬러 같은 직업을 택한 사람이라면 혹 몰라도, 남을 위로해 주는 말을 가식적으로라도 해줄 수 있는 인간은 참으로 드문 것이다. 이것은 부모자식 간이나 형제자매 간이라 해도 마찬가지다.
 더욱이 자신의 '사랑 문제'에 대한 고민 따위에 대해 타인에게 위로나 조언을 구한다는 것은 진짜 바보짓이다. '사랑 문제'에 대해 하소연한다는 것 자체가 상대방의 '질투심'이나 '심통'을 유발시키기 십상이기 때문에 그렇다. 사람들은 모두 다 '고독'을 씹어먹으면서 살아가고 있기 때문에, 남이 사랑 문제로 고민한다는 것 자체를 일종의 '사치'로 간주하는 것이 보통인 것이다.
 그래서 나는 주리에게 특별한 위로의 말과 '사랑의 처방'을 내려줄 수 없었다. 나는 다만 그 '미스터 강'이라는 모델의 외모에 대해 강한 호기심을 느꼈을 뿐이었다.
 나는 주리에게 의례적인 언사로 적당히 위로의 말을 건네주고 나서, 주리의 작업 광경과 미스터 강을 한번 만나보고 싶다고 말했다. 그랬더니 주리는 별다른 토를 달지 않고 내 청을 들어주었다.
 "마침 오늘 오후에 마지막 채색 연습을 하기로 했어요. 그런 다음 밀라노로 가서 여러 나라에서 온 '보디 페인터'들과 한데 합류하는 거죠. 작품을 현장에서 직접 제작하게 돼요."

"일종의 경연대회인가 보지?"

"맞아요. 이번 대회에서 상을 타게 되면 저는 신체미술가로서의 위상이 상당히 높아지게 되지요. 저한테는 굉장히 중요한 대회라고 할 수 있어요."

주리는 채색 연습 광경을 처음부터 지켜보면 아무래도 지루할 뿐더러, 자기 자신이나 모델도 어색해질 것이라고 말했다. 그러니 연습 작업 끝 무렵에 오는 게 어떻겠느냐는 것이었다. 시간을 맞춰보니 한 서너 시간 있다가 가면 되었다. 그래서 나는 그러겠다고 응낙하고, 그동안 못 봐뒀던 전시회들이나 둘러보며 그때까지의 시간을 때워나가기로 했다.

주리의 작업실은 압구정동에 있었다. 그래서 나는 청담동과 신사동 근처의 갤러리들을 순회하다가 그녀의 작업실로 갔다.

2

작업실에 들어서니 주리는 마침 미스터 강의 성기 부분을 손으로 비벼가며 채색하고 있었다.

주리가 얘기했던 대로 그의 심벌은 여전히 축 늘어진 채로 있었다. 주리는 내가 오기로 되어 있어 완전히 벌거벗고 있지는 못했지만 그런대로 상당히 선정적인 옷을 걸치고 있었다. 까만색 성근 망사로 만들어진 '볼레로'식 윗도리는 '노 브라' 상태의 꽤 큰 젖가슴을 훤히 드러내주고 있었고, 골반에 느슨하게 걸쳐 입은 '하렘 팬티' 역시 빨간색 성근 망사로 되어 있었다. '노 팬티'로 있는 것을 보니 오기가 뻗칠 대로 뻗쳐 모델의 성기를 세워보려고 필사적으로 노력하고 있는 것 같았다.

'미스터 강'은 나를 보자 순간적으로 움찔 놀라는 표정을 했다. 그러나 누드모델들이 다 그렇듯이 금세 범상한 표정으로 바뀌었다. 주리가 나를 그에게 소개했다.

"미스터 강도 들어서 알고 있지? 미술평론가로 유명한 천민 선생님이셔."

미스터 강은 얼굴이 서서히 분홍빛으로 변해가면서 나를 뚫어져라 쳐다보았다. 그러고 나서 한참 동안 뜸을 들였다가 내게 고개를 살짝 숙였다.

"내가 방해를 해서 미안해요. 작업 광경을 보고 싶어 찾아왔어요. 어서 하던 작업을 계속하세요."

나는 이렇게 말하고 나서 일부러 모델 가까이에 자리를 잡고 앉았다. 주리는 이번엔 모델의 고환 위에 사과를 그리고 있었다. 그리고 음경 위에는 푸른 잎사귀들을 그려 넣고 있었다. 내가 가까이서 작업 광경을 관찰하는 동안 미스터 강의 눈빛은 계속 내게 머물러 있었다. 불과 10분 정도가 지난 후였다.

여태까지 미동도 하지 않던 사과 두 개가 바르르 떨리더니, 미스터 강의 심벌이 나무 잎사귀들과 함께 갑자기 힘차게 솟아오르는 게 아닌가? 나는 속으로, '아니, 이게 웬일이냐!' 하고 생각했다. 다리의 근육 선과 수직을 이루며 벌떡 일어선 미스터 강의 심벌은, 5월의 푸른 나뭇잎들처럼 싱그럽고 건강한 매력과 그로테스크하게 아름다운 흥분을 마음껏 발산하고 있었다.

나도 약간 당황했고 주리는 무척이나 당황했다. 아니, 너무나 불쌍하고 측은한 표정이 되었다. 미스터 강은 모델 특유의 무심한 표정으로 우리 두 사람을 물끄러미 굽어보고 있을 뿐이었다.

나는 주리에게 담배를 한 대 권했다. 그리고 미스터 강에게도 잠시 쉬었다 하라고 얘기했다. 내가 담배를 권하자 그는 겸손하게 얼굴을 돌리고서 수줍게 담배를 피웠다. '오르가슴'에서 채나가 내게서 멀리 떨어져 담배를 피우던 모습이 연상되었다. 담배를 피우는 동안에도 그의 심벌은 계속 빳빳한 채로 있었다.

나는 무르익을 대로 무르익은 그의 심벌을 바라보면서, 채나의 심벌을 비교해서 생각해 보았다. 무성한 인조 거웃 속에 숨어 있던 채나의 심벌은 전혀 발기된 적이 없었다. 나는 그 이유가, 미스터 강은 아직 '성숙한 게이' 단계까지는 가지 못한 상태의 '남자'라서(또 쉬메일도 아니고) 그럴지도 모른다고 생각해 보았다.

어색해진 분위기를 진정시키기 위해서 나는 주리에게 말을 붙였다.

"참, 주리는 이번 작품의 제목을 어떻게 정해놓고 있나? 추상화나 전위미술이란 건 원래 제목으로 한몫 봐야 하는 거 아냐? 말하자면 꿈보다 해몽이 좋아야 하는 셈이지."

"아직 정하지 못하고 있어요. 무슨 묘안이라도 있으시면 한번 말씀해 주세요."

주리가 그런대로 마음의 평정을 회복하고 나서 대답했다.

"지금 막 생각난 건데……. '가질 수 없는 것에 대한 애도'라고 하면 어떨까?"

"저를 놀리시는군요. 그런 제목을 제시하시니까 다시 마음이 울적해져요."

"놀리는 게 아냐. 예술가는 어쨌든 최대한 솔직하고 봐야 한다는 게 내 평소의 지론이라서 얘기해 주는 거야. 괜히 현학적이고 형이상학적인 제목을 붙일 생각일랑 말고, 한번 내 말대로 해봐. 현실을 솔직히 인정하라는 거지."

"그러고 보니까 말씀해 주신 제목이 꽤 근사하게 느껴지기도 하는군요. 서글픈 여운이 풍기는 것도 멋있구요."

주리는 이렇게 말하고 나서, 오늘 작업은 이걸로 끝낸다고 하며 미스터 강을 돌려보냈다. 모델이 작업실을 나가고 난 뒤 주리가 내게 말했다.

"아무래도 그이는 '게이 끼'가 있어요. 아마 그이가 선생님께 단단히 반했나 봐요. 내가 손으로 들입다 만지고 비비고 주물러도 안 서던 남근이, 선생님을 보자마자 벌떡 일어섰으니까요."

"하지만 난 미스터 강 같은 게이를 좋아하지 않아. 우선 어깨가 너무 넓고 피부도 건강한 구릿빛이라서 그렇지. 나는 채나처럼 진짜 여자 같은 체형에 병적(病的)으로 흰 피부색을 가진 애가 좋아. 뭣보다 난 동성애자가 아니라 탐미주의자일 뿐이니까."

"제 손가락이 너무 짧아서 미스터 강이 저를 싫어하지 않았을까요? 그이가 선생님의 긴 손가락을 유심히 쳐다보고 있는 게 눈에 띄었어요.…… 이젠 작업하는 데 아무리 어렵더라도 손톱이라도 길게 길러 손가락이 선생님처럼 길어 보이도록 만들어봐야겠어요."

하고 주리가 자못 심각한 표정으로 말했다.

주리와 나는 한참 동안 말없이 그냥 있었다. 미스터 강이 나한테 '성욕'을 느꼈다는 사실이 (아마 '사랑'은 아니었을 것이다) 왠지 주리한테 미안한 마음을 불러일으켰다. 그래서 나는 주리 곁으로 다가가 그녀를 껴안았다. 그녀가 속이 훤히 비치는 섹시한 망사 옷을 입고 있기 때문이기도 했다.

"어쩐지 서먹하고 머쓱한 기분이 드는군. 주리도 그렇지? 이럴 땐 두 사람 간에 살갗접촉을 갖는 게 가장 효과 빠른 묘약이야."

나는 이렇게 말하며 바지를 벗었다. 평소에 팬티를 안 입고 다니는 게 내 버릇이므로 내 심벌이 그대로 노출되었다.

"주리가 지금 입고 있는 옷이 너무나 야해 보여. 그래서 문득 펠라티오를 해달라고 부탁하고 싶어졌어. 울적해진 기분도 풀 겸 내게 한번 서비스를 해줘 봐. 눈을 감고서 나를 '미스터 강'이라고 상상해도 좋고."

주리는 그녀의 입술을 당장 내 심벌로 가져오진 않았다. 다만 두 손바닥 사이에 내 심벌을 끼고서 천천히 살근살근 비벼주며 이렇게 말했다.

"선생님은 너무나 지독한 유미주의자라서 겁이 나요."

"유미주의나 탐미주의는 내가 공적(公的)으로 내세우는 겉 간판일 뿐이야. 정확히 따져서 말하자면 나는 사실 유물주의자(唯物主義者)지. 그러니까 주리가 펠라티오만 잘해주면 나도 주리를 사랑할 수 있어."

"사랑이라는 거창한 말까지 동원하시니까 더 겁이 나네요. 선생님은 누굴 사랑한 적이 한 번도 없어 보여요."

"사랑이 뭐 별건가. 서로 죽이 맞아 신나게 핥고 빨면 그게 바로 사랑이지."

"제게 거짓말을 하고 계시네요. 선생님은 틀림없는 탐미주의자세요. 그리고 골수에 맺힌 페티시스트이기도 하구요. 선생님한테는 핥고 빠는 게 사랑이 아니라 보는 게 사랑이에요. …… 선생님은 오로라 씨를 사랑하고 계시죠?"

갑자기 기습하듯 로라 얘기를 꺼내니 순간적으로 숨이 막혀 왔다. 내가 생각해도 기이하고 신기한 육체반응이었다. 나는 잠시 숨을 고르고 나서 말을 바꿔 주리에게 대답했다.

"…… 단지 보기만 한다면 사랑의 욕망이 충족될 수 없겠지. 역시 핥고 빠는 게 따라와 줘야 해. 인간은 평생 동안 갓난아이 시절의 애정행태를 그리워하면서 살아가게 마련이니까. …… 그래, 대관절 펠라티오를 해줄 거야, 안 해줄 거야?"

"오늘은 안 되겠어요. 조금 아까 받은 충격이 너무 커요. 전 선생님이 너무나 샘난단 말이에요."

딴은 맞는 말이었다. 그래서 나는 주리의 어깨를 위로하듯 살포시 쓰다듬어 주면서 말했다.

"그럼 우리 나가서 술이라도 마실까?"

"그게 좋겠어요. 펠라티오를 못 해드려서 죄송해요. 기분 상하지 않으셨죠?"

"기분 상하긴……. 침울해 하고 있는 주리한테 공연히 무리한 요구를 한 것 같아 내가 오히려 미안해하고 있지."

"다음엔 꼭 해드릴게요. '사랑'이니 '탐미'니 하는 것 다 빼고서, 선생님이 말씀하신 대로 오로지 '유물주의적'으로 한번 해봐요."

나는 바지를 다시 입었고, 주리는 꽤 화려한 외출복으로 갈아입었다. 좀 시끌벅적한 곳이 기분 풀기에 좋을 것 같아 우리는 인터콘티넨탈호텔 1층에 있는 바(bar)로 갔다.

"뭘 마실까?"

하고 내가 주리에게 물었다.

"블랙 러시안."

"좀 독할걸. 너무 빨리 취하면 혹시 울게 될지도 모르는데. 그냥 맥주가 어때?"

주리가 술에 약하다는 걸 알고 있어 내가 주리에게 권했다.

"오늘은 빨리 취해버리고 싶어요. 여보세요, 웨이터, 블랙 러시안 더블로 한 잔."

"그럼 나도 그걸로 하지. 나도 더블로."

술이 오자 주리는 빨리 마셨고 나는 천천히 마셨다.

"어떻게 된 거예요? 요즘은 로라 씨를 안 만나세요?"

"안 만나긴. 로라가 하는 화랑 일 때문에 안 만날 수가 없지. 팸플릿의 해설을 자주 써주고 있으니까."

"그게 아니라 두 분이 연애하는 사이로, 아니 벌거벗고 지내는 사이로 안 만나느냐는 거예요."

"조금 뜸해진 건 사실이야. 로라가 워낙 바빠져서 말야. 아니, 바빠졌다기보다는 로라를 쫓아다니는 남자들이 너무 많아졌다는 게 더 맞는 말이겠지."

"그래도 로라 씬 천 선생님을 제일 좋아하고 있는 것 같은 눈치던데요?"

"그 여자는 누굴 특별히 좋아할 수가 없는 여자야. 어찌 보면 나보다 더 지독한 나르시시스트지. 하지만 나하고 다른 건 그 여잔 자비심이 유난히 많다는 거야. 자기를 원하는 남자한텐 거의 무조건 주니까."

"말하자면, '잡식(雜食)'이란 얘기군요."

"잡식이 아냐. '포용력 넘치는 공급'이지."

"아무튼 묘한 여자예요. 그걸 알고서도 봐주는 그녀의 남편은 더 굉장한 남자구요."

"말하자면 영화 <에마뉴엘 부인>에 나오는 에마뉴엘의 남편 같은 사람이겠지. 로라의 남편은 아내가 이렇게 지내는 걸 은근히 즐기고 있는지도 몰라, 내가 그 사람 입장이 돼도 그럴 것 같아. '보시(布施)'는 나도 좋고 남도 좋은 덕행일 뿐더러, 또 시혜의식(施惠意識)에 따른 쾌감도 가져다주게 마련이니까."

"전 너무 어지러워요. 그리고 로라 씨의 미모와 재력에 질투가 나기도 하구요."

"미모와 재력에 질투를 느끼는 건 당연해. 하지만 로라나 그녀의 남편을 탓할 수는 없어. 선진국에서는 세 사람의 동숙뿐만 아니라 어느 기간 동안 아내와 남편을 서로 교환하거나 아예 여러 사람의 혼숙까지 유행하고 있으니까 말야. 오늘날 '체인징 파트너(Changing parter)'나 '세 명 동숙(Three's company)', '남편-아내 바꿔치기(Husband-wife swapping)' 같은 것들은 슬슬 보편화되어 가고 있지. 주리도 외국에 나가봤으니까 잘 알 텐데 그래."

"전 미술 공부하느라 정신이 없었기 때문에 그런 현상들을 관찰할 겨를이 없었어요."

"단지 공부 때문만은 아니었을 거야. 주리의 체질이나 성격이 아무래도 '딱딱한' 편에 속해서 그랬을 테지."

주리를 위로한답시고 술자리로 데리고 온 것인데, 그만 내 속마음을 드러내버리고 말았다. 아무리 봐도 주리는 '부드러운 여자'가 아니라 '딱딱한 여자'였다. 이유야 어쨌건, 나는 아까 그녀가 펠라티오를 안 해 준 것에 대해 은근히 서운한 마음을 품고 있었다.

"제가 아까 펠라티오를 안 해드린 것 때문에 그러시는군요."

용케 내 속마음을 알아채고 주리가 말했다.

"…… 꼭 그래서 그런 건 아니지만, 아무래도 상당한 작용을 한 것은 사실이겠지."

나는 주리에게 솔직하게 대답했다. 따져서 생각해 보면 펠라티오 때문이기보다는 그녀와 함께 블루스 춤을 출 기회가 있을 때마다 내리곤 했던 결론이었다. 그녀는 친친 감겨드는 여자가 아니었던 것이다.

"로라 씨는 펠라티오를 잘해주나요?"

"몇 번 해봤는데, 긴 시간 참을성 있게, 그리고 싫증내지 않고 잘해주더군."

"선생님은 그만큼 쿤닐링구스(cunnilingus)를 해주셨나요?"

"나는 안 해줬어. 남자의 심벌은 핫도그나 쭈쭈바처럼 빨아먹기 좋게 생겼지만, 여자의 클리토리스는 너무 작은 데다가 걸핏하면 숨어 들어가기 때문이지. 그런 점에서 보면 남녀가 오럴 섹스를 똑같이 해줘야 한다는 건 불공평해."

"성기의 구조 때문이 아니라 선생님이 이기주의자라서 그런 거예요."

"글쎄 그런 걸 자꾸 따지고 들면 결국 '딱딱한 여자'가 되어 사랑을 못 하게 된다니까……. 미스터 강을 꼬시고 싶으면 주리도 '부드러운 여자'가 되어야 해. 그러면 그가 아무리 게이라고 해도 주리한테 넘어가고 말

거야."

 나는 다시 속마음을 털어놓고 말았다. 주리는 더욱 우울한 표정이 되면서 술을 한 잔 더 시켰다. 새 술을 반쯤 마시고 나자 그녀는 드디어 눈물을 쏟기 시작했다. 그리고 울음 섞인 목소리로 이렇게 말했다.

 "딱딱한 여자와 부드러운 여자의 구별 따위는 다 핑계일 뿐이에요. 제일 중요한 건 역시 아름다운 외모겠지요. …… 난 왜 이렇게 못생겼을까요?"

 "절대로 못생기지 않았어. 우선 키가 훤칠하게 큰 편이라는 것만 가지고서도 주리는 부모에게 감사해야 해."

 "그래도 얼굴이 너무 넓적하잖아요."

 "그건 사실 좀 그렇지. 하지만 주리가 센스 있게 양쪽 뺨을 가리는 헤어스타일을 하고 다니기 때문에, 찬찬히 뜯어보지 않는 한 그렇게 넓적해 보이지 않아."

 "사람을 멀리서만 볼 수 있나요. 애무라도 나누게 되면 아무래도 머리가 헝클어지게 되고, 그래서 넓적한 얼굴이 드러나게 마련이지요."

 "정 그러면 큰맘 먹고 성형수술을 한번 해보지 그래."

 "아직은 제 자존심이 그걸 허락하지 않아요. …… 수술을 하면 로라 씨나 선생님처럼 하관이 쪽 빠진 얼굴형이 될 수 있을까요?"

 "요샌 성형외과 기술이 발달했다니까 그렇게 될 수 있을지도 모르지."

 "수술할 결심을 선뜻 세우진 못하겠어요. 하지만 미술을 통해 아름다움을 창조해 낸다고 해봤자, 나 자신을 아름답게 만드는 것만은 훨씬 못하다는 생각이 요즘 와서 부쩍 드는 건 사실이에요."

 주리는 얼마 있다가 곧 울음을 그쳤다. 역시 자존심이 센 여자였다. 우리는 다시금 말없이 술을 마셨다.

기다란 홀의 한쪽 구석에서는 필리핀 사람들로 구성된 악단이 라틴 음악을 연주하고 있었다. 마침 내가 좋아하는 <베사메 무초(Besame Mucho)>가 흘러나왔다. 필리핀 사람들은 음악성이 탁월하다. 한국의 여러 호텔에서 노래하는 필리핀 사람들은 다 무명 가수들일 텐데도, 하나같이 노래를 무지무지 잘한다. 또한 소화해 내는 리듬이나 멜로디도 다양하다.

<베사메 무초>는 감정을 잡기가 쉽지 않은 까다로운 노래인데, 여자 가수가 썩 훌륭하게 노래를 하고 있었다. 내가 좋아하는 '카니 프랜시스'가 부른 <베사메 무초> 못지 않았다.

<베사메 무초>를 원어 가사로 들을 때마다 생각나는 것은, 우리나라에 보급돼 있는 번안가사가 너무나 엉터리라는 것이다. 나는 가라오케집에 갈 때마다 <베사메 무초>를 가끔 부르곤 하는데, 현인 씨가 부른 한국어판 가사 내용이 <베사메 무초>를 '여자 이름'으로 쓰고 있다. 이를테면 "베사메 무초야, 너는 리라꽃같이 귀여운 아가씨……"라는 식이다. 내가 알기에 '베사메 무초'는 'Kiss me much'의 뜻이다. 그런데 그게 여자 이름으로 둔갑을 하고 말았으니 우스꽝스럽기 그지없는 일이다.

<베사메 무초>를 듣다 보니 문득 가사 내용 그대로 키스가 하고 싶어졌다. 그래서 나는 주리의 울적한 심사도 달래줄 겸해서, 그녀의 입술에 내 입술을 가져갔다. 그녀는 우선은 아무 말 없이 내 키스에 응해주었다. 하지만 역시 '딱딱한 여자'다웠다. 혀놀림이 영 부드럽지가 못했다. 아니, 꼭 딱딱한 여자라서가 아니라, 내가 솔직하게 털어놓은 말들과 '미스터 강'이 나를 보고 보인 반응 때문에 기분이 토라져 있어 그랬는지도 모른다. 하지만 나는 이왕이면 더 근사하게 키스를 해보고 싶어 그녀에게 이렇게 말했다.

"혀를 안으로 오그리지 말아. 당당하게 앞으로 쭉 내밀고서 내 혓바닥과 잇몸 그리고 입천장과 입술 언저리 등을 천천히 부드럽게 핥아줘."

그랬더니 주리는 입술을 아예 오므려버리면서 쌀쌀한 목소리로 말했다.

"자꾸 코치하지 마세요. 저도 키스쯤은 잘할 수 있다구요. 지금 제 혀 놀림이 서먹했던 건 선생님을 사랑하지 못하겠어서 그랬던 거에요. 난 젊은 남자가 더 좋다구요."

의외의 반격이었다. 하지만 나도 그녀의 자존심에 상처를 준 잘못이 있어 화가 나거나 서운하지가 않았다. 나는 일부러 머쓱해 하는 표정을 지어가며 그녀를 만족시켜 주려고 애썼다. 그러자 주리는 한술 더 떠 이런 말을 했다.

"이곳은 물이 너무 후지군요. 나이 많은 남자들이 너무 많아요. 난 젊은 남자들이 있는 곳에 가고 싶어요."

따지고 보면 일부러 쏟아내는 심통도 아니었다. 내가 봐도 나보다도 나이가 많은 늙은이들이 너무 많았다. 그래서 나는,

"그럼 역시 홍대 앞으로 가야겠군. 우선 주리의 젊은 파트너가 필요할 테니까. 홍샘이 요즘 '몸부림'에서 매일 저녁 죽친다니까 내가 한번 휴대폰으로 연락을 해보지."

하고 말했다. 홍샘은 우리와 꽤 자주 만나는 편인 시인이자 행위예술가인데, 현재 서른 살이었다.

홍샘은 '시인'을 겉간판으로 내세우고서, 실제로는 가요 가사를 많이 써서 돈을 벌고 있었다. 이른바 젊은 감각에 맞는 얄쌍하고 두루뭉술한 내용의 가사를 잘 썼다.

그가 하는 행위예술이란 것은 대개 시 낭송에 퍼포먼스를 곁들이는 것인데, 일종의 '반짝쇼'를 겸한 '인기유지 작전'이었다. 별 의미도 없어 보이는 기괴한 동작이나 에로틱한 동작에 맞춰 거칠고 폭력적인 음색으로 시나 노래가사를 절규하듯 읊어댔다. 그리고 복장이나 장신구도 아주 선정적이고 기이한 것들로만 걸쳤고, 평소에도 반지나 팔찌, 귀걸이나 목걸이 등을 여러 개씩 하고 다니고 있었다.

얼굴이나 체구는 그저 그런 수준이었다. 그렇지만 워낙 기인(奇人)이 드문 한국 사회라서 그런지, 그의 대책 없이 난해한 시나 현학적이고 파괴적인 노래 가사는 그런대로 매스컴의 조명을 받고 있었다. 그리고 꽤 많은 숫자의 젊은 여성 팬을 확보하고 있었다.

전화를 해보니 홍샘은 역시 '몸부림'에 있었다. 그곳이 너무 시끄러워 더 자세한 얘기를 할 순 없고 해서, 주리와 함께 가겠다고 말하고 나서 전화를 끊었다.

'몸부림'에 도착해서 보니 역시 물이 좋았다. 촌스러운 중년 남자들이나 아줌마들만 오는 카바레도 아니고, 그렇다고 나이가 조금만 많아도 문전박대를 하는 강남의 신세대 나이트클럽도 아니었다. 젊고 예쁜 남녀들과 적당히 나이 먹고 세련된 남녀들이 보기 좋게 뒤섞여 있었다. 더욱이 내 맘에 들었던 것은 음악을 다양하게 틀어준다는 점이었다.

'몸부림'에 들어섰을 때 흘러나온 음악은 아바의 <댄싱 퀸(Dancing Queen)>이었다. 이어서 최신의 테크노 음악으로부터 오래된 재즈에 이르기까지, 그리고 빠른 디스코 곡과 느린 블루스 곡이 적당히 섞여 나왔다. 요즘 '록카페' 치고는 꽤나 플렉시블(flexible)하면서도 자유로운 분위기를 맛볼 수 있는 장소였다.

홍대 앞에 처음으로 생긴 록카페는 내가 알기에 '발전소'라는 곳이다. 나이에 제한을 두지 않고 음악을 옛날 것·요즘 것 다양하게 틀어주어, 나나 한그루, 이길로 등이 자주 갔다. 그 뒤로 '발전소' 주변에 우후죽순처럼 많은 록카페들이 들어섰다. 하지만 나중에 가서는 대개 테크노 뮤직 중심의 클럽으로 변했고, '발전소'조차 요즘 유행하는 곡만 틀었다. 말하자면 '블루스춤'을 출 수도 없고 흥겹게 리듬을 따라가며 '디스코춤'도 출 수 없는, 혼자 와서 거울을 보며 고갯짓만 해대거나 기계적인 동작만 되풀이해대는 애들만 모여드는 재미없는 록카페로 변하고 말았던 것이다.

그런데 '몸부림'은 전혀 딴판이었다. 말하자면 '다원성(多元性)'을 띠고 있었다. 나는 우리 한국 사회에서 절대적으로 필요한 것이 '자유'와 '다원'이라고 생각한다. 우리 문화는 모든 것이 너무나 획일적이고 유행 추종적이다. 겉으로 야하게 차리고 다니는 젊은 신세대 남녀들이라고 해도, 모두들 새 '유행'만을 비굴하게 쫓아가고 있다.

그것은 예술이나 학문 역시 마찬가지다. 외국서 갓 나와 미처 검증도 되지 않은 예술사조나 철학사조('포스트모더니즘'이나 '마술적 리얼리즘' 또는 '라캉'이나 '들뢰즈'의 최신 프랑스 철학 같은 것이 좋은 예다)를 사대주의적 자세로 흉내 내는 자들이 가장 참신한 예술가나 지식인으로 대접받는 사회가 바로 한국 사회다.

3

'몸부림'에 들어섰을 때 홍샘은 보이지 않았다. 다만 이길로가 젊은 아가씨와 함께 몸을 흔들어대고 있었다. 홍샘이 어디로 갔느냐고 물으니 로라를 마중하러 나갔다는 것이었다.

로라와 홍샘이 벌써 친해진 것 같아 질투심까지는 아니지만 약간 야릇한 기분이 들었다. 로라에게 홍샘을 소개해 준 것이 얼마 되지 않았기 때문이었다. 로라가 온다는 말을 듣자 주리도 얼굴이 조금 굳어졌다.

얼마 후 홍샘이 로라와 팔짱을 끼고 나타났다.

"어머 천 선생님도 오셨군요. 그리고 주리 씨도요."

하고 로라가 티 없이 밝은 표정으로 말했다.

"반가워, 로라."

하고 내가 말했다.
"로라 씨가 이곳을 구경하고 싶다고 해서요."
하고 홍샘이 말했다.
나는 홍샘이 로라를 바라보고 있는 눈초리를 지켜보았다. 어두운 조명 아래서도 그의 눈동자가 정욕으로 물결치고 있다는 것을 역력히 알 수 있었다. 나는 그의 얼굴이 둥글넓적하다는 것을 새삼 확인하며 왠지 모르게 화가 났다. 얼굴이 아주 둥글넓적하게 생긴 사람은(홍샘에 비하면 김주리의 얼굴은 오히려 갸름한 편이다) '예술적 끼'가 없는 법이다. 그런 자가 끼 있는 신세대 예술가인 체하며 '실험예술'을 빙자한 '엉터리 사기극'을 연출하고 있고, 우리 사회가 그것에 촌스럽게 속아 넘어가고 있다는 사실이 새삼 나를 화나게 만들었다.
로라는 오늘따라 더욱 그로테스크한 관능미를 발휘하고 있었다. 그녀는 머리카락을 수백 개의 가닥으로 땋은 이른바 '레게' 파마를 하고 있었다(<텐(TEN)>이라는 영화에 '보 데릭'이 하고 나와 세계적인 화제를 불러일으켰던 헤어스타일이다). 가닥가닥 땋은 머리 중간부터 번쩍이는 구슬과 방울들을 엮어 넣은 데다가, 길디긴 머리가 바닥까지 흘러내렸기 때문에 그녀가 움직일 때마다 영롱하고 명량(明亮)한 소리가 났다. 또한 수백 개의 머리 가닥이 연두색·보라색·노란색·초록색·은색·금색 등 각기 다른 수십 가지 색으로 염색돼 있어, 마치 화려한 무지개를 보고 있는 것 같은 느낌이었다.

로라는 까만색 아이새도와 금빛 나는 립스틱을 바르고 있었다. 아이라인으로 길다란 선을 가로 그어 이집트식으로 화장한 눈 아래위로는 빗자루 같은 오색 인조 속눈썹이 붙어 있었다. 창백하게 하얀 얼굴에 까만 눈두덩과 금빛 입술은, 기막히게 요요(夭夭)한 분위기를 만들어냈다
그녀의 작은 얼굴은 흡사 커다란 모피 더미 위에 장난삼아 얹어놓은

무언가처럼 몹시도 이질적인 느낌을 주었다. 그녀가 입고 있는 흰색의 모피 옷은 너무나 큰 것이어서 어디가 어깨이고 어디가 겨드랑이인지, 어디가 가슴이고 어디가 골반인지도 알 수 없었다. 하지만 그녀의 가늘디가는 손가락들만은 도도하게 요염한 모습을 드러내고 있었다.

그녀의 손톱들은 족히 20센티미터는 돼 보였다. 블랙 라이트 조명 때문인지 그녀의 손은 너무나도 하얘 보였고, 그래서 손끝에서 길게 뻗어 나가 아무 무늬도 없이 매끄럽게 광채를 발하고 있는 빨간 손톱들이 너무나도 아름다워 보였다. 정말 야한 백설공주와 같은 아름다움이었다.

나는 로라를 보는 순간 오늘따라 온몸이 짜릿해졌다. 마음에 드는 록 카페의 분위기와 홍샘이라는 존재, 그리고 그 짜릿한 느낌이 하나가 되어 왠지 모를 흥분이 느껴져 왔다.

그 흥분은 로라가 털코트를 벗고 날씬한 몸매를 드러내자 더욱 상승되었다. 새하얀 빛의 긴 목에는 목걸이 대신에 타일랜드의 어느 지방 원주민 여자들이 목을 늘이기 위해 사용하는 황금빛 링 수십 개가 겹겹이 둘려 있었다. 링들이 그녀의 목을 옥죄고 있는 것처럼 보여 사디스틱한 쾌감이 왔고, 그런 느낌은 그녀가 목을 살짝 뒤틀 때마다 더욱 커졌다.

그녀는 브래지어나 팬티를 걸치지 않은 채, 유방이 거의 다 노출될 정도로 가슴을 깊게 판 노란색 망사 재킷 하나만을 걸치고 있었다. 느슨하게 짜진 망사의 느낌이 독특해 내가 무슨 재질로 만든 거냐고 물어보니까, 사람의 머리털로 만든 것이라고 했다. 속이 훤히 비쳐 보이는 재킷은 스리 버튼으로 되어 있었지만, 단추를 하나도 잠그지 않은 상태로 그냥 열어놓고 있었다.

엉덩이 위를 살짝 덮은 재킷의 허리 부분에는 금속으로 만든 묵직한 벨트가 느슨하게 둘려 있었는데, M1소총의 총알과 똑같은 크기와 모양으로 된 장식들이 은빛 나는 가는 고리에 의해 연결돼 있었다. 허리를 두르고 남은 부분은 불두덩 부근에서 매듭지어져 허벅지 윗부분까지 늘어져 있었고, 대롱대롱 매달려 있는 몇 개의 총알이 그녀의 음부를 살짝살짝 가려주고 있었다. 주변에서 춤을 추고 있던 몇 명의 남자들이 음부 근처에서 대롱거리는 그녀의 벨트 끝자락을 뚫어져라 응시하고 있는 게 보였다.

투명한 비닐로 만들어진 샌들형 뾰족구두는 발목을 감싸는 부분과 굽 부분이 황금빛으로 반짝거리고 있었고, 나머지 부분은 투명한 바탕에 금박이 뿌려져 있어 그녀의 긴 발가락과 긴 발톱이 더욱 신비스럽게 보였다. 10센티미터쯤 돼 보이는 그녀의 발톱에는 모두 새빨간 매니큐어가 칠해져 있었다. 그리고 양쪽 발목에는 목에 걸려 있는 링들과 똑같은 모양의 황금색 발찌들이 10여 개씩 걸려 있었고, 가느다란 은빛 체인이 두 발목을 팽팽하게 연결시켜 주고 있었다.

우리는 다같이 맥주를 한 잔씩 마시고 난 뒤 춤을 추었다. 오래전에 유행했던 춤곡인 <페임(Fame)>이 나오고 나서 곧장 한때 유행했던 이정현의 노래인 <바꿔>가 나오는 다양한 선곡이, 넓은 홀 안의 분위기를 유쾌하게 만들었다. <바꿔>는 로라와 홍샘과 이길로만 추었다. 뒤이어 <이 밤을 견딜 수 있게 해줘요(Help me make it through the night)>가 나오자, 나는 겨우 로라와 블루스 춤을 출 수 있게 되었다.

"요즘 홍샘과 자주 만나나 보지?"

하고 내가 로라에게 물었다.

"귀여운 사람이에요. 힘도 세구요. 어젯밤엔 다섯 시간 동안이나 했어요. 선생님도 주리 씨와 자주 만나나 보죠?"

얼굴이 넙데데한 데다가 기름기까지 많고 속물 끼가 있는 엉터리 실험예술가가 뭐가 귀엽단 말인가? 힘이 좋아서? 나는 비위가 상하는 것을 간신히 참으며 그녀의 물음에 대답했다.

"오늘 의논할 일이 있다고 해서 만났어. 주리는 요즘 상사병에 걸려있지. 근데 주리가 좋아하는 남자모델이 하필이면 게이야. 오늘 오후에 그

모델을 만나봤는데, 그 자가 나를 보고 흥분하는 것 같더군."

"선생님이 우람한 체형이 아니라 가냘픈 체형에 예쁘게 생긴 얼굴인데도 그런 것을 보면, 그 게이의 미감(美感)이 상당한 것 같군요."

"놀리지 마. 로라는 힘이 센 남자가 좋다면서?"

"제가 언제 힘센 남자만 좋다고 했나요. 그런 남자도 귀엽다고만 말했지요."

옆을 보니 이길로는 아까 춤을 추던 아가씨와 함께 엉겨 붙어 돌아가고 있었고, 홍샘 역시 한 아가씨를 껴안고서 꽤나 에로틱하게 춤을 추고 있었다. 다만 주리만 혼자 앉아 담배를 피우고 있었다. 나는 홍샘을 화제로 로라와 더 이야기하기도 뭣하여, 춤을 추다 이길로와 부딪치자 그를 보고 물었다.

"웬 아가씬가? 괜찮게 생겼는데."

"오늘 저녁 여기 와서 꼬셨지. 지금 3수생이래. 노는 끼가 대단한 애야. 얼굴도 그만하면 괜찮고."

"그럼 홍샘과 같이 춤을 추고 있는 아가씬?"

"조금 아까 꼬신 여자지. 걔는 4수 중이래. 말이 3수, 4수지 다들 부모 돈 가지고 열심히 노는 애들이지, 뭐."

"하긴 그런 애들이 대학생보다는 데리고 놀기에 편하지. 다음번엔 주리하고도 좀 춤을 춰주게. 너무 안 돼 보여."

"자네가 춰줄 일이지, 왜 나한테 미루나?"

"주리는 오늘 나한테 약간 토라져 있어서 하는 얘길세."

이때 우리의 대화에 로라가 끼어들었다.

"주리 씨의 울적한 마음을 풀어주려면 이길로 선생님 가지곤 안돼요. 훨씬 젊은 영계라야지요. 제가 이따가 한번 물색해 가지고 주리 씨한테 소개해 줄게요."

"그럼 로라도 영계만 좋아하나? 그래서 홍샘하고 잔 거야?"

"홍샘 씬 아주 젊은 영계도 못 되고 안정감 있는 노계(老鷄)도 못 돼요. 그저 '힘 좋은 기계'라고나 할까요."

로라의 말에 내 기분이 좀 풀렸다. 곡이 끝나고 새 블루스 곡이 나오자 홍샘이 냉큼 로라 앞으로 왔다.

"로라 씨, 저하고 한번 추실까요?"

로라는 그에게 얄쌍한 미소를 보냈다.

"죄송해요. 잠깐 쉬며 주리 씨 파트너를 물색해 보고 싶어요. 그동안 주리 씨하고 추시죠."

홍샘은 군말 않고 금세 주리 앞으로 갔다. 이럴 때의 그는 꼭 로라의 몸종 같아 보였다.

주리는 별로 내키지 않는 표정으로 홍샘과 블루스를 추었다. 곡이 끝나자 곧이어 <아나다 차 차(Anada cha cha)>가 흘러나왔다. 차차차 리듬에 디스코 리듬을 섞은 예전 노랜데, 내가 대학 다닐 때 제일 흥겹게 몸을 움직일 수 있었던 노래라 몹시 반가웠다.

디스코 곡이 나오자 로라는 어느새 허여멀끔하게 생긴 대학생 차림의 남자 '영계'를 하나 데리고 왔다. 그리고는 "우리 다 같이 춤춰요"라고 말하며 우리를 리드해 나갔다. 그러면서 은근슬쩍 주리를 그 남학생과 마주 보며 춤추도록 만드는 것이었다.

주리의 표정이 조금 밝아지는 것도 같았다. 그 '영계'는 내가 봐도 굉장히 잘생긴 외모였다. 요즘 애들은 서양식 음식을 먹고 커서 그런지, 남녀를 불문하고 대개 다리도 길고 목도 길고 얼굴도 갸름하다

빠른 곡을 두 곡 춘 다음 윤종신이 부르는 <환생>이 흘러나오자, 드디어 주리는 그 영계와 부둥켜안고 춤을 출 기회를 갖게 되었다. 이번엔 로라가 홍샘을 붙들고서 춤을 추었다.

로라와 춤을 추는 홍샘이 그녀와 키스하고 있는 게 보였다. 상당히 오

래가는 키스였다. 홍샘은 로라의 목에 꽉 끼게 둘려 있는 여러 겹의 금속 목걸이에다가도 혀끝을 천천히 찍어 누르면서, 마치 혀로 실로폰을 연주하고 있는 것 같은 짓을 했다.

홍샘이 오늘 저녁 꾀었다는 여자애도 홍샘과 로라가 춤추며 키스하고 있는 모습을 유심히 지켜보고 있었다. 나는 그녀가 어떤 생각을 하고 있는지 궁금했다.
"아가씨 파트너가 다른 여자와 진하게 춤을 추고 있는 걸 보는 기분이 어때?"
"그저 그래요. 홍샘 씨는 야하게 잘 놀기로 '몸부림'에서 소문난 분인걸요, 뭐……. 그보다도 '아가씨'라고 부르지 말고 '늘빛'이라고 불러주셔요. 아가씨라는 호칭이 왠지 이상하게 들려요."
"'아가씨'란 말은 절대로 나쁜 말이 아냐. 달리 부를 만한 적당한 호칭도 없었고……. 그런데 이름이 '늘빛'인가? 아주 특이한 이름이군. 그럼 성은 뭐지?"
"'하'예요."
"그럼 이름이 '하늘빛'이 되는군. 성까지 합치면 뜻도 좋고 부르기도 좋지만, 이름만 부르려면 발음을 제대로 하기가 좀 어려운데."
"그럼 그냥 '하늘'이라고 불러주셔도 돼요. 사실 이름 때문에 늘 쓸데없는 호기심의 대상이 되고 있어요. 부모님이 너무 허영기 어린 멋과 트릭을 부려서 그렇게 된 거죠. 하지만 제 이름은 한번 들으면 잊어먹기 어려운 이름이기 때문에 덕을 볼 때도 많아요."
"아무튼 예쁜 이름이야. 얼굴도 그만하면 예쁘고……. 그래서 하늘색 옷을 자주 입고 다니는 모양이군. 아주 잘 어울리는데."
나는 그녀에게 슬쩍 아부를 해주었다.
"비행기 태우지 마세요. 지금 홍샘 씨와 춤을 추고 있는 여자에 비하면 전 어림도 없어요. 예쁜 얼굴도 얼굴이지만, 어떻게 저토록 대담하게 야한 차림새를 하고 다닐 수 있을까요?"

"돈이 많아서 그렇겠지. 돈은 자신감을 가져다주니까."

나는 일부러 시치미를 떼고 딴청을 부렸다.

"돈 때문만은 아닐 거예요. 저 여자분이 부러워 죽겠어요. 차림새만 야한 게 아니라 매너도 야하니까요. 보세요, 키스도 정말 섹시하게 하고 있지 않아요?"

로라를 칭찬하는 말을 들으니 묘하게 가슴이 답답해져 왔다. 마치 음식에 심하게 체한 것 같은 느낌이었다. 나는 다른 쪽으로 화제를 돌렸다.

"그런데 늘빛은 지금 4수를 하고 있다며?"

"4수생이란 건 사실 거짓말이고 전문대를 졸업하고 지금 놀고 있어요."

"그럼 시집갈 준비를 하고 있는 건가?"

"시집가기도 싫고 마땅히 맘에 드는 취직자리도 없고 해서 그냥 빈둥거리고 있는 거죠. 다행히 아빠가 돈을 꽤 많이 주니까요."

윤종신의 <환생>이 끝나자 이어서 아직은 무명 가수인 민호빈이 부르는 발라드곡 <어느 외로운 날>이 흘러나왔다. 홍샘은 미안해서 그런지 늘빛에게 춤을 청했고, 김주리와 이길로는 여전히 영계를 붙들고 늘어졌다.

'몸부림'에서 <어느 외로운 날>을 트는 것을 보고 나는 놀랐다. 반년 전쯤에 홍샘이 한번 해보라고 해서 내가 작사를 해준 노래인데, 멜로디가 별로여서 그런지 히트를 못한 곡이기 때문이었다. 노래 가사가 지금의 내 마음을 어느 정도 대변해 주고 있는 것 같아 약간의 센티멘털한 감개(感慨)가 왔다. 때마침 로라가 내게 춤을 추자고 청했기 때문에 나는 가사의 내용으로 빨려 들어가며 과장된 감상(感傷)의 쾌감 속에 빠져들 수 있었다.

아, 꽃들은 얼마나 좋을까
자기 몸 안에
암술과 수술을
함께 갖고 있으니
……
별을 따다가
내 애인 귀고리 만들어줘야지
그리고 그 귀에 코 박고
키스해야지
그리고 결혼해야지……

"이 노래 어때?"
하고 내가 로라의 귓바퀴를 핥으며 물었다.
"목소리나 멜로디는 그저 그런데 가사가 꽤 특이하군요."
"가사를 내가 썼어. 내가 가사를 쓴 유일한 노래지. 완전히 묻혀버린 줄 알았는데 여기서 들어주는 걸 들으니까 기분이 좋군."
"저 가사 내용처럼 정말 결혼하고 싶으셔요?"
"그 대목은 그저 문학적 과장일 뿐이야. 그보다도 내가 중점을 둔건 앞부분이지. 암술과 수술을 함께 갖고 있는 꽃이 부럽다는 내용 말야. 혼자서도 늘 양성애적 섹스를 할 수 있다면 정말 좋을 거야."
"마스터베이션이 있잖아요?"
"마스터베이션 갖고는 안 돼. 마스터베이션을 하더라도 이성의 손을 빌려서 하면 쾌감이 훨씬 더 강해지지."
"그건 사실 그래요. 하지만 선생님은 그래도 제 보기엔 행복한 분이에요. 부럽기도 하구요. 여태껏 결혼을 안 하고서 버티고 계시니까요."

"속박이 없단 말인가?"
"그럼요. 선생님 나이가 되도록 혼자서 늠름하게 버티는 사람은 드물어요. 선생님은 정말 이 노래가사에 나오는 '꽃' 같은 분이셔요."
나도 그런 생각을 해본 적이 있었다. 그럴 때 나는 '색즉시공(色卽是空)'이란 말을 머릿속에 떠올렸었다. 서로 속박되어 애정을 나눌 특정한 대상이 없는 '텅빈 상태'야말로, '관능적 공상과 기대감을 통해 보다 재미있고 긴장감 넘치는 충족감을 맛볼 수 있는 상태'라는 뜻이 아닐까 하고 나는 생각했다. 하지만 지금 당장은 생각이 조금 달라져있었다. 우선 오늘만이라도 나는 로라에게 속박당하고 싶었다.
하지만 잠시 생각해 보니 그런 마음은 역시 과장된 감상에서 나온 것이었다. 나는 감상적 기분으로부터 빨리 빠져나오고 싶어 화제를 바꿔 로라에게 물었다.
"그래, 이길로하고도 잤나?"
"잤다기보다는 진하게 페팅을 해봤다는 게 옳은 표현이겠죠."
"기분이 어땠어? 쿤닐링구스를 잘해주던가?"
"그 분은 보기보다 신사예요. 너무나 열심히, 그리고 헌신적으로 봉사해 줬어요."
"요컨대 나하고는 달랐단 말이군."
"남자들마다 다 특징이 다르게 마련이에요. 전 특별히 차별 두지 않고 다 너그럽게 받아들이는 편이죠."
"그런데 왜 이길로가 '신사'라고 했어?"
"자꾸 꼬투리 잡지 마셔요. 선생님답지 않아요."
나는 속으로 만약 한그루가 로라하고 자면 어떤 반응을 보일까 하고 생각해 보았다. 한그루는 아직 로라와 만날 기회가 없었다. 긴 손톱이나 피어싱 같은 것을 싫어하는 한그루가(아니, 싫어하는 '척'하는지도 모른다) 로라를 어떻게 볼지, 또 로라와 페팅이나 섹스를 나눈 게 되면 어떤 반응을 보일지 꽤나 궁금해졌다.
"돈 많은 자들, 말하자면 재벌 2세 같은 젊은 친구들은 로라를 안 꼬드기나?"
하고 내가 로라에게 물었다.
"꼬드기기야 하지요. 하지만 제가 돈이 많으니까 그런 사람들은 제 앞에서 맥을 못 춰요. 또 저도 걔들한테 별 관심이나 흥미가 없구요. 그런 사람들은 대개 괜히 잘난 체하는 버릇이 있어요."
여기까지 얘기하자 <어느 외로운 날>이 끝났다. 우리는 자리로 돌아와 술을 마셨다.
더 이상 춤출 기분이 안 나, 나는 가만히 있고 다른 친구들만 계속 지칠 줄 모르고 몸을 흔들어댔다.
밤이 깊어지자 다들 기분 좋게 지쳐 '몸부림'을 그만 나서기로 했다. 밖으로 나오자 주리가 먼저 젊은 영계를 데리고 떠났다. 그녀가 화실 겸 거처로 쓰고 있는 꽤 큰 오피스텔로 가는 것 같았다. 김주리는 상당히 돈이 많은 집안의 딸이었다.
"밀라노에 가서 잘해봐. 좋은 성과가 있길 바라."
하고 내가 그녀를 전송하며 말했다.
이길로는 3수생이라는 젊은 파트너 아가씨를 데리고 허겁지겁 사라졌다. 그리고 홍샘은 늘빛을 바래다줄 것인가(또는 어디론가 가 같이 잘 것인가), 로라를 바래다줄 것인가 망설이는 눈치였다 그러면서 로라와 내 눈을 주시하고 있었다. 그러자 로라가 홍샘에게 말했다.
"내 걱정은 하지 말고 어서 저 아가씨와 함께 가세요. 전 천 선생님을 댁까지 모셔다 드리고 가겠어요."
홍샘은 조금 머쓱한 표정이 되더니 늘빛과 함께 택시 정류소가 있는 쪽으로 갔다.
"잘 가요, 아가씨."

하고 내가 늘빛에게 말했다.
"안녕, 아저씨."
하고 늘빛이 내게 말했다. '아저씨'란 말이 어쩐지 서글프게 들렸다.

나는 굉장히 큰 로라의 고급 외제차에 올라타 로라 곁에 자리를 잡고 앉았다. 운전자와 뒷좌석 간에는 두꺼운 유리막이 설치돼 있어 뒤에서 하는 얘기를 운전자가 들을 수 없게 되어 있었다. 로라가 스위치를 누르고 인터폰으로 지시할 때만 운전자는 뒷좌석의 얘기를 들을 수 있었다. 그리고 운전석과 뒷좌석 사이의 유리막은 특수유리로 되어 있어, 뒷좌석에서는 운전하는 모습을 볼 수 없도록 되어 있었다.
로라의 집은 성북동에 있었다. 그래서 인사동에서 나를 내려주고 가면 되는, 대충 알맞은 코스였다. 로라는 차가 출발하자마자 내게 들러붙어 키스부터 했다. 나도 뜬금없이 괜한 격정이 솟구쳐 힘껏 혓바닥을 휘둘러대면서, 한 손으로는 그녀의 불두덩을 거칠게 더듬었다.
"오늘은 좀 재미가 없었어요. 그리고 공연히 외로웠어요."
하고 로라가 말했다.
"로라도 외로울 때가 다 있나?"
하고 내가 말했다.
"여자들이란 게 원체 변덕스러운 동물이니까요. 선생님은 어땠어요?"
"나도 조금 기분이 언짢았지. 홍샘이 너무 잘 놀아서 말야."
"그 사람의 젊음을 질투하시는군요."
"젊음을 질투하는 게 아니라 정력을 질투하는 건지도 모르지."
"그 사람은 정력만 세지, 정열은 세지 않아요. 선생님은 정력보다 정열이 센 분이구요."
"괜히 위로하느라고 하는 말은 아니겠지?"

"절대로 아니에요. '정력'보다는 '정열'이라구요."

그 말이 꽤 근사하게 들렸다. 확실히 로라는 따뜻하고 부드러운 여자였다. 그녀한테는 세련되게 남자의 비위를 맞출 줄 아는 능력이 있었다.

"인사동까지는 너무 가까운 거리예요. 좀 더 밤거리를 드라이브하고 싶어요."

"그럼 내가 로라를 성북동까지 바래다주면 되잖아?"

"그렇게 폐를 끼치고 싶지는 않아요. 우리 좀 더 시내를 돌아봐요."

로라는 인터폰으로 운전기사에게 남산 쪽으로 가라고 지시했다. 우리가 탄 자동차는 신촌로터리를 지나 서울역 쪽으로 향했다. 서울역에서 힐튼호텔이 있는 언덕으로 올라가 남산순환도로 쪽으로 갔다. 남산순환도로 곳곳에는 밤이 깊었는데도 군데군데 차를 세워놓고 카섹스를 하고 있는 젊은 남녀들이 많았다. 순환도로 끝에 있는 국립극장에서 차는 다시 남산 꼭대기 팔각정이 있는 쪽으로 올라갔다. 서울타워의 불빛이 그런대로 화사하게 명멸하고 있었다.

서울타워 밑에 다다르자 타워의 불빛 때문에 로라의 흰 얼굴과 긴 목선, 그리고 무지개색으로 빛나는 치렁치렁한 머리더미가 또렷이 드러났다. 로라가 운전기사에게 차를 멈추게 하고 내게 뜨겁게 키스했다. 그러고 나서 엎드린 자세로 펠라티오를 해주었다. 오랜 시간의 펠라티오 후 다시 두 입술이 힘 있게 합쳐졌는데, 로라의 혀고리가 주는 감촉이 더욱 달작지근하게 느껴지면서 이상하게도 내 눈이 스르르 감겨왔다.

그러자 로라는 그녀의 입술을 감고 있는 내 눈 위에 갖다 댔다. 그러고는 보드랍게 내 눈 언저리를 오래도록 핥아주었다.

그때 난데없이 내 눈에서 몇 방울의 눈물이 저절로 흘러나왔다. 아마도 아까 들은 내가 가사를 쓴 노래 <어느 외로운 날>에 숨겨진 심정이 내 무의식을 점령하고 있어서였는지도 몰랐다. 어쨌든 나는 외로웠던 것이다.

아무리 '색즉시공'이라고 해도, 그리고 아무리 '온리 원(only one)에 대한 낭만적 사랑'에 시큰둥한 체해 봐도, 어쨌든 나는 외로웠다. 게다가 로라는 오늘따라 내게 너무나 아름다워 보였고 또한 '너무나 먼 당신'으로도 보였다.

내가 울고 있는 것을 보자 로라는 내 목을 끌어안고 같이 울기 시작했다(아니, '울어주기' 시작했는지도 모른다). 참으로 동화(同化)가 빠른 여자였다. 그리고는 내 입술이랑 눈이랑 눈물로 젖은 볼 등에 키스를 했다. 혓바닥을 길게 빼내어 천천히 핥아주는 식의 키스였다. 그래서 금고리로 만든 혀고리 앞에 따로 박아 넣은 1캐럿 정도 크기의 다이아몬드가 뺨에 따끔거렸다.

그러고 나서 로라는 털코트의 단추를 풀고서, 내 머리를 살그머니 끌어내려 그녀의 풍만한 젖가슴 위에 얹어놓았다. 그런 다음 내 얼굴을 그녀의 화사한 손길로 천천히 다독거려주었다. 긴 손톱이 흑시라도 내 뺨을 할퀼까 봐 다섯 손가락을 위쪽으로 휠 정도로 빳빳이 펴고서 손바닥으로만 내 뺨을 다독거려주는 그녀가 마치 엄마같이 느껴졌다.

로라가 마치 어린아이를 안고 있는 것처럼 나를 앞뒤로 서서히 흔들며 얼러주자, 나는 그녀의 젖무덤에 입을 맞추고 젖꼭지에도 혀를 갖다 댔다. 그러자 그녀는 망사 옷을 아예 벗어젖히고서 인터폰에 대고 운전기사에게 말했다.

"차 안의 불을 꺼요."

나는 그녀의 허리를 끌어안았다. 로라는 잠시 숨을 멈추고서 내 손을 이끌어 그녀의 불두덩으로 가져갔다. 서울타워에서 내리비치는 불빛이 희미하게 스며들어오는 자동차 안에서, 나는 그녀의 자궁으로 통하는 통로를 계속 갈증 나는 손길로 더듬고 있었다. 이윽고 내가 쿤닐링구스를 해주기 시작하자 그녀는 감동 어린 어조로 말했다.

"당신도 쿤닐링구스를 해주실 때가 있군요."

내 머리를 누르는 그녀의 유방이 어쩐지 무겁게 느껴졌다. 나는 오랫동안 쿤닐링구스를 해주지 못하고 이내 몸을 일으켜 다시 그녀의 입술과 뺨과 목덜미에 키스를 했다. 그리고 나서 새벽의 흐릿한 여명 같은 조명 아래 앉아 있는 그녀의 호리호리한 육체를 한참동안 응시해 보았다.

커다란 유방이 곧고 야물게, 그리고 희디흰 대리석으로 깎아 세운 듯이 가슴 위에 울뚝 솟아 있었다. 사랑의 유희를 위해 정말 알맞게 다듬어진 몸뚱어리라는 것을 다시 한 번 확인할 수 있었다.

서울타워의 불빛이 바뀔 때마다 그녀 몸은 황금색으로 변하기도하고 분홍색으로 변하기도 했다. 그녀의 피부는 마치 채색을 위해 만들어진 순백의 도화지 같았다. 다만 여물디여문 도드라진 젖꼭지만이 계속 붉은 장미색을 띠고 있었다.

4
엿보이는 것은 아름답다

1

얼마 후 로라는 남편이 머물고 있는 미국 샌프란시스코의 별장으로 떠났다. 간 지 1주일이 지나 편지를 보내왔는데 언제 내 앞에서 울었더냐 싶을 만큼 즐거운 내용으로 가득 차 있었다.

"…… 어젯밤에는 어느 중동 부호의 별장에서 열린 파티에 참석했어요. 그 파티는 사디즘과 마조히즘의 분위기가 물씬 풍기는 분위기였는지라 에로틱하게 기괴하고 그로테스크한 멋을 부린 사람들의 색다른 모습이 저의 우울과 권태를 달래줬지요. 그래서 남편과 이혼 안 하길 잘했다는 생각을 했어요. 가끔씩이라도 한국의 답답한 분위기에서 탈출할 수 있는 핑계가 생기니까요.
…… 어젯밤의 파티는 온통 검은색 투성이였어요. 검은색 가죽 옷이 압도적으로 많았지요. 엄청나게 높은 굽의 하이힐을 신은 여성들과 얼굴 여기저기에 살을 꿰뚫고 주렁주렁 피어싱을 한 남성들.

여자들도 대개는 조금씩 피어싱을 했는데, 특히나 기막히게 아름다운 금발 미녀 하나가 두 눈썹 사이의 살을 삐집어 올려 '미간(眉間) 고리'를 꿴 것이 인상적이었죠.

맨살에 검은색 가죽 브래지어와 가죽 핫팬티만 걸치고 허벅지를 거의 다 덮는 30센티미터 굽의 통굽부츠를 신은 20대 초반의 젊은 여성도 인상적이었어요. 그녀가 분홍빛 머리를 움직일 때마다 귓불과 눈썹 아래의 살을 관통한 가느다란 황금막대가 반짝거렸죠. 말을 할 때면 혀를 꿰뚫은 두 개의 황금막대와 입술을 꿰뚫은 세 개의 링, 그리고 입술과 아래턱 사이에 매단 턱걸이가 번쩍거리는 것도 멋있었구요. 믿을 수 없을 만큼 긴 그녀의 길다란 손톱에는(40센티미터쯤 됐는데 아무리 봐도 모조손톱 같지가 않았어요) 검정색 매니큐어가 칠해져 있었지요. 그녀는 자랑스럽게 자신의 클리토리스 걸이를 저에게 보여주기까지 했죠……. 저는 긴 은빛 머리를 모두 위로 틀어 올려 솟구치게 해가지고 에펠탑 모양으로 하고 갔는데, 헤어스타일로는 제 머리가 가장 압도적이었기 때문에 상당히 기분이 좋았답니다……."

편지를 읽고 나서 나는 약간 심통이 났다. 내 이름인 '천민(千民)'의 한 자가 '천민(賤民)'이 되는 순간이었다.

하지만 그런 심술은 이내 사그라들었는데, 로라가 원체 순진한 말투와 초등학생같이 못 쓴 글씨로 자랑을 늘어놓고 있었기 때문이었다. 나는 가끔은 우울해했다가 가끔은 팔딱팔딱 뛰며 즐거워하는, 그리고 가끔은 엄마나 누나같이 됐다가 가끔은 철부지 어린 소녀로 변하는 그녀의 '귀여운 변덕'에 정신이 유쾌하게 멍해지는 기분이었다.

그 뒤 나는 로라가 국제전화라도 한 통 걸어주기를 은근히 기다리고 있었다. 그러나 그녀로부터는 더 이상 편지도 전화도 오지 않았다. 아마 한국으로 곧 돌아올 계획으로 있어 그러는가 보다 하고 나는 내 마음을 위로했다.

그러는 중에 나는 한그루를 자주 만났다. 그가 한 이혼소송이 대법원에서 패소하여 몹시 낙담하고 있었기 때문이었다. 나는 거의 매일 그에게 불려 나가 한도 끝도 없는 하소연과 푸념과 넋두리를 들어줘야 했다. 억울함과 분함에 넘쳐 그의 정신은 거의 공황상태에 있었다.

결혼을 안 해본 나로서는 '이혼'이 그렇게 어렵다는 걸 잘 납득할 수 없었다. 10년이나 별거 상태에 있었다면, 그리고 결혼하자마자 별거에 들어가 아이도 없다면, 누구 잘못이든 일단 이혼을 인정해줘야 할 것 아닌가. 그리고 나서 억울해 하는 쪽에게는 위자료로 보상을 해주면 될 것이다.

선진국에서는 설령 한쪽이 바람을 피워 이혼을 신청하더라도 일단 부부간의 '파탄'을 기정사실로 받아들여 법원에서 이혼을 허락해주는 걸로 알고 있다. 그런데 우리나라에서는 '어느 쪽 잘못이냐'를 가지고 말싸움을 되풀이하다가, 이도 저도 아닌 어정쩡한 부부 관계를 법적으로만 계속하도록 하는 판결을 내리는 게 보통인 것이다.

게다가 구태의연하기 짝이 없는 '간통죄'라는 것이 아직도 시퍼렇게 살아 있어, 일단 마음이 갈라선 부부간의 '아름다운 이별'을 방해하고 있다. 다시 말해서 어쨌든 소중한 인연으로 맺어진 부부간에 '복수의 혈투'를 벌이도록 하여, '보복성 해코지'를 할 수 있게 유도하고 있는 셈이다.

"3심 변호를 맡은 변호사가 내게 그러더군. 변호사 업계에서는 이혼소송에서 남자 쪽 변호를 맡는 것이 무조건 패소를 각오하고 시작해야 하는 것으로 되어 있다고. 판사들이 나중에 욕을 안 들어먹으려고 대충 여자 편을 들어주기 때문이라는 거지. 우리나라가 왜 이 지경이 됐나 모르겠어. 남녀평등은 좋지만 어설픈 페미니즘을 가장하는 얼치기 지식인들이 점점 더 늘어나고 있으니 말이야. 게다가 가장 공정한 판단을 내려

줘야 할 사법부에서마저 그런 식의 위선을 떨고 있으니……."

한그루가 내게 한 말이었다. 그는 변호사 비용을 대느라고 재산도 거의 거덜이 나 있었다. 1, 2심에서 패소하자 3심 때는 오기가 뻗쳐 대법관 출신의 초(超) 일류 변호사를 댔다. 그런데 그런 사람들이 받는 수임료라는 게 정말 엄청났다. 재판에서 이기면 '성공 사례금'을 받을 수 있고, 재판에서 지더라도 받은 돈을 돌려주지 않아도 되는 변호사라는 직업은 정말 괜찮은(그리고 얄미운) 직업이었다.

아니, 더 얄미운 것은 판결 결과에 대해 전혀 책임을 지지 않는 판사들이다. 의사는 잘못 치료하면 벌을 받는데, 같이 '사람의 운명'을 다루는 직업인 판사는 설령 오판을 했다는 게 나중에 밝혀지더라도 전혀 책임을 지지 않는 체제로 되어 있다. 정말로 무소불위(無所不爲)의 특권을 지니고 있는 직업이 아닐 수 없다. '신(神)'에 가까운 권한을 가진 오만방자한 벼슬이 바로 법관이라는 벼슬인 것이다. 그러니 요즘 우리나라의 눈치 빠른 젊은이들이 전부 '고시'에 매달리는 조선조식(朝鮮朝式) '과거병(科擧病)'을 앓고 있는 건 어찌 보면 당연한 현상이라고 할 수 있다.

"자네 나랑 같이 유럽으로 도망가지 않으려나?"

하고 한그루가 내게 물었다.

"왜?"

"한국이 정말 싫어져서 그래. 전에도 그랬지만 이번 재판 결과를 보고 나니까 한국에서 산다는 게 진짜 넌더리가 나."

"난 아직 그럴 생각까진 없는데."

"생각이 없는 게 아니라 용기가 없는 거겠지."

"자네 말이 맞을지도 모르지. 하지만 생각해 보게. 한국 남자 평균수명이라는 게 있는 모양인데, 그 기준에 따라간다면 우리가 앞으로 살 날도 26, 7년 정도밖에 안 남았지 않나? 그 기간에 유럽에서 제대로 자리를 잡을 수 있을 것 같은가?"

"자리를 못 잡으면 어때. 그래도 여기보다야 낫겠지."
"하긴 자넨 이탈리아어를 하니까 이탈리아로 가면 되겠군. 난 외국어를 잘 못해서 자신이 없어. 그리고 사람 사는 세상은 어디든 고해(苦海)요, 공(空)이라는 생각이 들어……. 나보고 같이 가자고 꼬드길 게 아니라 조나리 씨를 꼬셔보지 그러나?"
"나도 그 여자와 함께 이곳을 탈출하면 좋겠어. 하지만 어디 내 말을 들어줘야 말이지."
"좀 더 정성을 쏟아봐. 만약에 둘이 유럽으로 갈 수 있다면 결혼도 가능할 걸."
"이탈리아는 섹스 풍속은 야해도 얼마 전까지 이혼을 아예 불허했던 나라야. 프랑스쯤으로 가면 결혼도 가능하고 동거도 가능하겠지."
"자넨 프랑스어를 할 줄 아나?"
"이탈리아에 있을 때 프랑스로 자주 놀러 갔기 때문에 조금은 해."
"그럼 그곳으로 가면 되겠군. 이탈리아든 프랑스든 아무튼 유럽으로 가면 자네 마누라 성화가 먹히지 않을 거 아닌가? …… 도대체 자네 처가 협의이혼에 동의하지 않는 건 무슨 이유에서인가?"
"못 먹는 밥에 침이라도 뱉어놓자는 격이지. 내가 딴 여자와 사는 건 죽어도 못 봐주겠다는 거야."
"자네를 아직도 사랑하고 있나 보군."
"사랑 좋아하네. 나를 증오하고 있으니까 그런 식으로 나오는 거지."
"지금 와서 이런 질문을 하는 건 좀 뭣하네만, 도대체 금세 헤어질 결혼은 왜 했나?"
"그땐 성욕 때문에 정신이 없었어. 말하자면 이 요강 저 요강 가리지 않고 오줌을 누고 싶었던 셈이지."
"그런 경험까지 있으면서도 조나리 씨와 결혼하고 싶다는 건 또 뭐야?"

"그 여잔 요강이 아냐. 내가 모셔놓고서 숭배하고 싶은 고급 자기항아리지."

"난 자네 말을 통 이해할 수가 없네. 그러고 보면 자네도 참 철부지 낭만주의자로군."

"자넨 내 마음을 이해 못 해. …… 참, 말이 난 김에 하는 얘긴데, 자네가 한번 나리를 만나 내 진정을 전달해 줄 순 없겠나? 요즘엔 통 나를 만나주지도 않고 있어서 하는 얘길세. 계속 편지를 보내보지만 통 반응이 없어."

"아무튼 자넨 성욕부터 신나게 한번 풀어봐야 할 것 같아. 그래야만 나리 씨에 대해 뻥 튀겨진 상상과 상사병이 풀릴 것 같네 그려."

"하긴 자네 말도 맞아. 최고급 룸살롱이란 델 가면 요조숙녀처럼 생긴 여자들이 접대도 하고 같이 자주기도 한다는데, 어디 그런 데 갈 돈이 있어야 말이지."

"꼭 돈 주고 여자를 살 필요는 없어. 오로라 같은 여자는 대충 아무하고나 자 주니까. 다만 그 여자가 자네의 '요조숙녀' 취향이 아니라서 문제지."

"그러고 보니까 생각이 나는군. 자네가 그 여자한테 빠져 있다는 소문을 언젠가 들은 일이 있네."

"빠져 있는 건 아니고……. 아니, 빠져 있는지도 모르지. 그 여자도 나처럼 지독한 페티시스트에다 나르시시스트이니까. 하지만 나하고 다른 점이 있다면 그 여잔 헤비 페팅(heavy petting)이든 원시적 인터코스든 가리지 않고 잘한다는 점이야."

"자네도 그 여자와 섹스를 해봤나?"

"해보기야 했지. 하지만 헤비 페팅만 하고 인터코스는 안 했어."

"왜 정력에 자신이 없어서?"

"내가 정력이 있는지 없는지 그건 나도 잘 모르겠어. 다만 내가 여자의 '페티시'들을 바라보는 것과 오럴 섹스 등의 스킨십(skinship)을 나누는 것을 더 즐거워하는 체질인 것만은 확실해."

"그건 자네 착각일걸. 정력에 문제가 없다면 남자나 여자는 모두 찔러주고 찔러 받는 것을 좋아하게 마련이야. 만약 자네가 오로라씨한테 마음이 있다면 거친 인터코스를 꼭 해줘야 할 걸세. 자넨 어떨지 몰라도 그 여자는 그걸 원하고 있을 게 틀림없으니까. 여자들은 다 강간 콤플렉스, 즉 '레이프 콤플렉스(rape complex)'를 갖고 있어. 말하자면 미녀들일수록 속으로는 야수를 원하고 있단 말일세."

"일반론으로는 그럴지도 모르지. 하지만 내 보기에 로라는 그런 일반적인 여자가 아냐. 굉장히 특별한 여자란 말일세."

"세상에 특별한 여자가 어디 있나? 여자들은 다 같아. 그리고 다들 새대가리야."

"그럼 조나리도 새대가리겠군."

"물론이지. 다만 외모가 참으로 고상하게 생겼다는 점이 다를 뿐이지."

나는 내가 조나리의 외모에서 별 특별한 감흥을 느끼지 못했다는 사실을 한그루에게 차마 얘기해 줄 수가 없었다. 하긴 한그루도 로라를 보고서 별 특별한 감흥을 느끼지 못할지도 모르는 일이었다.

"아무튼 로라를 한번 만나보게. 지금은 미국에 가 있지만 곧 기회가 올 거야."

"자네가 그렇게 끌리는 여자라니까 한번 만나보고 싶군. 그리고 자네도 나리를 꼭 한번 만나서 내 심정을 전해줘야 해. 난 지금 그 여자밖에는 희망이 없어. 그 여자와 함께 한국을 탈출하고 싶단 말야."

우리가 얘기하고 있는 곳은 <미술계>사의 응접실이었다. 지 주간은 볼일이 있어 나갔고, 우리 둘만 앉아 잡담을 나누고 있었다.

그때 마침 이길로가 들어섰다. 나는 이길로 덕분에 남자 두 사람 사이에서 벌어지는 지루한 대화에서 벗어날 수 있게 됐다는 게 기뻤다. 남자끼리든 여자끼리든 남녀가 같이 있든, 서로 이성애나 동성애를 나누는 사이가 아니라면 두 사람 사이의 대화는 언제나 피로감을 불러오게 마련이다. '3'이란 숫자는 그래서 좋은 것이다. 박자도 3박자가 기본이고, 이른바 '피라미드 파워'라는 것도 삼각형이기 때문에 가능하다. 친구들끼리 모일 때도 셋이 모여야만 '고스톱'이 되고 원만한 대화도 이루어진다.

"그래, 무슨 얘기들을 하고 있었나?"

이길로가 우리를 보고 물었다.

"이 친구가 이혼소송에서 결국 패소한 얘기를 하고 있었어. 이 친구는 그래서 한국에서 빨리 탈출하고 싶대."

하고 내가 대답했다.

"그럼 이제 결사적으로 협의이혼을 유도해 봐야겠군. 한국을 탈출하는 게 어디 그리 쉽겠어?"

하고 이길로가 말했다.

"그건 불가능해. 내가 10년 동안이나 애걸복걸해도 협의이혼에 동의를 해주지 않던 여자니까. …… 도대체 자넨 어떻게 그리 쉽게 협의이혼을 했나? 게다가 아이까지 있었는데 말이야."

하고 한그루가 이길로에게 물었다.

"마침 마누라가 바람을 피웠기 때문이지. 그리고 집이든 아이든 달라는 대로 다 줘버렸고."

하고 이길로가 대답했다.

이길로는 이혼할 때 정말 있는 것을 다 줬다. 마누라가 바람을 피웠다고 해도 간통 현장을 잡을 수 있을 만큼 진했던 것도 아니고, 또 이길로는 이길로대로 권태에 지쳐 그의 처가 바람을 슬쩍슬쩍 피우기 전부터 협의이혼을 애걸해 왔었기 때문이었다.

그래서 그는 지금 그리 많지도 못했던 재산마저 다 없어져버리고, 경기도 원당의 허름한 창고 하나를 월세로 빌려 작업실 겸 거처로 쓰고 있었다. 일산에서 가까운 원당 시내가 아니라, 번화가에서 한참 떨어져 논과 밭들이 펼쳐져 있는 썰렁한 시외였다. 그런데도 그는 늘 싱글벙글이었다. 수월하게 이혼을 한 것만 해도 어디냐는 식이었다. 게다가 요즘은 그림이 안 팔려 수입이 형편없는데도, 그는 늘 명랑하게 지내며 남의 술 얻어먹는 것을 조금도 창피하게 여기지 않았다.

그렇게 가난한데도 계속 연애를 하고 있는 것을 보면 정말로 신통방통한 일이었다. 자기 말로는 데이트나 자는 데 쓰이는 비용을 모두 여자한테 부담하게 한다는 것이었다. 일류 화가는 못 돼도 어쨌든 '화가'라는 직함을 갖고 있다는 것이 여자들의 딜레탕티즘(diletantism)과 지적(知的) 허영심을 자극하기 때문에 그럴 수 있는 것 같았다.

아니, 그것 하나 때문이라기보다는, 그가 갖고 있는 특유의 '여자 꼬드기는 기술'이 작용하기 때문이라고 보는 것이 옳을 것이다. 내가 보기에 그 기술의 요점은 '무엇이든 가리지 않고 먹는 잡식주의(雜食主義)'에 있었다.

"자네도 있는 것 다 주겠다고 처한테 제의해 봤나?"

이길로가 한그루에게 물었다.

"물론이지. 그런데도 동의를 해주지 않았어."

"자네도 참 불쌍하군. 그냥 싹 잊어버리고 어서 연애나 실컷 하게. 자네 처가 자넬 간통죄로 고소하면 이혼할 수 있으니까 말야."

이길로가 심드렁한 목소리로 말했다.

"그보다도 이 친구의 처가 연애를 하게 한 후, 간통 현장을 덮치는 게 더 낫지 않을까?"

하고 내가 웃으며 농담조로 말했다.

"연애도 못할 여자야. 원체 못생겨서 말야."

한그루가 우울한 목소리로 대답했다

"이 화백, 자네는 원체 여자를 아무나 잘 꼬시니까 이 친구의 처를 한 번 꼬셔보는 게 어때? 그런 다음에 우리가 현장을 덮치는 거지."

내가 다시 웃으면서 말했다.

"꼬시는 것까진 좋은데 그러다간 내가 쇠고랑 차라고? 아예 그런 농담일랑 말게."

하고 이길로가 빙글거리며 말했다. 그러고 나서,

"돈을 많이 준다면 혹 몰라도."

하고 꼬리를 달았다.

"맞아, 돈, 돈, 그놈이 문제야. 어떻게 하면 돈을 많이 벌 수 있을까?"

한그루가 한탄하는 어조로 말했다.

"자네가 돈을 왕창 준다면 자네 처가 자네와 협의이혼을 해줄까?"

하고 내가 한그루에게 물었다.

"그래도 안 해줄 여자지만 돈 없는 내 신세가 한스러워 하는 얘길세."

"왜, 요즘 책이 안 팔리나?"

하고 이길로가 물었다.

"책은커녕 원고 청탁도 잘 안 들어오네. …… 내가 만약 돈이 많다면 나리도 나한테 그토록 냉담하게 나오진 않을 거란 생각이 들어."

"그냥 대충 먹고 살면 됐지 뭘 그렇게 돈을 밝히나? 내 생각엔 조나리 씨가 자넬 멀리하는 건 다른 이유가 있어서일 걸세."

하고 내가 말했다.

"맞아. 난 돈을 초월한 지 오래됐어. 아니, 초월했다기보다는 내가 돈이 붙을 운(運)이 아니란 걸 뒤늦게나마 깨닫게 된 거지."

하고 이길로가 말했다.

"그럼 아까 돈을 많이 주면 내 처를 꼬셔줄 생각이 있다는 건 거짓말이었군?"

"그냥 한번 농담으로 해본 소리야. 자네 이혼타령은 이제 그만 집어치

우세. 법적 절차를 초월해서 그냥 연애만 하면 될 게 아니냐 말야. 그러다가 자네 처의 화를 돋울 수 있게 되면, 아까 내가 말한 대로 간통죄로 피소되어 재수 좋게 이혼하게 되는 거고."
 더 이상 할 얘기가 별로 없었다. 지 주간도 회사로 올 수 없다는 연락을 해와서 우리는 밖으로 나가 술을 마셨다. 여자 없이 남자 셋이서 마시는 술은 역시 맛이 별로 없었다. 이길로도 오늘은 피곤한지 여자를 불러내거나 불러내자는 말을 하지 않았다. 우리는 술을 몇 잔 마시고 나서 일찍 헤어졌다.

2

 다음날 나는 내친김에 한그루와의 약속을 빨리 지켜버리고 싶어 조나리에게 전화를 걸었다. 그녀에게 전화를 하면서도 나는 마음이 개운치 않았다. 남녀 간의 사랑 문제는 당사자들 간에 해결해야지, 제3자가 끼어들어 중재를 한다거나 화해를 붙인다거나 하는 것은 정말로 부질없는 짓이라는 것을 나는 경험으로 알고 있기 때문이었다.
 조나리와는 쉽게 통화가 되었다. 내가 그냥 한번 만나보고 싶다고 했는데도, 그녀는 별다른 토를 달지 않고 나와의 만남을 승낙해 주었다. 그래서 나는 우선 한 고비는 넘긴 것 같아 기분이 개운해졌다.
 나리와 나는 소공동 롯데호텔에 있는 '윈저 바(Bar)'에서 만났다. 길게 얘기를 나누려면 조용한 곳이 좋을 것 같아 내가 정한 장소였다.
 나리는 오늘따라 상당히 화려한 옷을 걸치고 화장도 꽤 짙게 하고 있었다. 전에 봤던 얼굴과 모습이 아니었다. 내 기억 속에 각인(刻印)돼 있던 그녀의 '밋밋한 인상'이 스르르 바뀌면서, 나는 한그루의 부탁과는 별도로 그녀에게 특별한 흥미를 느꼈다.

"한그루 씨가 부탁해서 절 만나자고 하셨지요? 저는 선생님이 전화를 하시자마자 그걸 눈치 챘어요."

얼음을 넣지 않은 위스키를 한 모금 마시고 나서 나리가 말했다. 그녀가 독한 술을 시켜서 마시는 것을 보고 나는 다시 한 번 놀랐다. 전에 봤을 때는 맥주조차 사양하던 그녀였기 때문이었다.

"한그루 씨는 뭔가 착각하고 있어요. 그분의 이혼이 성사되건 안 되건 그건 저에겐 아무런 상관도 없는 일이에요. 오늘은 술을 많이 마셔서라도 모든 것을 천 선생님께 솔직히 털어놓고 싶어요. 그래야 천 선생님이 한그루 씨한테 제 마음을 그대로 전달해 주실 수 있을 테니까요. 많이 만나 뵙진 못했지만 천 선생님은 무척이나 솔직하신 분이라는 걸 제가 알고 있기 때문이죠. 선생님은 우선 쓰시는 글의 내용과 생각하고 계신 것이 똑같은 것 같아요. 그런데 한그루 씨는 그렇지가 못하단 말이죠."

처음부터 속사포처럼 쏟아내는 그녀의 말에 내가 움찔해질 정도였다.

"……그럼 직접 그 친구를 만나서 얘기할 일이지, 왜 꼭 나한테 나리 씨 심정을 간접적으로 얘기해야 한단 말입니까?"

한동안 뜸을 들이다가 내가 나리에게 물었다.

"그 사람을 만나보기조차 싫기 때문이죠. 그이가 제발 저를 해방시켜 줬으면 좋겠어요. 매일 보내오는 간사스런 편지에다 선물에다 …… 이젠 정말 신물이 나요."

"그 친구를 왜 싫어하게 됐지요? 처음엔 두 사람이 서로 죽이 잘 맞았던 걸로 아는데요."

"저는 그 사람이 쓴 소설의 애독자로 그이를 처음 만났어요. 이탈리아에서 돌아와 처음 발표한 소설인 『난교(亂交)』가 너무나 마음에 들었었기 때문이지요. 그런데 그 사람은 소설에 쓴 것과는 다르게 아주아주 지독한 위선자였어요. 한마디로 말해서 한국의 촌스러운 보통 남자들이

지니고 있는 '순결 지상주의'를 그대로 갖고 있었단 말이죠. …… 한그루 씨가 부인과 별거하게 된 것도 사실은 부인의 혼전 과거에 대한 의처증 때문이었어요. 그이가 제게 고백해서 알게 된 사실이죠. 선생님도 그 사실은 모르셨죠?"

그건 나도 처음 듣는 얘기였다. 한그루는 그저 '성격이 서로 안 맞고 여자가 너무 거세서'라고만 말해 줬을 뿐이었다.

"유럽에서 프리섹스를 했다고 자랑하는 사람이 어쩜 그럴 수가 있죠? 그 사람은 정말 속물(俗物) 중의 속물이에요."

하고 나리가 조금 흥분된 어조로 말했다.

"…… 그럼 그 친구와 나리 씨가 처음 만났을 때 나리 씨는 처녀였나요? 물론 성적으로 말입니다. 실례되는 질문입니다만……."

나는 부쩍 호기심이 당겨 나리에게 솔직하게 물어보았다.

"부끄럽게도 그때까진 성적으로 이른바 '숫처녀'였어요. 제가 '부끄럽게도'라는 말을 쓴 것은, 그 사람이 저의 처녀성을 확인하려고 애쓰면서 묻고 따질 때까지만 해도 전 그만하면 꽤 순결주의자였다는 뜻에서죠."

"순결을 지키는 게 뭐가 나쁩니까? 그건 촌스러운 것도 아니고 거룩한 것도 아니고 그저 그런 거예요. 말하자면 각자가 선택할 문제란 얘기죠."

"그건 선생님 말씀이 맞아요. 하지만 그 사람이 하도 그것에 촌스럽게 매달리길래, 순결을 지킨다는 것 자체가 저한텐 촌스럽게 느껴지기 시작했다는 얘기죠."

"나리 씨 심정은 충분히 이해가 가요. …… 하지만 한그루 그 친구가 처와 별거하게 된 게 아내의 혼전 과거에 대한 의처증 때문이라는 걸 그 친구만의 약점으로 물고 늘어지면 안 돼요. 설사 그렇다고 쳐도, 끝끝내 협의이혼을 안 해주고 있는 한그루의 부인한테도 문제는 있어요. 만약 그게 사실이라면 그렇게 치사한 사람을 왜 그토록 오랫동안 붙잡고 늘어지고 있는 겁니까? 나리 씨라면 그러겠어요? 오히려 별놈 다 봤네 하고 당장 걷어차 버려야 마땅한 거죠."

"그 말씀은 맞아요. 하지만 둘 다 촌스러운 사람들인 것만은 틀림이 없어요. 촌스러운 남녀 둘이서 만나 긴 세월을 피차 촌스럽게 곤욕을 치르고 있는 셈이죠."

나리가 한그루를 서슬 퍼렇게 비난하는 것을 보고 나는 두 사람이 사랑으로 결합하는 것이 불가능하다는 것을 알았다. 내가 섣불리 나서 봤자 성사될 수 있는 성질의 것이 아니었다. 그래서 나는 한그루의 부탁을 열심히 실행에 옮기는 것을 아예 단념하기로 했다. 그리고 그냥 조나리의 현재 심리 상태와 한그루를 만난 이후의 행동 변화를 호기심 삼아 캐내는 데 중점을 두면서, 기이한 '데이트(어쨌든 남자와 여자가 만난 거니까)'를 즐겨보기로 했다.

그래서 나는,

"한그루와는 정말 한 번도 안 잤나요? 그 친구는 나리씨와 첫 번째로 섹스를 나누는 그날 밤을 마음 설레며 기다리고 있다는 말을 했어요. 나로서는 도무지 이해가 안 가는 말이었죠. 남자와 여자가 연애를 시작하게 되면, 페팅만 나누든 인터코스까지 하든 으레 같이 자게 마련 아닙니까?"

하고 단도직입적으로 물어보았다. 그랬더니 나리 역시 솔직하게 대답해 주었다.

"한 번도 안 잤으니 기막힌 노릇이지요. 저는 한그루 씨와 만나기시작할 때 그 사람이 좋았기 때문에, 죽어라고 처녀성을 지킬 생각은 없었어요. 그런데 그 사람은 '너 처녀지? 확실하지?' 하고 계속 캐묻기만 하고 통 같이 자자는 말을 안 하더란 말이에요. 그래서 저는 차츰 '이 사람 참 이상한 사람이다……' 하고 생각하기 시작했지요."

"그럼 지금 현재도 나리 씬 숫처녀요?"
조금 당돌하기도 하고 촌스럽기도 한 질문이었지만, 나는 큰맘 먹고 그녀에게 물어보았다.
"육체적인 숫처녀는 아니에요. 그런데 모르는 남자와 얼떨결에 처음으로 관계를 갖게 된 게 바로 한그루 그 사람 때문이었단 말이죠."
이렇게 대답하고 나서 나리는 자신의 첫 체험 얘기를 들려주었다.

그녀와 한그루가 만난 지 6개월쯤 된 후의 일이었다. 그날도 한그루는 그녀와 데이트를 하다가 술에 만취하자 "너 처녀지? 정말 그렇지?" 하고 계속 캐물으며 스스로 만족해하는 표정을 지었다. 나리는 그러는 한그루가 갑자기 너무나 꼴 보기 싫어지며 불뚝 화가 치밀었다. 그래서 그녀는 한그루를 적당히 달래 집으로 돌려보낸 후, 혼자서 거리를 이곳저곳 거닐었다.
두 사람은 젊은 기분을 맛보려고 신촌 연세대 앞에서 데이트를 했었다. 그녀는 연세대 앞 유흥가를 이리저리 거닐다가 연세대 앞거리에서 신촌 기차역 쪽까지 걸어갔다. 신촌역 앞에 있는 작은 광장쯤에 이르자 어떤 남자가 그녀 앞에 나타났다. 그 남자는 그녀의 외로운 시선을 포착해 낸 듯싶었다. 그 남자 역시 혼자였다. 그는 가던 발길을 멈추고 돌아서서 그녀의 얼굴을 정면으로 쏘아보았다.
"안녕하세요?"
하고 그 남자가 말했다.
"안녕하세요?"
나리도 얼떨결에 대답했다. 남자의 얼굴이 꽤나 거칠고 투박하게 생겼는데도 그녀는 이상하게도 친근감이 갔다. 그녀는 자신도 모르게 그 남자에게 엷은 미소까지 흘려보내고 있었다.
"별일이 없으시면 같이 가서 한잔 할까요?"

하고 그 남자가 나리에게 물었다.
"좋지요."
나리가 얼떨결에, 약간 떨떠름한 어조를 가장하며 대답했다.
남자는 당장 나리의 팔짱을 끼었다. 그녀는 남자의 그런 태도를 보고 이상하게도 기분이 좋아졌다. 팔짱을 낀 다음, 남자가 그녀의 입술에다 대고 거칠게 키스를 했다. 수염을 깎지 않아 그녀의 입술언저리에 다가오는 느낌이 까칠까칠했다. 그런데 그 느낌이 그렇게 좋을 수가 없었다.
두 사람은 이대 앞에 있는 어느 허름한 술집으로 들어갔다. '가을'이라는 이름의 좁고 고풍스런 카페였다.
"외로우세요?"
스탠드에 앉아 술을 시키고 나서 남자가 그녀에게 물었다. 통속적이고 상투적인 질문이었지만 그 질문이 그녀에겐 너무나 달콤하고 자상한 메시지로 다가왔다.
두 사람은 술잔을 부딪쳐 건배를 했다. 남자는 술잔을 부딪치면서 "외로움을 위하여!"라고 말했다. 역시 통속적인 구호였지만 묘하게 마음에 들었다.
남자의 손가락이 벌써 나리의 불두덩을 더듬고 있었다. 나리는 자기도 모르게 가랑이를 벌렸다. 카페의 조명이 몹시 어두워 별로 부끄러움이 느껴지지 않았다. 아니, 조명 때문이 아니라 그녀의 얄쌍한 마음 때문이었다는 것이 더 맞는 말일 것이다.
나리는 자기도 모르게 남자의 어깨 위에 팔을 올려놓았다. 그리고 그의 목과 귀와 뺨을 슬근슬근 어루만져주었다. 나리의 치구(恥丘)를 더듬는 남자의 손길이 더 빨라졌다.
두 사람은 오랫동안 입맞추었다. 남자는 혓바닥을 다이내믹하게 움직였다.
남자는 술에 취해 있는 듯 보였지만 아무래도 전문적인 '여자 사냥꾼'

같았다. 그런데도 나리는 하나도 기분이 나쁘거나 불쾌하지가 않았다. 오히려 무언가 자신의 가슴을 꽉 누르고 있던 것으로부터 해방되는 것 같은 느낌이었다.

술을 몇 잔 더 마시고 나서 남자는 그녀에게 같이 여관에 가도 되겠느냐고 물어왔다. 아무런 거리낌 없이 범상한 어조로 물어오는 남자의 뻔뻔스런(또는 솔직한) 태도가 이상하게도 나리의 마음에 들었다.

"좋아요."

이번에는 떨떠름해하는 어조를 가장하지 않고 나리가 또렷한 목소리로 대답했다.

"그런데 내가 지금 돈이 없어요."

남자가 다시 범상한 어조로 말했다.

"괜찮아요. 제가 마침 돈이 있어요."

나리도 역시 범상한 어조로 대답해 주었다.

두 사람은 술집을 나와 근처에 있는 꽤 큰 장급(莊級) 여관으로 갔다. 이름이 '빨간여관'이었다.

방에 들어서자 나리는 옷을 벗고 나서 샤워를 했다. 남자는 샤워를 하지 않겠다고 했다. 남자는 그녀가 샤워를 하는 시간이 아깝다는 듯 못내 짜증스런 표정이었다. 나리가 샤워를 끝내자 남자는 옷을 훌러덩 벗어젖혔다. 그리고 나서 그녀를 침대 위에 벌러덩 들어눕혔다. 남자 몸에서 퀴퀴한 냄새가 났다. 그런데도 나리는 그 냄새가 싫지 않았다.

남자가 그녀 위에 포개져 짙은 키스를 해왔다. 두 사람의 입술과 혀가 요란하게 뒤엉키는 동안에도 남자의 손은 그녀의 유방과 질구(膣口)를 부지런히 더듬고 있었다.

남자의 혓바닥이 나리의 입술을 지나 귀쪽으로 갔다. 그리고 장난감을 가지고 놀듯 그녀의 귀를 간지럽히다가 살짝 물어뜯기도 했다. 남자의 혀가 그녀의 목으로 내려가 목에 빨간 멍이 들 만큼 큰 소리가 나게 쭉쭉 빨았다. 나리의 손은 어느새 남자의 성기를 움켜쥐고 있었다.

남자가 그녀의 어깨와 젖꼭지를 희롱하듯 핥고 깨물자 그녀의 표정은 저절로 격앙되기 시작했고, 입과 코에서는 묘한 신음소리가 새어 나왔다.

남자의 혀가 나리의 복부와 배꼽을 핥고 나서 클리토리스 쪽으로 향했다. 나리는 도저히 참을 수가 없어 자기도 모르게 기괴한 흐느낌 소리를 내며 눈물을 몇 방울 떨구었다.

남자는 쿤닐링구스를 잠시 멈췄다가 다시금 장난스럽게 그녀 다리 쪽에서부터 핥으며 올라왔다. 그가 나리의 허벅지를 핥고 있을 때 그녀의 다른 쪽 다리는 어느새 남자의 목을 휘감고 있었다.

남자의 혀가 그녀의 허벅지 끝에 다다라 다시 음순과 클리토리스를 자극했다. 나리는 허벅지를 세운 상태로 다리를 벌리고 있었고 남자는 그 가랑이 사이에 머리를 파묻고 있었다. 그녀는 난생 처음 느껴보는 쾌감에 겨워 침대의 시트를 손으로 꽉 움켜쥐었다.

남자가 쿤닐링구스를 끝내고서 자기의 심벌을 나리의 입 안으로 들이밀었다. 나리는 잔뜩 발기된 남자의 심벌을 본능적으로 거세게 흡입했다. 그리고는 심벌을 계속 혓바닥으로 마찰해 주면서 벌써 새어 나오기 시작한 몇 방울의 정액을 받아 마셨다.

두 사람은 다시 식스-나인(Six-nine) 형태로 구강성희를 계속했고, 그러다가 드디어 두 몸을 한데 합쳤다.

서로 성기를 합치며 뒹굴 때 나리가 아래에 있을 때도 있었고 남자가 아래에 있을 때도 있었다. 남자의 허벅지가 넓은 V자(字)로 벌려져 있었고 나리의 허벅지는 좁은 V자로 벌려져 있었다.

나리는 현실과 환상 사이를 오락가락하며 정신없이 펠라티오를 계속했다. 성희의 기술이고 뭐고 아무 필요가 없는 것 같았다. 그저 열심히 야(野)한 본성만 좇으면 됐을 뿐, 어떠한 지략이나 계산도 필요치 않았다. 그런 점이 나리의 답답하게 막혀 있던 가슴을 풀어주었고, 그녀의 영혼을 급성장하게 했다.

그녀는 더 이상 본능을 견디지 못하고 침대 위에 발딱 드러누웠다. 그리고 거칠게 숨을 할딱거렸다. 침대 위의 시트를 움켜잡은 손에 힘이 더 들어가 있었고, 그녀의 질구에서는 애액이 흥건히 흘러내리고 있었다. 또한 그녀의 동공 역시 개개 풀려 있었다.

남자가 결국 삽입을 시작했다. 나리는 포근해진 안광(眼光)으로 남자를 사랑스럽게 바라보았다. 남자의 삽입 행위가 중반에 이르렀을 때 그녀의 얼굴은 어느새 미소를 띤 표정으로 바뀌어 있었다. 그러다가 어느 순간 나리의 표정이 고통과 쾌감이 교차하는 표정으로 바뀌었다. 어쨌든 그녀로서는 첫 경험이기 때문이었다. 그녀는 남자의 심벌이 자신의 질구에 박혀 있는 상태에서 불그레한 피가 새어나오고 있는 자신의 성기를 의식했다. 남자의 허리운동은 더욱 격렬해졌고, 나리의 얼굴은 고통스런 오르가슴과 쾌락한 탈출감이 엇섞인 채 불그레하게 달아올랐다.

그녀의 입에서 헐떡거리는 신음소리와 즐거운 교성이 뒤엉켜 나왔다. 그리고 얼굴 전체가 온통 울음범벅이 되어 있었다. 남자는 다만 들릴 듯 말듯 약간의 신음소리를 낼 뿐 몇 방울의 땀조차 흘리지 않고 있었다.

행위를 끝내자 두 사람은 두 몸뚱어리를 뒤엉키게 포갠 상태로 한동안 가만히 누워 있었다. 나리는 거의 실신할 지경이었다. 남자가 애프터서비스라도 해주려는 듯 혀로 나리의 눈물을 닦아주었다.

한참 후 남자와 나리는 침대에서 조용히 일어났다. 남자가 혓바닥으로 나리의 성기를 닦아주었다. 그래서 나리도 혓바닥으로 남자의 성기를 닦아주었다. 다 닦고 나서 두 남녀는 서로 꽉 부둥켜안고 오랫동안 입맞추었다.

남자가 담배를 한 대 피워 물며 나리에게도 권했다. 나리는 못 피우는 담배지만 남자가 주는 담배를 받아 연기를 입 안에 빨아들여 머금어보았다. 연기를 조금씩 목구멍 속으로 들이마시자 마치 술에 취한 듯한 몽롱한 느낌이 왔다. 나리는 그 느낌이 좋아 담배연기를 천천히 조심스럽게 계속 들이마셔 보았다.

　남자가 서서히 옷을 입기 시작했다. 나리도 천천히 옷을 입었다. 먼저 팬티를 입고 브래지어를 한 다음 겉옷을 걸쳤다. 그리고 나서 헝클어진 머리칼을 빗으로 찬찬히 빗어내렸다.

　머리를 다듬고 나서 나리는 어깨에 걸치는 핸드백을 메고 남자와 팔짱을 끼었다. 그리고는 천천히 방에서 나와 여관 문을 나섰다. 촌스러운 색깔의 붉은빛 네온사인으로 빛나는 '빨간여관'이란 전광판이 유난히 사랑스럽게 눈에 들어왔다.

　여관 앞에서 남자가 나리에게 말했다.

　"안녕히 가세요."

　나리도 남자에게 말했다.

　"안녕히 가세요."

　그냥 헤어지는 것은 좀 서운하다는 생각이 들기도 했지만 남자의 쌈빡한 태도가 그런대로 마음에 들었다.

　두 사람은 악수를 나누고 헤어졌다. 몇 발짝 걸어가면서 생각해보니 아무래도 아쉬웠다. 그래서 나리는 다시 돌아서서 남자 쪽으로 걸어가 남자에게 큰맘 먹고 말했다.

　"…… 혹시 돈이 없어서 그냥 가시는 거 아니에요? …… 제게 돈이 있으니 뒤풀이로 맥주라도 한잔하면 어떨까요?"

　그랬더니 남자는 히죽 웃으며 나리에게 대답했다.

　"돈 때문에 그러는 건 아니예요. 미안한 얘기지만 행위를 끝내고 나서 서로 신상(身上) 얘기를 주고받게 되면 재미도 없고 재수도 없어요. 아무튼 오늘 정말 고마웠어요. 그냥 집에 돌아가셔서 푹 쉬세요."

　나리는 조금 서운한 생각이 들긴 했지만 남자의 말투가 무례하다고 생각되진 않았다. 그래서 그녀는 곧바로 택시를 잡아타고 집으로 돌아갔다. 아랫도리가 무척이나 얼얼했지만 날아오를 듯 상큼하고 쾌락한 기분이었다.

나리가 상세하게 해주는 얘기를 다 듣고 나서 나는 한그루가 무척이나 불쌍한 친구라는 생각이 들었다. 나리가 이젠 이른바 '숫처녀'가 아니라는 것을 알게 되면 그는 어떤 심정이 될까? 나는 한편으로는 은근히 고소하다는 생각이 들면서도, 그의 어설픈 '낭만적 착각'에 일말의 동정심을 느끼지 않을 수 없었다.
"왜 첫 경험을 그렇게 자세하게 얘기했지요? 한그루 그 친구한테 그대로 전해 달라는 뜻에서입니까?"
하고 내가 조나리에게 물었다.
"맞아요. 들은 그대로 실감나게 전해주세요. 그래야 그 사람이 저를 단념할 테니까요."
조나리가 내 물음에 대답했다.
"난 자신이 없어요.…… 그 친구가 너무 충격을 받을 테니까요."
"충격을 안 받을지도 몰라요. 그 사람은 은근히 뻔뻔한 데가 있으니까요. ……또 다른 '요조숙녀'를 찾아나서겠지요, 뭐."
나리의 말이 그럴듯하게 들렸다. 한그루는 어쨌든 '현실적 이전투구(泥田鬪狗)'에 강한 인물이었다. 문단에 뛰어든 절차도 그랬고 '문단적 사교' 면에서도 그랬다. 그는 매사에 철판 깔고 대드는 체질이었다.
"그건 그렇고……, 천 선생님 어때요? 저랑 오늘 밤 같이 자고 싶지 않으세요?"
조나리가 별로 힘들이지 않고 내게 물었다. 사실 나는 호기심이 동해 나리와 한번 벌거벗고 뒹굴어보고 싶었다. 하지만 아무래도 한그루가 마음에 걸려 그녀에게 이렇게 대답했다.
"미안해요……. 난 손톱을 아주 길게 기른 여자라야 성욕을 느껴요.

그리고 솔직히 말해서 한그루 그 친구에 대한 양심의 가책도 약간 발동하는 게 사실이구요. 오늘은 안 되겠어요."

손톱을 아주 길게 기른 여자한테만 성욕을 느낀다는 건 사실 과장이었다. 여자의 짙은 화장이나 독한 향수 냄새만 갖고서도 나는 어느 정도 성욕을 느낄 수 있었다. 오늘따라 조나리는 '짙은 화장'과 '진한 향수 냄새'를 동시에 갖고 있었다. 그런데도 그녀의 호의(또는 꾐)를 거절한 것은 역시 나의 그 알량한 '우정 지키기 원칙' 때문이었다.

사실 우정이란 별로 믿을 게 못 된다. 두 사람이 똑같이 어려운 상황에 처해 있을 때는 '우정 지키기'가 어느 정도 가능하다. 그러나 어느 한쪽이 좀 더 우월한 상태로 되거나 이른바 '출세'를 하게 되면 우정이란 별 볼일 없는 것이 되어버린다. 잘 못 나간 쪽에서 '질투'와 '심통'을 억제하기 어렵기 때문이다. 그렇기 때문에 흔히 얘기되는 '관포지교(管鮑之交)'나 '수어지교(水魚之交)'란 말은 그저 도덕 교과서에나 나오는 헛된 신기루에 지나지 않을 수밖에 없다.

우정에 가장 크게 금이 가게 하는 건 역시 연애 관계에서다. 친구의 애인을 가로챘다거나 유혹하게 되는 일이 얼마나 많은가. 애정소설이나 애정영화의 소재 중 3분의 2정도를 '삼각관계'가 차지하고있을 만큼, 연애 감정이 개입하게 되면 우정이고 나발이고 다 별 볼일이 없어지게 되는 것이다. 그런데도 내가 한그루와의 우정에 금이 가게 되는 걸 원치 않는 것은, 역시 내가 외로웠기 때문이었다. 외로움에 지쳐 있을 때는(또는 동성 간이든 이성 간이든 인간관계에 굶주려 있을 때는), '최소한의 식량'이라도 확보해 놓고 봐야 하기 때문이었다.

"손톱을 기르기 시작한 지 얼마 안 돼서 아직 1센티미터 정도밖에 안 자랐어요. 전 선생님이 쓰신 시를 보고 난생처음 저의 정체성을 발견하게 되었죠. 저는 선생님이 글에서 늘 주장하시는 대로 '야한 여자'가 되고 싶어요."

하고 조나리가 말했다. 그녀는 나의 속마음을 눈치 채지 못하고 있었다. 나는 불끈 욕구가 치받아 올라오는 것을 느끼며 나리의 얼굴을 물끄러미 바라보았다. 로라보다는 훨씬 못하지만 그런대로 섹시한 구석이 있었다. 로라처럼 '완벽한 섹시함'이 아니라 '어설픈(아니, 노력하는 중에 있는) 섹시함'이었기 때문에 오히려 나의 '성적 우월감'을 자극시키고 있었다. 남자는 완벽하게 섹시한 여자 앞에서는 오히려 주눅이 드는 경우가 많기 때문이었다.
"손톱이 아주 길게 자라게 되면 선생님께 연락드릴게요. 아니, 그전에 모조손톱이라도 붙이고서 선생님께 연락드리게 될지도 모르겠어요……. 전 선생님을 전에 뵙자마자 강한 사랑을 느꼈어요. 아니, 사랑이라기보다는 '성욕'이라는 표현이 더 맞는 말이겠지요. 이건 선생님 말투를 흉내 낸 거지만요."
나는 나리의 손이라도 덥석 잡아주고 싶었다. 그만큼이나 그녀의 말은 나에게 감동적이었다. 그러나 나는 차츰 두고 보기로 하고 그녀를 택시에 태워 집으로 돌려보냈다.

나리와 헤어지고 나서 집에 돌아와, 나는 오늘 그녀를 만났던 일을 한그루한테 전화로 얘기해 줄까 말까 하고 한동안 망설였다. 내가 그에게 전화할 것을 생각했던 것은, 직접 만나서 얘기해 주다 보면 한그루의 밑도 끝도 없는 수다와 하소연에 내가 지쳐버리고 말 것 같았기 때문이었다. 또 나리가 내게 전해 달라고 부탁했던 그녀의 첫 경험 얘기를, 나도 모르게 털어놓게 될지도 모른다는 생각이 들었기 때문이기도 했다.
물론 나리와 만났던 일에 대해 그에게 전화도 안 걸고 그와 만나게 될 일이 생겨도 시치미 뚝 따고 대충 얼버무리고 넘어갈 수도 있었다. 하지만 나는 일단 한 약속은 꼭 지킨다는 것과 거짓말은 안 한다는 것을 내 나름의 생활신조로 삼고 있었기 때문에, 도저히 그냥 미적거리면서 넘어갈 수는 없다고 생각했다. 그래서 한그루에게 전화로 대충 경과보고를 해주는 것으로 낙착을 보았다.

나는 한그루에게 전화를 걸어 나리를 만났다고 말하고 나서, 그녀의 마음을 돌려놓을 수는 없을 것 같다고 얘기했다. 첫 경험 얘기만은 우선 안 해주는 게 나을 것 같아 이렇게만 말해주었다.

"나리는 자네가 여자의 순결에 너무 집착하는 게 싫다고 하더군."

그랬더니 그는 이렇게 말했다.

"자기를 칭찬해 주느라고 얘기한 건데 왜 그럴까? 내가 이혼이 안돼서 나를 멀리하는 건 아니고?"

"맹세코 그건 절대로 아냐. 그건 자네 착각이었어. ……도대체 자넨 왜 그녀랑 같이 한 번도 안 잔 건가?"

"순결을 보호해 주느라고 그런 건데, 왜 나리가 그걸 갖고 트집을 잡던가?"

"트집을 잡은 건 아니고……. 아무튼 내 능력 갖고서는 그녀를 설득하기 어려웠어. 자네가 직접 만나 해결해 봐. 나한테 조언을 구한다면 내가 해줄 수 있는 말은, 그녀를 다시 만날 기회가 오게 되면 스킨십(skinship)이라도 실컷 해주라는 정도일세."

이 정도만 말해 주고 나서 나는 이야기를 마무리 지었다. 그러자 한그루는 내게, 자기가 이혼소송에서 패소한 것이 나리가 자기를 멀리하게 된 결정적 이유가 아니란 것을 확인해 준 것만 해도 큰일을 해준 것이라며 고맙다고 말했다. 그는 여전히 정체불명의 사모감(思慕感)과 소유욕과 전의(戰意)에 불타 있었다. 그리고 여전히 희망에 들떠 있었다.

나는 '절망'보다 더 두려운 것이 바로 '희망'이라는 사실을 다시 한 번 확인할 수 있었다. 헛된 희망의 지속은 만성적인 절망감보다도 오히려 더 격심한 '심리적 공황상태'를 초래할 수 있기 때문이었다.

그래서 나는 자칫하면 나리의 '자발적인 첫 경험' 얘기를 그에게 들려

줄 뻔했다. 그러면 그가 오히려 그녀로부터 벗어날 수 있을지도 모르기 때문이었다. 또 나리의 말대로 그가 졸지에 나리를 잊어버리고(또는 그녀에게 정이 떨어져버리고), 새로운 여자를 찾아 뻔뻔스런 탐색을 시작하게 될지도 모르는 일이기 때문이었다. 하지만 나는 그 이야기만은 차차 추이를 관망해 보면서 얘기해 주기로 마음먹고서 전화를 끊었다.

3

다음날 로라한테서 그림엽서가 왔다. 브라질에서 보내온 것이었다. 아주 선정적인 사진이 인쇄돼 있는 그림엽서였다. 엽서의 내용은 간단했다.

"여보, 전 아주 재미있는 시간을 보내고 있어요. 남편과 저는 이곳에서 젊고 부자인 네 커플들과 함께 즐겁게 에로틱한 게임을 했어요. 당신이 보고 싶더군요. 우리들이 노는 광경을 당신이 봤더라면 무척이나 흥미로우셨을 텐데……. 화랑 일이 조금 걱정돼요. 지주간님께 잘 관리해 달라고 말씀드려 주세요. 곧 서울로 돌아가게 될 거예요. 그때까지 안녕."

내용도 내용이지만 그녀가 나를 보고 '여보'라든지 '당신'이라든지 하는 호칭을 쓰고 있는 게 놀라웠다. 워낙 귀엽게 변덕스러운 여자인지라 무의식중에 튀어나온 말일 수도 있었겠지만, 나로서는 적이 감동적인 어투였던 것이다.

로라가 은근히 그리워지기 시작했다. 나는 방 안을 서성거리며 그녀와의 짧은 추억에 잠겨 있었다. 그녀의 모습을 상상하며 그림을 그려보기도 했다. 나도 그녀처럼 겉과 속이 다 야한 여자가 되고 싶었다.

그렇게 허둥거리며 고독을 씹고 있던 중에 문득 '하늘빛'한테서 전화가 왔다. 뜻밖이었지만 몹시 반가웠다.
"어떻게 내 전화번호를 알아냈지?"
하고 내가 그녀에게 물었다.
"홍샘 씨한테 물어서 알았지요. 그날 선생님의 인상이 좋았어요."
어두운 록카페에서 만났던지라 그녀의 얼굴이 금세 기억나지 않았다. 하지만 아무튼 꽤나 공들여 화장을 하고 있던 것만은 분명했다.
외로웠던지라 나는 그녀의 데이트 제의를 받아들였다. 그녀는 자기가 자취하고 있는 집으로 오라고 했다. 지방 출신인 모양이었다. 그래서 나는 당장 그녀의 집으로 갔다. 그녀는 꽤 크고 잘 꾸며진 오피스텔에 살고 있었다.
집 안에서도 늘빛은 꽤나 눈에 띄는 차림새를 하고 있었다. 층이 많이 지게 잘리고 웨이브가 된 머리는 엉덩이를 덮고 있었다. 머리카락 아래쪽과 앞머리 쪽 그리고 머리카락 부분 부분이 보라색과 초록색으로 뒤섞여 있고, 머리 전체는 밝은 연두색으로 염색돼 있었다. 환한 보랏빛으로 된 쫄티를 입고 있었는데, 소매가 분리되어 여러 개의 옷핀으로 연결되어 있었다. 그 사이로 그녀의 우윳빛 어깨가 드러나 보였다. 그녀가 움직이는 데 따라 소매가 많이 흘러내려 어깨가 활짝 드러나기도 하고, 팔을 들어 올릴 때는 어깨가 보이지 않기도 했다.
그녀가 입고 있는 쫄티는 아주 짧아서, 그녀의 허연 배가 반짝이는 배꼽걸이와 함께 은회색의 힙합 바지 위로 훤히 드러나 보였다.
화장을 하기 전인데도 액세서리를 많이 하고 있었다. 왼쪽 귀에만 링 모양의 귀고리가 다섯 개 걸려 있었다. 반짝이는 은빛 체인으로 된 목걸이 끝에는 조그만 자물쇠통이 달려 있었다. 두꺼운 까만색 쇠줄에 철사 덩어리로 만든 공이 달려 있는 큰 목걸이를 하나 더 하고 있었는데, 그녀가 움직일 때마다 목걸이들이 꽤나 격렬하게 흔들거렸다.

왼쪽 팔에는 금빛 체인으로 된 같은 모양의 팔찌를 두 개 끼고 있었고, 오른쪽 팔목에는 구슬과 색실을 엮어 만든 팔찌와 가죽줄을 여러 개 휘감고 있었다.

화장을 하기 전인 것이 분명한데도, 늘빛의 눈썹과 아이라인은 아주 공을 들여 화장한 듯한 선명한 빛깔의 선(線)을 보여주고 있었다. 눈썹은 가느다란 활(弓) 같기도 하고 날렵한 갈매기 같기도 한 섬세한 회색 선으로 이어져 있었는데, 요즘 유행하고 있는 '눈썹문신'이 분명했다. 눈썹을 다 뽑아버리고서, 정확히 좌우 대칭이 되게끔 가느다란 선을 진짜 눈썹보다 훨씬 위쪽에 문신으로 새겨 넣는 것이다.

눈 아래위에도 짙은 보라색으로 된 아이라인이 두껍게 문신돼 있었다. 그래서 그녀의 눈은 훨씬 더 크고 선명해 보였다. 거기에다 빳빳하고 긴 인조 속눈썹을 붙이면 정말 신비로운 눈이 될 것 같았다. 눈동자에다 이미 밝은 연두색 콘택트렌즈를 붙이고 있어서 더 그랬다. 나는 채나가 '오르가슴'에서 턱까지 내려오는 기다란 인조 속눈썹을 붙이고 나왔던 것이 생각나, '탐미적 흥분' 때문에 벌써부터 가슴이 두근거려졌다.

"대학에 다닐 때도 문신을 했나? 문신을 한 눈썹을 하고 다녀도 학교에서 괜찮았어?"

하고 내가 늘빛에게 물어보았다.

"서울에 있는 학교라서 그런지 괜찮았어요. 제 친구 하나는 성적이 모자라 아주 작은 지방 도시에 있는 대학에 늦게 들어가 지금도 다니고 있는데, 머리를 노랗게 염색만 해도 학생상담소 교수와 면담을 하고 지도를 받아야 한대요."

"그것 참 황당하군. 한국 전체가 자유로워지려면 아직 멀었어."

늘빛은 내 시를 읽었다며, 내게 공들여 화장하는 모습을 보여주고 싶다고 했다. 그러면서 그녀는 이렇게 말했다.
"한 시간 반이 훨씬 넘게 시간을 들여 화장을 하는 것은, 저한테는 심리적 안정을 가져다주는 매우 중대한 의식에 해당돼요. 문신을 한 눈썹 위에 칠하는 펄(pearl)이 날렵하고 좌우대칭으로 칠해졌는가, 입술의 라인은 곡선이 깔끔하고 선명하게 그려졌는가, 아이라인은 흔들림 없이 한번에 발라졌는가, 마스카라는 뭉치지 않고 속눈썹을 길게 뽑아 올려주고 있나, 아이섀도는 그라데이션(gradation, 색조의 짙고 엷음)이 자연스럽게 이어지고 있나, 입술 색과 아이섀도 색이 잘 어울리는가, 메이크업 베이스가 적절한 양(量)과 적절한 컬러로 발라져서 파운데이션과 잘 밀착되는 효과를 내고 있는가, 파우더는 피부가 보송보송하도록 곱게 발라졌는가…… 등등이 제 신경을 기분 좋게 날카롭도록 만들죠. 이처럼 복잡한 화장이 꼼꼼하고 완벽하게 이루어질 경우, 그날의 제 컨디션은 최고조가 돼요. 그리고 저 스스로 거울을 보며 자기 만족의 최면에 빠져들게 되지요. 그런 날만큼은 자신감 있게 얼굴을 빳빳하게 쳐들고 다닐 수가 있어요."
"화장할 시간 여유가 없는 날은 그럼 어떡하지? 그렇게 섬세한 화장을 못하고 나갈 일도 생길 텐데……."
하고 내가 늘빛에게 물었다.
"기분이 몹시 우울하죠. 특히 두꺼운 인조 속눈썹을 붙이지 못한 눈이 그렇게 허전할 수가 없어요. 눈이 너무 가볍게 떠져서 머리가 어지러워질 정도예요."
나는 늘빛이 화장하는 모습을 꼼꼼하게 지켜보았다. 그녀는 내 마음속을 이심전심으로 눈치 챘는지 턱까지 내려오지는 않았지만 아주 기다란 인조 속눈썹을 붙였다. 그리고 꽤 긴 모조손톱도 붙이고 그 위에 각각 다른 열 가지 색 매니큐어를 칠했다.

두 시간 정도가 걸린 화장을 끝내고 나자 늘빛은 완전히 딴 얼굴로 변했다. 그때 '몸부림'에서 봤던 얼굴이 아니었다. 민얼굴도 꽤나 예쁘지만, 짙게 화장한 그녀는 정말 섹시하기 그지없는 농염한 모습을 하고 있었다.

"그렇게 공들여 화장을 하고 난 다음엔 어떻게 하지? 화장이 지워질까 봐 몹시 신경이 쓰일 텐데……."

하고 내가 늘빛에게 물었다.

"화장이 번지거나 날아가는 것에서 잠시라도 마음을 뗄 수 없지요. 그래서 끊임없이 콤팩트 거울을 꺼내서 화장을 고치게 되죠. 하지만 그런 조심스런 심리상태 자체가 저에게 묘한 긴장감과 쾌감을 줘요. 운동권 여자 페미니스트들은 여자들이 그렇게 화장에 신경 써야 하는 게 남성들이 강요한 '여자의 숙명'이라고들 얘기하지만, 전 그런 주장에 도무지 공감할 수 없어요. 오히려 그건 여자들만이 받은 '축복'이지요. 그러니 제가 한국인으로서 약간 눈치를 보면서 하는 화장과, 자유로운 나라의 여자가 당당하게 하는 화장은 심리적 만족감에 있어 큰 차이가 있을 수밖에 없어요."

하고 늘빛이 약간 우울한 어조로 대답했다.

나는 늘빛에게 다가가 그녀의 어깨에 키스를 해주었다. 입술에 키스하기에는 그녀가 바른 오렌지색 립스틱이 번지는 게 너무나 아까웠기 때문이었다. 늘빛은 나의 키스에 화답하려는 듯, 혓바닥을 길게 빼내어 내 입술을 오랫동안 훑으며 마찰해 주었다. 그래서 그녀의 립스틱은 하나도 지워지지 않았다.

"화장품 종류가 너무나 많군. 이름들을 외우기에도 벅차겠어."

키스를 끝내고 나서 내가 늘빛에게 말했다. 그녀의 화장대 위엔 정말로 많은 화장품들이 벌여져 있었기 때문이었다.

"한번 생각나는 대로 대볼까요? 들으시면 머리가 복잡해지면서도 한편으론 재미있으실 거예요. 오빠 역시 저처럼 야한 여자(그날 밤 오로라 씨는 정말 야했어요)를 부러워하는 탐미주의자시니까요. …… 자, 시작할게요. 프레시너, 아스트리젠트, 수분 공급 에센스, 안티 에이징 화이트닝 크림, 아이 크림, 메이크업 베이스, 자외선 차단 파운데이션, 투명 파우더……. 여기까지가 피부 화장품들이에요 그런 다음 부분 화장품과 화장도구로 들어가게 되죠. 눈썹 다듬는 칼과 가위, 눈썹 그리는 천연족제비털 브러시, 흰색·아이보리색·은회색·연갈색·진갈색·회색·검은색·하늘색·은색·펄 등의 아이섀도, 눈두덩에 쓰는 브러시, 눈물이 번지지 않게 하는 아이라이너, 눈썹을 길게 보이게 하고 꼿꼿이 세워주는 마스카라, 속눈썹에 컬을 넣어주는 뷰러, 입술윤곽을 그리는 코코 브라운·베이직 브라운·와인·다크브라운 등의 스틱, 갈색 계통·와인색 계통·적색 계통·핑크색 계통·오렌지색 계통 반짝거리는 야광색 계통 등의 립스틱, 얼굴에 화사한 느낌을 주기 위해 이마와 콧등·광대뼈 등에 바르는 구슬 파우더, 워터 크린징, 눈주름을 지워주는 아이 리무버, 워터 스프레이, 로즈메리 향(香) 프레시너……."

"아휴……, 정말 어지럽군. 하지만 부럽기도 해. 아까 늘빛이 한 말처럼 여자가 마음껏 화장을 할 수 있는 건 하늘의 축복이야. 운동권 페미니스트들의 '남성 닮기 운동'은 이제 정말 끝나야 해."

하고 내가 늘빛에게 말했다.

"제가 알기에 지금 미국의 소수민족이나 제3세계 여성들 사이에서는 백인 여성 위주의 '웨스턴 페미니즘(Western feminism)'에 대한 반발이 일어나고 있다고 해요. 지금까지 페미니즘 운동을 주도한 것은 주로 미국이나 유럽의 상류층 백인 여성들이었고, 그들이 외친 구호는 결국 '남자를 배척하는 사회(Society of cutting up men)'에 머물렀다는 거죠. 그런데 그런 구호의 실체를 들여다보면 소수 상류층 여성들의 사회적 신분상승이 진짜 숨겨진 목적이었다는 거예요. 말하자면 치사하게 위장된

'출세 전술'이 진짜 의도였다는 것이죠."

하고 늘빛이 내게 말했다.

"맞아. 그 얘긴 나도 들어서 알고 있지. 제3세계 여성들이 서구식 페미니즘에 반대하는 이유는, 못사는 나라의 못사는 남자들이나 잘사는 나라의 하류층 남자들은 잘사는 나라의 상류층 여성들보다 더 사회적 압박에 시달리고 있다는 거였어. 그러니까 여성들의 진짜 적(敵)은 남성들이 아니라 '권력의 횡포'라는 거지. 특히 웨스턴 페미니즘의 주체는 대다수가 미국의 청교도주의자들이기 때문에, 섹슈얼 판타지(Sexual fantasy) 같은 데 대한 이해가 전혀 없는 게 문제야. 그래서 동성애 문제나 매매춘 문제 같은 게 나오면 창녀나 남창 또는 동성애자들만 욕하지. 그들을 그런 상황에 이르게 만든 사회구조나 정치·윤리구조를 무시하고 있단 말야. 우리나라는 미국이 아니라 일종의 제3세계에 드는 나라인데도, 한국의 페미니스트들이 미국 상류층 백인 여성들의 퓨리터니즘(puritanism, 청교도주의)적 여성운동을 그대로 쫓아가고 있는 걸 보면 너무나 한심하다는 생각이 들어."

"옳은 말씀이에요. 요즘 미국의 백인 일류 여배우가 손톱을 길게 기른 걸 보셨어요? 미국의 흑인 여자 육상선수 그리피스 조이너가 88 서울 올림픽에서 긴 손톱으로 스타가 된 후 중·하류층 흑인 여성들이 손톱을 길게 기르기 시작하니까, 상류층 백인 여성들은 오히려 긴 손톱을 짧게 자르기 시작했죠. 이른바 변태적인 섹슈얼 판타지나 탐미적 나르시시즘에 대한 이해가 없는 페미니즘 운동은 거의 출세를 위한 사기극일 경우가 많은 것 같아요."

나는 늘빛이 무척이나 똑똑하다는 사실에 다시 한 번 놀랐다. 하지만 그녀의 '똑똑함'은 내게 별 거부반응을 불러일으키지 않았다.

늘빛과 나는 다시 한 번 더 키스했다. 이번에도 역시 혓바닥끼리만의 키스였다.

"오빠를 만나고 나서 오빠의 시집을 사서 봤어요. 여자 품안에서 아기처럼 껴안겨 있는 걸 무척이나 좋아하시더군요. 제가 한번 엄마가 돼드릴까요?"

키스를 마치고 나서 그녀가 내게 물었다.

"그렇게 억지로 연기를 하는 것은 고역일 텐데……."

하고 내가 대답했다. 괜한 사양이 아니라 진심이었다.

"괜찮아요. 결혼엔 아직 마음이 안 내키지만, 저도 모성애는 있으니까요."

늘빛은 아주 오랫동안 내게 '자궁회귀 본능'의 쾌감을 선물해 주었다. 그녀의 가슴놀림이나 손놀림 하나하나마다 깊은 정성이 깃들여 있었다. 그냥 예의상 건성으로 해주는 애무가 아니었다.

나를 토닥거려주면서 그녀는 낮은 소리로 자장가를 불러주기까지 했다. 스스로 모성애적 오르가슴을 느끼는 모양이었다. 나는 공연히 미안해져서 늘빛에게 이렇게 말했다.

"너무 일방적으로 열심히 해주니까 미안한데……. 나도 늘빛한테 아빠 노릇을 해줄까?"

그러자 늘빛은 방긋 웃으면서 대답했다.

"그러실 필요는 없어요. 제가 '착한 여자'라는 걸 잊으셨나요? 저는 남자에게 봉사하는 게 즐거움이에요. 말하자면 저는 마조히스트인 셈이죠. 그러니까 이렇게 서비스를 해드리면서 정신적 오르가슴을 느낄 뿐이지요. 하지만 그럴 때 느끼는 정신적 오르가슴은 육체적 오르가슴보다 한결 더 고차원적인 것 같아요."

늘빛이 하는 말을 듣고 나서 나는 불교에서 말하는 '공즉시색(空卽是色)'이란 말을 생각했다. 내가 지금까지 이해해 왔던 '공(空)'이란 말의 뜻은, 일체의 모든 것에는 '본질'이란 것이 없다는 것이었다. 그러니까 사디즘 또는 이성애가 색(色), 즉 섹스의 본질도 아니고, 마조히즘 또는 동성애가 색의 본질도 아닌 셈이다.

또한 육체가 본질도 아니고 정신이 본질도 아니다. 불교에서 말하는 '중도(中道)'란 '신심불이(身心不二)'의 뜻을 담고 있는데, 늘빛이 지금 육체적 동작으로 내게 엄마 역할을 서비스해 주면서 정신적 오르가슴을 느끼고 있다는 것은 바로 '중도(中道)' 그 자체요, '공(空)' 그 자체를 체감하고 있는 것 같다는 생각이 들었다.

내가 이런 생각에 빠져 있을 때, 그녀가 내게 문득 생각났다는 듯이 이렇게 물었다.

"그런데 오빠는 정신적으로 대체 마조히스트인가요, 사디스트인가요?"

"왜 그런 걸 묻지?"

"오빠의 시를 보니 헷갈려서요.「사랑 노래」 같은 작품을 보면 오빠는 분명 정신적 마조히스트예요. 그런데「피아노」 같은 작품을 보면 오빠는 또 정신적 사디스트이기도 하거든요."

"사람은 모두 양면성을 갖고 있어. 말하자면 다 사디스트이면서 마조히스트란 얘기지. 마치 완전한 여성성도 없고 완전한 남성성도 없는 것과도 같은 이치야. 심리학자 융은 그래서 '아니마(Anima)'와 '아니무스(Animus)'란 말을 만들었지. 남자의 심리 속에는 여성성, 즉 '아니마'가 잠복하고 있고 여자의 심리 속에는 남성성, 즉 '아니무스'가 잠복하고 있다는 얘기야. …… 그런데 난 늘빛에 비해 군사 문화에 길들여지는 시대에 청춘기를 보낸 탓인지, 아무래도 사디스트적인 면이 더 표면에 나타나고 있는 것 같아."

"저는 정신적으로 마조히스트인 게 확실해요. 오빠가 쓴 시 가운데「피아노」가 가장 인상 깊게 다가왔으니까요. 저로서는 제 마음 안에 있는 사디즘이란 상상할 수조차 없는 거예요. …… 그러니까 저는 사디스트 남성을 좋아할 수밖에 없죠. 물론 마구 때리는 사디스트를 말하는 건 아니구요. 그리고 저는 마조히스트라기보다는 탐미적 나르시시스트이자 '피핑 톰(Peeping Tom)'이기 때문에, 같은 여성이라고 해도 그녀가 진짜 세련된 멋쟁이라면 그녀를 질투하지 않고 매우 좋아할 수 있을 것 같아요."

늘빛의 말이 퍽이나 감동적으로 다가왔다. 그럼 여기서 그녀가 말한 나의 시 「사랑 노래」와 「피아노」를 한번 소개해 보기로 한다. 먼저 「사랑노래」의 전문(全文)은 이렇다.

> 나는 기다렸지.
> 네 손톱이 빨리 자라나기를
> 네 손톱이 1센티 2센티 길어질 때마다
> 나는 숨을 헐떡이며 그 순간을
> 기다렸지, 드디어 네 뾰족한 손톱이
> 날카로운 비수처럼 요염하게 길어졌을 때
> 나는 네 열 개의 손톱에 정성껏
> 핏빛 매니큐어 칠을 했지.
> 그리고는 내 벌거벗은 몸뚱어리를
> 사정없이 할퀴고 찌르게 했지.
> 뚝뚝 떨어지는 검붉은 피 아름다운 피 달콤한
> 피, 피, 피.
> 나는 네 손톱으로 내 모가지를 찔러
> 아름답게 죽을 수 있게 되기를 바랐지

다음은 「피아노」.

나의 님은 맨살 위에 보디 메이크업(Body make-up)하는 걸 좋아했지.

그래서 벌거벗은 몸뚱어리가 더 현란하게 보였지
어느 날 그녀는 젖가슴 언저리에 피아노 건반을 그렸어
흑과 백의 콘트라스트가 그 어떤 브래지어보다 멋있었어
그래서 나는 열심히 피아노를 쳤지
내 긴 손가락으로,
내 긴 혓바닥으로.
내가 건반을 누를 때마다
피아노는 음울한 신음소리를 냈어
딩동댕 아아악
딩동댕 흐흐흑
왠지 나는 그 소리가 듣기 싫어
그녀의 입술을 내 입술로 덮어버렸지
영원히 영원히 덮어버렸지.

 사실 사디즘이나 마조히즘은 변태성욕이라기보다는 대자연을 지배하고 있는 근본 원칙이라고 할 수 있다. 약육강식으로 점철되는 이 야(野)한 자연세계에서 모든 식물이나 동물은 사디스트나 마조히스트로 변신해 가면서 스스로의 실존을 영위해 나갈 수밖에 없는 것이다.
 그러니까 순수한 마조히스트도 있을 수 없고 순수한 사디스트도 있을 수 없다. 광신적 종교에 헌신하는 이들은 순수한 정신적 마조히스트라고 볼 수도 있겠지만, 그들 중 상당수는 타 종교에 대한 적개심에 마음을 불태우고 있는 경우가 많은 것이다. 순수한 사디즘 역시 마찬가지다. '군사문화'는 사디즘에 속하는 것이지만, 군사문화에 길들여진 이들일수록 상부 권력에 대한 굴종이나 복종에서 마조히즘적 쾌감을 구하는 경우가 많다.
 나는 전문대학만 나왔다는 늘빛이 의외로 똑똑한 데 놀랐고, 교양이나 지성은 학벌(같은 학교라도 일류냐 이류냐의 문제를 포함해서)과 전혀 관계가 없다는 것을 다시 한 번 느꼈다.

나는 또 늘빛이 내 시집을 읽고서 내가 '자궁회귀 본능'에 몹시 굶주려 하고 있다는 사실을 포착한 데 놀랐다. 아마도 「자궁 속으로」나 「자궁에의 그리움」 같은 작품을 읽고서 그런 생각을 하게 된 것 같았다. 「자궁에의 그리움」은 짧은 시니까, 내친김에 그 작품도 한번 소개해 볼까 한다.

> 나 이제
> 고향으로 돌아가고파
> 그 침침한 어둠 속에 잠겨
> 한껏 멍멍한 고독 속에 잠겨들고파
> 무성한 거웃 수풀에 가려
> 한껏 아늑한 공간을 만들고 있는
> 고향의 입구
> 그 입구로 힘겹게 기어들어가
> 따스한 양수(羊水) 속을 나른하게 유영(遊泳)하면서
> 골치 아픈 이 조국을 잊고파
> 더러운 생로병사(生老病死)도 잊고파

남자는 '평생 어린애'라는 말을 머릿속에 떠올리며, 나는 '모성(母性)'과 '성적 욕구'를 동시에 가질 수 있는 여자가 더욱더 부러워지기 시작했다. 그리고 꼼꼼한 화장으로 전혀 딴 얼굴이 된 늘빛을 동경어린 시선으로 바라보았다. 문득 그녀가 내게 '오빠'라는 호칭을 쓰고 있다는 것이 이상하게 느껴졌다. 전에 만났을 때는 나보고 '아저씨'라고 말했던 게 생각났기 때문이었다. 그래서 나는 그녀에게,

"참, 오늘 왜 나보고 '오빠'라고 했지? 전에 헤어질 때는 '아저씨'라고 불렀잖아."

하고 물어보았다. 그러자 늘빛은,

"왜, 그때 그 호칭이 서운하셨어요?"

하고 내게 되물어왔다.

"사실 좀 서운했어. 나를 너무 늙게 보고 있는 것 같아서 말야."

"'아저씨'면 어떻고 '오빠'면 어때요. 또 '선생님'이면 어떻구요. 우리 나라는 호칭에 너무 신경을 쓰게 만들어요. 서양에서는 아무리 나이 차이가 나더라도, 서로 친해지면 그냥 서로 이름만 부르면 되는데요."

늘빛의 대답이 마음에 쏙 들었다. 나는 늘빛을 알게 해준 홍샘한테 고마운 마음이 들었다.

"그런데…… 정말 아무것도 안 하고 그냥 놀고만 있나? 그러기엔 너무 심심할 텐데……. 또 부모님께 미안하기도 할 거고."

문득 생각이 나서 내가 그녀에게 물었다.

"사실은 '메이크업 아트'를 배우고 있어요. 하지만 아주 열심히 매달리고 있는 건 아니죠. 그냥 세월을 '두고 보자' 식이에요."

"아주 마음이 느긋해서 좋군. 애인은 없고?"

"정해진 애인은 없어요. 남자란 알고 보면 모두들 다 좋은 사람들이죠. 또 모두들 다 나쁜 사람이기도 하구요."

하고 그녀가 대답했다.

집에 그냥 있기에는 늘빛이 공들여 한 화장이 너무 아깝다는 생각이 들었다. 그러고 보니 그녀는 요즘 배우고 있다는 '메이크업 아트'를 내게 아주 세밀하게 실습해 보인 모양이었다. 어두운 가운데서 잠깐 본 것이었지만, '몸부림'에서 그녀를 봤을 때는 이 정도까지의 변신은 이루어지지 않았던 것 같았다.

"우리 나가서 술이나 한잔 하지. 나 혼자 보기엔 늘빛이 한 화장이 너무 아까워."

하고 내가 그녀에게 제의했다. 그녀는 아무 말 않고 그냥 따라나서 주었다.

어디로 갈까 망설이다가 그녀의 집에서 가장 가까운 곳에 있는 압구정동 카페촌으로 갔다. 늘빛은 '겨울 나그네'라는 카페의 분위기가 괜찮다고 하면서 나를 그곳으로 안내했다.

"…… 홍샘과는 지금 어떤 사이야?"

맥주를 시켜놓고 나서 내가 그녀에게 물었다.

"그저 그런 사이예요. 심심할 때마다 시간을 같이 때우는 정도죠, 뭐."

"그때 '몸부림'에서 나와서는 둘이서 그냥 헤어졌나?"

"그럼요. 전 홍샘 씨와 한 번도 살을 섞은 적이 없어요. 다른 남자하고도 마찬가지구요."

"결벽증인가?"

"결벽증까지는 아니에요. 왠지 그렇게 몸을 막 굴리기는 싫어서 그랬어요. …… 아직은 그럴 만한 사람을 못 만난 거라고 해두죠, 뭐."

"그러고 보면 늘빛은 나하고 비슷한 데가 많아."

"맞아요. 오빠도 '보는 것'을 더 좋아하시죠? 오빠의 시집을 읽어보고 나서 대번에 짐작할 수 있었어요. 오빠는 전형적인 '피핑 톰'이라구요."

"같은 '피핑 톰'이라고 해도 여자와 남자는 다르지. 여자는 거울 속에 비친 자기를 보면서도 만족할 수 있으니까."

"왜, 오빠는 거울 보기를 싫어하세요?"

"싫어해. 너무 못생긴 것 같아서 말야."

"오빠는 절대로 못생기지 않았어요. 못생기고 잘생기고를 떠나 구세대라서 그럴 거예요. 요즘 젊은 남자애들은 거울 보면서 얼굴 꾸미는 걸 얼마나 즐기는데요."

"내가 구세대라서 싫단 얘긴가?"

"그런 뜻에서 한 얘기는 아니예요. 다만 감각의 차이를 말씀드린 거죠. 어쨌든 전 오빠의 글에서 동질감 비슷한 걸 느꼈어요."

늘빛과 나는 서로 마주 보고 앉아 있었다. 나는 마주 보고 앉기를 잘했다고 생각했다. 마주 보고 앉아 눈을 마주치며 얘기하면 대개 스트레스를 받게 되는 법인데, 그녀의 눈초리는 내게 전혀 스트레스를 주지 않았기 때문이었다. 무서우리만치 짙게 한 눈화장에 둘러싸인 가운데서도, 그녀의 눈동자는 아주 푸근한 구석이 있었다. 로라만큼 완벽한 윤곽을 가진 얼굴이 아니라서 그런지도 몰랐다. 너무 완벽한 얼굴은 상대방을 주눅 들게 하기 때문이었다.

"그럼 우린 서로 동지군. 나는 '피핑 톰'이고 늘빛은 '피핑 제인(Peeping Jane)'쯤 되니까. 동지끼리 한번 건배할까?"

나의 술잔과 그녀의 술잔이 서로 맞부딪치며 제법 유쾌한 소리를 냈다.

5
장미화랑

1

 로라가 돌아왔다. 로라는 돌아오자마자 화랑의 개조를 서둘렀다. 아무래도 남편의 코치를 받고 온 모양이었다. 이왕에 시작한 일인 이상, 좀 더 본격적인 '사업'으로 확장시켜 보라는 충고를 받은 것 같았다.
 로라가 처음에 연 화랑은 청담동 화랑가에 있었다. 인사동 화랑가는 너무 비좁은데다가 당장 빌릴 수 있는 마땅한 장소도 없었고, 또 빌릴 수 있는 공간이랬자 아주 꾀죄죄한 곳들뿐이었다. 물론 인사동은 심심소일로 들락거리는 행인들이 많아서 관람객을 확보하는 데는 가장 좋은 장소였다. 하지만 강남의 부촌(富村)과는 너무 동떨어진 곳이라서 그림의 판매에는 아무래도 문제가 있었던 것이다.
 그래서 지 주간의 주장대로 청담동 화랑가에 있는 빌딩 한 층을 빌려 '나우(Now) 갤러리'라는 이름으로 화랑을 열었던 것인데, 그곳은 그곳대로 또 많은 문제점을 안고 있었다. 우선 들락거리는 관람객 수가 적었고, 화랑의 공간이 너무 규격화되어 있었던 것이다.
 나는 인사동에 사는지라 아무래도 강남까지 가기에는 시간이 너무 많이 걸렸다. 그리고 지 주간 역시 <미술계>사가 인사동에 위치하고 있기 때문에, 큐레이터 한 명과 잔심부름하는 여자애 둘을 '나우 갤러리'에 붙여주고 그곳에 자주 가보지는 못하고 있었다.

또 청담동이나 인사동 화랑들이 다 그런 것처럼 화가나 기타 예술인들이 모여서 잡담하며 떠들고 놀 수 있는 공간이 '나우 갤러리'엔 마련돼 있지 않았다. 그래서 나도 자연히 <미술계>사로 자주 놀러가게 될 수밖에 없었고, '나우 갤러리'에는 빈번히 들를 수가 없었다. 그리고 로라 역시 집이 성북동에 있는지라, 청담동까지는 아무래도 거리가 너무 먼 것이 문제였다.

로라는 '나우 갤러리'를 아예 처분하고 아주 새로운 장소에 커다란 규모의 화랑을 열고 싶어했다. 인사동도 아니고 청담동도 아닌, 서울의 중간쯤 되는 장소 중에서 풍광이 좋은 곳을 택하여 아주 특이한 명소를 만들어보자는 것이었다. 그리고 화가나 예술인들과 돈 많은 딜레탕트들이 모여 마음 푹 놓고 놀 수 있는 공간을 곁들여, 문화계 사람들과 미술품 컬렉터들을 끌어들여보자는 것이었다.

그런 계획안은 물론 비전이 있는 아이디어였다. 돈이 아무리 많이 들어도 좋으니 그런 장소를 물색해 보라고 해서 지 주간은 신이 났다. 그런 틈을 타 이런저런 이유로 수입을 올릴 수 있고, 잘하면 <미술계>사 사무실까지도 그곳에 공짜로 마련할 수 있을 것 같기 때문이었다.

로라의 부탁을 받은 지 주간은 부지런히 움직였다. 그리고 나도 곁에서 여러 가지 아이디어를 쥐어짜 제공해 주었다. 내 생각으로는 남산 하얏트호텔 근처가 가장 적격일 것 같았다. 서울의 중앙에 위치하고 있는데다가, 남산을 뒤로하고 있어 풍광과 전망이 좋기 때문이었다. 로라나 지 주간도 내 아이디어를 받아들여 그곳을 물색해보기로 합의를 보았다. 땅을 사 새로 건물을 짓기엔 시간이 너무 많이 들 것 같아서 기존 건물을 매입하는 것이 좋겠다는 결론이 났다. 아주 커다란 건물을 구입하여 특이하고도 호화로운 화랑을 한번 꾸며보자는 것이었다.
 하얏트호텔 근처엔 외국 대사관저도 많고 고급 의상실이나 화랑도 몇 군데 있었다. 그러나 하얏트호텔 건너편, 즉 예전에 외인아파트가 있던 자리에는 건물이 별로 없었다. 그렇기 때문에 오히려 풍치가 좋고 분위기가 근사했다. 그래서 로라와 지 주간은 그곳에 몇 채 남아 있는 외인주택이나 개인주택 또는 레스토랑을 가장 좋은 장소로 점찍어두고 있었다.

 지 주간이 열심히 알아본 결과 마침 좋은 장소가 나타났다. 외인아파트가 있던 자리 옆에, 넓은 정원을 끼고 있는 4층으로 된 커다란 호화주택 하나가 숲 속에 덩그러니 남아 있었던 것이다. '남산 살리기' 운동의 일환으로 외인아파트가 헐리고 곁에 있던 외인주택들이 다 헐려나갈 때, 그 집만은 용케도 화(禍)를 면한 것 같았다.
 그 집은 지금 화랑 겸 레스토랑으로 개조되어 운영되고 있었다. 나도 마침 그 집 마당에서 열린 결혼식에 하객으로 참석했던 일이 있었다. 그 때 나는 서울 한복판에서 구식으로 지어진 고풍스런 저택이 널따란 정원을 끼고 서 있는 것을 보고서, 내심 경탄의 감정을 느꼈던 것이다.
 지 주간이 알아보니 그 집은 화랑으로도 경영이 잘 안 되고 레스토랑으로서도 경영이 잘 안 되는 상태에 있었다. 그래서 부르는 대로 값을 쳐 줄 테니 매각할 생각이 없느냐 묻자, 주인은 오히려 고마워하며 집을 파는 것에 선뜻 동의했다. 이른반 'IMF 불경기'가 거의 끝나가고 있다고는 하지만, 아직 불경기의 여파가 남아 있어 수월한 매입이 가능했던 것 같았다.
 그 집을 사들이자 로라는 아주 흡족해 했다. 그리고 2층을 화랑으로 쓰고, 1층은 손님 접대용 바(Bar)나 클럽으로 활용하자고 말했다. 그리고 지 주간이 <미술계>사를 그곳으로 옮기고 싶다고 하자 3층의 반을 선선히 내주었다. 3층 나머지 공간은 화가들이 자유롭게 쓸 수 있는 작업

공간 겸 <미술계>사 응접실로 꾸미기로 했고, 4층은 로라의 전용 공간으로 쓰기로 결정을 보았다.

집을 수리하여 개조하면서 더 우아하면서도 호화롭게 만들어나가는 동안, 우리는 화랑 이름을 어떤 걸로 짓느냐 하는 문제로 한동안 신경을 썼다. 전에 썼던 '나우 갤러리'라는 이름을 그대로 쓰는 것은 우선 로라가 반대했다. 너무 밋밋하다는 것이었다. 앙데팡당, 마티에르, 피카소 등 여러 외국 이름이 거론됐지만 마땅하게 마음에 드는 것이 없었다.

그래서 내가 최후로 낸 아이디어가 '장미화랑'이었다. 나는 우선 꼭 '갤러리'라는 외국어를 쓸 게 아니라 '화랑'이라는 한국말을 쓰자고 주장했고 '화랑'이라는 말을 쓸 바에야 그 앞에도 약간 구닥다리 같은 냄새가 나고 촌스러운 느낌을 주는 '장미'라는 말을 사용하자고 했다. 내가 그런 아이디어를 낸 것은, 화랑 이름이 조금 촌스러워야 오히려 친근감을 준다는 생각이 들어서였다.

아닌 게 아니라 외국어로 겉멋을 부렸던 잡지들도 최근엔 다시 한국식 명칭으로 돌아오는 경향이 있었다. <윈(WIN)>이 <월간중앙>으로 <뉴스플러스>가 <주간동아>로 다시 바뀐 것이 그랬다.

내가 생각해낸 '장미화랑'이라는 이름에 로라는 대뜸 찬성을 표시했다. 지 주간은 조금 아쉽고 떨떠름한 느낌이 든다고 했지만 결국에 가서는 좋은 이름 같다고 동의해 주었다.

그래서 드디어 '장미화랑'이라는 특이한 갤러리가 탄생하게 됐던 것이다.

건물을 개조하는 데 있어 로라가 제일 신경을 쓴 것은 손님 접대용 '클럽'이었다. 술이건 음식이건 모든 걸 최고급으로 무료 제공하기로 한 만큼, 실내의 인테리어도 아주 고급스럽고 호화롭게 하여 찾아오는 사람들을 만족시켜 주자는 것이었다.

그래서 서울에 있는 특급호텔의 바(Bar)나 '딜럭스 룸' 못지않게 우아하면서도 사치스러운 가구·의자·조명 등이 마련되었다. 스탠드만으로 된 간접조명이 부드러운 갈색 톤으로 꾸며진 클럽 내부를 편안하고도 엑조틱한 분위기로 이끌어갔다. 푹신한 소파와 의자들 그리고 두꺼운 양탄자가 깔린 바닥이나 고풍스런 가구 같은 것들이 흡사 19세기 영국 소설에 나오는 귀족들의 사교클럽을 연상시켰다.

클럽 한편에는 길다란 스탠드를 만들어 바(Bar)로 만들었고, 바의 찬장에는 갖가지 고급 양주들이 차곡차곡 들어차 있었다. 간단한 안주는 되지만 음식까지 조리하는 것은 너무 힘들다는 생각이 들어서, 맞은편에 있는 하얏트호텔 양식부에서 그때그때 배달을 해주기로 하는 약정을 호텔측과 맺었다. 그리고 클럽에서 서비스를 담당하는 웨이터나 웨이트리스도, 최고의 보수를 주어 특급호텔 수준의 잘생기고 예의 바른 사람들로 확보하였다.

나는 돈 없이 살아가는 처지이면서도, 서양 영화나 소설을 볼 때마다 거기에 등장하는 고급 사교클럽의 분위기를 늘 동경해 왔었다. 그리고 여러 사람이 모였다 하면 무조건 '가라오케 집'으로 직행하는 우리나라의 사교문화를 아주 못마땅하게 여기고 있었다. 가라오케 집보다는 춤을 출 수 있는 나이트클럽이나 록카페가 훨씬 더 낫긴 했지만, 그런 장소는 또 너무 시끄러워 대화를 나눌 수 없다는 게 흠이었다. 그래서 잔잔한 음악이 깔리는 가운데서 자유스럽게 대화를 나눌 수 있고, 가끔 '멜로 재즈' 곡 같은 부드러운 음률에 맞춰 춤도 출 수 있는 공간을 염원해 왔던 것인데, 로라가 바로 그런 공간을 마련한 것이었다.

지 주간은 가라오케 설비를 해놓아야 화랑을 찾아오는 사람들이 신나게 즐길 수 있을 거라고 주장했지만 나는 단연코 반대했고, 로라 역시 나의 주장에 찬동해 주었다.

나는 그러는 로라가 어찌나 대견스럽게 보였는지 몰랐다. 부호의 아내가 되어 있어서 그런지, 그녀는 진짜 야한 것과 속물스러운 것을 구별하는 법을 알고 있는 것 같았다. 내가 생각하기로는 진짜로 야한 것은 '속물스러움'이 아니라 오히려 '고상함'에 연결돼 있는 것이기 때문이었다.

클럽 다음으로 신경을 쓴 것은 역시 전시 공간이었다. 전시 공간 역시 부드럽고 은은한 분위기가 넘쳐나도록 꾸며졌고, 고급스런 자재로 천장과 벽과 바닥이 만들어졌다. '돈'의 힘은 역시 위대하였다.

그러고 나서 로라는 상설 전시나 높은 수익을 올릴 수 있는 수시 판매를 위해 대가급 화가들의 작품을 사들였다. 'IMF' 이후 그림값이 많이 떨어져 있어서, 돈만 있으면 작고(作故) 작가의 희귀한 그림까지도 얼마든지 매입이 가능했다. 그래서 이중섭·박수근·김환기 등 최고가로 가격이 매겨지는 작가의 작품들을 많이 사들일 수 있었고, 원로 생존 작가들의 작품 역시 싼값에 대량 구입할 수가 있었다.

지 주간은 외국 작가의 그림도 사들이자고 주장했지만 내가 반대했다. 우리나라 사람들이 일반적으로 좋아하는 외국작가란 고흐·마네·세잔 같은 19세기 작가나 피카소·달리·샤갈 같은 20세기 작가들뿐인데, 그들의 작품은 지나치게 비싸 현실성이 없었다. 또 살아 있는 외국 유명 작가의 경우는 국내 일반인들에게 거의 알려져 있지가 않아 판매가 잘 안 이루어질 게 분명했다. 그래서 외국 작가의 작품 매입은 차차 추이를 봐가면서 하기로 결론이 내려졌다.

화랑의 개축과 인테리어 설비와 작품 매입이 끝난 후, 로라는 개관 기념 전시회를 계획했다. 전시회 오프닝 파티가 곧 '장미화랑' 개관 파티를 겸하는 셈이 되어서, 로라는 지 주간에게 부탁하여 대대적인 홍보를 하게 했다. 전에 '나우 갤러리'를 열 때는 로라가 아주 적극적으로 나서지는 않았고 또 화랑 규모도 비교적 작아서, 대대적인 홍보가 이루어지지 못했었다.

그런데 이번엔 로라가 통이 크게 나오고 화랑의 규모와 형태가 크고 특이했기 때문에, 지 주간은 아주 열심히 그리고 신나게 홍보를 했다. 로라가 미스코리아 출신인 데다가 외국 갑부의 아내라는 점이 화랑의 개관 홍보에 중요한 역할을 한 건 물론이었다. 돈 많은 미술품 컬렉터들과 정치인들 그리고 매스컴 관계자들과 주요 예술인들한테 초청장이 발송되었고, 각 신문에도 박스로 된 기사가 나갔다.

개관식 때는 손님 접대용 클럽에서뿐만 아니라 넓은 뜰에서 호화스런 파티가 열리도록 되어 있었는데, 나는 개관식 내용보다도 그때 로라가 과연 어떤 차림새를 하고 등장할까 하는 문제에 더 관심이 갔다. 그리고 개관식 때 참석하기로 되어 있는 로라의 남편한테도 관심이 가지 않을 수 없었다.

내가 생각하기에 우리나라 상류층의 속물스런 '고상(高尙)' 취향과 '근엄주의'에 비위 맞추려면, 로라가 평소에 하고 다니는 그로테스크하게 야한 차림새를 하고 나와서는 안 될 것 같았다. 하지만 나는 그녀의 '영리함'을 시험해 볼 겸해서, 아무런 조언도 하지 않고 그냥 가만있기로 했다.

드디어 개관식 날이 왔다. 나는 은근히 가슴을 두근거리며 장미화랑으로 갔다. 뜰에는 축하객들이 생각보다 많이 몰려와 있었다. 우선 나는 로라의 남편부터 봤는데, 정말 전형적으로 잘생긴 중국 남자였다. 그 남자 옆에는 한껏 고상한 감청색 정장 차림을 한 로라가 서 있었다. 금빛 머리가 소라고둥 모양으로 우아하게 틀어 올려져 있어, 흰빛 매니큐어가 칠해진 긴 손톱이 오히려 품위 있는 하모니를 이루어주고 있었다.

나는 로라의 '영리함'에 새삼 감탄할 수밖에 없었다. 그리고 그녀의 우아한 정장 차림에서 미묘하고도 마조히스틱한 관능적 흥분을 느꼈다. 그래서 나는 그날 밤 「이루어질 수 없는 사랑」이라는 제목의 시를 단숨에 쓰게 됐는데, 우선 그 시부터 소개해 보면 이렇다.

짙은 빛깔의 정장 차림을 한 여자는 나를 미치게 한다.
타이트스커트(길이는 미디 정도)와 새까만 펌프스 하이힐
재킷은 감청색이나 검정색
그 안에 받쳐 입은 블라우스는 흰빛
손톱에는 흰색 매니큐어
(손톱의 길이는 길수록 좋다. 정장 차림의 차가운 느낌, 정숙한 느낌과 함께 뾰족한 하이힐과 잘 다듬어진 긴 손톱은 오히려 그녀의 외모를 세련된 정숙함으로 이끈다. 그래서 더 야하다.)

귓불에는 포도송이처럼 늘어진 진주 귀걸이
목에는 정교한 세공의 상아 목걸이
헤어스타일은 18세기 프랑스의 귀족 부인같이 높이 올린 머리

마치 유니폼처럼 차분하고 단아한 그녀의 차림새가 그녀를 사디스틱하게 보이게 한다(대체로 '품위 있는 옷차림'은 사디스틱하다).

다채로운 색깔의 화려한 옷, 발랄한 장신구, 길게 늘어뜨린 파마머리도 좋지만 그렇게 차린 여자는 마조히스트로 보여 나의 공격욕을 수그러들게 한다.
그러나 점잖은 빛깔의 사디스틱한 옷차림은 나를 흥분시켜
그녀를 사랑하고 싶게 하고 공격하고 싶게 한다.

세련된 정장 차림의 여자가
지극히 야한 화장, 그로테스크한 입체 화장을 하고 있을 때 나는 미친다. 품위 있는 옷차림과 현란한 화장이 묘한 대조를 이루어

그녀의 영리한 이중성이 '낮에는 숙녀 밤에는 요부'로의 변신을
자유자재로 가능하게 할 것 같아
그 여자를 진짜 야한 여자로 보이게 한다
(진짜로 야해지려면 역시 머리가 좋아야 해!)

대체로 '귀티 나는 여자'들이란 얼마나 섹시한지 몰라
내가 돈이 없어 그렇지 돈만 많다면 비싼 것, 우아한 것, 클래식한 것들로
그녀의 몸을 휘감아주고
나는 그것들을 짝짝 찢어발기며 나의 사디즘, 나의 공격욕을 에로틱하게 충족시키고 싶어
아니면 귀부인의 정부(情夫)로서, 그녀의 손톱 화장사로서,
그녀의 코디네이터로서, 그녀의 전속 디자이너로서,
그녀의 하인으로서, 그녀의 자동차 기사로서,
내 은밀한 사디즘을 즐기고 싶어
낮에 남들이 볼 때는 내가 그녀의 노예로 보이게 하고
밤이 되면 그녀의 정숙한 옷들을 갈가리 찢으며
그녀의 품위 있는 사디즘보다 더 야한 나의 사디즘으로
그녀의 오르가슴 속에 뛰어들고 싶어

아아아, 이루어질 수 없는 사랑!

손님들이 어수선하게 엉켜 있는 가운데서, 로라는 나를 일부러 찾아 내어 남편한테 인사를 시켰다.
"여보, 제 남편이에요. 어때요, 이만하면 잘생겼죠?"
나보고 '여보'라고 불러주어 나는 상당히 감격했다. 예전에 로라가 브

라질에서 엽서를 보내왔을 때 '여보'라는 호칭을 쓴 후 처음 들어보는 '여보'라는 말이었다. 그런데 그 다음에 나온 말이 내 비위를 약간 건드렸다. 남편의 외모 자랑을 하고 있었기 때문이었다. 하지만 로라 남편이 잘생긴 것만은 틀림없는 사실이었다. 나는 좋은 외모와 부(富)를 함께 갖춘 그 남자에게 '질투'와 '선망'의 감정을 느낄 수밖에 없었다.

로라의 남편은 아주 예의 바른 태도로 나와 악수했다. 그리고 유창한 영어로,

"집사람한테서 말씀 많이 들었습니다. 제 처를 잘 보살펴주셔서 고맙습니다."

하고 말했다 나는 어색한 영어로 그에게 적당히 대답해 주었다.

지 주간도 로라의 남편과 인사했는데, 로라는 지 주간에게 '여보'라는 호칭을 쓰지 않고 계속 '지 주간님'이라고 불렀다. 그래서 나는 내심 기분이 좋았는데, 얼마 있다가 로라가 홍샘을 보고 '여보'라고 부르는 것을 보고 순간적으로 얼이 빠져나가는 것 같은 느낌이 들었다. 하지만 조금 시간을 두고서 생각해 보니, 그녀의 귀염성스럽고 스스럼없는 말투 자체가 큰 매력으로 느껴지는 것이었다.

파티에 온 손님들은 대강 세 패로 나뉘어져 있었다. 이길로나 나 그리고 한그루같이 돈이 별로 없는 예술인들과 돈을 잘 버는 일류화가들, 그리고 돈 많고 할 일 없는 부유층 사람들이 그것이었다. 그 중간에 김주리같이 돈이 꽤 있는 집안에서 태어난 젊은 예술인들과 매스컴 종사자들, 그리고 지 주간이나 유명 화랑 주인들같이 화단에서 그래도 힘깨나 쓰는 사람들이 위치하고 있었다. 문화와 예술을 사랑하며 아낀다고 자기 선전을 해대는 정치인들도 몇 명 보였는데 그들 역시 중간 부류에 넣을 수 있을 것이다.

주리는 밀라노에 가서 입상을 못하고 왔다. 아무래도 모델과 궁합이 맞지 않았던 게 원인인 것 같았다. 그래서 한동안 얼굴을 안 보이고 집에

틀어박혀 있더니, 오늘은 기분 전환을 하려고 작심했는지 아주 화려한 옷을 입고 파티에 참석하고 있었다. 로라와 지 주간이 작고한 대가급 작가들의 작품을 전시하는 개관 기념전이 끝난 후, 주리를 위해 퍼포먼스 형태의 기획전을 열어주겠다고 약속해 놓은 상태라서 그런지 그녀는 꽤 기분이 좋아 보였다.

차려놓은 음식도 최고급이고 술도 최고급이어서 사람들은 모두 유쾌한 얼굴빛을 하고 있었다. 마당 한켠에서는 클래식 실내악단이 <왜(Because)>나 <메모리(Memory)> 같은 귀에 익은 대중적 명곡들을 연주하고 있었다. 미술평론을 하는 나로서는 전시회나 화랑의 오프닝 파티에 참석해 볼 기회가 많았다. 하지만 이처럼 통 크고 세련된 분위기의 파티는 처음이었다. 그리고 그런 분위기의 핵심에 로라가 있었다. 장미화랑은 꽤나 잘 굴러갈 것이 분명했다.

2

한그루는 파티가 시작할 때부터 로라를 멍하니 응시하고 있었다. 그가 로라를 이번에 처음 본다는 것 자체가 참 이상한 경우라는 생각이 들었다. 두 사람은 나와 늘 만나는 사이인데도 불구하고, 신기하게도 로라와 한그루가 대면할 기회가 생기지 않았던 것이다.

한그루는 이제 조나리를 거의 단념하고 있는 듯싶었다. 내가 나리와 만나 한그루의 마음을 전하고 나서 다시 나리의 마음을 한그루에게 대충 전한 후, 한그루는 나리에게 애걸하다시피 하며 한번 만났던 것 같았다. 그리고 나서 나리에 대한 '희망'을 어느 정도 멈출 수 있게 된 모양이었다.

한그루는 장미화랑 개관 파티에 참석하는 것을 내내 시큰둥해 했었다. 그런 걸 내가 억지로 끌어내다시피 하여 데리고 온 것이었다.

그러던 그가 로라를 보자마자 마치 추위에 얼어붙어 동사한 사람처럼 꼼짝도 안 하고 로라를 응시하고 있는 것이 나는 속으로 약간 우스웠다.

"로라 씨에 대해서 자넨 어느 정도 알고 있나?"

한그루가 문득 내게 물었다.

"글세……. 많이 알고 있다면 많이 알고 있다고 할 수 있고, 전혀 모르고 있다면 또 전혀 모르고 있다고도 할 수 있지. 그런데 그건 왜 묻나?"

하고 내가 한그루에게 되물었다.

"전에 자네가 내게 얘기했던 것과는 느낌이 전혀 달라서 말야."

"어떻게 다른데?"

"야한 여자가 아니라 굉장히 품위가 있는 여자야."

'품위가 있는 여자'라는 말에 나는 내심 후하하 웃었다. '요조숙녀'만을 밝히는 그가 로라를 품위 있는 여자라고 칭찬한다는 것은 정말 뜻밖의 평가요, 황당한 칭찬이기 때문이었다. '로라가 정장차림을 했기 때문일까?' 하고 나는 속으로 생각했다. 하지만 정장차림이라고 해도 손톱은 여전히 길고 화장 또한 여전히 짙었다.

"자넨 화장 많이 한 여자를 싫어하지 않나? 그리고 몸이 헤픈 여자도 싫어하고."

내가 이렇게 말하자 한그루는 심각한 표정으로 이렇게 대답했다.

"짙은 화장 속에 숨겨진 우아한 우수(憂愁)가 있어. 그리고 저 여자는 아주 순수한 여자 같아. …… 정신적 순결을 간직하고 있는 여자야."

"정신적 순결? 자네 입에서 그런 괴상한 소리가 나오니 나도 적이 당황스럽군."

"아무튼 교양 있는 여자야. 그리고 매력적인 여자고. 그 매력을 뭐라고 표현해야 할지 모르겠군."

"나도 모르겠는데……. 아마 '섹시함'이겠지."

"'섹시함'이라구? 그건 천부당만부당한 소리야. 저 여자의 매력은 '섹시함'이 아니라 '순진함'에 있어."

'순진함'까지는 맞는 말이었다. 하지만 로라를 '교양 있는 여자'로까지 표현하는 것은 좀 우스웠다. 로라가 교양 없는 여자라는 것은 아니다. 다만 한그루의 '여자 보는 눈'의 변화가 너무나 변덕스럽고 어이없게 느껴졌다는 얘기다.

"무척이나 저 여자를 좋아하게 된 것 같군."

하고 내가 한그루에게 말했다.

"좋아하게 됐어. 사랑이라도 할 수 있을 것 같아."

한그루가 처량한 음색으로 말했다.

"조나리 씨는 어쩌고?"

"그 여자는 로라 씨에 비하면 속물이야."

속물이라고? 나는 속으로 다시 한 번 웃었다. 나리가 로라에 비해 훨씬 못생겼다고 표현한다면 또 몰라도, 갑자기 '속물'이란 단어까지 동원한다는 것은 해도 너무한다는 생각이 들었기 때문이었다. 나는 한그루가 어쩌면 '변절형' 지식인일지도 모른다는 생각이 들었다. 하긴 한국의 지식인들은 거의 다 '변절형'이지만 말이다.

한국의 지식인들은 대개는 다 '요절'하지 않으면 '변절'한다. 아니, '변절'까지는 안 가도 카멜레온처럼 '변신'하기를 잘한다. 내가 보기에 한그루는 정치적 신념이나 친구와의 의리 따위에 대해, 사세(事勢)에 따라 순간적으로 철판 깔고 변절하는 그런 속물 지식인은 절대로 아니었다. 다만 '여자 보는 눈'이나 '여자를 사랑하는 일'에 있어서만은 매우 변덕이 심한 성격이란 것을 나는 예전부터 짐작해 알고 있었다.

하지만 여성의 '청순미'와 '순결'을 그토록 따지는 그가, 금세 로라에

게 반해버린 것은 역시 좀 의외였다. 나는 그에게 그렇게 된 까닭을 좀 더 캐물어보았다. 그랬더니 그는,

"사실은 나리를 마지막으로 한번 만나보고 나서부터 생각이 달라졌다네. …… 그날 나리는 화장을 짙게 했더군. 화장 안 한 얼굴만 보다가 어설프게 화장을 많이 한 얼굴을 보니 그만 정나미가 떨어지더군. 왜냐하면 그녀가 오히려 더 못생겨 보였기 때문이야. …… 그런데 로라 씬 화장을 아주 세련되게 한 데다가 옷도 아주 고급스럽고 품위 있게 입고 있어 나리와 너무 비교가 되지 않겠나? 오늘 여기 오길 잘했어. 희미하게나마 나리에 대해 남아 있던 미련이 완전히 싹 가셔버리게 됐기 때문이지."

내가 보기에 화장을 하고 안 하고의 문제나 화장을 잘하고 못하고의 문제는 겉으로 내세우는 핑계였다. 문제의 핵심은 로라가 나리보다 비교가 안 될 정도로 예쁜 얼굴을 가졌다는 사실에 있었다.

사랑의 핵심은 언제나 '유미적(唯美的) 경탄'에 있다. 아무리 '제 눈에 안경'이라고는 하지만, 먼저 만나던 여성(또는 남성)보다 객관적으로 볼 때 훨씬 아름답게 생긴 여성을 만나게 되면, 과거의 사랑은 그 '사랑의 기간'이 아무리 오래됐다 하더라도(또, 그래서 정이 쌓일 대로 쌓였다 하더라도) 금세 눈 녹듯 사라져버리고 만다. 이것이 바로 모든 '사랑'을 결국 허망한 '신기루 좇기'로 만들어버리는 원인이다.

한그루는 내게 부탁해 로라와 인사를 시켜달라고 했다. 하지만 로라는 너무나 많은 사람들을 상대해야 하는지라, 그녀의 인사는 아무래도 형식적일 수밖에 없었다. 그런데도 한그루는 로라와 악수할 때 얼렐레 황홀한 표정을 짓고 있었다. 나는 그가 혹시 또 '조나리'에게 바쳤던 것 같은 '상사병'의 나락 속으로 빠져버리는 게 아닌가 하여 내심 걱정이 되었다.

그래서 나는 한그루에게 로라의 실체에 대해서 내가 아는 대로 말해 줘야겠다는 생각이 들어 그에게 말했다.

"저 여잔 바람둥이야. 그건 알고 있지?"
그러고 나서 이렇게 덧붙였다.
"그리고 유부녀고."
그러자 한그루는 진지한 표정으로 내게 이렇게 물었다.
"하지만 남편과 별거하고 있다면서?"
"아주 사이가 틀어져서 별거하고 있는 건 아니지. 보게, 저렇게 남편이 와 있지 않나? 게다가 엄청난 돈으로 아내를 뒤에서 밀어주고 있고 말야."
"난 어쩐지 그녀가 남편하고 결국은 이혼하게 될 것 같은 생각이 드네."
나는 한그루가 또 터무니없는 꿈을 꾸고 있는 것 같은 생각이 들어 속으로 빙긋 웃음이 나왔다. 그는 확실히 순진하고 어리석은 '희망 사항'에 목숨을 걸고 덤벼드는 '애처로운 이상주의자'였다. 그는 언젠가 내게, 자기가 죽기 전에 꼭 노벨문학상을 타 보일 거라고 장담까지 한 적도 있었다.
"그건 왜?"
하고 내가 짐짓 진지한 표정을 지어가며 한그루에게 물었다.
"모르겠어. 그저 그렇게 될 것 같은 예감이 들었다는 것뿐이야. 자넨 어떻게 생각하나?"
"나는 잘 모르겠네. 하지만 자네 말대로 이혼을 하게 될지도 모른다는 생각이 들기도 해. 원래 이혼을 결심했다가 남편의 간청으로 별거를 시작하게 됐으니까. 그래서 이렇게 한국으로 오게 된 거고."
나는 은근히 한그루의 말에 맞장구를 쳐주었다.
"저 인도네시아 갑부하고는 언제 결혼했지?"
"한 4년쯤 전에."
"그 정도 살고 이혼을 하게 되면 저 여자한테 위자료가 얼마나 떨어질까?"

아이쿠, 이 친구가 별난 공상까지 하고 있구나, 하고 나는 생각했다. 정말 도저히 못 말리는 친구라는 생각이 들었다. 순진한 척하는 '희망 사항' 가운데 미묘한 계산이 깔려 있는 게 분명했다.

"인도네시아 이혼법이 어떻게 돼 있는지 나는 잘 모르지. 거긴 여권(女權)이 아직 열악한 나라니까 생각보다는 위자료가 적을 것 같은 생각은 드네만……."

나는 한그루가 혹시라도 터무니없는 희망에 목을 걸게 될까 봐 확인 안 된 사실을 갖고서 일부러 이렇게 대답해 주었다.

"…… 내 생각에 저 여자가 사랑하지 않는 남자와 결혼 생활을 내내 계속할 것 같진 않은데."

한그루가 여전히 몽롱한 눈빛으로 말했다.

"설사 남편을 사랑하고 있진 않을지 몰라도, 남편의 재력으로 인해 자기가 누리고 있는 사치에 대해서는 퍽 만족하고 있는 눈치야, 저번에 남편과 함께 미국에 있는 호화판 별장에 가서 놀다가 내게 보내온 편지를 보니 그렇게 써 있었어."

"저 여자의 얼굴에 깃들여 있는 품위 있는 순진성으로 봐서 그녀가 돈에 녹아날 여자 같지는 않아."

돌연히 멍청한 짝사랑에 빠져들어 버린 한그루가 한 말이었다.

"글쎄……. 요즘 같은 자본주의 시대에, 아니 시쳇말로 '신자유주의 시대'에 돈 싫다고 하는 여자가 있을까? …… 내가 지금 결혼을 안 하고 있는 건 독신주의 비슷한 어설픈 신념 때문이기도 하지만, 사실은 여자를 실컷 호강시켜 줄 자신이 없어서이기도 해. 여자는 사치를 좋아하는 동물이니까. 자넨 전에 이혼이 성사되고 조나리 씨와 결혼을 할 수 있게 됐었다고 하면, 그 여자를 호강시켜 줄 자신이 서 있었나?"

"왜 남자가 꼭 여자를 호강시켜 줘야 하나? 여자가 돈을 벌어 남자를 호강시켜 줄 수도 있는 거 아냐? 게다가 요즘은 가부장주의 시대가 아니라 남녀평등 시대란 말야. 남녀평등 시대란 건 남녀가 책임을 반분(半分)한다는 의미도 되지. …… 게다가 우리는 그래도 명색이 시인이나 작가 아닌가? 과거의 예술가들은 언제나 뒤에 여자 패트런(경제적 후원자)이 있었네. 왜 장 자크 루소를 보게. 그 친구는 언제나 유부녀 귀부인들의 치마폭에 싸여 사랑을 받으면서, 별 노동 안 하고 글만 쓸 수 있었어."

한그루가 작가로서의 자부심을 갖고 있다는 사실이 내심 부럽기도 하고 대견스러워 보이기도 했다. 하지만 시대는 이제 예술인들을 홀대해 가는 중에 있었다. 우선 예술인들의 숫자가 옛날에 비해 너무 많다는 게 문제였다. 명색이 시인 작가 화가라고 하는 이들이 합쳐서 만 명이 훨씬 넘는 현실에서, 한그루가 말하는 것처럼 예술가를 특별히 숭경(崇敬)하고 우대해 주는 사회를 꿈꾼다는 것은 천진스런 착각에 불과했다.

"…… 아무튼 로라는 바람둥이야. 그것만은 확실히 알아두게."

나는 한그루의 복합적인 희망에 아무래도 미리 제동을 걸어두는 것이 낫겠다 싶어 아까 한 말을 다시 한 번 했다.

"왜, 자네가 그 여자를 더 적극적으로 꼬일려고 그러나?"

한그루가 문득 정색을 하며 내게 말했다.

"자네 그게 무슨 소리야?"

"자꾸 오로라 씨를 깎아내리고 있으니 하는 말일세."

"사실을 있는 그대로 말해 줬을 뿐인데 왜 그러나?"

"어쩐지 오로라 씨를 모욕하는 말처럼 들려서 하는 얘기야."

"저 여자를 모욕하는 뜻으로 한 말은 아니었어. 제발 확대 해석하지 말게."

"아무튼 듣기 싫어. 오로라 씨는 순결하고 순진무구한 여자야."

한그루는 갑자기 얼굴이 파랗게 질려가지고 내 곁을 떠났다. 나는 그의 돌발적이고 신경질적인 반응에 멍한 기분이 되었다.

아무튼 사람들은 다 제 잘난 맛에 사는 것이고 착각은 자유다, 하고 나는 마음속으로 생각하며 로라 곁으로 다가가는 한그루를 물끄러미 바라다보았다.

파티가 점점 더 무르익어가고 있었다. 손님 접대용 응접실은 오늘 댄스파티장으로 꾸며져 있었으므로, 뜰에서 잡담을 나누고 있던 손님들 중에는 넓은 응접실로 들어가 춤을 추고 있는 이들이 많았다. 나도 문득 로라와 춤을 추고 싶어졌다.

그런데 홀 안에 들어가 보니, 로라는 여러 남자들의 춤 상대를 하기에 바빠 내 차례가 쉽게 돌아오지 않았다.

나는 그녀가 즐겁게 춤을 추고 있는 광경을 물끄러미 지켜보았다. 한 마리의 '여왕벌' 같다는 생각이 들었다. 많은 숫자의 '일벌'들이 그녀 주위에 모여들어 있었다. 일벌들은 실제로는 암컷이지만, 여기 모인 일벌들은 수컷들처럼 보였다. 아니, '일벌'들이 아니라 아예 '수펄'들이라고 표현하는 게 더 맞을지도 모른다.

나는 로라를 보며 21세기 이후의 성(性)을 주도하는 것은 아무래도 여성일 거라는 생각이 들었다. 이른바 '후천개벽(後天開闢)'이란, 말하자면 '양(陽)' 위주의 성 패턴이 '음(陰)' 위주의 성 패턴으로 바뀌게 되는 것을 말하는 것은 아닐까?

벌써부터 '환경 호르몬'이니 뭐니 해가며 남성들 정자 숫자가 과거에 비해 2분의 1 정도로 감소해 가고 있다는 얘기가 화제가 되고 있다. 그러나 내 생각으로는, 꼭 환경 호르몬 때문이 아니라 점점 더 가속도가 붙어가는 '여권신장'의 추세와 '남권(男權) 전락'의 추세가 남자들의 성을 움츠러들게 만들고 있다는 생각이 든다.

남자는 원래 '평생 어린애'인 '마마보이'일 수밖에 없는 데다가, 아직까지는 사회적으로 '병역의 의무'나 '가족부양의 의무' 등 무거운 짐을

지고 있다.

 말하자면 여성에 비해 과도한 '노역'에 시달리고 있는 것이다. 그러니 남자들이 여자들을 은근히 부러워하며 여자들한테 맥을 못 쓸 수밖에 없다.

 나는 잘됐다는 화제의 대작 영화 <타이타닉>을 보고 나서도 은근히 화가 났었다. 왜 여자 주인공만 살아남고 남자 주인공은 죽어가야 한단 말인가. 배가 난파당했을 때 여자들만 먼저 보트에 태워 구조하는 것만 봐도, 남녀는 예전부터 너무나 불평등했다. 그러니 남자의 평균 수명이 여자보다 훨씬 짧을 수밖에 없고, 성(性)에 대한 '힘의 부담'에 있어서도 남자 쪽이 한결 억울하고 불리한 처지에 있을 수밖에 없는 것이다.

 예전엔 그래도 여자 쪽이 '임신'과 '육아'의 부담을 지고 있어 남녀가 어느 정도 의무를 공평하게 지고 있었다. 그렇지만 1960년대 이후 '여성용 피임약'이 나오고부터는, 여자는 얼마든지 능동적으로 임신을 피해 나갈 수 있게 되었다. 다시 말해서 '생식을 위한 성'이 아니라 '쾌락을 위한 성'만을 즐길 수 있게 된 것이다.

 그러니 정력이 약한 남자들 중엔 점점 더 '여성처럼 되고자 하는 사람'이 늘어날 수밖에 없고, 그 결과로 나타나는 것이 바로 'T·V(여장남성, 남성 크로스드레서(cross-dresser))'의 증가라고 할 수 있다. 나는 문득 채나의 잘 빠진 여성미(女性美)를 상기해 보면서, 그녀가 '장미화랑'의 손님 접대용 클럽에서 웨이트리스로 일하면 그녀의 정체를 아무도 몰라볼 것 같다는 생각이 들었다.

 멀리서 지켜보니 한그루가 로라에게 춤을 청하고 있었다. 다행히 로라가 피곤한 중에도 춤추기를 승낙하여, 두 사람은 춤을 그런 대로 자연스럽게 추었다. 내가 보기에 한그루는 약간 떨고 있었다. 그러는 그의 순진성이 나로 하여금 그의 '변덕'과 '신경질'을 관용하게 만들었다.

3

 개관 기념 파티가 끝난 후, 로라는 꽤 만족한 표정을 지었다. 어중이떠중이 가난한 예술인들이 모여든 중에서도, 제법 굵직굵직한 인물들이 상당수 끼여 있었기 때문이었다. 화랑으로 돈을 왕창 벌어보려는 목적이 있는 것은 아니었지만, 그래도 최소한 본전치기 장사는 돼야 한다는 것을 로라는 알고 있었다.
 그녀의 남편도 그 정도는 되는 경영을 원하고 있는 것 같았다. 그리고 자기의 아내가 한국 안에서 외모로나 사회적 위치 면에서나 아주 유명하고 매력적인 여성이 되는 것을 바라고 있었다. 내가 보기에 그 남자는 외조를 통해 아내를 사회적으로 출세시켜 놓고서 흐뭇해하는, 우리나라의 요즘 보통 남자들의 심리를 벗어나 있지 않았다.
 말하자면 아내를 혼자서 데리고 즐기기보다는, 남들 앞에 노출시켜 자랑하고 싶어하는 심리라고 할 수 있다. 이것 역시 '여권신장'이나 '남권 전략'과 관련이 있는 현상으로서, 예전처럼 아내를 집 안에다 가둬놔야만 직성이 풀리던 가부장 의식과는 현격한 차이를 보여주고 있는 것이다.

 장미화랑 개관 초기에는 미술 관람객들이나 1층 클럽으로 찾아오는 (우리는 그 클럽의 명칭 역시 '장미클럽'으로 붙여놓고 있었다) 사람들 숫자가 많지 않았다. 역시 인사동 화랑가나 청담동 화랑가가 아닌 장소라서 그런 것 같았다. 특히 1층 '장미클럽'이 문제였다. 돈많은 미술품 컬렉터들이 많이 찾아줘야 장사가 될 터인데. 나나 이길로·한그루·김주리 같은 돈 없는 예술인들이나 매스컴의 미술 관계자들만 찾아줬기 때문이었다. 그런데도 로라는 눈 하나 깜짝 않고 술이나 음식 등 모든 것을, 처음 약속했던 대로 무조건 공짜로 제공해 주었다.

어쨌든 나는 장미클럽으로 저녁마다 찾아가는 것이 재미있었다. 차츰 미술인들뿐만 아니라 시인이나 작가들 그리고 음악인들까지 찾아와 장미클럽은 은근히 명소가 되어가고 있었다. 물론 돈이 없는 예술인들이 대부분이었는데, 그래서 더욱 구수한 정취가 풍겨 나왔다. 마치 1950년대에서 1960년대까지 존속했던 서울 명동의 예술인 다방이나 주점의 분위기를 연상시켰다.

예술이란 사실 어느 정도 허무주의적인 퇴폐와 절망 속에서 빛을 발하는 것이다. 1950년대의 예술인들은 전후(戰後)에만 맛볼 수 있는 허무의식과 퇴폐적 낭만을 '가난' 대신에 선물 받을 수 있었다. 그래서 공초(空超) 오상순 시인이 매일같이 나와 줄담배를 피우며 죽쳤다는 '청동다방'이나 31살에 요절한 박인환 시인과 낭만파 소설가 이봉구 그리고 낭만파 성악가 임만섭 등이 매일같이 죽치며 담배 연기를 뿜어댔다는 '동방살롱' 같은 곳이 지금까지도 전설처럼 전해내려 오고 있다.

그리고 대학생 시절의 전혜린이 자주 드나들었다는 클래식 음악다방 '돌체'나 막걸리집 '은성' 같은 곳 역시, 요즘은 도저히 꿈꿀 수 없는 구수하고 인정 어린 낭만의 장소였던 것이다.

나는 특히 박인환이 작사하고 이진섭이 작곡한 <세월이 가면>이란 샹송풍의 노래를 좋아한다. 그래서 혹시 노래방 같은 곳엘 가게 되면 내 단골 노래는 언제나 <세월이 가면>이 된다.

이봉구가 쓴 『명동 20년』이란 책을 보면, 박인환·이진섭·임만섭 세 사람이 당시 유행했던 '국산 위스키 시음장'에서 한창 술을 마시고 있다가 술김에 시흥(詩興)이 오른 박인환이 즉석에서 쓴 시가 바로 <세월이 가면>이라고 되어 있다. 그리고 그 시를 가지고 이진섭이 즉석에서 작곡을 하고 다시 임만섭이 즉석에서 노래를 불렀다는 것이다. 정말로 낭만적 향수를 느끼게 하는 정취 어린 풍경이 아닐 수 없다.

지금 그 사람 이름은 잊었지만
그 눈동자 입술은 내 가슴에 있네
바람이 불고 비가 올 때면
나는 저 유리창 밖
가로등 그늘의 밤을
잊지 못하지
사랑은 가도
옛날은 남는 것……

으로 이어지는 <세월이 가면>은 비록 통속적 센티멘털리즘이 시의 바탕을 이루고 있다고는 해도, 박인환의 다른 난해한 모더니즘 시들보다 훨씬 빼어난 절창(絶唱)이 아닐 수 없다. 그들이 마셨다는 국산 위스키는 아마도 '도라지 위스키'였을 것이다. 나도 어렸을 때 도라지 위스키 병을 본 적이 있다.

몇 해 전 가수 최백호가 오랜만에 재기하여 <낭만에 대하여>라는 탱고풍의 회고조(調) 노래로 히트를 쳤을 때, 대다수의 젊은 사람들은 그 노래에 나오는 '도라지 위스키'가 무슨 뜻인가 하고 궁금해 했었다. 그리고는 그것을 '도라지'를 원료로 만든 위스키라고 단정해 버리곤 하는 것이었다.

나는 이따금 그런 얘기를 들을 때마다 속으로 웃을 수밖에 없었는데, '도라지 위스키'는 단지 상표 이름일 뿐 도라지를 원료로 만든 술은 아니기 때문이다.

'장미화랑'이나 '장미클럽'에 내가 더 정을 붙이게 된 이유는, 물론 로라가 거기 있다는 게 가장 큰 이유겠지만, 나로 하여금 옛 시절에의 추억을 상기시켜 주는 곳이라는 점 때문이었다.

물론 그곳에 모이는 사람들이 만들어내는 분위기가 전후 명동 시절의 예술인들이 만들어낸 분위기와 일치하는 것 같다는 것이 첫 번째 이유로 작용했다. 그러나 1970년대 후반에 대학 시절을 보낸 나로서는 『명동 20년』이나 전혜린의 수필집 같은 책에 나오는 그때의 분위기를 상상으로나 그려볼 수 있을 뿐 직접 목격해 볼 수 있었던 것은 아니었다.

그보다도 나는 장미화랑이 위치하고 있는 '남산'이란 장소에 더 큰 애착과 향수를 느꼈다. 내가 대학 시절에 데이트 장소나 산책 장소로 가장 애용했던 곳이 바로 남산이었기 때문이었다.

물론 그때도 명동은 젊은 예술가 지망생들의 집합소였다. 생음악을 연주하는 카페나 생맥주집·막걸리집 같은 곳이 많았고, 지금 같은 상가 중심의 삭막한 거리가 아니었다. 그리고 '명동 예술극장'이 있어 예술인들의 상징적 메카 구실을 했다.

그런데 명동은 바로 남산 아래 기슭에 위치하고 있어서, 거기서 술을 마시다 보면 자연히 가까이 붙어 있는 남산으로 발길을 옮기게 되는 일이 잦았다.

특히 대학생 때는 데이트 자금이 많지 않아 처음부터 남산에 가서 시간을 보내는 일이 많았다. 소주 한 병에 번데기 한 봉지만 있으면 됐기 때문이었다. 물론 날씨가 아주 추울 때는 불가능했지만 말이다.

서울예술대학 위에 있는 남산 약수터까지만 올라가도, 기암괴석(奇巖怪石)의 묘미와 서늘한 계곡의 풍광을 소규모로나마 맛볼 수 있었다. 그 뒤 남산 순환도로가 생겨 약수터 바로 위를 지나가게 되면서, 기암괴석들도 없어지고 약수터의 한적한 분위기도 사그라들게 되었다. 그것이 나는 어찌나 서운하고 분했는지 몰랐다.

남산 약수터가 빛을 잃게 되고 나서부터는, 나는 남산 식물원 근처나 거기서부터 돌계단을 타고 꼭대기까지 올라가는 코스를 데이트 장소로 자주 애용하곤 했다. 어떤 때는 혼자서 산책할 때도 있었는데, 아무리 가도 싫증이 안 나는 장소가 바로 남산이었던 것이다.

아마도 그곳이 시내 한복판에 위치하고 있어, 산과 숲과 도회적 정취를 함께 맛볼 수 있기 때문인 것 같았다. 나는 박인환 시인처럼 어쩔 수 없는 도시적 모더니스트요, 댄디(dandy)적 센티멘털리스트였다.

나는 남산과 명동에서 나의 청춘 시절을 보내면서, 박인환 시인이「목마(木馬)와 숙녀」라는 시에다 쓴 한 대목을 거듭거듭 마음속에 아로새겨두고 있었다. 그것은 다음과 같은 구절이었다.

　인생은 외롭지도 않고
　그저 잡지의 표지처럼 통속하거늘
　한탄할 그 무엇이 무서워서 우리는 떠나는 것일까
　목마는 하늘에 있고
　방울소리는 귓전을 쩔렁거리는데
　가을 바람소리는
　내 쓰러진 술병 속에서 목메어 우는데……

'목마'가 무엇을 의미하고 있는지는 아직도 잘 모르겠다. 우선은 권태로운 인생을 다람쥐 쳇바퀴 돌듯 끊임없이 반복적으로 돌아만 가는 '회전목마'에 비유한 것 같기도 하다. 그리고 생명이 없는 한낱 조상(彫像)에 불과한 '목마'라는 허공 중의 허상(虛像)을 좇아, 평생을 발버둥 치며 살아가야 하는 우리네 인생을 풍자적으로 조롱한 것 같다는 생각도 든다.

위 대목에서 가장 내 마음에 와 닿았던 것은, 사실 '목마'의 이미지가 아니라 '인생은 잡지의 표지처럼 통속하거늘'이라는 구절이었다. 인생은 정말 아무것도 아니고 별것도 아니다. 그런데도 우리는 '한탄할 그 무엇이 무서워서' 자꾸 어디론가 떠나고(즉, 도피하고) 싶어하는 것이다. 도피의 장소는 헛된 명예가 될 수도 있고 헛된 부(富)가 될 수도 있고 헛된 애욕이 될 수도 있다.

그런데 남산이, 특히 지금 장미화랑이 있는 장소 부근이 내 '추억의 창고' 가운데 가장 큰 용적을 차지하게 된 것은, 대학을 졸업할 즈음에 만나게 된 어떤 여인에 대한 '이루어지지 못한 사랑'과 관련되어 있었다.

나는 그 여인에 대한 감상적 짝사랑에 낭만적으로 서글퍼하면서, 박인환의 시 「목마와 숙녀」에서 가장 고급한 센티멘털리즘을 보여주는 구절인 '가을 바람소리는 내 쓰러진 술병 속에서 목메어 우는데……'를 온몸으로 체감하곤 했었다. 그런데 그 여자가 살던 집이 바로 장미화랑 맞은편 자리에 있었던 것이다.

그때는 지금의 하얏트호텔이 '미라마호텔'이라는 이름으로 수년간 건축 중에 있었다. 무슨 소유권 분쟁 같은 것에 휘말려 건축 공사가 지지부진 한없이 지연되고 있는 상태였다. 그리고 하얏트호텔 근처의 동네도 지금처럼 화려한 장소가 아니어서 술집이나 의상실 같은 곳이 한 군데도 없었다.

다만 외국 대사관저가 드문드문 들어서 있어 왠지 모를 엑조티시즘(exoticism)을 느끼게 해주었는데, 그 여자의 집은 하얏트호텔 자리 바로 앞에 있던 필리핀 대사관 밑에 있었다.

나는 그 여자(편의상 K라고 해두자)를 보자마자 반해 질깃질깃 한없이 쫓아다녔다. 그러다 보니 K가 나를 외면할 때는 저녁때마다 K의 집 앞에 우두커니 서서 그녀가 귀가할 때를 기다리는 시간이 많았다. 그리고 그녀가 혹 동정심이라도 베풀어 나를 시큰둥한 태도로 만나줄 때는, 그녀를 바래다주기 위해 K의 집이 있는 남산 아래턱으로 가게 되는 일이 많았다.

K는 그때 이미 5년 연상의 애인이 있어 두 살 아래인 나를 금세 받아주지 않았다. 그때는 여자가 연하의 남성과 연애하는 것이 지극히 비정

상적인 일로 간주되던 시절이었기 때문에 더 그랬다.

  K를 처음 본 것 역시 명동에서였다. 그때 나는 명동에서 젊은이들이 많이 몰리는 술집으로 유명했던 막걸리집인 '할머니 집'에 자주 드나들고 있었다. 그때까지만 해도 젊은이들은 소주보다 막걸리를 더 마셨다. 물론 돈에 여유가 있을 때 생맥주를 즐겨 마시는 것은 요즘 젊은이들과 똑같았다.

  '할머니 집'은 '파전'이 유명했다. 요즘처럼 밀가루에 계란을 많이 섞어 만드는 파전이 아니라, 계란을 넣지 않고 밀가루에 녹두를 조금 섞은 뒤 파·홍합·조갯살 같은 것을 많이 넣어 만드는 파전이라서 맛이 아주 담박했다.

  그날 나는 내가 시큰둥한 마음으로 권태증을 느껴가고 있던 한 여자와 파전을 안주로 막걸리를 마시고 있었다. 그런데 맞은편 탁자에서 웬 남자랑 얼싸안고 앉아 술을 마시고 있던 K를 보자마자 그만 홀라당 반해버리고 말았던 것이다.

  나는 그때나 지금이나 피부빛이 눈(雪)처럼 흰 여자한테는 맥을 못 춘다. K의 피부빛은 정말 로라만큼이나 희었다. 그래서 옆에 앉아 있는 내 애인(?)과 그녀를 자꾸 비교해 보게 되었는데, K의 피부빛이 백설탕 같다면 '내 애인의 피부빛'은 흑설탕(물론 과장된 비유이긴 하지만) 같았다. 내가 사귀고 있던 여자도 사실 비교적 흰 피부를 갖고 있었다. 그러나 K의 피부와는 도무지 '게임'이 되지 않았던 것이다.

  그날 나는 내 옆에 있던 여자한테는 완전히 정이 떨어져버렸고 오직 K에게로만 눈길이 갔다. 최근 한그루가 조나리를 금세 잊어버리고(그가 한 말이 맞는다면) 로라에게 멍한 표정을 지으며 반해버린 경우와도 흡사한 케이스였다.

  남자든 여자든 어떤 이성에 대한 강렬한 '유미적 경탄'의 경험을 갖게 되면, 아무리 오랫동안 같이 지내왔던 전의 애인이나 배우자라 할지라도 금세 잊어버리게 된다는 게 내가 체험으로 알고 있는 상식이다. '제 눈의 안경' 때문이든 스탕달이 『연애론』에서 이름 붙인 '결정작용(結晶作用, Crystallization)' 때문이든, 인간의 사랑이란 원래 변덕스럽게 되어 있다. 스탕달이 명명한 '결정작용'이란 말은 일단 사랑의 감정에 깊숙이 빠져 들어가 상대방의 미점(美點)에만 집착하게 되는 상태를 가리킨다.

지금 생각해 보면 그때 K는 지금 로라만한 미모를 갖고 있지 않았다. 물론 피부빛이 로라에 방불하게 흰 것만은 틀림없었다. 그러나 얼굴 윤곽이나 몸매(그때만 해도 여자나 남자의 '키'를 그렇게 따지지 않을 때였다. 그때는 키나 몸매보다 '얼굴'만을 중요시했다)에 있어서는 로라보다 한참 아래였다.

그런데도 내가 K에게 반해버렸던 것은, 그녀가 꽤나 짙게 화장을 하고 그때로서는 보기 드물었던 아주 두껍고 커다란 귀고리와 팔찌 그리고 여러 개의 반지로 멋을 내고 있었기 때문이었다. 몸을 인공적으로 야하게 꾸미는 '반(反)자연적 미(美)'는 그때나 지금이나 내가 여자의 피부 빛깔 다음으로 중요하게 치는 매력의 포인트였던 것이다.

그날 이후로 나는 K를 잊을 수 없었다. 그런데 그때만 해도 젊은이들이나 멋쟁이들이 명동에 주로 몰려들었는지라, 나는 얼마 후 K를 다시 명동에서 만나볼 수 있었다. 내가 큰 맘 먹고 혼자 가서 술을 마시고 있던 '아방가르드'라는 이름의 스탠드바에서 그녀 역시 혼자 와 술을 마시고 있었던 것이다. 그래서 나는 평소의 두제곱 세제곱으로 용기를 내어 그녀에게 말을 붙였고, 서로 통성명을 한 후 연락처를 교환하는 데까지는 성공했다.

그러나 K는 자기에겐 이미 애인이 있다고 하면서 나의 프러포즈를 받아주지 않았다. 아주 가끔 심심할 때마다 친구(또는 후배)로는 만나줄 수 있다는 대답이었다. 그래서 나는 내심 크게 낙담할 수밖에 없었다. 하지만 어쨌든 '시작이 반'이라고, 나는 그녀와의 절묘한 상봉에 따른 미런스런 기대감을 갖게 되었다.

  그날도 나는 술을 다 마신 후 싫다는 K를 억지로 집에까지 바래다주었다. 큰맘 먹고 택시를 태워 그녀의 집 앞까지 갈 때, 나는 남산 중턱을 끼고 나 있는 남산 관광도로의 풍광과 관광도로 끄트머리에 있는 그녀의 양옥집이 그렇게 엑조틱하고 아름다워 보일 수가 없었다. 나는 그때까지 남산의 북쪽 기슭과 식물원에서 팔각정까지 나있는 돌계단길을 산책로로 애용했을 뿐, 남산의 남쪽 기슭에 나 있는 관광도로를 산책코스로 택한 적이 거의 없었기 때문이었다.

  그 이후로 나는 K의 집에 자주 전화를 했고, 또 문패에서 봐뒀던 주소로 구애의 편지도 자주 보냈다. 그렇지만 그녀는 나의 사랑을 쉽사리 받아주지 않았고, 그래서 나는 혼자 그녀의 집 근처를 서성거릴 때가 많았다.

  어떤 때는 명동에서부터 남산 약수터 있는 쪽으로 올라가 남산도서관을 거쳐 지금 하얏트호텔이 있는 곳까지 그대로 걸어간 적도 많았다. K가 사는 집 부근을 걸어간다는 사실이 나한테는 너무나 낭만적인 감상을 맛보게 해주었고, 그래서 더욱 남산에 정을 붙이게 됐던 것이다.

  그러므로 내가 로라에게 남산 남쪽 기슭에 있는 곳을 권유하여 장미화랑을 꾸미게 한 까닭 중의 많은 부분을, 내가 한동안 K에게 바쳤던 짝사랑의 추억이 차지하고 있다는 것을 부정할 수 없다.

  K는 내가 지나치게 열을 내는 듯싶자 결국은 완전한 절교를 선언해 왔다. 그러면서 그녀가 나를 절대로 만나주지 않자 나는 그녀의 집을 직접 찾아가게 되는 일이 많았다. 그럴 때마다 K의 집에서는 그녀의 남동생이 나와 무조건 K가 없다는 말로만 일관했다. 그런데 K쪽에서 하도 그렇게 야멸차게 나오니까 나도 은근히 화가 났다.

  그래서 나는 어느 날 저녁 늦게 술에 잔뜩 만취된 힘을 빌려, 그녀의 집으로 가 대문을 발길로 뻥뻥 차며 소리를 질러댔다. 그러자 K의 집에서는 뜻밖의 강경대응으로 나왔는데, 곁에 있던 필리핀 대사관 경비실에다가 전화로 연락을 한 것이었다. 외국 대사관에는 한국 경찰이 한두 명씩 파견 나와 경비를 서주고 있었고, K의 집에서는 그 경찰 아저씨들의 신세를 가끔 지고 있는 모양이었다.

그래서 나는 대사관 경비경찰한테 속절없이 끌려갈 수밖에 없었다. 그리고 그들이 소란죄로 나를 정식 고발하겠다고 엄포를 놓자 술이 확 깨면서 싹싹 빌지 않을 도리가 없었다. 그때나 지금이나, 한국같이 무식한 사회에서의 '공권력'이란 내겐 언제나 막연한 공포의 대상이 될 수밖에 없었던 것이다.

그 사건 이후로 나는 K를 완전히 단념할 수밖에 없었다. 그리고 그녀의 무지막지한 냉대에 은근한 분노감마저 치미는 것이었다. 하지만 지금 생각해 보면 그때의 사랑이 젊었을 때나 벌일 수 있는 치기(稚氣) 어린 낭만적 해프닝이었던 것만은 틀림이 없다.

아무튼 그녀와의 연애가 살갗접촉조차 못 가진 상태에서 성사되지 않았기 때문에, 나는 그 후로도 오랫동안 그녀에 대한 '정신적 사랑'을 유지시켜 나갈 수가 있었다. 남녀 간의 육체적 접촉은 사랑에 가속도를 붙여주긴 하지만, 반면에 상대방을 쉽사리 잊어버릴 수 있게 만드는 심리적 메커니즘이 작동하도록 만드는 일면이 있기 때문이다.

'장미클럽'에 자주 드나들게 되면서 나는 자꾸 K에 대해 무작정 짝사랑의 열병을 앓았던 과거 시절을 반추해 보게 되었다. 그래서 한번은 그녀가 살던 집 앞을 서성거려보기도 했다. 집은 다행히 헐리거나 개축되지 않은 옛 모습 그대로 서 있었다. 그러나 문패에 적혀 있는 이름을 보니 K의 부친 이름이나 성(姓)이 아니었다. 그리고 그 집 위 큰길가에 있던 필리핀 대사관도 다른 데로 이사를 가 없어져버렸고, 그 건물은 커다란 고급 의상실로 변해 있었다.

나는 새삼 로맨틱한 감회와 회고에 젖으며, 장미화랑이나 장미클럽의 존재를 고맙게 여겼다. 달착지근한 과거의 추억만큼이나 우리 마음을 위로해 주는 것도 달리 없기 때문이었다.

4

 시간이 지나가면서부터 장미클럽에 모이는 사람들의 성분이 다채로워지기 시작했다. 역시 로라의 미모와 성적 매력 때문인 것 같았다.
 우선 이따금 <미술계>사 응접실에 드나들곤 하던 성형외과 의사 심수일이 단골손님으로 되었다.
 그는 예전부터 예술적 딜레탕트를 자처하며 작가나 화가들과 어울려 놀기를 좋아했다. 성형외과 전문의로 명성을 날려 돈을 많이 벌긴 했지만, 그는 고등학교 때까진 원래 미술지망생이었다. 그러다가 부모의 강권 때문에 의과대학으로 진학하게 된 것인데, 그런 기질을 갖고 있다 보니 돈을 많이 벌긴 했어도 언제나 마음 한구석이 허전한 모양이었다.
 하지만 그는 <미술계>사에 드나들며 여러 가난한 화가들과 친해지게 되면서, 사실 화가들이 자주 손을 벌리는 데 지쳐 속으로는 조금씩 짜증을 내가는 중에 있었다.
 그도 제법 미술작품을 보는 눈이 있어 자기가 마음에 드는 그림은 얼마든지 사들이곤 했다. 그렇지만 마음에 들지도 않고 투자 가치도 없어 보이는 무명화나 2, 3류 화가의 그림을 동정 삼아 구입해 주는 데는 아무래도 한계가 있었던 것이다. 이를테면 최근엔 이길로 같은 친구가 심수일 박사를 단골 '봉'으로 삼고 있었다.
 의사의 호칭이 따로 없어 우리는 심수일한테 '박사' 칭호를 붙여서 불렀다. 사실 그는 전문의 자격증을 가졌을 뿐 정식 Ph. D는 아니었다. 그러니까 우리나라 식으로 따지면 '박사'라고 부를 수 없는 것이다.

그러나 미국식으로 따지면 의사는 모두 'M. D', 즉 '메디컬 닥터'가 되고, 따라서 '박사'라고 부를 수가 있다. 그런 까닭에 우리는 그를 보통 '심 박사' 또는 줄여서 그냥 '심박'이라고 불렀다.

이런 것도 다 호칭과 직위를 중요시하는 한국의 조선조식 관료주의 관행 때문이라고 볼 수 있다. 영어의 '미스터'에 해당하는 우리말은 분명 '씨'이다. 그런데 자기 이름 끝에 '씨' 자를 붙여 불러 주면 다들 자기를 격하시켰다고 오해하며 불쾌한 표정을 짓는 것이 바로 우리나라 사람들인 것이다.

심수일도 이길로와 처음으로 교분을 트게 되자, 돈 있는 딜레탕트의 예의나 체면상 이길로의 작품을 서너 점 사주긴 했다. 그런데 그 이후로 이길로는 돈이 떨어졌다 싶으면 자잘한 소품을 한두 점 들고 심수일의 병원으로 무작정 찾아가는 것이었다. 그리고 별말 없이 그냥 그림을 놓고 돌아와 버린다. 그러면 심수일은 하는 수 없이 몇 푼의 돈이라도 이길로한테 지불하지 않으면 안 되는 상황이 되어버리는 것이다.

그러므로 가난한 화가들에게 있어 '돈 있는 사람들과의 사교'는 그림의 질(質) 못지않게 중요했다. 그림의 판매가 대개 '안면'을 가지고 이루어지기 때문이었다. 말하자면 발이 넓어야만 하는 것이다.

나는 화가들의 그런 관행이 한편으로 부럽게 생각될 때도 있었다. 시인의 경우라면, 시 한두 편 들고 누굴 찾아가 돈을 내놓으라고 할 수는 없기 때문이었다.

그렇지만 다른 한편으로 생각해 보면, 시를 쓴다는 게 자존심을 차리는 데는 한결 낫다는 생각도 들었다. 그리고 '사교'에 지나치게 관심을 두지 않아도 되어 좋았다. 물론 나 역시 '미술평론'이라는 명분으로 화가들 돈을 뺏어 먹고 있기에 화가들을 나무랄 수만도 없는 형편이었다.

이길로한테 시달렸기 때문인지 그렇게 한동안 우리 모임에 얼굴을 들이밀지 않고 있던 심수일이 장미클럽의 단골손님으로 된 것은, 내가 보기에 확실히 로라 때문이었다.

로라는 그저 그녀의 얼굴만 바라보고 있어도 좋았다. 그리고 그녀가 나날이 바꿔가며 걸치는 희한하게 야릇한 의상이나 장신구, 또 그녀가 나날이 바꾸면서 변화를 주는 이채롭고 그로테스크한 헤어스타일만 바라보고 있어도 좋았다. 그러기만 해도 저절로 배가 불러오는 여자이기 때문이었다.

중년의 사내들게게 있어 '탐미적 관음(觀淫)'이나 '탐미적 완상(玩賞)'은, 사실 섹스 행위보다도 더 큰 쾌미(快味)를 준다. 아무래도 정력이 슬슬 시들어가고 있기 때문이다.

심수일은 장미클럽에 드나들게 되자 우선 작고한 대가급 화가의 작품을 큰 것으로 두 점 구입했다. 로라한테 자기의 이미지를 심어주기 위한 제스처이기도 했지만, 심수일만큼 돈 많은 의사라면 당연히 그래야 하는 '예의'요, '체면 차리기'이기도 했다.

로라는 심수일이 그랬다고 해서 특별히 고마워하는 기색을 보이지도 않았고, 심수일한테 특별 서비스(이를테면 특이한 최고급 양주 같은 것으로)를 제공하지도 않았다. 그게 바로 로라의 매력이자 '영리함'이었다. 물론 그림을 사도록 부추기는 일을 뒤에서 지 주간이 다 알아서 해주기 때문이기도 하였다.

심수일 말고도 대여섯 명의 부자 컬렉터들이 장미클럽의 단골손님이 되었다. 그들 중엔 남자 사업가뿐만 아니라 재벌의 와이프도 끼여 있었다.

그래서 장미화랑은 큰 손해 보지 않고 그럭저럭 굴러갈 수가 있었다. 역시 뒤에서 코치를 해준 로라의 남편 덕분인 것 같았다. 그는 어쨌든 동남아 굴지의 거상(巨商)인지라, 사업이 어떤 것이라는 걸 잘 알고 있었던 것이다. 으리으리하고도 우아하게 꾸며놓고서, 손님들에게 무조건 술과 안주와 식사를 제공해 주는 '장미클럽'이 바로 장미화랑 경영의 핵심 코드였다. 앞으로는 본전치기 정도가 아니라 수익을 많이 올릴 수 있을 게 분명했다.

심수일은 한그루만큼이나 로라에게 반해 있었다. 그러나 한그루처럼 얼렐레한 짝사랑에 빠져들어 있지는 않았다. 그는 돈이 많은지라 룸살롱 같은 데도 자주 출입하며 슬쩍슬쩍 외도도 많이 하는 편이고, 또 병원 고객들 중에 미녀 손님들이 많기 때문이기도 했다.

성형외과를 찾아오는 환자들은 사실 대개가 다 예쁜 얼굴을 가진 여자들이다. 아주 못생긴 얼굴을 가진 여자들은 아예 아름다워지기를 포기하여 성형수술에 관심을 두지 않는다. 대충 상류급에 속하는 미모를 가진 여성들이 더 예뻐지려고 안달하며 성형수술에 중독 증상을 보이는 것이 보통인 것이다.

심수일은 로라의 얼굴에 경탄의 감정을 갖고 있었다. 그가 보기에 로라는 한국 여자로서는 가장 완벽한 윤곽을 갖고 있다는 것이었다. 그렇지만 그는 로라의 짙은 화장이나 야한 치장 취미도 좋아했다. 완벽하게 아름다운 윤곽을 가진 여자가 짙게 화장을 하면, '천박한 선정미(煽情美)'가 아니라 '우아한 선정미'가 생긴다는 것이 그의 미관(美觀)이었다. 그런 점에 있어 그는 여자 보는 눈이 나하고 비슷한 구석이 많았다.

한그루는 심수일과는 취향이 역시 달랐다. 그는 역시 로라가 귀티 나는 정장차림을 하거나 점잖은 장신구를 하는 것을 더 좋아했다. 어느 날 로라가 칠흑같이 검은 색깔로 된 단발 스타일의 가발을 쓰고 나타났을 때, 그는 무지무지하게 감읍(感泣)하며 더 한참 동안 그녀를 멀거니 바라다보는 것이었다.

그러나 로라가 야하고 그로테스크한 치장을 하든 안 하든, 한그루가 로라한테 순진한 열정을 바치고 있다는 것은 틀림없는 사실이었다. 다만 지난번 조나리 때와 다른 것은, 그가 계속 의기소침해 하며 자신 없어

하는 눈빛을 보인다는 사실이었다.
　나는 어떤 땐 그러는 그가 부러울 때가 있었다. 아직도 낭만적 치기와 순정을 갖고 있기 때문이었다. 한그루는 항상 로라한테 들러붙어 천연덕스럽게 몸을 만지기까지 하는 홍샘과는 달랐다. 그리고 겉으로는 시큰둥한 체해 가며 로라를 대하면서, 속으로는 그녀를 좋아하고 있는 나하고도 달랐다. 그는 과장적으로 말해 몸을 거의 덜덜 떨다시피 하면서, 그녀에게 경외심 섞인 숭배의 정을 보내는 것이었다. 내가 봐도 정말 진짜 속을 알 수 없는 친구였다.
　심수일은 돈과 명예에 여유 있는 사람들 특유의 유연한 태도로 로라에게 접근했다. 그는 TV에도 유명한 성형외과 의사로 자주 나가고 있었고, 최근엔 미인대회 심사도 많이 하고 있었다. 그는 어느 날 로라에게 은근한 아부라도 할 셈인지, 이길로가 있는 자리에서 그에게 이렇게 말했다.
　"이 화백, 이 화백은 여지껏 여자의 초상화를 그려본 적이 있나?"
　"별로 없는데. 그런데 그런 걸 왜 갑자기 묻지?"
　심수일의 질문이 약간 의외라는 듯 이길로가 대답했다.
　이길로가 그리는 그림은 쉽게 말해서 '반추상(半抽象)'이었다. 그는 주로 꽃과 동물을 그림 소재로 삼고 있었다. 말·소·사슴·개·새·호랑이 등을 뭉뚱그려 형상화시켜 놓고서 거기다가 여러 종류의 꽃이 피어 있는 신록(新綠)의 배경을 밝은 연두색 등으로 깔아놓는 게 그의 요즘 주특기였다.
　그는 그런 그림들을 '자연회귀(自然回歸) 시리즈'라고 명명해 놓고 있었다. 말하자면 최근 한국 예술계에서 이념적 주제 대신에 유행을 타고 있는 '환경보호'나 '생물학적 상상력' 같은 것에 은연중 편승하고 있는 셈이라고도 할 수 있었다.
　"사실 내가 이 화백의 그림을 꽤 많이 갖고 있지 않나? 그런데 사실 솔직히 말해서 좀 싫증이 나서 그러네. 난 미술에 문외한이라 그런지, 이젠 예쁜 미인도(美人圖) 하나를 갖고 싶어졌어."

"심박의 생각이 그렇다면 그런 그림을 하나 사면 되지 않나? 여자의 얼굴이나 누드를 세필(細筆)로 정교하게 그리는 화가는 우리나라에 얼마든지 쌔고 쌨어."

이길로는 평소에 통속적인 '여자 그림'을 팔아먹고 사는 화가들을 경멸하고 있었다.

"난 이 화백을 도와주고 싶어서 그러네. 아 참, '도와준다'는 말이 기분 나쁘게 들렸다면 용서해 주게. …… 자네가 그린 미인도를 하나 꼭 갖고 싶어서 그런 거니까."

"갖고 싶은 게 전라의 누드인가, 아니면 상반신 정도인가?"

"전라면 더 좋겠지만 그건 좀 모델한테 실례가 될 것 같고……. 솔직히 말해서 오로라 씨의 얼굴을 정교하게 그린 그림을 하나 꼭 갖고 싶어졌다네."

심수일이 말을 끝내자 우리는 일제히 로라를 쳐다보았다. 그녀는 그저 무덤덤한 얼굴을 하고 있었다.

"이 화백, 자네는 로라 씨의 얼굴색, 아니 피부 빛깔을 어떻게 생각하고 있나?"

심수일은 로라에겐 눈길을 주지 않고 계속 이길로한테만 물었다.

"그야 물론 굉장히 곱다고 생각하지."

"틀렸네. 그 정도의 눈 가지고 어떻게 화가라고 할 수 있겠나?"

이럴 때의 심수일은 굉장히 거만해 보였다.

"그럼 심박이 보는 로라 씨 피부 빛깔은 어떤 건데?"

이길로는 심수일한테서 받은 후의(厚意)가 많아 상당히 자존심을 죽여가며 대답하고 있는 듯해 보였다.

"로라씨의 얼굴색은 한국의 기적이야, 기적! 아니 한국의 기적이 아나라 '세계의 기적'이라고도 할 수 있지. 동서양의 아름다운 피부빛깔이 한데 합쳐 최고로 신비스런 빛을 내뿜고 있으니까."

 상당한 아첨이었지만 나는 그가 한 말이 그런대로 일리가 있다고 생각했다. 분위기가 약간 어색해지자, 그제서야 로라가 예의상 대화에 끼어들어왔다.

 "심 박사님, 너무 비행기 태우지 마셔요. 그러다가 제가 금세 추락하면 어쩌실려구요."

 "비행기 태우는 게 아니예요. 오늘 로라 씬 정말 황홀한 느낌을 줘요."

 심박이 한 말이었다. 내가 보기엔 황홀하다기보다 섹시한 느낌이었다.

 로라는 아주 특이한 이브닝드레스를 입고 있었다. 탱크톱 모양으로 되어 젖무덤 중간에서부터 내려오는 타이트한 롱 드레스였는데, 양쪽 옆구리가 엉덩이를 거쳐 다리까지 15센티미터 정도 너비로 터져 있었다. 그래서 그녀가 팬티를 입고 있지 않다는 것이 그대로 드러났고, 게다가 골반에서부터 드레스 가운데에 긴 트임을 준 옷이기 때문에, 그녀가 몸을 움직일 때마다 사타구니가 보일 듯 말듯 몹시 아슬아슬한 느낌을 주었다. 말하자면 은밀한 엿보기의 쾌감을 선물해 주는 옷이었다.

 게다가 옷감이 새벽안개처럼 반투명한 노방 재질로 되어 있어, 그녀는 남성들을 사뭇 몸부림치는 욕정으로 주눅 들게 할 만했다. 드레스의 색깔이 짙은 빨간색이었기 망정이지, 만약 흰색이나 분홍색 같은 옅은 색이었더라면 그녀는 거의 벌거벗고 있는 것처럼 보였을 것이다. 그래서 사실 클럽 안의 남자들은 다 조금씩 관능적으로 흥분해 있었다.

 그런데 내가 알 수 없었던 것은, 우리가 그러고 있는 것을 로라가 알고 있는 것인지 확실치가 않다는 것이었다. 다시 말해서 그녀가 남자들의 그런 심리를 은근히 즐기기 위해서 그런 옷을 입고 있는 것인지, 아니면 그냥 스스로의 나르시시즘 때문에 그런 옷을 입고 있는 것인지, 꽤 오랫동안 로라를 곁에서 지켜본 나로서도 도저히 가늠하기가 어려웠다.

"그럼 나보고 로라 씨를 한번 그려보라는 애긴가?"

한참 만에 이길로가 입을 떼었다.

"맞네, 바로 그 얘기야. 자넨 예전에 정밀묘사 위주의 하이퍼리얼리즘(hyper realism) 식 그림도 그렸던 적이 있지 않은가? 그러니 한번 로라 씰 정밀하면서도 판타스틱(fantastic)하게 그려보라고 부탁하는 걸세. 물론 로라 씨가 동의해 줘야겠지만."

"로라 씨는 심박 생각을 어떻게 봐요?"

다시 한참 있다가 이길로가 물었다.

"글쎄요……. 저를 칭찬해 주셔서 고맙긴 한데, 모델 서는 일이 너무 피곤할 것 같은 생각이 드는군요."

하고 로라가 대답했다.

"만약 로라 씨가 제 제안에 허락을 해주신다면 그림값만큼의 모델료를 제가 지불하겠어요."

다시 심수일이 말했다. 그러고 나서 이렇게 덧붙였다.

"단 한 가지 조건이 있어요. 그림 그릴 때 내가 동석하게 해줘야 한다는 것이죠. 물론 언제나 제가 함께 있을 수는 없겠죠. 저도 바쁘니까요. 그러니까 제가 시간 날 때만 동석하게 되는 셈이 되겠지요."

"도대체 모델료를 얼마나 지불하실 건데요?"

"그야 로라 씨가 부르기에 달렸죠. 그러니까 로라 씨가 부르는 모델료가 바로 이길로 화백한테 지불하는 그림값이 되는 셈이로군요."

"글쎄요……. 만약 그림이 정말 잘 그려졌을 경우엔, 오히려 제가 그 그림을 구입하고 싶어질지도 모르겠다는 생각이 드는데요."

"그럼 그때 봐서 제가 그 그림을 로라 씨한테 선물해 드릴 수도 있겠죠."

로라는 한참 동안 생각에 잠겨 있는 듯 보였다. 나는 로라가 심수일의 제안을 거절해 주기를 바라고 있었다. 물론 나도 로라의 얼굴을 그린 그림을 보고 싶었다. 그러나 이길로가 과연 잘 그릴 수 있을지 의심이 갔고, 심수일의 우회적인 '꼬드기기'와 '아부'가 마음에 역겨웠기 때문이었다.

이길로는 돈을 벌 수 있다는 기대감 때문인지 은근히 구미가 동하는 눈치였다.

로라 곁에는 홍샘이 있었고 한그루는 바로 그 맞은편에 앉아 있었다.

홍샘은 언제나 클럽 안에서 남의 눈치를 보지 않는 빤빤한(또는 대담한) 체질이었다. 그래서 의도적이었는지 의도적이 아니었는지 그건 잘 모르겠지만, 불현듯 한 손을 로라 쪽으로 뻗쳤다. 그리고는 옆구리가 터져 있는 로라의 드레스 사이로 손을 집어넣었다. 바로 젖무덤 근처였.

홍샘은 우리들 간에 오가고 있는 화제에는 별 관심이 없다는 표정으로 태연하게 로라의 젖가슴을 주물럭거렸다. 로라는 홍샘의 그런 행동에 아주 무심했다. 그럴 때의 로라는 정말 선량하고 성스러운 시혜주의자(施惠主義者) 같아 보였다.

순간 한그루의 주먹이 홍샘의 얼굴을 향해 날아갔다. 하지만 힘찬 가격(加擊)은 못 되었다. 그도 나처럼 비쩍 마른 체격이기 때문이었다. 그래서 다부지고 땅땅한 체격을 갖고 있는 홍샘은 몸이 약간 옆으로 기울어졌을 뿐이었다.

홍샘은 금세 기운을 차리고서 다짜고짜 한그루를 향해 강펀치를 날렸다. 불쌍하게도 한그루는 단 한 대의 가격에 풀썩 쓰러져 바닥 위로 나동그라졌다. 사실 한그루는 아까부터 심수일을 못마땅한 눈길로 쨰려보고 있었다. 그런데 차마 심수일을 때리지 못하고 홍샘을 때린 것이었다.

로라가 금세 한그루 곁으로 다가가 그를 붙잡아 일으켰다. 그리고는 가타부타 별말을 하지 않고서, 한그루의 한 손을 붙잡아 자기의 젖무덤을 만지게 했다. 전혀 눈치가 없는 여자 같기도 하고. 또 세련된 백치미를 갖고 있는 '귀여운 여인' 같아도 보였다.

홍샘이 씩씩거리며 한그루에게 더 달려들려는 것을 이길로가 뜯어말렸다. 이길로는 그래도 힘이 세어 홍샘을 진정시킬 수 있었다.
　잠시 후 로라가 술을 가져와 화해를 권하며 술을 한 잔씩 돌렸다. 하지만 판은 이미 깨져 있었다. 그런데도 이길로는 눈치도 없이 이런 말을 했다.
　"로라 씨, 로라 씨의 초상화 건은 차차 시간을 두고 잘 생각해 봐주세요."
　심수일도 덩달아 한마디 했다.
　"맞아요, 로라 씨. 제가 한번 꼭 부탁드리고 싶어요."
　내가 그러는 심수일의 빤빤함이 얄미워 그에게 다음과 같이 말했다.
　"꼭 초상화일 필요가 어디 있나? 로라씨 얼굴을 사진으로 한 장 잘 찍어 걸어두면 될 거 아냐?"
　"사진하고 그림하곤 전혀 질이 다르지. 그림이 훨씬 더 예술적 느낌을 주니까."
　심수일의 대답이었다. 딴은 옳은 소리였다.
　"그건 맞아. 하지만 난 로라 씨가 꼭 모델 노릇을 해야 할 필요는 없다고 보네. 사진을 하나 잘 박아가지고 그걸 보며 그림을 그려도 되니까 말야."
　사실 나는 일부러 딴지를 걸고 나선 것이었다. 사진을 보고 그린 것과 실물을 보고 그린 것은 작품의 질이 아주 다르다. 물론 요즘엔 풍경화나 인물화를 그릴 때 대상을 사진 찍은 다음, 그걸 보고 얼렁뚱땅 그려대는 화가들이 늘어나고 있지만 말이다. 그런데도 내가 브레이크를 걸고 나선 것은 로라의 요요(夭夭)한 자태를 이길로나 심수일이 오랫동안 면밀히 음미할 수 있다는 것에 샘이 났기 때문이었다.
　그때 로라가 내 말에 문득 동의하고 나섰다.
　"천 선생님 말씀이 솔깃하게 들리네요. 사실 모델 서는 일이 무척이나 피곤할 것같이 느껴지거든요. 그러니까 제 사진을 보고 초상화 그리는 것을 심 박사님이 허락해 주신다면, 이 화백님께서 돈 벌 기회를 드리는 것에 저도 동의하겠어요. 물론 완성된 그림은 심 박사님이 가지시는 걸로 하구요."

심수일은 좀 떨떠름한 표정이 되었고, 이길로는 환한 표정이 되었다. 실제 작업 면으로도 사진을 보고 초상화를 그리는 게 훨씬 더 쉽기 때문이었다.

심수일은 체면상 로라의 제안을 거절할 수 없었다. 그래서 로라 생각대로 초상화를 제작하는 것으로 일단 낙착을 보았다.

홍샘과 한그루는 여전히 어색하고 찌뿌둥한 얼굴을 하고 있었다. 그래서 두 사람은 약간의 시차를 두고 장미클럽을 빠져나갔고, 이길로와 심수일도 얼마 후 집으로 돌아갔다. 그래서 클럽 안에는 나와 로라 단둘이만 남았다.

오랜만에 가져보는 둘만의 시간이었다. 로라는 웨이터와 웨이트리스를 퇴근시킨 후, 나를 데리고 그녀의 방으로 올라갔다. 나는 기분이 좀 얼떨떨했다.

로라는 양주를 한 잔 내게 권한 다음에, 불쑥 내게 이렇게 물었다.

"천 선생님, 지금도 저를 사랑하고 계시나요?"

뜬금없는 질문에 나는 당황할 수밖에 없었다. 그녀의 귀여운 변덕과 '남자 골리기'가 또 시작되는가 보다, 하고 나는 생각했다. 사실 그녀한테 '남자 골리기' 같은 취미는 없었다. 다만 남자들이 충분히 그렇게 생각할 만한 행동을, 그녀가 천진스럽게 해대고 있다는 말이 맞는 말일 것이었다.

"그럼."

나는 잠시 생각해 보는 체하다가 이렇게 대답했다.

"전에도 사랑한다고 그러신 일이 있죠, 네?"
"그럼."
나는 거짓말을 했다. 나는 최근 들어 로라만이 아니라 어떤 여자한테도 '사랑'이란 단어를 쓴 일이 없기 때문이었다.
예전 청춘 시절에 나는 데이트를 할 때나 연애편지를 쓸 때 '사랑한다'는 말을 거침없이 남발했었다. 그런데 차츰 나이를 먹어가면서 생각해 보니, '사랑'이란 말처럼 불투명하고 애매모호한 말도 달리 없었다. 특히 한국에서는 '사랑'이 대개 '정신적 사랑(이를테면 '신에 대한 사랑'이나 '가족에 대한 사랑' 등)'의 의미로 통용되고, 솔직한 '성애'의 뜻으로 사용되는 일은 극히 드물기 때문이었다.
"그럼 다시 한 번 저한테 '사랑한다'고 말씀해 주세요. 저는 그 말이 꼭 듣고 싶어요."
하고 로라가 말을 이었다. 그래서 나는 그녀에게,
"사랑합니다."
라고 경어체로 말해 주었다.
"좀 더 길게 구체적으로, 그리고 대상을 정해서 말해 주셔요."
다시 로라가 내게 주문했다.
"나는 오로라 씨를 무지무지하게 사랑합니다."
내가 다시 로라에게 말했다.
"아이 좋아라. 그 말 진심이시겠지요?"
"그럼요."
"당신을 사랑해요. 이젠 저한테 조금 아까까지처럼 시큰둥한 태도를 보이지 않으시겠지요?"
"이젠 다시 안 그럴게요."
"자꾸 존댓말로 말씀하시지 마세요. 어색한 거리감이 느껴져요."
"이젠 다시 안 그럴게."

내가 다시 반말로 수정해서 대답했다.
"아이, 정말로 당신을 사랑해요. 아까 홍샘 씨가 그랬던 것처럼, 제 드레스 사이에다 손을 깊이 집어넣어주셔요."
나는 그녀가 하라는 대로 했다.
"왜 손을 가만히 두고 계시는 거예요. 제 젖가슴을 보드랍게 쓰다듬어 주셔요."
이 여자가 갑자기 왜 이럴까, 하고 나는 생각했다. 갑자기 권태스러워져서 그러나? 하지만 나는 로라가 시키는 대로 그녀의 젖가슴을 천천히 주물럭거렸다.
그녀가 내게 키스해 왔다. 입을 맞출 때 보니 로라는 눈을 꼭 감고 있었다. 그러는 모양이 꼭 사춘기 소녀 같았다.
이 여자가 아무래도 나를 놀리고 있나 보다, 하고 나는 생각했다. 하지만 그렇더라도 상관없었다. 내가 나중에 어떤 지경에 빠지게 되든 알 게 뭐냐. 어쨌든 지금은 순간의 쾌감을 만끽하고 볼 일이다…….
로라의 방에는 휴식을 위해 마련된 침대만큼이나 크고 푹신한 긴 소파가 있었다. 로라는 키스를 끝내고 난 후 그 위로 가 누웠다.
"천 선생님, 이리로 오세요."
"오늘은 좀 어색한걸. 기분이 별로 내키지 않아."
"왜죠?"
"나도 모르겠어. 당신이 어쩐지 '먼 그대'처럼 느껴져서 그래."
"그런 생각일랑 제발 걷어차 버리세요. 자. 이리로 오세요, 얼른."
"오늘은 그냥 앉아서 얘기만 하기로 하지."
"싫어요. 당신은 저를 사랑하신다면서요?"
"진정으로 사랑하지, 난 당신한테 미쳐버렸으니까."
나는 그녀가 듣기 좋도록 과장해서 말했다.
"그럼 이리 와 제 온몸을 마음껏 사랑해 주세요."

"그럼 조금 이따가."

"안 돼요, 빨리 오세요, 자아 어서 이리 와요……."

나는 그녀한테로 갔다. 그리고는 서로의 몸을 포개고서 한참 동안 가만히 누워 있었다. 불현듯 내 머릿속으로 짧은 시 한 편이 선명하게 떠올라왔다. 더 덧붙이고 퇴고할 필요도 없이, 그냥 그대로 쓸 만한 시 한 편이 될 것 같았다.

오오
그대가 작은 섬이라면
나는
큰 파도가 되어
그
섬을
삼키리

그렇지만 시의 내용은 현실과 거리가 있었다. 로라는 '작은 섬'이 아니라 '큰 섬'이었고, 나는 '큰 파도'가 아니라 '작은 파도'였던 것이다.

로라는 연두색으로 염색한 그 긴 머리를 오늘따라 위로 높이 틀어 올리고 있었다. 그래서 가슴이 거의 다 드러나는 탱크톱 스타일의 드레스가 더욱 가느다란 모양으로 강조되어, 그녀의 사슴처럼 긴 목을 더 우아해 보이도록 만들고 있었다.

하지만 나는 그녀가 길디긴 머리채를 그대로 늘어뜨리고 있는 것을 더 좋아했다. 그래서 나는 로라의 머리에 박혀 있는 여러 개의 핀들을 뽑아내어 그녀의 머리를 아래로 흐트러지게 했다.

내가 그녀의 머리를 풀어주는 동안, 로라는 가끔씩 머리를 들어 내게 키스를 해주는 것 이외에는 꼼짝도 않고 엎드러져 있었다. 나는 수많은 핀들을 뽑아 소파 아래로 내던지면서 점점 더 요염한 귀녀(鬼女)의 산발한 머리모양으로 되어가는 그녀의 헤어스타일을 즐겼다. 나중에 가서 마지막 핀 두 개를 뽑자, 그녀의 머리가 온통 아래로 쏟아져 내려왔다.

나는 로라를 소파에서 일어나 앉게 한 다음, 그녀로 하여금 머리 숙이게 했다.

나는 머리카락의 긴 폭포수를 바라보고 있는 것 같은 느낌이 들었고, 그 속으로 들어가 파묻히고 싶은 충동이 일었다. 그래서 나는 그녀의 얼굴로 가까이 다가가 길고 풍성한 머리더미 속에 얼굴을 묻었다. 포근한 안식감과 함께 자궁 속에서와도 같은 달콤한 어둠이 밀려왔다. 머리더미 속에서 코와 뺨으로만 비벼봐도, 로라의 얼굴 윤곽이 더할 나위 없이 아름답다는 것을 알 수 있었다. 주황색 불빛이 은은히 스며나오는 소파 옆 스탠드 때문에, 그녀의 머리 색깔은 연두색이 아니라 짙은 초록색으로 보였다. 그래서 나는 한여름의 녹음이 우거진 깊디깊은 숲 속에 파묻혀 있는 듯한 착각이 들었다.

나는 로라의 볼과 이마, 그리고 눈 아래와 턱 등을 손끝으로 어루만져 보았다. 너무나 매끄럽고 살풋한 느낌을 주는 살결이었다. 그래서 나는 그녀에게

"꼭 고운 밀가루처럼 부드럽군."

하고 말했다.

우리는 머리카락이 만들어내는 안온하면서도 어슴푸레한 여명 속에서 깊게 입맞추었다.

6
옛날에 한 소년이 살았습니다

1

로라는 자기가 집으로 가는 길에 나를 내려주겠다고 했지만, 나는 그녀의 제의를 사양하고 장미화랑을 나섰다.

어쩐지 그냥 택시를 잡아타고 집으로 돌아가긴 싫다는 생각이 들었다. 그래서 남산관광도로를 서쪽으로 걸어가 독일문화원을 거쳐 남산도서관이 있는 데까지 갔다.

내가 왜 그녀의 제의를 거절했나 하는 생각이 들었다. 로라가 자기 차에 나를 태운 후 나를 낙원동 내 아파트 앞에서 내려주지 않고, 성북동 자기 집까지 데리고 갔을지도 모르는 일이기 때문이었다. 그랬더라면 나는 오랜만에 그녀의 호화롭고도 아늑한 침실에서 육체적 회포를 풀 수 있었을 것이었다.

나는 남산관광도로를 걸어 내려가면서, 남산체육관 못 미처 있었던 '하향(霞鄕)'이라는 이름의 카페 생각이 났다. '하향'은 '노을진 고향'이라는 뜻인데, 예전에 K를 이따금 만날 때 이용했던 장소였다.

당시로서는 꽤 고급스러운 분위기의 카페였다. 꽤 예쁘게 생긴 여자가 늘 피아노를 치고 있어 고전적인 무드를 조성해 주고 있었다. 그리고 특히 저녁때나 밤에 창가에 앉아 술을 마시면 한강 위에서 빛나는 저녁놀과 이태원과 용산 일대에서 명멸하는 불빛들이 내려다보여 좋았다. 그때는 지금의 하얏트호텔 자리에서부터 남산도서관 사이에 카페라고는 그곳 한 군데밖에 없었다. 그래서 더욱 고적한 운치를 자아내는 카페였다.

'하향'이 있던 자리를 보니 이제 그 카페는 없어져버렸고, 건물이 무슨 회사 사옥으로 쓰이고 있었다. 그래서 건물의 밋밋한 외관이 무척이나 을씨년스런 느낌을 풍겨냈다.

늦은 시각이라 그런지 지나다니는 자동차나 사람들이 별로 없었다. 가로등 불빛에 비치는 은행나무 가로수들이 그만하면 아리따운 정취를 만들어내고 있었다. 예전보다 더욱 밝아진 용산 일대의 불빛들이, 흡사 밤하늘의 은하수를 보고 있는 듯한 착각을 불러일으켰다.

나는 천천히 걸어 독일문화원 곁을 지나갔다. 예전에는 너무나 동경했던 장소였다. 독일이라는 나라나 독일 문학을 특별히 좋아해서가 아니었다. 그저 유럽과 관계되는 건물이나 기관이라면 무조건 동경의 대상이 될 수밖에 없는 시절이었기 때문이었다. 그건 독일문화원만이 아니라 사간동에 있었던 프랑스문화원도 마찬가지였다.

물론 독일이라는 나라가 전혜린의 수필을 좋아했던 우리 세대들에게 있어 좀 더 향수 어린 이미지로 다가왔던 것은 사실이었다. 나 역시 다른 문학소년들과 마찬가지로, 전혜린의 유작수필집 『그리고 아무 말도 하지 않았다』에서 묘사한 '레몬빛 가스등'이 빛나는 뮌헨 대학가의 '슈바빙' 거리를 동경할 수밖에 없었던 것이다. 그렇지만 해외여행이 자유로워진 지금에 있어, 독일이라는 나라나 '독일문화원'은 그저 그런 평범한 이미지로 다가올 뿐이었다.

남산도서관 근처에 이르자 '소월 시비(素月 詩碑)'가 우두커니 서있는 게 보였다. 김소월의 대표시 「산유화(山有花)」가 새겨져 있는 화강암 시비가, 차가운 밤안개 속에서 아련하고 외로운 모습으로 떨고 있었다.

 나는 순간 김소월에 대한 뜬금없는 부러움에 사로잡혔다. 나도 그처럼 정체불명의 '님'과 자연에 대한 정신적 사모감(思慕感)과 순진한 그리움에 빠져들고 싶다는 생각이 났다. 하지만 아무리 생각해봐도 나는 역시 육체주의자요 '반(反) 자연적 인공미(人工美)'의 예찬자였다.

 남산도서관 앞에서 나는 걷기를 멈추고 택시가 오기를 기다렸다. 한참 만에 택시가 오자 나는 곧바로 집으로 갔다.

 좁은 아파트 안에 들어서니 오늘따라 집 안이 너무 썰렁해 보였다. 불현듯 고독감이 밀려왔다.

 나는 내일 오전까지 써주기로 약속한 미술평론이 하나 있었다. 화가의 그림을 초벌 인쇄한 팸플릿이 한참 전에 내게 와 있었다. 정식 미술평론이라기보다는 팸플릿에 들어가는 '해설'인데, 그림이 너무 안 좋아 어떻게 써야 할지 도무지 감이 안 잡혔던 것이다. 돈을 벌기 위해 할 수 없이 매문(賣文)을 해야 하는 굴욕감을 다시 한 번 느끼게 되는 순간이었다.

 화랑에서 내게 보내온 인쇄물에는 구상도 아니고 비구상도 아닌, 유치한 붓질로 실험미술을 흉내 낸 엉터리 반추상화들이 실려 있었다. 어느 돈 많은 유부녀 아마추어 화가가 심심소일로 하는 전시회라고 했다. 붉은 입술 하나만 촌스럽게 그린 것도 있고, 정물화 비슷한 구성을 나이프로 적당히 짓뭉갠 것도 있었다. 소묘력도 전혀 없고, 그렇다고 해서 대담하고 신선한 아이디어가 엿보이는 것도 아닌 그림들이었다. 이런 그림이 주는 황당한 치졸성보다는 차라리 유치원생이 그린 그림에 나타나는 진솔한 치졸미(稚拙美)가 훨씬 더 낫다는 생각이 들었다.

 나는 특히 미술작품전 팸플릿에 들어가는 '해설'을 쓸 때, 제목부터 미리 정해놓고서 거기에 맞춰 내용을 써나가는 버릇이 있다. 그래야만 억지로 구색 맞추는 식의 '사기성(詐欺性) 글'이 그런대로 연역적으로 풀려나가기 때문이다.

나는 제목을 뭐로 붙일까 고민했다. 한참 생각하던 끝에 '작위적(作爲的) 고졸미(古拙美)로의 회귀(回歸)'라는 그럴싸한 제목이 하나 떠올라왔다.

하지만 '고졸미'라는 단어가 아무래도 마음에 걸렸다. '고졸미'는 추사(秋史) 김정희의 개성적 글씨나 <세한도(歲寒圖)> 같은 담박한 그림에나 어울리는 용어이기 때문이었다.

그래서 나는 고민에 고민을 거듭하다가, '고졸미'라는 단어를 결국 '조잡미(粗雜美)'로 고쳤다. 화가가 보면 섭섭해 할지도 모르지만 하는 수 없었다. 어느 정도 내 양심도 살릴 수 있고, 제목 전체의 문맥으로 보면 얼렁뚱땅 칭찬하는 말로 들릴 수도 있는 단어이기 때문이었다.

피곤한 마음으로 내용을 몇 줄 써내려가고 있는데, 문득 초인종소리가 들렸다. 한밤중에 찾아올 사람도 없고, 또 혹시 도둑이나 강도일지도 몰라(하긴 훔쳐갈 돈이나 물건도 별로 없지만) 선뜻 문을 열어줄 수가 없었다. 그래서 큰소리로 누구냐고 물어봤더니, 찾아온 사람은 뜻밖에도 로라였다. 나는 약간 얼떨떨한 기분으로 문을 열어주었다. 문밖에는 로라가 아까 장미화랑에서 입고 있던 지독히 선정적인 드레스 차림 그대로 서 있었다.

로라가 우리 집을 찾아온 것은 처음이었다. 언젠가 나를 그녀 차에 태워 아파트 앞에 내려줬을 때, 그녀가 물어보기에 내가 사는 방 호수를 알려준 일이 있었다. 그런데 그녀는 그것을 기억하고 있었던 것이다. 나는 그런 로라가 꽤나 고맙다는 생각이 들었다.

"제 기억이 맞았군요. 혹시 당신 집이 아닐까 봐 걱정했어요……. 아직 안 주무시고 계셨죠? 아무튼 이렇게 불쑥 늦게 방문해서 미안해요."

로라는 아까 장미화랑의 그녀 방에선 내게 '천 선생님'이라는 호칭으로 대화를 시작했었다. 그런데 이번에는 아예 '당신'이라는 호칭으로 허두를 떼고 있었다.

로라가 내 집에 들어서자마자 '당신'이라는 호칭을 써주자, 나는 공연히 기분이 좋아지면서 피로가 풀어지는 것 같았다.

하지만 나는 초라한 내 아파트를 그녀에게 보여주게 된 것이 창피해 금세 울적한 표정이 되어버렸다. 로라는 나의 그런 표정을 당장은 알아채지 못한 것 같았다.

아마도 방 안의 조명이 어두워서 그랬을 것이다. 나는 방 전체를 약간 어둡게 하고, 글을 쓰는 테이블 위에 있는 스탠드 하나만을 유난히 밝게 켜두고 있었다.

로라는 내 방을 비잉 둘러보았다. 그러더니 무척이나 신기한 물건을 발견하기라도 한 어린아이 같은 표정을 지었다. 어찌 보면 익살스러우면서도 천진난만한 표정이었다.

"여보, 제가 당신 방을 한번 깨끗하게 청소하고 정돈해 드리고 싶군요. 전 당신이 무척이나 깔끔한 성격인지라, 집을 아주 말끔하게 꾸며놓고 사시는 줄로만 알았어요."

하고 로라가 빙긋 미소를 지으며 말했다. 그녀 입에서 다시 '여보' 소리가 나온 게 은근히 반가웠다.

"코딱지만 하게 작은 공간을 청소하고 정돈하면 뭘 하겠어. 그래봤자 광(光)이 날 리가 없지. ……그런데 왜 갑자기 찾아왔지? 난 로라한테 내 집 안 꼴을 보여주기 싫었는데……."

내가 조금 시무룩한 표정을 지어내며 그녀에게 말했다.

"당신이 그냥 가버리신 게 너무 서운해서요. 왠지 오늘 밤은 혼자 있기가 싫더군요."

"왜, 갑자기 외로워졌나?"

"맞아요. 갑자기 외로워졌어요. 오늘만이 아니라 요즘은 늘 그래요."

"로라가 왜 외롭지? 요즘은 한그루도 로라한테 열심히 순정을 바치고 있고, 또 심수일도 돈 드는 꿍수까지 써가며 로라의 마음을 잡아보려고 애쓰고 있는데 말야. 물론 홍샘은 예전부터 당신 애인이었고."

"여보, 그런 얘긴 이제 제발 그만둬요. 제 마음을 잘 아시면서 그래요."

"로라 마음이 어떤데?"

"저도 잘 표현을 못하겠어요. 말하자면 당신과 비슷하다고 할 수 있겠죠."

"로라는 애인 숫자를 늘리는 걸 좋아하잖아? 하지만 난 그렇지가 못해."

"하지만 내가 일부러 만들어낸 애인들은 아니잖아요? 당신도 여자들이 계속 추적해 오면 아마 저처럼 될 거예요."

"난 그렇게 못해. 우선 로라만한 힘이나 정열도 없고. …… 그래, 심수일하고는 언제 자줄 거야?"

"술 한잔 안 주시고 자꾸 어린애처럼 트집만 부리실 거예요? 당신답지 않아요."

딴은 그녀의 말이 맞았다. 우리는 조금 아까까지만 해도 장미화랑에서 따뜻한 키스를 나누지 않았던가. 나는 냉장고를 열고 캔 맥주 두 통을 꺼내 탁자 위에 놓았다. 그녀가 긴 손톱이 매달려 있는 손으로 힘겹게 캔을 땄다. 그러고 나서 내게 캔을 쥐어주며 건배를 제의했다. 나는 조금 머쓱해진 마음으로 그녀와 건배했다. 그러고 나서 나는 그녀에게,

"미안해, 로라. 내 집을 로라한테 보여주는 게 싫어서 조금 투정을 부렸어."

하고 말하며 사과를 했다.

나는 내 곁에 앉아 천연덕스럽게 맥주를 마시고 있는 로라의 얼굴을 훔쳐보았다. 그리고 반짝반짝 윤기가 나는 연두색 머리카락이랑 금빛이 살짝 도는 그녀의 아리따운 얼굴을 다시 한 번 찬찬히 음미했다.

로라의 얼굴은 보면 볼수록 흡사 달밤의 전원(田園)을 보는 듯한 푸근한 느낌을 가져다주었다. 그래서 나는 긴장이 스르르 풀어졌고, 좀전과는 다른 솔직한 어조로 그녀와 대화를 나눌 수 있었다.

"한그루 그 친구가 너무 불쌍해. 로라한테 같이 자달라고 부탁하질 않던가?"

"저도 보기에 딱해 죽겠어요. 자달라고 부탁하기는커녕 옅은 키스조차 시도하지 않는걸요."

"내가 알기에 그 친구는 페팅이나 육체관계 몇 번 해주는 걸로는 만족하지 못할 성격이야. 그는 여자를 완전히 자기 것으로 소유해야만 비로소 만족하는 친구지. 그래서 그 친구가 지금 로라한테 더 얼렐레한 짝사랑과 순정을 바치고 있는 거고."

"아무튼 저로서는 속을 알 수 없는 분이에요. 한그루 씨보다는 차라리 홍샘 씨같이 대책 없이 우락부락한 남자가 상대하긴 더 나아요."

"그건 로라 말이 맞아. 하지만 아까 홍샘이 한그루한테 날린 강펀치를 보고 나서, 솔직히 말해서 나는 공포를 느꼈어. 난 폭력에 대해 유별난 공포심을 갖고 있거든. 주먹을 내지르는 폭력만이 아니라 법을 빙자한 공권력 같은 것도 포함해서 말야."

"하지만 아까 먼저 주먹을 쓴 건 한그루 씨였잖아요?"

"하긴 그래. 하지만 그 친구가 휘두른 주먹은 그만하면 순진한 폭력이었다고 할 수 있어."

"순진한 폭력이든 안 순진한 폭력이든 저도 폭력은 무조건 싫어해요. 지난번에 제가 남편과 이혼을 못 하게 된 이유 중의 하나가, 그 사람이 여자한테 전혀 폭력을 안 쓰는 신사였기 때문이었어요."

로라가 나처럼 폭력을 증오하는 것까지는 좋았는데, 뜬금없이 남편 얘기를 꺼내는 것을 보고 나는 기분이 묘하게 뒤틀려졌다. 그래서 나는 한참 동안 말을 않고 잠자코 맥주만 마셨다. 로라도 내 심중을 눈치 챘는지 얼마 있다가 화제를 다른 데로 돌렸다.

"뭘 쓰고 계셨어요?"

"쓰기 싫은 글을 억지로 쓰고 있었어. 원고 마감이 내일, 아니 오늘 오전이기 때문이지. 전시회 팸플릿에 들어가는 '해설'이야. 먹고 살기 위해 할 수 없이 쓰는 글이지."

"전 당신이 시만 쓰셨으면 좋겠어요. 그리고 미술평론이 아니라 그림을 직접 그리시면 더 좋겠구요."

"시만 써가지곤 도저히 먹고살 수가 없어. 그림은 나도 생각이 굴뚝같은데 당장 붓이 손에 잡히질 않고……. 설사 내가 그림을 그린다고 해도 당장 제값 받고 팔아먹기는 어려울 테니까."

"제가 돈을 대드리면 안 될까요? 그러면 당신은 쓰고 싶은 것만 쓸 수 있고, 또 그림도 그리실 수 있을 게 아니겠어요?"

듣기에 따라서는 좀 황당한 제안이었다. 나는 잠시 정신이 멍멍해지는 기분이었다. 그래서 한참 있다가 겨우 입을 떼었다.

"그럼 나더러 당신 첩이 되란 말야?"

"왜 그렇게만 생각하셔요? 제가 당신의 후원자가 되는 거지요."

로라의 표정이 너무 맑아 나는 내가 그녀한테 한 퉁명스런 대꾸에 미안한 마음을 느꼈다.

그래서 나는 로라에게 다가가 그녀의 우윳빛 어깨에 가벼운 키스를 보내주었다. 그러고 나서 한참 있다가 이렇게 말했다.

"미안해. 아까 한 말은 내 자존심 때문에 그랬던 거니까 용서해 줘……. 그런데 시만 쓰는 것까진 좋은데 그림까지는 아직 자신이 없어. 그리고 무조건 당신 도움을 받고 싶지도 않아. …… 만약 당신이 나를 필요로 한다면 당신을 위한 전속 코디네이터나 복장 디자이너, 또는 헤어 디자이너가 되면 좋겠다는 공상을 해본 적은 있지만."

"그것 참 멋있는 아이디어네요. 그렇게 되면 제가 당신한테 공짜로 돈을 드리는 형태가 안 되지 않겠어요? 사실 저도 요즘 판에 박은 듯한 디자인의 옷이나 장신구 등에 염증을 느껴가고 있던 중이었어요. 그러니까 당신이 디자인을 해주시는 대로 제가 모양을 내면, 당신도 좋고 저도 좋을 거예요. 당신은 특히 페티시즘적 상상력이 뛰어나시니까요."

"…… 그냥 한번 농담으로 해본 소리였어. 당신한테만 매달려서 일을 하기엔 내가 너무 자존심이 강해. 물론 별 볼일 없이 허망한 자존심이지만……. 그리고 그런 일을 아주 전문적으로 잘 해낼 자신도 없고."

"디테일한 일들이야 전문가들한테 지시만 하면 되죠, 뭐. 당신은 그저 아이디어만 빌려주시면 돼요."

"난 사실 로라가 화랑만 하고 있기엔 너무 아깝다는 생각이 들었어. 혹시 패션모델 일을 다시 해볼 생각은 없나?"

나는 슬그머니 말머리를 다른 데로 돌렸다.

"사실 그런 제의가 많이 들어오긴 해요. 그리고 CF 출연 제의도 들어오구요. 영화 출연 제의도 들어오는데 영화는 제가 전번에 멋모르고 나갔다가 아주 질려버렸는지라 생각하기도 싫고, 모델 일엔 사실 귀가 조금 솔깃해지고 있는 중이었죠. 장미화랑 일도 재밌긴 한데 그 일만 갖고서는 아무래도 너무 심심해서요."

"그럼 패션모델이나 헤어모델 일 같은 거라도 한번 해봐. 난 로라가 그런 일이라도 해야 얼마 안 남은 청춘을 값지게 보낼 수 있다고 생각해. 노출증(露出症)을 떳떳하게 만족시키는 쾌감처럼 큰 쾌감도 달리 없으니까."

나는 사실 남자든 여자든 패션모델들을 항상 부러워해 왔었다. 집에서 내가 제일 자주 보는 TV 프로는, 패션 전문 케이블 텔레비전 채널에서 틀어주는 파리나 밀라노의 패션쇼 프로였다. 시시껄렁한 에로영화를 보는 것보다는 그 편이 오히려 더 그윽한 '관능적 전율'을 선물했고, 패션쇼 자체가 하나의 '토털 아트(Total Art)'로 생각되는 것이었다.

특히 파리의 '오트쿠튀르(실용적 의상이 아니라 이브닝드레스 위주의 전시용 예술의상이나 전위의상)' 패션쇼를 보면 탄성이 저절로 나왔다. 그리고 '개량한복'이나 내세우는 한국의 촌스러운 패션쇼와 저절로 비교가 되면서, 우리나라에선 언제 가서야 마음 놓고 야하디야한 패션쇼를 할 수 있을까 하는 생각에 저절로 한숨이 나오는 것이었다. 아직도 공영 TV 방송에선 남자 가수의 그로테스크한 치장이나 여자가수의 노출이 심한 전위적 의상을 금지시키고 있는 것이 한국의 한심한 현실이기 때문이었다. 그러면서도 패션산업을 크게 일으키겠다고 공언하는 것이 바로 한국의 정치 지도자들이었다.

몇 년 전에도 광주에서 한 젊은 여대생이 '배꼽티'를 입었다는 이유로 경찰서에 연행돼 간 일이 있다. 그리고 서울에서도 어느 여대생이 젖무덤 위쪽이 많이 드러나는 '탱크톱'을 입었다고 연행돼 간 일이 있다. 둘 다 즉결심판소에서 '훈방'으로 풀려나오긴 했지만, 한국의 너무나 한심한 '문화적 촌티'를 드러낸 서글픈 해프닝이었다.

저 암담했던 유신시절에 장발이나 미니스커트를 법으로 단속했다는 사실에 대해서는 호들갑스럽게 비난을 해대면서도, 새로 나온 '야한 패션'에 대해서는 도무지 못 참아 하는 게 바로 한국인(아니, 더 정확하게 말하면 '수구적 봉건윤리에 젖어 있는 한국인')들인 것이다.

그래서 나는 로라를 볼 때마다 그녀 정도의 몸매와 패션 센스라면 유럽 수준의 모델이 될 수 있을 것 같다는 생각이 들곤 했었고, 그녀를 모델로 내세워 대담한 디자인의 패션쇼를 하면 굉장히 성공할 수 있을 것 같은 예감을 느꼈다. 하지만 그녀의 천진스럽게 야한 대담성을 쫓아갈 만한 디자이너가 과연 국내에 있을지 그것이 의심스러웠다. 그녀가 입고 다니는 옷은 전부 유럽에서 생산한 외제들인데, 그쪽 의상을 능가할 만한 대담하고 독창적인 디자인이 나와야만 하기 때문이었다. 그래서 나는 그녀의 아리땁고 고혹적인 몸매를 상상하면서 내 머릿속에 떠오르는 대로 옷이나 헤어스타일, 또는 장신구 등을 디자인해 보기까지 했었다.

나는 이런 생각을 하고 있다가 다시금 로라를 향해 말문을 열었다.
"패션모델이나 CF모델 일을 해보도록 해. 영화보다 한결 편한 노동일 뿐더러, 나르시시즘적 만족감이나 노출증적 쾌감을 몇 배나 더 만족시킬 수 있는 게 바로 그런 일이니까. 그러고 보니 내가 디자인한 옷이나 머리, 그리고 장신구나 구두 등을 가지고 로라 혼자서만 모델로 출연하는 패션쇼를 한번 해보고도 싶군."
그러자 로라는 손뼉까지 쳐가며 내 말에 동의를 표시해 오는 것이었다.
"그것 참 좋은 생각이네요. 당신이 디자인한 옷을 가지고 패션쇼를 하면 정말 멋있을 거예요. 당신의 대담하고 탐미적인 발상이 한국의 촌티 나는 패션문화를 변화시킬 수 있어요. 아니, 당신은 패션뿐만 아니라 모든 문화 전부를 세련되게 바꿔놓을 만한 능력을 갖고 있다고 저는 확신해요."
로라가 나를 너무 높이 띄워주어 나는 좀 겸연쩍어졌다. 그러나 로라의 호의에 구미가 바짝 동하는 것은 사실이었다.
김주리가 '살아 있는 인체'를 가지고 보디 페인팅 미술작업을 하며 보람을 느끼듯, 나도 살아 있는 인체, 그것도 아름다운 인체를 가지고 전위적인 실험예술을 하고 싶어졌다. 평면의 캔버스에 그림을 그리는 것이나 글자로만 된 시를 쓰는 것보다는 그것이 훨씬 더 창조적이고 자족적인 카타르시스를 선물해 줄 게 틀림없기 때문이었다.
"…… 차차 시간을 두고 생각해 보기로 하지. 아무튼 고마워. 나를 믿고 인정해 줘서 말야."

나는 로라에게 이렇게 말한 후 새로 캔맥주를 꺼냈다. 이번에도 역시 로라가 긴 손톱이 매달린 손으로 캔을 따주었다. 나는 그녀의 그런 불편한 동작이 너무나 황홀하게 느껴졌다. 맥주를 몇 모금 마시다가 문득 로라가 말했다.

"오늘 여기서 자고 가도 되죠?"

나는 선뜻 대답을 하지 못하고 망설일 수밖에 없었다. 혹시라도 그녀가 직접적인 육체의 교환을 희망해 올 경우, 그녀를 만족시켜줄 자신이 없었기 때문이었다. 사실 나는 여자와 직접적인 육체관계를 가져본 지가 너무 오래된 상태였다.

"벌써 운전기사를 보내버렸어요. 그러니까 전 오늘 여기서 자고 갈 수밖에 없어요."

하고 로라가 단호한 어조로 말했다.

"왜, 택시가 있지 않아?"

"밤늦게 택시 타는 것은 위험해요. 무슨 일을 당할지 모르니까요."

"그럼 내가 당신을 집까지 바래다주면 되지."

"싫어요. 전 오늘 밤 당신과 함께 있고 싶어요."

"글쎄……. 난 지금 원고를 써야 하는데."

"그럼 원고를 쓰세요. 제가 방해하지 않고 곁에 가만히 있을 테니까요."

"옆에 사람이 있으면 신경이 쓰여서 글을 쓸 수가 없어."

"바보 같은 소린 이제 그만 하세요. 당신도 절 원하고 계시잖아요? 원고는 내일 쓰시면 될 거구요."

"하긴 원고를 조금 늦게 갖다 준다고 해서 크게 탈날 일은 없겠지. …… 하지만 난 지금 너무 졸려."

"그럼 침대에서 주무셔요. 전 소파에서 잘 테니까요."

"소파 길이가 너무 짧아. 그럼 당신이 침대에서 자도록 해. 난 바닥에서 잘 테니까."

"그런 뚱딴지같은 소리로 제발 더 이상 저를 실망시키지 말아주세요. 이 침대 위에서 저랑 같이 주무시도록 해요, 네?"

나는 로라의 솔직하고도 단호한 제의에 잠시 어안이 벙벙해졌다.

물론 나는 로라와의 헤비 페팅(heavy petting)은 많이 가졌었다. 그리고 아까도 로라를 따라 그녀 집으로 가서 짙은 애무를 나눴더라면 좋았을 걸 하고 생각해 보기도 했었다. 그런데 막상 그녀가 적극적으로 나오자 오늘따라 미리부터 주눅이 드는 것이었다. 내가 생각해도 알 수 없는 일이었다.

로라는 더 군말 않고서 입고 있던 드레스를 벗어젖혔다. 실 한 오라기 걸치지 않은 순백의 피부가, 마치 과장적으로 예쁘게 깎아놓은 마네킹처럼 내 눈에 들어왔다. 풍만한 유방과 뽈딱 선 젖꼭지가 유난히도 먹음직스러운 모습으로 내 시야를 어지럽혔다.

앙증맞게 움푹 들어간 배꼽(오늘은 배꼽걸이를 걸고 있지 않아 오히려 더 아리땁게 보였다), 가느다란 다리와는 다르게 알맞게 살이 오른 허벅지, 잘록 들어간 골반 부근의 허리, 그리고 밝은 연두색으로 염색된 무성한 거웃수풀……. 숱 많은 거웃만은 아무래도 인조로 만들어 붙인 것 같았지만, 그런 것이 그녀의 청순하게 야한 인상을 흐려놓진 못했다.

나는 갑자기 마음이 어지러워지면서, 몹시도 강하게 다가오는 관능의 취기(醉氣)를 느꼈다. 하지만 초라한 내 방 안에서, 그리고 꼬질꼬질하고 옹색한 내 침대 위에서 그녀의 화사한 나신을 품는다는 게 왠지 안 어울리는 일같이 생각되었다.

나는 할 말을 잊은 채 그저 멍하니 앉아 맥주만 마시고 있었다. 왠지 손가락 하나 꼼짝할 수 없는 듯한 기분이었다.

"왜 그러시죠? 제가 오늘따라 장신구를 하나도 안 한 게 마음에 안 드시나요?"

로라가 여전히 따스한 음색으로 말했다. 그럴 때 그녀의 표정은 꼭 착한 누나 같았다.

"아니⋯⋯. 당신의 육체는 장신구를 하든 안 하든 여전히 아름다워. 특히 희디흰 피부 빛이 온몸에 흰색 파운데이션을 짙게 먹이고 있는 것 같아 보이는군."

"그런데 왜 저를 안 안아주시는 거예요? 공연한 부담 느끼지 마시고 그냥 저를 안고 주무시기만 하셔도 돼요. 느낌만으로도 충분하니까요."

로라가 팔을 벌렸다. 나는 어쩔 수 없는 욕정으로 그녀를 꼭 껴안았다. 그녀의 몸뚱어리를 껴안고 있는 나의 팔은 떨리고 있었고, 로라 역시 약간 떨고 있었다. 나는 그러는 그녀가 참으로 속을 알 수 없는 여자라고 다시 한 번 느꼈다.

"떨고 계시는군요. 왜 그러시죠? 전에 저를 껴안아주실 때하고 아주 달라 보이시네요."

"우리 집 안이라서 그런가 봐. 이곳이 너무 초라해 보여서⋯⋯. 아니, 문득 로라가 내 아내라도 된 것 같은 착각에 빠져들었기 때문인지도 모르지⋯⋯. 나는 그렇다 치고, 그런데 로라는 지금 왜 떨고 있지?"

"저도 당신과 비슷한 느낌을 느꼈기 때문에 그런지도 몰라요. 아무튼 남자가 혼자 살고 있는 집에서 옷 벗고 상대방을 껴안은 건 처음이니까요."

"당신 집에서 하는 것과 그렇게 다른가?"

"느낌이 아주 달라요. 마치 가난한 대학생 애인 커플이 허름한 여관에 몰래 들어가, 안쓰럽게 애무를 나누는 것 같은 느낌이 들어요."

그녀가 내가 살고 있는 집을 '허름한 여관'에 비유하고 있는 게 약간 마음에 언짢았다. 하지만 그 정도의 말 가지고 내 기분이 몹시 상하지는 않았다. 오히려 그녀의 솔직한 감정 토로가, 내 가슴에 달콤한 느낌으로 다가오기까지 하는 것이었다.
　나는 로라를 더욱 꽉 껴안았다. 그녀의 젖꼭지가 한결 딱딱해지고 있는 것을 촉감으로 느낄 수 있었다. 나도 역시 흥분이 되면서 심벌이 경직되기 시작했다. 로라가 내 귀에 입을 바짝 갖다 대고서 속삭였다.
　"제 진정(眞情)에 대해서는 걱정하시지 말아요. 저는…… 현재…… 당신만을 사랑하고 있으니까요."
　'사랑한다'는 말까진 좋았는데 거기에 '현재'라는 단어가 껴 붙는 게 마음에 걸렸다. 하지만 따지고 보면 그녀가 한 말은 무척이나 솔직한 말이었다. 나도 '현재' 상태에서 그녀를 좋아하고 있기 때문이었다.
　나는 손으로 그녀의 얼굴과 어깨와 가슴을 어루만져주면서 말했다.
　"로라는 정말 섹시하게 아리따워. 나도 현재로선 로라만을 생각하고 있지."
　"고마워요. 절 예쁘게 봐주셔서요. 하지만 저로서는 제 육체에 불만이 많아요. 너무 마른 것 같아서요."
　"난 그 마른 게 좋은데. 그리고 유방 확대 수술을 했기 때문에, 마른 몸매에 언밸런스로 매달려 있는 젖가슴이 당신의 마른 몸매를 더욱 관능적으로 보완해 주고 있어 더욱 좋아."
　"사실은 저도 당신의 마른 몸매가 좋아요. 전 조금이라도 살찐 남자는 질색이니까요."
　말을 하고 있는 중에도 로라의 호흡은 상당히 거칠어져 있었다. 그녀는 나의 하반신을 부드럽게 감싸 안으며 침대 위로 가 쓰러졌다.
　"저를 원하고 계시죠?"
　가쁜 숨을 몰아쉬면서 로라가 말했다.
　"당신을 원해. 이 세상 무엇보다도……."
　"그럼 저를 가지셔요."
　로라는 몸을 눕히면서 나를 자기 쪽으로 바짝 끌어당겼다.

"저를 가져주세요, 여보."

그녀가 재차 나를 재촉했다.

나는 로라의 몸 위로 올라갔다. 그녀는 무릎을 세우고서 다리를 벌렸다. 나는 한쪽 손으로 그녀의 길고 부드러운 거웃을 쓰다듬다가 부풀어 오른 그녀의 심벌을 집중적으로 마찰했다. 그녀의 사타구니는 벌써 축축한 습기를 머금고 있었다.

나는 정신없이 그녀와 몸을 섞었다. '순수하고 무심한 탐닉'이 나로 하여금 힘이 솟구치게 했다. 나는 나도 모르게 옅은 신음소리를 냈다. 내가 하체를 움직이기 시작하자 로라의 입에서도 가는 신음소리가 터져 나왔다. 나의 어깨를 잡고 있던 로라의 두 손이 등쪽으로 내려가면서 다시 힘이 가해졌다. 그녀는 대퇴부를 한껏 오므려서, 나의 지속적인 몸동작이 야기시키는 마찰의 쾌감을 최대한 음미하고 있었다. 그러다가 로라는 하지(下肢)를 더욱 높이 쳐들어 내 어깨 위에 걸쳤다.

나와 로라는 완전히 한 몸이 되어 부드럽고 달콤한 리듬을 타고 있었다. 어느새 로라의 얼굴에서는 땀과 눈물이 흘러나왔고, 나 역시 그건 마찬가지였다.

나는 난생처음 맛보는 희열 속에 몸을 담글 수 있었다. 힘이나 정력에 대한 걱정 같은 것은 어느새 꼬리를 감추고 있었고, 오로지 순수한 망아(忘我)의 기쁨만을 즐기고 있을 뿐이었다. 남자의 성애는 확실히 여자 만나기 나름이라는 생각이 들었다.

우리들의 사랑은 더욱더 격렬해졌다. 그녀와 나의 눈동자가 몽롱한 빛을 띠어가기 시작했고, 폭발 일보 직전에서 그녀와 나는 서로를 더욱 힘껏 끌어안고 있었다.

드디어 정열의 극대치가 육체적 폭발과 함께 다가왔고, 우리는 둘 다 환희의 비명을 질렀다. 우리는 서로 꽉 껴안은 채 깊게 입을 맞췄다. 나는 그 어떤 여성한테서도 느껴보지 못한 친밀감을 로라한테서 느끼고 있었다.

시간이 잠시 흘렀다. 나는 로라의 귓불을 매만져주고 있었고, 그녀 역시 나의 가슴을 쓸어주고 있었다. 그러다가 그녀는 입가에 미소를 띤 채 옅은 잠에 빠져들어 갔다.

2

나는 순진한 표정으로 잠들어 있는 로라의 앳된 얼굴을 바라보면서, 마음이 지극히 평온해져 가는 것을 느꼈다. 이토록 평안한 마음을 느껴본 것은 처음이었다. 나는 이처럼 편안한 성교가 이루어진 것이 신기하게 생각되었다. '편안한 성희(性戱)'는 어느 정도 가능하지만, '편안한 성교'는 상당히 어려운 게 사실이기 때문이었다. '성희'가 아닌 '성교'는 자칫하면 '어설픈 힘 겨루기'가 되기 쉽다.

나는 한참 전 젊었을 때 여자들과 성교 행위를 벌일 때마다, 성교 행위가 '전쟁'과 비슷하다는 생각을 하곤 했었다.

사실 성과 전쟁은 서로 비슷한 게 사실이다. 성이나 전쟁이나 힘 또는 폭력을 거의 무제한적으로 투입하는 행위라는 점에서는 마찬가지다.
자웅이 다른 두 개체가 만나 서로 엉겨 붙어 상대를 탐색하고 압살(壓殺)하는 행위가 바로 성행위이다. 그리고 서로의 존재가 죽음에 의해 완전히 소멸해 버리지 않을 정도까지 지속되는 치열한 전투가 또한 성행위이다.
인류가 발명해 낸 '극단의 스포츠'인 '전쟁'은 따라서 성과 너무나 닮아 있다. 철저하게 동물적이고 이기적인 목적에서, 이데올로기적 대의명분이나 정신의 결합 등을 내세워 각자의 은밀한 욕정을 충족시키려 드는 행위가 바로 전쟁이요, 성(더 정확히 말하면 성교)인 것이다.

각자가 갖고 있는 생명의 원동력이 관능적 상상력을 동원하는 치열한 전투 속에서 조금씩 소진되어 갈 때, 인간은 자학적 희열을 맛본다. 그리고 그러한 전투행위가 끝난 후 관능적 상상력이 환상과는 다른 밋밋한 형상으로 본모습을 드러낼 때, 인간은 짙은 패배감과 더불어 허무감을 경험하곤 한다. 이 역시 전쟁과 성의 공통적 속성이라 하지 않을 수 없다.

성은 결국 죽음의 본능인 '타나토스(Thanatos)'와 연결되어 있다. 성은 삶의 본능인 '에로스(Eros)'에서 나온 것이 아니다. 인간은 성을 통해 마조히스틱한 죽음의 본능(또는 마조히즘의 이면이라고 할 수 있는 사디스틱한 가학의 본능)을 대리충족 받으면서 살아간다.

그런데 성 또는 성욕의 직접배설이나 대리배설(이를테면 포르노 등을 통한 대리만족)이 제대로 이루어지지 않을 때, 인간은 가학본능(곧, 죽음의 본능)을 극단적인 방법으로 충족시킬 수밖에 없다. 그것이 바로 자살이나 타살, 또는 파시즘적 폭력을 바라는 집단적 소망 등으로 표출되는 '변칙적 성'인 것이다.

그러므로 성욕에 대한 대리배설 장치나 성적 표현물에 대한 봉건적 규제가 많은 한국 사회에서 폭력사건이나 성추행 사건 또는 자동차 사고 등이 많은 것은 당연한 현상이라고 할 수 있다. 이를테면 자동차 사고로 인한 사망률의 경우 한국은 세계 최고의 기록을 보유하고 있다. 그런데 이런 현상에는 성에 대한 이중잣대를 가지고 성욕의 대리배설을 위한 '하수도 문화'를 인정하지 않는 극우적 도덕주의 문화가, 진짜 근본적 원인으로 작용하고 있다고 볼 수 있는 것이다.

또한 박정희식의 파시즘적 독재 권력이나 조선조식 왕권정치에 대한 은근한 동경 역시, 성욕을 대리배설시키는 것을 억압하고 성에 대한 표현의 자유를 주지 않는, '문화적 촌티'로 무장된 경직된 사회 분위기와 무관하지 않다.

나는 전에도 로라가 '딱딱한 여자'가 아니라 '부드러운 여자'라는 사실을 느낌으로 깨달아 알아챈 바 있었다. 그런데 이번에 그녀와 모처럼 성교행위를 하고 나서 생각해 보니, 그녀는 '부드러운 여자'인 동시에 '여성이 주는 섹스'의 중요성에 대해서 알고 있는 여자라는 생각이 들었다. 말하자면 그녀와의 섹스는 '전쟁'이 아니었던 것이다.

"여성은 남성에게 섹스의 즐거움을 주기 위해서 존재한다"는 사고방식은 이젠 사실 케케묵은 사고방식으로 간주되고 있다. 오히려 요즘 세상은 여성을 위해 섹스가 존재하는 것 같기도 하다.

몇 백 년, 아니 몇 천 년 동안 억제되어 왔던 여성의 성 본능이 마치 막혔던 둑이 터지듯 강렬한 수압으로 갑작스럽게 분출되어, 오늘날의 여성들을 성의 맹수로 만들어놓고 있는 것이다.

물론 한국의 경우에는 여자의 성적 자각 과정이 느리고 혼전에 자위행위를 경험하는 일조차 드물기 때문에, 이런 현상은 주로 서른 살 이상의 기혼여성들한테서 많이 나타난다. 그러나 그렇기 때문에 오히려 더 문제가 있다.

이들이 만약 결혼 전에 다양한 '성희의 연습'이라도 해볼 수 있는 기회를 가졌더라면, 미칠 듯 갑자기 솟구쳐 오르는 성적 욕구를 어느 정도까지는 컨트롤할 수 있을 것이다. 그런데 대부분의 기혼녀들은 성이 무엇인지도 모르고 결혼했고, 또 결혼생활에 있어 섹스가 얼마나 큰 비중을 차지하는지를 모르고 결혼했기 때문에 더욱 괴로운 것이다.

특히 많은 여성들이 성관계에 있어 '수동적'이어야 한다는 생각을 갖고 있어, 그들을 더욱더 '앙앙불락(怏怏不樂)'의 상태로 몰아가고 있다.

성관계를 가질 때는 남성이나 여성이나 다 '능동적'이 되어야만 한다.

시종일관 '능동적' 자세로 이루어지는 섹스가 이른바 '주는 사랑'이요, '주는 섹스'라고 할 수 있다.

흔히들 '사랑은 주는 것이다'라고 말하고, 그것이 사랑의 황금률이라도 되는 것처럼 믿고 있다. 확실히 옳은 말이다. 다만 그 말 가운데 나오는 '사랑'이 '정신적 사랑'만 가리키는 것으로 착각하고 있는 것이 문제다.

사랑은 섹스와 동의어이다. 그러므로 '주는 사랑'은 정신적 사랑에 그치지 않고 육체적 사랑에서도 똑같이 적용된다. 따라서 모든 남녀 관계에 있어, '주는 섹스', 즉 '능동적이고 적극적인 섹스'는 두 사람 간의 사랑을 활기찬 기쁨으로 승화시켜 줄 수 있는 강력한 촉매제가 된다.

그런데 우리가 여기서 짚고 넘어갈 것은, 성문제로 야기되는 남녀 간의 트러블들에 있어, 남자가 저지르는 잘못도 많지만 여자들 역시 많은 잘못을 저지르고 있다는 사실이다.

특히 대부분의 한국 여성들은 '침실에서의 책임'을 망각하고 있다. 그러면서 무턱대고 성적 쾌감만 맛보려고 서두른다. 한국 여성들 대부분이 이기적인 성격이면서 한편으로는 벙어리들이기 때문이다. 여기서 내가 '벙어리'라는 말을 쓴 이유는 여성들이 아직도 성문제에 관해서 솔직하게 이야기하는 일이 드물기 때문이다. 성관계를 가질 때 침대 위에 '두 사람'이 존재한다는 엄연한 사실을 많은 여성들은 놓쳐버리고 있다.

한국의 많은 여성들은 남성에게 성애의 즐거움을 '주는 일'이, 여성이 성애의 즐거움을 '맛보는 일'만큼이나 중요하다는 사실을 망각하고 있다.

진짜 관능적인 여성은 여성의 심리적 소임과 육체적 소임이 남성과 어떻게 다른지를 잘 알고 있다. 관능적인 여성의 육체는 언제나 모성(母性)을 갖고서, '능동적으로 주고 싶은 욕구'로 가득 차 있는 것이다.

여성이 잠자리에서 남성을 즐겁게 해주면 남성 역시 보다 즐겁게 봉사해 준다는 사실을 진짜 부드럽게 관능적인 여성은 잘 알고 있다. 여성이 남성에게 '서슴지 않고 주는' 행동을 보일 때 극단적으로 말해서 여성이 노예처럼 저자세로 나올 때, 그런 행동은 여성을 '진짜 성애의 황홀경'으로 이끌어주는 것이다. 말하자면 되로 주고 말로 받는 식이다.

"이렇게 해줘요, 저렇게 해줘요"라고 요구하기만 하는 여성은 딱딱한 여자이거나 못된 여자이다. 그런 습성에 젖어 있는 여자는 어떠한 성애적 즐거움도 맛볼 수 없다. 남자는 그런 고집불통의 여자에게 결국 질려버릴 것이고, 보다 '잘 베풀어주는' 다른 여자 파트너를 찾아 나설 것이기 때문이다.

로라는 침실에서의 육체 행위에 있어 '무조건 주는 여자'였다. 그녀한테서는 도도한 여왕이나 교양 있는 귀부인 같은 자세를 도무지 찾아볼 수 없었다. 그녀는 모든 남자들이 갖고 있는 공통점이, 다들 섹스에 대해 겁을 먹고 있으며 어린애 같다는 사실을 잘 알고 있었다.

실제로 모든 남자들은 칭얼칭얼 보채대며 엄마 젖가슴 속으로 파고드는 어린애들이다. 그래서 남자들은 모두 여자 쪽에서 내뱉는 핀잔 한마디에 쉽사리 기가 꺾여버린다. 그러므로 모든 남자들은 여자가 어르고 달래며 사랑을 잘 베풀어줘야만 성적(性的)으로 급성장하여 의젓한 어른이 될 수 있는 것이다.

남자에게 사랑을, 아니 '성애의 기쁨'을 베풀어주려면, 다시 말해서 남자가 칭찬받은 아이처럼 기분 좋아하도록 애무해 주려면, 여자가 남자의 육체에 대해 구체적으로 잘 알고 있어야 한다. 그러나 유감스럽게도 대부분의 여자들은 남자의 육체에 대해서 별로 알고 있는 것 같지 않다.

남자란 그저 성적 흥분과 동시에 '발기한 괴물'로 돌변해 버리도록 만들어진 '로봇'쯤으로 알고 있는 여자들이 의외로 많다.

하지만 로라는 남자의 육체에 대해 잘 알고 있었다. 그녀는 여자가 남자의 궁둥이를 살짝 깨물어줄 때 남자가 미치도록 즐거워한다는 사실을 알고 있었다.

그리고 남자의 앞가슴 역시 여자처럼 성감대를 갖고 있어서, 여자가 가슴을 보드랍게 만져주거나 키스해 줄 때, 작은 젖꼭지이지만 보기 좋게 발딱 부풀어 오른다는 사실을 알고 있었다.

  또한 여자가 남자의 귓바퀴를 혀끝으로 뱅뱅 돌려가며 핥아줄 때, 남자는 갑자기 의기양양해져 가지고 졸지에 달아오른다는 사실을 알고 있었다.

  그러다가 여자가 뜨거운 입김을 남자의 귓속에 '훅' 하고 불어넣을 때, 남자는 다 죽어가는 환자 같은 신음소리를 내며 마음속으로 기쁨의 눈물을 흘린다는 사실도 알고 있었다.

  나는 이런저런 생각에 잠기며 담배를 한 대 피워 물었다. 왠지 잠이 올 것 같지가 않았다. 곁에 있는 로라를 보니 여전히 새근새근 잠을 자고 있었다. 입술을 반쯤 벌리고서 잠들어 있는 모습이 몹시도 아리따운 백치미를 연상시켜 주었다. 그리고 한편으로는 부모가 죽은 줄도 모르고 잠들어 있는 순진무구한 고아 같은 느낌을 주기도 했다.

  로라는 옅은 잠에 빠져들어 있는 것이 아니었다. 그녀는 평화로운 얼굴빛으로 깊은 잠에 빠져들어 있었다. 나는 잠이 오지 않아 책상 앞에 앉아 아까 쓰다 남은 원고를 쓰기 시작했다. 하지만 관능적 흥분이 아직 가라앉지 않아서인지 글이 잘 써지지를 않았다. 나는 내가 사춘기 소년 같다는 생각이 들었다

  한참을 끙끙거리면서 문득문득 찾아오는 잡념과 싸워가며 원고를 마무리짓자 그때 마침 로라 쪽에서 잠에서 깨어난 듯한 기척이 났다.

  "저런, 아직도 안 주무시고 계셨군요. 원고가 급하긴 급한가 보죠? 저 때문에 밤늦게까지 원고를 쓰게 됐다면 용서해 주세요."

  침대에서 일어나 앉은 로라가 말했다.

  "꼭 원고 때문만은 아니었어. 잠이 오지 않아서 그랬지."

  하고 내가 로라에게 말했다.

"남자들은 대개 육체관계를 끝내면 편하게 잠에 곯아떨어지는 게 보통이던데요."

"나도 물론 기분 좋은 피로감을 느꼈지. 하지만 로라가 너무 잘해줬기 때문인지, 관계 후의 여운이 아주 길게 남아 있어 금세 잠을 이룰 수 없더군."

"그렇게 느끼셨다면 감사드려요. 아무튼 저도 참 좋았어요. 한 번 더 하실래요?"

"아니, 오늘은 이 정도로 끝내야 아쉽게 감미로운 느낌이 오래갈 것 같아. 새로 판을 벌이면 아무래도 의무적인 봉사나 힘겨루기가 되기 쉬우니까."

"당신은 역시 모든 걸 너무 복잡하게 생각하시는군요."

"복잡하게 생각해서가 아냐. 내가 센티멘털리스트라서 그렇지."

"하긴 그 점이 바로 당신의 매력이에요. 당신만한 나이에 센티멘털리스트가 된다는 건 쉬운 일이 아니거든요."

로라는 말을 마치고 나서 내 곁으로 다가와 내 귓바퀴에 혓바닥을 갖다 대었다. 전라의 그녀 몸에서는 여전히 얄쌍한 향내가 풍겨나왔고, 내 귀에 발라진 그녀의 타액은 여전히 풍성한 습기를 유지하고 있었다.

나는 로라의 키스에 대한 답례로 그녀의 젖꼭지를 오랜 시간 빨아주었다. 그러고 나서 그녀를 이끌고 소파로 가 앉았다. 두 사람 다 전라라는 사실이 한결 푸근한 동질감을 느끼게 해주었다.

"밖에 비가 오나 봐요. 귀를 기울이고 빗소리를 들어보세요."

하고 로라가 내 몸을 쓰다듬어주면서 말했다. 창밖을 보니 과연 비가 부슬부슬 내리고 있었다. 빗방울이 날리는 희뿌연 밤하늘 사이로 북악산의 능선이 어렴풋하게 보였다.

"정말 비가 내리고 있군. 로라는 비 오는 걸 좋아하나?"

"좋아해요. 서울 거리가 모처럼 깨끗해지는 것 같은 기분을 느끼게 되니까요. 빗속을 벌거벗고 뛰어다니고 싶은 충동을 느낄 때도 있어요."

로라가 차분한 음성으로 대답했다.

로라는 약간 멍한 눈빛으로 창밖을 내다보고 있었다. 나도 말없이 창밖을 내다보았다. 낡고 비좁은 아파트지만 북악산이 바라보이는 전망 하나만은 참 좋다는 생각이 들었다.

"비가 좀 더 세차게 쏟아졌으면 좋겠어요."

한참 만에 로라가 말했다. 나도 마찬가지 생각이었다. 하지만 나는 금세 대답을 하지 않았다. 둘이서 얼싸안고 그냥 가만히 있다는 사실이 몹시도 달착지근하고 포근한 느낌을 불러왔기 때문이었다.

한참을 그러고 있는데 갑자기 로라가 내 몸으로 더 세게 파고들어오며 말했다.

"정말 당신은 저를 사랑하시죠, 네?"

또다시 사랑타령이라 나는 기분이 좀 어색해졌다. 그래서 이번에는 '사랑한다'는 불투명한 말 대신 '좋아한다'는 말을 써서 그녀의 물음에 답해주었다.

"물론 좋아하고말고."

"……저에 대해서 많이 알고 계시죠?"

한참 있다가 다시 로라가 내게 물었다.

"조금은. 하지만 전혀 모른다고도 할 수 있지."

"전 한국 사람들이 흔히 말하는 '좋은 여자'는 아니에요."

"어떤 면에서는 그렇다고도 할 수 있지."

"그래도 사랑해 주실 거죠?"

"그럼."

나는 이런 내용의 대화가 무의미하다는 생각이 들었다. 그리고 로라가 자꾸 '사랑'을 확인하려고 한다는 사실이 무척이나 이상스럽게 생각되었다.

그녀는 내 대답을 듣고 나서 순간적으로 밝은 표정이 되었다가 잠시 후 조금 어두운 표정이 되었다. 그런 다음 다시 내게 물었다.

"저한테도 좋은 면이 있을까요?"

"많아. 아주아주 길고 반짝거리는 머리카락, 길디긴 손톱, 항상 높은 하이힐만 신고 다니는 버릇, 대담하고도 그로테스크한 화장……."

"솔직한 대답이라 좋기는 한데 약간 서운하게 들리네요. 너무 외모에 대해서만 말씀하셨으니까요."

"그럼 로라는 못생긴 성녀(聖女)가 되길 원하나?"

"그런 건 아니지만요……."

"사람의 내면은 물론 중요해. 그러나 내면이 외면보다 중요하다고 믿는 것은 옳지 않아. 사람의 마음은 심장에 있는 것도 아니고 머릿속에 있는 것도 아니야. 사람의 마음은 겉에 있어. 마치 피부와도 같지."

우리는 다시금 서로 끌어안고 입을 맞췄다. 그녀는 계속해서 내 심벌을 쥐고 있었다. 하지만 이번엔 이상하게도 심벌이 발기하지 않고 있었다. 그래서 오히려 그녀의 살풋한 손놀림과 손톱놀림이 더 예민한 느낌으로 내 사타구니에 전해졌다.

"제가 늙으면 절 싫어하실 거죠?"

다시 로라가 내게 물었다. 하지만 따지는 듯한 목소리가 아니라 따뜻한 목소리였다.

"아마 그렇게 되겠지. 지금으로선 설사 당신이 늙는다고 해도 내겐 여전히 매력적인 여자로 보일 것 같지만……."

"왜 그렇죠?"

"그때도 여전히 손톱과 머리를 길게 기르고, 높은 하이힐을 신고, 화장을 진하게 할 테니까. 그리고 적극적인 성형수술로 인공미(人工美)를 더 다져나갈 것 같고……."

"그래도 저한테 싫증이 날 때가 있을걸요."
한참 동안 생각에 잠겨 있던 로라가 내게 말했다.
"그럴 수도 있겠지. 그건 로라도 마찬가지일 거고."
"그럼 이렇게 하기로 해요. 싫증이 나면 각자 잠시 떠나 있기로……."
"그래, 그렇게 하기로 하지."
나는 로라가 내게 보여주는 애틋한 정성과 진지한 사랑의 말에 아직도 약간 어리둥절한 상태에 있었다. 그래서 문득 그녀가 홍샘과 같이 발가벗고 있을 때는 어떤 말을 할까 하는 생각이 들었다. 그리고 홍샘뿐만 아니라 이길로나 한그루(만약 그와의 육체관계가 이루어진다면) 같은 친구들과 같이 발가벗고 있을 때는 어떤 말을 할까 하는 생각도 났다.

빗줄기가 제법 세차지기 시작했다. 굵은 빗줄기를 보니 마음이 한결 후련해졌다. 로라가 창가로 가서 창문을 활짝 열었다.
"벌거벗고 있어서 창문을 열면 추울 텐데……."
하고 내가 그녀에게 말했다.
"전 하나도 춥지 않아요. 당신이 추우시다면 창문을 닫으셔도 돼요. 하지만 빗소리가 참으로 시원하게 들리지 않아요? 정 추우시면 제가 세게 껴안아드릴게요. 저는 몸이 늘 뜨겁거든요."
대답을 끝내고 나서 로라는 내 곁으로 다가와 나를 세게 끌어안았다. 그녀의 몸은 과연 따끈따끈했다. 확실히 양성(陽性) 체질인 게 분명했다. 그녀가 노출이 심한 옷을 사시사철 입고 다닐 수 있는 것도 역시 체질 탓인 것 같았다. 나는 음성(陰性) 체질인 탓에 몸이 늘 차가웠다.
창문을 열어젖히자 새벽으로 다가가는 도시의 불빛들이 빗줄기에 어른거려 꽤나 환상적으로 보였다. 저 불빛 아래서 사람들은 저마다 어떤 방법으로든 이른바 '사랑'을 나누고 있을 것이다. 그리고 열렬히 사랑하면서도 동시에 헤어지는 순간을 염려하고 있을 것이다. 그런 걱정이 현재의 사랑에는 전혀 도움이 되지 않는다는 것을 뻔히 알면서도…….

"제가 다른 남자와 자면 싫으시죠?"

문득 로라가 내게 물었다.

"꼭 그렇지만도 않아. 오히려 로라한테 성적 부담감을 느끼지 않게 되어 좋은 점도 있지."

내가 그녀에게 대답했다.

"당신은 참으로 너그러우시군요."

"너그러운 게 아냐. 이기적인 거지."

"아무래도 좋아요. 당신은 참 특별한 남자예요. 제 남편만큼이나."

또 남편 얘기가 나왔다. 하지만 이번엔 전혀 기분 나쁘지가 않았다.

빗줄기가 더 거세지더니 거센 바람까지 불었다. 그래도 로라는 창문을 닫지 않고 있었다. 나는 추워서 몸이 떨려왔다. 그래서 나는 자존심을 차릴 겨를도 없이 창문을 닫아버렸다.

"당신은 추위를 몹시 타는군요. 지금은 한겨울도 아닌데요."

로라가 내게 말했다.

"왜, 그래서 싫어?"

"싫기는요. 그래서 당신이 더 좋아져요. 전 힘센 남자보다는 허약한 남자가 좋으니까요."

"모성애 체질이로군. 그럼 아이를 하나 낳아보지 그래."

"아이는 싫어요. 어쩐지 징그러운 생각이 들어요. 또 못생기게 나올까 봐 겁도 나구요."

나는 그녀의 솔직한 대답이 마음에 들었다.

"나도 친구의 아이들 중 못생긴 여자애를 보게 되면 참 입장이 난처해지지. 예의상 예쁘다고 칭찬을 해줘야 할 텐데, 그러기엔 어쩐지 양심이 켕겨서 말야."

내가 다시 로라에게 말했다. 한국 사회에서는 '외모' 문제에 대해 솔직하게 드러내놓고 말하는 게 일종의 금기처럼 되어 있는데, 로라한테만은 외모 얘기를 털어놓고 얘기할 수 있어 기분이 좋았다.

"못생긴 여자들은 불쌍해요. 아니, 스스로 못생겼다고 단정하고 열등감을 느끼고 있는 여자들은 불쌍해요. 조금만 공을 들여 가꾸고 다듬으면 한결 예뻐 보일 텐데도, 그런 여자들은 예뻐지기를 금세 포기해 버리거든요."

"얼굴 바탕이 근본적으로 예뻐질 순 없겠지. 하지만 화사하고 요란하게 꾸미면 적어도 야해질 수는 있어. 그리고 나는 사실 '예쁜 여자'보다는 '야한 여자'를 더 좋아해. 그런데 우리나라 남자들은 야한 여자보다는 예쁜 여자만 찾거든. 그래서 못생긴 여자들의 고통이 더해지는 거고. …… 또 사실 외모 콤플렉스를 갖고 있는 건 여자만은 아냐. 남자들도 다 외모 콤플렉스를 갖고 있지."

"하지만 여자들보다는 느끼는 고통의 강도가 훨씬 덜해요. 남자는 외모 콤플렉스를 다른 것으로 어느 정도 보완할 수 있으니까요."

"다른 게 뭔데?"

"뭐, 돈이나 명예나 권력 같은 것이겠죠."

"여자도 그건 마찬가지 아닐까?"

"차츰 그렇게 돼가고 있는 건 사실이에요. 하지만 아직은 남자보다 훨씬 더 외모 콤플렉스에 시달리고 있는 게 현실이지요."

말을 마치고 나서 로라는 상당히 우울한 표정을 지었다. 그리고 담배를 한 대 긴 물뿌리에 끼운 후 피워 물었다. 담배 또한 길고 가느다란 슬림(slim)형이었기 때문에 그녀의 좁고 긴 손톱과 썩 잘 어울려 보였다.

"왜 지금 로라가 우울한 표정을 짓고 있지? 로라가 외모 콤플렉스 갖고 있진 않을 거 아냐?"

그녀가 담배연기를 내뿜고 있는 모습이 꽤나 허무하고 허탈한 모습으로 보여 내가 물었다.

"저 때문은 아니에요. 저야 이만큼이라도 생겨가지고 태어난 걸 몹시 고마워하는 처지에 있죠. …… 사실은 제 여동생 명희 때문에 마음이 울적해져서 그랬어요."

"로라한테 여동생이 있었나? 참, 그러고 보니 내가 로라의 가족관계에 대해 여지껏 하나도 모르고 있었다는 사실이 신기하게 생각되기조차 하는군. 그래, 동생인 명희가 그렇게 못생겼나? 로라 얼굴을 보면 유전법칙상 여동생이 못생겼을 리가 없다는 생각이 드는데……."

"아주 못생긴 건 아니에요. 그만하면 평균을 훨씬 넘어서는 얼굴을 갖고 있죠. 그런데 걔는 자꾸 저와 자기를 비교해 보며 괜한 열등감에 빠져든단 말이에요."

"참, 로라의 부모님들은 어떻게 생겼나? 로라는 누굴 닮아서 그렇게 예쁜 거야?"

"아버지가 특히 잘생기셨어요. 그러니까 전 아빠를 닮은 거죠. 그런데 어머니는 그저 그런 얼굴이시거든요. 딸은 보통 아버지를 닮는다고 하는데, 저는 그 법칙에 맞게 태어난 셈이에요. 헌데 명희는 같은 딸로 태어났는데도 아빠를 안 닮고 엄마를 닮았단 말이죠. 그래서 그 애는 늘 괴로워하고 있어요."

3

로라한테서 얘기를 더 들어보니 명희가 느끼고 있는 언니에 대한 질투심과 열등감은 흔히 말하는 '우울' 정도가 아닌 것 같았다.

로라는 재벌에게 시집가 돈이 많기 때문에, 동생인 명희를 실컷 호강시켜 주고 사치스럽게 살도록 해줄 수 있는 상황에 있었다. 그래서 그녀는 부모한테도 큰 집을 사주었고 돈도 많이 대주고 있었다. 로라의 아버지는 고등학교 교사라 돈이 많지 못했다. 그런데 로라가 미스코리아에 당선되고 또 시집을 잘 가고 난 다음부터는 고생을 면하고 있는 셈이었다.

꽁생원 체질인 로라의 부친은 딸이 미스코리아 대회에 나가는 것조차 처음엔 못마땅해 했다고 했다. 그래서 미스코리아를 배출하기로 소문난 '때빼' 미용실의 마담인 '그레이스 리'가 길에서 로라를 보고서 낙점을 한 후, 로라에게 미스코리아 대회에 나가도록 권했을 때도 로라보다는 로라의 부친을 설득하는 데 진땀을 빼야 했다는 것이었다.

로라의 부친은 결국 그레이스 리의 설득에 응하게 되었고, 딸이 국제 미인대회에서도 입상하고 외국인 재벌의 아내까지 되자 이제는 오히려 로라한테 고마움을 느끼는 처지가 됐다고 했다. 다만 로라는 혼자 독립해서 살고 싶어 결혼하기 전부터 부모 집을 나와 혼자 살게 됐는데, 그 까닭은 아버지의 구식 세계관에 따른 간섭과 충고가 귀찮고 성가시게 느껴져서였다. 대신 지금까지도 물질적으로는 지극 정성으로 효도를 하고, 여동생인 명희와 남동생 승욱한테도 아낌 없는 지원을 베풀어주고 있었다.

명희는 로라보다 네 살 아래로, 지금 한국에서 꽤 좋은 대학에 다니고 있다고 했다. 그리고 승욱은 로라보다 두 살 아래인데 누나인 로라의 도움으로 미국의 좋은 사립대학에 유학을 가 있었다. 둘 다 로라와는 달리 공부를 잘했다. 그런데 승욱은 누나의 도움을 받는 것에 대해 부담을 느끼고 있지 않은 데 비해, 명희만큼은 부담을 느끼며 언니를 피하기까지 한다는 것이었다.

명희는 머리는 좋은 편이지만 사실 '공부 체질'은 아니라고 했다 그런데 어렸을 때부터 언니에 대한 외모적 열등감에 시달린 나머지, 외모 콤플렉스를 '학벌'로라도 보충하기 위해 소위 일류 대학에 진학하게 됐다는 것이었다.

"도대체 명희의 얼굴이나 체격이 어떻게 생겼길래 그토록 열등감에 빠져 있는지 궁금해지는군."

로라의 얘기를 듣고 나서 내가 그녀에게 물었다.

"절대로 아주 못생긴 얼굴이 아니라니까요. 다만 엄마를 닮아 키가 저보다 작고 목이 좀 짧아요. 그리고 얼굴도 약간 펑퍼짐하게 네모진 편이구요. 얼른 보기엔 예쁜 편인데도 그 애는 지금 거의 병적(病的)으로 외모 콤플렉스에 시달리고 있어요. 그래서 학교까지 휴학을 하고 요즘엔 신경정신과 병원엘 다니며 치료를 받고 있죠."

대답을 하고 나서 로라는 긴 한숨을 쉬었다. 이럴 때의 로라는 요변스럽게 야한 여자가 아니라 몹시도 '착한 언니'로 보여, 나는 그녀가 더욱 사랑스럽게 느껴졌다.

"그럼 명희가 연애는 해봤나?"

"따라다니는 남자애들이 있어도 통 연애를 안 하니 문제지요."

"왜 연애조차 안 하는 걸까? 그러기만 해도 훨씬 심리상태가 좋아질 텐데……."

"그러니까 제가 걱정이죠. 제가 보기에 그 애는 지금 '중병(重病)'에 걸려 있어요. 외모 콤플렉스뿐만이 아니라 성적(性的) 결벽증까지 겹쳐 있는 것 같아요."

"명희가 노이로제와 우울증에 걸리게 된 원인이 언니에 대한 외모콤플렉스 때문이라는 건 확실히 맞는 얘기야? 원인이 전혀 다른 데 있는 것은 아닐까?"

"자기야 물론 아니라고 우기죠. 하지만 제가 보기에 그 애의 병의 원인은 틀림없이 저에 대한 외모 콤플렉스에 있어요. 의사도 그렇게 보고 있구요."

"대체 명희의 증상이 어떤 건데?"

"우선 잠을 거의 못 자요. 그리고 한번 울기 시작하면 대여섯 시간을 계속해서 울구요. 증상이 그렇게 심해지기 전에 저는 명희를 제 집에 억지로 끌고 오다시피 해서 데리고 있었던 적도 있어요. 적극적으로 화장하는 법도 가르쳐주고, 또 성형수술도 체계적으로 시켜주려고 그랬죠. 그런데 그만 한 달이 못 가 제 집에서 나가버리더군요. 부모님께서도 지금 그 애 때문에 골치를 썩이고 있어요."

"그래서 로라가 아까 아이를 낳기 싫다고 했군."

"못생기게 태어난다는 것은 아이에겐 더할 나위 없는 고통이에요. 게다가 아이가 여자일 때는 더 그렇지요. 평생 동안 열등감이라는 멍에를 짊어지고 살아야 하니까요."

"그러고 보면 로라는 행운아야."

"그건 당신이 잘못 보신 거예요. 제가 행운아라고 느껴본 적은 한번도 없어요. 어떤 여자든 외모 콤플렉스를 갖고 있지 않은 여자는 없기 때문이죠. 객관적으로 보기에 아무리 예쁘게 보이는 여자라 할지라도 거기서 예외가 될 수는 없어요. 그런데도 제가 외모 콤플렉스를 극복할 수 있게 된 것은. 역시 '얼굴에 마음대로 색칠할 수 있는 권리'를 확보하고 난 다음부터였어요. 다시 말해서 고등학교를 중간에 그만두고 나서부터였지요. 예술고등학교라 화장이 어느 정도 가능했었지만 그래도 역시 한계가 있었거든요. 그리고 당신이 시에다 많이 쓰시는 대로 손톱과 머리를 아주 길게 기르고 갖가지 페티시로 장식을 하는 등, 이른바 요란하게 꾸미는 걸 당당한 기쁨으로 받아들이게 된 다음부터 외모 콤플렉스가 차츰 줄어들게 되었죠. 유방 확대수술을 한 것도 한몫을 했구요."

"로라만큼 예쁘게 태어난 여자가 그 정도였다면, 보통 여자나 진짜 못생긴 여자들은 얼마나 비참할까?"

"다 비참하진 않아요. 외모에 전혀 개의치 않는 여자들도 많으니까요. 하지만 한 집안 식구 가운데 누군 더 예쁘고 누군 더 못생겼다면 그건 참으로 큰 문제가 되는 것 같아요. 특히 자매간이 그렇죠."

나는 로라의 말에 십분 공감할 수 있었다. 그리고 로라의 동생 명희가 고민에 고민을 거듭하다 깊은 우울증에까지 빠져들게 된 심정을 이해할 수 있을 것 같았다.

남자인 나도 어렸을 때부터 외모 콤플렉스가 많았다. 내 외모 콤플렉스의 주(主) 원인은 '좁은 어깨'였다. 내가 여자였다면 좁은 어깨가 장점이 될 수도 있었을 것이다. 나는 또 목이 유난히 긴 편이기 때문이다. 그러나 남자로 태어난 내가 좁은 어깨에다 깔때기 같은 가슴(이른바 '새가슴')을 갖고 있다는 것은 크나큰 수치일 수밖에 없었다.
그래서 나는 한여름에 여자와 데이트하는 것을 극도로 겁냈다. 추운 겨울에는 두툼한 외투 등으로 좁은 어깨와 가슴을 커버할 수 있지만, 더운 여름엔 그것이 불가능하기 때문이었다. 내가 지금껏 수영을 못하고 해수욕장에 가기 싫어하는 것도 마른 몸매와 무관하지 않다. 말라빠진 체격을 여러 사람 앞에서 노출시킨다는 것은, 나에겐 큰 창피요 고역이었던 것이다. 지금은 그래도 '나잇살'이 쪄서 대학 시절보다는 몸무게가 한 10킬로그램쯤 불어났다. 그래서 사실은 살이 혹시라도 더 찔까 봐 고민이다. 하지만 그래도 몹시 마른 편이고 특히 '좁은 어깨'와 '새가슴'만은 고쳐지질 않기 때문에, 내 몸매에 여전한 열등감을 느끼고 있다.
지금 로라와 함께 홀딱 발가벗고 앉아 얘기를 나누고 있다는 것도, 사실은 나로선 이례적인 일에 속하는 것이다. 로라의 자상하고 따뜻한 배려와 위로 또는 비위 맞추기가 없었더라면, 나는 이처럼 편안한 마음을 갖고 여자 앞에서 장시간 발가벗고 앉아 있을 수 없었을 것이었다. 나는 예전부터 여자와 헤비 페팅을 나눌 때도, 하체만 벗고 상체는 헐렁한 셔츠 하나라도 걸치는 것을 버릇 들여왔었다. 그러다 보니 자연 펠라티오 위주의 페팅이 버릇처럼 되고 말았던 것이다.
그래서 나는 로라의 동생 명희가 앓고 있다는 중증(重症)의 우울증에 십분 공감이 되었다. 피가 섞이지 않은 '남'에 대한 외모적 열등감보다도, 한결 더 고통을 주는 것이 바로 피를 나눈 '형제자매'간에 느끼게 되는 외모적 열등감이기 때문이었다.

형제간에 느끼게 되는 열등감은 사실 '외모' 문제뿐만이 아니다. 타고난 지능이나 재산(나이를 먹어 사회생활을 하게 됐을 경우), 또는 부모의 편애 등도 형제간에 살의(殺意)에 가까운 적개심을 만들어내는 원인이 된다. 성경에 나오는 인류 최초의 살인은, '하느님 아버지'가 동생인 '아벨'만을 편애하는 데 대한 형 '카인'의 분노에서 비롯된 '형제간의 살인'이었다. 나는 내가 형제가 하나도 없다는 사실이 새삼 가슴 뿌듯하게 느껴졌다.

"그래, 앞으로 명희를 어떻게 할 셈이야?"
생각에 잠겨 있던 내가 한참 만에 로라에게 물었다.
"우선 의사한테 의지하는 수밖에 없죠, 뭐. 하지만 제가 보기에 의사도 별 신통한 치료를 못 해주고 있는 것 같아요. 주로 약으로만 치료를 하는데, 약이 너무 독한지 명희는 한번 잠들었다 싶으면 마치 기절이라도 한 듯 자고 있는 거예요. 그리고 깨어 있을 때도 눈동자가 개개 풀려 있죠. 그런 상태니 어디 공부나 연애가 제대로 되겠어요? 그런데도 그 애는 내 앞에서는 질투심이나 외모 콤플렉스를 직접적으로 드러내지 않아요. 그래서 내가 보기엔 걔가 더 안쓰럽게 느껴지지요. …… 언젠가 기회가 되면 당신이 한번 명희를 만나봐 주세요. 당신은 친절한 분이니까 명희한테 마음의 위안을 줄 수 있을지도 몰라요. 정신과 의사의 상담이라는 게, 내가 보기엔 너무 시간도 짧고 또 요식적인 것이거든요. 그래서 당신한테 명희의 치료를 한번 부탁드려 보고 싶던 참이었어요."
"내가 의사도 아닌데 어떻게 '치료'를 할 수 있겠어. 하지만 기회가 되면 한번 만나보기로는 하지. 그때가 언제쯤 될까?"

"당장은 명희를 당신한테 소개시키기 어려워요. 우선 약물치료를 통해서라도 병을 한숨 돌리게 한 후라야 되겠지요……. 당신이 명희의 좋은 인생 상담 역만 돼주셔도 명희한테는 큰 도움이 될 것 같은 생각이 드는군요."

"외모 콤플렉스를 내가 어떻게 근본적으로 고칠 수 있겠어. 다만 인공미나 페티시즘에 대해 자세히 설명해 주고 설득도 해줘 가지고, '당당한 멋내기'를 나르시시즘으로 즐길 수 있게만 해줘도 어느 정도 도움이 될 수 있겠지. …… 우선 명희한테는 당신이라는 멋쟁이 언니가 있고 또 당신의 '돈'도 있지 않아? 그것만 해도 그 애한테는 큰 복인데 왜 그걸 이용하려 않는지 모르겠군."

"글쎄 말예요. 전 절대로 그 애의 얼굴을 경멸하거나 그 애한테 건방진 우월감 같은 걸 느껴본 적이 없어요. 그런데도 그 애는 자꾸 저를 피하기만 한단 말이죠. 아무튼 차츰 기회를 봐가지고 명희를 당신한테 소개시켜 드릴게요."

말을 마치고 나서 로라는 내 품안에 바짝 다가와 안겼다. 따끈따끈한 몸뚱이가 꼭 갓 구워낸 군고구마처럼 느껴졌다. 그러고 보니 성욕과 식욕은 서로 통하는 데가 있는 모양이었다. 내가 그녀를 껴안으며 하필 '군고구마'를 연상하게 됐기 때문이었다. 갑자기 출출한 생각이 들어서 냉장고를 뒤져보았다. 썰렁한 냉장고 안에 참치캔 하나가 남아 있는 게 보였다.

나는 참치캔을 뜯어 그걸 안주로 술을 더 마셨다. 맥주가 다 떨어져서 이번엔 소주로 했다. 소주라도 한 병 남아 있는 게 다행이었다. 로라는 소주도 잘 마셨다. 그녀는 술에 있어 청탁불문(淸濁不問)이었다. 그 점이 나로 하여금 그녀를 더 좋아하게 했다.

창밖을 보니 빗줄기가 약해져 있었다. 그리고 희미한 새벽 안개가 마치 마약처럼 고혹적인 자태로 피어오르고 있었다. 안개인지 스모그인지 그건 잘 모르겠지만, 어쨌든 퍽이나 낭만적인 광경으로 생각되었다.

　로라가 나를 다시 침대 위로 자빠뜨렸다. 그러고 나서 열심히 나를 애무해 주었다. 순간 나는 내가 어린 나이의 소년으로 되돌아간 듯한 착각을 느꼈다. 마치 나이가 훨씬 위인 여자한테서 사랑의 교습(敎習)을 받고 있는 듯한 느낌이었다.

　로라의 섬세한 혓바닥놀림과 손가락놀림, 그리고 젖가슴놀림과 배놀림이 나를 아스라한 법열감(法悅感) 속에 빠져들게 했다. 특히 혀고리가 꿰어져 있는 그녀의 혓바닥은, 나의 구강 안을 더욱 황홀한 자극으로 충만하게 했다.

　나는 그녀의 커다란 젖무덤 사이에 얼굴을 파묻고 한참 동안 가만히 있었다. 그러는 동안 로라는 내 머리를 기다란 손톱들로 빗질해 주고 있었다. 포근하고도 안온한 느낌과 함께 그녀가 정말 내 엄마나 누나 같다는 생각이 들었다.

　이윽고 로라는 내 심벌을 자기 몸 안으로 이끌어들였다. 내가 거듭 놀란 것은 그녀의 교묘한 질(膣) 운동이었다.

　어찌된 일인지 질에 들어가는 순간부터 내 심벌이 확대되는 것은 물론, 전혀 사정을 유도하는 일 없이 질 자체만 꿈틀꿈틀 요동을 치는 것이었다.

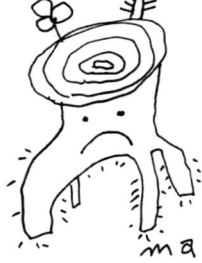

7
흐름 속에서

1

얼마 후 이길로가 그린 로라의 초상화가 완성되었다. 세밀하게 그리긴 했는데 로라의 독특하게 농염한 아리따움을 제대로 살려내진 못한 것 같았다. 그래서 그저 그런 평범한 미인도(美人圖)가 되어버리고 말았다. 이길로는 사진을 보고 그렸기 때문이라고 변명했지만, 내가 보기엔 역시 이길로의 예술적 '끼'가 야하디야한 쪽으로는 못 미치기 때문인 것 같았다.

심수일은 한번 한 약속이 있는지라 꽤 많은 돈을 이길로한테 주고 그림을 구입했다. 하지만 그도 나처럼 그림에 불만이 많은 것 같았다. 하지만 그는 역시 세상살이에 세련되게 닳고 닳은 신사(紳士)였다. 심수일은 이길로의 수고를 크게 치하한 뒤, 그림이 완성된 기념으로 장미클럽에서 큰 파티를 벌였다.

장미클럽 안에서 먹고 마시는 것은 무조건 공짜여야 한다고 로라가 우겼기 때문에, 심수일은 2차로 하얏트호텔 지하에 있는 '가라오케 룸'으로 가서 크게 한턱을 냈다. 하얏트호텔의 가라오케 룸은 나이트클럽

'제이 제이 마호니즈' 옆에 붙어 있었는데 실내 장식이 초호화판이었다. 룸 안에 오붓하게 모여 술을 마시며 노래를 부르다가 기분이 나면 나이트클럽으로 가서 춤을 출 수도 있다는 게 큰 장점이었다.

그날 모인 사람들은 지 주간과 한그루와 이길로 그리고 김주리와 심수일과 로라에다가 나까지 합쳐 일곱 사람이었다. 홍샘이 빠져 있어 한그루가 퍽 기분 좋아하는 것 같았다. 그와 홍샘이 싸운 후로, 두 사람은 아무래도 서먹서먹한 사이가 되어 있었다.

그날 드디어 한그루는 로라를 꽉 부둥켜안고 블루스 춤을 추었다. '제이 제이 마호니즈'에서는 주로 테크노 음악만 트는지라 블루스는 주로 가라오케 룸 안에서만 출 수 있었다. 그리고 기분이 나 빠른 곡을 추고 싶을 땐 '제이 제이 마호니즈'로 가면 되었다.

한그루가 로라와 함께 블루스 춤을 추는 동안 나는 <세월이 가면>을 불러주었다. 곡이 너무 짧다고 해서, 나는 다시 내가 좋아하는 노래인 패티 김의 <연인의 길>을 한 곡 더 불러주었다.

그 뒤에 지 주간이 <립스틱 짙게 바르고>를 부르고 심수일과 로라가 블루스 춤을 췄다. 어쩐지 김주리가 안 돼 보여 내가 그녀와 춤을 춰주었다. 김주리는 장미화랑에서 가진 '보디 페인팅 퍼포먼스'가 실패로 끝나는 바람에 상당히 우울해 하고 있었다.

여기서 내가 '실패'라는 말을 쓴 것은, 그녀의 작품이 엉터리였다는 얘기가 아니라 매스컴의 각광을 별로 받지 못했다는 뜻이다. 미술이라는 게 다 그렇지만, 특히 퍼포먼스 같은 것은 일회성(一回性) 성격이 강해 매스컴의 조명을 받지 못하면 금세 잊혀져버리는 게 보통이기 때문이다. 김주리는 예전에 그녀가 좋아했던 그 남자모델하고도 사이가 아주 뜨악해져 있는 상태였다.

로라는 자기의 초상화를 사준 심수일한테 고맙다는 표시라도 하려는 셈인지, 그의 몸에 더욱 섹시하게 얽혀들어 춤을 추고 있었다. 벌써 두 번째 곡이었다. 이번엔 이길로가 안다성이 부른 <사랑이 메아리칠 때>를 불러주고 있었다. 심수일의 눈빛이 점점 더 정욕에 들떠가고 있는 것이 역력히 드러나 보였다.

심수일의 눈빛이 심상치 않다는 것을 눈치 챈 것은 나만이 아니었다. 지 주간도 심수일의 '애타는 열정'을 눈치 채고 있었다. 바싹 엉겨 붙어 돌아가는 로라와 심수일의 블루스 춤을 바라보면서, 지 주간이 내게 한마디 했다.

"아무래도 로라 씨가 심박하고 한번 밤을 같이 지내줘야 할 것 같은데."

지 주간은 로라를 부를 때 꼭 "씨"자를 붙여 불렀다. 잡지사 사무실까지 로라한테 공짜로 빌려 쓰고 있는 처지라서 그런 것 같았다. 그리고 로라 덕에 장미화랑을 관리하며 미술품 판매 거간꾼 노릇을 해가지고, 잡지사를 그럭저럭 흑자로 꾸려나갈 수 있기 때문인 것 같았다.

그러고 보면 지 주간은 그만하면 경우 바른 사내였다. 로라와 상당히 친숙해져 있는 상황인데도 그녀에게 꼬박꼬박 존댓말을 쓰고, 또 그녀의 몸을 탐내지도 않기 때문이었다. 물론 로라의 외양이 지 주간 취향엔 안 맞는다는 점도 이유로 작용했겠지만 어쨌든 그는 한국인 치고는 '비즈니스적' 매너 면에 있어 그만하면 예의 바른 신사였다. 사실 지 주간이 없었더라면 장미화랑을 제대로 꾸려나가기 어려웠을 것이었다.

나는 이런 생각을 하며 지 주간에게 물었다.

"왜 로라가 심박하고 자줘야 하지?"

"심박이 장미화랑에서 비싼 그림을 계속 구입하고 있을뿐더러, 또 이번엔 로라 씨 초상화까지 이길로에게 그리게 하면서 지극 정성을 바치고 있으니까 그렇지. 그리고 로라 씨한테는 그 정도의 보시(布施)가 별 부담을 주지도 않을 테고."

듣고 보니 딴은 일리가 있는 말이었다. 그래서 나는 고개를 끄덕거려

주었다. 그러고 나서 한그루를 바라보니 표정이 십수일만큼이나 상기되어 있었다. 로라와 밀착된 자세로 춤을 춘 게 원인인 것 같았다. 나는 한그루가 문득 불쌍하다는 생각이 들면서 그에게도 빨리 기회가 오기를 바라는 마음이 생겼다.

  이길로의 노래가 끝나자 좌중의 사람들이 모두 로라한테 노래를 청했다. 로라가 노래 부르는 것을 들어본 적이 한 번도 없기 때문에 더 그러는 것 같았다. 그녀는 장미클럽에서 놀 때도 노래만은 안 불렀던 것이다. 노래에 자신이 없어서 그러는 건지, 노래 부르기를 싫어해서 그러는 건지, 그 점이 나도 약간 궁금했었다.

  로라는 한참을 사양하다가, 드디어 결심을 한 듯 곡명이 적혀 있는 책을 한동안 뒤적거렸다. 그러면서 그녀는

"노래를 부르는 것이 정말 오랜만이라서요. 뭘 불러야 할지 정말 모르겠군요."

하고 말했다.

  우리는 모두 로라가 무슨 노래를 선택할 것인지 흥미롭게 지켜보고 있었다. 꽤나 뜸을 들이다가 이윽고 로라가 결정을 내렸다. 예상 밖으로 아주아주 흘러간 옛날 노래인 <산장의 여인>이었다. 로라는 마이크를 잡고 일어서서 아주 진지한 표정으로 노래를 했다. 그 모습이 꼭 수줍고 앳된 여자 중학생 같았다.

  아무도 날 찾는 이 없는
  외로운 이 산장에
  단풍잎만 채국 채국
  떨어져 쌓여 있네……

로라가 노래를 부르고 있는 모습을 보니 입모양에 퍽이나 신경을 쓰

고 있는 것 같았다. 그녀는 키스할 때와 달리 말을 할 때는 입모양에 신경을 쓰는 모습이 역력했는데, 되도록이면 입을 작게 벌리려고 했다. 노래를 부르게 되면 아무래도 입을 크게 벌리게 되므로 그게 흉하게 보일까 봐 노래를 늘 사양했을 것 같다는 생각이 들었다.

하지만 나는 그녀가 노래의 음정 때문에 할 수 없이 입을 크게 벌릴 때마다 훨씬 더 섹시하게 두드러져 보이는 혀고리에 취해 정신이 몽롱해지는 기분이었다. 로라는 오늘따라 코걸이와 귀걸이를 가느다란 금속 체인으로 연결시키고 있어, 한결 더 야해 보였다. 나는 로라의 대담한 장신구들을 바라보며, 그녀가 오늘은 입술걸이를 안 한 것이 서운하게 생각되었다.

세상에 버림받고
사랑마저 물리친 몸
병들어 쓰라린 가슴을 부여잡고
오늘도 재생의 길 찾으며
쓸쓸히 살아가네

1절이 끝나자 간주가 나오고, 곧이어 로라는 2절을 마저 불렀다. 노래가 끝나자 다들 손뼉을 쳤다.

생각했던 것보다 로라의 목소리에는 비감(悲感)이 어려 있었다. 물론 노래 자체가 처량한 분위기의 가사로 이루어져 있는 만큼, 노래를 잘 부르려면 억지로라도 비감을 위장해야 했을 것이다. 하지만 늘 그녀의 명랑한 모습만 보아온 우리로서는 조금 놀라지 않을 수 없었다.

노래를 끝내고 자리에 앉은 로라에게 한그루가 이젠 제법 허물없는 어조로 물었다.

"로라 씨, 왜 하필 그런 구닥다리 노래를 불렀죠? 전 로라 씨가 요즘 신세대들이 좋아하는 노래를 부를 줄 알았는데요."

그러자 로라는 조금 아까 노래를 부를 때의 비감 어린 어조와는 백팔십도 다른 억양으로 가볍게 대답했다.

"제가 아는 노래가 별로 없어서요. <산장의 여인>은 아버지가 자주 부르시던 노래였죠. 그래서 어렸을 때부터 귀에 젖었기 때문에 멜로디뿐만 아니라 가사까지 외우게 된 거예요. 특별히 딴 뜻이 있어서 부른 건 아니니까 이상하게 생각하지 마셔요. …… 하지만 막상 노래를 부르다 보니 괜시리 마음이 슬퍼지고 외롭단 생각이 몰려오는군요. 가사를 참 잘 지은 노래 같아요."

로라의 말이 끝나자 지 주간이 맞장구를 쳤다.

"나도 저 노래를 참 좋아했지. 저만하면 가요 중에선 명곡에 속하는 노래야. 로라 씨, 어쨌든 감정 좋고 음색 좋게 잘 불렀어요. 이렇게 잘 부를 걸 왜 그동안 노래를 사양하기만 했죠?"

"아는 노래도 별로 없고, 또 노래를 부를 때 제 입모양이 흉하게 보일지도 몰라서 그랬어요."

내 예상이 맞았던 셈이었다. 하지만 막상 로라가 부르는 <산장의 여인>을 듣고 보니 그녀가 노래 가사처럼 한없이 외로운 여자일지도 모른다는 생각이 들기도 하고, 또 내가 외롭디외로운 '산장의 남자'처럼 생각되기도 하는 것이었다.

로라가 부른 <산장의 여인>이 처량한 가사 내용으로 되어 있어서 그랬는지, 주리가 기분 전환도 할 겸 곁에 있는 나이트클럽으로 가 빠른 춤을 추자고 제의했다. 나도 룸 안에서 복닥대는 것에 좀 따분해 있던 차라 대뜸 먼저 찬성을 했다. 그래서 우리는 다같이 '제이제이 마호니즈'로 갔다.

춤을 추러 플로어 안으로 들어가니 춤추는 사람들로 초만원인 게 꼭 콩나물시루 같았다. 그런데도 로라는 한 자리에 선 자세로 허리 부분과 어깨 부분을 유연하게 움직여 신나게 춤을 추어댔고, 주리 역시 한껏 힘을 쏟아 엉덩이를 흔들어댔다.

나와 다른 남자들은 그저 어깨 정도나 들썩거리며 춤추는 흉내만 낼 수밖에 없었다. 디스코나 테크노 리듬이란 게 워낙 여자들의 춤만을 위해 만들어진 음악이라는 생각이 다시 한 번 들었다. 옆에서 춤을 추고 있는 젊은 남자들을 봐도 어색하게 어기적거리기는 우리와 마찬가지였다.

그래도 꽤 공을 들여 한껏 몸을 흔들어보려고 노력하고 있는데, 사람들의 물결에 따라 이리저리 밀리다 보니 어느새 내 앞에 우리 일행이 아닌 다른 여자가 서 있는 게 눈에 들어왔다. 평범하게 생긴 여자 같았으면 신경이 별로 안 갔을 것이다. 그런데 늘씬하게 잘 빠진 체구에 지독하게 선정적인 차림새가 내 눈을 번쩍 긴장하게 만들었다. 어디서 본 듯한 여자인 것 같아 자세히 뜯어보니 다름 아닌 채나였다. 그새 머리 색깔을 더 현란한 색으로 바꾸고 화장이나 장신구도 훨씬 더 야하게 하고 있어 금세 알아볼 수가 없었던 것이었다.

단 한 번 만났을 뿐인데도, 내 머릿속엔 그녀의 모습이 특별한 인상으로 아로새겨져 있었다. 그래서 나는 그 여자가 확실히 채나라는 것을 확신할 수 있었다.

"아이구, 이거 채나 아냐? 여기서 만나게 될 줄은 정말 몰랐군. 그래 그동안 어떻게 지냈어?"

나는 반가운 마음으로 채나한테 말을 붙였다. 음악소리가 원체 커서 그녀의 귀에다 대고 소리 지르듯 말해야만 되었다.

"어머, 천 선생님이시로군요. 정말 반가워요. 왜 그동안 전화 한번 안 주셨어요?"

채나 역시 금세 나를 알아보고 반갑게 대답을 했다.

"내 성까지 기억하고 있으니까 정말 고마운데……."

하고 내가 말했다.

"선생님도 제 이름을 기억하고 계셨잖아요? 정말 뵙고 싶었는데 참 잘됐군요. 애인하고 오셨나요?"

"아니, 여러 사람들이랑 같이 왔어. 옆에 있는 가라오케 룸에서 술을 마시다 이리로 온 거야. 아무튼 서울이 참 좁군. 여기서 채나를 만나게 되다니……."

"갈 만한 호텔 나이트클럽이 몇 군데밖에 없으니 당연하죠. 여기 오면 우연히 사람을 만나게 되는 수가 많아요."

"그래, 요즘도 '오르가슴'에 나가나?"

"그만둔 지 오래됐어요. 마음껏 멋 내고 춤추고 노래하는 건 좋은데, 손님들이 너무 제 자존심을 상하게 해서요. 한 인간으로 대하기보다 변태로 취급하는 손님들이 더 많았거든요. 그래서 그냥 저 혼자서 놀기로 결심했죠. 오늘도 여기 혼자 온 거예요."

'제이 제이 마호니즈'에는 혼자서 오는 손님이 많다. 미국 남자들이 제일 많고 그 다음은 한국 여자들이다. 한국 남자들 중에도 혼자 오는 사람이 꽤 많은데, 바(Bar)에 앉아 맥주 한잔 시켜놓고 있다 보면 옆에 있는 여성과 쉽게 친해질 수 있는 분위기가 마련돼 있기 때문이다.

"근데, 왜 내게 전화를 안 했어?"

내가 채나에게 물었다.

"그건 오히려 제가 할 소리예요. 전화는 남자 쪽에서 먼저 해야 하는 거 아닌가요? 저는 선생님 전화를 진심으로 기다렸는데요. …… 아마 재미있는 연애라도 하고 계셨나 보죠?"

"내가 전화에 서투른 체질이라 그랬어. 채나가 내 전화를 정말로 기다렸다면 부디 용서해 줘."

전화에 서투른 게 사실이긴 하지만, 내 마음속에 늘 로라가 있었다는 게 더 맞는 대답일 것이었다. 그리고 아직도 나는 채나같이 '특이한 여자'에 대해 왠지 서먹하고도 두려운 감정을 갖고 있는 게 사실이었다.

하지만 채나는 보면 볼수록 고혹적인 매력을 지닌 여자였다. 나는 그녀와 마주 서서 춤을 추고 난 후, 조금 있다가 우리랑 같이 가라오케 룸으로 가서 놀자고 말했다. 그녀는 별 부담감을 느끼는 기색 없이 고개를 끄덕거렸다.

몇 곡의 빠른 춤을 더 추고 난 뒤 우리 일행은 다시 가라오케 룸으로 돌아갔다. 블루스 곡이 한 번이라도 나오길 바랐지만 절대로 안 틀어주는 걸 보고 나는 속으로 화가 났다. 또다시 한국의 '획일주의 문화'와 '무분별한 유행 추종'을 확인하는 순간이었다. '퀸(Queen)'이 부른 <내 인생의 사랑(Love of My life)>같이 소프트하면서도 느린 곡을 한 번이라도 틀어주면 누가 잡아가기라도 한단 말인가.

채나를 데리고 가라오케 룸으로 들어가자, 지 주간과 한그루와 김주리 등 전에 '오르가슴'에 같이 갔던 사람들은 채나를 미처 알아보지 못했다. 그동안 채나가 한결 더 세련된 여성미를 풍기게 됐기 때문인 것 같았다. 그래서 나는 그들에게 귀엣말로 그녀의 정체를 말해 주고 나서, 로라와 심수일에게는 채나가 그런 여자라는 사실을 알려주지 말라고 부탁했다. 다들 재미있어 하며 동의를 했다.

로라는 채나의 차림새가 자기와 비슷하게 야한 것을 보고 동지라도 만난 것처럼 반가워했다. 그리고 여자를 꽤나 밝히는 심수일도 눈이 휘둥그레지면서, 반갑다는 말을 연신 과장적인 어조로 쏟아내었다.

채나에게 술을 한잔 권하고 나서 내가 물었다.

"그래, 요즘도 학교에 다니고 있나?"

"지금은 휴학을 하고 있어요. 제가 점점 더 노골적으로 멋을 내니까 아무래도 주변 친구들이 '따'를 하는 것 같아서요."

"그럼 요새 심심하겠네. 다른 일을 하는 건 없구?"

"우선은 그냥 쉬고 있어요. 엄마가 돈을 쓸 만큼 보내주니까요."

얘기를 듣고 있던 로라가 반가운 기색을 하며 우리의 대화에 끼어들었다.

"그것 참 잘됐네요. 괜찮다면 아르바이트 삼아 우리 장미클럽에 나와 일을 봐주세요. 웨이트리스라고 생각지 마시고 그냥 편하게 노는 기분으로 일하면 돼요."

그래서 나는 채나에게 장미클럽에 대해서 설명해 주었다.

사실 요즘 장미클럽은 조금씩 심심해져 가고 있었다. 로라가 CF모델 일 등을 슬슬 시작하게 되어, 매일같이 나와 주질 못하게 됐기 때문이었다. 고용된 웨이트리스가 있긴 하지만 아무래도 얼굴이 밋밋했고, 또 화통하게 섹시한 매너를 보여주진 못하고 있었다. 그래서 나는 채나가 장미클럽에 나오면 클럽의 분위기가 한결 더 '경쾌한 퇴폐미'로 무장될 것 같은 생각이 들었다.

채나는 설명을 듣고 나서, 붙박이로 매일 일하기는 싫고 이따금 생각나는 대로 나가 '파트타임'으로 일해 보겠다고 대답했다.

그래서 우리는 그녀를 환영하는 뜻으로 다 같이 술잔을 들어 건배를 했다. 이번에는 채나가 '오르가슴'에서 했던 것처럼, 얼굴을 돌리고 숨어서 술을 마시는 것 같은 겸손한 포즈를 취하지 않았다. 그래서 나는 그녀를 대하기가 훨씬 더 편하다고 느꼈다.

우리는 계속 순번을 따라 노래를 부르고 춤을 추었다. 로라 곁에 앉아 있는 심수일은 로라의 무릎을 이젠 노골적으로 어루만지고 있었고, 한그루는 그럴 때마다 오묘한 표정을 짓고 있었다. 하지만 지난번 홍샘에게 그랬던 것처럼 심수일한테 덤벼들지는 않았다.

술기운이 오르자 다들 좀 더 재미있는 해프닝을 해보고 싶어하는 눈치였다. 그런 생각이 이심전심으로 전해져, 이길로가 먼저 웃통을 벗어 부쳤다. 그는 그만하면 멋있는 근육질의 몸매를 갖고 있었다. 우리는 다들 손뼉을 치며 이길로의 용기를 칭찬해 주었다.

"내가 윗도리를 벗었으니 이젠 여자가 윗도리를 벗을 차례야."

하고 이길로가 말했다.

"맞아. 윗도리는 여자가 벗어야 더 멋이 있지."

하고 지 주간이 맞장구를 쳐주었다.

"참 이상해. 영화나 연극 같은 데서 남자가 웃통을 벗어부치고 나오면 하나도 이상하지가 않은데, 여자가 웃통을 벗어부치고 나오면 몹시 에로틱한 느낌이 들거든. 그리고 한국같이 촌스러운 나라에선 그런 장면에 제재를 가한 일까지 있었고……. 벗는다는 건 똑같은데 왜 여자의 누드엔 그리 신경을 곤두세우게 되는 걸까?"

하고 이 길로가 말했다.

"아마 유방이 노출되기 때문이겠지."

하고 심수일이 말했다. 말을 하는 동안에도 그는 로라의 젖가슴 근처를 슬슬 쓰다듬고 있었다.

"남자는 젖꼭지가 없나? 남자 젖꼭지가 아무리 '나바론(2차대전시 험준한 절벽에 설치된 요새 이름. 영화 제목으로 쓰여 더 유명해짐)의 건포도'같이 볼품없이 생겼다고 해도, 그래도 젖꼭지라는 사실은 마찬가지야. 그런데 여자 젖꼭지만 가지고 아름답다거나 외설스럽다고 문제를 삼는 건 불공평해. 왜 예전엔 영화 검열 때 여자 젖꼭지에다 우유 칠을 한 적까지 있었잖나?"

하고 이길로가 말하며 가슴을 내밀어 자신의 젖꼭지를 튀어나오게 했다.

"빨리 여자들도 벗어. 그래야 내가 벗은 보람이 있지. 한 명이라도 좋으니까 한번 기세 좋게 벗어보란 말야."

이길로가 연이어 재촉했다.

나는 여자들 중에서 누가 제일 먼저 윗도리를 벗을까 궁금했다. 주리는 물론 아닐 것이고 로라나 채나 중 하나일 게 분명했다. 채나가 없었더라면 로라가 흔쾌히 웃통을 벗어부쳤을 것이지만, 아무래도 로라보다 나이가 어리고 '여성적 노출'에 굶주려 하는 채나 쪽이 먼저 윗도리를 벗을 것 같다는 생각이 들었다.

내 예상이 그대로 적중하여 채나가 훌훌 윗도리를 벗었다. '노브래지어'였기 때문에 그녀의 상반신이 그대로 드러났다. 로라보다 더 과장적으로 크게 가슴성형을 했기 때문에, 크다 못해 우람하다고까지 느껴지는 젖가슴이 조붓한 어깨 아래서 섹시한 자태를 당당하게 드러냈다. 그녀는 좌중의 아낌없는 박수갈채를 받았고, 특히 로라가 몹시 즐거워하며 채나에게 사랑이 담뿍 어린 '언니'의 눈초리를 보내고 있었다. 로라는 마음속으로 동생 명희의 결벽증을 생각하고 있었을 것이었다.

그렇지만 그 다음에 웃통을 벗어부친 남자는 없었다. 그래서 로라 보고도 윗도리를 벗으라고 부탁할 수가 없었다. 생각 같아서는 내가 옷을 벗고 싶었지만, 앙상한 갈비만 드러나는 몸매를 보여줘 봤자 볼품이 없을 것 같아 단념하고 말았다.

채나가 젖가슴을 드러낸 상태로 노래를 불렀다. 예전에 올리비아 뉴튼 존이 불러 히트했던 <육체적인(Physical)>이었다. 다행히 그 노래 반주가 가라오케 기계에 입력돼 있었다. 나는 노래 가사 중에 나오는 'Let me hear your body talk(당신 몸이 말하는 걸 듣게 해줘요)'와 'I want to be animal(짐승이 되고 싶어요)'이라는 구절이 무척이나 멋있다고 느꼈다.

노래를 끝내고 나서 내 곁에 앉은 채나를 내가 품에 안았다. 진한 향수 냄새가 상당히 매혹적으로 느껴졌다. 심수일도 이젠 아예 로라를 품안에 꽉 끌어안고 있었고, 한그루와 김주리는 더욱 외로운 표정을 짓고 있었다. 그러나 지 주간과 이길로는 항상 그렇듯 의연한 표정을 하고 있었다.

한참을 더 노래하고 춤추다가 이번엔 심수일이 웃통을 벗어젖혔고, 로라도 웃통을 벗어젖혔다. 그래서 술자리가 더 유쾌하게 되었다. 우리는 번갈아가며 발라드풍의 노래를 부르면서, 이리저리 뒤섞여 블루스 춤을 추었다.
 밤이 깊어지자 다들 술에 취해 비틀거리는 상태가 되었다. 다만 로라와 채나만은 말짱한 자세를 유지하고 있었다. 채나와 로라가 윗도리를 다시 입었고, 이길로와 심수일도 옷을 걸쳤다. 심수일이 잠가두었던 룸의 문을 열어 웨이터를 불렀다. 그러고 나서 계산을 했다. 그때 지 주간이 심수일한테 심상한 어조로 말했다.
 "이왕이면 비어 있는 호텔방이 있나 한번 알아보지 그래. 자네는 로라 씨와 좀 더 회포를 풀어야 할 것 같은데……."
 심수일은 로라를 흘깃 곁눈질하며 눈치를 살폈다. 로라는 너무나도 덤덤한 표정을 하고 있었다.
 다들 이심전심으로 합의가 되어 심수일과 로라를 남겨두고 룸 밖으로 나왔다. 택시 정류장에서 차를 기다리고 있다가 한그루가 투덜거렸다.
 "이거 돈 없는 놈은 죽으라는 얘기야?"
 그러자 이길로가 한그루의 어깨를 토닥거려 주며 말했다.
 "자네도 좀 더 기다려봐. 반드시 기회가 올 테니까. 로라는 절대로 돈을 밝히는 여자가 아냐."

2

 며칠이 지난 날 저녁때 채나가 장미클럽에 나타났다. 마침 로라가 없었던 참이라서 모여 있는 남자들은 다들 그녀를 반가워했다. 핑크빛 조명 때문인지는 몰라도, 채나는 더욱더 아리따운 염정미(艶情美)를 풍기고 있었다.
 클럽에는 심수일과 홍샘도 와 있었다. 그들에게 채나의 아이덴티티

(Identity)를 미리 알려줄 필요가 있다는 생각이 들어, 그녀의 성적 정체성에 대해 내가 말해 주었다. 예상했던 대로 홍샘은 아주 재미있어 하는 표정을 했고, 심수일은 약간 떨떠름해 하는 표정을 했다. 하지만 아무려나 상관은 없었다. 채나가 워낙 나긋나긋한 서비스를 베풀어줬기 때문이었다.

로라는 요즘 화장품 광고모델 일을 심심풀이 삼아 하고 있었다. 그쪽 전문가도 아닌 내가 끼어들어 일일이 간섭할 수도 없는 입장이라서 그냥 나는 곁에서 지켜보고만 있었다. 그런데 제작된 CF 시제품 시사회에 초대를 받아 가보니 너무나 평범하고 상투적인 CF였다. 로라의 이국적으로 야한 외모나 특이한 헤어스타일, 그리고 다양한 피어싱 등을 하나도 활용하지 않고 있었다.

그래서 나는 더 간여할 권한도 없고 해서, 새 코디네이터로 하늘빛을 붙여주는 선에서 그녀를 도와줘보기로 했다. 로라는 회사에서 붙여준 코디네이터에게 불만을 품고 있던 차라 내 추천을 대뜸 받아들였고, 늘빛도 그 일을 맡게 된 것을 굉장히 좋아했다.

내가 코디네이터였다고 해도 분명 그랬을 것이었다. 로라는 갖가지 이채로운 코디네이션을 실험해 볼 수 있는 대상물이기 때문이었다. 나는 지난번 늘빛을 만났을 때 그녀가 보여준 '탐미적 인공미'에 대한 적극적 자세가 마음에 들었고, 또 그래서 그녀가 로라의 좋은 보조자 역할을 할 것이라고 믿었다. 늘빛에게 있어 로라는 말하자면 아주 적합한 '피그말리온(Pygmalion)'인 셈이었다. 나는 늘빛이 하는 일이 부럽게 느껴졌다.

로라에게 이른바 '사랑'이라는 것을 직·간접으로 고백하고 적극적으로 부딪히고 있는 남자는 이제 심수일과 한그루 두 사람으로 좁혀져 있었다. 물론 그녀 주변에는 나와 홍샘과 이길로가 있었다. 그리고 어느 큰 재벌 회사의 막내아들로 지금 30대 후반인 G가 새로 나타나 있었다.

  G는 아버지 밑에서 큰 건설회사의 사장으로 있었는데, 로라를 보고 나서 홀딱 반해 그녀를 추적하게 된 유부남이었다. 그는 재벌집안의 관행대로 아버지의 명에 따라 일종의 '정략결혼'을 했다. 그러니 아내와 사이가 좋을 리 없었다. 그래서 그림 수집이나 옛 범선(帆船)과 구형 자동차 모형 수집 등으로 스트레스를 달래나가고 있었는데, 장미화랑에서 그림을 한 점 구입하게 되어 로라를 알게 된 것이었다.

  로라는 될 수 있는 한 자기를 좋아하는 모든 남자들을 공평하게 대하려고 노력했다. 그래서 장미클럽의 분위기가 대충 화기애애하게 돌아가고 있었다. 그런데 그녀가 모델 일을 시작하게 되고, 또 그녀의 남편이 한국에 나오는 일이 예전보다 잦아지게 되어 다들 찌뿌드드한 표정을 하고 있는 날이 많았다. 이럴 때 채나가 자주 장미클럽에 나와 주게 됐다는 것은, 그런대로 신선한 청량제 역할을 해주는 셈이 되었다.

  채나를 늘상 대하게 되다 보니 장미클럽의 남자들은 이제 그녀한테 별 거부감을 느끼지 않았다. 채나는 성대수술까지 감행하여 성공함으로써, 이젠 전라가 아닌 한 어느 모로 봐도 완벽한 여자였다.

  어쨌든 장미클럽은 채나 덕분에 그런대로 재미있게 돌아가고 있었다. 로라도 채나의 정체를 알게 되었고, 그래서 더욱 채나를 좋아했다. 얼굴과 몸매가 너무나 아름답다는 이유에서였다. 로라는 자기의 옷과 장신구와 가발 등을 채나에게 선물해 주기까지 하면서, 채나의 더욱 화려한 변신을 도와주고 있었다.

  그러던 어느 날 밤이었다. 드디어 한그루와 로라의 합방(合房)이 이루어졌다. 술에 취한 상태 말고는 로라 앞에서 늘 쭈뼛거리기만 하는 한그루의 용감한 '대시(dash)'에 의해 이루어진 합방은 아니었다. 심수일 때와 마찬가지로 역시 지 주간이 거간꾼 노릇을 하여 이루어진 합방이었다.
 합방의 장소는 로라의 집이 아니라 로라의 집무실이었다. 로라는 남편이 잠깐씩 자주 한국에 들락거리게 된 이후로 자기 집으로 남자를 잘 데려가지 않았다. 그 대신 장미화랑에 있는 자신의 집무실 안에 큰 침대를 새로 하나 장만했다. 꼭 섹스만을 위한 것은 아니고, 좀 더 편안한 휴식을 취하기 위해 들여놓은 것이었다.
 한그루와 로라가 잠자리를 가진 다음, 나와 이길로는 그 이튿날 저녁 때 한그루를 다른 곳으로 불러내 축하파티(?)를 열어주었다. 장소는 인사동에 있는 허름한 해물탕집이었다.
 "그래 로라와 자보니까 기분이 어떻던가?"
 하고 이길로가 히죽거리며 한그루에게 물었다.
 "그저 그랬어. 여자라는 게 다 똑같지, 뭐."
 한그루는 제법 거드름을 빼며 처음엔 딴청을 부렸다.
 "숫처녀가 아닌데도 괜찮나? 자넨 늘 여자의 순결을 따져왔잖아?"
 하고 내가 한그루에게 웃으며 물어보았다.
 "솔직히 말해서 그런 걸 따지고 자시고 할 겨를이 없더군. 너무 내가 흥분해서 말이야. …… 아니, 그녀는 정말 숫처녀 이상이었어. 말하자면 순결한 관능성을 보여줬단 말이지."
 한그루가 비로소 솔직하게 나왔다.
 "순결한 관능성? 그게 뭐지?"
 하고 내가 그에게 물었다.
 "순결한 관능성이란 말이 이상하게 들린다면, 도스토예프스키 소설 『죄와 벌』에 나오는 소냐나 예수가 정신적으로 사랑했다는 창녀 막달라 마리아를 연상해 보면 되네. 나는 사실 도스토예프스키가 묘사해 놓은 소냐의 순결한 이미지에 대해 의구심을 가져왔었지. 그런데 이번에 로라 씨와 잠자리를 같이해 보고 나서 도스토예프스키의 묘사를 긍정하게 됐다네."
 소주를 몇 잔 거푸 마셔 취기가 오른 한그루가 털어놓은 말이었다. 나는 그가 한 말에 충분히 일리가 있다고 생각했다.
 "이젠 로라 씨에 대한 신비감 같은 게 사라져버려 아쉬운 생각이 들진 않나? 내가 보기에 자넨 순진한 짝사랑에 어울리는 체질이라서 말이야."
 하고 이길로가 말했다.
 "조금 아쉽긴 하지. 하지만 이젠 정말 내 심사가 더 복잡하게 괴로워졌다는 생각이 드네. 자꾸 로라 씨와 결혼을 하고 싶어지니 말이야······."
 한그루의 말을 듣고 나는 속으로 웃음이 터져 나왔다. 그는 여전히 너무나 큰 꿈을 꾸고 있는 셈이었다.
 "자넨 정말 못 말리는 친구로군. 그럼 한번 열심히 용맹정진해 보게. 혹시 자네 소원이 성사될지 누가 알겠나?"
 하고 내가 한그루에게 말했다.
 내 말을 듣고 나서 곁에 있던 이길로가 크게 웃었다. 하지만 한그루의 표정은 여전히 진지했다.
 웃음을 멈추고 나서 이길로가 다음과 같이 말했다. 입가에는 여전히 비릿한 미소를 머금고 있었다.
 "그러려면 우선 자네부터 이혼을 해야 할 거 아닌가? 그러고 나서 로라 씰 이혼시키는 게 순서가 아냐?"
 이길로의 말을 듣고 나서 한그루는 긴 한숨을 쉬며 이렇게 대답했다.
 "그러게 말야. 그런데 그놈의 이혼이 어디 그리 쉽게 돼줘야 말이지······."
 "이혼이든 결혼이든 그런 건 아주 한참 먼 얘기니 우선 술이나 마시세. 아무튼 로라와 살을 섞게 된 것을 진심으로 축하하네."

내가 화제를 돌리려고 이렇게 말하며 건배를 제의했다. 우리 세 사람은 소주잔을 부딪치고 나서 일제히 술을 마셨다. 슬슬 취기가 올라오면서 나도 로라의 몸뚱어리가 은근히 그리워졌다.

"로라를 확실히 꼬시려면 우선 자네가 더 유명한 작가가 돼야 해. 그래, 새로 쓰는 장편소설은 잘돼가나?"

이길로는 한그루를 놀려먹기로 작정했는지, 화제를 자꾸 한그루와 로라의 결합 쪽으로 틀었다.

"이 불황에 선인세(先印稅)를 받아놓은 것까진 좋았는데, 생각보다 잘 안 풀려서 고민이네. 이제 남자 작가들의 시대는 끝난 게 아닌가 하는 생각이 들 정도야. 베스트셀러 소설들이란 게 온통 여류작가들 것뿐이니 말야. 예전엔 작가란 으레 남자들 몫이었던 만큼 소설 쓰는 여자를 '여류작가'라고 불렀는데, 앞으로는 필시 '남류작가(男流作家)'라는 말이 생길 게 분명해. 독자들한테 사랑받는 유명한 작가들이라는 게 요즘은 온통 여자 작가들뿐이니까 말야."

이렇게 말하고 나서 한그루는 씁쓸한 표정으로 담배를 피워 물었다.

"내가 보기에 자넨 이탈리아 작가 알베르토 모라비아에 너무 집착하고 있는 게 문제야. 모라비아의 『권태』나 『로마의 여인』 같은 게 명작인 건 분명하지만 요즘 보기엔 아무래도 지루한 소설이거든. 그러니까 프랑수아즈 사강 식의 경쾌한 문장으로 된 가벼운 연애소설을 한번 써보도록 하게. 요즘 소설을 사보는 독자들이란 게 대개는 여성이니까, 여류작가 흉내를 내야 그래도 웬만큼 팔릴 것 같은 생각이 드네. ……어쭙잖은 충고를 해서 미안하이. 하지만 어쨌든 팔리고 봐야 하는 게 소설 아닌가?"

내가 한그루에게 꽤 진지한 표정을 하고서 말했다. 그가 이탈리아에 유학 가서 학위 논문 테마로 삼은 '모라비아'의 문체에 너무 집착하고 있는 것 같다는 생각이 들었기 때문이었다. 한그루는 조금 더 우울한 표정을 했고, 나도 이길로도 조금씩 우울한 표정이 되었다. 작품이 잘 안 팔리기는 이길로의 그림이나 나의 시집이나 마찬가지이기 때문이었다.

술을 마시고나서 우리는 근처에 있는 '귀천(歸天)'으로 차를 마시러 갔다. 천상병(千祥炳) 시인의 미망인이 하고 있는 찻집이었다.
　천 시인이 죽기 전에도 우리는 가끔 그곳으로 가서 차를 마셨었다. 그럴 때마다 나는 착한 부인을 둔 천상병 시인이 부럽다는 생각이 들기도 했었다.
　또 나는 '귀천'에 드나들면서, 미색 따위는 안 밝히는 천의무봉(天衣無縫)한 성격을 가진 천상병 시인과 같은 성(姓)을 가진 내가, 왜 그토록 '야하고 퇴폐적인 아름다움'에 빠져드는 것일까 하는 생각을 해보기도 했었다.
　'귀천'에는 손님이 몇 사람 없었다. 단아한 얼굴을 가진 천상병 시인의 부인이 여전히 푸근한 미소로 우리를 맞아주고 있었다. 우리는 차를 시켜놓고 묵묵히 앉아 있었다. 아까 '돈' 얘기를 해서 그런지, 문득 천상병 시인이 쓴 시「소릉조(少陵調)」생각이 났다.
　나는 천상병 시인의 시 가운데 사람들 입에 가장 많이 회자되는「귀천」보다도「소릉조」를 더 좋아했다. '소릉조'란 당나라 시인 이태백(李太白)이 쓴 한시의 제목인데, 말하자면 일종의 율격을 가리키는 말이다. 천상병 시인은 그것을 원용(援用)하여 자신의 시 제목으로 삼았던 것이다.

　　아버지 어머니는
　　고향 산소에 있고

　　외톨배기 나는
　　서울에 있고

형과 누이들은 부산에 있는데,
여비가 없으니 가지 못한다.

저승 가는 데도
여비가 든다면

나는 영영
가지도 못하나?

생각하느니, 아,
인생은 얼마나 깊은 것인가.

  이 작품에서 독자의 심금을 가장 울려주는 구절은 가난 타령으로 일관하는 6연까지가 아니라 마지막 연이다. 시인은 자신의 가난을 한탄하다가 문득 "인생은 얼마나 깊은 것인가"라는 고차적 달관과 체념과 깨달음으로 귀착한다. 그래서 독자를 어리둥절하게 만듦과 동시에 보다 다의적이고 상징적인 사고를 유도하고 있는 것이다.
  나는 '가난'이든 '성적 굶주림'이든 두 가지는 본질적으로 같은 성격을 지니고 있다고 생각한다.
  '돈'이든 '성(性)'이든 두 가지 다 일종의 '색(色)', 즉 '물질적 욕망'에 속하는 것이다. 그러므로 주로 가난을 솔직하게 노래했던 천상병 시인과 주로 '성적 외로움'을 솔직하게 노래하는 내가, 서로 일맥상통하는 기질을 갖고 있다는 생각을 해보게도 되는 것이다.
  사실 '가난'을 노래한다는 이유만으로 '민중시인'으로서의 품격을 유지해 나갈 수 있었던 시대는 지나갔다. 요즘 신세대(또는 'N세대')들은 궁상맞은 글을 별로 좋아하지 않는다.

하지만 50대 이후에 속하는 세대의 사람들은 여전히 가난했던 옛 시절에 대한 묘한 향수와 더불어 '가난'에 대한 정체 모를 공포에 시달리고 있다. 일종의 '애증병존(愛憎竝存)'이나 '양가감정(兩價感情)'인 셈인데, 그 점이 바로 나를 문단의 '왕따'로 만들어버리는 원인이 되고 있다고 볼 수 있다. 문단의 주도권을 쥐고 있는 사람들이 대개 50대 이후의 작가나 평론가들이기 때문일 것이다.

그래서 한그루도 자신은 그토록이나 성적 애정에 굶주려 하고 있으면서도, 중견 평론가들의 비위를 맞추기 위해 겉으로는 이른바 '비판적 리얼리즘'을 표방하고 있다. 그래서 그의 소설들은, 비록 판매는 부진할지언정 평론가들의 글에서는 왕왕 거론되며 칭찬을 받고 있는 것이다.

그러나 내가 쓴 시들은 아예 '차가운 감자(뜨거운 감자가 아니라)' 취급을 받으며 부르주아적 퇴폐주의 문학의 표본처럼 인식되고 있다. 그렇다고 해서 내 시가 신세대들한테 사랑을 받고 있는 것도 아니다. 왜냐하면 신세대들 역시 이중적 성의식이나 미의식 면에 있어서는, 보수적 구세대 평론가나 매스컴의 '세뇌 작전'으로부터 자유롭지 못하기 때문이다.

나는 천상병 시인의 시를 생각하면서 내가 최근에 발표한 시 「구혼 광고」가 생각났다.

　　머리를 종아리까지 흘러내리도록 길게 기른 여자
　　인조 속눈썹을 턱까지 흘러내리도록 길게 만들어 붙인 여자

　　겨드랑이 털이 엉덩이까지 길게 흘러내리는 여자
　　거웃이 무릎까지 길게 흘러내리는 여자

　　손톱의 길이는 적어도 20센티미터 이상

발톱의 길이도 적어도 10센티미터 이상

될 수 있으면 말을 전혀 안 하는 여자가 좋음
될 수 있으면 지독한 허무주의자가 좋음

이 시의 1연 첫 줄은 로라를 연상하면서 쓴 것이고, 둘째 줄은 채나를 연상하며 쓴 것이다. 그리고 그 다음 연들도 다 그네들로부터 이미지를 얻은 것이었다. 나로서는 '절실한 고독'을 풍자적으로 고백해 본 셈인데, 어떤 평론가는 잡지 월평(月評)에서 굉장한 혹평을 했다. 그리고 한그루도 완곡하게 나를 비판하였다. 나는 한국 사람들이 왜 그토록 성적 판타지에 대해 거부감을 갖고 있는지 그 점이 못내 서운했다.

'귀천'에서 우리는 차를 한 잔씩 나누며 다들 오묘한 표정을 짓고 있었다. 술을 마실 때와는 달리 모두 약간 착잡한 얼굴이 되어 있었다. 생각해 보면 한그루와 로라의 육체적 결합을 축하해 준다는 것 자체가 적이 우스꽝스러운 일이었다.
하지만 신기하게 생각되는 것은 서로 간에 질투에 불타는 마음이나 경쟁심, 또는 승부욕 같은 것이 전혀 생겨나지 않고 있다는 사실이었다. 역시 로라의 폭넓고 너그러운 시혜의식(施惠意識)이 우리를 감동시켜 놓았기 때문인 것 같았다.
"로라가 자네한테 '사랑한다'는 말을 하던가?"
이왕이면 더 솔직하게 얘기하는 것이 어색해진 분위기를 완화시키는 데 도움을 줄 것 같은 생각이 들어 내가 한그루에게 물었다. 로라가 내 아파트로 찾아와 살을 섞을 때, 내게 확인하듯 몇 번이고 물어본 말이 자기를 사랑하느냐는 말이었다는 것이 생각났기 때문이었다.
"사랑한다는 말을 하진 않았어. 다만 '정말로 절 사랑하세요?'라고만 말하더군."
 한참 동안 생각에 잠겨 있다가 한그루가 한 대답이었다.
 "이 화백, 자네한텐 어땠지?"
 내가 다시 이길로에게 물어보았다.
 "난 로라와 자 본 적이 꽤 오래돼서 생각이 잘 안 나네만, 아마 내게도 그렇게 물어보기만 했던 것 같네."
 하고 이길로가 대답했다.
 "'사랑해요'라고 강하게 소리치진 않던가?"
 내가 다시 이길로에게 물었다.
 "글쎄……. 자세히 기억이 안 나는 걸. 로라와 잘 땐 워낙 흥분하게 되기 때문에, 그녀가 얘기하는 내용엔 별로 신경을 쓰지 않게 되기 때문이지."
 "자네한텐 어땠나? '사랑해요'라는 말을 확실히 하지 않았단 말이 정말인가?"
 내가 다시 한그루에게 물었다.
 "글쎄……. 자네가 하도 따져서 물으니까 생각이 오히려 가물가물해지는 걸. 나도 로라 씨와 나 사이의 대화엔 별 관심이 없었으니까……. 그녀가 그런 말을 했던 것 같기도 하고 안 했던 것 같기도 하고……. 그런데 자넨 왜 그런 걸 자꾸 따져서 묻나? 그게 그렇게 중요한 건가?"
 하고 한그루가 대답했다.
 나는 속으로 "나한테는 그게 너무 중요해"라고 말하고 싶었다. 하지만 분위기상 그런 말을 한다는 것 자체가 촌스럽게 느껴질 것 같아 그만두고 말았다. 하지만 어쨌든 나는 로라가 밤에 내 아파트까지 찾아와 '사랑 타령'을 늘어놓은 것에 비중을 두지 않을 수 없는 형편이었다. 나는 순정파를 자처하는 한그루가 내 물음에 시큰둥한 어조로 대답한다는 것 자체가 잘 이해가 가지 않았다. 그리고 보면 나는 한그루나 이길로보다는 훨씬 더 센티멘털하고 낭만적인 기분에 잠겨 있는 셈이었다. 나는 나의 그런 유치한 심리 상태가 못내 짜증스럽게 느껴졌다.
"…… 로라는 어쨌든 섹스에 귀신이야. 그게 타고난 걸까, 아니면 연습에 의해 숙달된 걸까?"
담배를 느리게 피우고 있던 이길로가 문득 이렇게 말했다.
"아마 타고난 거겠지. 모든 것에 연습이 중요하다고는 하지만 섹스만은 연습 갖고만 되지 않아."
한참 만에 한그루가 대답했다. 그의 어조는 예상 외로 굉장히 평면적이었다.
한그루는 계속 범상한 어조로 로라와의 섹스 얘기를 했다. 그래서 나는 괜히 슬퍼지는 마음이었다. 한그루의 이중성이 원망스러워 그렇다기보다는, 로라의 진짜 속마음을 알 수 없다는 생각이 들어서였다.
그녀의 자유분방한 성관(性觀)과 야하디야한 탐미성(耽美性)에 빠져들어 있는 내가, 그리고 '사랑'이라는 불투명한 개념에 냉소적 시선을 보내고 있는 내가, 이렇듯 센티멘털하고 통속적인 감정에 휩쓸리고 있다는 것 자체가 나로서는 퍽이나 짜증스러운 일이었다.
우리는 차를 마시고 나서 헤어졌다.

집으로 돌아와 나는 금세 잠을 못 이루고 멍멍한 상태로 누워 있었다. 여러 가지 사념들이 이리저리 어수선하게 뛰어다니며 나를 들볶아댔다.
나는 잡념을 잊어보려고 책 한 권을 뽑아 펴들었다. 최근에 어느 독자가 보내준 책인데, 닐 도널드 월쉬라는 미국 사람이 쓴 『신(神)과 나눈 이야기』라는 제목의 책이었다. 그 독자는, 내 시에 '영적(靈的) 교감'에 대한 이해가 부족하다는 생각이 들어 이 책을 보낸다고 썼다. 내 시를 좋아하긴 하지만, 지나치게 육체주의 쪽으로만 기울고 있는 것 같아 참고삼아 읽어보라는 얘기였다.

책장을 이리저리 넘겨보다가, 사랑과 섹스에 대해 신이 직접 저자에게 얘기해 줬다는 대목에 이르렀다. 거기서 신은 이렇게 말하고 있었다.

"성 표현은 삶의 모든 것에 기름을 붓는 영원한 끌어당김의 과정과 율동적인 에너지 흐름이 가져오는 불가피한 결과이다."

대단히 그럴듯한 말이요, 심오한 의미가 담겨 있는 말이었다. 하지만 나는 위의 문장 자체가 무척이나 현학적으로 느껴졌다. 물론 이 책에서 신은 비생식적(非生殖的) 섹스도 인정하고 동성애도 인정하는 관용성을 보여주고 있었다. 이 책과 유사한 테마로 되어 있는 다른 책들보다는 한결 더 진보적 이미지를 갖고 있는 신인 셈이었다. 하지만 위의 구절만은 역시 아리송하게 읽혀졌다. 사랑에 대한 다른 메시지들도 마찬가지였다.

책을 꼼꼼히 읽어보려 했지만 골치가 아파져 나는 책 읽기를 그만두고 다시 그냥 드러누워 있었다. 생각을 안 하려고 해도 자꾸 로라 생각을 하게 되고 다른 생각들은 다 사라져버렸다. 그녀 생각을 하다 보니 혼란스럽게 소용돌이치던 마음이 신기하게 진정되면서, 내 몸 전체가 부드럽고 살풋한 안개 속으로 이끌려 들어가고 있는 듯한 느낌이 들었다.

그러다가 나는 갑자기 울기 시작했다. 로라 때문만은 아니었다. 굳이 설명하자면 '별것도 아닌 인생' 자체에 대한 푸념 어린 눈물이었다. 천상병 시인은 가난의 고통 속에서 '깊은 인생'을 느꼈다고 노래했다. 하지만 나는 애증과 질투와 욕망이 뒤범벅이 되어 나를 괴롭히는 고통 속에서 '깊은 인생'을 느낄 수는 없었다. 나는 그저 막연한 감상적 울화에 따른 투덜거림을 감상적 눈물로 쏟아냈을 뿐이었다.

오랜만에 울고 나니까 가슴이 후련해지면서 묘한 카타르시스가 왔다. 술을 한잔 더 마시고 싶어져 소주를 컵에 따랐다. 문득 조금 아까 읽은 『신과 나눈 이야기』에 실려 있던 한 구절이 생각났다.

"술과 담배는 무조건 독(毒)이다."

신이 아무리 그렇게 얘기했다 해도 나는 술을 안 마실 수 없었다. 나는 담배도 한 대 피워 물었다.

다음날 나는 고등학교 동창생인 박상민을 만났다. 그가 내게 전화를 해왔기 때문이었다. 나는 어제 '귀천(歸天)'에 가서 차를 마시며 천상병 시인이 노래한 '삶의 슬픔'을 생각해 본 것이 박상민을 만나게 된 전조 같은 것이었다는 생각이 들었다. 그가 삶의 슬픔과 피곤함을 호소해 왔기 때문이었다.

박상민은 1년에 네댓 번 정도 만나게 되는 고등학교 동창이었다. 고등학교 때는 무척이나 친하게 지냈지만, 대학이 달라지고 직업이 달라지게 되면서 아무래도 만나게 되는 횟수가 줄어갔다. 또 그가 원체 바쁘게 지내야만 하는 직업을 가졌기 때문이기도 하였다.

그는 대학에서 경영학을 전공하고 나서, 졸업한 지 6개월 후 당시에 새로 탄생한 재벌그룹인 D회사에 입사했다. D그룹 대표는 사원들을 새벽부터 밤까지 일하도록 독려했고, 그래서 그런지 D그룹은 금세 굴지의 대기업으로 성장할 수 있었다. 박상민은 말하자면 D그룹에 청춘을 다 바친 남자였다.

중동 건설붐이 일어났을 때는 중동에 나가 몇 년씩이나 있었고, 서울서 근무할 때도 바이어 접대 등으로 코피를 쏟아가며 일을 해야 했다.

그래서 그는 친구들을 만날 시간이 별로 없었는데, 가끔가다 나를 만날 때도 결단을 내려 자유업을 택한 나를 부러워하곤 했었다. 그러던 그가 IMF 불경기의 여파로 1년 전에 직장을 그만두게 된 것이었다.

박상민은 자존심이 강한 친구였다. 그래서 그는 직장에서 쫓겨난 뒤에도 집안 식구들한테 그 사실을 숨겼다. 퇴직금으로 당분간은 버텨나갈 수 있었으므로, 그는 작은 오피스텔 하나를 전세 내어 거기서 자취 생활을 했다. 그러면서 집안 식구들한테는 지방으로 발령받아 정상적으로 출퇴근을 하고 있는 것으로 속였다. 그러면서 주말에만 집에 들어가는 것이었다. 그는 남아돌아가는 시간을 주로 주식 투자로 때워나가며 근근이 버텨가고 있었다.

나는 그 정도까지 마누라나 자식들 눈치를 보고 있는 박상민을 이해할 수가 없었다. 오랫동안 고락을 같이 해 온 집안 식구들이라면, 실직의 고통을 솔직히 털어놓고 마음의 위로를 받아야 하는 게 정상이 아닌가? 나는 마누라와 자식이 없어 잘 모르겠지만, 아무튼 내 눈에 그는 너무나 피곤하게 가정생활을 꾸려나가고 있는 것으로 비쳤다.

내가 언젠가 이런 생각을 그에게 얘기했더니, 그는 이렇게 대답하는 것이었다.

"마누라도 마누라지만 우선 자식이 문제라서 그랬어. 아들하고 딸이 일찍 학교에 등교하는데, 아버지가 방 안에서 뭉그적거리며 누워있게 된다면 애들이 그걸 어떻게 보겠나? 그리고 걔들이 학교 생활을 하는 데 있어서도, 아버지가 실직자라는 사실이 애들을 풀 죽고 주눅 들게 만들 것이 분명하다고 느껴졌네. 그래서 내가 결단을 내려 식구들한테 거짓말을 하게 된 걸세."

그의 말을 듣고 나는 내가 독신으로 있는 게 다행스럽게 여겨졌고, 자식 교육비 등이 안 들어 적은 수입으로도 버텨나갈 수 있다는 사실에 안도감을 느꼈다. 그리고 요즘 중년 남자들의 비애를 새삼 확인할 수 있었다. 이제 확실히 남자들 중심의 세상은 가고 있었고, 가부장 중심의 가정 역시 무너져가고 있었다.

박상민이 집안 식구들에게 지방으로 발령받았다고 속여서 말한 것은 썩 잘한 일이었다. 매일 아침 집에서 '위장 출근'을 해야 한다는 것은 보통 고역이 아닐 것이기 때문이었다. 그는 오피스텔에서 늦잠 자며 빈둥거리는 것이 처음엔 오히려 달콤한 휴식으로 느껴지기조차 했다고 말했다. 하지만 차츰 무료해지기 시작하면서, 비디오를 마구잡이로 왕창 빌려다 본다거나 하는 식으로 적적함을 달래나가게 됐다는 것이었다. 또 장래에 대한 불안감이 자신을 괴롭혀 신경안정제까지 복용하게 됐다고 했다.

그는 자존심이 강해 전에 만났을 때는 이런 식의 하소연을 하지 않았고, 내가 장미클럽에 나와 시간을 때워나가 보라고 해도 내 말을 듣지 않았다. 그림 살 돈도 없고 또 예술가도 아닌데, 그곳에 나가 봤자 꿔다 놓은 보릿자루 격이 되기 십상이라는 이유에서였다. 하지만 이번에 만나 보니 그는 태도가 많이 달라져 있었다. 나의 우정에 의지하고, 또 내 주변에 있는 낭인(浪人) 예술가들과의 격의 없는 만남에도 의지하고 싶어 하는 눈치였다.

박상민은 내가 본 한국 남자들 중에서 가장 멋진 미남이었다. 서구식 용모의 뚜렷한 이목구비를 가지고 있었고, 스타일도 늘씬했다. 그는 고등학교 때부터 미남으로 소문이 나 있었고, 대학 때도 얼굴 때문에 학교에서 연극 활동을 많이 했다. 그리고 그를 쫓아다니는 여자가 수를 셀 수 없을 정도로 많았다.

그런데 이상한 것은, 그의 아내는 아주 평범한 외모를 가진 여자라는 사실이었다. 그의 말을 들어보니, 여자 쪽에서 하도 지극정성을 바치길래 동정심이 감동으로 변하여 결혼을 해주게 됐다는 것이었다. 그런데도 지금 그는 아내를 무서워하고 있었고, 자기보다는 아내와 밀착돼 있는 자식들 눈치를 보고 있었다.

박상민은 학생 시절부터 하도 미남 소리를 들어왔던지라, 대학을 졸업하고 나서 TV 방송국 탤런트 공채 시험에 응시했다. 친구들의 권유도 있었고, 또 자신도 연극 활동을 해 연기면에서도 꽤 자신이 있었기 때문이었다.

예상했던 대로 그는 엄청난 경쟁률을 뚫고서 탤런트 시험에 당당히 합격했다. 당시에 그는 일류 탤런트가 된다는 꿈에 한껏 부풀어 있었다.

그렇지만 그는 6개월 만에 방송국을 그만두고 말았는데, 월급도 거의 없는 데다가 하루종일 탤런트실에서 대기하며 연출자가 불러주기를 기다려야 한다는 것이 못내 자존심 상했기 때문이었다.

그동안 그는 단역으로는 많이 출연했다. 그래서 조금만 더 참으며 고참들이나 프로듀서들의 비위를 잘 맞추면 일류 탤런트가 될 수 있는 가능성이 충분히 있었다. 그런데도 그가 방송국을 그만두고 대기업에 취직하게 된 것은, 우선은 안정된 지위와 보수가 첫째 이유였고, 꼭 일류 탤런트로 출세할 수 있다는 보장이 불투명하다는 것이 둘째 이유였다.

나는 그의 얼굴을 볼 때마다. 그가 탤런트나 영화배우의 길을 택하지 않은 것이 너무나 안타깝게 여겨졌다. 몇 년 전에 이길로가 그를 보고 '말론 박(朴)'이라는 별명을 붙여줬을 정도로 그는 미국 영화배우 말론 브랜도와 닮아 있었다. 아니, 말론 브랜도보다 훨씬 빼어난 윤곽의 조각 같은 이목구비를 지니고 있었다.

박상민의 얼굴은 젊었을 때보다 오히려 40대 나이가 된 이후로 더 멋진 분위기를 풍겼다.

내가 보기에 여자는 10대 후반이나 20대 초 때가 '영계'지만 남자는 20대 후반 때가 '영계'이다. 확실히 남자는 나이를 좀 먹어야만 관능적 매력이 풍겨 나온다.

사실은 20대 후반 때의 나이도 너무 적다. 유명한 영화배우들을 봐도 남자 배우는 늙을수록 멋이 난다. 게리 쿠퍼나 클라크 케이블의 전성기는 다 마흔이 넘어서부터였다. 그러나 여자 배우는 그렇지가 못하다. <바람과 함께 사라지다>에서 클라크 케이블의 상대역으로 나왔던 비비안 리는 마흔이 넘자마자 팍 사그라졌다. 그런 예는 남자 배우의 경우엔 그레고리 펙이나 로버트 테일러, 여자 배우의 경우엔 오드리 헵번이나 그레타 가르보 등에도 다 적용될 수 있다.

물론 요즘엔 마흔이 넘은 나이에도 활발하게 활동하는 여배우들을 많이 볼 수 있다. 이를테면 샤론 스톤 같은 경우가 좋은 예다. 하지만 나는 그녀한테서 '섹시한 매력'을 느껴본 적이 한 번도 없다. 그저 다만 '섹시해지려고 안쓰럽게 애쓰는 아줌마'의 이미지를 느낄 뿐이다. 그러나 꽤 늙은 나이의 남자 배우인 리처드 기어는 남자인 내가 봐도 젊었을 때보다 확실히 더 섹시해 보이는 것이다.
　박상민의 경우도 마찬가지였다. 그는 40대 들어 더 섹시한 매력을 풍겼다. 머리숱이 많고 새치가 없다는 것도 한 가지 이유로 작용했다.
　하지만 이상한 것은, 그것이 미남(또는 미녀)들의 공통적 속정인지도 모르겠지만, 그가 자기 자신의 외모는 물론 여성의 외모에 대해 별로 신경을 쓰지 않는다는 사실이었다. 그는 나 같은 탐미주의자도 아니었고 페티시스트는 물론 아니었다. 그는 내가 화장을 많이 하고 컬러풀한 머리에다 주렁주렁 장신구를 걸친 여자를 좋아하는 것을 잘 이해하지 못했다. 그렇다고 해서 나의 미관(美觀)에 대해 '유별나다'거나 '변태스럽다'는 느낌을 갖고 있지도 않았다.
　한국 사람들 중엔, 심지어 진보적 입장을 취하는 정신과 의사들 중에도 페티시스트만큼은 '변태'로 규정하고 있는 이들이 상당히 많다. '몸'이나 '성기'가 아닌 일종의 '물건', 즉 손톱이나 머리털이나 특정한 장신구 등에 집착한다는 이유에서이다. 그들은 이제 동성애나 S·M 또는 나르시시즘 등은 결코 '변태'가 아니라고 말한다. 그러면서도 페티시즘에 대해서만큼은 곱지 않은 시선을 보내고 있는 것이다. 페티시즘을 '물건애(物件愛)'나 '절편음란증(節片淫亂症)'으로 번역하는 정신의학자들이 많은 건 이 때문이다. 내가 생각하기에 페티시즘은 그저 '고착적 탐미애(固着的 耽美愛)' 정도로 번역돼야 한다고 보는데 말이다.
　어쨌든 박상민은 다른 얼치기 미남들처럼 자신의 미모를 이용해 색(色)을 탐하지도 않았고 못생긴 여자들을 얕잡아보지도 않았다. 말하자면 그는 지극히 선량하고 평범한 남자였다. 그렇기 때문에 그는 그를 숭배하는 수많은 미녀 구애자들을 물리치고 평범한 외모의 현모양처형 여성과 결혼을 하게 됐던 것이었다. 나는 그의 단조로운 미관과 유미주의에 대한 무관심이 도무지 이해되지 않을 때가 종종 있었다.

오랜만에 박상민을 만난 곳은 그가 요즘 칩거하고 있는 오피스텔 지하에 있는 허름한 스탠드바였다. 오피스텔이 위치하고 있는 곳은 마포 한강변이었는데, 싸구려 오피스텔이라 그런지 지하에 있는 음식점이나 술집들이 다들 너저분하고 꾀죄죄했다. 하지만 그런대로 서민적인 친근감을 풍겨주고는 있었다.

30대 후반의 나이로 보이는 스탠드바의 마담은 박상민의 미모에 반했는지 그에게 과잉된 친절을 베풀어주고 있었다. 그의 돌연한 실직에 진심으로 동정을 표하며 술값도 아주 싼값으로 받는다고 했다. 박상민은 거의 매일 저녁을 그 스탠드바에서 살다시피 하고 있었다.

"그래, 다시 취직할 만한 곳을 알아보고는 있나? 요즘 경기가 슬슬 풀리고 있는 것 같은데······."

내가 박상민에게 물었다.

"이력서를 여기저기 넣어보고는 있지. 하지만 자리가 좀처럼 잘 안 나와."

박상민이 꺼져 들어가는 목소리로 대답했다.

"주식 투자는 잘되고?"

"그저 본전치기 정도지 뭐. 아직 손해를 안 본 것만 해도 다행이지. 심심소일로는 그만인데 이젠 그것도 그만둬야 할 것 같아. 자칫하면 본전마저 까먹게 생겼거든."

"새로 작은 기업이나 장사를 시작해 볼 생각은 없나?"

"아직은 겁이 나서 주저하고 있는 셈이지. 나하고 같이 회사를 그만둔 친구들이 퇴직금 가지고 독자적으로 장사를 시작했다가 금세 망하는 꼴을 여러 번 봤기 때문이야."

"그래도 뭔가 해봐야 할 것 아닌가? 이렇게 놀고만 있기가 여간 힘들지 않을 텐데……."

"한 친구가 작은 술집을 하나 동업으로 하자고 해서 지금 생각해보고 있는 중이지. 하지만 술집을 한다고 해도 나는 그냥 투자만 하고 경영에는 손을 안 댈 작정이야. 술장사를 한다는 게 어쩐지 자존심이 상해서 말야."

"그러다가 사기라도 당하면 어쩌려고? 친구는 믿을 게 못 돼. 그저 같이 술 먹고 노는 친구는 가능하지만, 진심으로 고락을 같이 나눌 수 있는 친구는 존재하지 않는다는 게 내 생각이네."

"투자를 하더라도 확실히 공증을 해놓으면 되겠지. 그러다가 술집이 망하면 할 수 없는 거고."

"IMF 사태 이후 술집이나 음식점을 시작한 중년의 실직자들이 많이 생겼지. 하지만 대개는 다 실패했다고 들었네. 나는 그 방면엔 백지라 잘 모르겠지만 아무튼 잘 생각해서 하도록 하게."

"당장은 퇴직금 이자로 다달이 집에 생활비를 줄 수 있는 것만도 다행이야. 물론 아내한테는 불경기로 월급이 깎였다고 말하며 전보다 훨씬 적은 액수를 주고 있지만……. 그보다는 내가 정말 무료해져서 고민일세. 자네도 알다시피 나는 일종의 '워커홀릭(일 중독증)' 아니었나? 그런데 갑자기 시간이 많아지니까 정말 미치고 환장하겠어. 신경안정제 없이는 잠을 못 잘 정도니까."

"그럼 나랑 같이 장미클럽에 나가 저녁시간을 보내봐. 거긴 돈 없는 건달들이 많이 모이는 곳이니까 조금도 창피해할 것 없어."

박상민은 내 제의에 귀가 솔깃해지는 듯했다.

"정말 내가 장미클럽에 놀러 가도 괜찮을까? 나는 미술품 컬렉터도 못 되고 또 예술인도 아닌데…….”

"글쎄 괜찮다니까. 거기선 술과 음식이 모두 공짜야. 그리고 모여드는 사람들이 서로 경제적 이해타산이나 정치적 교제를 염두에 두는 경우도 없고…….”

"그러고 보니 자네와 장미화랑 주인인 오로라 씨가 서로 연애하고 있다는 얘기를 언젠가 얼핏 들은 적이 있네.”

"연애는 무슨……. 그 여자가 모든 남자들한테 다 연애하는 기분이 들게 할 뿐이지. 어쩌면 자네도 그 여자와 연애를 하게 될지도 모르네, 그 여잔 정말 글자 그대로 '성적(性的) 박애주의자'니까.”

"나는 무슨 말인지 잘 못 알아듣겠는걸. 연애란 단 둘이서 해야 하는 것 아닌가? 그리고 법적으로도 홀가분해야 하고……. 그런데 오로라 씬 지금 유부녀에다가 꽤 유명한 모델 아냐? 그런데 어떻게 그런 식으로 놀 수가 있지?”

"그러니까 그 여자가 보통 여자가 아니지. 인도네시아 부호인 로라의 남편도 보통 남자가 아니고. 아무튼 지금 당장 나랑 장미클럽에 같이 가세. 오늘 로라가 나와 있을지는 잘 모르겠지만, 설사 그녀가 없더라도 이길로 화백이나 지하일 주간 같은 좋은 친구들이 있어 클럽 분위기에 금세 정(情)이 갈 걸세.”

나는 말을 마치고 나서 박상민의 손을 잡아 이끌고 스탠드바를 나왔다. 그리고 택시를 잡아타고 장미클럽으로 갔다.

장미클럽에는 마침 로라가 나와 있었고 지 주간도 있었다. 그리고 이길로와 한그루와 홍샘이 여전히 죽치고 앉아 있었다. 또 심수일과 G사장도 앉아 로라에게 아부성 짙은 눈빛을 보내며 술을 마시고 있었다. 이길로가 박상민을 먼저 알아보고 나서, 과장적으로 반색을 하며 그를 반겼다.

"오, '말론 박'이 드디어 나타나셨군. 정말 반갑시다. 그런데 이거 큰일 나게 생겼는데……. 말론 박 같은 미남이 오면 우리 같은 쭈그렁 밤탱이들은 모두 빛을 잃을 수밖에 없으니 말야."

말은 이렇게 했지만 이길로는 박상민의 미모에 대해 질투의 눈길을 보내고 있지 않았다. 이길로는 그만하면 질투심이 없는 착한 사내였다.

오늘따라 박상민은 아주 멋진 양복에 화려한 색깔의 넥타이를 하고 있었다. 실업자가 된 이후 의복과 몸치장에 더 신경을 쓰고 있는 것 같았다. 일종의 자격지심 때문일 것이다.

나는 로라를 비롯한 다른 사람들에게 박상민을 소개했다. 로라의 눈빛이 심상치 않게 돌아가고 있다는 것을 나는 눈치 챌 수 있었다. 그녀의 턱에 걸려 있는 둥그런 피어싱 장신구가 바르르 떨리고 있었다.

박상민은 로라에게 미적(美的) 감동이 어린 눈길을 보내지 않았다. 그녀가 오늘따라 아주 짙고 그로테스크한 눈화장을 하고 있기 때문에 더 그런 것 같았다. 로라는 눈두덩뿐만 아니라 눈 아래쪽에도 여러 가지 현란한 색깔의 아이새도들을 해바라기 모양으로 겹겹이 칠하고 있었다. 그래서 그녀의 얼굴은 흡사 요사스런 마녀를 연상시켰다.

박상민은 원래 화장을 짙게 한 여자를 별로 좋아하지 않았다. 그런데 오늘따라 로라는 눈화장을 너무 짙게 하여 그녀의 아름다운 얼굴 윤곽까지 화장에 묻혀버려 빛을 잃을 정도였으므로, 박상민이 그녀를 시큰둥한(아니 범상한) 눈빛으로 바라볼 만했다.

그는 오히려 말끔한 맨얼굴에 소박한 옷차림을 하고 있는 붙박이 웨이트리스인 미스 리에게 약간 선정적인 눈길을 보내고 있었다. 만일 채나까지 나와 있었더라면 그가 더 황당해 했을지도 모르는 일이었다.

박상민을 보는 로라의 눈길이 심상치 않다는 것을 눈치 챈 것은 나만이 아니었다. 클럽 안에 있던 남자들은 다들 평소의 로라답지 않은 비상한 눈길을 의식하고 있었다.

남자든 여자든, 아름다운 외모를 가진 이성을 처음 마주 대하게되면 눈동자에 옅은 '떨림'이 생기게 마련이다. 그래서 상대방을 똑바로 쳐다보지 못하고 눈길을 어지럽게 분산시키게 된다. 미적(美的) 나르시시즘으로 단단히 무장돼 있는 로라도 그 점에 있어서는 예외가 되지 못했다.

나는 예전부터 박상민과 함께 술을 마실 때마다 그를 바라보는 주변 여자들의 눈길이 흔들리고 있다는 것을 의식한 적이 많았다. 처음엔 질투의 감정도 생겼지만 차차 시간이 지나다 보니 오히려 미남친구를 둔 나 자신에 대한 자부심 같은 것이 생겼다. 그런 심리는 말하자면 '지주' 밑에서 '마름' 노릇을 하는 이들이 갖게 되는 치사한 권위의식과도 흡사한 것이었다.

하지만 로라조차도 박상민한테 약간 부자연스러운 매너와 떨리는 눈길을 보내는 것을 보고 나서, 나는 감정의 미묘한 떨림을 잠시나마 느끼지 않을 수 없었다. 그렇지만 그런 감정이 질투심으로까지 발전되지는 않았고 시간이 조금 지나자 오히려 미묘한 호기심으로 변했다. 그것은 '로라가 과연 박상민의 내면세계에까지 관능적 호기심을 보일까' 하는 호기심이었다. 내가 보기에 박상민은 탐미적 관능성이나 일탈적(逸脫的) 용기에 있어서는 너무나 무지하고 소심한 친구이기 때문이었다.

"말론 박, 신수가 예전보다 훨씬 더 좋아 보이는데. 입고 있는 옷도 참 멋있고."

하고 이길로가 말했다. 박상민이 나타나면서 클럽 안에 깃들였던 짧지만 어색한 분위기를 깨뜨려보려는 의도인 것 같았다. 이길로만큼은 로라의 변화된 눈길에 별 동요를 보이지 않고 있었다.

"신수가 좋아지기는요. 솔직히 말해서 지금 실업자 신셉니다."

자신의 처지를 미리 실토해 버리는 게 낫겠다 싶었는지 박상민이 이길로에게 말했다.

"그것 참 잘됐네. 나도 실업자 신세나 마찬가진데 동지가 하나 더 생졌으니 말요……. 그건 렇고, 박형, 이제부터 우리 서로 말 놓고 얘기합시다. 존댓말을 쓰면 이상한 거리감이 생겨요. 전에 박형을 만났을 때도 박형이 꼬박꼬박 존댓말을 쓰는 바람에 털어놓고 얘기할 기분이 안 나더란 말요."

이렇게 말하고 나서 이길로는 박상민을 환영하는 뜻으로 다 같이 한 잔 마시자고 했다. 그래서 우리는 "환영, 말론 박!"이라는 이길로의 구호에 따라 모두 함께 술잔을 부딪쳤다.

박상민을 환영하는 뜻으로 술을 한잔 같이 마시고 나서도 모두들 말이 없었다. 이길로와 지 주간을 빼고는 다들 은근한 질투심에 애를 태우고 있는 게 분명했다. 장미클럽이 생겨난 이후로 박상민만한 미남이 클럽에 등장한 건 처음이기 때문이었다.

나는 다시 한 번 '외모'의 중요성을 생각하는 동시에 얄궂고도 미묘한 쾌감을 느꼈다. 또한 동시에 약간의 서글픔을 느꼈다. 내가 박상민만한 미남이 못 되기 때문이었다.

내가 '미묘한 쾌감'을 느꼈다고 한 것은 한국 사람들이 유난스럽게 '외모'를 경시하는 '척'하고 있기 때문이다. 사랑이든 호감(好感)이든, 그리고 그것이 이성 간의 것이든 동성 간의 것이든, 사람끼리의 만남은 우선 상대방의 '외모'에 대한 첫인상에서부터 시작된다.

'얼굴보다는 마음이 아름다워야 한다'는 구호는 지극히 위선적이고 헛된 구호가 아닐 수 없다. 또 이성 간의 만남일 경우, 상대방의 마음이나 영혼을 사랑한다는 것도 간사스런 위선에서 나온 구두선(口頭禪)에 불과한 것이 되지 않을 수 없다.

도대체 상대방의 마음이나 영혼을 어떻게 알 수 있단 말인가. 두개골을 쪼개어 뇌 검사를 하지 않는 한(물론 그래 봤자 사람의 진짜 속마음을 알기 어려울 것이지만), 사람의 마음을 일순간에 파악하기는 불가능한 일이다.
　그런데도 사람들은 항상 '마음'이나 '영혼'을 부르짖어대며 헛된 미망(迷妄)에 바탕한 '정신적 사랑'을 희구한다(아니 희구하는 척한다). 이성 간의 사랑이든 동성 간의 우정이든, 모든 깊은 만남의 밑바탕은 상대방의 외모에 대한 '관능적 경탄'에서 비롯되는데도 말이다.
　물론 거기에 '제 눈에 안경'이라는 안쓰러운 법칙이 작용하는 것을 부인할 수는 없다. 하지만 '제 눈에 안경'도 '제 눈에 안경' 나름이지, '노트르담의 꼽추'같이 못생긴 사람을 어떻게 좋아하거나 사랑할 수 있을 것인가.
　하지만 나는 이런 사실에 대한 확인에 의한 야릇한 쾌감보다는, 로라가 박상민을 바라보는 떨리는 눈길에 대한 얄궂은 질투심이 더욱 가슴을 짓눌러오는 것을 느꼈다. 참으로 묘한 감정이었다. 그걸 전혀 예상하지 못했던 것이 아닌데도, 나는 구태여 박상민을 장미클럽으로 데려왔기 때문이었다.
　아무래도 나는 동성애와 이성애 사이의 두꺼운 장벽을 별로 느끼지 못하는 양성애적(兩性愛的) 체질의 소유자인 것 같았다. 물론 나는 박상민에게 동성애적 감정을 느껴본 적이 한 번도 없었다. 하지만 나는 그의 남성적 미모(채나와는 전혀 다른)에 대해, 질투심 없는 순수한 감동을 오래전부터 느끼고 있었던 것이다.

　약간의 어색한 동요가 끝난 후 로라가 다시 제 모습을 찾았다. 그녀는 홍샘 곁으로 다가가 그의 머리카락과 귓불을 슬근슬근 쓰다듬었다. 그러고 나서 다시 G사장 곁으로 가 그의 **뺨**에 키스했다. G사장이 최근에 그림을 많이 구입해 준 데 대한 감사의 표시인 것 같았다.
　장미클럽에서는 이제 로라의 그런 행동이 하나도 어색하게 느껴지지 않는 분위기가 형성돼 가고 있었다. 지극히 촌스러운 나라인 한국의 사교클럽치고는, 그만하면 꽤나 세련된 질탕함과 퇴폐미가 보장되어 있는 아름다운 분위기였다.

박상민은 로라의 그런 행동을 보고 무척이나 당혹스러워 하는 것 같았다. 또한 장미클럽에 모여 있는 남자들이 그런 행동에 대해 무표정하다고 할 수도 있고 의연하다고 할 수도 있는 자세를 취하는 것을 보고 더욱 놀라워하는 것 같았다. 하지만 나는 그의 그런 당황스런 표정에서, 권태와 우울의 감정이 약간 씻겨져 나가고 있는 것 같은 기미를 눈치 챌 수 있었다.

"여자가 부족해, 여자가 부족해!"

갑자기 이길로가 투덜거리는 어조로 불평을 내뱉었다. 그리고 미스 리한테로 가서 그녀를 우악스럽게 껴안았다. 미스 리가 우스꽝스러울 정도의 높은 음색으로 "꽥" 하는 소리를 냈다.

이길로는 더 이상 미스 리를 괴롭히지 않았다. 곧이어 로라 곁으로 다가가 그녀의 허리를 끌어안았다. 그러자 로라는 이길로의 행동에 덩달아 맞장구를 치며 그의 어깨를 얼싸안았다.

나는 왠지 이길로가 벌인 그런 격의 없는 행동이 마음에 들었다. 그래서 분위기를 더 맞춰주려고 음악을 바꿔 틀었다. 내가 예전에 좋아했던 미국 가수 도나 서머의 <당신을 사랑하는 게 좋아(Love to love you baby)>였다. 내가 어렵사리 레코드를 구해 장미클럽에 비치해 놓은 것이었다.

이 노래는 가수의 선정적 신음소리가 별미였다. 긴 노래에 나오는 가사라고는 오직 "I love to love you baby"밖에 없고, 다른 대목은 그저 "아아아...... 으으음...... 오오오" 등으로 된 관능적 신음소리밖에 없었다.

도나 서머의 노래에 흥이 났는지, G사장이 문득 로라를 부둥켜안고 춤을 추기 시작했다. 그는 재벌의 아들치고는 상당히 순진하고 멋대가리 없는 사내였다. 그래서 화류계 경험도 별로 없고 여자의 관능적 미모에도 별 식견이 없었다. 그러다가 장미클럽을 알게 되고 또 로라를 알게 되면서부터 '늦발동'이 걸린 셈이었다.

로라는 능숙한 몸놀림으로 G사장을 찰싹 끌어안고 홀 안을 빙빙 돌았다. 음악이 원체 관능적이었으므로 춤의 스텝 또한 느릿느릿 흐느적흐느적일 수밖에 없었다. 우리는 두 사람이 춤추는 모습을 바라보면서 일제히 박수를 쳐주었다.

박상민도 흥분이 됐는지 술을 빠른 속도로 마셔댔다. 그러다가 드디어 로라와 춤을 추게 되었다. 로라가 G사장과의 춤을 끝낸 후 홍샘과 춤을 추고 나서, 그 다음 차례로 택한 파트너가 박상민이었던 것이다.

박상민과 로라가 춤을 추게 된 것을 보고 내가 다시 음악을 골라 틀었다. 이번엔 조금 오래된 가요인 <연인들의 이야기>였다. 판을 걸고 나서도, 나는 내가 왜 이 곡을 골랐는지 의아한 마음이 생겼다.

창밖엔 바람이 부네요
누군가 사랑하고 있어요
우리도 그런 사랑 주고받아요
이별은 이별은 싫어요……

술을 계속 마셔서 그런지 불쑥 취기가 올라왔다. 그래서 나는 미스 리의 몸뚱어리를 끌어안고 춤을 추었다. 이번엔 이상하게도 미스 리가 별 저항을 보여주지 않았다.

8
사랑, 잡채 같은

1

 박상민이 장미클럽에 자주 드나들게 되면서부터 로라의 얼굴에는 한결 더 화색이 돌게 되었다. 그리고 모델 일에도 훨씬 정성을 쏟는 눈치였다. 나는 로라가 박상민으로 인해, 그동안 문득문득 표출하곤 했던 타성적 권태로부터 약간씩 해방되어 가는 모습을 보는 것이 그리 기분 나쁘지 않았다.
 박상민이 실업으로 인한 우울증으로부터 조금씩 벗어나고 있는 모습을 보는 것 또한 나로서는 일단 흐뭇한 일이었다.
 아무리 외도에 소심하고 로라같이 야한 여자에 대해 낯선 거리감을 느끼는 박상민이라고 해도 그는 역시 남자였다. 자고로 미녀를 좋아하지 않는 남자란 없는 법이기 때문에, 그는 로라의 호의와 접근에 얼렁뚱땅 감읍(感泣)하지 않을 수 없는 형편이었던 것이다.
 그러던 어느 날 나는 한낮에 장미화랑에 들를 일이 생겼다. <미술계> 잡지에 기고할 원고를 전달하기 위해서였다. 지 주간은 나가고 없었고 편집사원만 있었다. 원고를 넘겨주고 나서 나는 혹시나 하는 마음으로 로라의 사무실을 노크해 보았다. 마침 로라가 안에 있었고, 그녀 곁에 늘빛이 들러붙어 앉아 로라의 긴 손톱에 매니큐어 칠을 해주고 있었다.

손톱 하나하나마다 삼색기(三色旗) 모양으로 세 가지 다른 색깔의 매니큐어를 세로로 층층이 바르고 있었는데, 열 개의 손톱을 다 다른 색깔로 칠하는 것이기 때문에 서른 가지 색깔의 매니큐어 통이 곁에 놓여 있었다. 모든 매니큐어들이 다 형광 톤(tone)으로 된 것이라서, 나는 로라의 손톱이 채색돼 가는 것을 보며 눈이 부셔오는 것을 느꼈다. 오늘 저녁에 있을 어느 패션쇼에 나가기 위해 미리부터 준비하고 있는 것이라고 늘빛이 말해주었다.

곁에서 지켜보니 무척이나 시간이 많이 걸리는 작업이고 정교한 손질이 요구되는 작업이었다. 그런데도 늘빛은 아주 기분 좋은 얼굴로 로라의 손톱들을 섬세한 예술가의 손길로 칠해나가고 있었다.

나를 보고 로라가 새삼 반가워하는 얼굴을 했다. 그리고 늘빛 역시 반가워하는 표정을 했다. 두 여자 다 그냥 매니큐어 칠만 하고 있기엔 심심했던 모양이었다. 그래서 나는 로라의 맞은편에 앉아 그녀와 잡담을 나누게 되었다.

나는 늘빛과는 아주 허물없이 지내는 사이가 되어 있었다. 그리고 로라와 늘빛 간의 관계도 모델과 코디네이터의 관계라기보다는 친절한 여주인과 충직한 하녀 간의 관계처럼 되어 있었다.

늘빛은 로라의 독특한 고혹미(蠱惑美)를 남자인 나 못지않게 숭배하고 있었다. 그래서 나는 늘빛을 별로 의식하지 않고서, 로라와 둘이서 모처럼 허물없는 대화를 주고받을 수 있었다.

"말론 박이 장미클럽에 자주 들르니까 로라 기분이 아주 좋아진 것 같아."

하고 내가 로라에게 말했다.

"사실이에요. 그이처럼 잘생긴 한국 남자를 본 적이 없거든요."

로라가 아주 태연하고 평탄한 어조로 대답했다. 나는 그런 어조로 말하는 그녀가 속으로 약간 야속하게 생각되었다. 하지만 그녀의 순진한 솔직성을 익히 경험해 온 터라 그런대로 참아 넘길 수 있었다.

"같이 자고 싶지는 않나?"

"그 사람이 같이 자달라고 부탁하면 응당 자줘야겠죠. 하지만 말론 박 얼굴을 바라보기만 하는 지금의 상태가 더 좋다는 생각도 들어요."

"말론 박을 사랑하고 있나?"

내가 다시 로라에게 물었다.

"사랑까지는 아직 잘 모르겠어요. 하지만 그 사람 얼굴을 보고 있으면 전신이 녹아내리는 것 같은 느낌이 와요."

로라가 여전히 차분한 음색으로 대답했다.

로라가 한 말은 내 자존심과 질투심을 자극하기에 충분한 말이었다. 그녀가 내게 그런 표현을 쓴 적이 한 번도 없기 때문이었다. 나는 내 속마음을 드러내지 않으려고 애쓰면서 담배를 한 대 꺼내 피워 물었다. 그리고 담배 연기를 다섯 모금쯤 들이마셨다가 내뱉고 나서 조용히 말했다.

"남자 얼굴을 보고 전신이 녹아내리는 것 같은 느낌이 온다면 그게 바로 사랑 아냐?"

"맞아요. 그게 진짜 사랑일지도 모르죠. 하지만 아직은 뭐가 뭔지 잘 모르겠어요. 말론 박하고 길게 얘기를 나눠보거나 애무해 본 적이 아직은 한 번도 없어서요."

"얘기를 해보면 뭐하겠어. 애무도 마찬가지고. 난 사랑이라는 정체불명의 감정에 대해 아직은 삐딱한 시선을 보내고 있는 편이지만 만약 진짜 사랑이라는 게 있다면 그건 오직 '상대방의 외모에 대한 경탄'에 의해 만들어진다고 생각해."

"그건 너무 단정적으로 비약해서 말씀하시는 거예요. 미안한 얘기지만 전 당신의 외모에 대해 기막힌 경탄의 감정 같은 걸 느껴본 적은 없어요. 그런데도 전 당신을 사랑하고 있는 걸요."

나를 위로해 주려는 뜻에서 한 말인지는 모르지만, 어쨌든 로라가 내게 해준 말은 나를 적이 안심시켰다.

매니큐어를 총천연색으로 칠해 나가는 동안 로라의 손가락들은 더욱 가늘고 희어 보였고, 그녀의 흰 목선 또한 덩달아 더 길어 보였다. 나는 나도 모르는 충동을 느껴 불쑥 로라에게 다가가 키스를 했다. 우리가 키스를 하고 있는 동안 늘빛은 매니큐어 바르기를 멈추고 우리가 입 맞추는 광경을 물끄러미 쳐다보고 있었다. 한참 후 로라의 입술이 내 입술에서 떨어져 나갔다. 나는 다시 그녀를 껴안고서 입을 더 맞추려고 했다.

"이젠 그만 해요, 여보. 늘빛이 보고 있잖아요."

로라가 내 입술로부터 얼굴을 떼어내며 말했다.

"정말 늘빛 때문에 그러는 거야?"

"그럼요. 제가 왜 거짓말을 하겠어요?"

로라가 말을 마치자 늘빛이 빙그레 웃으면서 이렇게 말했다.

"전 괜찮으니까 어서들 실컷 키스하셔요. 전 그걸 바라보고 있는 게 너무 좋아요."

나는 자리를 비켜주지 않고 그대로 가만히 앉아 있는 늘빛이 꽤나 눈치 없는 여자라고 생각했다. 하지만 다시 곰곰이 생각해 보니 늘빛이 방에 없다 하더라도 로라가 키스를 더 해주지 않을 것 같다는 생각이 들었다.

과연 내 생각이 맞았다. 로라가 갑자기 고개를 떨구고서 내 입술의 접근을 원천봉쇄했기 때문이었다. 그러고는,

"오늘은 제발 저를 더 건드리지 마세요."

하고 나직한 목소리로 말했다. 그러고 나서 이렇게 꼬리를 달았다.

"정말 미안해요, 여보."

"뭐가 그리 미안해? 키스하기 싫을 때도 있지."

하고 내가 마음을 다잡으며 로라에게 말했다.

"제가 말한 건 진심이에요. 요즘 내 마음이 아주 혼란스러워져 있어 그런 거니까 제발 용서해 주세요."

"로라의 마음이 왜 그리 혼란스러워져 있지? 말론 박 때문인가?"

내가 말을 끝내자마자 로라가 갑자기 깔깔거리며 웃었다. 나는 그녀가 불현듯 표변하는 태도를 보인 것이 어리둥절하게 느껴졌다.

"당신은 말론 박을 질투하고 계시군요. 그렇죠? 내 말이 맞죠? 제가 그이의 외모에 반할 걸 전혀 예상하지 못하셨나요? 그럴 걸 가지고 왜 굳이 말론 박을 장미클럽에 데려오셨어요?"

웃기를 마치고 나서 로라가 말했다.

"…… 아무튼 내 추측이 맞긴 맞았군. 로라의 마음이 혼란스러워진 까닭이, 말론 박 그 친구한테 반했기 때문이란 걸 지금 실토했으니까 말야."

내가 짐짓 태연한 목소리를 가장하며 로라에게 말했다.

"잘생긴 이성한테 반하는 건 남자나 여자나 다 마찬가지예요. 하지만 얼굴에 반했다고 해서 꼭 사랑을 하게 되는 건 아니지요. 당신은 사람의 외모에 너무 집착하고 계셔요."

마치 누나가 동생에게 타이르듯 로라가 내게 말했다.

"내가 솔직한 것 아닐까? …… 그럼 로라는 대체 뭘 원하고 있는 거야? 그 잘나빠진 '영혼의 교류' 같은 건가?"

"그런 건 아니에요. 굳이 말하자면 '깊은 정(情)' 같은 거지요. 당신은 저의 외모에만 반했지 정 같은 걸 줘본 적이 없어요."

"그래서 로라의 마음이 혼란스러워졌다는 얘긴가?"

"이유가 꼭 그것만은 아니에요. 저도 이 남자 저 남자하고 다 같이 자주다 보니까 좀 피곤해졌어요. 성(性)에 대한 회의 같은 것도 조금은 생기게 됐구요. 그러다가 말론 박을 보게 되니 마음이 혼란스러워질 밖에요. 전 솔직히 말해서 그이한테 사랑보다는 성적 매력을 느꼈거든요. 그런데 그 사람은 생각보다 너무나 순진한 남자더군요. 그래서 당신네 남자들이 쓰는 표현대로 하자면 그이를 '따먹을까 말까' 하는 식의 고민이 생기더란 말이죠."

"그럼 따먹어버려. 그러고 나서 물리면 되지."

"그 사람은 너무나 착하고 겁 많은 사람이에요. 그래서 사실 사랑까진 못 느끼겠구요. 아무래도 전 마농 레스코처럼 화냥기가 있는 여잔가 봐요. 당신같이 여자 보는 눈이 삐딱하고 마음이 삐뚤어진 남자가 더 좋으니까요."

"내가 여자 보는 눈이 삐딱한 건 사실이지만, 마음까지 삐뚤어진 남자라고 보는 건 좀 섭섭한데. 내가 정말 그렇게 못된 남자인가?"

"당신이 못됐다는 게 아니에요. 너무나 세상을 바로 보고 있다는 뜻이죠. 세상이 다 삐뚤어져 있는데 마음이 안 삐뚤어질 수가 있겠어요? …… 제가 한 말은, 이젠 이 남자 저 남자하고 다 같이 자주기가 피곤해졌다는 얘기일 뿐이었어요. 그러면서도 말론 박하고는 한번 같이 자고 싶어지니 마음이 혼란스러워졌다는 뜻이었죠."

"난 로라가 지금 무슨 소리를 하고 있는지 통 모르겠군. 갑자기 요조숙녀라도 돼보겠다는 거야?"

"당신은 여자 마음을 너무 몰라요. 당신은 너무 욕심꾸러기 어린애 같아요."

로라는 이렇게 말하고 나서 다시 손톱을 늘빛에게 내밀었다. 늘빛은 덤덤한 표정으로 매니큐어를 칠해 나가기 시작했다.

"당신은 제 마음보다는 저의 긴 손톱만 갖고 싶으시죠? 아예 내 손을 잘라 갖고 싶진 않으세요?"

한참 뒤에 문득 로라가 이렇게 말했다.

로라가 '손을 자른다'는 말까지 하며 내게 시비조로 나오자 나는 갑자기 황당한 기분을 느꼈다. 그녀만큼은 나의 페티시즘 취향을 확실히 이해하고 있다고 여겨왔었는데, 불쑥 뚱딴지 같은 얘기를 내뱉고 있기 때문이었다. 그래서 나는 잠시 멍한 표정을 하고 있다가, 생각을 가다듬고 나서 이렇게 타이르듯 대답했다.

"나는 당신 손톱만 사랑하고 있는 게 아냐. 불편함을 감수하고 손톱을 아주 길게 기르며 기쁨을 느낄 수 있는 당신의 '마음'을 사랑하고 있는 거지."

말을 마치고 나서 생각해 보니 '마음'이란 단어까지 동원해 가며 그녀에게 아부하고 있는 내가 조금 처량하게 생각되었다. 나는 지금까지 '육체가 마음을 지배한다'고 굳게 믿어 왔고, 불교에서 말하는 '일체유심조(一切唯心造)' 같은 개념엔 회의의 눈길을 보내왔기 때문이었다. 하지만 로라에게는 내 '아부성 발언'이 꽤나 주효한 것 같았다. 그녀가 내 말에 감동하며 깊은 입맞춤을 보내왔기 때문이었다.

이번엔 늘빛도 로라의 행동에 가세하여, 로라가 내게 키스하는 동안 나의 긴 손가락을 살금살금 핥아주고 있었다. 언젠가 늘빛이 내 긴 손가락과 로라의 긴 손톱이 썩 잘 어울린다고 했던 말이 기억났다. 그러면서 문득 중국소설『금병매(金瓶梅)』생각이 났다. 그 소설의 남주인공 서문경(西門慶)이 애첩 반금련(潘金蓮)과 성희를 벌일 때, 반금련의 몸종인 춘매(春梅)가 두 사람의 애무 행위에 보조자 역할을 해주는 장면이 자주 나오기 때문이었다. 늘빛은 로라의 타고난 아리따움과 적극적 치장 욕구를 숭배하고 있었고, 그런 심리의 내면에는 동성애적 심리가 잠복돼 있었다. 늘빛은 그러면서 또한 동시에 나의 가냘픈 체구에 담겨 있는 선병질적(腺病質的) 유약미(柔弱美)를 좋아하고 있었다.

그러나 그녀는 자신이 선천적으로 빼어난 미모를 타고나지 못했다는 사실을 일찍이 '주제 파악'하고 있는 것 같았다. 그래서 로라에게나 나에게나 그저 동경의 시선을 던질 뿐 질투의 감정이나 정복욕 같은 것을 갖고 있지 않았다.

그 점이 바로 늘빛의 칭찬할 만한 미덕이요, 장점이었다. 그래서 그녀와 나, 그녀와 로라 사이의 관계가 매끄럽고 세련되게 흘러가고 있는 것이었다. 그런 점에서 볼 때 늘빛은 로라에게 있어 정말로 안성맞춤의 코디네이터였다.

늘빛이 내 손가락들을 핥고 빨아주는 바람에 나는 금세 기분이 풀렸다. 로라도 늘빛이 하는 그런 돌출적 행동을 그리 기분 나빠 하지 않는 눈치였다. 나는 한껏 부풀어 오르는 '순간의 쾌감'을 만끽하며 로라와 오래오래 키스했다.

그러는 동안 늘빛은 내 손가락을 빠는 행동을 멈추고서 로라의 손톱에 매니큐어 칠을 하는 작업을 계속했다. 로라는 나풀거리는 길디긴 손톱들을 늘빛에게 맡기고, 혓바닥을 계속 소프트하게 굴려대고 있었다.

로라의 손톱에 매니큐어 칠을 하는 것이 끝나자 늘빛은 이번엔 로라의 긴 발톱들을 채색해 나가기 시작했다.

손톱에 서른 가지 색깔의 매니큐어를 칠했던 것과는 달리, 발톱에만은 왼발엔 황금빛 매니큐어, 오른발엔 은빛 매니큐어 두 가지 색깔만을 칠했다.

그러면서 색다른 '포인트'를 주었는데, 발끝에서 길게 뻗어나간 부분에만은 모두 다 흰색 매니큐어 칠을 하여 아주 길게 기른 발톱이 특별히 강조돼 보이도록 한 것이 그것이었다. 그러니까 로라의 발톱들에는 세 가지 색깔의 매니큐어가 칠해진 셈이었다.

늘빛이 로라의 발톱 채색을 마무리할 때까지 나는 내내 로라를 애무하고 있었다. 긴 시간의 키스가 약간 지루하게 느껴져 나는 혓바닥을 그녀의 목을 거쳐 젖가슴까지 천천히 내려뜨려 깊게 훑어나갔다. 서서히 심벌이 발기됨과 동시에 로라에 대한 성애적 열정이 더욱 더 돈독해져 가는 것을 느낄 수 있었다.

늘빛이 로라의 발톱 손질을 끝내자 나는 혀를 로라의 젖가슴에서 떼어냈다. 그때까지 로라는 눈빛이 몽롱한 상태에 있었다. 그렇지만 나의 혓바닥 애무가 끝난 후에 그녀가 한 말은, 내가 그녀를 열심히 애무하면서 느낀 '노동의 보람'(혓바닥을 오랜 시간 놀려대어 여자의 입술이나 살갗을 즐겁게 해주는 것도 따지고 보면 상당한 노동이다)에는 너무나 걸맞지 않은 것이었다.

"말론 박도 당신처럼 혓바닥을 잘 굴릴까요?"

나는 금세 대답할 말을 잃어 한참동안 잠자코 있을 수밖에 없었다. 단순한 호기심이나 의문에서 나온 질문이라고 보기엔 내 가슴에 상당한 상처를 주는 질문이었기 때문이었다.

하지만 다시금 곰곰이 생각해 보니, 내가 로라의 천진성을 너무 의심하고 있다는 자괴감(自愧感) 같은 것이 생겨나왔다. 로라는 그저 다만 지나가는 말로 그런 질문을 해봤을지도 모르는 일이라는 생각이 들어서였다.

그래서 나는 짐짓 태연한 목소리를 가장해 내려고 애쓰며 그녀에게 이렇게 대답했다.

"그건 나도 잘 모르지. 하지만 내 짐작으로는 박상민이 일종의 '삽입 성교파(派)'가 아닌가 하는 생각이 들어. 그는 그렇게 미남인데도 수수한 얼굴의 마누라를 골랐고, 지금까지 그럭저럭 잘살아오고 있으니까 말야. 말하자면 우리나라 사람들이 흔히 말하는 '속궁합'이 그런대로 맞았기 때문에 그것이 가능했다고 볼 수 있겠지."

내 말이 끝나자 로라는 잠시 생각에 잠겼다. 그러더니 다시금 이렇게 대꾸하는 것이었다.

"꼭 속궁합이 맞아서 그렇다고 볼 수는 없지 않겠어요? 낳아 놓은 자식 때문에 할 수 없이 살았다고 해석할 수도 있겠죠. 제가 보기에 박상민 씨는 가장으로서의 의무감이 매우 강한 분이에요. 말하자면 전형적인 한국의 '보통 남자'라고 볼 수 있죠. 잘생긴 얼굴만 빼놓는다면 그이는 정말 매력 없고 평범한 남자예요. 그러니까 말론 박과 그의 부인이 삽입성교만 했을 건 분명하지만, 두 사람의 페니스와 질(膣)이 썩 잘 맞는 '속궁합'으로 뭉쳐 있었다고 단정할 수는 없어요."

나는 로라의 야무진 말에, 그녀가 새삼 '똑똑한' 여자라는 생각이 들어 오싹 소름이 돋아오는 것을 느꼈다.

그때 문득 늘빛이 말참견을 하고 나왔다.

"로라 언니가 진짜로 말론 박을 사랑하게 될까요? 그리고 말론 박이 로라 언니한테 진짜로 푹 빠져 시쳇말로 오입을 하게 될까요? 전 그게 몹시 궁금해요."

나는 늘빛이 한 말이 처음엔 나를 놀리는 얘기처럼 들렸다. 하지만 그녀의 어조로 봐서 나를 놀려먹으려고 일부러 지껄인 소리는 아닌 것 같았다. 늘빛 역시 로라만큼이나 솔직하고 착한 탐미주의자이기 때문이었다. 그녀는 다만 일반적으로 누구나 가질 수 있는 호기심을 순진하게 입에 담았을 뿐이었다.

하지만 나는 늘빛의 질문에 나도 모르게 신경질적인 대꾸를 해줄 수밖에 없었다.

"내가 알 게 뭐야. 그건 로라가 마음먹기에 달렸어. 박상민 그 친구는 절대로 먼저 로라를 꼬실 성격이 아냐. 무엇보다도 그는 페티시스트가 아니니까."

"로라 언니와 삽입성교만 하며 연애한다면요? 그건 페티시즘과 전혀 다른 차원에서 얘기돼야 할 문제가 아니겠어요?"

늘빛이 다시 순진무구한 표정으로 내게 물었다.

"그러면 문제가 좀 달라질 수도 있겠지. 로라는 질(膣) 운동 면에서도 남과 다른 천재적 능력을 소유하고 있으니까."

내가 퉁명스런 어조로 늘빛의 질문에 대답했다.

로라는 나와 늘빛이 나누고 있는 대화에 대해 가타부타 별 참견을 하지 않고 그저 배시시 미소만 머금고 있었다. 나는 그러는 로라가 더 얄미워 보였다. 그래서 나는 나도 모르는 충동으로 늘빛에게 다가가 그녀의 입술에 내 입술을 갖다 대었다.

그러자 늘빛의 반응은 의외였다. 그녀는 내 입술을 손으로 살며시 밀쳐내며 한결 겸손한 억양으로 이렇게 말했다.

"죄송해요, 선생님. 전 이제 로라 언니를 숭배하는 몸종이나 마찬가지예요. 그러니까 주인 앞에서 주인의 애인과 함부로 키스할 수는 없어요."

나는 늘빛의 대응에 적이 황당한 기분이 들었다. 로라와 늘빛은 동성애적 관계(물론 늘빛 쪽에 중심을 두어 하는 얘기지만)와 S·M(Sado-masochism) 관계가 한데 뭉쳐 괴이한 결합으로 맺어져 있는 사이라는 생각이 들었기 때문이었다.

그래서 나는 늘빛이 아까 내 손가락들을 핥고 빠는 행동을 해준 것이 나를 위한 것이었다기보다는 로라를 위한 것이었다는 생각을 해보지 않을 수 없었다. 말하자면 그녀는 로라의 '성희적 흥분'을 돋워주기 위해 그런 행동을 한 셈이 되는 것이었다. 문득 내가 몹시 외로운 존재라는 느낌이 밀려오면서 채나가 그리워지기 시작했다. 그녀는 적어도 내가 보기에 S·M이나 동성애적 감정을 초월한 순수한 유미주의자인 것같이 생각됐기 때문이었다.

내가 계속 울적한 표정을 하고 있는 것이 보기에 안 됐던지, 로라가 내 양복과 티셔츠의 단추를 풀고 내 가슴을 살금살금 핥아주기 시작했다. 그러자 늘빛은 주인(?)의 흉내라도 내듯(아니면 충직하게 보조를 맞추듯), 내 뺨을 혀끝으로 천천히 훑어 내려갔다.

나는 뭐가 뭔지 모르는 얄쌍한 심리상태에서 두 여자가 베풀어주는 혓바닥 애무를 받고 있었다. 로라의 총천연색 손톱들과 현묘하게 휘말려 들어간 긴 발톱들이 새삼 내 오관(五官)을 난폭하게 긴장시키고 있었다.

  한참 동안 셋이서 가벼운 애무 유희를 즐기고 있는데, 문득 노크 소리가 나면서 동시에 지 주간이 들어왔다. 그래서 그는 우리가 하고 있던 짓거리를 순간적으로 보게 되었다. 나는 아쉬움을 느끼며 두 여자한테서 서서히 떨어졌다.

  로라나 늘빛은 지 주간을 보고도 별로 당황하지 않는 눈치였다. 로라는 입가에 번져 있는 립스틱을 고치지 않고서 그대로 지 주간과 대화를 나누었다. 주로 장미화랑의 경영 상황에 대한 내용이었다. 지 주간은 아주 태연한 표정으로 로라와 얘기하면서 우리 셋 사이에서 벌어지고 있었던 묘한 페팅에 대해 조금만치의 관심도 주지 않는 태도를 취했다.

  지 주간이 서류를 보이면서 그동안 상당한 수익을 올렸다고 얘기하자, 로라는 "정말 수고 많으셨어요"라고 말했다. 그러고 나서 지주간의 얼굴 여기저기에 뽀뽀를 해주었다. 그래서 지 주간의 얼굴에도 나처럼 립스틱 자국이 짙게 묻게 되었다.

  지 주간이 로라의 방을 나갈 때 나도 그를 따라 같이 나갔다. 로라 곁에 더 앉아 있기엔 아무래도 눈치가 보여서였다.

  지 주간은 자기 사무실로 들어가더니 무심한 표정으로 내가 아까 가져다 놓은 원고를 읽었다. 나는 내가 쓴 원고 내용이 마음에 드느냐고 그에게 물어보았다. 그러자 그는 미안스러워 하는 기색을 하며 조금만 수정을 해달라고 부탁하는 것이었다.

  내가 써간 원고는 꽤 긴 분량의 '작가론'이었다. <미술계>에서는 매호마다 한 작가의 작품 세계를 특집으로 다루고, 그 작가의 대표작들과 더불어 작가론을 싣고 있었다.

  "대관절 어떤 부분이 마음에 안 드나?"

하고 내가 지 주간에게 물어보았다.

"조금만 더 칭찬을 해달라는 얘기지. 이만하면 자네 글치고는 꽤 칭찬을 해준 셈이네만 그래도 작가가 만족해하지 못할 것 같은 생각이 들어서 말야. 자네도 알다시피 <미술계> 잡지에 특집으로 실린 화가는 잡지를 한목에 대량으로 구입해 가는 것이 관례처럼 돼있지 않나? 그런 다음 자기 PR용으로 여기저기 잡지를 뿌리고 다니는 거고……. 사실 나는 그걸 노려 작가 특집을 마련하게 된 거지. 그러다 보니 우리 잡지가 대충 수지를 맞춰나갈 수 있게 됐던 것이네. …… 그러니 이왕에 작가 비위를 맞추는 글을 써줄 바에야 별다른 토를 달지 말고 왕창 칭찬만 해줬으면 좋겠단 말일세."

내 깐에 이런저런 형이상학적 관념어들을 총동원해 가며 한껏 칭찬을 퍼부어댄 글이었다. 그런데 끝부분에 가서 약간 아쉽게 느끼는 점을 꼬리표로 붙여왔기 때문에 지 주간이 불만스러워 하는 것 같았다.

나는 지 주간의 청을 못 들어줄 것도 없겠다 싶어 그 자리에 앉아 원고 내용을 고쳤다. 그래서 원고 내용은 우스꽝스러울 정도로 칭찬일변도가 되어버렸다. 흡사 '서로 짜고 치는 고스톱' 같은 인상을 주는 글이었다. 하지만 내가 받을 원고료조차 화가가 지불하는 것으로 되어 있었으므로 어쩔 수 없는 일이었다.

2

원고 수정을 끝내고 나서 나는 남은 시간에 뭘 할까 하고 생각했다. 그냥 화랑에 눌러 있다가 저녁때 로라가 출연하는 패션쇼에 가보고 싶은 생각도 들었지만 그만두기로 했다. 전에 몇 번 가본 패션쇼가 실망만 안겨주었기 때문이었다. 로라의 페티시들은 좋았는데 옷들이 너무나 촌스러웠다.

그래서 나는 박상민한테 전화를 걸었다. 예상했던 대로 그는 오피스텔에 있었다. 지금 뭘 하고 있느냐고 물어보니 비디오를 보고 있는 중이라고 했다.

그는 실직한 이후로 비디오 광(狂)이 되어 있었다. 그는 처음엔 주로 케이블 TV의 영화 채널을 보았다. 그런데 하도 재탕·삼탕을 많이 하는 데다가 재미있는 프로도 별로 없어 다시 비디오 보기로 돌아오게 된 것이었다.

나는 날씨도 화창하니 밖에 나와 바람을 쐬는 게 어떠냐고 말하여 그를 남산 쪽으로 불러냈다. 그리고 그가 올 때까지 <미술계> 사무실에서 기다리고 있다가 그가 도착하자 남산 길을 같이 산책했다.

우리는 국립극장 근처까지 걸어가 남산 순환도로 곁의 숲 속에 있는 벤치에 앉아 잠시 쉬며 담배를 한 대 피웠다. 그러고 나서 남산 꼭대기까지 나 있는 돌계단을 천천히 걸어 올라갔다.

돌계단을 걸어 올라가면서 나는 박상민한테 될 수 있는 한 차분한 목소리를 만들어내려고 애쓰며 이렇게 물어보았다.

"요즘 장미클럽 사람들은 자네와 로라 사이의 관계가 어떤 상태로 진행되고 있는지에 대해 관심이 많아. 솔직히 말해서 나도 그렇고……. 그래, 로라와 단둘이 만난 적은 있나?"

박상민은 조금 겸연쩍은 목소리로 이렇게 대답했다.

"솔직히 말해서 세 번 만났어."

"그렇게 데이트를 해보니 기분이 어떻던가?"

"처음엔 아주 어색한 기분이 들더군. 그리고 거리감 같은 것도 느껴졌고. 그토록 손톱을 길게 기르고 화려하게 차리고 있는 여자하고 만난 적은 처음이라서 말야."

"하지만 아주 싫진 않았지?"

"맞아. 두 번째 만났을 땐 거리감이 거의 없어지더군. 그리고 예전의 추억도 되살아났고."

"예전의 추억? 그게 뭔데?"

"내가 6개월 동안 TV 탤런트 초년생으로 있었던 때의 추억 말일세. 그 땐 일류든 이류든 화려하게 꾸미고 다니는 여자 탤런트들을 실컷 만나 볼 수 있었지. 그래서 처음엔 그네들의 독한 화장 냄새가 역겹게 느껴지기까지 했었어. 그런데 차츰 시간이 지나면서부터는 그렇게 진한 화장을 하고 다니는 여자들이 오히려 멋있어 보이기 시작하더란 말일세. 그리고 화장 안 하고 밋밋하게 생긴 보통 여자들이 아주 못생겨 보이게 되었고……."

"그런 좋은 분위기의 탤런트 생활을 왜 그토록 빨리 그만뒀지?"

"그건 전에도 내가 얘기한 적이 있지 않나. 장래가 불투명하게 보였고 또 집안 형편상 당장 고정된 월급을 받아야 할 처지에 있었기 때문이지."

"난 자네가 화장 많이 하고 장신구 주렁주렁 단 여자를 무조건 싫어하는 줄로만 알았는데……. 자네 와이프가 차리고 있는 것을 봐도 그런 사실을 확인할 수 있었고……."

"화려한 여자를 무조건 다 싫어했던 건 아냐. 내가 수수한 얼굴의 아내를 마누라감으로 고르게 된 건, 아내가 처녀 때 바친 지극정성 말고도 어떤 사건 하나가 또 다른 이유로 작용했기 때문이지. 자네한텐 얘기한 적이 없네만……."

"그 까닭이란 게 대체 어떤 거지? 무척 궁금해지는군."

박상민은 금세 대답하지 않고 한참 동안 뜸을 들였다. 그러다가 결국 결심한 듯 입을 열었다.

"…… 꽤 나이가 들었어도 지금도 여전히 미모로 날리고 있는 중견 여자 탤런트 H 있지 않나? 그녀와 나는 탤런트 공채 동기생이었다네."

"그럼 그 여자와 연애라도 한 건가?"

"깊은 육체관계까진 안 갔지만 상당히 친하게 지냈지. 아니, 거의 연애에 가까웠다고 하는 게 맞는 말일 거야. …… 나와 H는 서로 탤런트 초년생의 서러움을 공유하고 있던 처지라서 쉽게 가까워졌네. 또 그녀가 날 무척이나 따랐기 때문이기도 하고……."

"H는 정말 타고난 미모를 지닌 여자야. 로라와는 달리 전형적인 동양 미인이라는 점이 차이이긴 하지만……."

"내가 탤런트 생활을 포기한 다음에도 나는 그녀를 꽤 자주 만났어. 그녀는 여자 동기생들 가운데서는 발군의 미모를 가졌기 때문에 중요한 배역을 맡으며 서서히 떠가고 있는 중이었지. 그런데 H는 나를 만날 때마다 자주 우는 거야. 왜 우냐고 물어보니까 처음엔 대답을 않더군. 그러다가 결국에 가서는 내게 고백을 해왔는데, 여자 탤런트 생활이란 게 완전히 기생이나 마찬가지라서 서럽다는 거였어. H의 얘기를 들어보니 당시의 여자 탤런트들은 말하자면 조선시대 때의 관기(官妓) 비슷한 신세였네. 서슬 퍼렇던 군사독재 시절이라 방송국에는 늘 높은 데서 내려 보낸 채홍사(採紅使)들이 나와 있었고, 그들이 낙점을 하면 별수 없이 수청기생으로 불려가게 되는 체제로 되어 있었지."

"군사독재 시절에 있었던 그런 얘긴 이제 세상 사람들이 다 상식으로 알고 있는 얘기가 되어버렸지. 하긴 그 김에 돈을 번 여자도 많았다는 얘기도 들리고……. 여자 탤런트들 중엔 꼭 정치적 고위층만 아니라 재벌들한테 불려가 백지수표까지 받은 여자가 있다고 하지 않나. 그런데 H는 품행이 아주 단정한 여자였나 보지?"

"나중에 가서 그녀가 어떻게 됐는진 나도 잘 모르겠어. 하지만 어쨌든 처음에 그녀는 속으로 울면서 고위층 술자리나 잠자리 파트너로 불려 들어갔고, 그런 굴욕스런 고충을 내게 하소연해 오곤 했어. 그래서 우리

두 사람은 애틋한 정이 들었지. 그녀나 나나 다 같이 돈 없는 집 자식들이라는 점도 이심전심의 소통을 가능하게 해주었고……."

"그럼 보나마나 둘이 결혼하자는 말까지 나왔겠군."

"맞아. 한창 사귀어보니까 결혼 얘기가 자연히 나오게 되었지. 그런데 그녀는 자꾸 자기가 처녀가 아니라는 사실이 마음에 걸린다고 말하는 거야. 방송국에 들어올 때까지는 숫처녀였다는 거지. 나도 사실 그게 조금 마음에 걸렸네만, 그것이 결혼을 막는 가장 큰 장애 요인은 되지 못했네. 그보다는 H의 오빠들이 우리의 결혼을 반대한 게 가장 큰 장애 요인으로 작용했어."

"왜 반대했는데?"

"H의 오빠들 셋은 다들 말하자면 먹고 노는 건달들이었어. 그러다보니 여동생을 돈 없는 나한테 시집보내기가 당연히 아까웠던 거야. 아닌 게 아니라 H는 인기 탤런트가 되기 시작하면서부터 집안에서 경제적으로 가장 노릇을 하고 있었거든. 그래서 그녀 오빠들은 나한테 협박조로 나오기까지 하며 나를 동생과 떼어놓으려 했다네."

박상민의 얘기를 들어보니 「이수일과 심순애」나 「홍도야 우지 마라」식의 신파조 스토리였지만 어쩐지 가슴이 뭉클해지는 데가 있었다.

얘기를 나누는 동안 우리는 남산 꼭대기 근처까지 와 있었다. 우리는 다리도 쉴 겸 돌계단에 앉아 담배를 한 대씩 피워 물었다. 담배연기를 천천히 내뿜으면서 내가 다시 박상민에게 물었다.

"그럼 H와의 연애가 그렇게 깨어진 후, H같이 화려한 여자와는 정반대로 다른 모습을 지닌 지금의 아내를 평생의 반려자로 맞이하게 됐다는 얘기로군. …… 혹시 여자의 처녀성을 따지면서 순결을 밝히게 되어 현재의 와이프를 고르게 된 건 아닌가?"

"절대로 순결 이데올로기 때문은 아니야. 지금 마누라를 만나게 된 건 우선은 '얄궂은 인연' 때문이겠고, 그 다음은 역시 '화려한 여자'에 대한 두려움 때문이겠지. 화려한 여자는 애인감으로는 좋아도 와이프감으로 적합치가 못하거든."

"그런데 자넨 내가 알기로 결혼 후에도 이른바 '화려한 여자'와 연애를 해본 적이 없지 않은가?"

"워낙 일이 바쁘고 먹고 살기가 힘들어서였지. 화려한 여자와 연애하려면 돈이 아주 많이 들게 마련이니까……. 나라고 해서 예쁘고 화려한 여자를 싫어하란 법은 없지 않겠어?"

"그럼 아주 잘됐군 그래. 로라는 연애하기에 돈이 들지 않는 '화려한 여자'니까 말야."

박상민은 내가 한 말에 응답하지 않았다. 그리고는 자리에서 일어나 다시 돌계단을 걸어 올라가기 시작했다.

조금 더 올라가니 남산 정상 못 미처에 있는 널따란 광장이 나왔다. 곁에 있는 남산송신소를 거쳐 언덕을 올라가면 팔각정에 이르게 되는 곳이었다. 우리는 숨을 잠시 돌린 후 언덕으로 천천히 걸어올라가 팔각정 있는 데까지 갔다. 목이 마르고 배가 출출해져 와서 '남산 케이블카' 빌딩 꼭대기 층에 있는 경양식집으로 갔다. 서울타워에 있는 레스토랑보다는 그곳이 더 한산하고 전망이 좋다는 것을 내가 알고 있기 때문이었다.

남산 케이블카 빌딩 꼭대기에 있는 경양식집은 내가 젊었던 시절에도 자주 애용했던 장소였다. 한여름에는 아예 빌딩 옥상에다 파라솔들을 펼치고 노천카페 비슷한 것을 차려놓는데, 더위를 피하며 서울 중심부의 전경을 조망하는 데는 안성맞춤의 장소였다.

케이블카 빌딩 꼭대기의 경양식집에 들어가 우리는 우선 맥주부터 마셨다. 창가에 앉아 북한산을 바라보니 전망이 정말 좋았다. 오래된 경양식집이라서 인테리어가 볼품없었지만 그런 점이 오히려 푸근하고 센티멘털한 추상(追想)을 가능하게 해주었다.

서쪽 하늘을 보니 어느새 불그레한 황혼이 깃들고 있었다. 나는 앞에 앉아 있는 박상민이 남자가 아닌 여자였으면 얼마나 좋을까 하는 생각을 했다.

나는 예전에 여자들과 데이트를 할 때 이곳에 자주 들렀었다. 높은 굽의 구두를 신고 있어 걸어 올라오기 힘들어 하는 여자일 때는 케이블카를 타고 이곳까지 왔고, 그렇지 않을 때는 걸어서 이곳까지 왔다. 여자들은 처음엔 '촌스럽게 남산이 뭐냐'고 하다가도, 일단 이곳까지 데려다놓으면 다들 아름다운 전망에 감탄하는 것이었다.

서울 사람들은 요즘 남산을 아주 우습게 보는 경향이 있다. 말하자면 시골에서 올라온 촌사람들의 서울 견학 코스 정도로나 생각하는 사람이 많은 것이다. 하지만 정말 거지발싸개같이 부조화스럽고 을씨년스러운 도시인 서울 한복판에, 그래도 남산이 자리 잡고 있다는 사실은 천만다행한 일이 아닐 수 없다.

나는 맥주를 마시며 다시 한 번 옛 시절에 대한 추억에 잠겼다. 대학시절 이런저런 여자들과 마구잡이로 만나던 때, 나는 남산을 주된 데이트 코스로 삼았기 때문이었다. 돈이 안 든다는 점이 가장 큰 이유였고, 숲 속에서 마음껏 애무를 나눌 수 있다는 점이 두 번째 이유였다.

내가 대학에 다닐 때는 남산 숲에 지금처럼 철책이 둘러져 있지 않았다. 그래서 어느 곳에든지 들어가 녹음 사이에 틀어박혀 짙은 애무를 나눌 수 있었다.

내 겉저고리가 주로 '포대기' 역할을 했는데, 그걸 벗어서 깔고 그 위에 여자를 누인 다음, 둘이서 부둥켜안고 키스나 오럴 섹스 등의 짙은 페팅을 나누곤 했던 것이다.

휘영청 둥근 보름달이 뜬 어느 여름날 밤, 나는 용기를 내어 홀러덩 벌거벗고 여자와 애무를 나눈 적도 있었다. 물론 여자도 나처럼 홀딱 발가벗어주었고, 우리 둘은 전혀 창피한 줄을 모르고 젊디젊은 애욕에 헐떡

였었다. 그때 나는 여자의 외모보다 '얼마나 신나게 벗어주느냐'에 더 큰 점수를 매겼다.

앞에 앉아 있는 박상민을 보니 그도 나처럼 옛 시절에 대한 추억에 잠겨 있는 것 같아 보였다. 우리는 한참 동안 아무 말 없이 서쪽 하늘을 바라보고 있었다.

"그래, 로라와 만나 무얼 했나?"

긴 침묵이 문득 역겨워져서 내가 박상민한테 물어보았다.

"왜 그런 걸 꼬치꼬치 묻지? 샘이 나서 그러나?"

하고 박상민이 내게 되물었다.

"샘이 나서 그러는 건 아냐. 로라가 만나는 남자가 하나 둘이 아니니까 이제 샘을 낼 단계는 지났지. 그저 궁금해서 물어본 거네……. 대관절 키스는 했나?"

"…… 나도 그녀가 키스 정도는 요구해 올 줄 알았지. 그런데 이상하게도 키스는커녕 뽀뽀조차 안 해주더란 말일세."

"자네가 먼저 시도를 했는데도?"

"내가 먼저 시도하지는 않았어. 난 왠지 그녀가 무섭고 두려웠으니까……. 그리고 내가 현재 실업자라는 자격지심도 있었고."

"실업자냐 아니냐 하는 따윈 문제가 안 돼……. 그런데 로라가 왜 자네한테 뽀뽀조차 해주지 않았을까? 또 왜 자네가 로라를 두려워해야 하지?"

박상민은 금세 대답이 없었다. 그러다 한참 있다가 입을 열었다.

"어쩐지 와이프한테 미안한 생각이 들어서 그래. 다시 말해서 내가 로라한테 빠져들까 봐 겁이 난다는 얘기지."

"자네도 무척이나 소심해졌군. 미리부터 그렇게 겁을 낼 게 무엇 있나? 로라는 자네의 우울한 기분을 확 뒤바꿔줄 만한 능력을 가진 화통한 여자야. 그리고 정사 후에 부담을 주는 여자도 아니고. 아무래도 로라가 자네한테 반한 것 같아. 그러니 적당히 잘해보라구."

"진심에서 하는 소린가? 난 자네가 로라를 은근히 사랑하고 있는 줄 알고 있는데……."

"사랑은 무슨 얼어 죽을 놈의 사랑……. 난 로라의 외모에만 반해 있어. 아니, 솔직히 말해서 그토록 요변스럽고 대담하게 외모를 가꿀 수 있는 그녀의 용기 있는 마음에 반해 있다고도 볼 수 있지. 하지만 나는 그녀한테 별 기대를 걸고 있지 않아. 그녀는 우선 '돈' 없이는 정체성 유지가 불가능한 여자니까. 그러니까 내 말은, 자네나 나나 돈이 없긴 마찬가지니까 로라의 '심심풀이 땅콩' 상대가 돼줘도 별 부담이 없다는 얘길세. …… 로라는 자네의 외모에 무척이나 반해 있어. 그녀가 뽀뽀조차 요구해 오지 않았다는 사실 자체가 자네를 사랑하기 시작했다는 증거야."

나는 내가 생각해도 두서가 없는 말을 횡설수설 지껄여대고 있었다. 하지만 따지고 보면 반드시 어수선한 횡설수설만은 아니었다. 나 자신도 로라에 대한 내 마음을 확실히 정리하지 못하고 있었기 때문이었다.

우리는 이런저런 잡담을 나누다가(아무리 친한 친구 사이라고 해도 두 사람 간의 대화는 결국 '잡담'을 피할 수 없다. 이성 간에 이루어지는 살갗 접촉이 동반되는 대화가 아닌 한 동성 간의 대화는 항상 공허한 잡담으로 점철되게 마련이다) 저녁을 시켜 먹었다. 싸구려 메뉴밖에 없어 오믈렛을 시켰는데 별로 맛이 없었다.

저녁을 먹고 나서 박상민과 나는 남산송신소 밑의 광장까지 걸어 내려와 마침 올라와 있는 빈 택시를 잡을 수 있었다. 그는 오피스텔로 돌아가겠다고 했지만 나는 억지로 끌다시피 하여 그를 장미클럽으로 데리고 갔다.

3

클럽 안에 들어서니 한그루와 이길로와 심수일 그리고 지 주간과 홍샘과 G사장이 술을 마시고 있었다. 그리고 오랜만에 나타난 김주리도 보였다. 채나와 미스 리가 그들을 상대로 부지런히 술 접대를 하고 있었다.
나와 박상민이 끼어들자 그들 모두의 얼굴에서 실망하는 빛이 역력히 드러나 보였다. 김주리만 빼고는 그들 모두가 로라가 오기를 기다리고 있었던 것이 분명했다.

한그루가 박상민을 보자마자 술에 취한 목소리로 한마디 했다.
"어, 드디어 로라 공주님이 사모하고 있는 백마 탄 왕자님이 나타나셨군. 그런데 공주님이 없어서 어쩌지?"
"그런 말 하지 말아요, 한 선생님. 당신은 너무 취했어요."
하고 김주리가 말했다.
"난 안 취했어. 아주 진정에서 우러나온 말이라니까. 로라는 결국 말론 박을 사랑하게 될 모양인가?"
박상민은 한그루의 말에 적이 당황하는 눈빛을 보였다. 그러는 박상민에게 채나가 위스키 한 잔을 가져다주며 어깨를 토닥거려 주었다.
"한 형, 입 닥쳐요. 좀 교양 있는 행동을 보이세요."
하고 홍샘이 한그루에게 말했다.
"한 대 때리면서 말하지 그래. 이번엔 아주 한판 세게 붙어보자구."
하고 한그루가 혀 꼬부라진 소리로 말했다.
"그래 봤자 자넨 홍샘의 적수가 못 돼. 괜히 허풍 떨지 말고 잠자코 있어."
하고 지 주간이 타이르듯 말했다.
"나도 한번 다부지게 싸우면 그래도 악착 같은 깡은 있는 놈이야. 정말 한판 붙어볼까?"

하고 한그루가 불분명한 발음으로 말했다.

"오늘은 싸우기 싫어요. 아니, 한형은 오늘 너무 취해 싸울 상대가 못 돼요."

하고 홍샘이 술잔을 기울이며 시큰둥한 어조로 말했다.

"난 안 취했어. 하지만 나도 자네하고 싸우긴 싫군. 내가 꼴 보기 싫은 건 자네보다 말론 박 저 작자니까. 그래, 말론 박은 계속 로라의 뒤꽁무니만 쫓아다닐 작정인가?"

하고 한그루가 말했다.

"말론 박이 로라를 쫓아다니는 게 아냐. 로라가 말론 박을 쫓아다니는 거지. 말은 바른대로 하게."

하고 내가 한그루에게 말했다.

"그게 그거지 뭐야. 자네나 말론 박은 로라한테 기생하는 기생충들이야."

"제발 그만둬요. 한 선생님은 소설 속 문장에서는 그토록 엄숙을 떨어대면서 입에서 뱉어내는 말은 왜 그 모양이에요? 당신은 교양이 없어요."

하고 김주리가 말했다.

"교양은 무슨 얼어 죽을 놈의 교양이야? 진짜로 교양 있는 놈이 이 세상에 어디 있어? 진짜 교양은 동물들한테나 있어. 개나 소·돼지를 보면 동물들은 그래도 꽤 솔직하잖아? …… 나는 특히 개를 좋아해. 그래서 개를 사랑하는 로라를 더 사랑하는 거고……. 천 시인 자네조차 왜 내숭을 떨고 있는 건가? 자넨 지금 교회에서 엄숙한 기도라도 하고 있는 것 같은 표정을 하고 앉아 있어……. 자네가 로라와 붙어 지내면서 또 말론 박까지 붙여주려는 의도는 대체 뭐야? …… 날 놀려먹자는 건가? …… 하긴 나도 로라하고 같이 자긴 잤지. 그러고 보니 여기 있는 남자들은 거의 다 '구멍동서'들이로구먼.…… 그래, 말론 박, 로라하고 자보니까 기분이 어떱디까?"

"제발 입 닥쳐."

하고 지 주간이 말했다. 그러고 나서 미스 리에게 냉수를 가져오게 해 한그루의 입 안에 억지로 부어넣었다. 냉수를 마시고 난 한그루는 잠시 조용해졌다. 그 틈을 타고 내가 말했다.

"말론 박은 아직 로라와 자지 않았어. 그리고 키스도 해본 적이 없구. 그건 내가 보장해."

"그게 대관절 무슨 상관이야? 결국은 자게 될 텐데……. 자, 말론 박 이리 와요. 우린 같은 구멍동서가 될 처지에 있으니 사이좋게 한잔 합시다."

여전히 혀가 꼬부라진 소리로 한그루가 말했다.

"한 작가, 이젠 그런 말 그만 해. 듣기에 너무 창피하고 짜증나는 이야기야."

하고 심수일이 벌떡 일어서며 말했다. 그리고는 바(Bar)로 가서 앉아 미스 리한테 위스키를 한 잔 더 청했다.

"아, 그렇게 괜히 점잖은 척 내숭 떨지 마슈. 심박도 나처럼 로라 뒤꽁무니만 쫓아다니는 불쌍한 처지니까 말요. 심박은 로라가 심박을 진짜로 좋아하는 줄 아나 보지? 난 로라하고 살을 섞어보고 나서 그녀가 나를 좋아하지 않고 있다는 걸 금방 알겠던데.…… 심박은 공연히 돈을 쓰고 있어. 그건 G사장도 마찬가지고. 예술은 무슨 얼어 죽을 놈의 예술이야? 미술이든 문학이든 그건 그저 장식품이나 옐로 페이퍼에 불과해. 그걸 돈 주고 사는 놈들은 다 허영 덩어리 속물들이고……."

하고 한그루가 푸념조로 말했다.

한그루의 말이 끝나자마자 G사장의 얼굴이 순간 새하얘졌다. 그도 많이 취해 있었다. 갑자기 그의 언사가 거칠어졌다.

"이 새끼야, 그래 돈 좀 있는 게 죄냐? 잘나빠진 한그루 작가님, 그 잘난 머리로 한번 대답해 봐."

"G사장, 참아, 저 친구 취했어."

하고 이길로가 말했다. G사장 역시 그에게는 새롭고 귀중한 고객이었다. 그는 G사장에게 다가가 그의 뺨에 입을 쪽쪽 맞추며 아부성 짙은 발언을 했다.

"G사장이 화내는 걸 보니 기분이 좋아지는걸. 난 그런 솔직한 당신이 좋단 말야. 사랑하오, G형."

나는 이길로가 하는 꼴이 불쌍해 보였다.

"그래, 뽀뽀까지 해줘 가면서 실컷 그림이나 팔아먹어라. 넌 밸도 없냐?"

다시 한그루가 독설을 내뱉었다.

나는 그들이 엎치락뒤치락 말씨름을 벌이는 걸 바라보면서 더 이상 말싸움에 끼어들지 않기로 마음먹었다. 그리고는 내 곁에 찰싹 들러붙어 앉아 있는 채나의 허벅지만 계속 주물럭거렸다.

채나가 내 가슴에 안기어왔다. 채나가 갖고 있는 중성적 아이덴티티가 나의 복잡한 심사를 교묘하게 카타르시스시켜 주었다. 그녀는 오늘따라 몸에 착 달라붙는 붉은색 비단으로 된 중국옷을 입고 있었다. 엉덩이부터 찢어져 내려간 트임 선(線)이 그녀의 미끈한 각선미를 더욱 선정적으로 드러나 보이게 했다.

커다란 안개꽃 다발처럼 포시시하게 부풀려진 채나의 긴 머리카락 더미 사이에 얼굴을 묻었다. 그러니까 한그루와 심수일 등이 벌이는 치기 어린 언쟁이 먼 산의 메아리처럼 아련하게 들려왔다.

채나의 귓불을 핥고 귓바퀴를 씹었다. 그리고 그녀의 입술 사이로 혓바닥을 박아 넣어 오랫동안 휘둘러대었다. 비로소 가슴이 후련해지면서 시원한 쾌감이 느껴졌다.

어느새 채나는 그녀의 입술로 나의 목을 세게 빨아대고 있었다. 그래서 나의 목에는 새빨간 색의 커다란 반점이 생겼다.

나는 그녀의 목에서부터 가슴 윗부분까지 사선으로 배열돼 있는 윗도리의 단추를 풀었다. 중국옷이라 젖가슴까지는 노출이 되지 않았다. 그래서 나는 그 사이로 힘겹게 손을 집어넣어 그녀의 뽈똑 솟아 있는 젖꼭지를 안쓰럽게 어루만졌다.

채나의 젖꼭지를 손톱 끝으로 만지작거리면서 흘끗 곁을 훔쳐보니 박상민이 어이없다는 표정을 하고서 앉아 있었다. 나는 미스 리를 손짓으로 불러 박상민 옆에 앉혔다. 미스 리는 내 지시에 순순히 따라주었다. 나는 박상민의 손을 잡아 미스 리의 허벅지 위에 올려놓고서 그녀의 풍성한 살집을 어루만지게 했다. 이번에도 미스 리는 가만히 있었다.

박상민은 내가 손을 떼자마자 미스 리의 허벅지에서 손을 떼어냈다. 순간 미스 리의 얼굴에 서운한 표정이 살짝 스쳐 지나갔다. 나는 마음속으로 '말론 박'이 과연 미남은 미남이구나 하고 생각했다. 그런 생각을 하다 보니 채나가 박상민을 어떻게 생각하고 있는지 궁금해졌다. 그래서 나는 채나에게 귀엣말로 물었다.

"넌 말론 박을 어떻게 생각해? 정말 미남이지?"

그러자 채나는 역시 귀엣말로 이렇게 대답했다.

"확실히 미남은 미남이에요. 하지만 전형적인 미남은 내겐 너무나 싱겁게 느껴져요."

나는 채나가 해준 대답이 적이 마음에 들었다. 적어도 내가 박상민의 외모에 대해 갖고 있는 열등감을 어느 정도 해소시켜 줬기 때문이었다.

채나와 한참 동안 살갗접촉을 나누고 있다가 방 안의 동정을 살펴보니 꽤 험악했던 클럽 안의 분위기가 어느 정도 누그러져 있었다. 아니, 사람들의 마음이 누그러진 게 아니라 다들 술에 만취해 어리벙벙한 상태가 되어 있었다.

미스 리가 자리에서 일어나 음악을 바꿔 틀었다. 홍샘이 가사를 써서 상당히 히트한 발라드곡 <세월>이었다. <세월>은 사실 내가 써준 가사였다. 그가 센티멘털한 가사를 한번 써보고 싶은데 잘 안 된다고 해서, 내가 재미 삼아 한번 써준 것이었다.

나는 가사 내용이 너무 유치하고 통속적이라 내 이름으로 발표되지 않은 데 대해 별 억울함 같은 것도 느끼지 않았다. 홍샘은 내가 가사를 대신 써준 대가로 상당한 액수의 돈을 내게 줬기 때문에, 나로서는 꽤 괜찮은 아르바이트가 된 셈이었다.

노래의 제목이 <세월>이고, 왕년에 꽤나 야한 모습을 하고서 인기를 끌었던 여자 가수 윤신혜가 취입해 중년층의 향수를 자극해 상당한 인기를 모았다. 그녀의 늙어가는 얼굴이 오히려 동정심을 불러일으켰던 것이다.

당신은
어떤 남자 품속에 있고

나는
어떤 여자 품속에 있고

당신은 나를 생각하며
어떤 남자와 키스를 하고

나는 당신을 생각하며
어떤 여자와 키스를 하고

불쌍한 나!

불쌍한 당신!

사랑은 여전히
우리 두 사람 마음속에 있는데……

　향수 어린 발라드풍의 노래가 나오자 다들 표정이 숙연해졌다. 과거에 대한 무작정의 연모(戀慕)와 그리움을 갖고 있지 않은 사람은 한 사람도 없기 때문이었다. 그런 경향은 특히 나이 먹은 남자가 더한 법인데, 모두 다 시들어가는 정력에 대한 서글픈 회한과 열패감(劣敗感)을 갖고 있기 때문일 것이다.
　다만 채나만은 흐느적거리는 복고풍의 발라드 노래에 동요하지 않았다. 그건 미스 리도 마찬가지였다. 채나는 여전히 나의 온몸을 여기저기 입맞추며 주물러대고 있었다. 미스 리도 오늘따라 술에 취해 박상민의 몸뚱어리에 살을 밀착시키고 있었다.

　한참을 그러고 있는데 문득 문이 열리며 로라가 늘빛과 함께 들어왔다. 생각보다 일찍 온 것 같았다. 로라의 얼굴이 상당히 피곤하고 짜증스러워 보였다.
　로라가 클럽 안에 들어서자 소란스러웠던 분위기가 한결 가라앉았다. 다들 그녀의 출현을 은근히 기다리고 있었기 때문이었다.
　"패션쇼가 벌써 끝났나? 쇼를 끝내고 나서 뒤풀이가 있었을 텐데……."
　하고 내가 로라에게 말했다.
　"기분이 별로 안 좋아서 뒤풀이에 참석하지 않고 그냥 돌아왔어요."
　"왜, 패션쇼가 어땠는데?"
　"글쎄 디자이너가 저의 긴 손톱과 발톱에 칠해진 매니큐어를 지우라고 하지 않겠어요? 늘빛이 그토록 정성스럽게 칠해놓은 총천연색 매니큐어인데 말예요······. 게다가 옷은 숨이 막힐 정도로 몸을 친친 감싸고 있는, 흡사 중무장한 갑옷을 입은 것 같은 느낌을 주는 재질로 된 디자인이었어요. 말하자면 우라지게 귀족적으로 폼을 잡고 있었죠. 이젠 그런 구닥다리 패션쇼엔 출연을 하지 말아야겠다는 생각을 하게 됐어요."

"손톱과 발톱에 칠한 매니큐어 건은 그래서 결국 어떻게 됐어? 디자이너가 주문한 대로 매니큐어를 다 지웠나?"

"지우긴요. 악착같이 우겨가지고 그대로 밀고 나갔지요. 그리고 손가락을 위아래로 요란하게 흔들어 긴 손톱들이 오히려 더 돋보이도록 했죠. 신발도 긴 발톱이 강조되게끔, 디자이너가 마련해 놓은 둔탁한 신발이 아니라 내가 갖고 간 높은 뾰족샌들을 신었구요."

"거 참 잘했군. 내가 생각해도 그 R이란 디자이너는 순전히 촌놈이야. 그런 놈이 어떻게 일류 디자이너가 됐는지 도무지 모르겠어. 파리나 밀라노, 아니 도쿄에만 가도 그런 사람은 아예 의상계에서 무시될 게 확실한 '끼' 없는 디자이너인데······."

"부잣집 아줌마들이나 고관 부인들한테 사교를 잘해서 유명해졌겠지요, 뭐. 한국에서는 실력보다 사교가 더 중요하니까요."

"아무튼 잘 왔어. 로라가 없어 다들 신경질이 뻗쳐 있던 참인데······."

내가 로라와 이런 얘기를 주고받고 있자 곁에 있던 채나가 약간 샘이 난다는 어조로 말했다.

"전 여자가 아닌가요? 천 선생님까지도 로라 언니 오기만 기다렸다면 전 너무 섭섭해지는데요."

하지만 이렇게 말하는 채나의 입가에서는 살풋한 미소가 번져 나오고 있었다. 그녀는 확실히 질투심이 별로 없는 착한 여자였다.

로라는 미스 리를 시켜 얼음을 넣지 않은 위스키를 큰 잔으로 한잔 가득 따라 가져오게 했다. 그리고는 위스키를 쉬지 않고 단숨에 들이마셨다. 그런 다음 가느다란 슬림형의 '에세(ESSE)' 담배를 한 대 피워 물고 나서 곧장 박상민한테로 갔다. 촌스러운 패션쇼 때문에 신경질이 뻗친 데다가, 급하게 들이켠 위스키 탓에 홀떡 취기가 오른 모양이었다.

"박 선생님, 저랑 춤 한번 춰요. 그러면 스트레스가 확 풀릴 것 같아요."

이렇게 말하고 나서 로라는 내게 근사한 블루스 곡을 한 곡 틀어달라고 부탁했다. 나는 뭘 틀까 고민하다가 이왕이면 가사 전달이 분명히 되는 가요가 좋을 것 같아, 조용필이 부른 옛 노래인 <정(情)이란 무엇일까>를 틀었다.

로라와 박상민이 찰싹 들러붙어 춤을 추고 있는 모습을 바라보며 남자들 대부분은 다들 똥 씹은 표정을 하고 있었다. 박상민도 이젠 제법 용기를 부려, 로라가 자신의 몸에 철부덕 철부덕 감기어 오는 것을 느긋한 자세로 받아주고 있었다.

노래가 2절에 이르자 채나가 나를 붙들고 나가 춤을 추었다. 그러자 덩달아 G사장이 주리를 붙들고 춤을 추었다. 노래가 빨리 끝나 아쉬움이 느껴지는 순간 미스 리가 눈치 빠르게 다른 곡을 하나 더 틀었다. 이번엔 혜은이가 부른 <당신만을 사랑해>였다.

한그루가 싫다는 늘빛을 붙잡고 억지로 끌어내어 춤을 추었다. 그래서 두 사람의 스텝이나 자세는 지극히 부자연스러웠다. 혜은이의 노래가 끝나자 로라가 춤을 멈추고 다시 자리로 와 앉았다. 그녀는 계속 박상민의 손을 잡고 있었다.

로라가 박상민의 어깨에다 머리를 갖다 댔다. 그리고 박상민의 목에다 입을 맞추었다. 박상민은 약간 당황해 하는 빛을 보였지만 로라의 키스를 계속 받아주고 있었다. 나는 그러는 두 사람이 묘하게 대견스러워 보였다.

"로라가 말론 박과 단둘이 있고 싶은가 봐. 그러니까 난 찬밥 신세인 셈이야. 아니 말론 박 빼고는 우리 모두가 찬밥 신세인 셈이지. 난 이만 가겠네."

한그루가 이렇게 말하며 자리에서 일어섰다. 한그루를 따라 지 주간과 심수일과 G사장도 일어섰다. 로라가 클럽을 나가는 남자들의 뺨에 일일이 뽀뽀를 해주며 그들을 천연덕스럽게 배웅했다.

네 사람이 빠져나가자 장미클럽 안은 한결 단촐한 분위기가 되었다. 홍샘과 로라와 주리는 계속 위스키를 마셔댔고, 이길로와 채나와 나는 계속 맥주를 마셔댔다. 박상민은 오늘따라 이상하게 흥분된 낯빛이 되어 그가 좋아하는 칵테일인 '마티니'를 계속 들이켰다.

로라는 박상민을 세게 부둥켜안고 있었다. 그리고 그의 입술에 계속 깊은 키스를 보내고 있었다. 나도 덩달아 채나의 입술을 지속적으로 키스해 대었다. 거기에 이윽고 홍샘도 가세해 왔다. 홍샘의 키스 상대는 주리였다. 주리는 별다른 표정 없이 홍샘의 키스를 받고 있었다.

키스를 하다 말고 로라가 문득 늘빛에게 물었다.

"늘빛, 나하고 말론 박이 키스하는 것과 천 선생님이 채나하고 키스하는 것 중에 어느 쪽이 더 섹시해 보여?"

늘빛은 금세 대답하지 않고 한참 생각하고 있었다. 그러더니 장난스런 미소를 머금은 얼굴로 이렇게 대답했다.

"글쎄요……. 제가 보기엔 홍 선생님과 주리 언니가 키스하고 있는 모습이 더 근사해 보이는데요."

늘빛의 말이 끝나자 다들 웃었다. 그때 이길로가 히죽히죽 웃기를 계속하며 늘빛의 입술에 달려들었다. 이번엔 늘빛이 별 저항을 보여주지 않고 이길로의 키스를 받았다.

네 쌍이 서로 얼크러져 입을 맞추고 있는 동안 미스 리가 계속 술을 날라왔다. 이길로가 바지를 벗어부쳐 분위기가 한결 질탕해졌다. 술에 취했는지 김주리도 윗도리를 벗었다.

"주리, 주리는 아직도 그 미스터 강을 사랑하고 있나?"

주리의 벌거벗은 상체가 그런대로 멋있다고 생각하며 내가 주리에게 물었다.

"사랑의 열병은 지나갔지만 잊을 수는 없지요."

하고 주리가 홍샘을 얼싸안은 상태로 대답했다.

"주리 보기에 말론 박과 미스터 강 두 사람 중 누가 더 잘생겨 보여?"

하고 내가 다시 주리에게 물었다.

"둘 다 미남이지만 아름다움의 질이 달라요. 말론 박은 남성스런 미남이고 미스터 강은 여성스런 미남이죠."

"채나도 여성스런 미남이야. 둘 중 하나를 택하라면 누구를 택하겠어?"

"채나는 '여성스럽다'는 표현을 붙일 수가 없는 남자예요. 채나는 완전히 여자나 마찬가지니까 비교 상대가 못 되죠."

"미스터 강이 아직도 내 생각을 하고 있을까?"

"그건 저도 잘 모르겠어요. 그때 그 사람이 천 선생님을 보고 느낀 관능적 흥분은 그저 순간적인 것에 지나지 않았는지도 모르죠."

"맞아, 나도 그렇게 생각해. 하지만 채나는 나를 계속해서 사랑하고 있는 것 같아. 그렇지, 채나?"

채나의 뺨에 입맞추며 내가 주리에게 말했다.

"저도 천 선생님을 채나 못지않게 지속적으로 사랑하고 있어요."

불쑥 로라가 우리 둘 사이의 대화에 끼어들었다.

"그러면서 지금 말론 박을 끌어안고 있는 건 뭐지?"

나 대신 이길로가 로라에게 물었다.

"그야 물어보나마나죠. 내가 말론 박을 사랑하고 있으니까요."

"무슨 소리를 하고 있는지 난 통 알아들을 수가 없는데."

하고 이길로가 말했다.
"왜 두 사람을 동시에 사랑하면 안 되나요?"
하고 로라가 약간 비웃는 듯한 어조로 대답했다.
"난 그럼 뭐야. 나도 로라 씨를 사랑해 왔는데……. 로라 씨, 나도 좀 끼워주면 안 되나요?"
하고 홍샘이 웃으면서 말했다.
"당신을 좋아해요. 하지만 사랑할 순 없어요."
하고 로라가 웃으면서 대답했다.
"그럼 난?"
하고 이길로가 히죽 웃으며 로라에게 물었다.
"전 당신도 좋아해요."
"사랑까지는 안 되고?"
하고 이길로가 장난스러운 어조로 대들었다.
"못생긴 사람을 사랑할 순 없어요. 미안해요."
"천 시인이 그렇게 잘생겼나?"
다시 이길로가 물었다.
"말론 박처럼 얼굴이 잘생기진 못했어요. 그렇지만 길고 가느다란 손가락 하나만은 일품이에요."
하고 로라가 대답했다.
"그래, 당신 잘났어요."
하고 주리가 로라에게 별 억양 없이 말했다. 주리의 말에는 억양이 하나도 들어가 있지 않아 로라를 칭찬하는 말같이도 들렸다. 주리는 술에 취하고 나면 마치 로봇이 얘기하는 것처럼 억양 없이 얘기하는 버릇이 있었다.
나는 그래도 주리의 속마음엔 로라를 질투하는 심리가 끼여 있다고 생각했다. 하지만 주리가 그 다음에 보인 행동은 내 짐작이 틀렸다는 것을 증명해 주었다. 주리가 로라에게 달려들어 로라의 입술에 미칠 듯 키스를 퍼부어댔기 때문이었다.

주리가 로라에게 키스하는 것을 보니 그녀가 유미주의자인 게 분명했다. 그래서 나는 김주리가 한결 사랑스러워 보였다.

"나만 벌거벗고 있는 건 불공평해. 그러니까 다들 빨리 발가벗으라구."

하고 문득 이길로가 취한 목소리로 말했다.

"아랫도리만 벗고 있으면서 무슨 잔소리예요? 이 선생님이 우선 윗도리까지 벗으시라구요."

하고 김주리가 말했다.

"그래, 내가 윗도리를 벗을 테니까 주리도 아랫도리를 벗어. 그래서 우리 둘이 멋진 시범을 보이자구."

이길로의 말이 끝나자 주리는 서슴없이 아랫도리를 벗어젖혔다. 몸매가 100점짜리는 못 돼도 일단 전라가 되니 아름다워 보였다.

이길로가 김주리에게 들러붙었다. 그러면서 이렇게 말했다.

"우리 둘이 찬밥신세니까 한번 얽혀들어 보자구."

"못 얽힐 것도 없죠, 뭐."

주리가 이렇게 말하면서 이길로의 목을 얼싸안았다. 두 사람이 노는 폼이 솔직하고 근사해 보여 내가 분위기에 맞는 음악을 골라서 틀어주었다. 카니 프랜시스가 부르는 라틴 뮤직 <불같은 키스(Kiss of fire)>였다. 두 사람은 음악에 맞춰 엉터리 탱고춤을 추었다.

"야, 저건 너무 엉터린데. 적어도 영화 <여인의 향기>에 나오는 알 파치노의 탱고 춤만큼은 추어야지. 그 영화에서 알 파치노는 장님으로 나오잖아. 그런데도 이형보다는 잘 추었단 말요."

하고 홍샘이 이죽거리며 말했다.

"벗을 용기도 없는 주제에 무슨 훈수야. 자네가 이 중에선 제일 젊은 남자니까 빨리 홀딱 벗으라구."
 이길로가 연방 탱고 스텝을 흉내내가며 홍샘에게 말했다.
 "못 벗을 것도 없죠, 뭐."
 하고 홍샘이 말하며 옷을 훌훌 벗어젖혔다. 나도 취기가 올라 덩달아 옷을 벗었다. 그러자 로라는 옷 모두를, 그리고 채나는 상의만을 벗었다. 박상민은 옷을 벗지 않고 가만히 있었다.
 "박형은 왜 안 벗는 거요?"
 하고 홍샘이 따지듯 물었다.
 "그건 내 자유니까."
 술이 제법 취해 용기가 났는지 박상민이 반말로 대답했다.
 "하긴 박형 말이 옳긴 옳소. …… 그런데 채나는 왜 윗도리만 벗은 거지?"
 "그것도 제 자유예요."
 하고 채나가 홍샘에게 대답했다.
 "채나가 아랫도리를 노출하면 분위기가 한결 더 근사하고 그로테스크해질 텐데……."
 하고 이길로가 말했다.
 "난 반대야. 그렇게까지 할 건 없어."
 하고 내가 채나 편을 들어주었다.

 그러고 나서 한참 동안 우리는 어지럽게 춤을 추고 노래를 했다. 가라오케 기계가 없어 노래하기가 한결 편했다. 박자에 신경을 쓰지 않아도 됐기 때문이었다. 박상민의 노래 차례가 되자 그는 <비처럼 음악처럼>을 불렀다. 노래를 부른 가수 김현식이 병으로 일찍 죽었다는 사실이 왠지 숙연한 마음을 불러일으켜 주었다.
 오늘따라 로라는 술에 몹시 취해서 그런지 노래를 안 부르던 평소의 관례를 깨고 노래를 불렀다. 나뿐만 아니라 클럽 안 사람들 모두가, 그녀가 무슨 노래를 부를지 숨을 죽이고서 기다리고 있는 표정이 역력했다. 그녀는 한참동안 생각하더니 이윽고 동요 <섬집 아기>를 불렀다. 목소리가 생각보다 청초하고 아이스러웠다.

> 엄마가 섬 그늘에 굴 따러 가면
> 아기가 혼자 남아 집을 보다가
> 바다가 불러주는 자장 노래에
> 팔 베고 스르르르 잠이 듭니다

로라의 노래가 끝나자 내가 답가를 자청했다. 그리고 나서 <섬집 아기>의 가사를 고쳐 불렀다.

> 엄마가 섬 그늘에 굴 따러 가면
> 아기가 혼자 남아 집을 보다가
> 여러 날 여러 날 집을 보다가
> 배고파 스르르르 굶어 죽었네

내가 노래를 끝내자 박상민 혼자만 박수를 쳤다. 다른 사람들은 기분이 씁쓰름하다는 얼굴을 하고 있었다.
"맞아, 맞아. 정말 멋진 가사야. 리얼하기 짝이 없는 실존적 가사로군. 자넨 확실히 시인 자격이 있어."
하고 박상민이 말했다. 그리고 나서 다시 말을 이었다.
"그런데 왜 아기가 굶어 죽도록 엄마가 돌아오지 않았을까? 굴을 따다가 파도에 휩쓸려 죽어버린 걸까, 아니면 바람이 나 도망쳐버린 걸까?"

"나는 바람이 나 도망쳐버린 쪽에 걸겠어. 요즘 여자들은 모성애가 없으니까."

하고 이길로가 말했다.

"채나는 어떻게 생각해?"

하고 내가 물었다.

"저도 이 선생님 말씀이 그럴듯하다고 생각해요."

"그럼 로라는?"

하고 내가 다시 로라에게 물었다.

"전 잘 모르겠어요. 가사 내용이 너무 끔찍해서요. 하지만 그런 느낌을 빼고 모성애 문제만 갖고 따지자면, 저도 섬집아기의 엄마가 바람이 나 아이를 버리고 도망쳐버렸다는 쪽에 걸고 싶어요."

하고 로라가 조금 우울한 말투로 대답했다.

"로라 언니, 언니는 아이를 낳고 싶은 생각은 없으셔요?"

불쑥 늘빛이 끼어들었다.

"아직은 없어. 아이는 애물단지니까. 그리고 삶이 너무 거지 같으니까."

하고 로라가 퉁명스런 어조로 대답했다.

내 노래 때문인지 다들 기분이 식어가지고, 얼마 안가 술자리가 파장이 되었다. 내가 집으로 가겠다고 일어서자 다들 나를 따라 장미클럽을 빠져나왔다. 다만 박상민만은 로라에게 꽉 붙잡혀 빠져나오지를 못했다.

박상민의 표정을 보니 그도 이젠 장미클럽 사람들의 '뻔뻔스런 태도'를 배운 듯, 별로 계면쩍어 하지도 않으면서 로라에게 기분 좋게 붙들린 상태로 있었다.

나는 속으로, '오늘 밤 드디어 로라와 말론 박의 합방(合房)이 이루어지겠군' 하고 생각했다. 질투심도 생기지 않고, 그렇다고 기분 좋은 것은 절대로 아닌, 괴상하고 묘한 심리상태가 왔다.

4

 장미화랑을 나오면서 채나는 나를 꽉 부둥켜안고 있었다. 나는 다른 사람들이 다 집으로 돌아가는 것을 본 후, 뭔가 미진한 생각이 들어 채나를 데리고 하얏트호텔로 갔다. 빠른 곡만 나오는 나이트클럽에 가서 테크노 춤을 추기도 싫어, 나는 그녀를 이끌고 지하 1층에 있는 바(Bar) '파리 (Paris)'로 갔다.
 갑자기 몹시 취해지고 싶은 생각이 들어 위스키를 더블로 시키고 맥주를 함께 시켰다. 채나도 덩달아 위스키를 시켰다. 그래서 우리 둘은 이른바 '폭탄주'를 만들어 단숨에 들이켰다.
 "로라 언니를 사랑하고 계시군요."
 술잔을 비우고 나서 채나가 내게 말했다.
 "내 사전에 '사랑'이란 말은 없어."
 하고 나는 퉁명스런 어조로 대답했다.
 "하지만 별로 달리 표현할 말도 없지 않아요?"
 "하긴 그렇군. 그건 채나 말이 맞아."
 "오늘 밤 로라 언니와 말론 박이 어떤 형태로 자게 될까요?"
 "내 생각엔 노멀 섹스(normal sex)일 것 같아. 박상민이 워낙 그런 친구니까."
 "말론 박을 너무 얕잡아 보시는 것 아니에요? 제가 보기에 말론 박은 '끼'가 굉장한 분이에요. 다만 그것이 깊숙이 잠복돼 있을 뿐이죠."
 "아냐. 그는 분명 '미셔너리 포지션(missionary position)'으로 섹스를 할 게 분명해. 우선 오늘은 첫날밤이니까."
 "그러고 보니까 '미셔너리 포지션'이란 말이 무척 재미있게 들리네요. 우리말로 번역하면 '선교사 체위' 아니에요? 왜 그런 말이 생겼을까요?"

"선교사들이 전도를 하면서 남성 상위 체위로 섹스를 안 하면 지옥에 간다고 설교해 댔기 때문이겠지."

"소설『주홍글씨』의 배경이 됐던 초기 미국 식민지 시대에나 나왔을 법한 단어군요."

"맞아. 그땐 여성 상위 체위로 섹스만 해도 붙잡아가던 시대였어. 그리고 마녀사냥도 굉장했고. 특히 '세일럼(Salem)'의 마녀사냥은 참혹했지. 젊고 예쁜 처녀들은 다 잡아 죽였으니까. 남자의 영혼을 유혹하여 타락시킨다는 명목으로 말이야. …… 그때 같았으면 너 같은 사람은 당장 잡아서 죽였을 거야. 하긴 그때보다 훨씬 시간이 지난 후인 20세기 초에도 영국 소설가 오스카 와일드는 동성애자란 이유로 감옥엘 갔지만……."

"한국 같은 경우라면 그때보다 더 나을 것도 별로 없죠, 뭐."

"하긴 그래. 그건 네 말이 맞아."

나는 이렇게 말하면서도 계속 로라 생각을 하고 있었다.

로라 생각을 하다 보니 박상민을 장미클럽으로 끌어들인 게 은근히 후회되기도 했다. 하지만 곰곰이 생각해 보니 내 잠재의식이 그를 로라 근처로 이끌어들인 것도 같았다. 말하자면 사랑에 반드시 수반되게 마련인 '권태'를 내 잠재의식이 두려워하고 있었을지도 모른다는 생각이 들었던 것이다.

곁에 앉아 있는 채나를 보니 앞에 놓인 촛불 때문인지 얼굴이며 몸매가 한결 그윽하게 아리따워 보였다. 나는 지금 내 곁에 채나가 있어 로라 생각을 잊을 수 있다는 사실이 새삼 행복하게 느껴졌다.

나는 채나의 찢어진 치마 틈새로 손을 밀어 넣어 그녀의 허벅지를 천천히 어루만졌다. 채나도 한 손을 내 허벅지 위에 얹어놓고 뾰족한 손톱 끝으로 무릎에서 사타구니 언저리 사이를 슬근슬근 긁어주고 있었다. 바지를 통해서 간접적으로 전달돼 오는 날카로운 손톱의 촉감이, 맨살 위에 직접 와 닿는 촉감보다 오히려 더 자극적으로 느껴졌다.
"그래, 채나는 앞으로 무얼 할 셈이야?"
문득 채나의 장래에 생각이 미쳐 내가 그녀에게 물었다.
"무얼 하다니요? 그냥 이렇게 살아가는 거지요."
채나는 무심한 어조로 대답했다.
"그래도 뭔가 목표가 있어야 하지 않겠어?"
"무슨 뜻으로 '목표'라는 말을 쓰신 거죠? 무슨 '일'을 해야 한다는 뜻인가요?"
"말하자면 그런 얘기가 되겠지. 네가 평범한 보통 여자처럼 시집가서 애 낳고 살긴 어려울 테니까, 뭔가 창의적인 일을 해봐야 할 것 같은 생각이 들어서 말야."
"글쎄요……. 한국은 특이한 성적 정체성을 가진 사람들을 구박하는 풍토의 나라니까 제가 무슨 일을 정식으로 해나가긴 어려울 거예요."
"꼭 그렇지만은 않다고 보는데……. 이를테면 패션 디자이너나 작가 같은 건 얼마든지 해볼 수 있지 않겠어? 어딘가에 소속되지 않고서도 혼자서 할 수 있는 자유업이니까. 채나는 일본문학을 좋아한다고 했는데 소설 같은 걸 써볼 생각을 해본 적은 없나?"
"어떻게 하루아침에 작가가 될 수 있겠어요. 그건 디자이너도 마찬가지구요. 지금 같아선 모든 게 다 귀찮기만 해요. 이렇게 빈둥거리며 지내다가, 늙어서 몰골이 추해지면 성큼 자살해 버리고 마는 게 가장 좋은 삶이 아닐까 하는 생각이 들 때가 많아요."
"그것도 썩 괜찮은 생각이군. 하지만 자살이 어디 그리 쉬운가?"
"쉽진 않겠죠. 그러니까 제가 나이 먹어 추해 보인다고 생각되실 때 저를 죽여주세요."
무섭고 섬뜩한 제안이긴 했지만 나는 채나의 허무주의적 인생관이 그런대로 마음에 들었다. '허무주의'란 사실 가장 정직한 삶의 태도라는 생각이 지금까지 나의 삶을 이끌어왔기 때문이었다.

'허무'와 '퇴폐'가 없는 삶이란 사실 위선적인 삶이 아닐까? 도덕에 대한 순종과 소시민적인 성실로 일관하는 삶이란 기실 그 속을 들여다보면 자기 자신에 대한 이중적 기만으로 점철된 삶일 경우가 많다. 나는 채나의 마음속이 진짜 '실존적인 허무'로 가득 차 있다는 생각이 들어 그녀가 새삼 우러러보였다.

"채나는 '나이 먹어 추해지면'이라는 말을 썼는데, 도대체 몇 살 때쯤을 가리키는 거야? 한 서른다섯?"

한참 있다가 내가 채나에게 물었다.

"그때쯤까지 지금같이 섹시한 상태로 있을 수 있다면 참 좋겠죠. 하지만 더 젊었을 때부터 추해지기 시작할 수도 있을 거예요."

"요즘은 미용기술이 발달해서 그렇게 되지는 않을 거야. …… 아무튼 나로선 가슴이 뭉클해지는 제안이긴 하지만 그러겠다고 약속을 해줄 수는 없군. 정말 그렇게 한다면 내가 살인범이 될 테니까 말야."

"하긴 그렇군요. 자살은 역시 나 혼자서 결단을 내려가지고 실행에 옮겨야만 하는 행위일 거예요. …… 아무튼 저는 추하게 늙은 여자, 아니 추하게 늙은 T·V(transvestite)가 되고 싶진 않아요. 선생님도 '오르가슴'의 김 마담 언니를 보셨죠? 얼마나 불쌍해 보여요?"

"늙은 나이에까지 예뻐 보이려고 안쓰럽게 애쓰는 모습이 불쌍해 보이는 건 T·V나 일반 여자나 마찬가지야."

"그게 전 참 억울해요. 남자는 그렇지가 않거든요."

"남자도 마찬가지지. 그래서 난 아예 멋내기를 포기하고 있어. 그냥 평범하게 늙어가려고……."

"그렇지 않아요. 남자는 늙은 나이에도 그런대로 멋을 낼 수 있어요. 그래도 여자처럼 추해 보이지는 않기 때문이죠."

"그렇게 남자가 부러우면 그냥 남자인 채로 있지 왜 T·V가 되었어?"

"다 제 팔자 때문이죠. 운명이나 팔자는 결국 '유전자'예요. 유전자를 속일 수는 없죠."
"아예 성전환 수술을 받아볼 생각은 없나?"
"그럼 저와 결혼해 주시겠어요?"
채나가 뜬금없이 '결혼'이라는 말을 꺼내자 괜히 속이 뜨끔해 왔다. 하지만 나는 태연한 척 표정을 바꿔 채나의 말을 받았다.
"정식 결혼을 말하는 건가, 동거를 말하는 건가?"
"요즘은 성전환 수술을 받으면 호적의 성(姓)까지도 바꿀 수 있는 길이 열렸대요. 그러니까 정식 결혼을 할 수도 있겠죠. 다만 아이를 못 낳는 게 문제인데. 선생님은 아이를 좋아하시지 않잖아요?"
"결혼은 싫어. 적어도 법적으로만큼은 난 평생 혼자이고 싶으니까. 그러니까 동거 정도는 가능할 수 있겠지."
"그럼 꼭 제가 성전환 수술을 받을 필요도 없지 않겠어요? 선생님은 오럴 섹스만 가지고도 만족할 수 있는 분이니까요."
"어떻게 그렇게 속단하지?"
"로라 언니한테서 들은 말이 있어서요."
"난 로라와 오럴 섹스만 하진 않았는데……."
"로라 언니 말로는 선생님이 그쪽을 훨씬 더 좋아하시는 것 같다고 했어요."
"그건 사실이야. 또 내가 삽입성교를 할 때 힘이 없어 보였을 수도 있고……."
"전 호모가 아니라 T·V라 그런지 삽입성교든 애널 섹스든 찌르고 쑤시는 것에는 별 관심이 없어요. 그러니까 선생님 같은 탐미주의자를 좋아하는 거구요."
나는 채나가 무슨 의도로 결혼이나 동거 얘기를 꺼냈는지 통 알 수가 없었다. 내 마음을 떠보려고 농을 걸고 있는 것 같기도 하고, 진심에서 우러나온 말인 것 같기도 했다. 그래서 나는 담배를 한 대 피워 물고서 한참 생각에 잠겨 있다가 채나에게 말했다.
"아무튼 난 결혼이나 동거는 싫어. 부담스러우니까."
"결국은 저보다 로라 언니를 더 사랑하고 계신다는 말씀이시군요."
"왜 그렇게 비약을 하지?"
"선생님은 어느 시에다 '권태는 변태를 낳고 변태는 창조를 낳는다'고 쓰지 않으셨어요? 그러니까 이른바 '변태'인 저를 로라 언니보다 응당 더 좋아해야 하는 거 아니에요?"
"난 로라라고 해도 동거나 결혼 같은 건 생각해 본 적이 없어. 또 생각해 볼 수도 없었고. 로라는 지금 유부녀니까. 오히려 로라가 유부녀라는 사실이 나로 하여금 로라에 대한 '홀가분한 접근'을 가능하게 해줬다고 볼 수도 있지……."
채나는 내 말을 듣는 둥 마는 둥한 태도를 보였다. 그러더니 담배를 한 대 꺼내 입에 물었다. 내가 라이터로 불을 붙여주자 그녀는 담배 연기를 한 모금 들이켜고 나서 이렇게 말했다.
"이젠 됐어요. 더 이상 골치 아픈 얘기는 안 꺼낼게요. 지금까지 한 얘기는 그저 한번 재미 삼아 해본 얘기였어요."
말을 끝내고 나서 채나는 내 양복 상의를 벗기더니 내 무릎과 그녀의 무릎 위에 펼쳐서 올려놓았다. 그리고는 덮어진 양복 아래에서 내 바지 지퍼를 열어 페니스를 꺼낸 다음, 긴 손가락으로 계속 내 심벌을 조물락거렸다. 살짝살짝 스쳐가는 날카로운 손톱의 느낌이 좋았다. 또한 앞에서 왔다 갔다 하는 바텐더의 눈길에 신경이 쓰여 묘하게 기분 좋은 스릴과 긴장감을 느낄 수 있었다. 채나가 그녀의 찢어진 치마 틈새로 들어가 있던 내 손을 더 위로 끌어당겨 그녀의 국부를 어루만지게 했다. 물컹한 돌기물의 촉감이 나의 옹졸한 심장을 더욱 오그라들게 했다. 내 손은 애써 채나의 돌기물을 피해 올라가 그 위에 있는 무성한 거웃만을 매만지고 있었다.

　기분이 묘하게 움츠러들어 나는 폭탄주를 두 잔 더 만들어 채나와 같이 마셨다. 채나는 술을 단숨에 마시고 나서 내 입술에 열렬한 키스를 퍼부었다. 바(Bar) 안에 있던 손님들 모두가 우리를 쳐다보고 있는 것 같아 나는 몹시 당황할 수밖에 없었다.

　키스가 끝나자 곁에 혼자서 술을 마시고 있던 미국 남자가, 나를 보고 한쪽 눈을 찡긋 감았다. 그리고는 오른손 엄지손가락을 위로 치켜 올려 응원의 뜻을 표시했다.

　채나가 내 어깨를 노골적으로 얼싸안았다. 그리고 내 뺨을 널름널름 혀로 핥았다. 아무래도 나의 담력을 시험해 보려는 것 같았다.

　그때 홀 구석에 있는 그랜드 피아노 앞에 한 무명가수가 와서 앉는 것이 눈에 띄었다. 그 남자 가수는 여자 같은 목소리로 노래를 부르기 시작했다. 아마도 자작곡인 것 같았다. 노래가사의 첫머리가 무척이나 가슴에 와 닿았다.

　　사랑하고 사랑하고 사랑했는데도
　　내 가슴속엔 네 몸뚱어리만이 남았다……
　　내 빈약한 육체 속에서
　　울며 보채대는 이 그리움의 정체는 뭐냐……

9
예뻐서 우울한

1

　내가 로라의 여동생 명희를 처음 본 것은 이길로의 개인전이 장미화랑에서 열리던 날 오프닝 파티 때였다. 북적대는 사람들 틈바구니에서 로라가 내게 다가와 동생을 소개시켜 주었다.
　그리고 나서 로라는 나를 구석으로 끌고 가 낮은 목소리로 이렇게 말했다.
　"명희는 사람들이 많이 들끓는 곳을 아주 싫어해요. 일종의 대인공포증 같은 것이 심하기 때문이지요. 하지만 너무 집 안에만 틀어박혀 있다 보면 아무리 좋은 약을 쓴다 하더라도 우울증 치료가 잘 안 될 것 같아, 제가 오늘은 한참 동안 어르고 달래가지고 간신히 이곳으로 데리고 나온 거예요. 그러니까 될 수 있는 한 명희 곁에 붙어있어 주세요. 그리고 친절하게 말상대를 해줘가지고 그 애를 안심시켜 주시구요. 저는 저 애가 천 선생님과 친하게 지내게 되면 심한 우울증에서 벗어나게 되리라고 믿어요."
　나로서는 조금 부담스러운 부탁을 받은 셈이었다. 하지만 나는 로라한테서 명희 얘기를 들었을 때부터 그녀에 대한 은근한 호기심을 갖고 있었으므로, 로라의 부탁이 그리 귀찮게 생각되지는 않았다.

로라가 나를 명희에게 소개하자 명희는 아주 정중하게 고개를 숙이면서 인사를 했다.

"언니한테 말씀 많이 들었어요. 그래서 선생님의 시집도 한 권 사서 읽어봤구요."

로라와는 달리 굉장히 예의 바르면서도 애잔한 목소리였다. 낮은 톤으로 얘기하는 명희의 말소리에는 약간 더듬거리는 기색이 섞여있었다. 나는 명희의 눈을 찬찬히 뜯어보았다. 몽롱하게 개가 풀려있는 것이 강한 신경안정제를 복용한 게 틀림없었다. 언니의 손에 이끌려 사람들이 많이 있는 곳엘 오게 되다 보니, 약을 보통 때 분량보다 더 많이 먹었을지도 모른다는 생각이 들었다.

명희의 얼굴이나 몸매는 보통 여자들의 수준을 훨씬 뛰어넘고 있었다. 키가 언니보다 작았지만 보통 키보다 훨씬 큰 키였고, 얼굴도 로라 못지않게 예뻤다. 다만 광대뼈가 조금 나오고 로라의 쪽 빠진 하관보다는 약간 네모진 하관을 갖고 있다는 점이 다를 뿐이었다.

로라는 명희가 자신의 목이 짧다는 것에 콤플렉스를 느끼고 있다고 얘기했었는데, 자세히 뜯어보니 못생기게 짧은 목은 절대로 아니었다. 다만 로라의 목이 기형적으로 길어 언니보다 조금 짧은 목을 가졌을 뿐, 한국 여자들의 평균적인 목 길이보다는 훨씬 길고 날씬한 목을 갖고 있었다.

언니와 함께 외출하는 것인 만큼, 명희는 오늘따라 자기 나름대로 상당히 화려하게 멋을 내고 있는 것 같았다(물론 로라의 코치도 작용했을 것이다). 그녀는 분홍색 공단으로 만들어져 어깨끈 없이 젖가슴 아래로 늘어져 있는 타이트한 롱드레스를 입고, 그물처럼 성글게 짠 연보라색 니트로 된 긴 재킷을 위에 걸치고 있었다.

좁은 어깨와 얄팍한 가슴이 그대로 드러나는 데다가, 치마 양쪽에 긴 트임을 주어 그녀의 깡마르게 날씬한 몸뚱어리와 기형적으로 가느다란 다리가 그대로 드러나고 있었다. 마음의 병을 오래 앓아서 그런지 명희의 몸매는 정말 이쑤시개처럼 여위어 있었다. 그래서 보는 사람으로 하여금 가련하다는 느낌과 더불어 유현(幽玄)하고도 서늘한 욕정을 품게 만들었다.

나는 명희가 상당한 수준의 아름다운 외모를 갖고 있고, 지금 앓고 있는 우울증과는 무관하게 '섹시하게 그로테스크한 병약미(病弱美)'를 매력으로 지니고 있다는 사실에 놀랐다. 그래서 그 정도의 미모를 가진 명희가 왜 언니에 대한 외모 콤플렉스에 시달리고 있는지 잘 이해가 가지 않았다.

하긴 모든 열등감이나 콤플렉스란 제3자가 보기엔 도무지 이해할 수 없는 상황에서 생겨나는 게 보통이다. 객관적으로 볼 때 아무리 빼어난 미모를 지니고 있는 여자라 할지라도 본인 스스로는 외모 콤플렉스에 시달리고 있는 경우가 많다.

명희의 경우는 자신의 외모를 언니의 외모와 과도하게 비교하게 된 것이 콤플렉스 및 우울증의 원인으로 작용하게 된 것 같았다. 아니면 언니가 미스코리아에 당선되고 외국의 부호에게 시집가는 등, 일찍부터 화려한 출셋길로 접어든 것에 대한 질투심에 따른 무력감이 그녀의 정신세계를 황폐하게 만들어놓았는지도 몰랐다.

또한 언니가 프리섹스를 당당하게 즐기면서 사는 데 대한 야릇한 시샘 같은 것이 그녀를 한층 더 깊은 우울증으로 몰아갔을 것이었다.

명희는 네모진 하관을 의식해서인지 앞가르마를 탄 머리를 얼굴 좌우로 늘어뜨려 될 수 있는 한 뺨을 가리고 있었다. 스트레이트파마를 한 게 분명한 광택 나는 주황색 머리카락이 그녀의 어깨를 덮고 있었다. 그러고 보니 그녀는 이젠 머리 전체를 튀는 색깔로 염색할 만큼이나, 본격적으로 '언니 스타일의 멋'을 부려보기 시작한 것 같았다.

　얼굴의 화장 또한 과장적으로 짙었다. 초록색 아이섀도를 짙게 바르고 그 주위에 금분(金粉)을 뿌린 눈화장은 오히려 언니인 로라의 진한 눈화장을 능가할 정도였다. 두 뺨에는 붉은색 립스틱을 개어 바른 것처럼 보일 만큼이나 짙은 볼연지가 칠해져 있었다. 그리고 윗입술에는 적포도주색 입술연지가, 아랫입술에는 은색 립스틱이 칠해져 있어 아주 음음(淫淫)한 느낌을 만들어내고 있었다.

　그럼에도 불구하고 그녀의 얼굴 전체가 풍겨주는 인상은 흡사 사막 한가운데 내버려진 불쌍한 고아 소녀 같은 인상이었다. 로라의 '당당한 화려함'과는 전혀 질이 다른, 말하자면 수줍디수줍은 화려함 같은 것이 그녀의 얼굴을 감싸고 있었다. 특히 몽롱하고 기운 없어 보이는 눈매가 그녀의 가련하고 외로워 보이는 표정을 이끌어가고 있었다.

　나는 명희의 한쪽 손을 살며시 잡았다. 그녀가 어떻게 나오는지 떠보려는 의도에서였다. 명희는 잡은 손을 뿌리치거나 당황해 하지는 않았다. 다만 그녀의 몸 전체가 바르르 떨리는 것이 손을 통해 전달됐을 뿐이었다.

　나는 명희의 손을 잡고 전시장을 천천히 한 바퀴 돌았다. 그러면서 그녀에게 이렇게 말을 붙여보았다.

　"전에 언니가 말해 주기로는 명희가 화장이나 옷차림에 별로 신경을 쓰지 않는다고 했는데, 오늘 보니까 전혀 예상 밖인걸. 명희는 아주 예쁘고 섹시해. 특히 머리 색깔이 마음에 들어."

　그러자 명희는 내게 약간 더듬거리는 목소리로 이렇게 대답했다.

　"칭찬해 주셔서 감사드려요. 언니 말에 한번 따라보기로 한 것인데. 아직은 자신이 없어요."

　"이젠 명희의 외모나 멋내는 기술에 자신감을 가져도 좋을 것 같아. 명희는 언니와는 다른 색다른 매력을 지니고 있어."

"언니처럼 손톱을 길게 기르지 않고 있는데도요? 선생님은 여자의 긴 손톱을 무지무지하게 좋아하신다고 들었는데요."

"손톱은 기르면 되지, 뭐."

"손톱을 언니처럼 길게 기르고 싶진 않아요. 언니를 무작정 흉내 내긴 싫으니까요. 또 제가 선생님 마음에 들게끔 손톱을 길게 길러야 할 의무도 없구요."

야무진 그녀의 말에 나는 잠시 움찔해지는 나 자신을 느꼈다. 하지만 그녀의 말은 내용만 야무질 뿐 어조까지 야무진 것은 아니었다.

억양이나 높낮이가 별로 없으면서 낮은 음조로 천천히 말하는 그녀의 목소리는 여전히 약간 떨려 나오고 있었다. 나는 그러는 그녀의 태도를 보며 지금껏 중세기적 분위기의 수녀원에서 교육받다가 나온 성스러운 숫처녀를 만나고 있는 듯한 착각이 들었다.

"제 뺨이 너무 튀어나와 보이지 않나요?"

한참 있다가 명희가 내게 물었다. 말을 하면서도 그녀는 손으로 연신 머리를 매만져 뺨을 가리고 있었다.

"아니. 명희의 얼굴 윤곽은 썩 예뻐."

"괜히 위로의 말을 해주실 필요는 없어요. 만약 제 얼굴 윤곽이 정말로 괜찮아 보이셨다면 그건 제가 앞가르마를 타고 머리를 늘어뜨려 얼굴 양쪽을 가렸기 때문일 거예요."

"설사 얼굴이 네모지다고 해도 얼마든지 매력적으로 보일 수 있는 게 바로 현대미야. 왜 한창 잘나가는 미국 여배우 데미 무어를 봐. 그 여자의 하관은 전형적인 고전미인처럼 쪽 빠지지 않았어. 그런데도 퍽이나 매력적이면서 섹시한 인상을 주고 있거든. 난 늘 앞가르마를 타고 머리를 좌우로 늘어뜨린 헤어스타일을 좋아하는 편이지만, 얼굴 윤곽에 대한 콤플렉스 때문에 일부러 그런 머리를 할 필요까진 없다고 생각해. 명희는 업스타일(up style)의 머리를 해도 얼마든지 아름다워 보일 거야."

"정말 진심으로 하는 말씀이셔요?"
"그럼 진심이고 말고. 단점을 오히려 장점으로 밀고 나갈 수 있는 게 바로 현대미거든. 옛날 영화지만 명희도 텔레비전에서 '흘러간 명화' 시간에 자주 틀어주는 <모정(慕情)>이란 영화를 본 적 있지? 거기에 여주인공으로 나왔던 제니퍼 존스는 튀어나온 광대뼈 때문에 유명해진 여배우였어. 그래서 그 유명한 영화 <무기여 잘 있거라>에 나와서도 묘한 매력을 풍겼지."
"하지만 저는 언니처럼 아래로 갈수록 쪽 빠진 얼굴 윤곽을 갖고 싶은 걸 어쩌죠?"
"정 그렇다면 성형수술을 하면 되지. 요즘은 성형의학이 발달해서 별 부작용 없이도 얼마든지 얼굴을 바꿀 수 있으니까."
"그럼 너무 부자연스러워 보이지 않을까요?"
"절대로 부자연스러워 보이지 않아. 한국 여배우나 모델들치고 턱을 깎는 수술을 받지 않은 여배우는 거의 없을 거야."
"언니가 유방 확대수술을 받은 것은 어떻게 생각하세요?"
"난 좋다고 생각해. 우선 애무하기 좋고 그 안에 얼굴을 폭 파묻기 좋으니까······."
"그럼 제 가슴이 납작한 게 보기 싫으시겠군요."
"아니, 절대로 그렇지 않아. 명희가 원래 이렇게 말랐는지 아니면 그동안 마음의 병으로 고생해서 이렇게 마르게 됐는지 그건 잘 모르겠지만, 아무튼 명희의 몸매는 정말 가늘어, 마치 젓가락이나 이쑤시개 같다고나 할까. 그런데 난 예전부터 몸이 몹시 마른 여자만 좋아해 왔거든."
"제 비위를 맞춰주려고 일부러 하시는 말씀은 아니세요?"
"절대로 아냐. 난 정말 몸이 마른 여자를 좋아해."
"이상하군요. 선생님 몸매도 저 못지않게 마르셨는데, 똑같이 마른 여자를 좋아하신다는 것이요."

"왜 그런지는 나도 잘 모르겠어. 아무튼 난 몸에 살집이 붙은 여자를 좋아하지 않아. 말하자면 글래머를 좋아하지 않는다는 얘기지."

"그러면서 언니의 풍만한 유방을 좋아하신다는 건 또 뭐죠?"

"언니의 몸매가 말라깽이라서 좋아하는 거지, 말하자면 언밸런스의 미학을 보여주고 있으니까. 로라가 젖가슴만 큰 게 아니라 몸집 전체가 컸다면 난 로라를 좋아하지 않았을 거야."

여기까지 얘기한 후 명희와 나는 전시장 한가운데로 와 테이블 위에 차려져 있는 술과 안주를 마시고 먹었다. 명희도 나처럼 맥주를 마셨는데, 맥주가 비록 도수가 약한 술이라고는 해도 나는 명희가 맥주를 마시는 게 약간 걱정스러웠다. 왜냐하면 신경안정제를 먹고서 술을 마시면 몸에 나쁜 상승작용이 일어난다는 것을 내가 경험으로 알고 있기 때문이었다.

"술을 마셔도 괜찮겠어? 아까부터 약에 취해 있는 것 같아 보이던데……."

"전 보통 땐 술을 거의 안 마셔요. 그런데 선생님을 뵈니 괜히 술이 마시고 싶어지네요. 그래야 몸이 안 떨리고 말을 더듬지 않을 것 같아서요."

나는 명희 말을 듣고 약간의 부담감을 느꼈다. 그녀가 내게 전이현상(轉移現象)을 보이고 있는 것은 아닌가 하는 생각이 들어서였다.

전이현상이란 쉽게 말해서 우울증 등의 정신질환을 앓고 있는 환자가 의사한테 의존적이 되고 사랑의 감정을 일으키게 되는 현상을 가리킨다. 전이현상은 약물치료가 아닌 상담치료를 할 때 주로 나타는 것으로 되어 있다.

명희를 치료하는 의사는 전적으로 약물에 의존하는 것 같다고 전에 로라가 말해 주었었다(하긴 요즘 대부분의 정신과 의사들은 거의 약물치료만 하는 게 보통이다). 그러니 자기에게 친절하고 자상한 태도를 보이는 내게 명희가 전이현상 비슷한 것을 일으킬 만도 했다. 그래서 나는 그 사실을 확인하고 싶어 명희에게 이렇게 물어보았다.
"명희 몸이 떨리는 게 나라는 남자 때문인가, 아니면 그냥 모르는 사람을 만나기 때문인가?"
그랬더니 명희는 한참 동안 생각에 잠겨 있다가 다음과 같이 대답하는 것이었다.
"저도 잘 모르겠어요. 하지만 그냥 모르는 사람을 만났기 때문에 떨리는 것이 아닌 것만은 분명해요. 언니한테서 선생님 말씀을 자주 들을 때마다 전 선생님의 이미지를 공상해 보곤 했거든요."
전이현상이든 뭐든 나는 명희가 나를 사랑하고 있는 것 같아 기분이 좋았다. 그녀가 언니인 로라와는 달리 글자 그대로 '숫처녀'이고, 순진하고 청초한 이미지를 갖고 있어서 그런지도 몰랐다.
사실 나는 로라의 자유분방한 남성편력에 약간 피곤함을 느끼고 있었다. 그렇다고 해서 내가 로라를 사랑하고 있지 않은 것은 아니었다. 나는 오히려 로라를 더욱더 열애(熱愛)하고 있었다. 그러나 그녀가 '귀여운 변덕'을 너무 자주 부리고 성애(性愛)에 너무 능숙하기 때문에 나는 말하자면 약간 주눅이 들어 있는 상태였다.

로라는 이길로를 위해 아주 화려하고 야한 오프닝 파티를 준비해주었다. 차려놓은 음식도 최고급이고 로라 자신의 의상도 몹시 선정적이었다. 젖가슴을 그대로 드러낸 벌거숭이 상태의 그녀의 상체에는 젖꼭지에 꿰어져 있는 두 개의 젖꼭지고리에 얇은 망사로 된 역삼각형의 배가리개가 걸쳐 있을 뿐이었다. 그리고 골반 아래에는 속이 훤히 들여다보이는 옷감으로 된 하렘팬츠가 느슨하게 매달려 있었다.
또한 로라와 친하게 지내는 늘씬한 여자모델들을 여럿 초청하여 파티의 분위기를 한껏 화려하게 만들었는데, 그래서 그런지 전시회에 초대

받아 온 남자 손님들의 눈동자 전부가 얼레레한 눈빛을 띠고 있었다.
작품 구매를 당장 예약하는 손님들도 꽤 많았다. 이길로의 그림이 좋아서라기보다는 로라에게 잘 보이기 위해서였다.
나는 로라에겐 눈길이 갔지만 다른 여자모델들은 얼굴이나 풍기는 매력이 명희보다 훨씬 못하다고 생각되었다. 명희가 청순하고 순진한 사춘기 소녀 같은 얼굴 표정을 하고 있었기 때문에 더 그랬다. 어색하리만큼 짙게 한 화장도 명희의 청순미를 훼손시키지는 못했다.
명희는 자꾸자꾸 맥주를 마셨다. 그리고 안주는 별로 먹지를 않았다. 의지력, 아니 자존심이 상당히 강한 여자 같았다. 슬에 취한 티를 내지 않으려고 노력하는 기색이 역력했다.
나뿐만 아니라 전시회장에 온 남자들의 시선이 로라 못지않게 명희한테도 쏠려 있었다. 느글느글한 성격의 홍샘이 명희에게 다가와 술을 한 잔 같이 건배하자고 제의했다. 그러자 명희는 예상 외로 홍샘의 제의를 야멸차게 거절하며 내 품에 안겨드는 것이었다.
"미안해요. 오늘 밤 저의 파트너는 천민 선생님이시니까 다른 남자와 같이 술을 마실 수는 없어요."
나는 명희의 말을 듣고 속으로 약간 어이없는 웃음이 나왔다. 다른 남자와 술잔을 한번 맞부딪치는 것을 마치 외도(外道)라도 하는 것처럼 생각하는 그녀의 엉뚱하다 못해 촌스러운 순진성이 당혹스러웠기 때문이었다. 홍샘은 머쓱한 얼굴을 하고서 명희 곁을 비실비실 물러났다. 나는 그가 명희한테 면박을 당한 것이 은근히 고소하게 느껴졌다.
이길로는 기분이 최고조에 달해 있었다. 그의 전시회 때 이렇게 사람들이 북적거려 보긴 처음이기 때문이었다. 지 주간은 굵직한 미술 컬렉터들에게 다가가 이길로의 그림을 칭찬하기에 바빴다. 그래야만 더 많이 팔아먹을 수 있기 때문이었다.
파티 분위기가 한참 무르익어가자 로라가 여느 전시회 오프닝 파티와는 다르게 느슨하고 음탕한 음악을 틀었다. 그리고는 자기가 입고 있던 하렘팬츠를 벗었다.

작은 삼각형 모양의 팬티, 아니 '치부가리개' 빼고는 그녀의 하체 전부가 노출되었다. 특히 로라의 왼쪽 엉덩이에 살을 뚫고 박혀 있는 것처럼 보이는 둥근 엉덩이찌와, 거기에 꿰어져 금사슬로 길게 늘어져 있는 하트 모양의 보석이 사람들 눈을 끌었다. 로라는 엉덩이찌 말고도 오른쪽 엉덩이에 커다란 하트 모양의 일회용 문신을 박아 넣고 있었다. 다른 여자모델들도 대개 야한 옷차림을 하고 있었지만 로라의 탐미적 대담성에는 도저히 미칠 수 없었다.

로라가 중심 역할을 하고 있었지만 파티의 주인공은 역시 이길로였다. 그래서 로라는 이길로에게 전시회 기념으로 노래를 하나 불러달라고 청했다. 그래서 흘러나오던 음악이 잠시 멈추고 우리는 이길로의 노래를 듣게 되었다. 이길로는 잠시 생각하더니 예전에 병으로 일찍 죽은 차중락이란 가수가 부른 <사랑의 종말>을 불렀다.

외로워 외로워서 못살겠어요
하늘과 땅 사이에 나 혼자
사랑을 잊지 못해 애타는 마음
대답 없는 메아리 허공에 지네
꽃잎에 맺힌 사랑 이루지 못해
그리움에 타는 마음 달랠 길 없어
이렇게 가슴이 아플 줄 몰랐어요
외로워 외로워서 못살겠어요

노래가 끝나자 다들 박수를 쳤다. 박수가 끝나고 나서 지 주간이 이길로에게 물었다.
"이렇게 흥겨운 자리에서 왜 그런 노래를 불렀나?"
"왜 이 노래가 어때서?"
하고 이길로가 되물었다
"가사가 너무나 처량한 내용으로 되어 있어서 하는 얘기지."
"별 뜻 없이 부른 거야. 갑자기 노래를 하라고 하는데 아는 게 뭐 있어야지. 그래서 내가 예전에 자주 부르던 노래를 한 것뿐일세."
"하지만 아무래도 잠재의식이 작용했을 거야. 자네는 이혼을 해서 시원하다고 하지만 아무래도 요즘 몹시 외로운 모양일세."
지 주간의 말이 끝나자 금세 로라가 끼어들었다.
"그러니까 우리 다 같이 이길로 선생님을 격려해 주는 뜻으로 신나는 춤을 한번 춰보기로 해요. 한 사람도 빠지시면 안 돼요. 아셨죠?"
말을 끝내고 나서 로라는 미스 리를 시켜 빠르고 경쾌한 곡을 틀게 했다. 미술 전람회 오프닝 파티 때 전시장 안에서 춤을 춘다는 것은 퍽이나 이례적인 일이었다.
미스 리는 재치 있게도 힘차고 빠른 곡이면서 가사 내용이 이길로에게 격려의 뜻이 되기도 하는 <난 살아갈 거야(I will Survive)>를 틀었다. 그래서 나는 모처럼 빠른 템포의 춤을 한번 춰보게 되었다. 전시장 안의 다른 사람들도 다들 적당히 몸을 흔들어대고 있었다.
나는 한껏 몸을 격렬하게 움직이고 있는데 앞에 서 있는 명희는 별로 몸을 흔들고 있지 않았다.
명희는 겨우겨우 몸을 어기적거리며 춤을 추고 있다가 갑자기 내 품으로 다가와 쓰러지듯 안기며 불쑥 울음을 터뜨렸다. 아무래도 평소의 증상이 나타난 것 같았다.
나는 명희의 어깨를 다독거려 주며 울음을 그치게 하려고 애썼다. 위로의 말이든 달래는 말이든 뭐라고 말을 해줘야 할 텐데 할 말이 얼른 생각나지 않았다.

명희는 계속해서 펑펑 눈물을 쏟아내고 있었다. 그래서 나는 우선 그녀를 전시회장 구석으로 데려가 거기에 있는 의자에 앉혔다. 그러고 나서 이렇게 말해보았다.

"제발 울지 마, 명희가 삶에 지쳐 하는 것을 나는 잘 알고 있어. 내가 힘자라는 대로 도와줄 테니까 어서 울음을 그쳐. 응, 착하지. 나의 사랑스런 명희!"

명희는 내 말을 듣고 나서도 금세 반응을 보이지 않았다. 그리고는 더욱 큰 소리로 울기를 계속하더니, 한참 만에 울음 섞인 목소리로 이렇게 말했다.

"왜 저한테 잘해주시는 거죠? 그 알량한 동정심 때문인가요?…… 저는 삶에 철학적으로 지쳐 있는 게 아니에요. 저는 남 보기엔 사치스런 고민에 나도 모르게 빠져 있을 뿐이라구요."

"내가 명희한테 호감을 보인 게 동정심 때문은 절대로 아냐. 그건 정말 하늘에다 대고 맹세할 수 있어……. 나는 명희가 갖고 있는 외모 콤플렉스와 언니에 대해서 느끼는 묘한 감정을 다 이해해. 그건 절대로 사치스러운 고뇌도 아니고 이른바 반(反)민중적이고 부르주아적인 고뇌도 아냐. '밥'에 대한 고뇌든, '미(美)'에 대한 고뇌든 그 어떤 고뇌라 할지라도 그것은 다 나름대로의 실존적 당위성을 갖고 있지. 그러니까 우리 둘이 계속 대화를 나눠가며 명희가 기묘한 우울증으로부터 벗어날 수 있는 길을 한번 연구해 보자구."

"괜히 어려운 말을 써가며 저를 달래려 들지 마세요. 전 선생님의 눈길이 아까부터 언니한테로 더 쏠려 있다는 것을 눈치 채고 있었다구요."

여전히 울음 섞인 목소리로 명희가 말했다.

나는 더 이상 뭐라고 말을 해줄 수도 없었다. 그래서 계속 명희를 끌어안고 그녀의 머리와 어깨를 쓰다듬어줄 수밖에 없었다. 하지만 명희는 좀처럼 울음을 그치지 않는 것이었다. 시끄러운 음악소리 때문에 그녀의 울음소리가 남들한테 들리지 않는 게 다행이었다.

한참을 그러고 있는데 드디어 로라가 왔다. 로라는 명희가 울고 있는 것을 보고도 별로 당황해 하지 않았다. 명희의 그런 모습에 아예 단련이 돼 있는 모양이었다. 로라는 명희의 어깨를 몇 번 쓰다듬어주고 나서 내게 이렇게 말했다.

"죄송해요, 선생님. 제가 명희를 전시회장에 데리고 오지 말았어야 하는 건데……. 아무튼 명희를 여기 그대로 둬서는 안 되겠어요. 죄송하지만 제 방으로 데려가 명희를 좀 달래주세요."

그래서 나는 명희를 붙들어 일으켜가지고 전시회장을 나와 로라의 방으로 데리고 갔다. 그리고는 명희를 로라가 휴식용으로 쓰는 커다란 침대 위에 뉘였다. 다행히도 명희는 내가 하는 대로 순순히 따라주었다.

2

명희는 침대 위로 올라가자 그대로 엎드러졌다. 그리고는 더욱 큰 소리로 울었다. 아마도 아까 전시회장에서처럼 남의 눈치를 볼 필요가 없다는 것을 정신이 없는 중에도 자각하고 있는 것 같았다.

나는 침대 곁에 있는 의자에 앉아 담배를 피우면서 명희가 울음을 그치기를 기다렸다. 하지만 그녀가 좀처럼 울음을 그치지 않자, 방안에 있는 홈바(Home Bar)에 가서 위스키 병을 꺼내 한 잔을 가득 따라 마셨다.

불쑥 취기가 오르다 보니 울고 있는 명희가 무척이나 섹시해 보였다. 유현(幽玄)하고 그로테스크한 아름다움 같은 것이 울고 있는 그녀의 모습에서 느껴졌기 때문이었다.

나는 침대로 다가가 엎어져 누워 있는 명희를 조심스러운 손길로 젖혀 뉘었다. 그녀의 얼굴은 짙은 화장과 눈물이 한데 섞여 마치 칸딘스키의 추상화 같은 모양의 얼룩범벅이 되어 있었다. 특히 짙게 칠한 검정색 마스카라와 아이라인이 눈물에 섞여 흘러내려와, 그녀의 얼굴에 검은 선들을 불규칙적으로 만들어놓고 있는 모습이 이채로웠다.

나는 나도 모르는 관능적 흥분에 휩싸여 내 얼굴을 명희의 얼굴에 갖다 대고 정신없이 문질렀다. 그러면서 그녀의 입술과 코와 뺨과 눈과 이마 등에 거친 키스를 퍼부었다. 혀끝에 느껴지는 쌉쌀하면서도 느끼한 화장품 맛과 코끝에 느껴지는 비릿한 화장냄새가 내 오관(五官)을 새삼 기분 좋게 만들었다. 마치 진흙탕 속에서 마음 놓고 뒹굴며 노는 어린아이가 느낄 수 있는 쾌감 비슷한 것이었다.

한참을 그러고 있다가 나는 명희의 젖가슴을 드러내 그녀의 젖꼭지를 빨았다. 로라 젖꼭지를 빨 때의 느낌과는 다르게 묘한 신선함 같은 것이 느껴졌다. 그녀의 몸에서는 향수 냄새에 섞여 어린아이한테서나 맛볼 수 있는 비릿한 젖 냄새 같은 것이 느껴졌다.

내가 젖꼭지를 한참 동안 빨고 나서 다시 그녀의 배꼽을 핥고 있을 때 명희가 문득 울음을 그쳤다. 그러더니 갑자기 벌떡 윗몸을 일으켜 내게 거세게 매달려왔다. 그리고는 내 입술을 세찬 흡입력으로 물어뜯다시피 입맞춰대는 것이었다.

격렬한 입맞춤이 끝나고 나서 다시 그녀는 침대 위에 널부러졌다. 표정이 전과는 다르게 아주 평화롭고 아이스러운 빛을 띠고 있었다. 명희는 나를 오랫동안 사랑스러운 눈빛으로 응시하고 있다가 이렇게 말했다.

"고마워요, 선생님. 한결 기분이 홀가분해졌어요. 선생님과는 당장 섹스라도 나누고 싶은 심정이에요."

나의 솔직한 애무가 명희를 기분 좋게 만든 모양이었다. 나는 그녀가 우선 마음의 평정을 되찾은 것이 고맙게 생각되었다. 그래서 나는 그녀에게 하는 말도 될 수 있는 한 솔직하게 하는 것이 좋겠다고 생각했다.

"명희는 이른바 '숫처녀'지?"

하고 내가 명희에게 물었다.

"네."

하고 명희가 한결 밝아진 음식으로 대답했다.

"키스나 애무도 이번에 나와 한 것이 처음인가?"

"네."

"그럼 명희는 결벽증 환자였군."

"아마 그랬었나 봐요."

"그런데 어째서 나하고는 키스와 애무를 했지?"

"저도 잘모르겠어요. …… 아마 선생님을 사랑하게 돼서겠지요, 뭐."

"명희는 누구를 사랑해야만 그 사람과 애무를 나눌 수 있다고 생각하나 보지?"

"그건 당연한 진리 아니에요?"

"내가 보기엔 그건 당연한 진리가 아냐. 애무가 아니라 섹스라도 사랑과는 무관하게 나눌 수가 있어."

"그럼 선생님이 제게 키스한 것도 아무 생각 없이 하신 건가요?"

"그런 건 아니지. 명희 얼굴이 너무 섹시해 보여서 그랬어."

"얼굴이 섹시해 보이는 것도 일종의 사랑 아닐까요?"

"그럴지도 모르지."

대답을 하고 나서도 나는 마음이 혼란스러웠다

"그럼 전 선생님께 더 섹시해 보이고 싶어요. 제가 턱을 깎으면 더 섹시해 보일 수 있을까요?"

"턱을 깎지 않아도 명희는 지금 충분히 섹시해. 하지만 지금의 턱이 콤플렉스로 작용한다면 수술을 시도해 보는 것도 괜찮을 거야. 사람들 중엔 성형수술은 의학적 치료가 아니라고 말하는 이들이 많지만 나는 그렇지 않다고 생각해. 미용을 위한 성형수술은 외과적 치료는 못 된다고 해도 그보다 훨씬 중요한 정신과적 치료가 된다고 생각하는 거지."
 이렇게 말하면서 나는 성형외과 전문의인 심수일을 생각하고 있었다. 심박 정도라면 명희의 턱을 명희가 바라는 대로 하관이 쪽 빠진 모양의 턱으로 만들어놓을 수 있을 것 같은 생각이 들었기 때문이다.
 "성형수술을 받으면 제가 언니만큼 예쁘게 될 수 있을까요?"
 다시 명희가 내게 물었다.
 "언니하고 똑같은 스타일의 예쁜 얼굴이 되면 안 되겠지. 언니와는 다른 아주 독특한 성적 매력을 지닌 얼굴이 돼야겠지."
 "그건 선생님 말씀이 맞아요. 그럼 이렇게 여쭤볼게요. 제가 언니와는 다른, 아니 언니보다 더 섹시한 얼굴이 되는 데 성형수술이 도움이 될까요?"
 "난 성형수술보다는 야하고 개성적인 화장과 치장을 권하고 싶어. 하지만 우선은 명희의 마음을 치료하는 게 급선무니까 성형수술을 받는 것도 나쁘진 않을 것 같군."
 "정말 고마워요. 솔직하게 조언해 주셔서요. 선생님은 여느 정신과 의사보다 나은 것 같아요. 며칠 더 생각해 보고 나서 성형수술에 대한 결정을 내리도록 하겠어요. 그리고 이다음에도 저의 화장이나 치장 그리고 옷 입는 것에 대해서 계속 어드바이스를 해주셔요."
 "그럼, 그러고말고. 아무튼 명희는 자신이 행복한 상태에 있다는 걸 알아야 해. 돈 많은 언니를 가졌으니까 말야. 마음껏 멋내는 데는 돈이 많이 들거든."
 "제가 언니 돈을 쓰는 데 양심의 가책이나 자존심 같은 것을 느낄 필요는 없겠죠?"
 "그럼 그럼. 자매가 돈을 서로 나눠 쓰는 것은 당연한 거니까. …… 자, 어서 눈물을 닦고 화장을 고치도록 해. 그러고 나서 다시 파티장으로 내려가자구. 그래서 명희의 늠름하고 당당한 자태를 사람들한테 보여주는 거야. 이왕이면 더 화려하고 요란하게 화장을 고쳐봐. 사람들이 다들 언니보다 너를 더 쳐다보게 말야."

내 말이 끝나자 명희는 우선 눈물로 얼룩범벅이 된 얼굴을 콜드크림으로 깨끗이 닦아냈다. 그러고 나서 화장을 새로 하기 시작했다. 다행히도 로라의 방에는 갖가지 화장품들이 다양하게 마련돼 있었다.

나는 명희가 꼼꼼하게 화장하는 모습을 지켜보면서, 아까 그녀가 왜 내게 달려들어 거센 키스를 퍼부었을까 하고 생각했다. 애무나 섹스 경험이 전혀 없다는 그녀가 내게 세차게 키스를 한 이면에는, 아무래도 언니에 대한 질투심이 작용했을 것 같다는 생각이 들었다.

명희의 화장 솜씨는 로라에 비해 아무래도 서툴렀다. 그래서 나는 전시회장에 있는 늘빛을 불러다가 명희를 아주 특이하게 화장시키도록 했다. 다행히도 명희는 내가 하는 대로 순순히 따라주었다.

아까 명희가 눈물을 흘릴 때 눈물과 검은색 마스카라가 한데 섞여 그로테스크한 흑백의 수묵화를 만들어냈던 것이 생각나, 나는 늘빛에게 부탁하여 명희의 얼굴을 흑과 백의 콘트라스트가 되도록 화장시켰다. 그래서 명희의 얼굴은 마치 일본 게이샤들이 화장한 것처럼 순백의 액체 파운데이션으로 도배되었고, 눈 주변과 입술은 모두 진한 검은색으로 칠해졌다.

화장이 끝난 뒤에 보니 명희의 얼굴은 주황빛 머리와 묘한 조화를 이루어 도도하고 섹시한 마녀처럼 보였다 명희도 자기 얼굴의 변화에 만족한 듯 입가에 배틋한 미소를 흘리고 있었다. 명희가 나의 코치로 늘빛이 해준 화장에 만족해하고 있는 것 같아 나는 명희에게 물어보았다.

"화장을 고치니까 기분이 어때?"
"기분이 참 좋아요. 아까 했던 화장이 너무 평범하게 느껴질 정도예요"

"지금 한 화장은 몹시 튀는 화장이야. 그런데도 명희가 부끄러워하지 않고 만족해하고 있는 걸 보면 명희는 언니 못지않게 대단히 야한 기질을 타고난 것 같군. 그런데 왜 여지껏 화장이나 치장에 관심을 안 썼지?"

"저도 잘 모르겠어요. 굳이 이유를 따진다면 못생긴 여자가 진하고 야하게 화장을 하면 훨씬 더 추하게 보일 뿐이라고 생각했기 때문이겠죠."

"만약 정말로 그렇게 생각했다면 그건 잘못 생각한 거야. 골격 자체가 아주 흉하게 일그러진 경우가 아니라면, 화장은 여자를 훨씬 돋보이게 만들어주지."

"선생님 말씀이 맞는 것 같아요. 제가 왜 그것을 몰랐을까요?"

"그런 생각을 가진 남자를 미처 못 만났기 때문이지. 특히 한국같이 인공미에 인색한 환경에서는 명희처럼 마음이 약한 여자는 남자가 화장한 게 더 예쁘다고 부추겨줘야만 화장을 하는 게 보통이니까."

"그럼 언니는 마음이 강해서 어렸을 때부터 스스로 화장을 한 것인가요?"

"그렇다고 볼 수 있지. 로라는 한국 여자치곤 아주 특별한 여자야, 그러니까 명희한테도 언니와 비슷한 유전인자가 잠복해 있을 게 틀림없어."

"언니가 부러워요. 그래서 언니와 저를 자꾸 비교하게 돼요."

"언니는 언니고 명희는 명희야. 그러니까 앞으로는 명희 스스로 특별한 매력을 가꿔가도록 애써봐."

자기가 해준 화장에 명희가 만족스러워 하는 것을 보면서 늘빛도 기분 좋아하는 눈치였다. 명희는 예의 바른 어조로 늘빛에게 감사하다고 말했다. 나는 한결 명랑해진 명희의 얼굴을 흐뭇한 마음으로 바라보다가 그녀의 손에 눈길이 미쳤다. 짧게 깎은 손톱이 기괴하게 화려한 얼굴과는 너무나 대조적으로 밋밋하게 보였다.

명희도 내 눈길을 의식한 듯했다. 그녀는 자기의 짧은 손톱을 바라보며 안타까운 표정을 지었다. 그리고는 내게,

"제 손톱이 짧은 게 보기 싫으시죠?"

하고 말했다. 그래서 나는 그녀에게 뭐라고 대답해 줄까 한참 망설이다가 드디어 이렇게 말해주었다.

"짧고 깨끗하게 다듬어진 손톱은 그 나름대로 미적 가치가 있어. 하지만 솔직히 말해서 지금 명희 얼굴에는 아주 긴 손톱에 새카만 매니큐어가 훨씬 더 어울릴 것 같은 생각이 드는군."

그랬더니 명희는 대뜸 내게 따지듯 이렇게 말해오는 것이었다.

"그럼 제가 언니랑 똑같아지는 것을 바라고 계신 것 아니에요? 언니의 특징이 어디 긴 손톱뿐이겠어요? 주렁주렁 매단 여러 가지 피어싱도 그렇지요. 또 긴 머리는 어떻구요. 제가 발끝까지 내려오는 긴 가발이라도 써서 언니처럼 꾸미면 선생님은 만족하시겠어요?"

나는 명희가 이렇게 시비조로 나오는 게 적이 당황스러웠다. 그래서 나는 달래고 타이르는 어조로 명희에게 말했다.

"언니와 똑같아지라는 게 아냐. 다만 지금 명희가 한 얼굴 화장엔 길고 새카만 손톱이 더 어울릴 것 같다는 얘기지."

내 말이 끝나자 다행히도 늘빛이 나를 거들어주었다.

"그건 천 선생님 말씀이 맞아요. 내가 보기에도 지금 명희 씨가 한 화장엔 긴 손톱에 검정 매니큐어가 어울릴 것 같은 생각이 드는군요. 새카만 입술과 새카만 손톱이 어우러지면 무척이나 섹시한 느낌을 주거든요."

늘빛이 이렇게 말했는데도 명희는 다시 눈물을 몇 방울 떨구고 있었다. 그래서 그녀의 눈화장을 늘빛이 다시 고쳐주어야만 했다.

늘빛은 명희의 눈화장을 고쳐주고 나서 화장대의 서랍을 열어 긴 모조손톱을 꺼냈다. 로라는 모조손톱을 쓰지 않지만 아마 비상용으로 마

련해 놓은 것 같았다.

"명희 씨, 시험 삼아 모조손톱을 한번 붙여 봐요. 그러면 기분이 달라질 거예요. 양면 접착 테이프로 붙이게 되어 있는 것이라 진짜 손톱처럼 보이진 않지만 지금은 밤이라서 사람들이 잘 몰라볼 거예요."

늘빛이 다정스런 음성으로 말하자 명희는 다시금 뜻밖에도 얌전한 어린아이처럼 되었다. 그래서 늘빛은 잽싼 손놀림으로 명희의 열손가락에 긴 모조손톱을 붙이고 검정 매니큐어를 칠해주었다.

까만색 모조손톱이 붙여진 명희의 모습은 한결 더 요염한 빛을 띠었다. 나는 그녀를 데리고 늘빛과 함께 전시회장으로 갔다. 그랬더니 사람들이 보이지 않아 장미클럽으로 가보았다. 과연 내가 예상했던 대로 장미클럽 안에 중요 멤버들이 모여 앉아 뒤풀이를 하고 있었다. 훨씬 더 야하게 변한 명희의 모습을 보고 맨 처음으로 반가움을 표시한 건 역시 로라였다.

"어머, 명희가 모조손톱까지 붙였어요? 역시 천 선생님의 실력은 대단하시군요. 명희를 이렇게 그로테스크한 쪽으로까지 확 변신시켜 놓으셨으니까 말이에요."

하고 로라가 말했다.

"내가 한 게 아냐. 늘빛이 한 거지."

나는 로라가 기뻐하는 게 흐뭇하여 기분 좋은 어조로 말했다.

로라는 모여 있는 사람들에게 명희를 정식으로 다시 소개하고 나서, 다 같이 이길로 화백의 더 큰 발전을 위해 축배를 들자고 말했다. 그래서 우리들은 일제히 술잔을 들었다. 이길로가 기분 좋은 얼굴로 그가 자주 부르곤 하는 권주가를 불렀다.

"자아, 우리의 젊음을 위하여 잔을 들어라!"

그가 부른 권주가는 최백호가 부른 노래인 <입영전야>의 마지막 대목이었다. 그는 그 대목을 크게 소리쳐 노래한 후 자기 나름대로 만든 후렴구를 붙였다.
"봉보로 봉봉봉, 봉보로 봉봉봉, 감사합니다!"
이길로의 권주가가 끝난 후 우리는 일제히 술을 마셨다. 술을 마시면서 나는 이길로가 부른 노래 중 '우리의 젊음'이라는 대목이 마음에 걸렸다. 나는 결코 젊지 못하기 때문이었다. 그러나 길디긴 모조손톱을 붙이고 있는 명희의 손이 아슬아슬하게 불편한 손 모양으로 맥주잔을 붙잡고 있는 것이 내 눈에 흐뭇한 풍경으로 들어와 내 마음을 달래주었다.
시간이 지나자 다들 몹시 취한 모습을 보였다. 특히나 명희는 신경안정제에 술이 섞여 들어간 탓인지 몸을 불안하게 비틀거렸다.
비틀거리는 명희의 몸을 홍샘이 얼싸안았다. 그리고는 그녀의 입술에 자기의 입술을 갖다 댔다. 그러자 명희는 손바닥으로 홍샘의 얼굴을 밀어젖히며 키스를 거절했다. 그러고 나서 이렇게 말했다.
"키스를 해드리고 싶지만 립스틱이 입술 주변에 번지는 게 싫어요. 그러니까 선생님 뺨에다 뽀뽀를 해드릴게요."
말을 마치고 나서 명희는 홍샘의 뺨에다가 자기의 입술을 대고 세게 눌렀다. 그래서 홍샘 뺨에는 검은색 립스틱 자국이 선명하게 남았다. 다들 홍샘의 그런 얼굴을 보고 킬킬대고 웃어댔다.
나는 명희가 홍샘의 짓궂은 행동에 세련되게 대응하는 것을 보고 기분이 좋았다. 내가 보기에 명희는 아주 똑똑한 여자였다. 그녀가 왜 노이로제에 걸렸는지 이해가 안 갈 정도였다. 하지만 잠시 후 다시 생각해보니 명희의 증상이 단순한 우울증이 아닌 '조울증(躁鬱症)'인지도 모른다는 생각이 들었다. 조증(躁症), 다시 말해서 기분이 이상적(異常的)으로 들떠 있는 상태와 우울한 상태가 교대로 반복되어 나타나는 것이 바로 조울증이기 때문이었다.
명희가 홍샘에게 한 유머러스하고 세련된 대응을 보고 로라도 흐뭇한 마음이 들었는지 동생의 행동에 동참했다. 그녀는 곧장 홍샘의 얼굴로 다가가 나머지 한쪽 뺨에다 '쪽' 소리도 요란하게 뽀뽀를 했다. 그래서 홍샘의 왼쪽 뺨에는 선홍색 입술자국이, 그리고 오른쪽 뺨에는 검은색 입술자국이 선명하게 찍혔다.

이번엔 한그루가 명희에게 다가가 목을 디밀고 뽀뽀를 해달라고 했다. 명희는 그의 목에다가도 서슴없이 입술자국을 남겨주었다.

나는 명희가 명랑하고 유머러스한 행동을 하는 것이 보기에 좋았다. 비록 그것이 술기운과 약기운 때문에 이루어진 것이라 하더라도, 일단은 우울한 기분을 전환시키는 데 도움을 주기 때문이었다.

나도 한때 신경안정제, 더 정확히 말해서 항우울제의 도움을 받았던 적이 몇 번 있었다. 한번은 전에 말한 적이 있는 하얏트호텔 근처에 살고 있던 K에게 빠져든 첫사랑에 실패했을 때였다. 여기서 말하는 '첫사랑'은 물론 '처음 해본 사랑'이란 뜻은 아니다. 사랑은 그것이 정신적 짝사랑이든 둘이 죽이 맞는 육체적 사랑이든, 고등학생 때부터 꽤 여러 번 해보았었다.

그러나 가슴을 송곳으로 찌르는 것 같은 '관능적 경탄'의 감정으로 사랑을 시작한 것은 K가 처음이었다. 그래서 그때 그녀한테 버림받고 나서 나는 할 수 없이 항우울제를 복용하지 않을 수 없었던 것이다.

그때만 해도 정신과 병원을 자진해서 찾아간다는 것이 결코 쉽지 않던 시절이었다. 그래서 나는 약국에서 파는 신경안정제나 복용하며 미칠 것 같은 마음과 고통스런 육체(심장을 불에 달군 바늘로 콕콕 찔리는 것 같은 통증이 왔다)를 달래나가고 있었는데, 아무리 약을 먹어도 고통이 가셔지지 않았다.

그러자 약국 주인은 친절하게도 내게 한 정신과 병원을 소개해 주었다. 그래서 나는 그 병원에서 주는 약을 먹고서야 비로소 어느 정도 심신의 고통에서 해방될 수 있었던 것이다. 약국에서 파는 약과 병원에서 주는 약이 아주 다르다는 것을 나는 그때 알게 되었다.

또 한 번 항우울제 신세를 진 것은 30대 중반쯤에 겪은 친한 친구의 '배신' 때문이었다. 대학교 때부터 나와 가장 친하게 지내며 같이 시를 썼던 친구가, 내가 시인으로 조금 이름이 알려지자마자 돌연 태도를 돌변하여 나를 뱀 보듯 대하기 시작했다. 그리고는 나를 만날 때마다 험담을 하거나 비비꼬는 말을 하며 내 마음에 상처를 주는 것이었다.

심지어는 내 시를 고의적으로 악평하는 글을 문학잡지에 투고하기까지 했는데, 나는 그때 '질투'가 얼마나 무서운 것인가를 뼈저리게 깨닫게 되었다. 하지만 나는 그 친구를 쉽사리 적(敵)으로 돌려버릴 수는 없었다. 그에게 쏟은 우정이 여자에 대한 애정 이상이었기 때문이었다. 그래서 결국은 심리적 갈등과 허탈감을 이기지 못해 항우울제를 오랫동안 복용할 수밖에 없었던 것이다.

하지만 항우울제 같은 약만 가지고는 정신적 고통의 뿌리를 완전히 뽑아버릴 수 없다. 역시 근본적으로 '마음'을 치료해야 한다. 나는 명희가 우울증이든 조울증이든 현재 노이로제 증상을 보이고 있는 까닭이 언니에 대한 '외모 콤플렉스' 때문이라면, 명희가 우선 외모에 자신감을 갖도록 하는 게 중요하다는 생각이 들었다.

뒤풀이 장소에는 마침 심수일이 앉아 있었다. 그래서 나는 명희를 다짜고짜 심수일한테 데리고 갔다. 그리고 명희에게 심수일을 유명한 성형외과 전문의라고 소개한 후, 거두절미하고 본론을 이야기했다. 명희는 술에 취해서 그런지, 자기 외모 이야기가 나오는데도 별로 기분 나빠하는 표정을 짓지 않았다.

"심박, 심박이 보기에 명희 씨 얼굴이 어떤가? 턱을 깎는 수술을 받으면 더 예뻐질 것 같은가? 전문의 입장에서 솔직히 얘기해 주게."

심수일은 별 군말 없이 명희의 얼굴을 뚫어져라 쳐다보았다. 그의 눈빛이 어느새 정욕(情慾)으로 얼룩져가고 있는 것을 나는 곧바로 눈치 챌 수 있었다. 그가 색정을 일으켰다는 것은 명희가 지금 얼굴만으로도 충분히 섹시하다는 증거였다.

"글쎄……. 내가 보기엔 지금 그대로도 괜찮을 것 같다는 생각이 드는데……."

한참 만에 심수일이 입을 떼고 이렇게 말했다. 그러자 이번엔 명희가 직접 심수일한테 말했다.

"그 말씀이 정말이세요? 괜히 저 기분 좋게 해주려고 하시는 말씀이시죠? 전 턱뿐만 아니라 코나 눈까지도 확 뜯어고치고 싶은데요."

"턱을 깎고 코를 높이고 눈두덩의 지방을 빼면 전형적인 성형미인이 될 순 있겠죠. 하지만 명희 씬 지금 그대로도 화장만 잘하면 얼마든지 아름다워질 수 있는 얼굴이에요."

"지금이 밤인 데다 화장을 짙게 해서 그래 보이는 건 아닐까요? 저의 민얼굴을 선생님께 보여드리고 싶군요."

"그럼 한번 내 병원으로 낮에 찾아오세요. 찬찬히 관찰을 해보고 조언을 드리기로 하죠. …… 사실 웬만큼 예쁜 여자들은 다 더 아름다워지고 싶은 강박 증상을 갖고 있어요. 강박증상이 심하다면 차라리 수술을 받는 편이 낫지요."

"언니 얼굴과 제 얼굴을 비교하면 어느 쪽이 더 예뻐 보이세요?"

술에 취한 목소리로 명희가 물었다. 아주 단도직입적인 질문이었다. 심수일도 술에 취해 있는 듯했다. 그는 별로 거리끼는 태도를 보이지 않고 명희의 물음에 간단명료하게 대답했다.

"얼굴 윤곽이야 물론 로라 씨가 훨씬 더 완벽한 미인형이죠."

명희는 심수일의 대답에 무안한 기색을 보이지 않았다. 그리고 또렷또렷한 목소리로 이렇게 말했다.

"솔직히 말해 주셔서 고마워요. 그럼 제가 수술을 받으면 언니보다 더 예뻐질 수 있을까요?"

나는 이렇게 명료한 말투로 따지고 드는 명희가 과연 진짜 신경증 환자일까 하는 의심이 들었다. 그리고 아까 내 앞에서 울고불고 하던 모습과는 전혀 다른 모습을 보여주고 있는 그녀한테 더욱 큰 호기심을 느꼈다.

"그건 장담할 수 없어요. 하지만 수술을 받고 나서 훨씬 더 미적(美的) 자신감이 생겨나는 케이스를 여러 번 봤지요. 물론 수술을 잘해야겠지만……. 아무튼 지금은 뭐라고 딱 집어 진단을 내리기 어려우니까 날을 잡아 내 병원에 한번 들르도록 해요. 그때 가서 자세히 얘기해 보도록 합시다."

심수일이 조금 피곤한 목소리로 명희에게 말했다. 그래서 명희의 성형수술에 관한 얘기는 우선 이 정도에서 멈추었다.

술을 몇 잔 더 마시고 나자 명희는 돌연 축 늘어졌다. 나는 그런 그녀의 모습이 가련해 보이기도 하고 또 슬며시 화가 나기도 했다. 그녀가 너무 사치스런 마음병을 앓고 있다는 생각이 불쑥 치밀어 올랐기 때문이었다. 하지만 명희의 표정을 보면 볼수록 나는 그녀의 심정에 이해가 갔다. 가족 사이에서 일어나는 정신적 갈등이나 질투가 사람의 마음을 좀먹듯 갉아먹는다는 것을 나는 익히 알고 있기 때문이었다.

3

다음날 오후에 명희가 내게 전화를 걸어왔다. 나를 만나보고 싶다는 것이었다. 그래서 나는 그녀를 인사동 어느 카페로 오게 했다.

카페에서 만나 나는 명희와 커피를 마셨다. 명희는 내 시집을 들고 있었다. 명희는 아무 말 없이 커피를 마시더니 내 시집의 한 페이지를 펼쳤다. 「삶」이라는 제목의 3행으로 된 짧은 시가 실려 있는 페이지였다.

명희는 그 페이지에 내 사인을 받고 싶다고 했다. 연예인도 아닌데 사인을 해주기도 쑥스러웠고, 또 사인을 해 달라고 하는 명희가 무척이나 안쓰러워 보였다. 마치 고등학교 1학년생쯤 되는 사춘기 소녀를 보고 있는 것 같은 기분이었다. 그녀가 화장을 하나도 하고 있지 않아서 더 그랬다.

"오늘 아침에 다시 선생님 시집을 꺼내 읽어봤어요. 그랬더니 「삶」이라는 제목의 시가 제 가슴에 문득 화살처럼 박혀오더군요. 그래서 이 시 밑에다 선생님의 사인을 받고 싶어진 거예요. 사인을 해달라고 하는 제 모습이 선생님 보시기엔 너무 유치해 보여 우습죠? 하지만 저로서는 이 시를 내 가슴에 더 확실히 박아두기 위해 그러는 거니까 이해해 주세요."

하고 명희가 말했다. 그래서 나는 별말 하지 않고 사인을 해주었다. 명희가 마음에 들었다고 하는 시의 전문은 이렇다.

가볍게 수음하는 기분으로 삶을 살고 싶다
삶을 천박하게 만들고 싶다
삶이 어깨에 힘을 못 주게 두들겨 패주고 싶다

"이 작품이 왜 마음에 들었지?"
약간 떨리는 글씨로 사인을 끝내고 나서 내가 명희에게 물었다.
"제게 위안과 격려를 주었기 때문이지요. 저는 삶에 지쳐 있었거든요."
명희가 나직한 어조로 대답했다.
"왜 지쳐 있었지? 얼굴 콤플렉스 때문에?"
"꼭 그런 것만은 아니에요. 제 장래가 너무 불투명해 보여서 더 그랬어요."

"그래도 명희가 겪고 있는 정신적 갈등의 직접적인 원인은 외모 콤플렉스 아냐?"

"곰곰 생각해 보니까, 제가 외모 콤플렉스를 핑계로 다른 콤플렉스들을 위장해 온 것 같다는 생각도 들었어요."

"그럼 성형수술을 안 받아도 되겠군."

"꼭 그렇지는 않아요. 얼굴에 칼을 댄다는 것만으로도 저의 원인 모를 적개심과 한(恨)이 한결 누그러질 것 같다는 생각이 들어서요."

"명희는 참으로 복잡하게 인생을 살고 있군. 왜 꼭 그렇게 살아야 하지? 언니는 명희와 정반대인데……."

"정반대라면 구체적으로 어떤 면을 말씀하시는 거죠?"

"글쎄……. 나도 그걸 꼭 집어 말할 수는 없군. 하지만 언니가 명희보다 단순·쾌활하게 삶을 살아가고 있는 것만은 분명하잖아?"

"그게 저는 정말 이해가 안 가요. 그리고 그런 언니의 삶이 정말 샘이 나요."

말을 끝내고 나서 명희는 울었다. 소리 없이 눈물만 흘리는 울음이었다.

다행히도 이번엔 명희가 금세 울음을 멈추었다. 화장을 하나도 안 하고 있어 눈물을 닦기가 쉬웠다.

화장기가 없는 그녀의 얼굴은 무척이나 청순해 보였다. 청순한 얼굴이 나로 하여금 오히려 도발적인 욕정을 부추기고 있었다.

내가 생각해도 이상했다. 화장 안 한 여자를 보고 내가 성적 욕정을 느끼는 건 아주 드문 일이었다. 간단히 생각해 보니, 명희가 얼른 보기에 사치스런 우울증을 앓고 있다는 사실이 나한테 묘한 흥분을 안겨준 것 같았다. 어쨌든 평범한 단조로움에 찌들어 있는 여자는 아니기 때문이었다.

"선생님, 우리 어디 가서 바람이라도 쐬요."

문득 발기해 오는 페니스 때문에 난감해 하며 내가 말없이 담배만 피우고 있을 때 명희가 말했다. 나는 명희가 그런 얘기를 해준 게 무척이나 고맙게 느껴졌다. 걸으면서 움직이다 보면 성가신 발기현상이 줄어들 것 같기 때문이었다.

"그거 좋은 생각인데. 그래, 어디로 갈까?"
하고 내가 명희에게 물었다.
"저도 잘 모르겠어요. 선생님 마음 내키는 대로 하세요."
하고 명희가 나직한 목소리로 대답했다. 우리는 의자에서 일어나 카페를 나왔다. 그리고 아무 생각 없이 인사동 거리를 북쪽으로 걸어 올라갔다. 걸어가며 생각해 보니 삼청공원으로 가면 좋겠다는 생각이 들었다. 그래서 나는 명희에게
"내 생각엔 삼청공원으로 가면 좋겠는데 걸을 수 있겠어?"
하고 물어보았다. 그러자 명희는 이렇게 대답했다.
"걸을 수 있고말고요. 전 오늘 낮에 굽의 구두를 신고 나왔거든요."
그래서 나는 명희의 손을 잡고 삼청공원 쪽을 향해 천천히 걸어 올라갔다. 한국일보사를 지나고 프랑스문화원을 지나 경복궁 입구까지 왔다. 그때 문득 명희가 내게 말했다.
"제가 오늘 화장도 안 하고 하이힐도 신고 있지 않아 보기 싫으시죠?"
나는 잠시 생각해 보다가 그녀의 물음에 대답했다.
"아니, 전혀 보기 싫지 않아. 그래서 나도 아까부터 이상하다고 생각하고 있던 중이었어. …… 아마 염색한 머리 때문인지도 모르지. 광택 나는 주황색 머리카락이란 어쨌든 튀는 색깔이니까."
"그럼 제가 머리에 염색을 안 했다면요?"
"글쎄……. 만약 그랬다 하더라도 보기 싫지는 않았을 거야. 명희의 얼굴이나 체격이 그만하면 수준급이니까."
"왜 '그만하면'이라는 단서를 붙이시죠?"

"그게 기분 나쁘게 들렸다면 취소할게. …… 솔직히 말해서 나는 명희한테 묘한 성적 매력을 느끼고 있어. 이건 아부가 절대로 아냐. 명희의 얼굴에선 지금 청순하고 순진한 매력이 흘러넘치고 있거든. …… 내가 아마 늙었나 봐. 명희를 만나고 있으려니까 매스컴에서 많이 떠드는 '원조교제'라는 말이 불쑥 생각났으니 말야."
"원조교제의 대상이 되기엔 제가 너무 나이가 많아요. 원조교제는 사춘기 소녀한테나 해당되는 얘기죠."
"그래도 왠지 모르게 명희의 표정에서는 사춘기 소녀 같은 분위기가 풍겨 나오고 있어. 아마 마음이 순수해서 그럴 거야."
"자꾸 저를 비행기 태우시네요. 언니가 선생님께 제 마음을 달래주라고 단단히 부탁했나 보죠?"
"명희는 모든 걸 삐딱하게 바라보는 습관이 있는 것 같군. 내가 한 말은 진심에서 우러나온 얘기야. 그러니까 날 너무 의심하지 말아줘."
명희는 더 이상 대답하지 않았다. 우리는 천천히 발걸음을 옮겨 삼청공원에 도착했다. 평일 오후라 그런지 사람들이 별로 없어 좋았다.
"다리 아프지 않아?"
하고 내가 명희에게 물었다.
"별로 아프지 않네요. 전 걷기를 싫어하는 편인데 다리가 하나도 안 피곤하니 이상해요. 아마 선생님과 함께 걸어서 그런가 봐요."
하고 명희가 대답했다.
우리는 약수터 옆에 있는 비치파라솔 밑에 앉았다. 앞의 매점에서 일하는 아줌마가 와서 주문을 받았다. 내가 맥주를 시키니까 명희도 맥주를 마시겠다고 했다.
곧바로 맥주가 나왔다. 명희는 맥주를 한 모금 마시고 나서 의자를 내 곁으로 바짝 끌어당겨가지고 내 몸에 자기 몸을 밀착시켰다. 그리고 내 어깨에 자기 목을 기대고 웅크렸다.

"어젯밤 주무실 때 제 생각을 하셨나요?"

하고 명희가 물었다.

나는 기습처럼 달겨드는 명희의 질문에 금세 대답하기가 뭣하여 담배를 한 대 피워 물었다. 그리고 명희에게도 담배를 한 개비 넘겨주었다. 그런 다음에 한참 있다가 명희에게 말했다.

"왜 그런 걸 묻지?"

"어제 저녁 전람회장에서 저더러 '내 사랑스런 명희!'라고 말씀하셔서요."

내가 그런 말을 했던가, 하고 생각했다. 내가 '사랑'이란 말을 별로 안 쓰기 때문이었다. 하지만 어제 저녁때 내가 명희에게 성감(性感)을 느낀 건 사실이었다. 그래서 나는 그녀에게 거짓말을 하기로 했다.

"그럼. 밤새 명희 생각을 했지. 그러면서 마스터베이션을 하기까지 했어."

명희는 순간 기쁨에 넘쳐 황홀한 표정을 지었다. 그러고 나서 그녀는 담배를 한 모금 맛있게 빨았다. 그녀의 입에 물린 담배 끝이 빨갛게 타오르다가 서서히 잿빛으로 변하는 것을 나는 지켜보고 있었다.

"그것뿐이에요?"

하고 명희가 말했다. 그리고 내 목에 키스를 하면서 이어서 물었다.

"제 생각 때문에 술을 마시진 않으셨나요?"

"술도 마셨지. 아주 많이 마셨어. 그래서 술기운에 겨우 잠을 잘 수 있었지."

명희는 얼굴을 들어 나를 쳐다보았다. 그리고 나를 빤히 응시하며 말했다.

"천 선생님, 그 말씀 정말이세요?"

"그럼, 정말이고말고."

하고 내가 대답했다.

명희는 두 팔을 나의 무릎 위에 올려놓았다. 나는 그녀의 팔과 손을 통해 전해져 오는 여자의 온기를 느꼈다. 그것은 로라한테서 느꼈던 여자의 온기보다 한층 더 애잔하고 가냘픈 온기였다.

"선생님, 전 선생님이 지금 거짓말을 하고 계시다는 것을 알아요. 하지만 그렇다고 해도 기분이 좋네요. 제가 좀 더 여쭤볼게요. 내가 지금 정말 예뻐 보이나요?"

"예뻐 보여. 아니, 섹시해 보여."

하고 내가 대답했다.

"예뻐 보인다는 말보다 섹시해 보인다는 말이 더 듣기 좋네요. 화장을 하면 좀 더 섹시해 보이겠지요? 우선 립스틱이라도 발라볼게요."

명희는 이렇게 말하고나서 핸드백을 열고 립스틱을 꺼냈다. 검붉은 흑장미색의 립스틱이었다. 그녀가 립스틱을 칠하자 얼굴 전체에 진하게 화장을 한 것 같은 효과가 났다.

"어때요? 좀 더 섹시해 보이나요? 이번엔 거짓말을 안 해주셔도 돼요."

"정말 섹시해 보이는군."

"정말이지요?"

"정말이야."

"그럼 전 행복해요."

나는 명희의 얼굴을 쳐다보았다. 정말 행복해 보이는 표정이었다. 명희가 이렇게 나오는 게 조증 때문일까 아닐까, 하고 나는 속으로 생각했다.

아무튼 명희는 훨씬 더 선정적인 모습으로 변해 있었다. 갑자기 장난을 치고 싶어져서 나는 그녀의 립스틱을 잡고 그녀의 눈두덩에다 두껍게 칠했다. 명희는 눈을 감고 가만히 있어 주었다. 눈두덩에 칠해진 립스틱은 아이섀도보다 더한 효과가 있었다.

"명희, 거울을 꺼내 얼굴을 들여다봐."

하고 내가 명희에게 말했다. 명희는 내가 시키는 대로 했다.
"어때, 얼굴을 보니 행복한 기분이 들어?"
하고 내가 명희에게 물었다.
"그럼요. 훨씬 더 행복한 기분이 들어요."
나는 맥주를 한 잔 천천히 마시며 한참 동안 침묵했다. 그러고 나서 명희에게 물었다.
"명희는 '행복'이란 말의 뜻을 정확히 알고 있어? 그런 말은 경솔히 써선 안 되는 말이야. 이 세상에 진짜로 행복한 사람은 아무도 없어……. 명희는 조금 아까까지도 몹시 불행해 했잖아? 그런데 왜 갑자기 행복해졌지?"
내 말을 듣고 나서 명희는 갑자기 시무룩한 얼굴이 되었다. 나는 그러는 명희를 보고 내가 한 말을 후회했다.
"진짜 행복이란 그 정체가 무엇일까요?"
다시 얼굴을 풀고 나서 명희가 내게 물었다.
"나도 모르겠어. 어쨌든 '행복'이란 철학자나 윤리학자들이 관념을 팔아 밥을 먹고 살기 위해 쓰는 용어에 불과하다고 나는 생각해. '행복하다'는 말보다 차라리 '쾌감을 느낀다'는 말이 더 정직한 표현일 거야."
"이제야 솔직하게 말씀하시는군요. 아무튼 전 선생님을 사랑해요. 적어도 언니가 선생님을 사랑하는 것보다는요."
나는 다시금 황당한 기분이 들었다. 하지만 기분이 좋은 것만은 사실이었다. 그래서 나는 명희를 부둥켜안고 긴 입맞춤을 해주었다.
입맞춤을 끝내고 나서 나는 다시 맥주를 따라 마셨다. 사랑과 행복……, 하고 나는 생각했다. 젊었을 때는 누구나 원하는, 그리고 반드시 성취할 수 있다고 믿는 신기루 같은 것…….
지금 이 여자는 진짜로 무슨 생각을 하고 있는 것일까. 이토록 간단하게 '행복'이나 '사랑'을 얘기하고 있는 그녀는 대체 앞으로의 긴긴 날들을 어떤 모양새로 살아나가게 될까……. 만약 아주 늙어버린 후엔…….
그리고 돈 없이 가난하게 살아가게 되는 경우라면…….

나는 이런 생각에 잠기며 명희를 지그시 바라보았다. 그것은 또한 나 자신을 바라보고 있는 것이기도 했다.

"어쨌든 전 지금 당신을 사랑해요."

다시 명희가 말했다. '선생님'이란 칭호가 '당신'으로 바뀌어 있어 나이 차이에 의한 거리감이 한결 좁혀져가는 것을 느꼈다.

"명희는 나를 잘 알지도 못하는데……."

한참 만에 내가 그녀에게 대답했다.

"그런 게 무슨 상관이 있어요? 지금 이 상태의 감정이 중요하지요."

명희가 낮은 톤의 목소리로 내 말을 받았다.

"매우 상관이 있지. 사랑이란 것이 현실적으로 있다면……. 그건 곧 정(情)을 가리키는 것이 될 수밖에 없는데…… 정이 들려면 함께 지내며 오랫동안 같이 늙어가야만 하거든."

"그럼 당신과 함께 지내며 오랫동안 같이 늙어가지요, 뭐."

"하지만 나는 명희에 비해 나이가 너무 많아. 그리고 무일푼이야."

"나이는 별 상관이 없다고 생각해요. 그리고 무일푼인 건 저도 마찬가지구요."

"명희는 돈 없이 살아간다는 게 얼마나 힘든지 아직 모르고 있군."

"왜 제가 그걸 모르겠어요. 언니에 대해 묘한 열등감을 느끼고 있는 이유가 단지 외모 문제뿐만은 아니에요. 언니 돈을 타서 쓰는 데 대한 콤플렉스 같은 것도 있지요. …… 성형수술 문제만 해도 그래요. 얼굴을 철저하게 뜯어 고치려면 돈이 많이 들 텐데 그 돈을 언니가 지불한다고 생각하면 당장 가슴에 뭔가 치밀어 오르는 것 같은 느낌이 와요."

"그런데도 왜 날 사랑한다고 말하는 거지? 난 돈도 없는 주제에 화려하고 사치스런 여자를 좋아하는 염치없는 미관(美觀)을 갖고 있는 놈인데…….."

"돈이야 같이 열심히 벌면 되지 않겠어요?"

"그게 어디 그리 쉬워야 말이지. 명희는 아직도 '희망'이라는 것을 믿고 있군.

"당신은 언니의 돈을 타서 쓴 일이 없나요?"

"아직은 없어. 하지만 장미화랑 전시회 때마다 팸플릿 해설을 내가 써주고 후한 원고료를 받는 등 혜택을 많이 받고 있다고 볼 수 있지. 언니는 내가 그림을 그리면 자기가 전적으로 후원해 주겠다는 말을 한 적도 있어."

"그래, 언니의 후원을 받으실 생각이 있으신가요?"

"아직은 없어. 난 그저 로라의 화려하고 야한 모습을 곁에서 바라보는 것만으로도 족해."

내 말이 끝나자 명희는 자기의 빈 잔에 맥주를 따라 마셨다. 그리고 내 뺨에 손바닥을 대면서 말했다.

"당신이 저를 사랑하고 계시지 않는다는 걸 알아요. 전 당신에겐 그저 언니의 그림자에 불과할 뿐이지요."

"그런데 왜 나를 사랑한다고 했어?"

"당신이 절 사랑하건 안 하건, 제가 당신을 사랑하는 건 자유니까요. …… 아마 당신은 절 사랑하게 될 거예요."

"좋아. 희망을 갖는다는 건 어쨌든 삶에 원기를 가져다주는 일이니까. 그럼 언젠가 이루어질 우리의 사랑을 위해서 같이 한잔 마시도록 하지."

나는 명희의 잔에 술을 가득 따라주었다. 명희도 역시 내 잔에 술을 가득 따라주었다. 그러고 나서 우리는 그것을 함께 쭉 들이마셨다.

술을 마시고 나서 명희는 약간 몸을 떨었다. 명희는 반쯤 몸을 일으키고 서서 두 손으로 나의 어깨를 짚었다. 그녀의 눈이 어느새 몽롱한 상태로 되어 있었다. 약 기운에 술기운이 겹쳐 그러나 보다, 하고 나는 생각했다.

명희의 눈은 크게 열려져 있었고, 눈동자가 마치 구름 속을 지나는 달처럼 보였다. 명희는 눈을 더 크게 뜨고 나를 한참 동안 지그시 응시하였다. 그런 다음 다시 자리에 앉아 내 어깨에 힘없이 머리를 기댔다. 이럴 때의 그녀는 무척이나 애처로워 보였다.

"저는 알고 있어요."

한참 만에 명희가 입을 떼었다.

"선생님은 속으로 저를 비웃고 계셔요. 그리고 몹시 부담스러워하고 계셔요. 제가 보기에 선생님은 여자에 관한 한 개인주의를 넘어선 이기주의자시니까요. …… 하지만 저는 선생님을 통해 제가 살아있다는 사실을 느끼게 되었어요. 저한테도 아직 남자를 사랑할 수 있는 감정이 존재하고 있다는 사실을 깨닫게 해주셨으니까요."

나는 명희가 하는 말에 뭐라고 대꾸를 해줄 수가 없었다. 너무나 복잡하고 부담스러운 말들을 쏟아내고 있기 때문이었다. 자매가 어쩌면 저렇게 다를 수 있을까, 하고 나는 생각했다. 로라의 단순하면서도 즉물적인 사고방식과 명희의 복잡하고도 관념적인 사고방식은 그야말로 하늘과 땅 차이였다.

하지만 나 역시 근본은 시를 쓰는 '먹물'이었다. 나는 관념에 빠져 있는 것에 지쳐 탐미적 쾌감이나 페티시즘을 추구해 왔을 뿐, 진짜 즉물적이고 동물적인 야성을 갖고 있지 않았다. 로라의 '야(野)함'에 빠져 있는 것도 내가 평소에 갖고 있는 '야성에의 동경'이 밖으로 드러난 것이라고 할 수 있었다.

"그리고 보면 우린 둘 다 비슷한 데가 많군. 한편으로는 사랑을 부정하고 있으면서도 다른 한편으로는 사랑에 몹시 목말라 하고 있다는 점에서 말야."

하고 내가 말했다.

"아무튼 선생님은 절 사랑해 주셔야 해요. 그렇지 않으면 전 파멸이에요."

하고 명희가 말했다. '파멸'이라는 말까지 쓰는 것을 보고 나는 가슴이 섬뜩해졌다. 이 역시 전이현상 때문인 것은 아닐까, 하는 생각이 들었다. 하지만 전이현상이 아닐 수도 있었다. 명희의 눈동자가 너무나 순진무구해 보였기 때문이었다.

날이 차츰 어두워가고 있었다. 땅거미가 지는 저녁 어스름의 삼청공원은 그런대로 엑조틱하고도 센티멘털한 분위기를 만들어가고 있었다.

배가 출출해져 와서 나는 명희에게 배가 고프지 않느냐고 물어보았다. 그랬더니 자기는 괜찮다는 대답이었다. 그래서 나는 요기도 할 겸 메밀묵 무침을 시켰다.

메밀묵을 안주로 맥주를 서너 병 더 마시고 나니 취기가 알딸딸하게 올라왔다. 명희도 상당히 취한 듯했다.

"어디 시끄러운 곳으로 가고 싶어요."

하고 명희가 말했다. 나도 명희와 얘기만 하는 데 조금 피곤해져서 시끄러운 음악 속에 몸을 담그고 싶어졌던 참이었다.

나는 그녀와 함께 어디로 가는 것이 좋을까 하고 생각했다. 홍대 앞에 있는 록 카페 '몸부림'에 오랫동안 가보지 못했다는 생각이 났다. 무엇보다도 그곳은 술값이 싼 곳이어서 나 정도의 사람이 가기에 좋은 곳이었다.

나는 명희에게 '몸부림'의 분위기를 설명해 주고 나서 그곳으로 가보자고 말했다. 그랬더니 명희는 좋다고 하며 화장을 새로 하기 시작했다.

아무래도 밤 분위기에 맞는 화려하고 진한 화장을 하는 게 좋을 것 같다는 이유에서였다. 조금 서툴기는 했지만 얼굴을 몇 가지 화장품으로 진하게 도배해 나가는 모습을 바라보면서, 나는 그녀가 새삼 대견스럽게 생각되는 동시에 가슴 뿌듯한 만족감을 느꼈다.

4

택시를 타고 '몸부림'에 도착해 보니 아직은 한산한 분위기였다. 무엇보다도 빠르고 시끄러운 테크노 음악이 아니라 느린 템포의 멜로(mellow)한 재즈곡이 나와서 좋았다. 어두컴컴하면서도 음란한 빛을 띠는 주황색 조명 아래서 서너 쌍이 스텝에 구애받지 않는 자유로운 동작으로 춤을 추고 있었다.

명희와 나는 맥주를 시켜 한두 모금 마시고 나서 곧장 플로어로 나갔다. 음악이 바뀌어 엘비스 프레슬리가 부르는 <부드럽게 사랑해줘요(Love me tender)>가 흘러나오고 있었다. '몸부림'은 음악이 역시 좋구나 하고 나는 생각했다.

명희가 내게 바싹 안겨왔다. 나는 그녀를 부드럽게 끌어안고 천천히 발을 움직였다. 그녀는 내 가슴에 아예 얼굴을 파묻고서 두 팔로 내 목을 감싸 안고 있었다. 나도 명희의 머리카락 더미 사이에 얼굴을 묻고 눈을 감아보았다. 감미로운 안도감 같은 것이 파도처럼 밀려오며 내 마음을 편안하게 해주었다.

엘비스 프레슬리의 노래가 끝나자 마릴린 먼로가 부르는 <돌아오지 않는 강(The river of no return)>이 흘러나왔다. 이 집에서는 내 마음속을 꿰뚫어 보기라도 하듯 내가 좋아하는 추억의 노래들만 골라 트는군, 하고 나는 속으로 생각했다.

"명희, 명희는 이 노래를 알아?"

몸을 천천히 움직이면서 내가 명희에게 물어보았다.

"알아요. 텔레비전에서 마릴린 먼로 특집을 할 때 들어본 노래예요."

명희가 이 노래를 알고 있다는 것이 반가웠다. 나는 명희와 춤을 추면서 계속 그녀의 입술과 목과 뺨과 귀에 입맞추었다. 명희도 내 키스에 적극적으로 화답해 주었다.

잠시 후 손님들이 점차 몰려들기 시작했다. 그러자 음악소리가 차차 커지면서 빠른 템포의 곡으로 바뀌었다. 명희와 나는 다시 테이블로 돌아와 맥주를 마셨다. 명희는 여전히 내 어깨를 얼싸안고 있었다. 나는 그녀의 허벅지를 서서히 쓰다듬으며 지금은 우선 행복하다고 느꼈다.

명희가 문득 포옹을 풀면서 앉은 채로 몸을 흔들기 시작했다. 그러더니 그녀는 나보고 같이 나가 춤을 추자고 했다. 하지만 오늘은 왠지 테크노춤을 억지로 흉내 내기가 싫었다. 그래서 나는 명희보고 혼자 나가 춤을 춰보라고 했다.

명희는 역시 N세대였다. 그녀는 예상 외로 춤을 썩 잘 췄다. 자기네들끼리 춤을 추고 있던 남자들 한 패가 그녀 주위에 모여들어 같이 춤을 추었다. 명희의 춤은 거의 발악적이었다. 그래서 그녀는 옛노래 제목 그대로 <댄싱 퀸>처럼 보였다. 어디서 저런 힘이 나오는지 신기하게 느껴질 정도였다.

명희는 좀처럼 춤을 멈추지 않았다. 나는 아예 안중에 없는 것 같아보였다. 나는 계속 맥주를 따라 마시며 그녀가 젊은 남자들과 함께 어울려 춤을 추고 있는 광경을 흐뭇한 마음으로 지켜보고 있었다. 질투심 같은 것은 전혀 일어나지 않았고 명희가 보통 '야한 여대생'처럼 굴고 있는 것이 보기에 좋았다. 그리고 그녀가 나를 의식하며 더욱 격렬하게 몸을 흔들고 있을지 모른다는 생각도 들어 기분이 좋았다.

한참 후 춤을 추기를 끝내고 테이블로 돌아와서 명희는 내가 따라주는 맥주를 맛있게 들이켰다. 그리고 내 품에 안겨 이렇게 말했다.

"제가 선생님 보시라고 춤을 열심히 춘 것을 아셨어요?"

"그런 생각이 들기도 했지. 하지만 명희가 내게 눈길을 준 적이 한번도 없었기 때문에 긴가민가 했었어."

"오랜만에 가슴이 탁 트이는 것을 느꼈어요. 왜 선생님은 춤을 안 추셨어요?"

"요즘 유행하는 춤을 추기엔 내가 너무 늙었어."

"자꾸 늙었다고 하지 마세요. 제가 보기에 선생님은 하나도 안 늙었어요. 특히 선생님 시집을 보고 알았지요. 선생님의 마음은 요즘 젊은이들보다 서너 배나 젊으셔요."

"또 내게 아부를 하는군. 자꾸 아부하지 마. 내가 쑥스러워져."

"아부가 아니에요. 그리고 언니한테서 선생님을 뺏어오기 위해 그러는 것도 아니구요."

"언니는 나 하나만 사랑하는 것도 아니고 나한테만 잘해주는 것도 아냐. 언니는 모든 남자들한테 잘해주고 있지. 그러니까 언니한테서 나를 뺏어오고 자시고 할 것도 없어."

"그래도 언니는 선생님 얘기를 제일 많이 하던데요?"

"그것도 옛날 얘기겠지. 요즘은 말론 박한테 빠져 있으니까."

"말론 박이 누군데요?"

"이길로 화백 전시회 오프닝 파티 때 그 친구가 안 와서 명희는 모를 거야. 이름은 박상민인데, 얼굴이 말론 브랜도를 빼닮았다고 해서 주변에서 그런 별명을 붙여줬지."

"언니가 정말 그분한테 빠져 있어요?"

"진짜 몸과 마음이 온통 빠져 있는지는 나도 잘 모르겠어. 하지만 그 친구의 잘생긴 외모에 빠져 있는 것만은 분명해."

"저도 그 말론 박이란 분을 한번 보고 싶군요."

여기까지 말하고 나자 음악이 느린 템포의 곡으로 바뀌었다. 나는 더 이상 얘기하기가 싫어 명희를 데리고 플로어로 나갔다.

명희와 함께 느린 춤을 추는 동안, 명희는 아까 빠른 춤을 출 때와는 달리 자신의 몸무게를 거의 내게 의지하며 축 늘어지듯 매달려왔다. 나는 그녀의 그런 변화가 자신의 자유의사에 의한 것인지 조울증적 증상에 의한 것인지 그것이 은근히 궁금했다. 하지만 젊은 여인이 내게 축 늘어지듯 매달려 있다는 사실은 나로 하여금 성적 우월감을 느끼도록 만들기에 충분하였다.

　거의 하체를 움직이지 않고 서로 꽉 부둥켜안은 자세로 상체만 느릿느릿 움직이고 있는데, 불현듯 명희가 내게 말을 걸어왔다.

　"선생님, 우리 어디 가서 쉬어요. 몹시 피곤해요."

　나는 명희가 말하는 '어디'가 뭘 뜻하는지 잘 모르겠어서 그녀에게 물었다.

　"어디라니? 조용한 카페 같은 곳을 말하는 건가?"

　"그런 곳은 푹 퍼져 누울 수가 없잖아요? 가까운 곳에 있는 호텔이나 여관으로 가고 싶어요."

　"진짜 쉬고 싶어서 그러는 거야, 아니면 나랑 벌거벗고 애무를 하고 싶어서 그러는 거야?"

　나는 명희에게 내 생각을 솔직하게 털어놓았다.

　"둘 다예요. 선생님 정도 나이면 다 아실 텐데 왜 그리 시치미를 떼시고 딴청을 부리시죠?"

　"딴청을 부리는 게 아냐. 난 명희가 진짜로 뭘 원하는지 잘 몰라서 그랬어."

　"전 오늘 밤 내내 선생님과 함께 있고 싶어요. 그러면 아주 마음이 편해질 것 같아요."

　"하지만 섹스는 싫어. '숫처녀'는 부담스러운 존재이니까."

　"전 그런 선생님 모습이 싫어요. 모든 걸 너무 따져서 재시는 것 같아요."

"쟤는 게 아냐. 내가 워낙 소심한 놈이라서 그렇지."
"펠라티오는 '섹스'에 포함되는 건가요?"
"왜 그런 걸 묻지?"
"언니한테서 선생님이 유독 펠라티오를 좋아하신다는 말을 들어서요."
"넓은 의미로는 섹스에 포함된다고 볼 수 있겠지. 하지만 한국에서 말하는 '섹스'에는 포함되지 않는다고 볼 수도 있어. 여기선 '생명' 운운하며 생식적 섹스에만 매달리니까……."
"그럼 펠라티오만 해드리면 되지 않겠어요?"
"명희가 그런 기술이 있나? 남자랑 한 번도 같이 자본 적이 없다면서?"
"그러니까 선생님께 그 기술을 배우려는 것이죠. 아무쪼록 찬찬히 가르쳐주세요. 아무튼 전 오늘 밤 선생님을 기쁘게 해드리고 싶어요."

조금 부담스럽긴 했지만 나는 명희의 청을 들어주기로 했다. '몸부림'을 나오기 전에 나는 어디로 갈까 하고 한동안 망설였다. 그러면서 새삼 8~9년 전쯤 전의 옛날 생각이 났다.

그때 나는 홍대 앞이나 연세대 앞 등 신촌거리를 사랑했었다(특히 '보스'라는 이름의 록카페 생각이 난다). 연대·이대 학생들의 피와 땀(?)이 배어 있는 '장미여관'이 연대 앞에 있었고(나중엔 '스페이스'라는 디스코텍이 되었다가 지금은 찜질방으로 변했다), '서태지와 아이들'이 데뷔했었다.

그때 지하철 강남역 부근은 신촌 거리에 필적하는 젊은이들의 놀이터였다. '빠샤'와 '오디세이'라는 이름의 디스코텍이 인기가 있었는데. 강남에서 노는 '오렌지족'이니 '신세대'니 하는 말들이 매스컴에 처음 등장하던 시절이었다.

나는 그때 신촌 거리를 더 좋아했었는데, 졸부의 아들들처럼 천박하게 부티가 나는 젊은이들이 별로 안 보인다는 이유에서였다.

그때 신촌의 오락실마다에는 '스트리트 파이터2'가 쫙 깔려 있었고 대학생들은 하나같이 '베네통' 가방을 메고 '게스' 청바지를 입고 다녔다. 이른바 '야한 소설'로 인해 어느 작가가 전격 구속되는 필화사건이 일어나고 야한 연극에 대한 규제가 시작된 것도 그때였다.

슈퍼모델 대회가 처음으로 열렸고(1등을 이소라 씨가 했던 걸로 기억한다). 신촌 문화축제가 열리고 첫 번째 '미스 신촌'으로 연세대 여학생이 뽑혔다.

그때 나는 어느 연세대 여학생과 스쳐 지나가는 연애를 하고 있었는데, 남의 눈치가 보여 둘이서 연대 앞의 여관에는 들어갈 수가 없었다. 그래서 그 유명한 '장미여관'에는 한 번도 못 가보았고 주로 홍익대 앞에서만 데이트를 했었다.

하지만 홍대 앞에는 변변한 여관이 별로 없었다. 물론 B급 호텔인 '서교호텔'이 있었지만 나로서는 너무 비싼 호텔이었다. 그래서 이리저리 헤매다가 찾아낸 장급(莊級)여관이 합정동 양화대교 입구에 있는 '준희빈호텔'이었다. 간판에는 호텔이라고 써있었지만 사용료가 퍽 쌌다. 한낮이나 저녁때 서너 시간 사용하는 데 그때 돈으로 만 원이면 되었다.

장급여관치고는 외관이 아주 근사했다. 회색 벽돌로 지은 아담한 건물에는 담쟁이덩굴이 올라가 있었고, 지하에는 레스토랑이 있어 방에 들어가 전화로 술과 안주를 주문하면 곧바로 배달이 되었다.

그때만 해도 '준희빈호텔' 부근은 아주 한산하고 인적이 드물었다. 그래서 나와 그녀는 남의 눈치를 별로 안 보고 거기를 수시로 드나들 수 있었던 것이다. 그 여자와의 연애는 1년 정도 계속되다가 깨지고 말았지만, '준희빈호텔'의 기억만큼은 아직도 내 '추억의 창고'를 상당 부분 채워주고 있다.

그래서 나는 명희를 데리고 '몸부림'을 나와 택시를 잡아타고 '준희빈호텔'로 갔다. 아직까지 그 호텔이 그대로 남아 있다는 확신은 없었다. 내가 요즘 합정동 부근엘 가본 적이 없기 때문이었다.

양화대교 입구에서 내려 좌우를 둘러보니 '준희빈호텔'은 아직도 그 자리에 의연히 서 있었다. 그동안 담쟁이덩굴이 더욱 무성하게 퍼져 있어 더 멋있어 보였다.

나는 까닭 모를 서글픔과 향수에 잠기며 준희빈호텔로 들어갔다. 주위가 너무나 한산하여 남의 눈에 뜨일 염려가 없다는 것은 옛날이나 지금이나 조금도 다름없었다.

명희는 내가 하는 대로 아무 말 없이 얌전히 따라주었다. 호텔(또는 여관)에 들어갈 때는 아무래도 쑥스러워지는 게 보통인데 그녀의 표정에는 아무런 동요가 없었다.

안내 역을 맡은 아주머니가 인도하는 대로 따라가 룸 안에 들어서니 달라진 게 없었다. 작은 사이즈의 더블베드와 의자 두 개 그리고 탁자 하나가 있었다. 룸 안의 인테리어도 깨끗했고 목욕실도 정갈했다.

나는 우선 전화로 룸서비스를 불러 맥주와 안주를 시켰다. 얼마 안 있어 지하에 있는 레스토랑에서 일하는 웨이터가 맥주와 안주를 가지고 왔다. 나는 술값을 치른 후 도어를 잠갔다. 비로소 푸근한 안도감이 밀려왔다. 생각 같아서는 통과의례의 절차를 생략하고 그냥 둘이서 동시에 홀라당 발가벗고 싶었다.

하지만 침대에 걸터앉아 있는 명희의 얼굴 표정을 보니 역시 '숫처녀' 다운 데가 있었다. 약간 긴장감이 돌고 있는 가운데 상기된 눈을 하고 있었던 것이다. 나는 우선 맥주를 한 잔 따라 명희에게 주었다. 그리고 나도 내 잔에 술을 따른 후 명희에게 건배를 하자고 했다. 그런 다음 나는 내 잔을 그녀의 잔에 살짝 부딪치며 이렇게 말했다.

"좀 더 대담하게 야해지는 명희를 위하여!"

그러자 명희도 이어서 한마디 했다.
"좀 더 대담하게 고독에서 벗어나는 천 선생님을 위하여!"
술잔을 비우고 나서 나는 명희에게 물었다.
"왜 그런 말을 힌지? 내가 그토록 사랑에 소심하고 고독해 보였나?"
"선생님은 왠지 저에게 그런 인상을 강하게 풍겼어요. 그리고 시집을 읽어보고 나서 그런 생각에 더 확신을 가지게 됐고요. 특히 「사랑마저 나를 버린다」는 시가 제 가슴에 애틋하게 와 닿더군요."
이렇게 말하고 나서 명희는 내 시집을 펼쳐 나지막한 음성으로 그 작품을 읽었다.

사랑마저 나를 버린다 더 버틸 재간이 없다
고독마저 나를 버린다 더 버틸 핑계가 없다
수음(手淫)마저 나를 버린다 더 버틸 방법이 없다

<플레이보이>·<펜트하우스>·<허슬러>·<보그>
아니아니 잡지책보다는 역시 움직이는 비디오테이프가 더 좋지
<엠마뉴엘>·<O의 이야기>·<칼리귤라>·<목구멍 깊숙이>

그래도 사랑은 돌아오지 않는다
고독도 돌아오지 않는다
수음도 돌아오지 않는다

미스 리와의 데이트 미즈 김과의 뽀뽀
미세스 박과의 포옹 미스터 정과의 블루스
그래도 사랑은 돌아오지 않는다 고독도 돌아오지 않는다
수음도 돌아오지 않는다

더 나갈 길이 없다 더 살 길이 없다

명희가 시를 읽어가는 동안 나는 부끄러운 생각이 들었다. 너무나 처량하고 감상적인 내용으로 되어 있는 작품이기 때문이었다. 지금으로부터 5년 전에 쓴 시인데, 이 시를 쓸 때까지만 해도 나는 '사랑'에 지금처럼 시큰둥해 있는 상태는 아니었다. 그래서 어느 외로운 날 밤 나도 모르게 그런 시가 써진 것이었다. 지금 기억하기로는 내 방에 앉아 혼자서 술을 마시며 만취된 상태에서 단숨에 내리 갈겨쓴 작품이었다.

시 읽기를 마치고 나서 명희는 우울한 표정을 지었다. 마치 사랑의 산전수전을 다 겪어본 여자 같은 표정이었다.

"선생님 말씀이 맞아요. 사랑마저 우리를 버려요."

명희가 낮은 목소리로 혼잣말하듯 말했다.

"솔직히 말해서 그 시에는 센티멘털한 과장이 많이 섞여 있어."

하고 내가 맥주를 한 모금 마시고 나서 말했다.

"하지만 그 시를 쓸 당시에는 순간적 직감으로 쓰셨을 게 분명해요. 나중에 가서 객관적으로 읽어보니 '센티멘털한 과장'이라는 생각이 드셨을 테지요."

명희가 그 작품이 탄생될 때의 상황과 내가 나중에 가서 그 시에 대해서 느낀 독후감을 정확히 꿰뚫어보고 있다는 것이 나는 놀라웠다.

"명희는 시를 읽는 안목이 퍽 날카롭군. 명희가 시를 쓰면 아주 잘 쓸 것 같은 생각이 드는데."

"읽는 것과 쓰는 것은 전혀 다른 종류의 일이에요. 저는 글을 잘 쓸 자신이 없어요. 아니, 무엇이고 간에 통 자신이 없어요."

이렇게 말하고 나서 명희는 침대 위에 쓰러졌다. 나는 그녀가 또 펑펑 울어버릴지도 모른다고 생각했는데 다행히 울지는 않았다.

둘이서 동시에 옷을 훌러덩 벗어버린다는 것은 아무래도 힘들겠다는 생각이 들었다. 하지만 서로의 우울한 기분을 풀어버리려면 어찌됐든 촌스러운 애무라도 나눠야만 했다.

나는 명희 곁으로 다가가 옆에 누웠다. 그리고 처음엔 옷 위로 그녀의 가슴을 어루만지고 조금 있다가 옷 속으로 손을 넣어 그녀의 가슴을 매만졌다. 조그맣게 부풀어 오른 젖꼭지가 아련하게 느껴졌다.

한참을 그러고 난 후 나는 그녀의 상의를 조심스럽게 벗겼다. 다행히도 명희는 별 저항을 보여주지 않았다. 브래지어 끈을 풀고 나서 나는 정성스레 젖가슴과 유두에 키스를 했다. 키스를 하고 있는 동안 그녀의 유두가 점차 커지면서 위로 솟아오르는 것이 느껴졌다.

다음은 치마 차례였다. 나는 명희의 치마를 금세 벗기지 않고 먼저 치마 속에 손을 넣어 허벅지와 엉덩이를 천천히 어루만졌다. 그리고 팬티 위로 손을 가져가 아주 소프트하게 사타구니 부분을 마찰해 나갔다. 그런 다음 그녀의 하체에서 손을 떼고 다시 상체를 애무했다. 나는 명희의 귓바퀴에 키스하고 귓속에 키스하고 목에 키스했다. 그리고 나서 어깨와 겨드랑이에 한참 동안 키스한 후 입술을 그녀의 얼굴로 옮겼다.

나는 혀끝을 뾰족하게 디밀어 그녀의 눈두덩을 천천히 자극했다. 명희가 눈을 감자 나는 그녀의 눈 전체에 입을 맞춘 후 그녀의 코에 입맞추고 나서 드디어 입술로 옮아갔다. 입 안에 혀를 넣지 않고 우선 윗입술과 아랫입술을 혀끝으로 조심스럽게 훑었다. 명희의 입술이 서서히 벌어지는 것을 느낄 수 있었다.

내 혀가 명희의 입술 사이로 들어가 그녀의 혀와 만났다. 명희는 아주 느린 속도로 내 혀를 마찰하고 있었다. 그러면서 그녀는 천천히 두 팔을 뻗어 내 목을 끌어안았다. 나도 그녀의 어깨를 끌어안고 오랜 시간 동안 입을 맞대고 있어주었다.

10 강 건너 등불

1

나는 명희를 저녁때마다 만났고, 명희가 장미클럽 분위기를 싫어하여 장미클럽엔 아주 가끔씩밖에 가지 못했다. 그리고 갈 때마다 로라가 꼭 있는 것도 아니어서 로라도 자주 볼 수가 없었다.

나는 이제라도 그림을 시작해 보는 것이 좋겠다 싶어 집 안에 틀어박혀 그림을 그리는 날이 많았다. 특별히 따로 작업실을 마련할 필요도 없었다. 나는 주로 10호 정도 크기의 작은 판지에 오일 스틱(oil stick)과 오일 파스텔(oil pastel)로 그림을 그렸기 때문에, 집 안에서도 충분히 작업을 할 수가 있었다.

그림에 취미를 붙이다 보니 시(詩)를 쓰는 것보다 그림을 그리는 것이 훨씬 쉽고 재미있다는 것을 알게 되었다. 시는 문법이나 문맥과 싸움을 해야 하므로 아무래도 건조한 이성(理性)에 의지하는 작업이었다. 그러나 그림은 즉흥성을 발휘할 수 있고 또 개칠(즉, 덧칠)을 하거나 손바닥으로 문지르는 기법 등이 가능하기 때문에, 훨씬 더 감성에 충실할 수 있고 또 '우연 효과'의 창출이 가능한 작업이었다. 그래서 나는 미술가들이 문학가들보다 훨씬 더 오래 살고 또 살아 있을 때도 훨씬 더 부드러운 낯빛과 유연한 매너를 갖고 있는 까닭을 확실히 이해할 수 있게 되었다.

　어느 날 오랜만에 장미클럽에 들르니까 지 주간과 한그루와 이길로가 앉아 술을 마시고 있었다. 채나가 술시중을 들고 있었는데 다들 쓸쓸해 하는 기색이 역력했다.
　"여어, 오랜만이야. 그래, 그림은 잘돼가나?"
　하고 지 주간이 나를 보고 말했다.
　"생각했던 것보다 작업 자체가 재미가 있네. 작품성이 어쩔는지는 모르지만……."
　하고 내가 대답했다.
　"예부터 글쟁이들은 대개 그림을 잘 그렸지. 또 그림쟁이들도 글을 잘 썼고. 빈센트 반 고흐가 남긴 편지를 보게, 얼마나 명문(名文)인가? 그리고 헤르만 헤세가 남긴 수채화를 보게, 얼마나 색감이 좋은가? 그러니 자네 그림도 아마 꽤 괜찮을 거야. 어서 빨리 작업을 서두르게. 또 작은 소품만 그리지 말고 30호나 50호 정도 크기의 작품도 그려보게나. 전시회를 하려면 조금 큰 크기의 작품도 있어야 하니 말일세."
　하고 지 주간이 말했다. 내 그림에 진심으로 기대를 걸고 있는 것 같아 나는 그의 말이 고맙게 느껴졌다.
　"자네까지 그림을 그리면 난 어쩌지? 가뜩이나 그림이 안 팔려 먹고 살기 어려운데 경쟁자가 하나 더 생기는 셈이니까 말야."
　하고 이길로가 말했다. 하지만 그의 어조에 악의가 깃들여 있지는 않았다.
　사실 이길로는 요즘 풀이 죽어 있었다. 지난번 전시회 때 그림이 별로 많이 팔리지 못했기 때문이었다. 로라와 지 주간이 애써서 몇 점 팔리긴 했지만 모두 다 안면에 의한 판매였지 그림 자체가 좋은 평판을 받아 판매된 것은 아니었다. 1년에 한 번 정도 하는 전시회인데, 그 판매 수익 가지고는 웬만큼 먹고 살기에도 벽찬 상황이었다. 우울해 하기로는 한그루도 마찬가지였다 그는 우선 로라의 사랑을 받지 못해 우울해 하고 있었고, 책이 별로 팔리지 않아 우울해하고 있었다.

그리고 보면 돈이 별로 많이 안 벌리는데도 이상할 정도로 태평한 마음을 갖고 있는 사람은 지 주간과 나뿐인 셈이었다. 지 주간에겐 아내가 있고, 나에겐 요즘 명희가 생겨서 그런지도 몰랐다.

"로라는 오늘 여기 안 들렀나?"

술을 한잔 마시고 나서 내가 채나에게 물었다.

"잠깐 들렀었어요. 그리고 말론 박이 오자 잠깐 보자고 하며 언니 방으로 데리고 갔지요."

하고 채나가 대답했다.

"로라가 말론 박을 진짜로 좋아하나 봐."

하고 이길로가 말했다.

"진짜로 좋아하는 건 아닐 거야. 로라가 어떤 여잔데. 그저 심심풀이로 데리고 노는 거겠지."

하고 지 주간이 말했다.

"지금 둘이서 무엇을 하고 있을까?"

하고 한그루가 말했다.

"로라가 말론 박에게 긴히 할 얘기가 있는지도 모르지. 아니면 둘이 섹스나 애무를 나누고 있는지도 모르고."

지 주간이 담배를 피워 물면서 말했다.

"도대체 말론 박이 요즘 로라를 어떻게 대하고 있을까? 그 친구는 말이 없는 편이라 도무지 감을 잡을 수가 없단 말야."

하고 이길로가 말했다.

"무척이나 당혹스러워 하고 있겠지. 그 친구는 착하고 소심한 모범 시민이자 모범 가장이니까."

하고 내가 말했다.

"하지만 로라 언니의 매력 앞에서는 결국 무릎을 꿇을걸요. 제가 봐도 로라 언니의 성적 매력은 대단하니까요."

하고 채나가 끼어들었다.

"자넨 말론 박한테 질투를 안 느끼나? 말론 박이 나타나기 전까지 로라가 그래도 가장 좋아했던 남자는 자네였다고 생각되는데……."

하고 이길로가 나한테 물었다.

나는 뭐라고 얼른 대답해 줄 말이 없어 망설이고 있었다.

그러자 지 주간이 나 대신 대답을 해주었다.

"이 친군 별로 질투를 안 느낄 거야. 워낙 사랑에 시큰둥해 하는 친구니까."

"새로 명희가 생겨서 그런지도 모르지. 명희는 얼굴은 로라만 못하지만 왠지 풋풋하고 싱그러운 맛이 있더군. 또 우울증을 앓고 있다는 것도 묘한 매력을 풍기는 데 한몫하고 있고……. 그리고 보면 이 친구는 아주 여자 복이 많은 남자야. 난 지금 만날 여자 하나 없는데……."

하고 한그루가 말했다.

여기까지 얘기하고 있는데 로라와 말론 박이 클럽 안으로 들어섰다. 로라는 여전히 해맑은 얼굴을 하고 있었고, 말론 박은 조금 어색한 표정을 짓고 있었다.

"그래, 둘이서 무슨 밀담을 나눴소? 둘이 나가는 걸 보니 샘이 납디다. 둘이서 신나게 섹스라도 하고 온 거요?"

하고 이길로가 로라를 보고 물었다.

"섹스를 하긴요. 박 선생님이 요즘 하는 일 없이 지내시는 게 보기 딱해서 작은 사업이라도 한번 벌여보시라고 제의해 본 거예요."

하고 로라가 대답했다.

"그럼 사업 자금은 로라 씨가 대주고?"
다시 이길로가 물었다.
로라는 고개를 끄덕였다.
"거 참 잘됐군. 물론 박이 워낙 능력 있는 친구니까 사업을 잘할 거요."
하고 이길로가 말했다.
나는 박상민이 과연 로라의 도움을 받으려고 들까 하는 생각이 들었다. 워낙 자존심이 강한 친구이기 때문이었다. 박상민의 얼굴을 보니 주저하고 있는 기색이 역력했다.
"물론 박을 아예 돈으로 사려고 드시는군. 물론 박만 사지 말고 나도 좀 사줘요."
하고 한그루가 비아냥거리는 어조로 말했다. 한그루의 말을 듣자 박상민의 얼굴빛이 새하얘졌다. 하지만 로라는 태연한 표정으로 한그루의 말을 받았다.
"박 선생님을 돈으로 사려는 게 아니에요. 제가 일종의 투자를 하려는 거죠. 한 선생님도 만약 사업을 벌일 의사가 있으시면 제가 한번 검토해 볼게요."
로라의 말이 끝나자마자 이내 이길로가 끼어들었다.
"한그루는 글쟁이지 사업가 체질이 못 돼. 하지만 나는 요즘 심각하게 구상하고 있는 사업 한 가지가 있어요. 거창하게 '사업'이란 말을 갖다 붙일 수도 없는 거지만, 어쨌든 먹고살아야겠다는 생각이 들기 시작해서 한번 구상해 본 거지요."
"먹고살기가 정말 그렇게 힘드신가요?"
이길로의 말이 끝나자 채나가 물었다.
"일류로 성공하지 못한 환쟁이는 글쟁이보다 훨씬 비참해. 글쟁이는 설사 일류가 못 됐다고 해도 이런저런 잡문 수입이라도 있게 마련이지만 화가는 그게 안 되거든. 옛날처럼 삽화 같은 걸 그릴 기회가 많은 것도 아니고……. 나는 요즘 사실 안면 하나 갖고 그림 파는데 지쳐버렸어. 돈이 좀 있는 친구라고 해도 한두 점 사주고 나면 끝이거든. 그래서 적은 돈이나마 지속적으로 수입을 올릴 수 있는 일을 한번 해보려는 거지."

하고 이길로가 대답했다. 그러자 지 주간이 이길로에게 물었다.

"대관절 어떤 사업인데?"

"붕어찜 장사야. 내가 오랫동안 낚시를 즐겨오다 보니까 붕어 요리 하나 만큼에는 취미가 붙고 일가견이 생겼거든. 그래서 붕어찜 전문 가게를 한번 내보려는 거지."

"그것 참 좋은 생각이로군. 그래, 물색해 둔 장소라도 있나?"

하고 지 주간이 이어서 물었다.

"생각 같아서야 신촌이나 홍대 앞 같은 곳에다 내고 싶지. 하지만 그곳은 집세가 너무 비싸더군. 그래서 내가 살고 있는 원당에다 내면 어떨까 하고 생각하고 있어. 그만하면 경치가 좋은 데다 서울에서 가까운 거리니까 말야."

"그쪽이 더 좋은 장소일 것 같네. 우선 집세 부담이 적어 만약 실패해도 큰 손해를 안 볼 테니 말야."

하고 내가 말했다. 이길로가 살고 있는 원당은 번화한 시가지가 아니라 고양시 외진 구석에 있는 곳이라 경치가 좋았다.

그가 작업실 겸 거처방으로 빌려 쓰고 있는 허름한 창고 곁으로는 또 교외선 철로가 지나가고 있어 향수 어린 정취를 풍겨주고 있었다. 옛날 동요 가사대로 그야말로 '기차길 옆 오막살이'였다.

"하지만, 자네 작업실 근처에는 벌써 토종닭 집이나 민물 매운탕집 같은 것들이 많이 들어서 있던데 과연 경쟁이 될까?"

하고 지 주간이 말했다.

"그래서 붕어찜으로 승부를 걸어보려는 거지. 붕어찜 집은 아직 안 들어섰거든."

이길로의 대답이었다.

"붕어찜 하나는 이 화백이 참 잘하지. 퇴촌이나 팔당 같은 데서 파는 시뻘겋게 고춧가루로 뭉갠 붕어찜이 아니라 간장에 졸인 붕어찜인데, 맛이 참 묘하게 담박하거든. 아마 무슨 비결이 있을 거야."

다시 지 주간이 말했다.

"이건 비밀인데 이왕 얘기가 나온 거니 특별히 털어놓기로 하지. 백포도주를 많이 붓고 졸이는 게 내가 하는 비결이라네."

이길로가 무슨 큰 비밀이라도 가르쳐주듯 아주 낮은 소리로 말하여 우리들은 다 같이 웃었다.

"어때요, 로라 씨? 이 화백이 하는 장사에 투자할 생각 없어요?"

지 주간이 이길로를 도와주려는 듯 로라에게 물었다.

"투자하고말고요. 하지만 신촌이나 홍대 앞 같은 데서 크게 하는 건 좀 위험할 것 같은 생각이 들어요. 요즘은 맛만 좋으면 서울 근교 어디든지 달려가는 게 미식가들이니까, 이 선생님 작업실 근처에서 하더라도 잘만 되면 꽤 큰 이익을 남길 수 있으실 거예요."

로라가 이렇게 대답하자 이길로의 얼굴이 활짝 피었다. 그는 기분 좋은 얼굴로 술잔을 비우더니 이렇게 말했다.

"로라 씬 역시 통이 큰 여자야. 사실은 내가 전에 G사장한테 말을 꺼내본 적이 있는데 대답을 차일피일 미루더란 말이오. 맨날 돈자랑을 해대는 친구가 그렇게 나오니까 좀 실망이 됩디다. …… 내가 붕어찜 장사를 하려는 건 돈도 돈이지만 그림 그리는 데 이젠 권태증이 나서 그래요. 혼자 살며 요리를 해먹다 보니까 요리도 큰 예술이라는 걸 알게 됐지요. 그리고 붕어 가지고 요리하며 한참 시간을 보내다 보면 그동안 매너리즘에 빠져 있던 내 그림에도 아이디어의 재충전이 될 것 같은 생각이 들고……."

"이 선생님은 그림 그리는 것을 잠시 쉬시게 됐고 천 선생님은 새로 그림 그리기를 시작하셨으니 역할이 뒤바뀐 셈이네요."

하고 채나가 말했다. 아무튼 나는 이길로한테 새로운 전기(轉機)가 주어진 것이 기분 좋았다. 그는 요즘 그림에 진척도 없고 또 잘 팔리지도 않아 몹시 고민하고 있었기 때문이었다. 특히 지난번에 로라가 큰돈 들여 장미화랑에서 기획전을 열어준 것이 별 성과 없이 끝나자 그는 상당히 우울해하고 있었다.

한그루는 여전히 심술 난 표정으로 술만 들이켜고 있었고, 박상민도 표정이 그리 밝지 못했다. 나는 박상민한테 말을 붙여보았다.

"자네도 좋은 출자자를 만났으니 한번 사업을 시작해 보지 그래."

그러자 박상민은 찜찜한 표정으로 이렇게 대꾸했다.

"난 평생 월급쟁이 노릇만 해왔어. 그래서 내가 사업가 체질이 아니란 걸 잘 알고 있지. 그렇기 때문에 별로 자신이 안 생기는 거야……."

"그래도 이렇게 놀고 있는 것보다는 뭐라도 하나 해보는 게 낫지 않을까?"

다시 내가 박상민한테 말했다. 그랬더니 박상민은 나를 구석으로 끌고 가 작은 소리로 이렇게 말하는 것이었다.

"자네 말에도 일리가 있어. 하지만 로라 씨한테서 돈을 받는다는 게 아무래도 마음에 걸려서 그러네."

"꼭 그렇게 생각할 게 뭐 있나? 로라 돈을 쓴다고 해서 자네 몸을 파는 건 아냐. 자넨 이미 로라와 자주 만나며 살을 섞고 있지 않은가?"

하고 내가 박상민한테 낮은 소리로 말했다.

"내가 로라를 좋아하고 있는 건 사실이야. 하지만 로라 돈까지 쓰고 싶진 않네. 그리고 내가 지금 기본적인 생활비 정도는 그럭저럭 꾸려가고 있는 상황에 있고, 또 오피스텔에서 혼자 생활하다 보니 한가롭게 노는 데 어느새 맛이 들어버렸네. 그래서 자신이 서지도 않는 사업을 구태여 벌이고 싶지가 않아."

"그래도 돈을 좀 벌게 되면 돈 쓰는 맛이 있지 않겠어?"

"그것도 사업이 성공했을 때의 일이지. 만약 실패하기라도 하면 로라한테 계속 고개를 못 들게 될 것이 아닌가?"

"요즘 로라와 만날 때 데이트 자금은 물론 로라가 대겠지?"

"로라 집무실이나 내 오피스텔에서 만날 때가 많아 돈이 들 일도 별로 없어. 하지만 고급 레스토랑이나 나이트클럽 같은 곳엘 갈 때도 있는데 그럴 땐 무조건 로라가 돈을 내지."

"그럴 때 굴욕감 같은 건 안 느끼나?"

"처음엔 그런 생각이 들기도 했는데 차츰 습관이 드니까 만성이 돼버리더군."

"돈 있는 사람이 돈 없는 사람한테 돈을 쓰는 건 당연한 이치야. 그러니 그런데 주눅 들어 할 건 없다고 생각해……. 그러고 보니 자네도 그동안 참 많이 변했군. 이젠 제법 뻔뻔스러워졌단 말일세. 그래 자네 와이프한테 미안한 생각은 안 드나?"

"처음엔 조금 들었지. 하지만 이왕 허무하게 살다 갈 인생인데, 이것저것 쪼잔하게 도덕을 따지면서 살 필요는 없다는 생각이 들더군. 또 내 아내는 자식밖에 모르는 체질이라 나한테 별 관심도 없고 해서 말야. 성관계도 한 달에 한 번 가질까 말까 한 정도니까."

여기까지 얘기하고 나서 박상민과 나는 다시 로라가 있는 클럽 한가운데로 왔다. 그리고 내가 박상민의 의중을 로라에게 대신 말해주었다.

"이 친군 아무리 봐도 사업가 체질이 아니야. 그러니까 물론 박이 사업을 시작하는 일에 관한 건은 일단 접어두는 게 좋을 것 같아. 그보다는 우선 이 화백이 장사하는 걸 로라가 적극적으로 도와주도록 해요."

"저도 박 선생님한테 사업을 시작하도록 윽박지르듯 강요한 것은 아니에요. 어쩌면 지금 박 선생님의 생활이 가장 편한 건지도 모르죠. '게으르게 사는 인생'처럼 행복한 삶도 없으니까요."

하고 로라가 대답했다.

로라의 말이 끝나자 이길로가 자기가 물색해 둔 가게 자리를 약도까지 그려가며 신이 나서 설명해 주었다. 이길로의 작업실 바로 옆에 있는 아담한 전원주택이 바로 그동안 물색해 둔 가게 자리라는 것이었다. 집주인이 전세로 내놓기를 원하고 있는데, 붕어찜 가게로 바꾸는 데는 꽤 많은 돈이 들어갈 것 같다는 얘기였다. 그러자 로라는 별 군말 없이 전세금과 설비비를 다 대겠다고 말했다.

이길로는 기분이 좋아져가지고 다 같이 축배를 들자고 말했다. 기분 좋아하는 이길로의 모습을 바라보면서, 나도 문득 서울 교외의 한적한 전원으로 들어가 살고 싶다는 생각이 났다.

얼마 후 명희는 결단을 내려 심박한테 성형수술을 받았다. 심박과 명희가 미리 의논하는 자리에 나도 끼었는데, 명희와 내가 우겨 아주 적극적으로 대담하게 혼혈미인형의 얼굴을 만들어보기로 합의를 보았다.

심박은 그러면 오히려 보기에 흉해 보일지도 모른다고 우려를 표시했다. 하지만 명희는 성형수술을 한 표시가 뚜렷이 드러나도 좋으니 코도 아주 기형적일 정도로 뾰족하게 높이고, 눈도 쌍꺼풀을 두껍게 하고 눈두덩의 지방도 많이 빼 병적(病的)일 만큼 움푹 들어가게 해달라고 졸랐다. 턱과 뺨도 아주 대담하게 깎아내어 하관이 아주 훌쭉하게 빠져 내리도록 해 달라고 주문한 건 물론이었다.

나는 명희의 주장에 무조건 찬성이었다. 나는 한 듯 만 듯 보이는 쌍꺼풀수술이나 코수술이라면 차라리 하지 않는 게 낫다는 생각을 가지고 있었다. 턱을 깎는 수술도 마찬가지였다. 예전에 내가 잠깐 사귀던 여자가 턱수술을 받는 걸 본 적이 있었는데 너무 조금 깎아서 수술한 표시가 전혀 나지 않아 무척이나 실망스러웠던 기억이 났다. 요컨대 나는 명희를 전에는 패션모델로 유명했고 지금은 디자이너로 일하고 있는 '루비나'의 얼굴과 비슷하게 만들어놓고 싶었던 것이다.

'루비나'는 내가 마음속으로 사모했던 패션모델이었다. 코를 너무 높여 누가 봐도 성형수술한 표시가 났고, 눈두덩의 지방을 너무 많이 빼 움푹 들어간 눈이 보통 한국인들한테는 거부감을 줄 정도였다. 턱도 많이 깎은 게 분명했는데, 나는 당시에 그녀가 어디서 성형수술을 받았는지 궁금해 했었다. 그때는 한국의 성형외과 의술이 별로 발달해 있지 않을 때라서, 나는 그녀가 필시 일본에 가서 수술을 받았을 거라고 추측했었다.

전형적인 서구 미인형으로 성형수술을 하면(다시 말해서 세게 수술을 하면) 화장을 짙게 해야 어울린다. 그래야만 얼굴에 입체감이 생기기 때문이다. 특히 눈 주변과 뺨 주변이 그렇다.

명희는 성형수술이 잘되면 화장도 진하게 하고 관능적인 멋도 많이 부려보겠다는 의욕에 불타 있었다. 그녀는 얼굴을 더 예쁘게 만들기 위해서 성형수술을 받는 게 아니라, 얼굴에 칼을 많이 대어 자학적 쾌감을 맛보고 싶어하는 것 같았다. 그리고 얼굴을 확 뜯어고쳐 삶의 전환점을 삼아보려는 것도 같았다. 그녀는 외모를 관능적으로 가꿔나감으로써 자신의 결벽증과 우울증을 고쳐보고 싶다고 말했다.

우리는 명희의 유방 확대수술에 대해서도 의논을 했다. 명희는 유방도 아주 크게 부풀리고 싶다고 주장했지만 나는 그것만은 일단 보류해두자고 말했다. 명희의 가냘픈 몸 선(線)이 주는 매력이 유방확대수술로 인해 손상될지도 모른다는 생각에서였다.

성형수술을 받는다는 것은 어쨌든 큰 모험이었다. 의사의 기술에 전적으로 의지하는 것이기 때문이었다. 나는 심수일이 성형외과의로 명성을 날리고 있다는 사실을 믿고 싶었고, 또 그가 명희에게 특별한 성의를 기울여 수술을 잘해주리라고 기대했다. 그건 명희나 로라도 같은 심정이었다.

심수일은 명희에게 특별한 호의를 보였다. 그의 주변에는 언제나 예쁘장한 여자들이 들끓었는데, 그가 수술을 잘할 뿐더러 환자를 심리적으로 안정시켜주고 친절하게 대해주기 때문인 것 같았다.

나는 심수일이 명희를 대하는 태도에서 그가 명희에게 성욕을 느끼고 있다는 사실을 감지할 수 있었다.

여자 환자와 남자 의사는 치료를 주고받는 중에 연애관계로 발전하는 수가 많다. 그중에서 가장 빈도가 높은 의료영역은 정신과와 성형외과라고 한다. 그런데 정신과 치료가 상담치료나 정신분석치료에서 점차 약물치료로 바뀌어감에 따라, 남자 정신과 의사와 여자 환자 사이에 일어나는 연애사건은 많이 줄어들게 되었다고 한다. 그 대신 남자 성형외과 의사와 여자 환자, 특히 미용성형을 받는 환자 사이의 친교가 늘어나게 되었다는 것이다.

나는 명희가 심수일을 대하는 태도에서도 강한 귀속감과 기대감을 눈치 챌 수 있었다. 그녀는 자신의 얼굴 고치는 것을 완전히 심수일에게 맡길 만큼 그에게 전적으로 의지할 수밖에 없었다. 나는 워낙 여자를 밝히는 심수일이 명희를 장차 가만두지 않으리라는 것을 짐작할 수 있었다. 하지만 그것은 어디까지나 두 사람 사이에 관련될 문제일 뿐, 내가 나서서 가타부타 간섭하거나 걱정할 문제가 아니었다.

명희는 지난번에 나와 같이 '준희빈호텔'에 갔을 때 내가 그녀와 성교행위를 안 한 것에 대해 서운한 마음을 품고 있었다. 그러면서 자꾸 언니와 자기를 비교하는 것이었다. 말하자면 내가 로라하고는 성교행위를 하고 자기하고는 안 한 것에 대해 이리저리 뜯어가며 분석을 해보는 것 같았다.

하지만 내가 명희와 성교행위를 안 한 것은 '사랑'이나 '성욕' 여부와는 상관이 없는 것이었다. 나는 그녀가 '숫처녀'라는 점이 적이 부담스러웠고, 그녀가 성교행위 후 나에게 전적으로 매달려올까 봐 겁이 났을 뿐이었다.

그래서 나는 명희의 수술을 끝낸 후 워낙 잡식가에다가 다식가인 심수일이 그녀를 건드려주고 그녀의 처녀성을 '홀가분하게' 상실하게 해주면 명희에게 도움이 될지도 모른다는 객쩍은 공상마저 해보게 되었다.

명희의 수술은 상당히 시간이 오래 걸렸다. 아니, 수술 자체에 시간이 오래 걸렸다기보다는 수술한 부위가 제대로 자리 잡히는 데 시간이 오래 걸렸다.

명희가 바뀐 얼굴을 갖고 나를 만났을 때 나는 그녀의 성형수술이 성공했다는 것을 알았다. 다른 사람들이 보면 어떻게 생각할지 모르지만, 적어도 내 미감으로 보면 그녀는 아주아주 매력적인 혼혈미인이 되어 있었다.

머리를 완전히 탈색하고 광택 나는 금발로 염색까지 했기 때문에, 그녀의 얼굴은 거의 서양 여자처럼 보였다.

나는 오랜만에 만나보는 명희가 얼굴 모양뿐만 아니라 표정으로도 완전히 자신감에 넘치는 기색을 보이고 있어 기뻤다. 마침 로라도 곁에 있었는데, 로라는 달라진 자기의 여동생을 대견스러운 표정으로 바라보고 있었다.

"수술이 성공했군, 축하해. 그래, 기분이 어때?"

하고 내가 명희에게 말했다.

"아주 기분이 좋아요. 마치 딴 인생을 살고 있는 것 같은 느낌이에요."

하고 명희가 명랑한 어조로 대답했다.

"수술한 얼굴이 가라앉고 나서 제일 처음 한 일이 뭔가? 머리 염색이었나?"

"아니에요. 심 박사님과 같이 호텔에 간 거였어요. 제가 일부러 졸라 '준희빈호텔'로 갔지요."

내 예상이 너무 빨리 적중한 것에 나도 약간 놀랐다. 심박이 명희를 건드릴 줄은 알았지만(또는 기대도 했지만) 솔직히 말해서 나는 조금 질투가 났다. 내가 아무 대답도 하지 않고 묵묵히 앉아 있자 명희가 고소하다는 표정을 지으며 내게 말했다.

"제 말을 들으니까 어때요. 샘 나시죠?"

나는 어쨌든 명희가 명랑한 어조로 말하는 것이 듣기에 좋았다. 그래서 묘하던 기분이 금세 풀어져버렸다.

"명희가 그런 말을 너무 갑자기 꺼내 당장은 샘이 조금 났지. 하지만 이젠 아무렇지도 않아. 그래, 심박이 애무를 잘해주던가?"

내가 이렇게 말하자 곁에 있던 로라가 끼어들었다.

"그분이 애무를 잘해줬을 리가 없지요. 심 선생님은 성미가 몹시 급한 분이니까요. 어때, 내 말이 맞지?"

로라가 말끝에 명희한테 동의를 구했다.

"언니 말이 맞아요. 심 박사님은 굉장히 급하게 달겨들었어요."

하고 명희가 말했다.

"곧바로 관계로 들어갔나?"

하고 내가 명희에게 물었다. 그러자 명희는 고개를 끄덕였고 로라는 배틋한 미소를 흘렸다.

"관계를 해보니 기분이 어땠어?"

내가 다시 명희에게 물었다.

"그냥 아프기만 했어요. 피도 많이 나왔구요."

"호텔 측에서 세탁비가 든다고 나중에 투덜거렸겠군."

"심 박사님은 그런 점에선 아주 경위(涇渭)가 바른 분이었어요. 호텔을 나오면서 세탁비를 따로 더 주었으니까요."

"처녀성을 잃은 게 서운하지는 않았어?"

"약간 마음의 혼란이 왔던 건 사실이에요. 하지만 다음날 생각해보니까 왠지 모르게 홀가분한 기분이 들더라구요."

"그럼 잘됐군. 이젠 명희도 성의식 면에서 한 단계 스킵(skip)하게 됐으니 말야……. 그런데 심박을 사랑하게 되진 않았나?"

"사랑이라니, 대관절 어떤 심정을 말씀하시는 거죠?"

"글세……, 이를테면 심박한테 영원히 소유되고 싶은 심정 같은 거라고나 할까."

"다행히도 그런 마음은 생기지 않더군요. 그냥 제가 심 박사님을 이용했다는 생각이 들 뿐이었어요."

얘기를 들어보니 명희는 의외로 똑똑한 데가 있었다. 로라와 비슷한 핏줄이 몸속에 흐르고 있는 것 같았다. 성공한 성형수술이 그녀의 자아정체성을 되찾아준 계기가 된 것일까, 아니면 심박과의 동침이 그런 계기를 만들어준 것일까, 하고 나는 속으로 생각했다.

"그럼 더 잘됐군. 이제부터 명희는 언니처럼 된 거야. 그러니까 언니한테 더 이상 열등감을 느낄 필요도 없지. 앞으론 남자들을 이용해 좀 더 적극적으로 청춘을 엔조이해 보도록 해."

"저도 그러고 싶어요. 하지만 시간이 좀 걸릴 것 같아요. 아직은 천 선생님을 사랑하고 있으니까요."

명희의 대답은 의외였다. 나는 그녀의 말을 듣고 기분이 좋기도 하고 부담스럽기도 했다. 로라도 걱정스러운 눈빛을 했다.

"명희야, 천 선생님 앞에서 '사랑'이라는 말을 자주 꺼내지 마. 천 선생님은 사랑에 몹시 목말라 하시면서도 '사랑'이라는 말을 쓰기 싫어하는 이상한 분이란다."

하고 로라가 말했다. 로라의 말은 내 의중을 정확히 꿰뚫어 보고 있었다. 나는 왠지 머쓱한 기분이 들어 화제를 다른 데로 돌렸다.

"명희도 다시 학교에 나가 야한 남자애들과 어울려보도록 해. 대학가에 있는 비디오방에 가서 페팅도 해보고 섹스도 해봐. 내가 듣기에 요즘 대학생들의 성문화는 내가 예전에 대학에 다닐 때와는 달리 '여관 문화'가 아니라 '비디오방 문화'라고 들었어. 비디오 보는 것은 핑계고 헤비 페팅이나 섹스가 목적이라고 하더군."

내가 말을 끝내자 명희는 고개를 끄덕였다. 하지만 진짜로 동의해서 끄덕이는 게 아니라 그냥 건성으로 끄덕이는 것이라는 걸 금세 알 수 있었다.

명희는 담배를 한 대 달래가지고 피워 물었다. 나도 덩달아 담배를 피웠고 로라도 피웠다. 담배 한 개비를 끝까지 다 피우고 나서 명희가 문득 로라에게 물었다.

"언니는 대체 누구를 사랑하는 거예요? 천 선생님이에요, 말론 박이에요, 아니면 남편이에요?"

당돌하고도 맹랑한 질문이었다. 아니면 어리석고 순진한 질문이기도 했다. 나는 명희의 질문을 얼버무리기 위해 이렇게 이어서 말했다.

"몇 사람이 더 있는데 빠졌군. 이길로, 한그루, 심수일, 홍샘, G사장 등등……."

내가 한 말은 악의나 질투에서 나온 게 절대로 아니었다. 그런데도 명희는 내가 한 말을 로라를 비아냥거리는 말로 들은 것 같았다. 그녀의 얼굴에서 기분 좋아하는 표정이 스치고 지나갔다.

로라는 아무 말도 하지 않고 한참동안 가만히 있었다. 그러다가 낮은 목소리로 이렇게 중얼거렸다.

"굳이 대답을 강요한다면 난 천 선생님을 제일 좋아하지."

"그런데 말론 박이나 다른 남자들하고는 왜 자요?"

명희가 로라한테 따지듯 물었다.

"그래야 천 선생님이 좋아하시니까……."

로라가 역시 낮은 목소리로 대답했다.

"저는 도무지 이해가 안 가요. 언니도 그렇고 천 선생님도 그렇고 다 이상한 사람들이에요."

나는 너무나 어색해진 기분이 들었다. 그리고 언니에 대한 질투와 적개심을 계속 버리지 못하고 있는 명희가 얄미운 생각이 들었다. 내가 보기에 로라는 정말 좋은 '언니'였다. 그녀는 명희를 끔찍이 아껴주고 있었다.

"언니하고 저하고 비교하면 누가 더 좋으세요?"

다시 명희가 내게 따지듯 물었다. 그래서 나는 명희에게 일부러 심드렁한 어조로 대답해 주었다.

"언니가 더 좋지."

"왜요?"

하고 명희가 내게 물었다.

"언니는 손톱을 길게 기르고 명희는 그러지 않으니까."

내가 한 대답은 사실 조금 궁색한 답변이었다. 내가 부탁한다면 명희도 로라만큼이나 손톱을 길게 기를 게 분명하기 때문이었다. 나는 언니의 사랑을 못 본 체하는 명희가 그저 얄밉게 생각되어 핑계를 댔을 뿐이었다.

아니나 다를까, 명희의 입에서 대뜸 다음과 같은 대답이 튀어나왔다.

"손톱쯤이야 저도 얼마든지 길게 길러드릴 수 있어요. 언니보다 훨씬 더 길게 기르지요, 뭐. 선생님이 바라시는 게 어디 긴 손톱뿐이겠어요? 긴 발톱에 긴 머리카락……. 다 미칠 듯이 길게 길러드릴 테니까 안심하세요."

더 이상 얘기를 주고받다가는 아무래도 싸움이 일어날 것 같았다. 나는 어쩐지 안타까워지는 마음을 느끼며 로라와 명희에게 같이 춤을 추러 가자고 말했다. 시끄러운 곳에 가서 춤을 추면, 아니 춤을 추지 않더라도 요란한 음악소리에 파묻히면, 말싸움을 벌이지는 않을 것 같다는 생각이 들어서였다. 다행히도 로라와 명희는 둘 다 내 제의에 동의해 주었다.

2

 하얏트호텔 나이트클럽인 '제이 제이 마호니즈'에는 이젠 싫증을 느껴 우리는 역시 남산 밑 가까운 거리에 있는 힐튼호텔로 갔다. 거기에 있는 나이트클럽인 '파라오'도 '제이 제이 마호니즈'만큼이나 야하고 흥겨운 분위기를 유지하고 있기 때문이었다.
 '파라오'에 들어서서 자리를 잡자마자 명희는 나를 끌고 플로어로 나갔다. 때맞춰 블루스 곡이 흘러나오고 있었다. 내가 좋아하는 노래인 <너무 오래 떨어져 있었나 봐요(I've been away too long)>였다.
 명희는 내 품 안으로 바싹 안겨오며 이렇게 말했다.
 "저 전보다 예뻐졌지요, 네?"
 "그럼."
 하고 내가 대답했다. 그리고 이어서 덧붙였다.
 "'예뻐졌지요?'라는 물음은 틀린 물음이야. '더 섹시해졌지요?'나 '더 야해졌지요?'라고 물었어야지."
 "그럼 그렇게 물을게요. 제가 예전보다 더 야해졌지요?"
 "얼굴 윤곽은 그렇게 됐어. 그리고 금발로 염색한 머리도 훌륭하고. 이젠 화장술과 네일 아트(nail art)를 익혀봐."
 "그럼 절 사랑해 주실래요?"
 "사랑까지는 모르겠어. 하지만 더 좋아해 주게 될 건 틀림없지."

"언니처럼 돈 많은 남편을 구해야 되겠지요?"

"갑자기 그게 무슨 소리야?"

"언니가 돈이 없다고 생각해 보셔요. 그럼 어떻게 그토록 사치를 할 수 있으며 어떻게 그토록 멋을 낼 수 있겠어요? 선생님도 언니의 그런 화려한 면을 좋아하시는 거 아니에요?"

나는 말문이 막혔다. 명희의 말에는 엄연한 진실이 담겨 있었기 때문이었다. 그래서 나는 대답 대신에 명희의 목에 연신 키스만 해줄 수밖에 없었다.

"그런데…… 한국의 부잣집 자식들이 과연 저 같은 얼굴을 좋아할까요?"

함께 키스를 나누다가 문득 명희가 물었다.

"왜, 명희 얼굴이 어때서?"

"제가 뜯어고친 얼굴은 선생님만 좋아하시는 얼굴이에요. 한국의 부잣집 아들들은 촌스럽게 조신한 얼굴만 좋아해요."

"다 그렇지야 않겠지. 부잣집 아들들 중에도 촌스럽게 조신한 얼굴이 아니라 야하고 섹시한 얼굴을 좋아하는 친구들이 있을 거야."

"솔직히 말해서 지금 제 얼굴은 야한 얼굴이 아니라 조금 그로테스크한 얼굴이에요. 여기다가 화장까지 덕지덕지 진하게 하면 아마 한국의 보통 남자들은 대개 절 징그럽다고 여길 거예요."

"그럼 지금 성형수술 받은 걸 후회하고 있단 말인가?"

"그렇지는 않아요. 얼굴에 칼을 많이 댄 것만으로도 묘하게 마조히스틱한 쾌감을 느꼈으니까요. 모든 게 허무해 보이고 자신 없어 보이기만 했던 제 심리상태에, 성형수술은 미묘한 전기를 마련해 줬어요."

"마조히스틱한 쾌감이 기분 좋게 느껴졌다면 피어싱도 많이 해봐. 그럼 더 큰 쾌감을 느낄 수 있으니까."

"선생님도 지독한 허무주의자에다 마조히스트이신 것 같아요. 그러니까 언니 같은 바람둥이 여자를 좋아하시는 거지요. 그런데도 왜 선생님은 피어싱을 안 하시는 거죠?"

"나이만 젊다면 나도 요즘 젊은 남자애들처럼 주렁주렁 피어싱을 하겠어. 그런데 나이 많은 남자가 그런 걸 한 걸 보면 어쩐지 추해보이는 느낌이 나더란 말야. 그러니까 명희도 청춘이 가기 전에 실컷 발악적으로 그로테스크한 멋을 내보라구. 어쨌든 청춘 시절은 모든 미적(美的) 실험이 가능한 시기니까. 특히 요즘이 그렇지. 내가 젊었을 때는 어림도 없고 마음먹을 수도 없었던 일들이 요즘 젊은이들 사이에서는 무서운 속도로 퍼지고 있어. 이를테면 남자가 샛노랗게 머리염색을 하는 것만 해도 그래."

"선생님은 너무 나이 타령을 하셔요. 그럴 때마다 전 몹시 겁이 나곤 하죠. 내가 나이를 먹어 늙으면 비참한 신세가 될 것 같은 생각이 들어서 말이에요."

"여자는 남자보다 나이를 덜 먹으니까 안심해. 우선 여자는 대머리가 없잖아?"

"괜히 저를 위로해 주려는 말씀이시죠? 여자는 대개 서른다섯이 넘으면 금세 사그라들어요. 물론 언니는 안 그럴 것 같은 예감이 들어 더 질투가 느껴지지만요……. 왕년의 명배우 그레타 가르보가 30대 후반부터 집 안에 틀어박혀 두문불출했다는 얘기가 전 이해가 가요. 어쩌면 마릴린 먼로도 더 늙기 전에 자살해 버린 건지도 모르구요. 저도 삼십이 넘으면 심각하게 자살을 생각해 보게 될 것 같은 예감이 들어요."

"미리부터 너무 '앞 걱정'을 하지 마. 인생은 언제나 '지금'으로 사는 거야."

"얼마 전에 라이너 마리아 릴케와 프리드리히 니체가 미치도록 사랑했다는 '루 살로메'라는 여자의 전기를 읽었어요. 그런데 그 여자는 여든이 넘도록 살았더군요. 책엔 젊었을 때의 사진과 늙었을 때의 사진이 함께 실려 있었는데, 늙었을 때의 얼굴은 정말 너무 추해서 못 봐주겠더 군요. 선생님도 제가 늙어서 추해지면 절 싫어하실 거죠?"

"미래 얘기는 그만두자니까. 정작 '앞 걱정'을 해야 하는 건 나야. 마누라도 없지, 돈도 없지, 자식도 없지……. 그런데 몸은 점점 더 약해지면서 늙어만 가고 있어. 의지력도 차츰 쇠진해져가는 것 같고……."

"제가 죽어버리지 않고 살아 있는 한 선생님이 더 늙으신 뒤에도 정성껏 돌봐드릴 테니까 안심하세요. 전 언니 같은 개방주의자가 못돼요. 심 선생님과 잠자리를 같이 한 것도 선생님이 질투심을 느끼도록 유도하고 싶어서였어요. 그래, 좀 질투심이 느껴지셨나요?"

"안 느낀다면 내가 목석이지. 그래 심박은 그날 이후 명희와 계속 만나자고 추근대지 않던가?"

"그분은 젊은 애인이 너무 많으시더군요. 그래서 귀찮을 정도로 추근대지는 않았어요."

"다행이군. 하지만 명희는 심박을 오래도록 못 잊을 거야. 여자는 첫 번째로 육체관계를 가진 남자를 평생토록 못 잊는다고 되어 있으니까."

"그건 다 옛날 얘기예요. 요즘 개방적인 젊은 여자애들은 그런 식의 구닥다리 사고방식을 갖고 있지 않아요."

"그럼 명희도 그런 '개방적인 젊은 여자애들' 축에 드는 건가?"

"그러도록 노력해 봐야죠."

"그러면서 평생 나를 보살펴주겠다는 건 또 뭐야?"

"현재로는 선생님이 너무나 좋으니까요 선생님은 어딘지 모르게 아기 같은 데가 있으셔요. 그래서 여자로 하여금 모성애적 보호본능을 느끼게 만들어요."

명희의 대답은 나를 적이 감동시켰다.

춤곡이 바뀌어 난데없이 아주 옛날 노래인 패티 페이지의 <너의 결혼

식에 갔네(I went to your wedding)>가 흘러나오고 있었다. 그래서 나는 센티멘털한 노래 가사에 파묻히며 왠지 눈시울이 뜨거워져오는 것을 느꼈다.

패티 페이지의 노래가 끝나자 한때 한창 유행했던 테크노 리듬의 노래인 <해석남녀(解釋男女)>의 전주가 시끄럽게 흘러나오기 시작했다. 멜로디도 그렇지만 유치하고도 발랄한 가사가 나의 '늙은 나이'를 실감하게 해주는 정 떨어지는 노래였다. 그래서 나는 명희의 손목을 이끌고 플로어에서 내려왔다.

혼자서 술을 마시고 있는 로라를 보니 어쩐지 미안한 생각이 들었다.

그래서 혼자서 심심하게 있게 해 미안하다고 말했더니, 로라는 나와 명희가 다정하게 얼싸안고 춤을 추는 게 보기에 좋았다며 '생긋' 웃음을 흘리는 것이었다.

우리 셋은 다시 이야기를 나누었다. 시끄러운 음악 속에 파묻혀 얘기를 하려니 조금 힘이 들었다.

"언니는 몸도 약한 천 선생님을 왜 좋아하우? 혹시 모성애적 보호본능을 느껴서 그런 건 아니우?"

하고 명희가 로라에게 물었다.

"그런지도 모르지. 왜 너도 그런 걸 천 선생님한테 느끼고 있지 않니?"

"사실은 그래. 아직은 경험이 많지 않아 잘 모르겠지만, 섹스 자체는 별로 중요하지 않다는 생각이 들어."

하고 명희가 대답했다.

"그건 명희가 아직 어려서 그럴 거야. 그리고 로라는 여러 남자와 섹스를 실컷 해볼 수 있어서 그러는 걸 거고."

하고 내가 말했다.

"언니가 자본 남자 중에 이른바 '정력'이 제일 센 남자는 누구였어요?"

하고 명희가 로라에게 물었다.
"그걸로만 따지면 홍샘 씨가 제일 힘이 셌다고 할 수 있지. 우선 그이는 나이가 젊으니까."
"그럼 말론 박은요?"
"그이는 얼굴과 매너가 좋아."
"난 언니가 부러워. 돈 많은 남편을 뒀겠다, 주변에 널려 있는 게 남자겠다……. 나도 언니처럼 돈 많은 남자를 만날 수 있을까?"
"넌 천 선생님을 좋아하고 있잖니."
"천 선생님이 돈 많고 화려한 여자를 좋아하시니까 그러는 거지 뭐. 돈이 많아야 마음껏 사치를 할 수 있을 것 아니우."
두 자매가 하고 있는 얘기를 듣고 있기가 적이 민망스러웠다. 나를 놓고 품평회를 벌이고 있는 것 같은 느낌이 들었기 때문이었다. 그래서 나는 더 이상 두 사람의 이야기에 끼어들지 않고 가만히 앉아 술만 마시기로 했다.
어쨌든 명희와 로라의 사이가 좋아진 것 같아 보여 나는 기분이 좋았다. 그리고 동생한테 아낌없이 가족적 사랑을 쏟아 붓고 있는 로라의 마음씨가 더욱 아름다워 보였다.
로라와 명희는 서로 한참 동안 이야기를 나눴다. 음악소리가 시끄러워 주의 깊게 듣지 않으면 무슨 소리를 하고 있는지 알아들을 수가 없었다.
시끄럽고 빠른 템포의 노래가 몇 곡 더 흘러나오더니 드디어 조용하고 느린 멜로디의 노래가 흘러나왔다. 김종찬이 부르는 <당신도 울고 있네요>였다. 내가 상당히 좋아했던 노래였다. 그래서 나는 로라의 손을 이끌고 플로어로 나갔다.

당신도 울고 있네요, 잊은 줄 알았었는데

옛날에 옛날에 내가 울듯이, 당신도 울고 있네요……

노래 가사가 퍽이나 구슬픈 노래였다. 노래 가사에 마음을 담그고 있다 보니 어쩐지 쓸쓸한 마음이 느껴졌다.
"귀찮으실지 모르겠지만 부디 명희한테 잘해주세요. 부탁드려요."
한참 있다가 로라가 내 귀에다 대고 속삭이듯 말했다. 그러고 나서 내 귓바퀴를 천천히 핥았다.
"그럼 로라는 앞으로 날 안 만나겠다는 건가?"
하고 내가 조금 맥 빠진 소리로 물었다.
"명희를 위해서는 만나더라도 조심조심 만날 수밖에 없겠지요."
하고 로라가 차분한 목소리로 대답했다.
"정말 명희를 생각해서 그러는 거야? 말론 박 때문이 아니고?"
"당신도 질투를 할 때가 다 있으시군요."
"질투해서가 아냐. 그냥 궁금해서 물어보는 거야."
"좋을 대로 생각하셔요……. 왜 당신은 제 마음을 그토록 몰라주시지요? 게다가 당신은 당신한테만 매달려 부담을 주는 여자를 싫어하는 체질이시잖아요?"
나는 더 뭐라고 대꾸해 줄 수가 없었다. 그래서 로라의 목에다 대고 오랫동안 입만 맞추었다.
"……그래, 그림 그리시는 일은 잘되세요?"
잠시 후 로라가 내게 물었다.
"그런대로 재미는 있어."
"초상화나 누드 같은 건 안 그리시나요?"
"아직 못 그리고 있지. 하지만 로라의 누드를 그려보고 싶다는 생각을 해본 적은 많지."
"그럼 한번 그려보세요."

"정말 모델이 돼줄래? 내가 그릴 건 반추상(半抽象)이지만 그래도 모델이 있으면 좋겠다는 생각을 해본 적이 많지."

"전부터 당신 앞에서 누드모델 노릇을 한번 해보고 싶었어요. 당신은 저의 페티시즘을 이해하시는 분이니까요."

"로라가 내 모델이 되면 명희가 샘을 내지 않을까?"

"그렇지는 않을 거예요. 그게 걱정되면 명희도 한번 모델로 세워 그려보시면 되구요. 아니면 명희와 저를 둘 다 그릴 수도 있지요."

두 여인을 함께 세워놓고 누드화를 그린다는 것은 부쩍 구미가 당기는 일이었다. 혼자서 밋밋하게 서 있거나 앉아 있는 여자를 그리는 것보다는, 보다 탐미적이고 에로틱한 역동성이 그림에 배어들어 갈 것 같은 생각이 들었기 때문이었다.

하지만 잠시 생각해 보니 언니와 함께 모델 서는 것을 명희가 어떻게 생각할지 예상이 안 갔다. 혹시라도 명희의 마음에 상처를 주어서는 안 될 것이었다. 그리고 로라를 모델로 세우는 것에도 아직은 어쩐지 자신이 안 갔다.

내가 로라의 육체를 워낙 찬탄하고 있는 현재의 상황으로는, 냉정하게 그림을 그리기보다는 로라의 육체미에 우선 주눅이 들고 색정(色情)이 먼저 발동할지도 모르는 일이기 때문이었다. 그래서 나는 로라에게, 모델 서는 건(件)은 차차 시간을 두고 생각해 보자고 얼버무려두었다.

다음 곡도 블루스 곡이 나왔지만 나는 명희가 외롭게 앉아 있는 것이 안 돼 보여 로라를 이끌고 테이블로 돌아왔다.

과연 명희는 훌쩍훌쩍 눈물을 흘리고 있었다. 나와 로라가 어르고 달래어 명희는 겨우 울음을 그쳤다. 내가 그녀에게 담배를 권하자 명희는 담배 한 대를 천천히 다 피웠다. 그런 다음 명희는 내게 작은 소리로 이렇게 말했다.

"또 바보같이 눈물을 보여서 정말 죄송해요. 선생님과 언니가 춤을 추는 모습이 너무나 멋져 보여서 그랬어요."

명희의 말이 너무나 측은하게 들려 나는 명희를 꼭 껴안아주었다. 그리고 로라도 동생 곁에 들러붙어 어깨를 껴안아주고 볼을 비벼주었다. 그런 다음 로라는 명희에게 이렇게 말했다.

"내가 너무 눈치 없는 짓을 했구나. 정말 미안해. 다시는 안 그럴게."

명희는 로라를 멍한 눈길로 바라보았다. 불그레한 조명 탓인지 명희의 얼굴이 무척이나 엑조틱하면서도 구슬프고, 그러면서 또 백치미가 어려 있는 것처럼 보였다. 하지만 솔직히 말해서 세련되게 야한 아름다움은 로라 쪽이 훨씬 더 돋보이는 게 사실이었다.

우리 세 사람은 계속 말없이 술을 마셨다 명희는 생각보다 주량이 셌다. 아니면 힘겹게 의지력을 동원하여 치밀어 오르는 취기를 억누르고 있는 것인지도 몰랐다.

때맞춰 느린 템포의 곡이 흘러나왔다. 나는 명희를 붙들고 나가 춤을 추었다. 명희는 내 가슴에 얼굴을 묻고 두 팔을 내 목 뒤로 올려 깍지 끼었다. 그리고 몸에 힘이 하나도 들어가 있지 않은 상태로 축 늘어져 내게 매달렸다. 나는 그녀의 머리 곳곳에 혀를 디밀어 끈적끈적한 키스를 베풀어주었다.

뜬금없이 옛날 직장생활을 할 때 받았던 스트레스들이 또렷한 기억으로 몰려왔다. 동료 간의 시기와 질투, 그리고 중상과 모략……. 그런 와중에서도 여전히 치밀어 오르던 사랑에의 목마름……. 사는 것의 고달픔, 그래도 살아가는 것의 기이함……. 나는 신경질적으로 명희의 입 안에 혀를 찔러넣었다.

3

며칠 후 이길로가 차린 붕어찜 가게의 내부 설비가 완료되었다. 이길로는 화가답게 낭만적인 멋을 부려 가게 이름을 '나무와 해'로 붙였다. 붕어찜 집치고는 우스꽝스럽게 멋을 부린 상호라고도 볼 수 있었다.

이길로는 개업 기념 파티를 열어 친한 사람들을 초대했다. 나와 로라, 명희, 홍샘, 한그루, 지 주간, G사장, 심수일, 박상민, 김주리, 채나 외에도 이길로와 친하게 지내는 화가 대여섯 명이 초대되었다.

개업 기념 파티의 주인공은 이길로와 로라였다. 로라 역시 공동출자자로 되어 있었기 때문이었다.

'나무와 해'라는 상호는 붕어찜 가게에 걸맞은 이름이라기보다는 주변 풍광에 걸맞은 이름이었다. 가게의 주소는 '경기도 고양시 원당동'으로 되어 있었지만 키 크고 숱 많은 나무가 많고 공기가 맑아 서울에서 가까운 거리에 있는 곳이라고는 생각되지 않았다. 가게에서 20미터 정도의 거리에는 교외선 철도가 지나가고 그 뒤로는 넓은 터에 수많은 비닐하우스들이 촘촘히 들어서 있었다. 비닐하우스들은 저녁 햇볕에 반사되어 마치 넓은 호수나 강처럼 보였다.

우리는 먼저 이길로가 정성들여 만든 붕어찜을 시식했다. 밑에 무를 여러 겹 깔고 커다란 붕어 한 마리를 조린 것인데 국물이 많은 게 특징이었다. 그래서 '붕어찜'이라기보다는 '붕어조림'이라고 부르는 게 더 나을 것 같다는 생각이 들었다.

소주를 곁들여 천천히 붕어찜을 다 먹자 이번엔 저녁식사로 '어탕(魚湯) 국수'가 나왔다. 붕어 뼈다귀를 조린 국물에 칼국수를 넣고 끓인 것인데 특별한 맛이 있었다. 음식을 날라다 주는 여종업원들도 다들 해맑은 얼굴을 한 여자들로서, 시골 소녀들 같은 느낌이 들어 한결 그윽한 운치가 났다.

  음식과 술을 먹는 동안 실내에서는 은은한 배경 음악이 깔려 나왔다. 이길로는 평소의 그답지 않게 계속 클래식 음악을 틀고 있었다. 이를테면 구노의 <아베 마리아>나 그리그의 <솔베이지의 노래> 같은 성악곡들이었다.

  나는 특히 <솔베이지의 노래>를 들으며 야릇한 기분을 느꼈다. 센티멘털한 음악이 가져다주는 청각적 즐거움과 담백하면서도 고소한 붕어 맛이 가져다주는 미각적 즐거움이 예상 외로 잘 어울렸기 때문이었다.

  '어탕 국수'까지 다 먹고 나서 우리는 집 앞 뜰로 나왔다. 울타리도 없는 널따란 마당에는 여기저기 탁자와 의자가 마련되어 있었다.

  이번에는 '붕어튀김'을 안주로 술을 마셨다. 계속 붕어 한 가지로 된 요리를 먹는데도 전혀 싫증이 나지 않았다. 아마 아주 가끔 가다 먹어보게 되는 음식이기 때문인 것 같았다.

  해가 뉘엿뉘엿 넘어가고 있었다. 그러자 비닐하우스 너머 멀리서 점점이 불빛들이 켜졌다. 그래서 그 불빛들은 마치 '강 건너 등불'처럼 보였다.

  때맞춰 교외선 철로로 기차가 지나갔다. 주말에만 특별히 운행하는 증기 기관차였다. 까만 연기를 내뿜으며 지나가는 기차가 나로 하여금 아련한 향수를 부추겨주었다.

  날이 아주 어두워지자 분위기는 점점 더 로맨틱하게 되었다. 나는 명희 곁에 앉아 그녀의 어깨를 느릿느릿 쓰다듬어주고 있었다.

  명희는 내게 한 개인으로 인식되지 않았다. 나의 지나간 세월이 가져다준 막연한 사랑에의 그리움, 그리고 막연한 삶의 슬픔 같은 것으로 인식되었다. 만일 내 곁에 명희가 아닌 다른 여자 이를테면 로라나 주리나 채나가 앉아 있었어도 그런 느낌이 드는 건 마찬가지였을 것이었다.

  나는 눈앞에 펼쳐지는 드넓은 비닐하우스 밭이 저녁 불빛을 받아 더욱 큰 강물처럼 여겨지는 것을 느끼며, 비닐하우스 밭 너머 먼 곳에서 반짝이는 등불들을 감회 깊게 바라보았다. 문득 옛날에 좋아했던 가수인 정훈희가 부른 <강 건너 등불>이라는 노래가 생각났다.

그렇게도 다정하던 그때 그 사람
언제라도 눈 감으면 어리는 얼굴
밤하늘의 별처럼 수많은 사람 중에
아아아 당신만을 잊지 못할까
사무치게 그리워서 강변에 서면
눈물 속에 깜빡이는 강 건너 등불······

강물처럼 오랜 세월 흐르고 흘렀건만
아아아 당신만을 잊지 못할까
나도 몰래 발길따라 강변에 서면
눈물 속에 깜빡이는 강 건너 등불······

명희는 계속 내 품에 힘을 빼고 안겨 있었다. 그리고 로라는 뭐가 기분 좋은지 계속 웃고 있었다. 아마도 자기의 도움으로 인해 이길로가 기운을 되찾은 것에 보람을 느끼고 있는 것 같았다. 로라는 역시 착한 여자였다.
 뜰에는 캠프파이어용 장작이 준비되어 있었다. 우물 정(井) 자 모양으로 쌓아올린 장작더미에 이길로가 석유를 조금 붓고 불을 지폈다.
 불은 이상하게도 사람을 흥분시킨다. 그 흥분은 낭만적인 흥분이 될 수도 있고 폭력적인 흥분이 될 수도 있다. 하지만 오늘 밤의 흥분은 폭력적인 흥분이 아니라 낭만적인 흥분이었다.
 명희는 오랜만에 마음이 편안해진 것 같았다. 그녀는 내 가슴에 얼굴을 묻고 이렇게 속삭였다.

"캠프파이어가 이렇게 멋있는 줄은 정말 몰랐어요. 제게 다시 기운이 나는 듯해요."

"왜, 캠프파이어를 한 번도 못 봤나? 고등학교에 다닐 때나 대학에 들어갔을 때 엠티(M.T, Membership Training) 같은 행사에 한 번도 안 가봤나 보지?"

하고 내가 명희에게 말했다.

"전 친구들과 어울려 노는 게 몹시 싫었어요. 다들 너무 자신만만해 보여서요. 그래서 엠티에도 가본 적이 없고 캠프파이어도 본 적이 없지요."

"그럼 너무 청춘을 허비했군. 낭만도 한때, 청춘도 한때야. 앞으로 꼭 학교에 나가 친구들과 어울려 이리저리 쏘다녀보도록 해."

말은 이렇게 했지만 나도 사실 학창 시절에는 친구들과 어울려 합숙 훈련을 하거나 엠티 같은 행사에 가는 것을 극도로 싫어했었다. 요컨대 나는 고독을 즐겨하는(아니, 감수하는) 체질이었다. 그래서 나도 아주 오랜만에 캠프파이어를 보며 늦은 낭만에 어색하게 들떠 있는 것이었다.

이길로가 근처에서 밀주(密酒)로 만들어 판다는 농주(農酒)를 큰 사발로 돌렸다. 먹기엔 단맛이 나는데 무척이나 독했다. 그래서 나도 명희도 농주 몇 잔에 크게 취해버렸다.

술에 취한 것은 나만이 아니었다. 다들 술에 취해 본색을 허물없이 드러내기 시작했다. 우선 심수일이 나와 명희가 앉아 있는 탁자로 와 명희를 데리고 갔다. 명희도 술에 취해 심수일을 부둥켜안고 내 곁을 떠나가 버렸다.

노래를 부르는 사람도 있었고 노래에 맞춰 엉터리로 춤을 추는 사람도 있었다. 로라는 홍샘의 품에 안겨 있었고, 이길로는 주리를 껴안고 있었다. 얼마 후 이길로는 주리의 손을 잡고 내가 앉아 있는 테이블로 왔다.

"주리, 요즘은 지내기가 어때?"

하고 내가 먼저 주리에게 말을 붙였다.
"형편없어요. 사랑도 안 되고 그림도 안 되고……. 이렇게 용단을 내려 음식점을 차린 이 선생님이 부럽고 존경스럽게 느껴져요."
"그럼 결혼이나 한번 해보지 그래?"
"결혼이 그리 쉽게 되나요? 답답한 김에 선을 몇 번 봐보기는 했죠. 그런데 상대방이 모두 다 마음에 안 들더라구요."
"주리 눈이 너무 높은 거 아냐?"
"그런 건지도 모르죠. 하지만 저쪽에서 나를 마음에 안 들어 하는 적도 있었어요. 선을 몇 번 보고 나서 느낀 건, 요컨대 내가 결혼 체질이 아니라는 사실이에요."
"그럼 그림을 더 열심히 그려보지 그래? 주리는 집안의 경제형편이 좋은 편이니까 아버지가 계속 밀어주지 않겠어?"
"웬걸요. 이젠 아버지나 엄마 보기에도 눈치가 보여요. 노처녀란 원래 그런 건가 봐요."
"그래도 보디 페인팅이나 퍼포먼스 작업을 계속 밀고 나가봐. 그 분야는 아직 개척할 여지도 많으니까."
"개척할 여지도 많고 물론 재미도 있지요. 하지만 전혀 돈이 안 벌린다는 게 문제예요."
주리의 말이 끝나자 이길로가 주리에게 말했다.
"그럼 주리도 나처럼 가게를 하나 내보는 게 어때? 아버지한테 부탁해서 결혼자금을 대신 대는 셈치고 돈을 내라고 해서, 압구정동이나 홍대 앞에 아담한 카페라도 하나 내는 거지. 그럼 적어도 고독한 시간을 때워나갈 수는 있을 거야."
그러자 주리는 이렇게 대답했다.
"글쎄요……. 아버지를 조르면 자본금을 마련할 수는 있겠지만 아직까지 내 자존심이 그걸 허락하지 않아요. 나는 계속 예술가로 남고 싶어요."
 "그럼 계속 더 버틸 데까지 버텨봐. 우선 주리네 집안에서 주리를 굶겨 죽이지는 않을 테니까. 그것만 해도 주리한테 큰 축복이야."
 하고 내가 말했다.
 우리는 더 이상 말을 하지 않고 서로 술을 따라 마셨다. 술에 더욱 취해 몽롱해진 눈을 들어 바라보니 심수일이 명희를 품에 안고서 그녀의 몸뚱어리 곳곳을 슬근슬근 어루만지고 있었고, 명희는 기분 좋은 미소를 흘리고 있었다.
 그건 홍샘과 로라도 마찬가지였다. 홍샘은 로라의 젖가슴을 남 눈치도 안 보고 서슴없이 매만지고 있었고, 로라는 홍샘의 어깨를 계속 끌어안고 있었다. 한마디로 말해 '즐거운 잔치판'이었다.

 가만히 바라보니 혼자 우두커니 앉아 있는 것은 오직 채나뿐이었다. 그녀의 특이한 정체성이 한국에서는 아직 낯설어서 그런지, 아무도 채나를 친근하게 상대해 주고 있지 않았다. 그래서 나는 자리에서 일어나 채나 곁으로 가 그녀의 어깨를 부드럽게 얼싸안았다. 분위기가 을씨년스럽게 느껴져서 그런지 채나는 몇 방울의 눈물을 흘리고 있었다. 나는 그러고 있는 그녀가 몹시도 애처롭게 느껴졌다.
 "채나도 울 때가 다 있군. 분위기가 좋은데 왜 울지?"
 하고 내가 채나에게 말을 붙였다.
 "분위기가 너무 좋아서 우는 거지요. 여자는 눈물을 흘릴 때 가장 시원한 카타르시스를 느낀답니다. 선생님은 요즘 눈물을 흘리시는 일이 별로 없으시죠?"
 "사실 그래. 울고 싶어도 눈물이 나오지 않아 안타까울 때가 많지. 그렇게 된 게 억울해 죽겠어."
 "그래도 가끔가다 한 번씩 울어보려고 노력해 보세요. 그러면 한결 마음인 가벼워져요."

"애써볼게. 그런데 정말 분위기가 좋아서 운 거야? 채나 주변의 분위기가 너무 을씨년스럽게 느껴져서 운 게 아니고?"

"왜 그런 생각이 드셨죠?"

"채나한테는 접근해 오는 남자가 없어 보였으니까."

"그런 것엔 벌써 만성이 된 지 오래예요. 오랜만에 교외로 나와 보니, 그리고 숲 한가운데서 밤을 맞다 보니 마음이 왠지 센티멘털해져서 눈물이 나온 것뿐이에요."

"나도 이상하게 마음이 센티멘털해지더군. 아니, 삶이 너무나 슬퍼지더군. 그래서 이런 시가 갑자기 생각났어."

하고 나는 조금 아까 문득 머릿속에 떠오른 시상을 그대로 한번 읊어 주었다.

옛날에 한 소년이 살았습니다
소년은……
내일은 오늘과 다르리라
생각하며 살았습니다

옛날에 한 청년이 살았습니다
청년은……
내일이 오늘만큼 되리라
생각하며 살았습니다

옛날에 한 중년 남자가 살았습니다
중년 남자는……
내일이 오늘만큼 못 될까 봐

걱정하며 살았습니다

옛날에 한 노인이 살았습니다
노인은……
오늘이 어제보다 못하다고
생각하며 살았습니다

내가 시 읊기를 마치자 채나가 말했다.
"참 좋은 시로군요. 제목을 「삶의 슬픔」이라고 붙이면 좋겠어요."
"내가 중년 남자에 속할까, '노인'에 속할까?"
"그야 물론 중년 남자에 속하시죠."
"그런데 난 내가 꼭 '노인'에 속하는 것처럼 느껴지거든."
하고 내가 말했다.
"선생님은 너무 늙은 티를 내세요. 그런 선생님을 보면 왠지 저까지 슬퍼져요. 도대체 왜 그러시는 거죠?"
"살아가기가 너무 어려우니까. 먹고살기도 어렵고, 사랑하기도 어렵고, 사람 사귀는 것도 어렵고(아니, 무섭고), 점점 늙어가는 것도 어려워."
"마치 불교 책에 쓰여 있는 것을 듣고 있는 것 같은 기분이 드는군요."
"그래도 할 수 없지. 나는 어쨌든 또 사람이 무섭고, 사랑이 무섭고, 사회가 무섭고, 권력이 무섭고, 관습적 윤리가 무서워. 채나 같은 여장남성도 결국 '관습적 윤리'의 희생자 아냐?"
"그 말엔 동감해요. 저도 지금의 이 상태로 한국에서 살아간다는 것이 무척이나 어렵게 느껴지고 있으니까요. 차라리 외국으로 도망가 버릴까 하는 생각이 들 때도 있어요."
"아직 젊으니까 외국으로 나가는 것도 좋을 거야."

"하지만 향수병이 또 저를 괴롭힐 것 같은 생각이 들 때도 많아요."
"그건 그래. 그래서 한그루 같은 친구도 이탈리아에서의 유학생활을 그토록 그리워하고 있으면서도 아직 한국을 탈출할 엄두를 못 내고 있는 거고."

한그루 얘기를 하다 보니까 어느새 한그루가 우리 곁에 와 있었다.
"한 선생님, 요즘은 지내시기가 어떠세요?"
"재미가 없지. 돈도 안 벌리고 글도 잘 안 써지고, 또 이혼은 이미 물 건너간 일이 되어버렸고……."
"결단을 내려 붕어찜 가게를 낸 이길로 선생님이 부러우시죠?"
"맞아, 어떻게 그리도 내 속마음을 잘 알지?"
"그래 요즘도 로라 언니를 사모하고 계시나요?"
"이미 단념 단계로 들어서버렸어. 로라가 나만 좋아하질 않으니까. 난 나만 좋아하는 여자가 필요하거든."
"그런 여자가 생긴다고 하더라도 결혼하실 수가 없잖아요?"
"만약 그런 여자가 생긴다면 한 가지 방법이 있긴 있지. 이탈리아나 프랑스로 같이 날아가 버리는 거야. 거기서는 동거나 결혼을 할 수 있을 테니까. 그리고 소설이고 뭐고 다 때려치우고 스파게티나 바게트빵 같은 거나 만들어 팔며 조용히 살아가는 거지. 그렇게 살아가도 그런 나라들은 행복하고 안정된 삶과 공포스럽지 않은 심리를 보장해 주니까."
"맞아요. 한국은 언제나 '막연한 공포'를 느끼게 하는 나라예요……. 그런데 그런 여자를 과연 만나실 수 있을까요?"
"나도 자신이 없어……. 한때는 늘빛을 생각해 보기도 했지. 하지만 그녀는 너무 사치를 좋아하고 흠모하는 체질이라 나한테는 안 맞더군. 그녀한테는 로라의 코디네이터 역할이 제일 어울려."

나는 두 사람이 얘기하는 것을 잠자코 듣고만 있었다. 한국이 왠지 모를 '공포심리'를 조장해 주는 나라라는 사실은 맞는 말이었다. 튀는 놈도 못 봐주고 개성이 강한 놈도 못 봐준다. 그리고 잘나가는 사람도 못 봐주고 패거리에서 섞이지 않고 홀로 가는 사람도 못 봐준다……. 한그루는 그런 점에서 나와 비슷한 분노를 느끼고 있는 것 같았다.

나와 한그루와 채나는 계속 우울한 표정을 하고 앉아 술을 마셨다. 취기가 올라오자 나는 기분이 오히려 더 울적해졌다. 로라뿐만 아니라 명희조차도 '가까이 하기엔 너무 먼 당신'처럼 보였다. 그리고 '강 건너 등불', 즉 불교에서 말하는 '피안에서의 열반'이라는 것 역시 부질없는 자기위안에 불과한 것은 아닌가 하는 생각이 들었다.

나는 왠지 만감이 교차하는 것을 느끼며 눈을 감았다. 눈을 감았다 뜨고 앞을 바라보니 한그루가 채나의 어깨를 얼싸안고 있었다. 그리고 한 손으로는 채나의 허벅지를 거세게 어루만지고 있었다. '변태'를 혐오하는 한그루 같은 친구가 채나를 애무하고 있는 것을 보니 그도 외롭긴 무척이나 외로운 모양이었다. 밤이 돼서 그런지 채나는 내가 보기에도 완벽한 여자로 보였다.

한그루가 채나를 애무하다 말고 문득 내게 말을 걸어왔다.

"그래도 자넨 행복해. 로라도 자넬 좋아하고 명희도 자넬 좋아하고 있지 않나?"

"로라는 한 남자 갖고는 만족을 못하는 여자야. 최근엔 또 말론 박한테 빠져 있지 않나? 그래서 어쩐지 항상 찜찜한 기분이 들지……. 나도 아마 자네를 닮아가는 모양일세. 자넨 늘 '온리 유(only you)' 스타일의 여자를 원하고 있으니까 말야."

"로라는 그렇다 쳐도 명희는 자네를 '온리 유' 스타일로 사모하고 있는 것 아닌가?"

"글쎄…… 내가 보기엔 명희가 내게 매달리는 것도 한때의 병적(病的) 증상일 뿐이라는 생각이 들어."

"그렇게 이모저모 따지다간 자넨 정말 진짜 연애 한번 해보기 어렵겠어."

한그루가 이렇게 얘기하자 채나가 한그루의 말을 받아 말했다.

"그건 한 선생님의 말씀이 맞아요. 천 선생님은 제가 은근하면서도 간절하게 보내는 사랑도 못 본 체 하셨다구요. 그래서 전 얼마나 서운했는지 몰라요."

그래서 나는 할 수 없이 채나에게 변명조로 대답해 줄 수밖에 없었다.

"절대로 오해하지 마, 채나. 그건 채나가 특이한 여자라서 그런 게 아냐. 내 마음속이 항상 사랑에 대한 냉소로 가득 차 있다는 것이 진짜 이유지."

"물론 그 말씀에는 이해가 가요. 하지만 사랑을 좀 더 긍정적인 측면에서 생각해 볼 수도 있지 않겠어요?"

"사랑 자체가 문제가 아냐. 인생 자체가 문제지."

하고 내가 말했다. 그러자 한그루도 맞장구를 쳤다.

"그건 이 친구 말이 맞아. 사랑보다는 인생이 더 중요해. 인생 자체가 시들해 보이기 시작하면 사랑에도 시큰둥해질 수밖에 없어."

"그런데 한 선생님은 왜 그렇게 사랑에 노골적으로 굶주려하시죠?"

하고 채나가 한그루에게 물었다.

"사랑에 빠져들다 보면 삶의 고통이 조금은 마취되는 것 같은 느낌이 드니까 그렇지."

하고 한그루가 대답했다. 나는 속으로 한그루의 말이 맞다고 생각했다.

나는 시선을 옮겨 로라가 있는 쪽을 바라보았다. 로라는 어느새 G사장의 품에 안겨 있었다. 그리고 명희는 홍샘의 품에 안겨 있었다. 심수일은 늘빛을 주무르고 있었고 이길로는 주리를 주무르고 있었다. 그렇게 보기 흉한 풍경은 아니었다.

얼마 안 있어 로라가 우리 앞으로 왔다. 나는 앞에 앉아 한그루와 얘기하는 로라를 술에 취해 몽롱한 눈길로 바라보았다. 내 시야에는 오로지 로라밖에 안 들어왔고, 내 눈은 어느새 캠코더가 되어 슬로모션으로 그녀의 전신을 훑어내리고 있었다. 어슴푸레한 밤이라 그런지 그녀의 '선(線)'이 더욱 또렷이 드러났다. 귀 밑에서 턱으로 빠지는 선이 너무 급하지 않고 그렇다고 너무 완곡하지도 않게 부드럽게 흘러내리고 있었다. 내가 고등학교 시절 미술반에서 공부할 때, 석고 데생을 할 적마다 '줄리앙'의 턱 선에서 눈을 뗄 수가 없었던 기억이 났다. 그 창백하리만큼 싸늘한 하얀 눈을 나는 오로지 턱선 때문에 사랑했었다.

그 다음으로 중요한 선은 목선에서 어깨를 지나 팔뚝으로 내려오는 선이다. 로라의 하얀 목은 일직선으로 곧게 뻗는 듯하다가 어깨를 만나는 지점에서 부드럽게 곡선으로 흘러내리고 있었다. 그리고 어깨뼈를 만나는 지점에서 약간의 경사를 주며 호흡을 조절하고 있었다.

여자에게 있어 몸의 곡선미의 절정을 이루는 것은 역시 어깨다. 어깨는 여러 가지가 맞닿는 부분이라서 그렇다. 로라의 몸은 자그마하고 동그마한 어깨뼈가 중심을 형성하면서, 살그머니 솟은 견갑골이 맞닿는 부분의 뼈와 살이 이루어낸 선의 조화가 기가 막힌 아름다움을 만들어내고 있었다.

로라가 문득 고개를 90도 정도 옆으로 돌렸다. 그러자 더욱 완벽한 선의 아름다움이 완연히 드러났다. 목과 견갑골 앞부분이 만들어내는 절묘한 선의 조화가 더욱 또렷이 관찰되었기 때문이었다.

로라의 가장 큰 매력은 역시 투명하리만큼 하얀 살결이었다. 투명한 살갗 아래로 살짝 내비치는 파리한 핏줄들이, 술에 만취된 나로 하여금 그녀를 넋 놓고 바라보게 하였다. 뼈와 살과 핏줄이 만들어내는 선(線)의 미(美)를 이 세상 어느 예술작품도 따라갈 수 없을 것 같다는 생각이 들었다.

나는 다시 로라의 뒤로 돌아가, 로라의 목에서 등을 거쳐 엉덩이 바로 직전까지 내려오는 아름다운 선을 바라보았다. 목뼈와 척추가 맞닿은 곳에 볼록하고 단단한 둥근 뼈가 솟아나 있었다.

자그마한 어깨는 안쪽으로 살짝 굽어져 있었고, 고운 척추가 수줍은 듯 불룩 솟아나온 날개뼈를 양옆으로 하고 등 한가운데로 시원하게 흘러내리고 있었다. 여자의 허리선은 앞에서 볼 때보다 뒤에서 봤을 때가 제격이라는 사실을 그래서 나는 다시 한 번 확인할 수 있었다.

로라의 척추뼈는 일직선으로만 흐르지 않았다. 그것은 교태를 부리듯 허리에서 한껏 안으로 옴팍 패였다가 다시 엉덩이 쪽에서 한껏 들려 있어 묘한 아름다움을 만들어내고 있었다. 그녀의 빵빵한 엉덩이도 직전에 옴팍 패인 허리가 없었다면 아무런 미적(美的) 감동도 주지 못했을 것이었다. 그리고 무엇보다도 나의 가슴을 탐미적 경탄으로 울렁이게 만든 것은, 고관절 윗부분에 있는, 척추를 중심으로 양옆으로 반 뼘씩 떨어져 있는 곳에 앙증맞게 옴폭 패인 두 홈이었다.

나는 다시 로라의 맞은편으로 와 앉았다. 진한 밤 화장을 한 그녀의 얼굴이 왠지 갑자기 낯설어 보였다.

한그루는 로라와 얘기하는 것에 신이 나 있었다. 그는 어느새 로라의 어깨를 껴안고 있었고 로라는 한그루의 어깨에 머리를 기대고 있었다. 로라는 앞에 있는 술잔에 술을 따른 후 나에게 말했다.

"천 선생님, 우리 같이 한잔해요."

나는 몹시 취해 있었다. 그래서 더 이상 술을 마실 수 없다고 로라에게 말했다.

"뭘 이 정도 가지고 그러세요. 우리 다 같이 한잔해요."

로라가 다시 내게 술을 권했다.

"다 같이 한잔하세. 야외에 나오니까 시내에서 먹는 것보다 술이 별로 안 취하는데. 그런데 자넨 왜 그리 빨리 취했나?"

하고 한그루가 말하며 나와 채나의 잔에 술을 따랐다. 그래서 나는 마지못해 술잔을 받아들었다.

"원샷으로 마시는 거야, 알았지?"

하고 한그루가 말했다. 우리들은 다 같이 술잔을 들고 마셨다. 나는 원래 술을 질금거리며 마시는데 원샷으로 마시니 취기가 두제곱 세제곱으로 밀려왔다.

그런 상태로 철로 건너편을 바라보니 강 건너 등불들이 훨씬 더 크게 보였다. 그 등불들은 마치 고흐가 그린 <별이 빛나는 밤>에 나오는 왕방울 같은 별빛처럼 내 눈에 들어왔다.

"오랜만에 이런 데서 놀아보니까 인생이 무척 즐겁게 느껴져요."

하고 로라가 말했다. 그녀의 말이 내겐 흡사 종달새가 주책 없이 지절거리는 소리처럼 들렸다.

"난 이런 데 나와서 술을 마셔 봐도 인생이 하나도 안 즐거운데요."

하고 채나가 새침한 목소리로 대꾸했다.

"한 선생님도 그렇게 느끼세요?"

하고 로라가 한그루에게 물었다.

"난 즐겁게 느껴지는데."

하고 한그루가 대답했다.

"그럼 천 선생님은요?"

"난 그저 그래. 그저 졸릴 뿐이야."

하고 내가 대답했다.

"그럼 우리 다 같이 노래해요. 그러면 술이 깨실 거예요."

하고 로라가 말했다. 그러고 나서 로라는 '푸른 하늘 은하수 하얀 쪽배에……' 하고 노래를 시작했다.

"은하수도 안 보이는데, 뭘."

하고 내가 로라와 한그루가 같이 하는 노래 중간에 말했다.

"정말 그렇군요. 여긴 꽤 공기가 좋은 편인데도 은하수가 안 보여요."
하고 채나가 말했다.
"은하수를 보려면 아주 깊은 산골짜기로 들어가야 할 걸. 은하수는커녕 별도 잘 안 보이는데."
하고 내가 약간 퉁명스런 목소리로 말했다.
"그럼 다른 노래를 해요. <모래성>이란 동요가 썩 좋더군요."
하고 채나가 말했다.
"어떻게 부르는 건데? 난 들어보지 못했는걸."
하고 한그루가 말했다.
"이런 노래예요."
하고 채나가 말하며 노래를 시작했다.

모래성이 하나 둘 허물어지면
아이들도 하나 둘 집으로 가고……

노래 가사도 그렇지만 채나의 목소리도 무척이나 구슬프게 들렸다.

11
다시 비

1

로라가 남편이 불러 늘빛과 함께 인도네시아로 가자 장미클럽은 왠지 적적하게 되었다. 또 이길로도 붕어찜 가게 일 때문에 장미클럽에 들르기가 어려워졌다. 그래서 장미클럽에 주요 멤버들은 이길로가 하는 원당의 붕어찜 가게인 '나무와 해'에 가서 시간을 때우며 노는 일이 많아졌는데, 아무래도 거리가 멀어 불편한 게 사실이었다.

로라는 인도네시아에서 서너 달쯤 머물다가 돌아오겠다고 하면서, 나한테 명희를 잘 돌봐달라고 부탁하고 갔다. 하지만 그런 부탁 자체가 내게는 부담이었다. 명희는 아직까지도 정신 상태가 조울증적 경향을 보이고 있어서, 그녀의 비위를 맞추며 심리적 안정을 도모해 준다는 게 무척이나 어려운 일이기 때문이었다.

명희가 졸라 그녀를 모델로 누드화를 그려보기도 했다. 하지만 모델로서의 명희는 성실하지가 못했다. 몸을 비비 꼬며 같은 포즈로 앉아 있는 걸 따분해하기 일쑤였고, 조금만 시간이 지나도 내게 애무를 해달라고 조르거나 같이 밖으로 나가 놀자고 하는 것이었다. 그러다가 내가 조금 신경질이라도 부리면 금세 펑펑 울어젖히는 것이 예전과 하나도 다를 게 없었다.

하지만 명희의 외모가 차츰 야하고 세련된 모습으로 변해가고 있는 것만은 틀림없었다. 그러고 보면 성형수술을 받은 것이 그녀의 심리적 안정에 어느 정도 도움을 준 것은 틀림없는 사실 같았다. 하지만 그녀가 자주 자기와 언니 중 누가 더 예쁘냐, 또 누구를 더 사랑하느냐고 내게 따지고 드는 일이 많아 그것이 나를 늘 당혹스럽게 했다. 내가 명희보다 로라를 훨씬 더 좋아하고 있는 것이 사실이기 때문이었다.

로라가 내게 꽤 많은 돈을 주고 간 것도 내겐 부담이었다. 명희를 화려한 장소로 데려가 같이 술도 마시고 노래도 하고 춤도 추라고 하면서 내게 쥐어준 돈이었다. 나는 몇 번이고 완강히 거절하다가 결국에 가서는 할 수 없이 돈을 받았는데, 로라의 자존심을 상하지 않게 하기 위해서였다. 또 내게 그런 유흥비로 쓸 돈이 별로 없는 것도 사실이었다.

다행히도 명희는 운전면허증만은 우울증을 앓기 전에 일찍 따놓고 있었다. 그래서 운전을 하지 못하는 나에게 명희의 운전기술은 상당한 도움을 주었다.

마음이 답답할 때면 로라가 명희에게 사준 차를 타고 서울 교외 어디론가로 신나게 달려 나갈 수 있었기 때문이었다. 나로서는 어두컴컴한 실내에서 같이 술을 마시거나 춤을 추는 것보다는 그 편이 훨씬 더 나았다. 어두컴컴한 실내에서 명희와 춤을 추거나 애무를 나눌 때마다 로라 생각이 더 간절해지기 때문이었다.

어렵게 긴 시간을 두고 그린 명희의 누드화가 완성됐을 때, 우리는 그림이 끝난 기념으로 드라이브를 나갔다. 미사리를 거쳐 팔당을 지나 청평 근처까지 갔다. 거기까지도 여러 개의 라이브 카페가 드문드문 자리 잡고 있었다. 강변을 시원하게 달려 나가니 한결 기분이 개운해지는 느낌이었다.

검은 구름이 낮게 드리워져 있는 날씨는 햇볕이 쨍쨍 내리쬐는 날씨보다 한결 푸근한 마음을 갖게 해주었다. 회색 하늘 사이로 황혼빛이 살짝살짝 나타났다 사라지고 있었다.

드디어 빗방울이 후두둑 떨어지기 시작했다. 비는 점점 거세게 내려 자동차의 와이퍼가 아무리 움직여도 시야가 흐려올 정도였다. 운전을 하는 명희는 힘들어 했지만 나로서는 속이 확 뚫리는 기분이었다.

우리는 쏟아지는 빗줄기를 헤쳐 나가서 청평에 있는 '산장호텔' 앞까지 이르렀다. 갑자기 쏟아진 폭우로 강물이 누런 흙탕물이 되어 흘러내리고 있었다. 산장호텔을 지나 좁은 강변도로로 들어서니 좌우에 펼쳐진 산들이 빗물에 젖어 한층 어두운 암록색을 띠고 있었다. 나는 검정색에 가까운 짙은 회색빛 하늘과 암록색 산등성이가 썩 잘 어울린다는 생각이 들었다.

하지만 명희는 빗줄기를 뚫고 나가는 어려운 운전을 하느라 진땀을 흘리고 있었다. 나는 나 혼자서만 우중(雨中)의 드라이브가 주는 쾌감을 맛보는 것이 적이 미안하게 생각되었다. 그래서 나는 마침 앞에 보이는 한 라이브 카페로 들어가자고 말했다. 명희는 한숨을 휴 하고 내쉬며 내 말이 반갑다는 표정이었다.

이렇게 아주 후미진 장소에 라이브 카페가 있다는 사실이 경이로웠다. 통나무로 만들어진 카페 건물에는 실내에도 모두 나무를 쓰고 있었다. 아담하게 만들어진 벽난로가 있어 마음이 한결 훈훈해졌다. 벽난로 안에서는 통나무 몇 개가 느릿느릿 불에 타고 있었다.

손님들이 서너 패 앉아 술을 마시고 있었다. 다들 젊은 사람들이었고 연인 사이로 보이는 커플들도 있었다.

나는 한기를 녹이기 위해 위스키를 시켰다. 명희도 위스키 한 잔쯤은 시간이 지나면 곧 깨 운전엔 별 지장을 안 줄 것 같다며 위스키를 시켰다.

위스키를 반 잔쯤 마시고 났을 때 자그마한 무대 위로 한 남자 가수가 올라왔다. 생전 처음 보는 얼굴이라 언더그라운드 가수인 것 같았다. 머리결 좋은 긴 생머리가 어깨를 덮고 있었다. 그 가수는 곧이어 기타 반주에 맞춰 노래를 하기 시작했다.

다시 비
비는 내리고
우산을 안 쓴 우리는
사랑 속에 흠뻑
젖어 있다

다시 비
비는 내리고
우산을 같이 쓴 우리는
권태 안에 흠뻑
갇혀 있다

다시 비
비는 내리고
우산을 따로 쓴 우리는
세월 속에 흠뻑
지쳐 있다

노래가 끝나자 손님들이 다 손뼉을 쳤다. 명희와 나도 한껏 성의 있게 손뼉을 쳐주었다.
"노래가 참 좋네요. 특히 가사가 좋아요. 하지만 좀 구슬프군요."

하고 명희가 내가 말했다.

"나도 그렇게 느꼈어. 말하자면 사랑과 권태를 노래한 건데, 오늘같이 비가 오는 날에는 안성맞춤의 노래인걸."

하고 내가 말했다

"두 사람이 열렬히 사랑하다 보면 저 노래 가사처럼 결국 권태에 빠지게 되나 보죠?"

"그렇다고 볼 수 있지. 아무리 맛있는 요리라 해도 매일같이 먹다보면 물릴 수밖에 없으니까."

"그럼 사랑하더라도 서로 약간 거리를 두고서 하는 게 더 낫겠군요. 그러면 쉽사리 권태에 빠져들게 되지는 않을 테니 말이에요."

"그렇다고 하더라도 결국 권태는 오게 마련이겠지. 사랑만 권태가 아니라 인생 자체가 권태니까."

"어쩐지 저의 앞날이 무서워지네요."

"권태만 무서운 게 아니야. 고통도 무섭지, 삶은 고통과 권태의 반복이라고 볼 수 있거든. 아프거나 괴로운 일이 없어지면 곧바로 권태가 찾아들고, 권태를 극복하려면 아프거나 괴로워해야 하고……."

"너무 인생을 부정적으로만 보시는 게 아니에요?"

"인생을 긍정적으로 바라보며 살아가는 사람이 과연 있을 수 있을까? 만약 그런 사람이 있다면 파렴치할 정도로 기(氣)가 센 사람이거나 태어날 때부터 뻔뻔스럽게 악한 기질을 타고난 사람일 거야."

"전 아직 잘 모르겠어요……. 선생님이 너무 겁주는 말씀만 하시니까 괜히 기분이 울적해져요."

"그런 기분이 들었다면 미안해. 난 그저 내 심정을 명희한테 솔직히 털어놓은 거였어."

얘기를 나누다가 무대를 바라보니 아까의 그 가수가 이번엔 귀에 익은 노래를 하고 있었다. 아까 부른 '다시 비……'로 시작된 노래는 자작

곡이었던 게 분명했다. 이번 노래는 정태춘과 박은옥이 부른 <사랑하는 이에게>였다. 아까 부른 노래와는 달리 남녀 간에 끊임없이 이어지는 진실된 사랑이 가사 전편에 흐르고 있어, 나는 왠지 당황스러워지는 기분을 느꼈다.

나는 위스키를 한 잔 더 시켜 마셨고 명희는 커피를 시켜 마셨다. 창밖을 보니 빗줄기가 더 거세지고 있었다. 문득 저 빗줄기 속에 미처 자살하지도 못하고 끈적끈적 비굴하게 목숨을 이어가고 있는 비겁한 나의 생존 욕구를 씻겨 내려가게 하고 싶은 생각이 들었다. 그리고 아무리 끊으려고 애를 써도 끊어지지 않는 신기루 같은 사랑에의 목마름을 씻겨 내려가게 하고도 싶었다.

어쨌든 명희는 내 어깨에 머리를 기대고 행복한 표정에 잠겨 있었다. 언니가 한국에 없다는 사실이 그녀에게 안온한 만족감을 느끼게 해주고 있는 것 같았다.

명희는 이제 대담하게 코걸이까지 하고 있었다. 콧망울에 살짝 박아 넣은 작은 보석이 아니라 인도 여인들이 하고 있는 것 같은 모양의 둥그렇고 큰 코걸이였다. 코를 뚫지는 않고 압착식으로 끼우도록 만들어진 것인데, 그 모양이 무척이나 섹시해 보였다.

하지만 섹시해 보이는 모습과는 달리 명희의 표정은 어쩐지 구슬프게 보였다. 얼핏 보면 행복한 표정이었지만 그 표정의 이면에는 깊은 허무가 흐르고 있다는 것을 눈치 챌 수 있었다.

그녀가 앓고 있는 우울증은 언니의 미모에 대한 단순한 질투심이나 열등감 같은 것은 아니었다. 삶에 대한 공포나 인간에 대한 공포, 그리고 살아가는 것의 덧없음에 대한 회의 같은 것이 그녀의 내면을 꽉 채우고 있는 게 분명했다.

나는 문득 명희에게 연민의 정을 느껴 그녀의 목에 긴 키스를 보냈다.

그녀가 앓고 있는 우울증은 얼핏 보기엔 역시 사치스러운 것이었지만, 속을 깊이 들여다보면 내가 그녀 나이 때 앓았던 우울증과 내용면에서 상통하는 것이 많다는 생각이 들었기 때문이었다.

명희가 그녀의 머리칼을 쓰다듬고 있는 내 손에 입맞추어왔다. 그러고는 문득 이렇게 말했다.

"전, 선생님이 저를 아주 버리실까 봐 겁이 나요."

"왜 갑자기 그런 생각을 하지?"

하고 내가 말했다.

"선생님은 저를 귀찮아하시니까요. 제 말이 맞죠? 선생님의 진심을 말해주세요!"

나는 대답할 말이 얼른 생각나지 않아 뭐라고 말해 줄 수가 없었다. 명희는 고개를 들어 나를 빤히 쳐다보았다. 그리고 이렇게 말했다.

"선생님이 저를 싫어하신다는 것을 저는 잘 알아요!"

"절대로 명희를 싫어하지 않아."

하고 내가 한참 있다가 대답했다.

"선생님은 늘 언니 생각뿐이시잖아요?"

다시 명희가 내게 따지듯 물어왔다.

"언니 생각을 많이 하는 건 사실이야. 하지만 난 한 여자를 순수하게, 그리고 미칠 듯 낭만적으로 사랑할 수 있는 성격이 못 돼."

"도대체 왜 그렇게 되셨지요? 예전에 젊었을 때도 그러셨나요?"

"젊었을 때는 안 그랬지. 젊은 시절에는 누구나 막스 뮐러의 소설 『독일인의 사랑』이나 쥘리앙 뒤비비에의 영화 <나의 청춘 마리안느>에 나오는 것 같은 순수한 사랑을 꿈꾸게 마련이니까."

"『독일인의 사랑』은 저도 읽어보았어요. <나의 청춘 마리안느>는 옛날 영화라 볼 기회가 없었구요. 『독일인의 사랑』에 성(性)이 빠져있는 건 유감이지만 그래도 전 그런 식의 순수한 사랑이 가능하다고 믿어요."

"그럼 명희는 '삶'에 대해서는 어떻게 생각하고 있지? 도대체 '행복한 삶'이나 '보람 있는 삶'이 가능할 수 있다고 믿나?"

"그렇지는 않아요. 삶 자체는 늘 무섭게만 느껴져요."

"그럼 명희는 젊었을 때의 나와 비슷한 점이 많군. 나도 순수한 사랑엔 기대를 걸었으면서도 삶이나 인간 자체에는 늘 공포만 느껴졌으니까."

"그럼 우리들은 서로 비슷한 점이 많네요. 그런 생각을 하니 어쩐지 기분이 좋아져요."

"기분이 좋아졌다니 다행이군. 그럼 이왕 마신 거니 술을 한잔 더 마셔봐. 그럼 기분이 더 좋아질 거야."

나는 위스키를 두 잔 더 시켰다. 술이 오자 명희는 한 손으로는 술잔을 잡고 한쪽 팔을 나의 가슴 위로 올려놓았다. 나는 그녀의 따스한 체온이 내 복부를 지나 갈비뼈까지 스며드는 것을 느꼈다. 명희는 술을 천천히 한 모금 마셨다.

"위스키는 역시 쓰군요. 전 아직 술맛을 잘 모르겠어요."

명희는 이렇게 말하고 나서 나를 다시 슬프고도 그윽한 얼굴빛으로 쳐다보았다.

"여기 오길 잘했어요. 참 좋은 카페예요. 비가 오는 풍경도 멋있구요."

비가 더 세게 쏟아지고 있었다. 벽난로 안에서 타 들어가고 있는 장작이 그래서 더 따스하게 느껴졌다. 창문이 비바람 때문에 나지막한 소리를 내며 달그락거리기 시작했다.

"저와 함께 있는 게 기쁘셔요?"

하고 명희가 물었다.

"나도 잘 모르겠어. 오해하지 마, 명희. 그런 감정은 언니와 함께 있을 때도 느꼈던 거니까."

명희는 머리를 들어 내 입술에 키스했다. 그러고 나서 확신 있는 어조로 이렇게 말했다.
"선생님은 분명 저와 함께 있는 걸 기쁘게 느끼고 계셔요. 틀림없이 기쁘게 느끼고 계셔요."
명희의 얼굴이 너무 바짝 내 얼굴 위로 덮쳐왔으므로 그녀의 숱 많은 머리털이 나의 머리 위로 쏟아졌다. 나는 그녀의 황금빛 머리카락을 쳐다보았다. 흡사 노란색 해바라기 꽃더미 사이에 파묻힌 것 같은 느낌이 들었다.
나는 명희의 반듯한 이마를 바라보았다. 그리고 감은 눈 아래로 뻗어 내려와 있는 숱 많은 초록색 인조 속눈썹을 보았다. 그것은 몹시 낯설면서도 몹시 친근하게 느껴지고, 언제나 새롭게 느껴지면서도 또 시큰둥하게도 느껴지는 '여자'의 풍경이었다. 이럴 때의 명희는 로라와 하나도 다를 게 없어 보였다.
명희의 입술은 나와 한 키스 때문에 립스틱이 입술 주변까지 번져있었다. 그래서 그녀의 입술은 더욱 애처롭게 보였고 또 더 섹시하고 그로테스크하게도 보였다. '사랑은 그로테스크하다'고 나는 마음속으로 중얼거렸다.
잠시 후 아까 '다시 비……'로 시작되는 노래를 했던 언더그라운드가수가 다시 기타 반주에 맞춰 노래를 부르기 시작했다. 많이 들어서 귀에 익은, '햇빛촌'이 부른 <유리창엔 비>였다. 나는 날씨에 걸맞은 노래라고 생각하며 감상적 기분에 잠겨 그 노래를 들었다.

낮부터 내린 비는 이 저녁 유리창에
슬픔만 뿌려놓고서
밤이 되면 더욱 커지는
시계 소리처럼

내 마음을 흔들고 있네
이 밤 빗줄기는 언제나
내 마음에 어두운 비를 내리네
떠오는 기억 스민 속으로 헤매던 마음은
비에 젖는데
이젠 접은 우산을 펼 수는 없는 것
낮부터 내린 비는 이 저녁 유리창에
슬픔만 뿌리고 있네……

  노래가 끝나자 다시 또 빗줄기 소리가 들려왔다. 아무래도 오랜 시간에 걸쳐서 내릴 비인 것 같았다. 술에 취해서 그런지 명희는 다시 축 늘어져 있었다. 아무래도 다시 서울로 돌아가기는 어려울 것 같다는 생각이 들었다.
  내가 혼자서 담배를 두 대 연거푸 피우고 있는 동안 명희는 아무 말도 하지 않고 있었다. 그러고 있다가 그녀는 내게 불쑥 이렇게 말했다.
  "배가 고파요. 뭘 좀 시켜 먹어요, 네?"
  그래서 나는 웨이터를 불러 식사가 준비되느냐고 물어보았다. 간단한 경양식은 가능하다는 대답이었다. 가져온 차림표를 보니 오므라이스가 제일 무난할 것 같아 오므라이스 둘을 시켰다. 식사가 나오자 명희는 배가 고팠던지 맛있게 잘 먹었다. 나도 시장하던 차라 엉성하게 만든 오므라이스가 맛있게 느껴졌다.
  식사를 끝내고 나서 다시 커피를 주문해 마신 후 명희가 내게 말했다.
  "아무래도 서울로 돌아가긴 어려울 것 같지요?"
  "그럴 것 같군. 비가 너무 세차게 와서 말야."
  "그럼 아예 부근에 있는 호텔로 가요. 선생님과 단둘이서 비가 쏟아지는 풍경을 바라보고 있으면 한결 근사한 기분이 들 것 같아요."

나 역시 썩 내키지는 않았지만 호텔로 가서 밤을 보내는 수밖에 없다고 생각했다. 그래서 우리는 라이브 카페를 빠져나와 차에 올라탔다. '산장호텔'까지 가까운 거리였기 때문에 그리 힘들이지 않고 도착할 수 있었다.

오래된 호텔이라 건물이 구식이었다. 하지만 그 점이 오히려 마음에 들었다. 손님이 별로 없어 한적한 맛을 주는 것도 매력이었다.

열쇠를 받아 룸 안에 들어서니 낡았지만 고풍스럽게 보이는 침대와 가구가 푸근한 맛을 느끼게 해주었다. 명희와 나는 전화로 맥주와 안주를 시킨 후 창가에 앉아 비 내리는 광경을 바라보고 있었다.

명희의 얼굴을 보니 마치 저녁노을을 바라보고 있는 것 같은 느낌이 들었다. 그녀의 얼굴에서는 흡사 일몰의 휴지(休止) 직전의 대기(大氣)와도 같은 포근한 안도감이 감돌고 있었다. 나는 그녀의 그런 표정에 적지 않은 감동을 느꼈다.

나는 자신도 모르게 그녀 곁에 바싹 붙어 앉았다. 우리는 한동안 말없이 비가 어둠 속으로 쏟아지는 광경을 바라보고만 있었다.

호텔 종업원이 맥주와 안주를 가지고 왔다. 그래서 우리는 권커니잣커니 하면서 맥주를 마셨다. 맥주를 마시는 동안에도 명희는 한손으로 내 손을 꽉 잡고 있었다.

얼마 안 있어 우리는 침대 위로 올라가 베개를 높이 괴고 나란히 누웠다. 그러고 나서 옷을 대충 벗은 상태로 두 몸뚱이를 찰싹 밀착시켰다. 명희의 입술이 곧바로 내 입술에 끈끈하게 달라붙어 왔다.

명희는 내가 손으로 하는 가벼운 애무에도 몸을 바들바들 떨었다. 나는 되도록이면 무념무상의 상태에 이르도록 애쓰면서 그녀의 온몸 구석구석을 서서히 애무해 나갔다. 얼마 후 명희가 느닷없이 눈물을 훌쩍거렸다.

명희가 훌쩍거리면서 우는 소리는 절정감에 겨워서 우는 소린지 진짜 슬퍼서 우는 소린지 잘 구별이 안 갔다. 나는 그녀를 어린아이 달래듯 꽉 끌어안아준 다음 다시금 본능에 몸을 맡겼다.
 긴 펠라티오.
 긴 쿤닐링구스.
 긴 몰두(沒頭).
 그리고 긴 망아(忘我).
 그런 시간들이 빠르게 흘러갔다.
 그녀와 나의 몸뚱어리는 다시금 얼굴을 마주보며 겹쳐졌다.
 긴 키스. 긴 빨음. 긴 핥음. 긴 찌름. 그리고 다시 한 번의 교합(交合), 기타 등등…….
 한 시간 정도 시간이 흐른 후 명희가 벌거벗은 채로 침대에서 내려와 창가에 섰다. 그리고는 무심한, 아니 무념한 얼굴로 창가를 이쪽저쪽 거닐었다.
 명희가 문득 창문을 열었다. 비바람이 세차게 방 안으로 몰아닥쳤다. 명희는 온몸으로 비바람을 맞으며 마치 바닷가에서 파도의 포말 속을 소요하듯 창가를 이리저리 거닐었다.
 가끔씩 들려오는 가벼운 천둥소리가 마치 오케스트라의 팀파니 소리처럼 아련한 느낌으로 전달돼 왔다. 명희의 멍한 시선이 검푸르게 보이는 먼 산을 쫓고 있었다. 아니, 그녀의 눈은 먼 산을 바라보고 있는 게 아니라 흡사 바닷가의 드넓은 수평선을 바라보고 있는 것처럼도 보였다.
 드넓은 공허가 드넓은 공간 속에 자리 잡고 있는 곳. 아니, 부질없는 희망이 공허한 공간 속에 자리 잡고 있는 곳. 무섭기도 하고 아련하기도 한 노스탤지어가 하릴없이 피어올라 사람의 마음을 과거 속에 붙들어 매두는 곳…….
 나는 침대에서 내려와 명희 곁으로 다가갔다. 명희의 눈의 초점이 점점 더 흐려지고 있는 것처럼 보였다. 그녀의 잿빛 눈동자 속으로 하늘과

산과 우주 전체가 들어와 박혀 있는 것 같았다. 또한 그녀의 몸뚱어리 전체가 비바람 속에 파묻혀 허공 속으로 빨려 들어가고 있는 것처럼도 보였다.

별안간 명희가 그 자리에서 휘우뚱 드러누웠다. 아니, 쓰러졌다. 그리고는 납작 엎드려 들릴 듯 말듯 소리 없는 울음을 울었다.

나는 명희에게 느릿느릿 다가갔다. 그리고 그녀의 모습을 물끄러미 내려다보았다. 명희가 다시 위를 보고 누웠다. 그녀의 눈동자와 나의 눈동자가 마주쳤다. 하지만 그녀나 나나 눈동자와 표정에는 별다른 변화가 없었다.

잠시 후 명희는 눈을 감았다. 온몸에 빗방울들이 흥건히 묻어 있었다. 나는 침대 위의 시트를 가져다가 그녀의 몸을 닦아주었다.

명희가 두 손을 내밀어 내 목을 얼싸안아왔다. 그러고는 세차게 내 입술에 입맞추었다. 그것은 신경질적인 입맞춤 같기도 하고 허탈한 입맞춤 같기도 했다. 나는 내 몸이 진공상태가 되어 허공중에 부유하고 있는 것 같은 느낌을 느끼며 그녀와 오랫동안 키스했다.

로라와 키스하고 있는 것 같기도 하고 채나와 키스하고 있는 것 같기도 했다. 아니, 꿈속에서 어느 이름 모를 여인과 키스하고 있는 것 같은 느낌도 들었다.

잠시 후 나는 몸을 일으켜 창문을 닫았다. 빗방울들이 너무 거세게 쳐들어왔기 때문이었다. 그러자 명희는 갑자기 악을 쓰듯 큰 소리로 이렇게 외쳤다.

"제발 창문을 그대로 열어두세요. 부탁이에요!"

그래서 나는 창문을 닫지 않고 연 채로 그냥 두었다. 방 안으로 밀어닥치는 비바람 때문에 마치 황야 한가운데서 세찬 비바람을 맞으며 외롭게 배회하고 있는 것 같은 느낌이 들었다. 그런 느낌은 센티멘털한 느낌이기도 하고 사치스런 느낌이기도 했다.

나는 명희 역시 로라처럼 '사치스런 여자'에 속한다는 걸 알고 있었다. 그녀가 언니에게 돈을 받아쓰며 열등감을 느끼든 안 느끼든, 그리고 그녀가 로라만큼 완벽한 외모를 가졌든 안 가졌든, 어쨌든 그녀는 소박하고 가난한 여자가 아니라 허영끼 어리고 사치스러운 여자였다. 그런 그녀는 천민(千民), 즉 천민(賤民)이 되기도 하는 내 이름이나 본성과는 절대로 잘 안 어울렸다.

그런데도 명희는 병적 증상으로서든 아니든 나를 좋아하고 있었고, 나 역시 점점 화려해지고 사치스러워지는 그녀의 외모에 이끌려 들어가고 있었다. 이른바 '민중적 굴욕감'이 느껴지기도 하고 '민중의식의 한계'가 느껴지기도 했다.

나는 다시금 본능에 몸을 맡겼다. 실컷 울 수도 있고 실컷 앙탈 부릴 수도 있는 명희의 젊음과 치기(稚氣)가 한없이 부럽게 느껴졌다. 그 점이 나의 성감대를 자극시켰고 또 긴장되게 만들기도 했다.

명희는 침대 위에서 완전히 축 늘어져 마치 고무로 만든 마네킹처럼 되어 있었다. 능동적이면서 능수능란하게 애무기술을 구사하는 로라와는 백팔십도로 달랐다.

안쓰러운 몇 번의 교합 끝에 명희는 잠이 들었고, 나는 명희를 바라보며 창가에 앉아 술을 마셨다. 명희가 더 이상 간섭을 안 하기 때문에 나는 창문을 닫았다. 비가 안 들이치자 비로소 방 안이 안온한 느낌으로 변해갔다.

나는 비로소 평안한 기분이 되었고 술이 제법 들어갔다. 여자와 함께 부둥켜안고 자기엔 내 체질이 그것을 용납 못한다는 것을 나는 다시 한 번 느꼈다. 성희(性戲) 이외의 시간에 여자와 한데 얽혀 잠을 자본 기억이 나는 단 한 번도 없었다.

창밖을 보니 비가 여전히 내리고 있었다. 나는 문득 시상(詩想)이 떠올라오는 것을 느꼈다. 하지만 아주 혼란스러운 시상이었다. 우선 나는 비가 눈보다 좋다는 것을 느꼈다. 눈은 내릴 때만 아름다워 보일 뿐, 녹아내릴 때는 지저분한 느낌만 주기 때문이었다.

비는 모든 걸 씻어 내리기 때문에 눈보다는 한결 시원한 느낌을 준다. 답답한 가슴, 울적한 마음 그리고 애증병존(愛憎並存)으로 뭉친 모든 인간관계에 대한 강한 회의와 염증과 환멸에, 쏟아져 내리는 비는 한결 속 시원한 카타르시스를 선물해 주는 것이다.

나는 내가 왜 지금 뜬금없는 시상에 빠져들고 있나 하고 생각했다. 시는 확실히 그림보다 사람을 복잡미묘한 심정으로 꼬이게 만드는 일면이 있기 때문이었다. 그동안 그림을 그려보니 순간의 일탈감과 탈출감 그리고 순간적 망아감(忘我感)을 느낄 수 있었다.

그렇지만 시는 그런 망아감을 주지는 못한다. 시는 역시 문법과 문맥의 지배를 받기 때문이다. 하지만 시는 속마음을 그런대로 시원하게 배설할 수는 있다. 그림은 그런 배설보다는 장식성과 아름다운 색조에 더 관심을 둬야 한다. 그림은 시보다는 단순하다. 그렇기 때문에 그림 그리는 사람은 시를 쓰는 사람보다 우선은 행복하다.

나는 떠오르는 시상을 호텔에 비치돼 있는 메모지에 주섬주섬 옮겨 적어보았다.

세찬 빗줄기 가운데 내리고 싶다
내 가슴속 엉긴 핏덩이
좔좔좔 좔좔좔 씻어 내리고 싶다.

무엇이 두려우냐 무엇이 서러우냐
뒤섞여 흘러가는 저 물속에
네 고독이 오히려 자유롭지 않으냐

아아, 못생긴 이 희망, 못생긴 이 절망
밤새워 뒤척이는 숨 가쁜 꿈, 꿈들
빗줄기 속으로 씻겨져 내렸으면!

긴긴 밤 보채대는 끈끈한 이 사랑,
제 미처 죽지 못해 미적이는 이 목숨,
우우우 우우우 부서져 흘렀으면!

세찬 빗줄기 가운데 내리고 싶다
내 껍질 모두 다 훨훨훨 빨가벗겨
빗줄기에 알몸으로 녹아들고 싶다.

정신없이 시의 초고 쓰기를 끝내자 비로소 정밀(靜謐)한 마음이 찾아들었다. 나는 담배를 한 개비 꺼내 피우며 한결 맛있고 고소한 담배맛을 느꼈다. 문득 '천상천하유아독존(天上天下唯我獨尊)'이라는 불타의 선언이 상기되었고, 인간은 역시 혼자 있을 때 가장 행복하다는 사실을 실감하게 되었다.

로라도 아니고 명희도 아니고 채나도 아니었다. 나는 역시 나 혼자 있을 때 가장 행복했다. 우정도 마찬가지였다. 한그루도 아니고 지 주간도 아니고 이길로도 아니고 박상민도 아니었다. 나는 역시 나 혼자 있을 때 제일 행복했다.

그렇다면 도대체 '성욕'은 어떻게 처리해야 할까? 그것은 밥을 먹는 만큼이나 생존에 중요한 요소인 것만은 분명하다. 식(食)과 색(色)이 없으면 인간은 살아가기 힘들다. 아니, 색은 식과는 조금 다르다. 색을 안 한다고 해서 죽지는 않는다. 하지만…… 하지만…… 색을 안 하면 사람은 서서히 미쳐버린다. 몰염치하고 사디스틱한 모럴 테러리스트가 되기도 하고 광신적 금욕주의자가 되기도 한다. 그러고 보면 나나 모든 인간한테는 색이 가장 무서운 숙적이라는 사실을 확인할 수 있다.

나는 정신이 혼란스러워지는 것을 느끼며 술을 더 마셨다. 몽롱한 기분을 넘어 아예 정신이 마비되는 듯한 기분이 왔다. 그런 기분은 일시적으로는 꽤 좋은 것이었다.

그러나 잠시 후 나는 배가 아파지고 설사 기운이 생기는 것을 느꼈다. 술 역시 완전한 해결책은 못 되었다. 한없이 마시다 보면 위나 장의 통증이 따르기 때문이었다. 나는 내가 갖고 있는 허약한 육체에 대한 비애감을 느끼며 화장실로 갔다. 쭈루룩 쭈루룩 비 쏟아지듯 설사가 흘러내렸다.

잠시 후 나는 술기운 때문인지 나도 모르게 잠이 왔다. 그래서 나는 침대 위로 올라가 명희 곁에 쓰러져 잠을 잤다.

다음날 오전 늦게 눈을 떠보니 명희가 어느새 일어나 화장을 하고 있었다. 짙은 화장으로 점점 더 음영이 뚜렷해져 가는 명희의 얼굴이 그런대로 꽤 섹시해 보였다. 창밖을 보니 간밤에 내린 비 때문에 하늘이 아주 청명하게 보였고 나무들 역시 훨씬 싱싱한 초록빛을 띠고 있었다.

명희의 화장이 끝나자 우리는 식당으로 내려가 늦은 아침을 먹었다. 곁에 따라 나온 산채나물들의 맛이 근사했다. 아침을 먹고 나서 우리는 호텔 밖으로 나와 근처를 산책했다. 강을 따라 조금 더 올라가니 강기슭이 온통 울창한 숲이었다. 갑자기 자연(自然)의 품속이 그리워져서 나는 그 숲 속으로 들어가 걷고 싶은 생각이 났다. 명희에게 물어보니 그녀도 나와 같은 생각이었다.

숲 속으로 들어가니 한 사람이 겨우 걸어갈 수 있을 정도의 좁다란 오솔길이 나왔다. 그래서 명희와 난 서로 허리에 팔을 두르고서 나란히 포개진 상태로 오솔길을 걸어 올라갔다. 좁다란 길이 신기하게도 꼬불꼬불 숲 사이로 나 있었다. 떡갈나무, 자작나무, 오리나무, 전나무, 낙엽송,

서어나무 같은 나무들이 한데 뒤섞여 있었다. 나무와 나무사이엔 이름 모를 들풀들이 삐죽삐죽 솟아나 있었고, 키 작은 관목들이 키 큰 나무들이 만들어놓은 그늘 아래서 안간힘 쓰며 자라고 있었다.

숲에서는 신선하고 청아한 기운이 감돌고 있었다. 나무들이 만들어내는 그늘이 더위를 식혀주며 컴컴하긴 하지만 상큼한 분위기를 만들어냈다. 그리고 땅바닥에는 지난 가을에 떨어진 가느다란 침엽과 넓고 좁은 활엽들이 채 썩지 않고 무더기를 이루며 쌓여 있어 푹신한 소파를 만들어주고 있었다. 나와 명희는 잠시 쉬었다 가기 위해 낙엽더미 위에 앉았다. 그리고 담배를 맛있게 피웠다.

담배를 다 피운 후 우리는 한참 동안 더 걸어 올라가 어두컴컴한 그늘을 드리우고 있는 잣나무 숲에 이르렀다. 잣나무 숲을 빠져나오자 유난히도 싱싱한 가지들을 뻗어 올리고 있는 참나무 숲에 들어섰다. 여기서는 간간이 하늘이 뚫려 있어, 나무 주위의 작은 식물들이 한결 맑고 푸르러 보였다.

잎이 무성한 나뭇가지 사이로 싱그러운 햇살이 비쳐들어, 나와 명희는 새삼 신기한 느낌으로 하늘을 올려다보았다. 귀엽게 생긴 다람쥐들이 나무에서 나무 사이로 빠르게 뛰어다니고 있었다. 비틀비틀 춤추듯 뻗어 올라간 덩굴식물들이 숲의 풍경에 변화를 주고 있었다.

"공기가 참 싱그럽군요."

하고 명희가 말했다.

"정말 기분이 상쾌해지는군. 비가 온 뒤의 숲은 정말 아름다워."

문득 나무들이 너무나 부러워 보였다. 그들은 살아 있는 것도 아니고 죽어 있는 것도 아닌 것으로 보였기 때문이었다. 또 생각도 없고 잡념도 없고 깊은 고뇌도 없는 것처럼도 보였다.

가끔씩 공중에서 귀여운 소리로 울며 날아가는 새들의 지저귐을 빼고는 모든 것이 조용했다. 축축한 나무 그늘 아래로 난 길을 풀섶을 헤치며 걸어가는 동안, 나는 가끔씩 길을 내기 위해 명희보다 앞서가 길을 막고 쓰러져 있는 굵다란 나뭇가지들을 들어내거나 휘늘어진 덩굴을 걷어내야 했다.

숲을 헤치고 한참을 더 가니 신기하게도 널따랗게 탁 트인 장소가 나왔다. 나는 안도의 한숨을 내쉬었고 명희도 기쁜 표정을 지었다. 비좁은 오솔길을 계속 걸어가기가 아무래도 조금 피곤했기 때문이었다.
드넓은 공지(空地)에는 키가 낮은 잡풀들만 촘촘하게 돋아나 있었고, 키가 큰 나무들이나 소교목(小喬木)들이 전혀 보이지 않았다. 그야말로 '숲 속의 빈터'였다.
무리 지어 피어 있는 들꽃 사이로 갖가지 색깔과 무늬를 한 나비들이 한가롭게 날아다니고 있었다. 그리고 반갑게 따사로운 햇살이 밝게 내리 비치고 있었다.
야트막한 잡풀들 사이로 피어오른 작은 들꽃들이 무척이나 고왔다. 패랭이꽃, 민들레꽃, 옥잠화, 며느리밥풀꽃, 체꽃, 질경이꽃, 도라지꽃, 엉겅퀴꽃 같은 꽃들이 보였다. 특히 보라색과 흰색으로 피어 있는 도라지꽃이 산속에 핀 야생화치고는 너무나 세련되게 요염하여 나의 시선을 끌었다.
나는 잡풀들 사이에서 들꽃들이 가지각색으로 다투어 피어 있는 것을 보며 어쩐지 눈물이 흘러내릴 것만 같은 기분이 들었다. 하지만 명희는 들꽃들이 그저 예쁘게만 보이는 모양이었다. 그녀는 "아, 정말 예뻐요" 하고 감탄에 겨운 소리를 내뱉었다. 그러고 나서 이렇게 말했다.
"정말로 자연은 아름답군요……. 그런데…… 선생님은 왜 우울한 표정을 하고 계시죠?"
그래서 나는 이렇게 대답했다.
"자연은 겉보기에만 아름답지. 하지만 속을 들여다보면 자연은 그렇게 아름답지만은 않아."

"왜 그렇죠?"

"꽃들이 흐드러지게 피어나는 것이 단지 자연의 아름답고 평화롭고 신비로운 섭리 때문만은 아니야. 꽃들은 한가롭게 피어나는 것이 아니라 안간힘 쓰며 피어나는 것이고, 결국은 치열한 '사랑 뺏기' 싸움에서 승리하여 종족 보존을 하기 위해서 피어나는 것이니까."

내 말을 듣고 나서 명희는 천천히 고개를 끄덕였다. 그녀도 '살아있음'의 이면에 도사리고 있는 무서우리만큼 처절한 '생존 욕구'와 힘겨운 '사랑 뺏기' 싸움에 따른 뼈저린 고독감을 이해한 듯했다. 나는 다시 명희에게 말했다.

"꽃들이 다투어 악쓰며 피어나는 것은 결국 종족보존의 욕구를 실현시키기 위한 자웅의 결합이 목적일 거야. 꽃들은 그 때문에 관능적 교태와 암내 섞인 향기, 그리고 달콤한 꿀로써 벌과 나비를 유혹하는 것이지, '아름다움' 그 자체를 위해서 그러는 것은 아니야. 말하자면 꽃들은 모두 누군가에게서 사랑받으려고 갖은 애를 쓰며 몸부림치고 있어. '날 좀 봐 줘요. 제발 날 좀 사랑해 줘요'라고 말하며 꽃들은 처절하게 울부짖고 있는 거라고도 할 수 있지."

명희는 한동안 말이 없었다. 그러다가 갑자기 내 품에 쓰러지듯 안겨오며 이렇게 말했다.

"선생님 말씀을 들으니까 삶이 너무 무서워져요."

나는 명희를 끌어안고 머리를 쓰다듬어주었다. 그리고 뺨과 뺨을 비비며 이렇게 말해주었다.

"삶이 너무 무서워졌다면 그건 명희가 진짜로 철이 들었다는 얘기지."

"전에도 삶은 무섭고 두려웠어요. 하지만 전 그래도 '사랑'과 '아름다움'에 기대를 걸었었지요. 그래서 외모 콤플렉스도 생긴 거였구요. 하지만 선생님 말씀을 들어보니 사랑이니 미(美)니 하는 것 따위도 결국은 치열한 생존경쟁의 일부일 뿐이라는 생각이 드는군요."

"그건 엄연한 사실이야. 그 사실을 부정할 도리는 없어. …… 하지만 그래도 사는 데까지는 살아봐야지. 적어도 '아름다움' 자체는 그것이 어떤 목적에 의한 것이든 고달픈 삶에 어느 정도 위로를 주는 게 사실이니까."

"요컨대 선생님은 탐미주의적 인생관을 갖고 계시다 이 말씀이로군요."

"나도 당장 죽어버리고 싶을 때가 많았어. 하지만 생식적 섹스를 목적으로 하지 않는 순수한 미(美)나 쾌락이 존재할 수 있다는 생각이 들고 나서부터는 자살 충동이 많이 줄어들었어."

"인간이 아닌 동물이나 식물도 생식적 섹스를 피할 수 있을까요?"

"겉으로 보기엔 그것이 불가능해 보이는 게 사실이지. 하지만 우리 인간이 모르고 있는 게 있는지도 몰라. 말하자면 꽃들이 순수한 미적(美的) 나르시시즘에 취해 아름답게 꽃을 피우고 있는지도 모른다는 얘기지."

명희는 더 이상 얘기하지 않고 깊은 생각에 잠겨 있었다. 아니, 그저 멍한 기분에 잠겨 있는 것인지도 몰랐다.

우리는 풀밭 위에 드러누웠다. 그리고 둘 사이에 이심전심으로 마음이 전해져 서로 뜨겁게 포옹을 했다. 삶에 대한 두려움이 조금은 가셔지는 것 같았다.

명희는 내 입술과 얼굴에 몇 번이나 키스를 했다. 나도 그녀의 입술과 얼굴에 여러 차례 키스했다. 키스 때문에 명희는 얼굴 화장이 얼룩졌다. 내 얼굴 곳곳에도 그녀의 립스틱 자국이 묻어 있을 게 틀림없었다. 우리 두 사람의 얼굴 자체가 일종의 야생화였다.

한참 동안 서로의 몸을 신경질적으로 탐색한 후 우리는 숲 속의 빈터를 떠났다. 어쩐지 아쉬워지는 기분이었다. 이런 곳에 작은 통나무집을 짓고 세상과 절연한 채 묻혀 살면 참 행복할 것 같은 생각이 들었다.

　돌아 내려오는 오솔길은 올라갈 때보다 힘이 덜 들었다. 우리는 호텔로 다시 가 방 안에 앉아 잠시 휴식을 취했다. 그런 다음 약간의 아쉬운 마음을 남기며 호텔을 떠났다.

　날씨가 좋아 명희가 운전하기에 좋았다. 우리는 대성리 근처까지 와 한 식당에 들러 늦은 점심을 먹었다. 강변에 붙어 있는 집이었는데 내가 좋아하는 쏘가리 매운탕은 없었다. 그래서 할 수 없이 빠가사리 매운탕을 시켰는데 그런대로 맛이 있었다. 명희는 배가 고팠던지 반찬투정을 부리지 않고 식사를 맛있게 했다. 그러는 그녀가 무척이나 착하고 소탈해 보였다.

　식사를 마친 후 우리는 서울까지 왔다. 서울 부근으로 들어서서부터 공기가 굉장히 탁하게 느껴졌다. 서울은 역시 고약한 도시였다.

　나는 계속 그림을 그렸다. 작은 소품은 내 집에서 그렸고 큰 작품은 장미화랑에 있는 작업실을 이용했다. 그림을 그려나가다 보니 독특한 개성을 발현시킨다는 것이 무척이나 어렵다는 것을 알 수 있었다. 검은색의 두꺼운 선을 많이 사용하면 루오의 그림같이 되고, 가는 선을 사용하면 뷔페의 그림같이 되었다. 또 밝은 색의 원색을 주로 사용하면 마티스의 그림같이 되어 변별성이 없어 보였다.

　그래서 나는 내가 시를 쓴다는 사실에 착안하여 서양식 문인화를 한번 그려보기로 했다. 서양화는 서양화이되 흰 공백을 많이 두고 거기에 짧은 시구를 집어넣는 것이었다. 그러려면 그림의 내용도 다분히 상징적 여운을 풍기는 것이라야 했다. 힘은 들었지만 어느 정도 개성적인 그림을 만들어낼 수 있었다. 에곤 실레 류(類)의 적나라한 누드화도 많이 그렸다. 꼭 모델을 쓰지 않더라도 상상만으로도 그런대로 그려나갈 수 있었다. 가끔씩 명희와 채나가 모델이 되어주기도 했다.

그림이 50점 정도 완성된 뒤 나는 작품들을 장미화랑 작업실에 한데 모아놓고 지 주간한테 선을 보였다. 때맞춰 이길로와 한그루도 함께 와주었다. 지 주간은 내 그림들을 보더니 상당히 만족한 듯한 표정을 했다. 그러고는,

"전문화가들의 그림보다 오히려 신선한 아마추어리즘이 돋보이는군. 전문화가들은 매너리즘에 빠져들기 쉽거든. 특히 동양의 문인화 방식으로 서양화를 그린 것은 정말 굿 아이디어야. 이 정도면 전시회를 열어도 충분히 승산이 있겠어."

하고 말했다.

이길로도 전문화가의 입장에서 칭찬을 해주었다.

"자네가 미술평론을 오래 하더니 확실히 그림에 대한 안목이 높아졌군. 내가 샘이 날 정도로 대담한 터치에 대담한 구도야. 자넨 차라리 시인이나 미술평론가보다 화가로 입신했더라면 더 좋았을 것 같다는 생각이 드네."

한그루도 마찬가지였다. 그 역시 내 그림에 대한 첫인상이 썩 좋다고 말했다.

나는 세 사람의 말을 듣고 적이 안심이 되었다. 팔리건 안 팔리건 내가 미술전시회를 연다는 것은 큰 기쁨이었다. 맨날 남의 미술작품에 대해 '용비어천가(龍飛御天歌)' 같은 글이나 써주는 것보다는 한결 보람을 느낄 수 있는 일이기 때문이었다.

"전시회를 당장 준비하도록 하세. 로라 씨가 내게 화랑 일을 전적으로 위임하고 갔으니까 내가 결정하면 돼. 로라 씨도 알면 기뻐할 거고."

하고 지 주간이 말했다. 그리고 이어서,

"이왕이면 초대전 형식으로 하는 게 좋겠지. 자넨 시인으로서 어느 정

도 지명도가 있으니까 홍보도 꽤 될 거야. 요즘은 자네 그림 수준의 그림을 그리는 문인들이 거의 없으니까. '문인화적 전통의 현대적 계승' 정도의 타이틀을 달면 사람들이 꽤 관심을 보일 것 같은 생각이 드네."
하고 덧붙였다.

초대전이란 화가가 대관료를 내고 화랑을 빌려서 하는 전시회가 아니라 화랑 측에서 대관은 물론, 홍보·팸플릿 제작·액자 제작 등을 모두 책임지는 형식을 말한다.

초대전 형식으로 전시회를 열면 화랑에서도 적극적으로 그림 판매에 나서게 된다. 장미화랑은 <미술계> 잡지를 끼고 있어 홍보에 적잖은 도움이 되었다. 그림이 팔린 뒤에는 그림값을 화랑측이 40퍼센트, 화가측이 60퍼센트 정도로 나눠 갖는 것이 통례로 되어 있다.

아무튼 나로서는 새로운 전기를 맞이한 셈이다. 나는 권태롭고 괴롭고 짜증나던 인생이 그림 전시회로 인해 뭔가 변화되기를 바라는 마음이었다.

초대전을 열려면 형식적으로라도 계약서를 쓰는 게 관례로 되어 있어서, 나는 지 주간이 마련해 둔 장미화랑의 계약서 양식에 사인을 했다. '시작이 반'이라고, 어쨌든 내 그림 전시회의 첫 발동이 걸린 셈이었다.

미술전시회는 준비 기간이 오래 걸린다. 우선 그림을 전문으로 찍는 사진기사가 사진을 찍어 슬라이드를 만들어야 하고, 그것으로 팸플릿을 제작해야 한다. 그리고 신문·잡지 등 여러 매스컴에 홍보를 하는 작업에도 만만치 않은 시간과 노력이 필요하다. 또 액자 제작이나 디스플레이에도 신경을 써야 한다. 말하자면 시집이나 소설집을 출간하는 것보다는 훨씬 더 복잡하고 귀찮은 공정이 요구되는 것이다.

계약서에 사인을 하고 나서 그 기념으로 술을 한잔하기 위해 장미클럽으로 내려왔다. 로라가 없어서 그런지 손님이 하나도 없었다. 미스 리와 채나 둘이서 텅 빈 클럽을 지키고 있었다.
　우리는 어쩐지 적적한 마음을 느끼며 술을 마셨다. 술은 셋 다 맥주였다. 미스 리와 채나도 곁에 앉게 해가지고 술을 마시니 조금 적적한 기분이 가셨다.
　"천민 화백의 데뷔전 성공을 위하여!"
　술잔을 들어 다 같이 건배하자고 제의하며 지 주간이 이렇게 말했다. 내가 어느새 '천민 시인'에서 '천민 화백'으로 변해 있다는 것이 나로서는 좀 우습게도 생각되었다.
　술잔을 비우고 나자 한그루가 이렇게 말했다.
　"나도 사실 축하받을 일이 있네, 오늘 내 소설책이 새로 출간됐다네. 그래서 이렇게 서너 권 가져왔지."
　그리고 나서 한그루는 큰 봉투에서 책을 꺼내 우리들에게 돌렸다. 채나까지는 책이 돌아갔는데 미스 리한테 줄 책은 없었다. 아마도 이혼을 못하고 있는 자신의 경험을 소재로 삼은 소설 같다는 생각이 들었다.
　"그럼 축하할 일이 또 하나 생겼군. 한 작가의 신간소설이 많이 팔리기를 기원하면서 다 같이 한잔하세."
　하고 지 주간이 말했다. 그래서 우리는 다시 또 다 같이 건배를 했다.
　"그래, 이번 책은 좀 팔릴 것 같으셔요?"
　하고 채나가 한그루에게 물었다.
　"글쎄……. 요즘은 워낙 소설이 안 팔리는 시대라서 말야. 하지만 이혼 사건이 증가하고 있는 추세로 봐서는 혹시 어느 정도 많이 팔릴지도 모른다는 기대감은 갖고 있지."
　하고 한그루가 자신 없는 목소리로 대답했다.
　"글을 쓰기는 참 힘들고, 그랬는데도 책이 안 팔리면 허탈하고……. 아무튼 글쟁이 팔자는 비참한 팔자야."
　하고 내가 말했다.

"그림은 안 그런가? 그림도 마찬가지야."

하고 이길로가 말했다.

"그래 붕어찜 가게는 잘되셔요?"

하고 채나가 이길로에게 물었다.

"이제 겨우 본전치기 장사는 되어가. 거리가 서울에서 멀다 보니까 아무래도 힘들더군."

"그래도 그림 그리는 일보다는 재미있지 않나?"

하고 지 주간이 물었다.

"확실히 재미는 있어. 음식을 만들어 팔다 보니까 음식 만드는 일이 가장 순수한 노동이요, 작업이라는 생각이 들더군. 인생은 요컨대 식(食)과 색(色)인데, 색은 없어도 살지만 식이 없으면 죽지 않나."

"이젠 가게를 비워두고 여기까지 나들이할 만큼의 여유는 생겼나 보지?"

하고 내가 말했다.

"주방장을 잘 만난 편이야. 내가 전수시켜 준 비법대로 붕어찜을 잘 만드니까. 그래서 가끔 재료값을 떼어먹는 일이 있어도 대충 눈감아주고 있지. 종업원 애들도 그만하면 다들 착하고……."

"그럼 다시 그림 그리기를 시작해 보지 그러나?"

"아직은 더 쉬고 싶어. 자네는 처음으로 전시회를 갖게 되니까 지금 신도 나고 희망에 들떠 있겠지만 난 이젠 그림에 조금 싫증을 느꼈거든. 이미 한물간 화가라는 생각도 들고……. 그림을 안 그리고 있으니까 어찌나 기분 좋은지 모르겠네."

"가게 일에 재미를 붙이셨다면, 이제 새 부인을 한번 구해보세요. 그럼 가게 일이 더 잘될 거예요. 두 분에서 음식 장사를 하면 훨씬 실속 있는 장사가 될 테니까요."

하고 미스 리가 말했다.

"아닌 게 아니라 그런 생각이 날 때도 많지. 이혼할 땐 그렇게 시원하기만 했는데 혼자 살아가다 보니 여자가 다시 은근히 그리워지더란 말야…….."

하고 이길로가 말했다.

"하지만 조심해야 하네. 더한 악처를 만날지도 모르니까 말일세."

하고 지 주간이 말했다.

"하긴 그 말도 맞아. 재혼을 해서 더 잘된다는 보장도 없으니까. 하지만 문득문득 단란한 가정생활이 그리워질 때가 있어."

"누구나 그런 꿈은 갖고 있게 마련이지. 하지만 이젠 세상이 변했어. 남편을 지극 정성으로 떠받들며 헌신적인 애정을 바치는 여자는 요즘 없지."

하고 내가 말했다.

"왜, 그래도 천상병 시인의 부인 같은 여자도 있지 않은가?"

"그 여자도 '옛날 여자'에 속하니까 그런 거야. 요즘에 그런 여자는 없어. 어떻게 생각해, 미스 리? 미스 리는 남편을 지극 정성으로 떠받들어줄 용의가 있어?"

하고 내가 미스 리에게 물었다.

"제 생각에도 요즘 그런 여자는 드물 것 같아요."

하고 미스 리가 대답했다.

"전 안 그런데요. 전 남자를 지극 정성으로 떠받들어줄 용의가 있어요."

하고 채나가 끼어들었다.

"채나야 워낙 타고나기를 착한 마조히스트니까 그렇지. 하지만 요즘 여자들 가운데 착한 마조히스트는 없어."

하고 내가 말했다. 내 말이 끝나자 이길로와 한그루가 담배를 피워 물며 쓸쓸한 표정을 지었다.

"여자가 착한 마조히스트여야 한다는 말을 들으면 극성파 페미니스트 여성들이 벌떼같이 들고 일어날 거예요. 남자는 사디스트, 여자는 마조히스트라는 이론은 이젠 한물간 얘기가 돼버렸어요."

한참 만에 미스 리가 말했다. 하는 말을 들으니 미스 리는 은근히 똑똑한 데가 있었다.

"이젠 세상이 거꾸로 됐지. 여자가 사디스트이고 남자가 마조히스트인 세상이 돼버렸으니까. 이걸 보고 후천개벽(後天開闢)이라고 하는 건가 봐."

하고 한그루가 약간 냉소적인 어조로 말했다.

"사실 사디스트라고 해서 좋을 건 하나도 없지. 사디스트는 무지막지하게 때리고 학대하는 자라기보다는 마조히스트를 보호하고 책임져 주는 역할을 부담으로 짊어져야 하는 자니까. 마찬가지로 마조히스트는 맞고 학대당하는 자라기보다는 '안락한 피보호' 상태를 즐길 수 있는 자이고."

하고 내가 말했다.

"그래서 그런지 요새는 여자가 밖에 나가 돈 벌고 남자가 집안 살림을 하는 가정이 점점 더 늘어나고 있대요. 하긴 집안 살림만 하면 사회생활에서 겪는 인간관계의 갈등이나 스트레스를 피할 수 있으니까 한결 편안할 거예요."

하고 채나가 말했다.

"나도 가끔 그런 식의 생활을 꿈꿀 때가 많아. 말하자면 마누라가 부러워지는 거야. 가족을 부양하기가 너무 힘들거든."

하고 지 주간이 말했다.

지 주간의 말이 끝나자 장미클럽의 문이 열리며 박상민이 들어왔다. 여전히 우울한 얼굴을 하고 있었다.

"오랜만이군. 그런데 왜 그렇게 우울한 얼굴을 하고 있나?"

하고 이길로가 물었다.

"실업자 신세라 늘 그런 얼굴을 할 수밖에 없지 뭐."

하고 박상민이 대답했다.

"로라가 없어서 그런 건 아니고?"

하고 다시 이길로가 물었다.

"자꾸 나랑 로라 씨를 연결시키지 말게. 우리들은 밀착된 애인 사이가 절대로 아냐. 나도 그저 '색다른 반찬'의 하나였을 뿐이지."

하고 박상민이 대답했다.

"어쨌든 한잔하게. 오늘은 기쁜 날이니까. 천 시인은 미술 전시회를 열게 됐고 한 작가는 새 소설을 출간했다네."

하고 지 주간이 말했다.

박상민은 미스 리가 따라주는 맥주를 단숨에 들이켰다. 그리고는 또 한 잔을 자기 손으로 따라 마셨다. 술이 들어가자 박상민의 우울한 얼굴이 비로소 조금 풀렸다.

창밖을 보니 비가 부슬부슬 내리고 있었다. 서울에 내리는 비는 언제 봐도 반가웠다. 더러운 매연과 탁한 공기를 어느 정도 정화시켜 주기 때문이었다.

"비가 오니까 왠지 기분이 스산해지면서 로라가 보고 싶어지는데."

하고 내가 말했다.

"왜 자네한테는 새로 명희가 생겼지 않나?"

하고 지 주간이 빙그레 웃으면서 말했다.

"명희 씨가 샘나서 죽겠어요. 명희 씨가 나타나고부터는 천 선생님이 저를 거들떠보지도 않으시거든요."

하고 채나가 별로 심각하지 않은 어조로 말했다. 그녀는 역시 착한 구석이 많았다.

창밖을 보니 빗줄기가 점점 더 굵어지고 있었다. 문득 지난번에 명희랑 청평에 놀러갔던 일이 생각났다. 남산도 산은 산이라 산에 내리는 비는 어쨌든 운치가 있었다.

"비가 오니까 왠지 센티멘털한 기분이 드네요. 그리고 옛날 생각이 자꾸 나요."

하고 채나가 말했다.

"예를 들면 어떤 생각인데?"

하고 이길로가 물었다.

"우선은 이태원의 '오르가슴'에 나가 일하던 생각이 났어요."

하고 채나가 대답했다.

"그때가 그리워졌나 보지?"

하고 내가 말했다.

"그립다기보다는 요즘은 그곳 사람들이 어떻게들 지내는지 궁금해졌다는 말이 더 맞는 말일 거예요."

"그럼 아예 오늘 우리 함께 그곳엘 가보지 그래."

하고 지 주간이 말했다.

"가는 건 좋은데 거긴 술값이 너무 비싸. 그때 갔을 때도 주리가 계산을 했기 망정이지 난 계산서를 보고 깜짝 놀랐었다네."

하고 이길로가 말했다.

"아가씨들 팁값이 한데 붙어 나와서 그래요. 따져보면 보통 룸 가라오케집 술값 수준이지요."

하고 채나가 말했다.

"어쨌든 오늘 오랜만에 한번 같이 가보기로 하세. 거리도 여기서 가까우니까. 술값은 내가 내기로 하겠네. 아니, 내가 내는 게 아니라 장미화랑의 공금을 단합대회 명목으로 쓰기로 하겠네."

하고 지 주간이 말했다.

박상민과 미스 리는 '오르가슴'이 어떤 곳인지 잘 모르고 있었다. 그래서 내가 그곳 분위기를 대충 설명해 주었다.

그래서 우리는 다 같이 '오르가슴'으로 갔다. 지 주간이 미스 리에게, 장미클럽에 더 올 손님도 없을 것 같으니 같이 가자고 했다. 그랬더니 미스 리는 호기심에 찬 기쁜 눈빛을 하며 고맙다고 말했다.

시간이 좀 이른 것 같아 우리는 '오르가슴'에 가는 길 중간에 있는 스위스 음식 전문식당 '알프스'에 들러 저녁을 먹었다. 가수들이 요들송을 직접 들려주어 기분이 좋았는데 음식이 너무 기름지고 느끼해 내 입맛에는 맞지 않았다.

저녁식사를 마치고 '오르가슴'에 도착하니 마담이 반겨 맞아주었다. 무엇보다도 그녀는 채나를 보고 무척이나 반가워했다.

"아니, 채나가 여길 다시 오다니. 나는 아예 발길을 끊은 줄 알았는데······."

하고 마담이 말했다.

"오늘 문득 이곳 생각이 났어요. 그래 장사는 잘되세요?"

하고 채나가 말했다.

"장사가 잘 안 돼. 네가 안 나와서 더 그렇지. 또 반반하게 생긴 애들은 다 일본으로 돈 벌러 가버렸고······."

이렇게 대답하는 마담의 얼굴이 왠지 쓸쓸해 보였다. 주위를 둘러보니 아가씨들이 방금 출근해 열심히 화장을 하고 있었다. 대충 훑어봐도 예전의 아가씨들만 못한 얼굴이나 몸매들이었다.

우리는 한 테이블을 차지하고 앉아 술과 안주를 주문했다. 잠시 후 술과 안주가 나오고 아가씨들 세 명이 합석했다.

"너무 일러서 그런가? 손님들이 우리밖에 없네."

하고 지 주간이 한 아가씨에게 말했다.

"비가 오는 날은 손님이 별로 없어요. 그리고 요즘 손님들이 뜸해진 게 사실이구요."

하고 아가씨가 대답했다. 화장을 아무리 진하게 했어도 너무나 우락부락한 얼굴 윤곽과 체격이었다. 리라라고 자기 이름을 밝힌 아가씨는 채나를 보고 나서 대뜸 정체를 알아보았다. 아니면 아까 마담과 채나가 나눈 대화를 곁에서 들어서였는지도 몰랐다.

"어쩜, 언니는 어쩌면 그리도 예쁘고 여자다워요? 정말 부러워 죽겠어요."

하고 리라가 말했다.

"다 갈고닦은 덕분이에요. 리라 씨도 예쁜데 뭘 그래요. 더 정성을 기울여 갈고닦아 보세요."

하고 채나가 말했다. 갈고닦은 덕분이라는 말은 어느 정도는 맞는 말이고 어느 정도는 틀린 말이었다. 아무리 성형수술을 많이 하더라도 타고난 넓은 어깨나 남성스러운 몸매를 뜯어고칠 수는 없었다. 나는 애써 여자처럼 애교 있게 얘기하려고 애쓰는 리라가 어쩐지 불쌍해 보였다. …… 무슨 '업(業)' 때문일까. 여자가 되기에는 전혀 어울리지 않는 용모나 체격을 가지고 여자처럼 되려고 저토록 안쓰럽게 애를 쓰고 있으니…… 하고 나는 속으로 생각했다.

다른 두 아가씨도 리라와 비슷한 외모였다.

그래서 박상민과 미스 리는 벌써부터 아주 실망스러워 하는 얼굴빛을 하고 있었다. 큰맘 먹고 찾아온 술집치고는 분위기가 너무 썰렁해서 우리는 노래라도 하는 수밖에 없었다. 손님들이 없어 노래하며 놀기에는 차라리 좋았다. 폭탄주가 한 잔씩 돌아간 후 제일 먼저 이길로가 스테이지로 나가 노래를 했다. 배호가 부른 〈돌아가는 삼각지〉였다.

그 다음엔 우리가 떠밀다시피 하여 채나를 스테이지 위로 올려 보냈다. 채나는 한참 생각하다가 채은옥이 부른 〈빗물〉을 불렀다. 꽤 오래된 그 노래를 그녀가 알고 있는 게 신기했다. 아무튼 비 내리는 밤에는 썩 걸맞은 노래였다.

> 조용히 비가 내리네
> 추억을 말해 주듯이
> 이렇게 비가 내리면
> 그 사람 생각이 나네
> 옷깃을 세워주면서
> 우산을 받쳐준 사람
> 오늘도 잊지 못하고
> 빗속을 혼자서 가네……

노래가 시작되자 내 옆에 앉아 있던 아가씨가 자기하고 함께 춤을 추자고 했다. 나는 별로 내키지 않았지만 예의상 그녀와 함께 플로어로 나가 춤을 추었다. 둘이 바싹 붙어 춤을 추면서도 나는 몹시 어색하고 징그럽다는 느낌만 느꼈고, 머릿속에는 계속 로라 생각만 어른거렸다. 명희 생각을 해보려고 했지만 이상하게도 로라 생각에 밀려 명희 생각은 나지 않는 것이었다. 그런 복잡한 상념의 와중에서 나는 명희가 더욱 불쌍하게 느껴졌다.

채나의 노래가 끝나자 나는 테이블로 돌아왔다. 그리고 술을 벌컥벌컥 들이켰다.

채나의 노래가 끝난 뒤 차례차례로 노래들을 했다. 노래가 이어지는 동안 아가씨들하고 춤을 추는 사람은 없었다. 박상민은 미스 리와 춤을 췄고 내가 채나 손에 이끌려 다시 한번 춤을 추었다.

우리가 다 한 번씩 노래하기를 끝내자 리라가 나가서 노래를 했다. <가을 비 우산 속>이었다. 화려하고 여자다운 화장에는 어울리지 않게 허스키한 남자의 음성으로 노래하는 리라의 목소리가 가수 최헌을 닮아 있었다. 다른 두 명의 아가씨들도 노래를 했는데 썩 잘 부르지는 못했다.
 노래 부르기도 지겨워져서 우리는 그냥 술을 마시며 이야기를 나누었다.
 "로라는 도대체 언제나 돌아올까?"
 하고 내가 먼저 말을 꺼냈다.
 "왜, 로라 씨가 그토록 그립나?"
 하고 지 주간이 말했다.
 "솔직히 말해서 그래. 내 전시회 때까지는 와줬으면 좋겠는데……."
 말을 마치고 나서 나는 로라가 지금 내게 편지나 엽서 한 장 안 부치고 있다는 사실을 상기했다. 저번에 그녀가 미국에 갔을 때는 내게 편지를 보내주었기 때문이었다.
 "그녀는 지금 궁전 같은 집에서 왕비마마처럼 지내고 있겠지. 솔직히 말해서 로라 팔자가 부러워."
 하고 이길로가 말했다.
 "저도 그래요. 남편이 인도네시아 최고의 갑부라니 생활 규모가 으리번쩍 대단할 거예요."
 하고 미스 리가 말했다.
 "그래도 말도 안 통하는 타국인데 진짜 행복하고 재미있을 리가 있겠어요? 저라면 그런 곳에 시집가지 않았을 거예요."
 하고 채나가 말했다.
 "웃기는 소리 하지 마. 자본주의 사회에서 돈처럼 중요한 건 없어. 게다가 로라의 남편은 아내한테 웬만큼의 '자유'를 주고 있지 않아? 세상에 그보다 더 좋은 혼처 자리는 없었을 거야."
 하고 한그루가 약간 일그러진 얼굴을 하며 말했다.
 "자넨 아직도 로라와의 결혼을 꿈꾸고 있나?"
 하고 내가 웃음 섞인 목소리로 한그루에게 물었다.

"그런 백일몽은 물 건너간 지 오래됐네. 그땐 잠깐 착각에 빠져 객쩍은 공상을 한 번 해본 것뿐이었어."

하고 한그루가 대답했다. 그러고 나서 다시 내게 물었다.

"듣자니 로라가 명희를 자네한테 부탁하고 간 모양인데 요즘 명희하고의 사이는 어떤가?"

"나도 잘 모르겠어. 성형수술을 받은 후로 훨씬 더 예뻐지고 우울증도 한결 나아가는 것 같은데, 나한텐 아무래도 부담스러운 여자지. 좋아하고 안 좋아하는 걸 떠나 나보다도 더 지독한 허무주의자라서 내가 감당하기엔 좀 벅찬 여자야."

하고 내가 대답했다.

"아무튼 난 자네가 부럽네. 어쨌든 곁에 여자가 있으니까 말일세."

하고 한그루가 말했다.

"그래, 아내와의 협의이혼 건은 다시 새롭게 시도해 보지 않고 있나?"

하고 내가 한그루에게 물었다.

"몇 번 시도해 보다가 이젠 단념상태에 들어갔네. 죽어도 이혼을 안 해주겠다는데 나라고 별 수 있겠나?"

"재심을 신청해 볼 생각은 없어?"

"재판이라면 이젠 이가 갈린다네. 변호사 비용만 잡아먹었고 빼앗긴 건 시간뿐이었으니까."

말을 끝내고 나서 한그루는 휴 하고 한숨을 쉬며 담배를 피워 물었다.

"그럼 자넨 이제 평생토록 새장가 한번 못 가보게 생겼군."

하고 이길로가 한그루한테 말했다.

"꼭 결혼식을 올리고 혼인신고를 해야 하나요? 동거라는 것도 있잖아요?"

하고 미스 리가 끼어들었다.

"내가 만약 용케 새 여자를 만나 동거라도 할라치면, 아마 내 마누라가 날 간통죄로 고소할걸."

하고 한그루가 대답했다.

"간통죄로 고소하려면 이혼을 전제해야 하니까 오히려 그렇게 되는 게 좋을지도 모르지. 그럼 자넨 잠깐 동안 감옥살이만 하고 나오면 되는 거고."

하고 지 주간이 말했다.

"그게 그렇던가? 그렇다면 내 마누라는 간통죄로 고소도 안 할 여자야. 죽어도 이혼은 못하겠다는 여자니까."

"그럼 더 잘됐군. 빨리 동거할 여자를 물색해 보게나."

하고 이길로가 말했다.

"법적으로는 첩살이를 감수할 여자가 어디 있겠나? 게다가 내가 새로 딴 여자와 살림을 차리면 마누라가 찾아와 맨날 난리를 피워댈 걸세."

하고 한그루가 말했다.

"한 선생님이 참 안돼 보여요. 그럼 몰래 숨어서 연애나 하시는 수밖에 없겠군요."

하고 채나가 말했다.

"그런데 이 친군 너무 숫처녀만 밝혀서 말야."

하고 내가 말했다.

"이젠 숫처녀 밝히기도 그만두기로 했어. 벌써 로라를 사모한 적도 있지 않은가?"

하고 한그루가 말했다.

"그럼 참 잘됐군. 빨리 연애를 해봐, 연애를! 난 연애를 안 해도 그런대로 견디는 체질이지만 자넨 연애를 못하면 풀이 죽는 체질이니까."

하고 이길로가 말했다.

우리들끼리만 얘기하니 곁에 있는 아가씨들이 재미없고 지루하다는 표정들을 하고 있었다. 그러면서 자꾸 술만 축내고 있어 나는 돈이 아깝다는 생각을 했다.

얼마 안 있어 손님 한 패가 들어왔다. 그래서 아가씨들은 우루루 그리로 가버렸다. 그래서 나는 한결 홀가분해지는 마음을 느꼈다.

"심박은 요즘 뭘 하고 있을까? 클럽에 자주 안 들르고 말야."

하고 지 주간이 말했다.

"아마 로라가 없어서 그렇겠지. 아니, 로라가 없더라도 그 친군 주위에 여자가 많아."

하고 한그루가 말했다.

"명희하고도 꽤 자주 만나는 눈치던데……."

하고 지 주간이 말했다.

"그러고 보면 명희한테는 언니를 닮은 핏줄이 있어. 자넬 사랑한다면서도 심박을 만나고 있으니 말일세."

하고 이길로가 나를 보고 말했다.

12
사랑보다는 돈

1

　미술 전시회 준비를 하면서 나는 <미술계>사에 더 자주 드나들게 되었다. 우선 작품을 사진으로 찍고 그것을 팸플릿을 만드는 작업부터 시작했다.
　<미술계>사에서는 전시회 팸플릿 제작을 대행해 주는 것을 큰 수입원으로 삼고 있었다. 그래서 잡지를 만드는 편집사원이나 디자이너 말고도 전시회 팸플릿이나 포스터, 홍보자료 등을 전담하는 사원이 몇 명이나 있었다. 그들에게도 모두 '기자'라는 호칭이 붙여졌는데, 내 전시회를 맡은 사원은 처음엔 이미숙 기자였다.
　그런데 작업을 막 시작할 무렵에 이미숙 기자가 다른 데로 일자리를 옮기게 되었다. 그래서 지 주간은 새로 사원을 한 명 뽑았는데, 전문대학에서 디자인을 전공하고 갓 졸업한 여자로 이름은 진미라였다.
　<미술계>사에서는 인건비를 줄이기 위해 대학 졸업생은 거의 쓰지 않았고 남자도 쓰지 않았다. 모두 전문대 졸업 수준의 학력을 가진 젊은 여자들뿐이었다. 잡지사 안에서 지 주간은 그녀들에게 보통 반말로 말

했다. 그리고 다들 하나씩 별명을 붙여놓고 있었다. 이를테면 '멍이', '깡이', '꿀이', '뽕이' 같은 것들이었다.

진미라가 새로 들어오자 지 주간은 그녀에게 이례적으로 '올리브'라는 별명을 붙여주었다. 먹는 올리브 열매를 뜻하는 게 아니라, 옛날에 유명했던 TV 만화영화 <뽀빠이>에 나오는 여자주인공인 '올리브'를 뜻하는 말이었다.

진미라는 정말 만화에 나오는 올리브만큼이나 몸이 바싹 말라 있었다. 꽤 큰 키에 목도 가늘고 얼굴도 가늘었다. 피부가 눈처럼 흰 것이 인상적이었는데 얼굴도 꽤 예쁜 편이었다. 화장을 하나도 안 해도 흰 피부와 큰 눈 때문에 강한 인상을 주었다. 그 '올리브'가 내 전시회 준비를 맡게 된 것이었다.

진미라와 자주 만나며 같이 일을 하게 되자 나는 허물없이 그녀에게 반말을 쓰게 되었다. 그리고 올리브라는 별명을 이름보다 많이 쓰게 되었다.

그녀는 꽤 성실했고 인간 관계에 있어서도 붙임성이 있었다. 다만 눈가에 보일 듯 말 듯 늘 우울한 기색이 어려 있는 게 눈에 띄었다. 그녀가 입고 다니는 옷이 늘 깨끗하지만 초라하고 몇 가지 없는 것으로 봐서 미라가 가난한 집안의 딸이라는 것을 알 수 있었다.

나는 미라와 점점 친숙해지면서 그녀의 '소박함'과 '가난함'에 친밀감을 느꼈다. 로라나 명희나 주리같이 돈에 별 구애를 받지 않고 사는 여자들에 대한 은근한 반발심이 작용해서였는지도 몰랐다.

팸플릿의 레이아웃을 마치고 나서 초벌로 인쇄돼 나온 그림들의 색과 명암 등을 교정 보는 날이었다. 시간이 오래 걸려 나와 미라는 다른 직원들이 다 퇴근하고 난 후까지 잡지사 사무실에 남아 작업을 하고 있었다. 일을 반쯤 마무리 짓자 나는 미라에게 저녁을 사겠다고 말했다. 그랬더니 그녀는 별 토를 달지 않고 내 제의를 수락해 주었다.

장미클럽으로 가면 여러 사람들이 모여 있어 얘기를 잘 못할 것 같아 나는 그녀를 하얏트호텔 건너편에 있는 한 조그마한 경양식집으로 데려갔다. 천천히 나를 쫓아오는 그녀의 걸음걸이가 퍽 얌전해보였다.

굉장히 호화로운 최고급 양식집이 아닌데도 불구하고, 미라는 이런 곳이 낯선 모양이었다. 그녀가 쭈뼛쭈뼛해하며 어색해 하는 것을 나는 금방 눈치챌 수 있었다.
"왜 그렇게 어색하고 겸연쩍어 하지?"
하고 내가 웨이터가 정해준 테이블에 앉으며 미라에게 말했다.
"이런 고급 양식집은 처음이라서요. 전 사실 양식 먹는 법도 잘 몰라요."
"양식 먹는 법이 뭐 따로 있나? 난 왼손에 포크를 쥐고 오른손에 나이프를 들고 양식을 먹는 사람들을 늘 경멸해 왔지. 왼손으로 어떻게 먹을 걸 집어넣을 수 있냐 말야. 미리 나이프를 가지고 고기든 생선이든 썬 다음 오른손에 포크를 쥐고 먹으면 돼. 또 여러 가지 종류가 나오는 나이프와 포크도 아무거나 마음 내키는 대로 집어가지고 마음 편하게 사용하면 되는 거고."
나는 미라에게 이렇게 말하면서 미라의 소탈하고 순진한 태도가 거듭 내 마음을 끌어당기고 있는 것을 느꼈다. 그녀는 정말 가난한 집안의 딸인 것 같았다.
나는 우선 웨이터를 불러 주문했다. 차림표를 보니 영어로 복잡하게 써있는 게 내가 보기에도 어지러웠다. 미라도 그런 표정이었다. 나는 미라에게 뭘 먹고 싶으냐고 물었다. 그러니까 미라는,
"저도 잘 모르겠어요. 선생님 드시고 싶은 것으로 주문하셔요."
하고 대답했다.
그래서 나는 내가 좋아하는 햄버그스테이크를 시켰다. 비프스테이크

는 비싸기도 하지만, 좋은 고기를 만나지 않으면 맛이 없기 쉽기 때문이었다.

음식이 나올 때까지 나는 미라를 지그시 관찰했다. 꼭 19세기의 멜로드라마틱한 소설에 나오는 순정파 여인을 보고 있는 것 같은 느낌이 들었다.

음식이 나오자 미라는 어색한 동작으로 천천히 식사를 했다. 음식을 먹는 품이 몹시도 얌전해 보였다. 나는 식사를 하면서 미라에게 얘기했다.

"미라, 아니 올리브, 이젠 올리브라고 불러도 괜찮겠지? 그 별명이 어쩐지 더 정겹게 느껴져서 말야, 난 올리브한테 궁금한 점이 많아. 그래서 이것저것 묻고 싶은 게 많아졌어. 나는 우선 올리브의 집안 사정이 궁금해. 부끄러워하지 말고 솔직하게 대답해 줬으면 고맙겠어."

내 말을 듣고 나서 미라는 한참을 망설이고 있다가 이렇게 대답했다.

"전 선생님의 솔직하고 허물없는 성품이 좋았어요. 그러니까 솔직하게 제 환경을 털어놓아도 좋겠지요. 전 지금 아버님과 남동생과 함께 셋이서 아주 어렵게 살고 있어요."

"어머님은 그럼 일찍 돌아가셨나?"

"아녜요. 아버지가 긴 병으로 눕게 되자 집을 뛰쳐나가버렸어요."

"그게 언젠데?"

"한 4, 5년 돼요."

"그럼 그동안 어떻게 지냈지?"

"우선은 아버지가 받은 퇴직금으로 근근이 버텼지요. 그러다가 결국 제가 이런저런 아르바이트를 해가면서 간신히 살아가게 되었죠."

"그런데도 전문대학을 나온 게 용하군."

"대학을 다니는 게 꼭 지옥 같았어요. 너무 힘들었으니까요."

"동생은 그럼 지금 고등학생쯤 되나?"

"고등학교 2학년이에요. 걔도 지금 신문 배달을 하고 있죠. 그리고 세차장 일도 하구요."
"아버님은 정말 꼼짝도 못하시나?"
"그리 큰 병도 아닌데 맨날 누워만 계셔요."
"그럼 자식들 보기가 너무 미안하시겠군."
"그렇지가 않아요. 아버지는 저와 동생이 정신없이 일하며 아버지를 부양하는 것이 당연한 도리라고 굳게 믿고 계시죠. 제가 보기에도 얄미울 정도로 아버지는 효(孝)를 너무 강조하셔요. 그리고 너무나 권위적이시구요. 엄마도 그래서 집을 뛰쳐나간 것 같아요."
나는 미라의 말을 듣고 그녀가 왠지 늘 우울한 얼굴을 하고 있는 까닭을 짐작해 알 수 있을 것 같았다.
"그럼 지금 올리브의 소원은 결국 '돈'이겠군."
하고 내가 미라에게 다시 말했다.
"솔직히 말해서 그래요. 늘 돈에 전전긍긍하며 살아왔으니까요. ……마음 같아선 아버지고 동생이고 생각할 것 없이 집을 뛰쳐나와 버리고 싶을 때가 많았죠. 특히 아버지가 너무 뻔뻔스럽게 구시는 게 미웠어요. 중병(重病)도 아닌데 집에서 그냥 빈둥빈둥 노시니까요. 하지만 동생 생각 때문에 그런 생각을 접게 되곤 했지요."
"그러고 보면 올리브는 아주 착한 성품을 갖고 있군. 그래, 만약 집을 뛰쳐나오면 뭘 하려고 했는데?"
"그냥 혼자서 살면 적어도 아버지는 안 보고 살 수 있지 않겠어요?"
"대학에 다닐 때 아르바이트로 혹시 술집 같은 데 나가본 적은 없나?"
"그런 생각도 많이 해봤었죠. 하지만 차마 그런 데까지 나갈 용기는 나지 않더군요. 그래서 주로 웨이트리스 일만 했지요."
"그러고도 전문대를 졸업한 게 참 용하군."
"졸업하고 나서 취직이 된 게 다행이에요. 그냥 놀고 있는 애들이 더 많거든요. 월급은 적어도 <미술계>사 일은 제 적성에 맞는 것 같아요."

"아까 '돈'이 제일 소원이라고 했지? 그럼 어떻게 해서 돈을 벌 거야?"

"쥐꼬리만한 월급을 한 푼 안 쓰고 다 모은다 쳐도 언제 돈을 벌겠어요. 그러니까 전 평범한 여자들이 갖고 있는 소원을 가질 수밖에 없지요. 다시 말해서 돈 많은 남자한테 시집가는 게 제 소망이라고 할 수 있어요."

"전형적인 신데렐라 콤플렉스로군."

"그러는 제가 속물로 보이시죠?"

"아니 아니, 절대로 속물로 보이지 않아. 오히려 솔직하게 얘기해줘서 올리브가 더 마음에 들었어. …… 그럼 올리브는 나를 어떻게 보지? 물론 나이 차이가 너무 많지만 만약 그런 요소를 제거한다 해도 나는 올리브한텐 연애 상대감이 못되겠네. 난 돈이 없으니까."

"선생님한테서는 나이 차이가 별로 느껴지지 않아요. 워낙 마음이 젊으시고 솔직하시니까요. 선생님 나이 또래의 남자들은 대개들 다 무슨 폼이든 폼을 잡으려고 들고 권위를 부리거든요. …… 하지만 솔직히 말씀드려서 선생님은 제가 소망하는 연애 상대나 결혼 상대감은 못 되세요. 전 나이 차이가 아무리 많이 나더라도 돈이 아주 많은 남자한테 시집가고 싶어요. 제 말을 듣고 화나지 않으셨죠?"

"아니, 절대로 화나지 않았어. 오히려 올리브의 솔직성이 더 나를 감동시켰지. …… 차차 구해보면 돈 많은 신랑감이 나타날 거야. 올리브는 키가 날씬하고 얼굴이 예쁜 편이니까. 하지만 젊고 돈 많은 남자만 구하면 구하기가 어려울지도 몰라. 그런 집안에서는 대개 학벌이나 가문을 따지지. 올리브한테는 나이 차이가 많이 나는 신랑감이 더 좋겠다는 생각이 드는군. 그런 사람들은 여자의 젊은 나이와 외모 하나만 보고 데려가는 수가 많으니까. …… 하지만 그렇게 늙은 총각이 있을까? 돈 많고 나이 많은 사람이라면 재취 자리이기가 쉬울 텐데……."

"재취 자리면 어때요? 돈만 많이 준다면 전 얼마든지 살아갈 수 있을 것 같아요. 그래야 우선 동생을 훌륭하게 키울 수 있을 테니까요."

미라가 남동생을 끔찍이 위하는 것 같아 나는 적지 않은 감동을 느꼈다.

이런저런 얘기를 하다 보니 식사가 끝났다. 나는 술을 마시고 싶어 미라를 하얏트호텔에 있는 '파리' 바(Bar)로 데리고 갔다. 나이트클럽으로 가 춤을 추면 어떻겠냐고 물었더니 미라가 자기는 춤을 잘 못 춘다며 사양했기 때문이었다.

바에 가서도 미라는 술을 조금밖에 마시지 않았다. 그리고 담배도 피우지 않았다. 그래서 내가 그녀에게 이렇게 물어보았다.

"왜 그렇게 술을 못 마시지? 그리고 담배도 피우지 않고……. 요즘 젊은 여자애들은 술·담배를 대개들 잘하는데……."

그러자 미라는 이렇게 대답했다.

"아버지가 맨날 술과 담배에 절어 지내는 게 전 너무 싫었어요. 그리고 술 마시고 담배 피울 돈도 전 없었구요. 그래서 술과 담배를 못 배운 거예요."

미라는 맥주 반 컵을 겨우 비웠을 뿐이었다. 그런데도 그녀는 어지럽다고 하며 내 어깨에 몸을 기대왔다. 나는 그러는 그녀에게 묘한 연민의 정(情)과 사랑이 싹터오는 것을 느꼈다. 로라나 명희 그리고 채나나 주리 등의 여자들한테서는 도저히 볼 수 없었던 '순진하고 가련한' 감상미(感傷美)를 그녀가 뿜어냈기 때문이었다.

잠시 후 미라는 술이 깼다며 다시 몸을 꼿꼿이 펴고 앉았다. 허리를 구부리지 않고 반듯이 앉아 있는 그녀의 자세가 다시 또 나를 감동시켰다.

나는 미라에게는 아예 술을 권하지 않기로 하고 나 혼자서만 맥주를 마셨다. 술과 담배를 안 하고 있는데도 전혀 지루해 하지 않고 내 얘기를 경청해 주는 그녀가 참으로 착해 보였다.

"올리브는 내 그림들을 어떻게 생각해? 좋은 평을 받을 수 있을 것 같아?"
 할 말이 별로 생각나지 않아 내가 미라에게 내 그림 얘길 꺼냈다.
 "글쎄요……. 제가 뭘 알겠어요. 하지만 천편일률적으로 똑같은 소재만 되풀이해서 그리는 화가의 그림들보다는 한결 신선하다는 느낌을 받았어요."
 "괜히 날 기분 좋게 해주려고 하는 얘기 아냐?"
 "아녜요, 정말이에요. 아무튼 선이 강하고 각기 다른 소재가 특별한 인상을 풍겼어요. 그래서 저도 팸플릿 작업하는데 신이 났구요."
 나는 기분이 좋아 미라의 어깨에 손을 얹었다.
 내가 어깨에 팔과 손을 얹었는데도 미라는 조금의 저항도 없이 가만히 있었다. 그래서 나는 그녀가 더욱 따뜻한 여자로 느껴졌다. 나는 다시 그녀의 뺨에 내 입술을 살짝 갖다 대보았다. 화장을 하나도 안 하고 향수도 안 뿌린 그녀의 얼굴에서는 배릿한 우유 냄새 비슷한 것이 풍겨 나왔다. 이번에도 미라는 아무런 저항도 보여주지 않았다.
 "올리브는 고등학교에 다닐 때나 전문대학에 다닐 때 연애는 해봤어?"
 하고 내가 다시 그녀에게 물었다.
 "연애를 생각할 겨를이 없었어요. 집안이 너무 어수선하고 돈도 없었으니까요. 돈이 없으면 연애도 잘 안 돼요."
 하고 미라가 대답했다.
 "그래도 쫓아다니는 남자들이 많았을 것 같은데……."
 "꽤 있긴 있었지요. 하지만 전 그들이 그저 무섭고 두렵기만 했어요."
 "왜 그랬지?"
 "제 집안 얘기나 형편을 알면 저를 깔볼 것 같은 생각이 들어서요."
 "그런데 왜 아까 나한테는 집안 얘기를 그토록 자세히 했지?"
 "저도 잘 모르겠어요. 선생님께는 이상하게도 왠지 믿음이 가서 그랬다고나 할까요. 선생님은 저한테 푸근한 마음을 일으켜주셨어요."

"그런데도 날 사랑하고 싶은 생각은 안 일어난단 말이지?"

이상했다. 평소에 '사랑'이라는 말을 쓰기를 극도로 싫어하는 내가, 미라 앞에서는 사랑이라는 말을 거침없이 쓰고 있었다.

"죄송해요, 선생님. 전 사랑이란 것이 돈 있고 걱정 없는 사람들의 사치스러운 유희라는 생각이 들 때가 많아요."

"돈이 있든 없든, 그리고 걱정이 있든 없든 사랑 자체는 본능이 아닐까?"

"사랑을 '성욕'이라고 본다면 그 말도 맞는 말이겠지요. 전 아직 성(性)에 대해서는 잘 모르고 있는 상태지만요."

"어려울 때일수록 서로 사랑으로 위로하고 격려해 주면 고통스러운 삶이 한결 덜해진다는 생각을 해본 적은 없어? 물론 이럴 때 말하는 사랑은 '정신적 사랑'의 경우겠지."

"그럴 수도 있겠지요. 하지만 '가난이 싸움'이라는 속담이 우리가 살아가고 있는 이 고달픈 현실에는 더 맞는 말이라는 생각이 들어요."

나는 미라의 말을 듣고 그녀의 생각이 대충 맞는다고 느꼈다. 자본주의든 이른바 신(新) 자유주의든 우리가 살아가고 있는 이 땅을 지배하고 있는 이데올로기 속에서는, 정신적 사랑을 통한 서로 간의 심적(心的) 위안이 차츰 무의미해져 가고 있는 것이 사실이기 때문이었다. 그녀의 말을 들으니 괜히 더 우울한 생각이 나서, 나는 맥주를 두 잔 연거푸 들이켰다. 그러고 나서 나는 담배를 피워 물었다.

한동안 우리는 서로 말이 없었다. 그러고 있다가 다시 내가 말문을 열었다.

"그래, 어머니는 올리브나 동생에게 연락을 해오지 않으시나?"

"전혀 연락을 해오지 않아요. 풍문으로 듣기엔 새 남자를 만나 살고 있다고 해요."

"올리브는 자식을 버리고 집을 뛰쳐나간 어머니가 밉지 않아?"

"왜 밉고 서운한 생각이 안 들겠어요. 하지만 엄마 없이 이렇게 고달프게 살게 된 것도 다 제 팔자소관이라고 생각하려고 애쓰고 있죠."

미라가 말을 하는 태도에는 뿌리 깊은 체념과 허무가 깃들여 있었다. 지적(知的) 허영심이나 사치스러운 권태감에서 나온 체념이나 허무가 아니라 진짜로 착한 그리고 솔직한 체념과 허무였다.

나는 미라의 손을 꼭 잡아주었다. 보들보들한 살결과 긴 손가락에는 힘이 전혀 들어가 있지 않았다.

조금 더 앉아 있자 미라는 피곤하다며 그만 일어서자고 말했다. 하긴 매일 일찍 출근을 해야 하는 그녀로서는 지금쯤 피로가 몰려올 것이 당연했다.

나는 계산을 하고 나서 미라와 같이 바(Bar)를 빠져나와 호텔 문 앞까지 갔다. 택시가 와서 내가 같이 타고 집까지 바래다주겠다고 했더니 미라는 극구 사양했다. 그래서 나는 그녀의 손에 택시비를 억지로 쥐어주었다.

미라와 헤어져 집으로 돌아가는 길이 왠지 쓸쓸하게 느껴졌다. 로라에 대한 그리움이 어쩐지 조금씩 희석돼 가는 것을 느꼈고, 명희에 대한 동정심도 왠지 쓸데없는 것으로 느껴졌다.

2

집에 돌아와서도 나는 늦게까지 잠을 이루지 못했다. 창 앞에 서서 북악산을 한참 동안 멍하니 응시하기도 하고 맥주를 몇 잔 마시기도 했다.

그래도 잠이 안 와 나는 침대에 비스듬히 드러누워 책을 읽었다. 미라 생각이 나서 그녀와 비슷한 처지에 있는 여자를 주인공으로 삼은, 20세기 초반의 미국 작가 시어도어 드라이저의 『제니 게르하르트』를 꺼내 읽었다.

찢어지게 가난한 집안에서 큰딸로 태어나 병든 부모와 여러 동생들을 부양하기 위해, 할 수 없이 부잣집 아들의 첩살이를 하게 되는 '제니'라는 여자의 불행한 일생을 그린 순정파 멜로드라마였다.

예전에 읽을 때는 그저 그런 최루성(催淚性) 소설인 줄로만 알았는데 다시 읽어보니 가슴이 뭉클해지는 데가 있었다.

제니를 진심으로 사랑하는 부잣집 아들은(그녀는 재벌 귀족에 속하는 한 부잣집에 하녀로 들어갔다가 그의 사랑을 받게 된다) 그녀와 정식 결혼을 하려고 한다.

그러나 가문을 따지고 또 다른 재벌의 딸과 정략결혼을 시키려고 하는 그의 부친은 아들의 간청을 끝끝내 묵살한다. 아들은 결국 제니와 몰래 동거 생활을 하다가 아버지가 재산을 한 푼도 안 물려주겠다고 선언하는 바람에 제니를 버리고 재벌의 딸과 결혼해 버린다.

대강 이런 줄거리인데 나는 제니의 외롭고 슬픈 말년을 기록한 대목을 대여섯 번이나 되풀이해서 읽었다. '인생은 결국 허무하다'라는 주제가 되풀이되어 강조되고 있었다.

또 나는 제니의 꿈 많은 사춘기 시절을 기록한 대목도 여러 번 읽었다. 가난하지만 미래의 무지갯빛 꿈을 간직하고 있는 착하고 예쁜 소녀 제니……. 그러자 제니의 얼굴이 내 머릿속에 뚜렷이 나타나고 미라의 얼굴과 겹쳐지는 것이었다.

나는 술을 더 마셨다. 술기운에 녹아 떨어져 나는 잠을 잤고, 꿈속에서 나는 제니, 아니 올리브의 얼굴을 보았다.

다음날 나는 느지막이 일어나 <미술계> 사로 갔다. 미라가 일찍부터 나와 열심히 작업을 하고 있었다. 둘이서 색(色) 교정 작업을 대충 마무리 짓자 이번엔 신문사와 잡지사에 돌릴 보도자료를 손보았다. 보도자료의 초안은 지 주간이 쓴 것인데 내가 보기엔 너무 장황하고 산만하게 쓰여 있어 내가 지 주간의 허락을 받고 가필과 정정을 한 것이었다.

정정 작업이 끝난 후 지 주간과 미라를 포함해서 <미술계>사 직원들 몇 명과 같이 근처에 있는 중국집으로 가 점심을 먹었다. 점심을 먹고 나서 나는 미라와 함께 액자 만드는 집으로 갔다. 내 그림들이 어떻게 표구되고 있는지 알아보기 위해서였다.

인사동에 있는 한 표구집으로 가 나는 액자의 색깔과 여백의 크기 등을 점검했다. 별 볼 일 없어 보이던 그림들까지도 액자에 넣어 표구를 해 놓으니 한결 근사해 보이는 것이 신기했다.

표구집을 나와 다시 <미술계> 사로 돌아온 나와 미라는 이번엔 포스터를 교정보았고, 초대장을 레이아웃하고 거기에 써 넣을 문구를 손봤다. 그리고 전시회에 초대할 사람 명부를 작성하자 저녁 늦은 시간이 되어버렸다. 나는 수고했다는 표시로 미라에게 어제처럼 저녁을 사겠다고 제의했다. 미라는 처음엔 사양하더니 결국 나를 따라나섰다.

미라를 데리고 나가는 나를 보고 지 주간이 빙긋 선량한 웃음을 흘리고 있었다.

장미화랑 건물을 나와 나는 어디로 갈까 하고 망설였다. 어제와는 달리 좀 더 뚝 떨어진 곳으로 가고 싶었다. 그래서 나는 생각 끝에 미라를 명동으로 데리고 갔다. 문득 젊은 시절에 명동에서 놀던 추억을 되살리고도 싶었고, 또 그곳에 가야만 먹어볼 수 있는 진짜 '명동 칼국수' 생각이 나기도 했기 때문이었다.

명동에 도착하니 낭만이 어려 있던 예전의 명동은 아니지만 그래도 옛 정취가 드문드문 살아남아 있었다. 나는 우선 미라를 데리고 '명동 칼국수집'으로 가 칼국수를 먹었다. 그녀는 양식보다는 이런 소박한 음식이 부담이 안 가 더 좋다며 칼국수를 맛있게 먹었다.

칼국수를 먹고 나서 우리는 명동 여기저기를 걸어다녀 보았다. 의상실과 구둣가게 등으로 꽉 차버린 을씨년스런 명동 거리에도, 어느 좁은 골목엔가 구수한 분위기의 허름한 부대찌개 집이 있었다. 나는 반가운 마음에 그곳으로 미라를 데리고 들어갔다.

예전 대학시절 생각이 나게 하는 수더분한 분위기의 식당 겸 주점이었다. 근처에 서울예술대학과 숭의여자대학이 있어서 그런지 젊은 학생들이 많이 모여 있었다. 그래서 나는 젊은시절의 옛 추억이 새삼 상기되었고, 미라도 학창 시절이 생각난다며 기분 좋아했다.

나는 자리를 잡고 앉아 부대찌개와 소주를 시켰다. 아주 잘 조리된 부대찌개였다. 김치와 햄과 라면 등이 제대로 조합돼 있었다. 나는 부대찌개를 안주로 소주를 맛있게 마셨고 미라도 찌개를 몇 숟가락 복스럽게 먹었다. 미라는 소주를 겨우 한 잔 정도 마셨다.

부대찌개집에 모여 있는 젊은 학생들의 머리 색깔이 다 제각각이었다. 그런 총천연색 머리카락들 사이에서 염색을 안 한 미라의 긴 생머리가 무척이나 이채로워 보였다.

내가 술을 마시고 있는 동안 미라는 별로 말이 없었다. 원래 말수가 적은 여자 같았다. 나도 더 이상 할 말이 생각나지 않았고, 그렇다고 미라의 옆좌석으로 가 어깨를 쓰다듬거나 허벅지를 매만지고 싶은 생각도 일어나지 않았다.

좌우를 둘러보니 연인 사이로 보이는 젊은 남녀 쌍쌍들이 옆으로 탁 포개 앉아 서로의 몸을 노골적으로 애무하며 술을 마시고 있었다. 내가 대학에 다닐 때는 엄두도 못 냈던 풍경이었다. 나는 세월의 흐름과 변화를 새삼 의식하며, 여느 젊은이들과는 전혀 다른 모습과 매너를 갖고 있는 미라를 새삼 신기한 눈빛으로 바라보았다.

생각 같아서는 명동의 고급 옷집에라도 가서 미라에게 최신 유행의 비싼 명품 옷이라도 한 벌 선물해 주고 싶었다. 그렇지만 내겐 그런 큰 돈이 없었다. '미라는 부자 애인을 원하고 있는데 나는 그렇지가 못하구나' 하고 나는 속으로 생각하며 왠지 서글픈 비애감을 느꼈다.

아무런 얘기도 안 하고 술만 마시려니까 어쩐지 쑥스러운 기분이 들었다. 그래서 나는 미라에게 다시 말을 붙여보았다.

"술도 잘 못하는데 이런 데 앉아 있게 해서 미안해. 여기서 나가 다른 커피집에라도 갈까?"

그랬더니 미라는 빙그레 웃으면서 이렇게 대답했다.

"전 술은 잘 못 마셔도 술자리에 앉아 있는 데는 익숙한 편이에요. <미술계>사에서도 지 주간님이 술을 워낙 좋아하시는지라 직원들끼리 술자리를 자주 갖는 모양이에요. 그러니까 이런 데서 참는 연습을 많이 해둬야겠지요."

말하는 품이 너무도 얌전하고 착해 보여서 나는 다시 한 번 미라에게 진한 친밀감을 느꼈다.

"여기 모인 젊은이들을 보니 머리 색깔도 제각각이고 화장도 다들 진하게 한 편이군. 미라는 학창시절에 머리염색이나 화장을 해본 적은 없나?"

하고 내가 다시 미라에게 말했다.

"저도 젊은데 해보고 싶은 생각이 왜 안 났겠어요. 하지만 다 돈이 드는 일이라 단념하고 말았죠."

하고 미라가 내게 말했다.

"그럼 지금이라도 돈이 많이 생긴다면 화려하게 꾸며볼 생각이 있어?"

"그런 생각이 들지도 모르지요. 하지만 제 얼굴에는 진하고 화려한 화장이나 염색이 잘 안 어울린다고 생각해요. 다만 비싸고 고급스런 옷을 사 입고 싶은 소망은 있죠."

"비싸고 고급스런 옷이라면 야하지 않은 옷을 말하는 건가?"

"맞아요. 전 야하고 관능적인 디자인으로 된 옷보다는 고전적인 디자인으로 된 옷이 더 좋아요. 또 그런 옷이 제게 더 잘 어울릴 것 같은 생각이 들구요."

"그럼 정말 나는 올리브의 애인이 될 자격이 없군. 야한 디자인으로 된 옷보다는 고전적이고 품위 있는 디자인으로 된 옷이 훨씬 더 비싸니까 말야."

"죄송해요, 선생님. 저를 너무 돈만 밝히는 속물스런 여자로 보실까 봐 겁이 나네요."

"아냐, 그렇지 않아. 뭐든지 솔직하게 말하는 게 좋으니까. 정직은 최상의 미덕이야."

몇 마디 더 대화를 나누다가 우리는 부대찌개집을 나왔다. 그리고 근처에 있는 카페로 가서 커피를 한잔 마신 후 헤어졌다.

다음날 오후에도 나는 <미술계>사로 나가 미라와 함께 전시회 준비 마무리 작업을 했다. 마무리 작업에는 지 주간도 많이 도와주었다.

그리고 나서 열흘쯤 있다가 전시회 팸플릿과 포스터, 그리고 초대장이 인쇄돼 나왔다. 포스터 붙이는 것과 초대장 발송하는 것, 그리고 홍보 자료 돌리는 것은 <미술계>사에서 전적으로 도맡아 해주었고, 주로 미라가 큰 역할을 했다.

이제 보름 정도 지나면 전시회가 열리게 되는 것이었다. 전시회 기간은 장미화랑에서 특별 배려를 하여 2주일간으로 잡아주었다.

초대장 발송이 끝난 후 나는 약간 긴장된 마음으로 전시회 오프닝 날짜를 기다리고 있었다.

그러던 어느 날 나는 적적함을 달래기 위해 장미클럽에 오랜만에 나가보았다. 클럽 안에 들어서니 명희가 나와 있었다. 그리고 명희 옆에 심수일이 앉아 있었다.

나는 미라를 만나 같이 준비 작업을 하는 동안 거의 명희를 잊고 지냈었다. 또 명희도 연락을 해오지 않았다. 조금 이상하다고 생각했지만 아주 심각하게 신경 쓰이지는 않았다. 명희 주변에는 심수일뿐만 아니라 홍샘과 G사장 그리고 한그루와 이길로 등이 진을 치고 앉아 있었다. 마치 명희가 로라 역할을 대신하고 있는 것처럼 보였다.

명희가 나를 바라보는 눈빛을 보니 눈빛이 예전과는 완전히 달라져 있었다. 말하자면 아주 무심한 눈빛이었다. 나는 직감적으로 '여자의 변덕'을 의식할 수밖에 없었다.

명희는 심수일의 품에 안겨 있었고, 그녀의 표정은 아주 밝았다. 홍샘이 명희보고 연신 아름답다는 찬사를 퍼붓고 있었다. 내가 보기에도 명희는 이제 로라만큼이나 화려하고 야한 여인이 되어가고 있었다.

"오랜만이에요, 천 선생님. 그동안 전시회 준비로 바쁘셨죠?"

하고 명희가 나를 보고 말했다.

"수고 많았어, 천 시인. 아니, 이젠 천 화백이라고 불러야 할지도 모르겠군. 전시회가 열리면 내가 그림 한 점을 꼭 구입하도록 하겠네."

하고 심수일이 명희를 껴안은 채로 말했다.

"자네 전시회 때 그림이 내 전시회 때보다 더 많이 팔리면 안 되는데. 그럼 내가 틀림없이 샘을 내게 될 테니까 말야."

"샘을 내고 자시고 할 게 뭐 있겠어요? 이 선생님은 이제 화가가 아니라 붕어찜 가게 주인이신데요."

하고 곁에 있던 채나가 농담조로 말했다.

채나의 말이 끝나자 지 주간이 미라와 함께 장미클럽으로 들어왔다. 나는 미라가 클럽에 나타난 것에 놀랐다. <미술계>사의 직원이 장미클럽에 들르는 것은 아주 드문 일이기 때문이었다.
　미라가 클럽 안으로 들어서자 남자들의 눈빛이 변했다. 특히 홍샘의 눈빛이 역력히 달라지는 것을 나는 눈치챌 수 있었다. 내가 보기에도 미라는 아주 청초하게 예쁜 얼굴이었다.
　"올리브, 아니 미라가 이번 천 시인의 전시회 준비 때 한몫을 톡톡히 했어. 그래서 여기 한번 데리고 왔네. 신문에 보도되는 것을 봐도 그렇고, 이번 전시회는 꽤 성공적일 것 같아."
　하고 지 주간이 말했다.
　"그림에 대한 평가만 좋으면 뭐 합니까. 전시회는 그저 그림이 많이 팔리고 봐야 해요."
　하고 홍샘이 말했다.
　"응……, 그 문제는 나도 사실 걱정하고 있는 문제야. 요즘 그림 사는 사람들은 작품성보다 장식성에 더 중점을 두거든. 집에 걸어놓을 거니까 그들이 그런 생각을 하는 것도 무리는 아니지. 그러니 그림이 너무 어두워도 안 팔리고 또 너무 야해도 안 팔리고 한단 말야. 천 시인의 그림은 작품성은 좋은데 작품 소재가 너무 어둡고 우울한 것이 많지. 또 진하게 에로틱한 것도 많고. 하지만 첫 전시회니만큼, 이번엔 팔리는 것보다는 작품 평가를 어떻게 받느냐가 더 중요하다고 생각하네. 일단 좋은 평가를 받게 되면 사람들은 그림 자체보다 화가 이름을 보고 그림을 사게 되니까."
　하고 지 주간이 말했다. 나는 지 주간의 말이 맞다고 느꼈고 전시회를 열도록 해준 장미화랑, 아니 로라가 고맙게 느껴졌다.
　G사장은 계속 미라를 주시하고 있었다. G사장의 눈빛을 보니 그것은 애욕의 눈빛이 아니라 흡사 물건의 가치를 평가하고 있는 듯한 눈빛이었다. 나는 G사장의 그런 눈빛이 퍽 이상하다고 생각했다.
　미라의 옷차림을 보니 명희나 채나의 화려한 옷차림과는 너무 대조적이었다. 또 화장을 전혀 안 한 얼굴도 그랬다. 미라는 클럽 안의 분위기에 쉽사리 휩쓸리지 못하고 몹시 어색해하고 있었다. 나는 그러는 그녀가 무척이나 안쓰럽고 측은해 보였다.
"제가 듣자니 요즘 미라 씨와 친하게 지내고 계시다구요."
하고 명희가 말했다.
"친하게 지내긴 뭘……. 그냥 전시회 일 때문에 쭉 같이 있은 거지."
나 대신 지 주간이 명희에게 대답해 주었다.
"미라 씨 피부가 퍽 곱군요. 평생 기초화장을 안 해도 될 만한 피부예요."
하고 채나가 말했다. 그녀가 미(美)에 집착하는 강도는 대단해서, 처음으로 만나는 여자를 보더라도 금세 정확한 판단을 내린다는 것을 나는 알고 있었다.
"피부뿐만 아니라 얼굴도 곱지. 솔직히 말해서 <미술계>사 직원 중에 가장 예쁜 얼굴을 가졌어. 몸이 너무 마른 게 흠이지만 말야."
하고 지 주간이 말했다.
"그래서 올리브란 별명을 붙여줬나?"
하고 한그루가 말했다.
"그랬지. 자넨 옛날 세대라 만화영화 <뽀빠이>를 아는구먼. 요즘 젊은 애들은 '올리브'를 그저 먹는 열매 이름으로만 아는 경우가 많더군."
하고 지 주간이 말했다.
"뽀빠이하고 올리브가 무슨 관계가 있어요?"
하고 명희가 지 주간에게 물었다.
"올리브는 뽀빠이의 애인 이름이야. 그런데 몸매가 아주 날씬하게 홀쪽 빠졌지. 그래서 내가 미라에게 올리브란 별명을 붙여줬어."
자기 얘기가 사람들 입에 오르내리는 게 싫었는지 미라는 조금 시무룩한 표정을 하고 있었다. 그리고 마저 할 일이 있다며 <미술계>사 편집실로 올라가겠다고 말했다. 그러자 지 주간이 그녀를 그냥 억지로 붙들어 앉혔다.

잠시 후 G사장이 내게 다가와 구석으로 끌고 가 조금 낮은 소리로 물었다.

"천 시인은 저 여자에 대해 많이 알고 있나?"
"저 여자라니, 올리브를 두고 하는 얘긴가?"
"그래. 퍽 얌전해 보이는 얼굴인 데다가 입고 있는 옷이 깨끗하긴 하지만 아주 싼 옷으로 보였어. 그래서 올리브의 집안 사정이 어떤가 궁금해졌지."
"집안 사정은 알아서 뭐하게? G사장이 올리브한테 마음이 있다면 그걸로 족한 거 아냐?"
"내 마음에 들긴 했지. 하지만 내 애인으로 삼으려는 건 아냐. 아무튼 내 보기엔 숫처녀인 것 같고 또 아주 어렵게 자라난 여자처럼 보였어. 내 말이 맞지?"
"자네 말이 맞네. 올리브는 지금 병든 아버지와 남동생을 부양하고 있는데 경제적으로 큰 고통을 겪고 있다네."

내 말을 듣더니 G사장은 고개를 끄덕이며 만족한 미소를 지었다. 나는 그가 왜 혼자 미소를 지었는지 알 수가 없었다.

"집안이 가난해야 G사장이 돈으로 올리브를 꼬드길 수 있어서 그러는 건가?"

잠시 후 내가 G사장에게 물었다.

"난 저런 스타일의 여자를 별로 좋아하지 않아. 나도 자네처럼 로라나 명희 같은 화려한 스타일의 여자를 좋아하지. 내가 올리브를 꼬드기고 싶어서 물어본 건 아냐."

하고 G사장이 대답했다.

"대관절 G사장 속마음이 어떤지 정말 궁금해지는군. 좀 더 솔직히 털어놓고 얘기해 보게나."
"아직은 얘기할 단계가 아닐세. 차차 시간을 두고 얘기해 주기로 하지."
나는 G사장이 얘기한 말들이 알쏭달쏭하게 여겨졌지만 G사장은 더 이상 입을 열지 않았다.

다시 사람들이 모여 있는 곳으로 돌아오니 명희가 큰 소리로 까르르 웃어대고 있었다. 조증(躁症) 때문인지 진짜 마음이 명랑해져서 그러는지, 나는 그녀의 그런 모습이 어리둥절하게 느껴졌다. 청평의 '산장호텔'에서 보여준 우울한 태도와는 너무도 달랐기 때문이었다.
이젠 심수일뿐만 아니라 홍샘마저도 그녀의 몸을 슬금슬금 어루만지고 있었다.
내가 명희를 물끄러미 바라보고 있는 모습을 보고 채나가 내 곁으로 와 안겼다. 그리고 내 귀에 대고 속삭이듯 말했다.
"선생님은 바보예요. 명희가 선생님을 진심으로 사랑하고 있다고 믿으셨죠?"
그래서 나도 그녀의 귀에 대고 귀엣말로 말했다.
"그렇게 믿지는 않았어. 명희한테는 조울증이 있었으니까. 하지만 오늘 나를 대하는 태도를 보니 조금 이상한 기분은 드는군."
내 말이 끝나자 한그루가 내 곁으로 왔다.
"아무튼 전시회 열기를 잘했네. 그림이 글보다는 훨씬 낫다는 생각이 들어."
하고 한그루가 말했다.
"새로 낸 소설은 어떻게 됐나?"
"판매가 초장부터 지지부진이야. 더 기다려봤자 많이 팔릴 싹수가 없어 보여."

"그래도 '스테디셀러'라는 게 있으니까 좀 더 참고 기다려보게나."

"어떤 작가든 누구나 기다리는 보지. 하지만 요즘은 책의 회전 기간이 너무 빨라졌어. 새로 쏟아져 나오는 책들이 너무 많으니까."

"그래도 그림보다는 책이 나을걸. 그림을 그려보니 글 쓰는 것보다 작업이 더 재미있긴 해도 전시회 기간이 너무 짧아. 남는 건 팸플릿뿐인데 그걸 팔아먹을 수는 없지 않나?"

"자넨 시인이기도 하니까 그림을 가지고 나중에 시화집을 낼 수도 있지 않을까?"

"참, 내가 그 생각을 못했군. 컬러판으로 내야 할 테니까 비용이 많이 들어 출판사에서 겁을 내긴 하겠지만, 낼 마음만 먹으면 시화집을 내줄 출판사를 만날 수 있을 것 같기도 하군."

여기까지 얘기했을 때 클럽의 문이 열리며 갑자기 로라와 늘빛이 들어왔다. 클럽 안에 모여 있던 사람들은 다 깜짝 놀랐고 반가운 표정을 지었다.

"아니, 언제 서울에 왔어요?"

하고 지 주간이 물었다.

"조금 아까 도착했어요. 장미화랑 일이 궁금하고 여기 모이시는 분 생각도 나고 해서 이리로 먼저 왔지요."

하고 로라가 대답했다.

"입구에 보니 천 선생님 전시회 포스터가 붙어 있더군요. 지 주간님이 전에 편지로 알려주셨지만 포스터를 직접 보니 퍽 반가운 생각이 들더군요."

하고 로라가 말했다.

"그래, 인도네시아에서의 생활은 어땠어요?"

하고 심수일이 로라에게 물었다.
"그렇게 크고 으리으리한 저택은 정말 처음 보았어요. 마치 궁전 같더군요. 일하는 하녀나 하인들도 무척 많았구요. 상상했던 것보다 규모가 너무 커서 전 깜짝 놀랐어요."
하고 늘빛이 로라 대신 대답했다. 그러고 나서 로라가 이렇게 말했다.
"실컷 호강하고 왔죠, 뭐. 하지만 역시 따분했어요. 아는 사람이 별로 없었으니까요. 남편을 따라 여러 파티에 참석도 해보고 관광도 해봤지만 권태롭긴 마찬가지더군요."
"아무튼 로라 언니의 남편 되는 분도 굉장한 사람이에요. 로라 언니를 공주 모시듯 떠받들어주는 걸 보고 전 얼마나 부러웠는지 몰라요."
하고 늘빛이 말했다.
"그게 중국 사람들의 습성이야. 중국인들은 본토에서도 아내에게 일을 별로 안 시키지. 저녁 식사 준비까지도 퇴근한 후에 남편이 할 정도니까. 예전에 있었던 '전족'의 풍습도 그래서 나왔는지 몰라. 여성 해방론자들은 전족이 여자를 속박하기 위해 창안된 것으로 보고 있지만 거꾸로 생각할 수도 있어. 말하자면 여자로 하여금 전혀 일을 안 해도 되게끔, 아니 일을 할 수 없게끔 만든 풍습이라고 볼 수 있단 얘기지."
하고 내가 말했다.
"어쨌든 다행이에요. 천 선생님 전시회 오프닝 때 제가 참석할 수 있게 됐으니 말이에요."
하고 로라가 말했다. 나는 그렇게 말하는 로라가 무척이나 고맙게 느껴졌다. 로라는 더욱더 화려한 복장을 하고 있어 나의 눈을 어지럽히고 있었다.
로라의 시선이 명희에게로 가 머물렀다. 심수일과 홍샘은 로라가 클럽에 들어서자마자 명희의 몸에서 거리를 떼고 앉아 있었다.
"명희야, 그동안 재미있게 지냈겠지?"

하고 로라가 말했다.

그러나 명희는 대답을 하지 않고 가만히 있었다. 로라가 나타난 순간부터 그녀의 표정은 조금 굳어 있었다. 명희가 말을 하지 않고 가만히 있자 로라는 다시금 명랑한 어조로 명희에게 말했다.

"그동안에 정말 더 세련되게 예뻐졌구나. 참 보기에 좋다."

"로라가 오니까 장미클럽의 분위기가 한결 되살아나는군. 그런 의미에서 다 같이 한잔하세."

하고 심수일이 말했다.

그래서 우리는 다 같이 술잔을 채워 함께 건배를 했다. 건배가 끝난 후 로라가 문득 미라를 쳐다보며 말했다.

"뉴 페이스(New face)가 나타난 걸 제가 미처 모르고 있었군요. 퍽 예쁜 분인데요. 누구죠?"

"<미술계>사에 새로 입사한 직원이야. 이름은 진미라이고 별명은 올리브지."

하고 지주간이 대답했다.

"미라 씨가 주로 내 전시회 준비를 도맡아 해줬어."

하고 내가 말했다.

"퍽이나 깨끗하고 청초하게 생긴 얼굴이로군요. 장미클럽에 자주 들르세요. 여긴 미인이 필요하니까요."

하고 로라가 말했다. 미라의 눈을 보니 로라의 화려하고 사치스런 옷차림과 치장을 부러운 눈길로 바라보고 있었다.

"이 화백님, 그래 붕어찜 장사는 잘되세요?"

하고 다시 로라가 말했다.

"그런대로 잘돼. 손해를 보진 않으니까 돈을 댄 로라한테 덜 미안한 생각이 들지. 종업원들도 그만하면 일을 잘해주고. 그래서 오늘도 이렇게 장미 클럽까지 올 수 있게 된 거야."

하고 이길로가 대답했다.
"오랜 시간 여행했을 텐데 피곤하지 않아요?"
하고 G사장이 로라에게 물었다.
"조금 피곤하긴 하지만 괜찮아요. 역시 고향이 좋긴 좋군요. 그래서 짐을 제 사무실에 두고 나서 곧바로 이리로 온 거예요."
하고 로라가 말했다.
"아무래도 오늘 로라 씨 귀국 파티라도 벌여야겠는걸. 이따가 저녁 먹고 하얏트호텔의 '제이 제이 마호니즈'에라도 갈까?"
하고 지 주간이 말했다.
"그거 좋은 생각이군. 덕분에 나도 한번 춤이라도 실컷 춰봐야겠어. 책이 잘 안 나가 우울했던 참이라서 말이야."
하고 한그루가 말했다.
그래서 우리는 조금 있다가 하얏트호텔로 갔다. 거기서 저녁을 먹고 곧바로 나이트클럽으로 가니 이른 시간이라 빈 좌석이 많았다. 미라가 안 끼겠다고 우기는 것을 내가 억지로 끌다시피 하여 함께 데리고 갔다.
다 함께 춤을 추면서 나는 로라와 미라를 비교해 보고 있었다. 로라는 당당했고 미라는 수줍어했다. 나는 미라가 느끼는 열등감에 연민의 정을 느꼈다.

3

며칠 후 내 그림 전시회가 열렸다. 전시회 전날에는 작품들을 어떻게 디스플레이할 것인가 하고 고민하며 애를 써야 했다. 디스플레이 일을 맡아준 것도 미라였는데, 전시회 일이 처음인데도 그녀한테 남다른 센스가 있다는 것을 알 수 있었다.

전시회 오프닝 파티는 저녁 6시였다. 내가 워낙 문단에는 발을 끊고 지내는 편이라 문학하는 사람보다 미술하는 사람들이 더 많이 와주었다.

책을 내는 것과는 달리 미술전시회를 한다는 것은 남들에게 폐를 끼치는 일이 될 수도 있다는 것을 나는 다시 한 번 절감하였다. 책은 출간하면 그만이지만(물론 출판기념회를 하면 문제가 다르다. 하지만 요즘은 출판기념회를 여는 일이 극히 드물어서 억지로 '눈도장'을 찍으러 갈 일은 거의 없는 것이다), 미술전시회는 꼭 사람을 불러 모아야 하기 때문이었다. 장미클럽에 모이는 사람들이야 물론 흔쾌히 와줬지만, 미술하는 이들 중엔 내가 미술평론을 하는 관계로 마지못해 '눈도장'을 찍기 위해 온 사람들도 상당히 많다는 것을 나는 알 수 있었다.

장미화랑 측에서는 로라의 배려로 오프닝 파티의 음식상을 뷔페식으로 훌륭하게 차려주었다. 그래서 손님들은 실컷 먹고 마시며 즐거워들 했다. 그리고 다들 한마디씩 내 그림이 예상 외로 좋다는 덕담들을 해주었다.

전시회장에서 안내와 작품판매 접수 등의 일을 맡은 것은 미라였다. 미라가 일하는 것이 얌전하고 꼼꼼하고 친절해서 나는 새삼 그녀에게 신뢰감을 느꼈다.

오프닝 파티의 의식은 내가 주장해서 아주 간단하게 했다. 지 주간이 축사를 하고 내가 답사를 한 것 외에 다른 지저분한 절차는 없었다. 다만 먹고 마시기만 하면 되는 파티였다. 로라는 이번 파티 때도 아주 선정적인 옷을 걸치고 있었다. 그리고 명희와 주리와 채나 등도 화려한 옷을 걸치고 있었다. 나는 로라를 보며 나도 모르게 이상한 거리감이 느껴지는 것을 의식했다. 그녀는 여전히 관능적이고 사랑스러웠다. 그리고 내가 전부터 오랫동안 그리워하던 대상이었다. 그러나 한동안 둘이 떨어져 있었기 때문인지(아니면 미라를 만났기 때문인지), 나는 그녀가 너무

'먼 그대'처럼 느껴지는 것이었다.

오프닝 파티는 꽤 늦은 시각까지 열렸다. 갈 사람은 다 간 뒤에도 장미 클럽의 멤버들은 클럽으로 가서 간단한 뒤풀이를 했다. 그런 뒤에 나는 약간 쓸쓸한 마음을 품고서 집으로 돌아왔다.

미술 전시회에 많이 가본 나로서는 전시회 오프닝 날 이후의 기간이 무척이나 쓸쓸하다는 것을 잘 알고 있었다. 화가는 하루 종일 우두커니 전시회장에 앉아 있고 관람객은 드문드문 가끔씩 나타난다. 그래서 아예 전시회장에 안 나가 있는 화가도 있지만 그런 경우는 극히 드물다. 이따금이라도 아는 사람이 오는 수가 있기 때문이다.

또 관람객이 많다는 사실과 작품 판매가 직결되는 것도 아니다. 관람객이 아무리 많더라도 작품 판매는 잘 안 되는 수가 많다. 작품 판매는 주로 화랑측이 얼마나 단골 컬렉터를 확보하고 있느냐에 따라 좌우되는 것이다.

오프닝 파티가 끝난 후의 기분은 연극이 끝난 후 배우들이 겪는 허탈감과 비슷했다.

다음날부터 나는 매일 오후에 전시회장에 나갔다. 미라가 접수와 안내 일을 보고 있어서 즐거웠다. 관람객은 생각보다 적었다. 역시 내가 아마추어 화가이기 때문인 것 같았다. 그래서 그림을 사겠다고하는 사람들도 적을 수밖에 없었다.

미라와 오후 내내 같이 있다 보니 같이 얘기하는 시간이 많아졌다. 로라나 지 주간도 가끔씩 들러주었지만 오래 앉아 있지는 않았다.

미라는 말수가 적은 여자였다. 그리고 항상 우울한 눈빛을 알듯 모를듯 드리우고 있었다. 명희 같은 사치스런 허무주의가 아니라 생활의 고통과 인생에 대한 비감(悲感)에서 나온 진짜 실존적 허무주의가 그녀의 뇌리를 꽉 채우고 있는 것 같았다.

저녁때 전시회장의 문을 닫으면 나는 매일 미라에게 저녁을 사주었다. 미라는 별로 사양하지도 않고, 그렇다고 아주 고마워하지도 않고 내가 사주는 저녁밥을 담담히 먹었다. 이상한 것은, 내가 미라를 자주 만나도 그녀의 육체를 껴안거나 섹스를 하고 싶은 생각이 별로 일어나지 않는다는 사실이었다. 나는 나도 모르게 나 자신이 변화돼 가고 있는 것을 느꼈다. 그 '변화'란 다름 아닌 '사랑'에 대한 관념의 변화였다. 신경질적인 성욕이나 성희가 없는 사랑이 어느 정도 가능하다는 사실을 나는 어렴풋이 느껴가고 있었다. 천민(賤民)이 천녀(賤女)를 만나 그런지도 몰랐다.

장미클럽에서 저녁을 먹을 수 있는데도 나는 복잡한 것을 피해 미라를 늘 다른 식당으로 데리고 갔다. 그녀와 저녁을 같이 먹으며 나는 별로 할 말이 없었다. 보디랭귀지(Body language)가 빠져 있는 대화에 내가 익숙하지 못할 뿐더러, 그녀가 지금 남녀 간의 우정이나 사랑보다는 '돈'에만 몹시 관심을 갖고 있다는 사실을 알고 있기 때문이었다. 하지만 별말 없이 먹는 저녁식사일 망정 미라와 함께 있다는 사실 하나만으로도 내가 행복한 감정을 느낄 수 있다는 사실이 나는 신기하게 느껴졌다.

어느 날 미라는 식사를 하다 말고 불쑥 로라 얘기를 꺼냈다.

"로라 씬 어쩌면 그렇게 예뻐요? 그리고 돈도 많구요. 전 로라 씨가 부러워 죽겠어요. 선생님도 로라 씰 사랑하고 계시죠?"

그래서 나는 이렇게 대답했다.

"나뿐만 아니라 장미클럽에 들르는 남자들 모두가 로라를 사모하고 있지. 참 특별한 여자야. 아주 야하게 꾸미는데도 전혀 천해 보이지가 않거든. 그리고 마음씨도 착하고."

"돈에 여유가 있으면 마음씨는 다 착하게 되게 마련이에요."

"올리브는 돈이 없는데도 내가 보기엔 마음씨가 착해 보이는데?"

"그러려고 애쓰고 있을 뿐이지요. 이 상태가 더 이상 계속되면 저도 마음이 비뚤어질 가능성이 커요."

"올리브는 절대로 그렇게 되지 않을 거야. 로라처럼 좋은 남편 만나 호강도 하게 될 거고."

"듣자니 로라 씨는 바람둥이라면서요?"

"보통 바람둥이하곤 달라. 천진난만한 바람둥이라고나 할까."

"그렇다면 로라 씨가 더 부러워지는군요."

"올리브도 표정에서 바람둥이 체질이 엿보이고 있어. 올리브가 원하는 대로 돈이 아주 많고 나이 든 사람과 결혼한다면 슬쩍슬쩍 바람을 피우게 될지도 모르지. 요즘은 바람피우는 여자들이 점점 더 늘어가고 있는 세상이니까. 그리고 사람은 여자든 남자든 다 바람둥이 체질을 타고난 게 사실이니까."

"그렇게만 될 수 있으면 참 좋겠어요. 하지만 저는 소심해서 그런지 바람둥이 체질은 절대 못 되는 것 같아요."

미라의 말은 맞는 말이었다. 내가 아까 한 얘기는 그저 한 번 해본소리였다. 미라는 순결을 중시하는 여자 같아 보였다. 그렇다면 한그루가 늘 바라고 있는 여자인데, 유감스럽게도 한그루에게는 돈이 없었다.

나는 자꾸 내가 미라한테 끌려 들어가고 있는 것을 인정하지 않을 수 없었다. 로라를 독점적으로 사랑한다는 것은 이제 불가능한 일이 되어버렸고, 명희 역시 이제는 내게 별로 의지하지 않고 있는 것처럼 보였다. 난생처음으로 '결혼'에 대한 호기심과 욕구가 미라를 통해 느껴지는 것이 정말 이상했다. 내가 너무 혼자 오래도록 외롭게 살아온 탓인지도 몰랐다.

그런데 미라는 '돈'에 한(恨)을 품고 있고, 돈 많은 남자와의 결혼을 꿈꾸고 있었다. 나이가 아주 많은 남자의 재취 자리라도 돈만 많이 준다면 오케이(OK)하겠다는 미라의 말은 나를 풀죽게 했다.

미라의 얼굴에 문득 로라의 얼굴이 겹쳐졌다. 탐미주의적 관점에서 보면 내가 좋아하는 여자는 분명 로라였다. 그러나 '아내'라는 관점에서 보면 내게 필요한 여자는 분명 미라였다.

"내가 결혼 신청을 정식으로 한다면 미라는 받아주겠어?"

나는 불쑥 나도 모르게 이상한 소리를 내뱉었다.

"선생님은 철저한 독신주의자로 유명하시던데요. 그런데 왜 갑자기 결혼이 하고 싶어지신 거죠? 혹시 로라 씨에 대한 사랑에 지쳐서 그러시는 건 아닌가요?"

하고 미라가 차분한 목소리로 말했다.

"그럴지도 모르지. …… 아까 얘기는 그냥 한 번 해본 소리였어. 또 난 올리브를 호강시켜 줄 만큼 돈이 많은 놈도 아니고. 하지만 내가 요즘 미라한테 이상한 동지애를 느끼고 있는 건 사실이야. 결혼은 성가신 거지만 이왕 결혼을 한다면 성애적 결합보다는 '동지적(同志的) 결합' 쪽이 훨씬 더 낫다고 나는 늘 생각해 왔었지. 로라는 말하자면 '성애적 결합' 쪽에 드는 여자이고……."

"아무튼 선생님은 로라 씨를 사랑하고 계시잖아요? 그런데 왜 저를 갖다 대시는 거죠? 또 로라 씨도 선생님을 무척이나 좋아한다고 소문이 나 있던데요."

"솔직히 말해서 로라 생각을 하면 오금이 저려올 정도야. 그토록 완벽하게 몸을 꾸미는 여자는 없으니까. 물론 로라도 날 아주 좋아하지. 내가 자기의 페티시즘 취향을 잘 이해하고 맞장구쳐주니까. 하지만 로라는 나 혼자만의 여자는 절대로 아냐. 그리고 지금 엄연히 유부녀 신분으로 있고. 그 여자가 남편의 돈을 포기할 리는 없어. 로라는 돈 없인 못 사는 여자니까."

반주로 곁들여 먹은 소주 탓인지 나는 계속 횡설수설하고 있었다. 아니, 횡설수설이 아닌지도 몰랐다. 그만큼이나 나는 미라에게 의지하고 싶어했다.

얼마 후 내 그림전시회가 끝났다. 생각보다 그림은 많이 팔리지 않았다. 그러나 신문이나 미술잡지 등의 매스컴에 나온 평은 그렇게 나쁘지 않았다. 당돌하고 신선한 느낌을 주는 그림들이었다는 평이 대부분이었다. 나는 그것만으로도 큰 자위(自慰)를 삼아야 했다.

전시회가 끝나는 날에는 장미클럽에서 클럽 멤버들끼리 뒤풀이 파티를 했다. 로라도 와주었고 명희도 와주었다. 그리고 내가 억지로 끌다시피 하여 미라를 데리고 갔다.

명희는 내가 미라를 옆에 데리고 앉아 있어도 별다른 반응을 보이지 않았다. 그녀의 관심은 다시금 언니인 로라한테로만 가 있는 듯싶었다. 그러나 예전보다는 우울증이 한결 풀린 것 같은 표정이었다.

"여보, 전시회 동안 정말 수고하셨어요."

하고 로라가 나를 보고 말하자 나는 정신이 팽그르르 도는 것 같은 기분을 느꼈다. 로라가 내게 '여보'라는 말을 써준 것도 오래간만이었고, 또 그것은 여러 사람들이 있는 자리에서였기 때문이었다.

명희는 전처럼 심수일 곁에 앉아 있었고 무심한 표정으로 내 곁에 앉아 있는 미라를 바라보고 있었다. 미라는 술도 안 마시고 앉아 얌전히 창밖만 내다보고 있었다. G사장이 미라를 여전히 의미심장한 눈초리로 쳐다보고 있는 게 신기했다.

"그림은 많이 안 팔렸지만 그만하면 성공적인 전시회였어. 앞으로 계속 그림을 그려보도록 하게. 장식성과 밝은 색채에 좀 더 중점을 두고, 너무 야한 그림을 그리지 않으면 얼마든지 대량 판매가 가능한 그림이야."

하고 지 주간이 나를 보고 말했다.

"그림을 그린다는 건 어쨌든 신나는 일이지. 우선 '순간적인 몰두'가 가능하니까. 자네가 전시회까지 여는 것을 보고 나도 이젠 다시 슬슬 그림을 그려보고 싶어졌네."

하고 이길로가 말했다.
"그림을 그리려면 화풍을 아주 다른 것으로 바꿔봐. 사람들은 똑같은 스타일의 그림에 싫증을 내거든."
하고 심수일이 말했다.
"나도 그래 볼 생각이야. 하지만 아이디어가 잘 떠오르질 않아서 고민일세."
하고 이길로가 말했다.
"요즘은 붕어하고 노니까 붕어 등의 물고기를 소재로 삼으면 어때?"
하고 한그루가 말했다.
그러자 사람들 몇 명이 웃었다.
"이번에 미라 씨가 참 일을 많이 했네. <미술계>사에서 아주 좋은 일꾼을 하나 구했어."
하고 내가 지 주간을 보고 말했다.
"혹시 천 선생님이 미라 씨를 좋아하고 계신 것 아니에요?"
하고 명희가 말했다.
말하는 어조가 너무 평이해서 나는 내심 이상한 기분과 열등감 같은 것을 느꼈다.
"올리브를 좋아할 만하지. 참 착하고 성실하니까. 그리고 얼굴도 예쁘고."
하고 지 주간이 말했다.
"키가 크고 몸이 말랐다는 것도 큰 장점이에요."
하고 로라가 말했다.
그녀의 어조 역시 아주 평이했다. 나는 기분이 좀 얄쌍해졌다.
"미라 씨는 잘하면 패션모델이 될 수도 있겠어. 패션모델은 우선 몸이 마르고 봐야 하니까 말야."
오랫동안 침묵을 지키고 있던 박상민이 말했다.

"그 말씀은 정말 일리가 있어요. 미라 씨는 그런 생각을 해본 적이 없어요?"

하고 로라가 말했다.

"전 그런 생각을 해본 적이 없어요. 최고로 출세하려면 너무 험난한 길일 것 같아서요."

하고 미라가 대답했다.

"그럼 시집가서 이른바 현모양처가 되는 게 미라 씨 꿈인가요?"

하고 다시 로라가 말했다.

"말하자면 그렇다고 할 수 있지. 하지만 돈이 아주아주 많은 남자라야 해. 올리브 소원은 지금 '돈'이야."

하고 내가 미라 대신 대답했다.

너무 노골적으로 말하지 않았나 하고 내가 후회하고 있는데 미라의 표정을 보니 의외로 담담했다.

"그럼 로라를 부러워하고 있단 얘기군 그래."

하고 G사장이 말했다.

"말하자면 그렇지. 하지만 로라를 부러워하지 않을 여자가 이 세상 어디에 있겠어?"

하고 내가 말했다.

"그럼 자넨 미라 씨한텐 해당 사항이 안 되겠지?"

하고 박상민이 나를 보고 말했다.

"해당 사항이 안 되지. 미라는 지금 가정 형편이 매우 어렵다네."

하고 내가 말했다.

"마음을 굳게 먹고 소원을 품고 있으면 언제든지 이루어지게 마련이에요. 그러니까 미라 씨 소원이 '정말 돈 많은 남자'라면 반드시 그런 남자를 만나게 될 거예요."

하고 로라가 말했다.

"좀 더 자세한 사정과 희망사항을 물어봅시다. 남자의 나이는 어느 정도라야 되겠소?"

하고 G사장이 미라에게 물었다. 미라는 얼른 대답을 하지 않았다. 그래서 이번에도 내가 대신 대답을 했다.

"나이는 아무리 많아도 좋대."

"그럼 세컨드도 괜찮다는 얘긴가?"

하고 다시 G사장이 물었다.

"세컨드는 좀 곤란하겠지. 어때, 미라, 내 생각이 맞지?"

하고 내가 말하며 미라에게 동의를 구했다. 미라는 그저 조용히 고개를 끄덕일 뿐이었다.

술잔이 더 돌아가자 화제는 미라한테서 멀어졌다. 나는 미라와 로라를 번갈아 쳐다보며 술을 많이 마셨다. 전시회가 끝난 후의 묘한 허탈감이 나로 하여금 술을 평소보다 많이 마시게 했다. 술에 취한 눈으로 로라를 바라보니 로라는 여전히 요염하고 화려하였다. 그녀는 지금도 성적(性的)으로 사내들의 마음을 흔들어놓고 있었다. 거기에 비해 미라의 얼굴에는 얌전하고 감상적인 아름다움이 깃들여 있었다.

술에 취하자 로라가 문득 박상민을 세게 껴안았다. 그러고 나서 다시 내게 와서 뺨에 대고 뽀뽀를 했다. 하지만 나는 기분이 아주 좋지는 않았다.

명희가 문득 울음을 터뜨렸다. 그래서 술자리의 흥이 조금 깨졌다. 로라가 명희를 달래주려고 애쓰고 있었다.

명희는 울음을 그치지 않았다. 우울증이 거의 나은 줄 알았는데 그렇지 않은가 보았다. 로라가 명희를 달래고 있는 동안 썰렁해진 분위기를 다시 돋우기 위해서인지 G사장이 노래를 했다. G사장의 노래를 듣는 건 처음이었다.

그는 탱고풍으로 된 옛 노래인 〈에레나가 된 순이〉를 했다. 안다성이란 가수가 부른 것으로 기억되는데, 내가 TV '가요무대' 시간에 몇 번 들고 무척이나 배우고 싶어했던 노래였다.

> 그날 밤 극장 앞에서
> 그 역전(驛前) 카바레에서
> 보았다는 그 소문이 들리는 순이
>
> 호롱불 등잔 아래 밤을 새우며
> 실패 감던 순이가
> 다홍치마 순이가
>
> 이름조차 에레나로 달라진 순이 순이
> 오늘 밤도 파티에서 춤을 추겠지

내 기억으로 1950년대에 나온 노랜데, 시골의 순진한 처녀 순이가 양공주로 전락한 것을 슬퍼하는 노래였다. 나는 G사장이 부르는 노래를 들으며, 왠지 '에레나'의 이미지에 미라의 이미지가 겹쳐지는 것을 느꼈다.

명희가 울음을 그치지 않자 로라는 명희를 데리고 나갔다. 아마도 그녀의 전용사무실로 갔을 것이었다. 심수일이 로라와 명희를 따라 같이 나갔다.

로라가 없어지자 분위기가 더욱 썰렁해졌다. 전시회가 끝난 뒤의 허탈감에다가 썰렁해진 뒤풀이 분위기까지 겹쳐 나는 몹시 우울한 기분을 느꼈다.

이길로가 노래를 하고 한그루도 노래를 했지만 하는 노래들이 모두 고독타령 아니면 이별타령이었다. 하긴 모든 노래란 것이 결국은 고독타령 아니면 이별타령뿐이지만 말이다.

나도 노래를 하고 박상민도 노래를 했다. 그러다가 다들 술에 취하고 쓸쓸한 마음이 되어 우리는 뒤풀이를 끝냈다.

일행들과 헤어지고 나서도 나는 계속 허전한 마음을 달랠 수 없었다. 그래서 미라를 꽉 붙들고 집으로 못 가게 말렸다.

미라는 다행히도 내 심중을 알아채주었다. 그래서 나는 미라와 함께 택시를 타고 그녀의 집에서 가장 가까운 거리에 있는 유흥가에 가서 술을 한잔 더 마시기로 했다. 그래야 미라가 집에 들어가는 데 좀 더 편리하고 안전할 것 같았기 때문이었다.

미라의 집은 멀었다. 수유리였다. 수유리 근처에는 덕성여대가 있어 그 앞에 다행히 조그만 카페 골목이 형성돼 있었다. 우리는 아담해 보이는 한 카페로 들어갔다.

"드디어 오붓하게 둘이서 술을 마시게 됐군. 미라가 이번 내 전시회 때 크게 수고를 했어. 그래서 내가 오늘 조그만 선물이라도 준비하지 못한 것을 후회했지. …… 시간이 좀 늦었지만 내 기분을 봐서 좀 참고 앉아 있어줘."

하고 내가 미라에게 말했다. 미라는 담담한 얼굴로 내 말을 듣고 있었다. 나는 맥주를 시켰다. 미라는 우선 콜라를 한잔 마시고 싶다고 했다.

"전시회를 끝내고 나니까 마음이 몹시 허탈하시죠?"

콜라를 한 모금 마시고 나서 미라가 말했다.

"허탈해. 책을 내고 나서 느끼게 되는 기분과는 아주 판이하더군. 책은 설사 안 팔린다고 해도 책방에 상당 기간 꽂혀 있게 되거든. 그런데 그림은 그런 게 없단 말야."

하고 내가 말했다.

"저도 예술을 하는 분들의 일을 돕는 일을 하고 있지만, 예술하는 분들이 불쌍해 보일 때가 많아요. 너무나 소모적인 싸움 같은 생각이 들어서요."

"맞아, 예술 역시 별것이 아니지. 그냥 자기 카타르시스를 위해 하는 것뿐인데 괜히 굉장한 것처럼 떠받들고 있을 뿐이야. 예술을 하는 사람들의 밑바닥 마음엔 역시 '명예'와 '돈'에 대한 욕망이 꿈틀대고 있어. 그중에서 특히 명예욕이 강하지. 그런데 돈에 대한 욕망보다 명예에 대한 욕망이 사실은 더 천박한 것이거든. 차라리 '돈'을 좇는 사람들이 명예를 좇는 사람들보다 훨씬 더 순수하다고 생각해."

"그럼 제가 돈에 대한 욕망, 아니 필요성에 집착하고 있는 것도 죄가 되는 것은 아니로군요."

"물론이지. 미라는 지금 아주 순수한 욕망을 가슴속에 품고 있는 거야. 그걸 조금도 부끄러워할 필요는 없어."

미라는 더 이상 말을 하지 않고 가만히 앉아 있었다. 나도 더 할 얘기가 별로 없었다. 단지 허전하고 쓸쓸한 마음만 더해질 뿐이었다.

맥주를 몇 잔 더 마시고 나서 나는 일어섰다. 미라도 나를 따라 조용히 일어섰다. 나는 그녀를 그녀의 집 입구까지 바래다주었다.

집으로 돌아와서도 나는 금세 잠이 오지 않았다. 이번 전시회에 출품했던 내 그림들이 눈앞에서 오락가락하기도 하고 로라와 명희와 미라의 얼굴이 오락가락하기도 했다.

문득 인생은 허무한 것이라는 흔해빠진 생각이 가슴 깊이 밀려들기도 하고 사랑 역시 허무하다는 생각이 밀려오기도 했다. 또한 내가 그토록 믿고 의지했던 '미(美)'조차 허무한 것인지도 모른다는 생각이 내 가슴을 미어지게 만들었다.

잠시 후 미라의 이미지가 다시금 머릿속에 떠올라왔다. 그녀가 그토록 바라고 있다는 '돈'의 액수는 대관절 얼마나 될까 하는 생각이 났다. 별로 많지 않은 금액일 것 같은 생각도 들고 아주 많은 금액일 것 같은 생각도 들었다.

갑자기 '돈'에 대한 공포가 밀려들어 나는 자리에서 일어나 내 저금통장을 서랍에서 꺼내보았다. 나의 말년을 생각해도 그렇고 몇 년 후를 생각해 봐도 그렇고 너무나 적은 액수였다. 나는 내가 지금까지 그럭저럭 먹고 살아왔다는 사실이 기적처럼 느껴졌다.

나는 저금통장을 다시 서랍 속에 넣어두고 자리에 누웠다. 그리고 이번 전시회 때 팔린 그림값 중 내가 받을 금액을 계산해 보았다. 또 앞으로 어떤 내용의 시집을 내야 많이 팔아먹을 수 있을까 하는 생각도 해보았다. 그런 생각에 빠져들수록 잠이 더 잘 오지 않는 것이었다.

13
그저 그런

1

그림 전시회가 끝난 지 열흘쯤 지난 어느 날이었다. 장미클럽에 나갔더니 G사장이 나를 좀 보자고 했다. 긴히 할 말이 있다는 것이었다.

클럽 안에는 사람들이 꽤 많이 있어 얘기를 나누기 어려워 우리는 하얏트호텔 로비 라운지로 갔다.

G사장은 한참 동안 우물쭈물하다가 드디어 말문을 열었다.

"천 시인, 천 시인은 미라에 대해서 잘 알고 있지? 또 둘이 퍽 친하게 지낸다는 얘기도 들리고……. 듣기에 미라는 집안사정이 퍽 어렵다던데 결혼에 대해서 어떻게 생각하고 있나?"

"글쎄……. 그녀가 내게 솔직히 고백하기로는 돈 많은 남자한테 시집가는 게 소원이라고 하더군."

"상대방의 나이 같은 건 상관없고?"

"내가 보기엔 그런 문제엔 별 상관을 하지 않는 것 같아. 왜 G사장이 미라를 데리고 살고 싶어 그러나?"

"데리고 살긴……. 난 엄연히 유부남인데 데리고 살 수야 없지. 미라도 남의 세컨드 노릇을 하고 싶어하지는 않을 것 아닌가?"

"그건 그래. 자기한텐 지금 '돈'이 몹시 필요하지만 술집에 나가거나 세컨드 노릇을 하고 싶진 않다고 했어."

"내가 하고 싶은 얘기의 요점을 솔직히 말하겠네. 사실은 우리 아버님이 지금 새장가를 가고 싶어하셔. 어머님이 몇 년 전에 돌아가셨거든. 아버님이 워낙 기운이 좋으셔서 혼자 계시기가 힘드신 모양이야. 그런데 문제는 아버님이 아주 젊은 여자를 원하고 계시다는 거야. …… 그리고 나나 동생들이 고민하고 있는 건 아버님이 돌아가신 다음의 유산 분배 문제야. 만약 아버님이 새장가를 가시면 유산이 새어머니한테 많이 갈 게 아니겠나?"

G사장의 부친은 상당한 재산가였다. 그러니 자식들이 유산문제에 신경을 곤두세울 만했다. 그런 상황에서는 G사장이나 그의 형제들이 부친이 새장가를 가지 않기를 바라고 있을 건 뻔한 일이다. 그런데 G사장의 부친은 젊은 여자를 아내로 맞아 말년을 멋지게 즐기고 싶어하고 있는 모양이었다.

"아버님이 그토록 간절하게 새장가를 가고 싶어하시나?"

하고 내가 G사장에게 물었다.

"사실 우리 형제들은 한사코 뜯어말리려고 노력했지. 하지만 아버님이 워낙 고집이 세셔서 통 우리 말을 안 들으시는 거야. 그리고 우리더러 중매쟁이를 통해서든 어떻게 해서든 간에 여자를 한번 물색해 보라고 명하셨다네. 자식된 도리로 아버님 뜻을 거역하기도 어렵고, 또 아버님 뜻에 따르자니 여자를 구하기도 어렵고 해서 지금 고민하고 있는 중일세."

하고 G사장이 대답했다.

"여자를 구하긴 쉬울걸. 요즘 세상에 돈 가지고 안 되는 일은 없으니까."

"그 말은 맞네. 하지만 우리가 겁을 내는 건 여자가 너무 돈 욕심이 있으면 안 된다는 거야. 말하자면 유산 분배에 너무 관심을 가져선 안 된다는 얘기지. 또 성격도 얌전한 여자라야 할 거고…….”

"그래서 미라 얘길 꺼냈군. 미라를 아버님께 시집보내고 싶은 생각이 들었나 보지?"

"맞네. 미라가 참 참해 보였어. 다만 아버님과 나이 차이가 너무 많아 그게 걱정이지. 미라가 펄쩍 뛰며 거절할 것 같아서 말야."

나는 G사장의 얘기를 듣고 미라의 얼굴을 마음속에 떠올려보았다. G사장의 제의에 펄쩍 뛰며 자존심 상해할 것도 같고 그런대로 수긍할 것도 같았다.

"그런데…… 만약에 미라가 G사장의 제의를 수락하다면 미라에게 어떤 조건을 달 건가?"

하고 내가 한참 생각 끝에 G사장에게 물었다.

"조건이라니? 무슨 뜻으로 얘기하는 거지?"

"아까 내가 들은 얘기로 미루어봐서, G사장은 아버님의 유산을 새어머니에게 너무 많이 뺏길까 봐 걱정을 하고 있는 것 같아서 하는 얘길세."

"그걸 지금 고민하고 있다네. 나나 동생들 생각으로는 미리 계약서를 작성하는 것이 좋겠다고 보고 있네. 물론 아버님이 모르시게 우리 형제들과 새어머니감 되는 여자 사이에 맺는 계약이지. 미리 목돈으로 얼마가량을 주면 그걸 받고 유산 문제엔 일절 관여 안 한다는 약정을 맺어두는 거야."

"미리 목돈으로 줄 수 있는 금액이 얼마나 되는데?"

"글쎄……. 우리로선 지금 40억에서 50억 사이를 생각하고 있어."

"아버님은 근력이 지금 얼마나 좋으신가?"

"상당히 건강하신 편이야. 하지만 사람의 일은 몰라서 얼마 후 갑자기 돌아가실 수도 있고 아주 오래 사실 수도 있어. 계약을 할 때 아버님이 앞으로 사실 연수(年數)를 감안하여 신축성을 둘 수도 있네."
"이젠 대충 알아들었네. 그러니까 나더러 미라를 만나 의향을 떠보라는 얘기 아닌가?"
"맞네. 미라가 정 돈이 필요하다면 아버님과 결혼하는 것도 그리 나쁜 일은 아닐 것 같아. 나이가 너무 많은 게 흠이지만 아버님의 성격이 워낙 좋으신 데다가 나이 차이가 많아 사랑을 실컷 받을 수 있을 테니 말야. 그리고 우리가 미리 주는 돈과는 별개로 아버님이 돈을 따로 많이 주실 테니까 실컷 사치를 부려볼 수도 있을 거고."
"알았네. 내가 차차 시간을 봐서 미라를 만나 의향을 물어보도록 하지."
할 얘기는 대충 다 했으므로 우리는 하얏트호텔을 나왔다. 그리고 다시 장미클럽으로 가 여러 사람과 어울려 술을 마셨다.

G사장의 묘한 제안을 듣고 나니 마음이 참으로 싱숭생숭해졌다. 여자가 부러워지기도 하고 돈이 부러워지기도 했다. 그리고 미라가 만약 돈에 팔려 G사장의 부친에게 시집을 간다면 내가 무척이나 서운해질 것 같은 생각도 들었다.
클럽에는 마침 로라가 나와 있었다. 로라가 귀국한 뒤로 명희는 클럽에 자주 들르지 않고 있었다.
나는 로라의 얼굴을 보며 미라의 얼굴을 비교해 보았다. 로라의 얼굴에는 센티멘털한 구석이 없었고 미라의 얼굴에는 센티멘털한 분위기가 흘러넘치고 있었다. 로라 얼굴이 요염하다면 미라의 얼굴은 청초했다. 둘 다 예쁘지만 나한테는 모두 '그림의 떡'이었다.
로라 곁에는 박상민과 홍샘이 있었다. 박상민은 시무룩한 얼굴을 하고 있었고 홍샘은 여전히 원기왕성한 모습을 하고 있었다. 그리고 로라도 여전히 쾌활한 표정을 짓고 있었다.

박상민은 실업자 노릇을 하는 데 지쳐 점점 더 로라에게 의지하고 있는 듯했다. 로라 역시 박상민에게 사랑스러운 눈빛을 주고 있었다.

로라는 박상민한테 거침없이 '여보'라는 호칭을 쓰고 있었고 박상민은 시무룩한 얼굴을 하고 있으면서도 한 손으로 로라의 손을 잡고 있었다. 그로서는 예외적인 행동이었다.

"천 선생님하고 G사장님이 무슨 얘길 나누고 오셨어요? 단둘이서만 얘기하고 오신 걸 보니 아주 중요한 얘기였나 보죠?"

하고 로라가 말했다.

"아주 재밌고 희한한 얘기를 나누고 왔지. 그렇지 않소, G사장?"

하고 내가 말했다. G사장은 빙그레 웃으며 다만 고개만 끄덕였다.

"저한테도 좀 말해 주면 안 될까요? 그렇지 않아도 몹시 심심해하던 참이었는데요."

하고 다시 로라가 말했다.

"아직 공개할 것은 못 돼요. 차차 두고 보면 알게 될 거예요. 물론 내가 천 시인에게 부탁한 일이 성사되는 경우지만."

하고 G사장이 말했다.

"그렇게 말씀하시니까 더 궁금해지는군요. 좋아요. 참고 기다려보기로 하죠."

하고 로라가 말했다.

"이번 전시회에서 얼마나 벌었어요?"

하고 홍샘이 내게 물었다.

"별로 못 벌었어. 화랑 측에서도 손해를 봤을 거야."

하고 내가 대답했다.

"지 주간님 말씀을 들으니 손해까지는 안 봤다더군요. 본전치기는 한 셈이래요."

하고 로라가 말했다.

"어서 좋은 노래 가사를 더 써봐요. 그럼 제가 돈을 많이 벌게 해드릴 테니까요."

하고 홍샘이 나를 보고 말했다.

"그쪽에는 아무래도 내가 재주가 없는 것 같아. 생각나는 게 기껏 발라드풍의 노래 가사인데 그런 곡은 이제 신세대들에겐 안 먹혀들지 않나?"

하고 내가 홍샘에게 말했다.

"홍샘 씨는 언제나 돈타령이로군요. 왜 그리 돈 걱정을 하세요?"

하고 로라가 말했다. 나는 그렇게 얘기하는 로라가 문득 얄미워졌다.

"로라가 돈이 많아 그렇지, 우리 같은 보통 사람들은 언제나 돈에 관심을 가질 수밖에 없어."

하고 박상민이 말했다. 내가 하고 싶은 말을 대신 해준 것 같아 나는 기분이 좋았다. 박상민의 말에 로라가 아무런 대꾸도 하지 않고 그저 빙그레 웃고만 있었다.

"근데 참, 요즘 명희는 어떻게 지내고 있지?"

하고 내가 잠시 후 로라에게 물었다.

"큰일이에요. 우울증이 다시 도진 것 같아요."

하고 로라가 대답했다. 명희 얘기를 할 때 로라의 얼굴은 좀 심각한 표정을 띠었다.

며칠 후 나는 미라를 만났다. 토요일 오후였다. 미라는 내가 만나자는 청을 선선히 응낙해 주었다.

오후에 복잡한 시내에 있기도 뭐해서 나는 미라를 원당에 있는 이길로의 붕어찜 가게인 '나무와 해'로 데리고 갔다. 좀 멀긴 했지만 도착해 보니 역시 시내보다 한적한 감이 있어 좋았다.

이길로는 우리를 보자 아주 반가워해 주었다. 미라는 붕어찜 가게 부근의 전원 풍경을 보고 마음이 맑아진다고 하며 좋아했다.
 우선 붕어찜과 밥과 소주를 시켰다. 술 먹을 시간이 아니지만 붕어찜에는 소주 한두 잔을 곁들여야 제 맛이 날 것 같았기 때문이었다.
 미라는 붕어찜을 반찬으로 밥을 맛있게 먹었고 나도 소주를 반주로 해서 밥을 맛있게 먹었다. 식사를 하는 동안 우리 둘 사이에는 대화가 별로 오고 가지 않았다. 미라는 원체 말수가 적은 여자이고 나도 미라에게 해야 할 얘기가 미리부터 부담스럽게 느껴졌기 때문이었다.
 식사를 마친 다음 나는 다시 붕어튀김을 시키고 이번엔 맥주를 마셨다. 미라는 맥주 반 잔 정도를 비우고 나서 다시 콜라를 시킨 다음 주변 풍경을 둘러보고 있었다.
 낮술이라 그런지 취기가 빨리 올라왔다. 그래서 나는 미라에게 말을 쉽게 할 수가 있었다.
 "미라, 오늘 미라를 보자고 한 건 긴히 할 얘기가 있었기 때문이야."
 하고 내가 미라에게 말했다.
 "무슨 내용의 얘기시죠? 선생님 표정이 굳어 있어서 미리부터 긴장이 되네요."
 "심각하게 생각하면 심각한 얘기일 수도 있고 아무렇지도 않게 생각하면 그저 그런 얘기일 수도 있지. 어쨌든 미라의 장래에 대한 얘긴데 담담한 마음으로 들어줘."
 나는 이렇게 말하고 나서 G사장이 내게 얘기한 내용을 자세하게 전해주었다. 미라는 별로 동요하는 기색도 없이 내 얘기를 차분한 표정으로 들었다. 나는 그녀의 냉정한 침착성이 새삼 신기하게 느껴졌다.
 "저한테 미리 줄 돈의 액수가 40억에서 50억 사이라고 하셨죠? 그럼 45억쯤 된다는 얘긴가요?"
 내가 한 말을 다 듣고 나서 미라가 내게 물었다. 역시 차분한 음색이었다.

"그건 흥정하기 나름이겠지. 50억을 받아낼 수도 있고 아니면 더 받아낼 수도 있고······."

하고 내가 미라에게 말했다. 미라는 머리를 약간 숙이고 곰곰 생각에 잠겨 있었다. 그래서 내가 다시 미라에게 이렇게 말했다.

"미라는 돈에만 관심이 있군. 결혼할 상대방이 어떤 사람인지 궁금하지도 않아?"

"물론 궁금하죠. 하지만 솔직히 말해서 우선은 제 몸값에 더 관심이 가요."

하고 미라가 말했다.

"그 양반이 너무 오래 살면 어떡하지? 그러면 미라는 청춘을 다 허비하게 되는데······."

"그렇다고 빨리 돌아가시라고 굿을 할 수도 없는 일 아니겠어요."

"난 G사장의 제안이 너무나 황당하다고 생각했어. 그리고 미라의 청춘이 아깝게 생각되기도 했고. 그런데 미라는 그런 생각이 전혀 안 드나 보지?"

"왜 그런 생각이 안 들겠어요. 저도 제 청춘이 한심스럽지요. 하지만 그렇게 큰 목돈을 쥘 수 있는 기회도 아주 드물지 않겠어요?"

"그건 그래. 그리고 실컷 호강과 사치를 부려볼 수도 있을 것 같고······. 하지만 난 괜히 슬퍼지는군."

"인생은 이래도 슬프고 저래도 슬픈 거예요. 선생님은 저보다 인생을 훨씬 더 많이 경험하셔서 더 잘 아실 텐데요."

"그래도 좀 더 다른 기회를 기다려보는 게 낫지 않을까? 돈 많은 젊은 남자가 미라 앞에 나타날지도 모르니까 말야."

"이젠 '백마를 탄 기사'는 존재하지 않아요. 신데렐라도 없구요. 아무튼 전 그렇게 생각해요."

"내가 보기엔 당사자들끼리 만나보고 결정해야 할 일인데 미라는 벌써부터 반승낙을 한 것처럼 얘기하는군. 나로서는 꽤 놀랐는걸."

"물론 상대방을 만나봐야겠죠. 하지만 솔직히 말해서 저한테는 구미가 당기는 제안이에요."

"미라한테 좀 실망했는걸. 아니, 실망이 아니라 경탄일 수도 있지. 미라가 너무 솔직하게 나오니까."

미라와 들어서 여기까지 얘기하고 있는데 이길로가 우리 자리로 왔다. 그는 의자에 앉더니 맥주부터 한잔 들이켰다. 그리고 나서 이렇게 말했다.

"무슨 비밀 얘긴데 둘이서만 그렇게 소곤거리는 거야. 나도 좀 한데 끼자구."

"미안하이. 좀 중요한 얘기라서 그랬어, 이제 미라와 할 얘기는 대충 끝났으니 같이 있도록 하세."

하고 내가 말했다.

"붕어찜과 튀김이 퍽 맛이 있었어요. 전 처음 먹어본 음식이에요."

하고 미라가 이길로한테 말했다.

"맛이 있었다니 다행이군. 그런데 둘이 나눈 얘기가 대관절 뭐야? 괜히 궁금해지는데."

하고 이길로가 말했다. 그래서 나는 미라에게,

"우리가 한 얘기를 이 화백한테 해도 될까?"

하고 물어보았다.

"못할 것도 없죠, 뭐. 뭐든지 여럿이 의논하는 게 좋으니까요."

하고 미라가 대답했다.

그래서 나는 이길로한테 미라와 나눈 얘기의 요점을 들려주었다. 그랬더니 이길로는,

"그거 괜찮은 제안인걸. G사장이 미라를 아주 괜찮게 본 모양이야. 물론 G사장 부친이 미라를 마음에 들어해야겠지만 내가 미라라면 그리로

시집가겠어."
 하고 말하는 것이었다.
 나는 이길로가 그렇게 간단히 얘기하는 데 놀랐다. 그래서,
 "아니, 자넨 이 일을 그렇게 단순하게 생각하나? 미라의 젊음이 아깝지도 않아?"
 하고 말했다.
 그랬더니 이길로는,
 "인생이 뭐 별건가. 뭐든지 간단하게 생각하고 봐야 하는 거야. 내 생각엔 G사장과 흥정을 잘해서 돈을 최고로 많이 받아내는 게 제일 큰 문제라고 생각하네."
 하고 대답하는 것이었다. 그래서 나는 더 이상 할 말이 없어 가만히 있을 수밖에 없었다. 이길로는 한술 더 떠 이렇게도 말했다.
 "난 지금 부자 과부를 아내로 얻는 게 소원이야. 돈은 중요하니까."
 이길로의 말은 맞았다. 돈은 역시 중요한 것이었다. 하지만 미라가 너무 쉽게 G사장의 제의에 긍정적인 자세를 보인 것은 내게 아무래도 찜찜한 마음을 남겨주었다.
 미라와 나는 저녁때까지 이길로와 함께 이런저런 이야기를 나누다가 서울로 돌아왔다. 내가 미라를 그녀의 집 근처까지 바래다 주었다.

2

집으로 돌아와서 나는 G사장에게 전화로 미라의 의향을 전해주었다. G사장은 며칠 후 약속을 정하여 미라를 직접 만나보고 싶다고 말했다. 그래서 내가 중간에 서서 두 사람이 만날 시각과 장소를 주선하는 역할

을 맡기로 했다. G사장과 나는 다음 화요일 저녁 정도로 우선 시간을 잡았다.

　월요일이 되자 나는 <미술계> 사로 전화를 걸어 미라와 통화를 했다. 그리고 G사장과 만날 장소와 시간을 알려주니 미라는 좋다고 했다. 그 자리에 나까지 끼기는 싫어 나는 나가지 않기로 했다. 어떻게 흥정이 되든 그리고 G사장의 부친과 미라가 쿵짝이 들어맞든 안 맞든, 이젠 내가 상관할 일이 아니었다.

　그리고 나서 열흘쯤의 시간이 지나갔다. 장미클럽에 나가 G사장을 만나보니 모든 일이 일사천리로 잘 진행됐다는 것이었다. G사장의 부친은 미라를 아주 마음에 들어 했고, 미라도 G사장의 부친에게 부정(父情) 비슷한 것을 느끼며 은근히 좋아하는 눈치를 보였다는 것이었다. 다만 미라에게 갈 돈의 액수만은 말해 주지 않겠다고 했는데, 눈치를 보니 미라가 흥정을 아주 잘한 것 같았다.

　나는 G사장의 말을 듣고 약간 야릇한 마음을 느꼈지만 속이 그렇게 부글부글 끓어오르지는 않았다. 어쨌든 미라는 자기가 갈 길을 능동적으로 선택한 것이기 때문이었다.

　미라와 G사장 부친의 혼인 의식은 간단한 절차로 이루어졌다. 아무도 초대되지 않았고 가족들끼리만 모여 조촐한 자리를 가졌다고 했다.

　미라가 시집을 간 후 나는 <미술계>사에 들를 때마다 한동안 허전한 마음을 느꼈다. 미라는 난생처음으로 내가 '결혼'에 대해 생각해보도록 만든 여인이기 때문이었다. 하지만 차차 시간을 두고 생각해보니 내가 결혼에 대해 생각해 봤다는 사실 자체가 우스꽝스러운 일로 생각되는 것이었다.

　그러면서도 나는 '정(情)'에 대해 몹시 갈증이 느껴지는 것을 의식했다. 오랫동안 혼자서만 살아왔고 또 말년을 앞두고 있어서 그런지도 몰랐다. 하지만 따져서 생각해 보면 정 역시 부질없는 것이었다. 설사 부모 자식간이나 형제간이라 할지라도 진짜로 깊은 정을 나눌 수는 없는 게 현실이기 때문이었다.

이런 생각에 잠길 때마다 신경질적인 성욕이 몰려오는 게 신기했다. 신경질적인 성욕과 신경질적인 수음, 그리고 그 뒤에 오는 허탈감······.

수음을 할 때마다 나는 로라의 모습을 떠올렸고 그녀의 긴 머리카락과 긴 손톱을 상상 속에서 형상화시켰다. 그것들은 나를 성적으로 긴장하게 만들면서 다른 한편으로는 성적으로 허전하게도 만들었다. 어쨌든 나는 더욱 외로움을 느꼈고 허무감을 느꼈다.

며칠 후 나는 한그루를 이길로와 함께 만났다. 인사동 화랑가에 있는 술집에서였다. 한그루가 만나자고 하여 만난 것인데, 한그루는 아주 지쳐 있어 보였다.

"내가 오늘 자네들을 보자고 한 건 작별인사를 하기 위해서일세."

하고 한그루가 먼저 입을 떼었다.

"무슨 작별인사? 어디라도 가나?"

하고 이길로가 한그루에게 물었다.

"내가 한국을 떠나려고 해. 이 땅이 너무 싫어졌어."

하고 한그루가 대답했다.

"어디로 가려고 하는데?"

하고 내가 물었다.

"우선 이탈리아로 갔다가 형편을 봐서 프랑스로 가보려고도 생각하고 있어."

하고 한그루가 말했다.

"예전부터 자넨 한국을 떠나고 싶어했지. 하지만 거기로 간다고 해서 무슨 뾰족한 수가 있을까? 인종차별 같은 것도 있을 테고 먹고살 일도 문제고……. 하긴 자넨 이탈리아 유학 경험이 있어 유럽 사정을 나보다 훨씬 더 잘 알겠네만."

하고 내가 말했다.

"이혼이 안 되고 이번에 낸 책이 안 팔리기도 해서 그러나?"

하고 이길로가 한그루에게 물었다.

"그것도 이유 중의 하나가 될 수 있겠지. 하지만 더 큰 이유는 한국이 정말 못살 땅이라는 거야. 거칠고 험악한 왕따 문화에다 무자비한 경쟁 부추기기, 그리고 언제나 적당주의로만 가는 무원칙한 사회 분위기와 천민자본주의 같은 것들이 사람들의 숨통을 죄고 있어."

하고 한그루가 대답했다.

"그렇다고 해도 거기 가서 당장 할 일이 마땅치 않을 텐데……."

하고 이길로가 말했다.

"글이야 계속 쓰게 되겠지. 한국으로 원고를 보내면 되니까. 우선 난 이 땅에 염증이 난 거야. 도무지 무서워서 못 살겠어. 권력도 무섭고 사람도 무섭고 여자도 무섭고……. 거기 가서 설사 식당에서 접시 닦기를 한다 해도 한국에서 사는 것보다는 나을 것 같은 생각이 들어. 내 유학 경험으로 보아 적어도 그곳 사람들은 한국 사람들보다는 합리적이니까. 또 개인의 자유나 표현의 자유도 훨씬 더 많이 보장되어 있고."

하고 한그루가 말했다.

"아무튼 떠난다니 섭섭하이. 일단 한국을 떠나보는 것도 괜찮은 아이디어겠지."

하고 내가 말했다.

"나도 다시 돌아오지 않는다는 자신은 없어. 자네 말대로 일단 한번 한국을 탈출해 보고 싶은 거야. 솔직히 말해서 내가 가진 꿈은 이탈리아에 가서 한국어 선생이 되고 이탈리아말로 소설을 써서 발표하는 것이지. 여기보다는 문화적 세련도가 높은 나라니까 그곳 말로 소설을 쓰면 한국에서보다는 훨씬 더 인정을 받을 수 있을 것 같은 생각이 들어서네. 물론 내가 거기서 공부했다고 해서 그곳 말로 소설을 잘 쓸 자신은 없지만 말야."

하고 한그루가 말했다.

한그루의 말을 듣고 보니 나는 그의 용기가 부러워졌다. 나도 그처럼 한국을 혐오하고 있었다. 그리고 한국 지식인이나 예술가들의 천박한 권위주의 풍토에 진저리를 치고 있었다.

"장미클럽에서 작별 파티를 한 번 더 벌여야겠군."

하고 이길로가 말했다.

"이젠 거기 나가기도 싫어졌어. 그래서 오늘 자네들을 만나보자고 한 거야."

"왜 싫어졌는데?"

하고 이길로가 다시 물었다.

"내 자격지심 때문인지도 모르지. 아무튼 거긴 너무 나를 주눅 들게 만드는 면이 많았어."

하고 한그루가 대답했다.

"그래도 로라는 착한 여자 아닌가?"

하고 내가 말했다.

"착하지, 그래서 이 화백의 붕어찜 가게도 차려줬고 천 시인의 그림 전시회도 열어줬고……. 아니, 그보다도 우릴 모두 사랑해 줘서 좋았지. 하지만 나한테는 감질 나는 사랑이었고 이상한 열등감을 느끼게 하는 시혜(施惠)였어."

하고 한그루가 말했다.

술잔을 거듭 기울이며 이야기를 나누다 보니 우리 셋은 모두 취했다. 치밀어 올라오는 취기와 함께 우리들은 한층 더 우울한 표정을 짓고 있었다. 나는 한국을 일단 탈출하고 보겠다는 한그루의 용기가 부럽게 생각되기도 하고 불안하게 생각되기도 했다.

"내가 듣기엔 이탈리아 여자들이 다들 굉장히 예쁘다는데 거기 가서 재밌는 연애라도 한번 해보게나."

울적한 분위기를 바꿔보려는 의도에서였는지 이길로가 여자 얘기를 꺼냈다.

"그곳 여자들이 한국 여자들보다 순진하고 솔직한 건 사실이지. 그리고 동양 남자를 좋아하는 편이고."

하고 한그루가 말했다.

"여자고 남자고 간에 한국 사람들한텐 도무지 솔직하고 순진한 구석이 없어. 다들 이중적 성격인 데다가 질투와 심통이 많지."

하고 내가 말했다.

"우리들도 한국 사람이니까 역시 같은 성격이 아닐까?"

하고 한그루가 말했다.

"그럴지도 모르지. 풍토가 주는 영향을 무시할 순 없는 거니까. 하지만 내가 보기에 자네들은 그래도 질투와 심통이 별로 없는 좋은 친구들이야."

하고 내가 말했다.

"그건 자네도 마찬가지지. 좀 너무 개인주의자이긴 해도 적어도 질투와 심통을 보인 적은 없었어."

하고 한그루가 말했다.

"우리끼리 자화자찬하는 꼴이 되었군. 하지만 우리 셋은 그만하면 순수하고 순진하게 살아왔다고 생각해. 하긴 그래서 이 모양 이 꼴로 꾀죄죄한 인생을 살아가고 있는 거지만. 한국에서는 역시 이중적 가면을 쓰고 악착같은 권모술수를 부려야만 어떤 방면에서든지 성공할 수 있지."

하고 이길로가 말했다.

"사실 유럽으로 가야 할 사람은 천 시인 같은 사람인데. 거기선 유미주의가 통하니까 말야. 우리나라 문학계는 맨날 리얼리즘 타령이고 유미주의나 낭만주의가 통하지를 않아. 현실이 어려울수록 유미주의나 낭만주의가 필요한데 말야. 다들 꽉 막혀 있어서 그렇지."
하고 한그루가 말했다.

우리는 2차로 한 잔 더 하기 위해 자리를 옮겼다. 밤이 깊어가고 있었다. 거리에 서 있는 가로등 불빛 아래로 팔짱을 끼고 오가는 젊은 연인들 쌍쌍이 보였다. 나는 문득 그들이 부러워지면서 막연하나마 '희망'에 들떠 있었던 옛 시절을 상기했다.
옛날을 상기하며 감상적인 추억에 젖어드는 건 내 또래 사람들의 공통된 특징일 것이었다. 한그루나 이길로도 분명 젊은 연인들을 바라보며 부러움과 회한이 섞인 감상 속에 잠겨 있을 게 틀림없었다.
우리는 한 작은 스탠드바로 들어갔다. 아까 마신 술은 소주였는데 이번엔 맥주를 시켰다. 한그루는 속이 답답한지 맥주 한 잔을 먼저 단숨에 들이켰다.
"참 재미있고 신나게 인생을 살아가고 있는 사람도 많은데……."
하고 한그루가 말했다.
"돈이 많은 사람도 많고……."
하고 이길로가 말했다.
"그런 사람들은 한국이 싫지 않을 거야."
하고 내가 말했다.
"살아가기가 어려운 사람들이 행복한 사람들보다 많은 건 외국이나 한국이나 마찬가지가 아닐까?"
하고 이길로가 말했다.
"그건 그렇겠지. 유럽에도 노숙자가 많으니까. 하지만 여기처럼 사회 분위기가 사디스틱하지는 않아."

하고 한그루가 말했다.
"우린 좀 더 재미있게 살 수 있었는데……."
하고 이길로가 말했다.
"재미있게 산다는 건 참 힘들어. 환상 속에서라면 또 몰라도."
하고 내가 말했다.
"그래서 자네 작품에 섹슈얼 판타지가 많이 나오는 거로군."
하고 한그루가 말했다.
"아무튼 인생은 쓸쓸해, 쓸쓸해."
하고 이길로가 푸념조로 말했다.
"사랑마저 우리를 버리니까."
하고 내가 말했다.
"그게 무슨 뜻이지?"
하고 이길로가 내게 물었다.
"인생에서는 사랑이 제일 중요하다고들 말하지만 실제로 사랑의 기쁨을 맛보는 사람들은 거의 없다는 얘기지."
하고 내가 대답했다.
"그런데도 노래는 늘 사랑타령뿐이란 말야."
하고 한그루가 말했다. 마침 스탠드바에서는 송창식이 부르는 <우리는 연인>이 흘러나오고 있었다.
"사랑에 속고 돈에 울고……. 신파극 제목이긴 하지만 참으로 정곡을 찌른 명언이야."
하고 이길로가 말했다.
"사랑과 돈에만 속고 우는 건 아니겠지. 명예욕에도 속고 울고 변덕스럽고 잔인한 인간관계에도 속고 울어."
하고 한그루가 말했다.
"앞으로 우리는 어떻게 될까? 게다가 우리 셋은 다 여자 없는 홀몸 아닌가?"

하고 내가 말했다.

"외롭게 살아가다 죽어가겠지, 뭐."

하고 한그루가 대답했다.

술을 한참 더 마시다가 우리는 헤어졌다. 집으로 돌아가는 한그루의 발걸음이 무척이나 쓸쓸해 보였다.

3

한그루가 한국을 떠난 후 나는 상당히 적막해진 마음을 느꼈다. 장미클럽에 나가봐도 이길로도 자주 오지 못하고 한그루도 없어 별로 재미가 없었다. 장미클럽은 그런대로 항상 사람들이 모여들기는 했다. 하지만 대개는 다 로라 주변에서 맴도는 어중이떠중이들이었다. 박상민도 이젠 별로 클럽에 나오지 않고 있었다.

장미클럽에는 조금 시들해졌지만 미술평론 관계 일로 <미술계>사에 들른 일은 많았다. 어느 날 오후에 <미술계>사 사무실에 들르니 마침 로라가 지 주간과 얘기를 나누고 있었다. 로라는 나를 보더니 할 얘기가 있다며 자기 사무실로 가자고 했다.

로라의 사무실로 가자 로라는 나를 소파에 앉히고 내 어깨를 얼싸안았다.

"왜 그동안 저를 찾지 않으셨어요?"

하고 로라가 말했다.

"로라도 나를 찾지 않았지 않아?"

하고 내가 대답했다.

"바빠서 그랬죠, 뭐. 당신 표정을 보니 무척이나 우울해 보이는군요."
"한그루가 한국을 떠나서 그런지 요즘 다시 몹시 우울해. 로라는 어때?"
"따분하기도 하고 모든 게 시들해 보이기도 해요."
"다 배부른 고민이겠지."
"왜 그렇게 비뚱그러진 말을 하세요? 예전의 당신 같지 않아요."
"요즘은 그래 누굴 자주 만나고 있나?"
"별로 없어요. 이젠 남자 만나는 것에도 지쳤어요."
"내 생각은 했나?"
"제가 당신을 제일 많이 생각하고 있다는 걸 아시잖아요?"
"고맙군."
로라가 내게 키스해 왔다. 나는 그녀의 키스를 받으며 의외로 덤덤해지는 기분을 느꼈다.
"미라를 좋아하셨었나요?"
키스를 끝내고 나서 로라가 내게 물었다.
"정(情) 같은 걸 느꼈지. 내가 요즘 너무 외로워서 그랬었나 봐."
하고 내가 대답했다.
"왜 외로워요? 제가 있지 않아요?"
"로라는 사실 내겐 너무 멀어. 사는 방식이 너무 다르니까."
"사는 방식이 어떻게 다른데요?"
"뭐랄까……. 내가 로라에 비해 너무 궁핍하다고나 할까."
"뭐가 궁핍해요. 당신은 풍부한 예술정신을 갖고 있지 않으셔요."
"내가 가진 예술정신에도 이젠 자신이 없어졌어."
"예전의 당신 같지 않군요. 너무 쓸쓸하고 허무해 보여요."
"맞아. 쓸쓸하고 허무해. 내가 왜 이렇게 됐는지 나도 모르겠어."
"잠깐 슬럼프에 빠진 걸 거예요. 앞으로 제가 더 자주 격려해 드릴게요."

 말을 끝내고 나서 로라가 긴 손톱으로 내 손등을 살살 긁어줬다. 순간 나는 오금이 저려오는 듯한 기분이 들면서 아까 키스를 할 때보다 훨씬 더 자극적인 느낌을 받았다.
 "우리 나가서 드라이브라도 해요. 그러면 당신 기분도 한결 풀릴 거예요."
 하고 로라가 말했다. 꽤 괜찮은 생각이었다. 나는 그녀의 손에 이끌려 밖으로 나왔다.

 우리는 차를 타고 미사리 쪽으로 달렸다. 한결 기분이 풀리는 것을 느꼈다.
 "참 요즘 명희는 어떻게 지내고 있나?"
 하고 내가 로라에게 물었다.
 "다시 우울증이 심해졌어요. 큰일이에요."
 하고 로라가 대답했다.
 "심박하고 자주 만났는데도 그렇게 됐군."
 "왜 심박 얘기를 하세요? 전 당신이 명희를 사랑해 주길 바랐는데요."
 "명희에겐 나보다 명랑한 사람이 필요하다고 느꼈어. 따지고 보면 나도 성격이 우울질이니까."
 "명희는 내가 늘 마음에 걸리는 모양이에요. 그렇다고 내가 죽어줄 수도 없고……. 정말 어떻게 해야 할지 모르겠어요."
 "시간이 다 해결해 주겠지. 노래 제목대로 '세월이 약'이니까."
 "그러다가 혹시 자살이라도 하면 어쩌지요?"
 "자살할 용기라도 있다면 그건 대단한 거지. 내가 보기에 명희가 자살을 할 것 같진 않아."
 "그렇다면 안심이에요. 아무튼 계속 명희한테 관심을 가져주셔요."

"관심이야 갖고 있지. 하지만 요즘은 내가 명희보다 더 심한 우울증에 걸려 있는지도 몰라."

"절대로 그렇지 않아요. 그건 엄살이에요. 당신은 제가 보기에 의외로 고독에 강한 분이에요."

"그렇다면 정말 좋겠어."

"제 말이 맞다니까요. 저는 그런 당신이 좋았어요."

차가 미사리에 이르렀다. 로라가 강이 바라보이는 카페에 들러 차를 한잔 마시자고 했다. 로라는 운전기사에게 일러 한 카페 앞에 차를 세우게 했다. 심야에 손님이 많이 오는 라이브 카페라 손님이 별로 없어 조용했다. 우리는 창가에 있는 좌석에 자리를 잡고 앉았다. 처음엔 서로 마주 보고 앉았다가 로라가 내 곁으로 와 몸을 바짝 붙이고 앉았다. 커피를 시켜 마셨다. 커피향과 로라의 짙은 향수 냄새가 한데 어울려 묘한 느낌을 주었다.

"미라는 행복하게 살까요?"

로라가 다시 미라 얘기를 꺼냈다.

"행복하겠지. 우선 돈을 많이 쓸 수 있을 테니까. 로라도 돈 때문에 행복한 거 아냐?"

"제가 돈 때문에 행복한 것만은 아니에요. 남편이 나한테 웬만큼의 자유를 주기 때문이지요. 미라가 그런 자유를 누릴 수 있을지 그게 궁금해요."

"그건 좀 어려울 거야. 로라와 남편의 관계는 아주 특별한 케이스니까."

"당신은 제가 남편과 이혼하길 바라시죠?"

"왜 갑자기 그런 걸 묻지?"

"그래야 저랑 결혼할 수 있을 테니까요."

"내가 언제 로라와 결혼하고 싶다고 했어?"

"몰라요. 제가 그저 한번 육감으로 느껴본 거예요. 유부녀란 신분은 아무래도 껄끄러운 거니까요."

"이혼할 생각이 조금이라도 있어?"

"이번에 인도네시아에 가서 그런 생각을 조금 해봤어요. 아무리 호화롭게 살더라도 결국은 타국이고 남편도 타국 사람이니까요."

"만약에 로라가 이혼하면 위자료를 얼마나 받을 수 있을까?"

"또 돈 얘기……."

"어쨌든 로라는 돈 없인 못 사는 여자니까 하는 얘기야."

"제가 왜 돈 없이 못 살아요? 예전에 돈 없이 산 적도 있어요. 다만 결혼을 하고 나서 돈을 좀 많이 쓰고 살 수 있게 됐달 뿐이지요. …… 하긴 돈이 아주 없이는 저뿐만 아니라 누구도 살아가기 어렵겠죠. 하지만 제가 돈만 밝히는 여자는 아니라는 사실을 당신이 알아주셨으면 해요."

로라는 이렇게 말하면서 내 손을 꽉 잡았다. 나는 그녀의 말에 일시적으로나마 감동을 받았다. 그래서 나는 나도 모르게 그녀의 손등에 입 맞추며 이렇게 말했다.

"그렇게 얘기해 주니 참 기분이 좋군."

"당신이 왜 갑자기 돈타령을 하시는지 이해가 잘 안 가요. 미라 때문인가요?"

하고 로라가 말했다.

"맞아. 미라가 돈만 보고 시집가는 데 약간 충격을 느꼈어."

하고 내가 대답했다.

"미라한테는 돈이 절박했겠지요. 자세히는 잘 모르겠지만 가정 형편이 무척이나 어려웠던 걸로 알고 있어요."

"하긴 그래. 미라는 돈에 한(恨)을 품고 있었지. 그러다가 G사장의 제의를 받게 된 거고."

"세상은 참 불공평하다는 생각이 들어요. 그리고 태어날 때부터 정해진 운명이 있는가 없는가 하는 의문도 들구요."

"그런 의문을 느낄 수 있다는 것 자체가 로라가 아직 마음의 여유를 갖고 있다는 증거야. 진짜로 삶에 지치고 절박해지면 운명이고 뭐고 따지고 자실 겨를이 없어져. 그저 순간적이고 동물적인 생존욕구만 느껴지지. 그런 생존욕구조차 느끼지 못하는 사람은 결국 자살하게 되는 거고."

"당신은 오늘 비관적인 말씀만 하시는군요. 탐미주의자답지 않아요."

"나도 왜 이렇게 됐는지 모르겠어. 삶에 지쳐버렸다고나 할까."

"삶에 지쳐버린 사람이 어떻게 그림까지 그리고 전시회를 열 수 있었겠어요. 여보, 제발 엄살 고만 떨고 빨리 예전처럼 제 긴 손톱이나 만져주세요."

하긴 로라의 말에도 일리가 있었다. 내가 지금 공연히 '사치스런 엄살'을 떨고 있는지도 몰랐다. 자살할 용기도 없으면서 '실존의 허무와 불안' 따위를 논한다는 것 자체가 내가 생각해도 이상한 일로 여겨졌다.

로라와 나는 한동안 말없이 앉아 있다가 카페를 나왔다. 그리고 차를 타고 팔당 쪽으로 달렸다. 차창을 통해 들어오는 바람이 신선하게 느껴졌다.

우리는 한참을 더 달려 마석 근처까지 갔다. 강변에는 예쁘게 지어진 이른바 러브호텔들이 많이 서 있었다. 그중 가장 아늑해 보이는 호텔에 들어가 1층에 있는 레스토랑에서 저녁을 먹었다.

호텔 바로 앞에는 널따란 잔디밭이 있고 그 앞으로 푸른 강물이 넓게 펼쳐져 있었다. 강변 건너에는 푸른 산만이 보여 한결 청정한 기분을 느끼게 해주었다.

문득 예전에 명희랑 같이 갔던 '산장호텔' 생각이 났다. 그 호텔에 비해 훨씬 더 전망이 좋은 호텔이라는 생각이 들었다.

로라는 오늘따라 식사에 곁들여 술을 많이 마셨다. 술은 로라가 시킨

포도주였고 맛이 그런대로 괜찮았다. 나도 술을 꽤 많이 마시면서 식사를 했다.
"로라가 이렇게 술을 많이 마시는 건 처음 보는군."
하고 내가 말했다.
"갑자기 취하고 싶어졌어요. 당신 얘기를 들으니 슬픈 생각이 나서요."
하고 로라가 대답했다.
"왜 슬퍼? 로라는 지금 한창 시절이야. 결혼생활을 계속하든 안 하든 로라는 한동안 멋진 인생을 살아나갈 수 있어. 그리고 아까 내가 한 얘기는 그냥 한번 엄살을 떨어본 거였다고 생각해 줘."
"그럼 강물을 보니까 그냥 슬퍼졌다고 해두지요."
"가끔 슬퍼보는 것도 나쁘지 않지. 울면 시원한 카타르시스가 될 수도 있으니까. 나도 괜히 울고 싶어질 때가 많은데 나이를 먹어서 그런지 이젠 눈물이 잘 나오질 않아."
"자꾸 나이, 나이 하지 마세요. 그러면 저도 나이 먹기가 두려워져요. 여잔 남자보다 빨리 늙으니까요."
"로라는 쉽게 늙지 않을 거야. 몸을 열심히 가꾸는 체질이니까."
"늙지 않으려고 몸에 신경 쓰는 건 아니에요. 그러면 잡념을 잊을 수 있어서 그러는 거지요."
"아무튼 내가 만나본 여자들 가운데 로라는 가장 예쁘고 섹시한 여자였어."
"칭찬해 주셔서 고마워요. 당신은 제가 만나본 남자들 가운데 가장 편안한 남자였어요."
"그런 의미에서 우리 한번 건배할까?"
나는 술잔을 들어 로라의 술잔에 부딪쳤다. 그러고 나서 술잔의 술을 단숨에 들이켰다.

"앞으로도 절 사랑해 주시는 거죠?"
술잔을 비운 후 로라가 말했다.
"암, 사랑해 주고말고."
"당신 입에서 '사랑'이라는 단어가 쉽게 나오는 게 신기하게 들리는군요. 당신은 늘 사랑이란 말을 쓰기 싫어하셨어요."
"아마 내가 취해서 그런가 보지."
"지금도 '사랑은 없고 성욕만 있다'고 생각하고 계세요?"
"조금씩 생각이 달라져가고는 있어. '사랑도 없고 성욕도 없지만 정(情)은 있다'는 쪽으로 생각이 바뀌어간다고나 할까."
"왜 그렇게 되셨지요?"
"외로움을 더 느끼게 돼서 그런가 봐. 난 로라를 만나면 늘 감질만 났거든."
"그럼, 나랑 결혼해요. 남편과 이혼할게요."
"농담하지 마. 로라도 술에 취했군."
"농담이 아니라 진담이라면 어떡하시겠어요?"
"로라는 내게 벅차. 당신은 바라보기 좋은 여자지, 데리고 살며 책임을 지긴 어려운 여자야."
"당신은 모든 걸 너무 복잡하게 생각하시는군요. 당신의 그런 면이 싫어요."
"싫어도 할 수 없지. 난 원래 그런 체질이니까."
"당신은 인생이나 사랑에 너무 냉소적이에요."
"인생이나 사랑이 원래 그런 거니까 할 수 없지. 인생이나 사랑에 냉소적이 아닌 인간은 바보 아니면 거짓말쟁이야."
술을 많이 곁들여 식사를 하다 보니 몹시 취기가 올라오며 어딘가 드러눕고 싶어졌다. 로라를 보니 그녀도 마찬가지인 것 같았다. 그래서 나는 웨이터를 불러 잠시 쉬다 갈 빈 방이 있나 알아보라고 시켰다.

잠시 후 웨이터가 돌아와 빈 방이 하나 남아 있다고 알려주었다.

우리는 식사를 마치고 3층에 있는 방으로 들어갔다. 로라는 술을 많이 마셔 열이 난다며 옷을 훌러덩 벗어젖혔다. 알몸이 된 그녀의 몸뚱어리는 역시 교교(皎皎)하였다.

나는 로라의 흰 몸을 보며 왠지 모르는 슬픔을 느꼈다. 혼자서 로라를 상상하며 마스터베이션을 할 때와 같은 욕정이 오늘은 이상하게도 잘 일어나지 않았기 때문이었다.

로라는 침대 위에 누웠고 나도 그 곁에 누웠다. 나는 문득 천장이 무너져 내려올 것 같은 환각에 공포를 느꼈다. 잘 안 마시던 포도주를 많이 마셔서 그런 것 같았다. 나한테는 포도주가 취기가 불쾌하게 오래 가는 술이기 때문이었다.

로라가 내 몸뚱어리를 어루만져왔다. 그러고는 이렇게 말했다.

"너무 우울해 하지 마세요. 제가 당신을 곁에서 지켜드릴게요."

"고마워, 자꾸 한국을 떠난 한그루 생각이 나는군. 그러면 이상하게 우울해져."

하고 내가 말했다.

"한 선생님은 한국에서 도망간 게 아니라 한국을 용감하게 탈출한 거예요. 우리도 둘이서 한번 한국을 탈출해 볼까요?"

"가면 어디로 가게?"

"한 선생님처럼 유럽으로 가보지요, 뭐."

"나는 자신이 없어. 지금 이 나이에 외국에 가서 어떻게 자리를 잡겠어? 한그루는 유학 경험이라도 있지만 난 그런 경험이 없거든. 그리고 로라도 향수병에 걸려 인도네시아에서 돌아온 경험이 있으면서 어떻게 외국으로 탈출한다는 생각을 하지?"

"저도 제 마음을 잘 모르겠어요. 하지만 점점 이런 생활이 따분해지는 건 사실이에요."

"그건 사치스런 걱정이야. 나는 로라처럼 사치스런 걱정을 하는 게 아니라 내 미래에 대해 심각한 고민을 하고 있는 거야."

"뭐가 그리 심각해요? 그냥 이럭저럭 살아가다가 죽어버리면 그만 아니겠어요?"

로라의 말은 맞는 말이었다. 요컨대 마음을 비우라는 뜻인 것 같았다. 나는 로라의 입술에 신경질적으로 키스했다. 그녀 역시 열렬하게 입술과 혓바닥을 놀려주었다. 그러나 입맞춤의 뒷맛은 역시 덤덤했다.

취기가 점차 깨어왔다. 나는 로라더러 이젠 서울로 돌아가자고 말했다. 로라는 섹스를 원하고 있었던지 조금 서운한 표정을 지었다. 하지만 그녀는 결국 내 말에 따라주었다.

로라가 옷을 입는 동안 나는 그녀를 다시금 찬찬히 지켜보았다. 그녀는 아무리 봐도 아름다웠다. 호텔을 빠져나와 우리는 차에 올라탔다. 로라가 몸을 바짝 기대왔다. 그래서 나는 그녀의 어깨를 얼싸안아주었다.

차가 서울로 들어서자 로라는 운전기사에게 장미화랑으로 가자고 시켰다. 그리고 늦은 시각이지만 장미클럽에서 같이 술을 한잔 더 마시고 싶다고 내게 말했다.

장미화랑에 도착하여 클럽에 들어서니 지 주간과 홍샘과 주리와 채나가 함께 술을 마시고 있었다. 나는 술이 완전히 깨어 있어 맥주를 마셨다. 로라도 맥주를 마셨고 우리들은 이런저런 잡담들을 나누었다.

로라가 블루스 음악을 틀어놓고 홍샘과 춤을 추었다. 그래서 나도 채나의 손에 이끌려 함께 춤을 추었다. 나중에는 지 주간과 주리도 합세하여 세 쌍의 춤이 이루어졌다.

춤을 한 곡 추고 난 후 나는 더 이상 춤을 추지 않고 술만 마시고 있다가 조용히 장미 클럽을 빠져나왔다. 집으로 돌아가는 발걸음이 어쩐지 쓸쓸하게 느껴졌다.

4

택시를 타고 집으로 와 나는 책상 앞에 앉았다. 다시 또 술이 마시고 싶어져서 냉장고를 뒤져보았더니 밥을 먹을 때 반주로 마시는 소주밖에 없었다. 그래서 소주를 잔에 따라 마시는데 적당한 안주가 없었다.

그래서 나는 컵라면 국물이 안주로 좋을 것 같아 주전자를 가스레인지 위에 올려놓고 물을 끓였다. 물이 다 끓고 난 후 나는 컵라면 뚜껑을 열고 물을 많이 부었다. 뚜껑을 닫고 3분쯤 기다리니 컵라면이 먹을 수 있을 만큼 불었다. 속이 출출해져 있었던 차라 컵라면의 국수와 국물이 오늘따라 아주 맛있고 시원하게 느껴졌다.

컵라면을 안주로 소주를 따라 마셨다. 아까 마신 술 탓인지 술기운이 빨리 올라왔다. 정신이 멍해지는 기분과 함께 여러 가지 생각들이 머릿속에서 어수선하게 오락가락거렸다.

나의 미래에 대한 막연한 불안과 공포가 밀려오기도 하고 로라의 긴 손톱과 긴 머리카락이 선명한 이미지로 떠오르기도 했다.

그러고 있는데 전화벨이 울렸다. 나는 밤늦게 울리는 전화벨 소리가 유난히 시끄럽고 귀찮게 느껴졌다.

느릿느릿 전화 앞으로 가 전화를 받았다. 로라였다.

"아깐 왜 그렇게 슬며시 가셨어요? 전 오늘 밤을 당신과 함께 보내고 싶었는데요."

하고 로라가 말했다.

"조금 피곤해서 그랬어. 지금도 다들 술을 마시고 있나?"

하고 내가 말했다.

"다른 사람은 가고 홍샘 씨와 채나만 있어요."

"그럼 홍샘과 오늘 밤을 같이 보내면 되겠군 그래."

"아이 당신두. 왜 그렇게 비꼬는 식의 말씀만 하세요?"

"비꼬는 게 아냐. 진심에서 우러나온 소리지."
"제가 지금 당신 집으로 갈까요?"
"오지 마. 너무 늦었어."
"지금 뭘 하고 계세요? 그냥 주무시는 거예요?"
"술을 마시고 있어. 아주 취해버리고 싶어져서."
"혼자서 술을 마시면 너무 쓸쓸할 거 아니에요. 제가 당장 그리로 갈게요."
"그렇게까지 할 건 없어. 내일 또 만나면 되지 뭐. 또, 나나 로라도 잠을 자둬야 하니까. 이젠 그만들 마시고 집에 가지 그래."
"정 그러시면 할 수 없지요. 내일 오후에 꼭 들르세요. 그리고 술을 너무 많이 마시지 말구요."
"알았어. 이젠 그만 끊지."
"안녕히 주무세요. 내일 꼭 만나요."
로라와의 전화가 끝난 후 나는 창가로 가서 섰다. 밤 깊은 인사동의 거리 풍경이 어쩐지 낯선 풍경으로 다가왔다. 나는 자꾸 마음이 허전해지는 것을 느꼈다.

한참을 창 앞에 서 있다가 나는 다시 책상 앞으로 와 앉았다. 컵라면의 국물이 이젠 식어 있었다.

소주를 잔에 따랐다. 말간 색의 소주가 오늘따라 유난히 신선한 빛깔로 보였다. 소주잔을 들고 소주를 입에 털어 넣었다. 조금 더 정신이 몽롱해졌다.

몽롱한 정신 속으로 옛 시절의 기억들이 쳐들어왔다. 즐거웠던 일들과 괴로웠던 일들이 한꺼번에 쳐들어와 내 마음을 산란하게 만들었다. 특별히 선명하게 떠오르는 기억은 젊은 시절에 겪었던 막연한 희망과 절망에 관계된 기억들이었다.

술기운이 세게 올라와야 시가 써지는 것이 내 버릇이었다. 문득 시를 한 편 쓰고 싶어져서 나는 원고지를 상 위에 펼쳐놓았다.

시상이 금세 떠오르지 않아 우선 나는 원고지 위에 이런저런 낙서만 해대고 있었다. 별 의미 없는 단어가 써지기도 하고 추상화 비슷한 형태의 그림이 그려지기도 했다. 그러면서 이런저런 잡념들이 머릿속을 쉴 새 없이 오락거리는 것이었다.

나는 시 쓰기를 단념하고 다시 창가로 가서 섰다. 컴컴한 가운데 희미한 등선을 드러내고 있는 북한산이 무척이나 의젓해 보이면서 부러운 모습으로 눈에 들어왔다. 산은 적어도 복잡다단한 잡념은 없을 것이기 때문이었다.

문득 시가 뭐 별건가 하는 생각이 들었다. 시란 결국 가벼운 수음(手淫)에 지나지 않는 것일 것이었다. 아니, 시뿐만 아니라 우리의 삶 자체가 수음같이 가볍고 허탈한 모습을 띠고 있는지도 몰랐다.

다시 책상 앞으로 와 앉았다. 한그루 생각도 나고 이길로 생각도 나고 로라 생각도 났다. 그러면서 이런 시 한 편이 단숨에 쓰여졌다.

별것도 아닌 인생이
이렇게 힘들 수가 없네

별것도 아닌 사랑이
이렇게 어려울 수가 없네

별것도 아닌 돈이
이렇게 안 벌릴 수가 없네

별것도 아닌 섹스가

이렇게 복잡할 수가 없네

별것도 아닌 시가
이렇게 수다스러울 수가 없네

별것도 아닌 똥이
이렇게 안 나올 수가 없네

<끝>

작가 약력

1951년 — 3월 10일(음력), 가족이 한국전쟁 중 1·4 후퇴시 잠시 머문 경기도 수원에서 출생. 본적은 서울.
1963년 — 서울 청계초등학교 졸업. 대광중학교 입학.
1969년 — 대광고등학교 졸업. 연세대학교 국문학과 입학.
1973년 — 연세대학교 국문학과 졸업. 연세대 대학원 국문학과 입학.
1975년 — 연세대 대학원 국문학과 졸업(문학석사).
— 방위병으로 군 복무.
1976년 — 연세대 대학원 국문학과 박사과정 입학.
— 이후 1978년까지 연세대, 강원대, 한양대 등 시간강사 역임.
1977년 — 『현대문학』에 「배꼽에」 「망나니의 노래」 「고구려」 「당세풍의 결혼」 「겁(怯)」 「장자사(莊子死)」 등 6편의 시가 박두진 시인에 의해 추천되어 문단에 데뷔.
1979년 — 홍익대학교 국어교육과 전임강사로 취임. 1982년 조교수로 승진.
1980년 — 처녀시집 『광마집(狂馬集)』을 심상사에서 출간.
1983년 — 연세대 대학원에서 「윤동주 연구」로 문학박사 학위 받음. 학위논문 『윤동주 연구』를 정음사(2005년 개정판부터 철학과현실사)에서 단행본으로 출간.

1984년	- 연세대학교 국문학과 조교수로 취임. 1988년 부교수로 승진. - 시선집 『귀골(貴骨)』을 평민사에서 출간.
1985년	- 문학이론서 『상징시학』을 청하출판사(2007년 개정판부터 철학과현실사)에서 출간.
1986년	- 문학이론서 『심리주의 비평의 이해』를 청하출판사에서 출간.
1987년	- 평론집 『마광수 문학론집』을 청하출판사에서 출간. - 문학이론서 『시창작론』을 오세영 교수와 공저로 방송통신대학 출판부에서 출간.
1989년	- 에세이집 『나는 야한 여자가 좋다』를 자유문학사(2010년 개정판부터 북리뷰)에서 출간. - 시선집 『가자, 장미여관으로』를 자유문학사에서 출간. - 5월부터 『문학사상』에 장편소설 『권태』를 연재하여 소설가로서의 활동을 시작함.
1990년	- 장편소설 『권태』를 문학사상사에서 출간(2011년 개정판부터는 책마루에서 출간). - 장편소설 『광마일기』를 행림출판사(2009년 개정판부터는 북리뷰)에서 출간. - 에세이집 『사랑받지 못하여』를 행림출판사에서 출간.
1991년	- 1월에 이목일, 이외수, 이두식 씨와 더불어 서울 동숭동 '나우 갤러리'에서 〈4인의 에로틱 아트전〉을 가짐. - 문화비평집 『왜 나는 순수한 민주주의에 몰두하지 못할까』를 민족과문학사(재판부터는 사회평론사)에서 출간. - 장편소설 『즐거운 사라』를 서울문화사에서 출간. - 간행물윤리위원회의 제재로 출판사에서 자진 수거·절판됨.
1992년	- 에세이집 『열려라 참깨』를 행림출판사에서 출간. - 장편소설 『즐거운 사라』 개정판을 청하출판사에서 출간. - 10월 29일, 『즐거운 사라』가 외설스럽다는 이유로 검찰에 의해 전격 구속되어 서울구치소에 수감됨. - 12월 28일, 『즐거운 사라』 사건 1심에서 징역 8월에 집행유예 2년 판결을 받음.
1993년	- 2월 28일, 연세대학교에서 직위 해제됨.
1994년	- 1월에 서울 압구정동 다도 화랑에서 첫 번째 개인전을 가짐.

	유화, 아크릴화, 수묵화 등 70여 점 출품.
	-『즐거운 사라』 일본어판이 아사히 TV 출판부에서 번역·출간되어 베스트셀러가 됨.
	- 문화비평집『사라를 위한 변명』을 열음사에서 출간.
	- 7월 13일, '즐거운 사라' 사건 2심에서 항소 기각 판결을 받음.
1995년	- '즐거운 사라' 필화사건의 진상과 재판과정, 마광수의 문학 세계 분석 등을 내용으로 연세대 국문학과 학생회가 쓰고 엮은『마광수는 옳다』가 사회평론사에서 출간됨.
	- 6월 16일, '즐거운 사라' 사건 대법원 상고심에서 상고 기각 판결 받음. 동시에 연세대학교에서 해직되고 시간강사로 됨.
	- 철학에세이『운명』을 사회평론사(2005년 개정판부터『비켜라 운명아, 내가 간다』로 제목을 바꿔 오늘의 책)에서 출간.
1996년	- 장편소설『불안』을 도서출판 리뷰앤리뷰(2011년 개정판부터 제목을『페티시 오르가즘』으로 바꿔 Art Blue)에서 출간.
1997년	- 장편에세이『성애론』을 해냄출판사에서 출간.
	- 문학이론서『시학』을 철학과현실사에서 출간.
	- 문학이론서『카타르시스란 무엇인가』를 철학과현실사에서 출간.
	- 시집『사랑의 슬픔』을 해냄출판사에서 출간.
1998년	- 장편소설『자궁 속으로』를 사회평론사(2010년 개정판부터『첫사랑』으로 제목을 바꿔 북리뷰)에서 출간.
	- 3월 13일에 사면·복권되고 5월 1일에 연세대 교수로 복직됨.
	- 에세이집『자유에의 용기』를 해냄출판사에서 출간.
1999년	- 철학에세이『인간』을 해냄출판사(2011년 개정판부터 제목을『인간론』으로 고쳐 책마루)에서 출간.
2000년	- 장편소설『알라딘의 신기한 램프』를 해냄출판사에서 출간.
	- 7월에 이른바 〈교수재임용 탈락 소동〉이 국문학과 동료교수들의 집단 따돌림으로 일어나, 배신감으로 인한 심한 우울증에 걸려 3년 반 동안 연세대를 휴직함.
2001년	- 문학이론서『문학과 성』을 철학과현실사에서 출간.
2003년	- 강준만 외 5인이 쓴『마광수 살리기』가 중심출판사에서 나옴.

2005년	- 에세이집 『자유가 너희를 진리케 하리라』를 해냄출판사에서 출간.
	- 장편소설 『광마잡담(狂馬雜談)』을 해냄출판사에서 출간.
	- 6월에 서울 인사동 인사 갤러리에서 〈마광수 미술전〉을 가짐.
	- 장편소설 『로라』를 해냄출판사에서 출간.
2006년	- 2월에 일산 롯데마트 갤러리에서 〈마광수·이목일 전〉을 가짐.
	- 시집 『야하디 얄라숑』을 해냄출판사에서 출간.
	- 문학론집 『삐딱하게 보기』를 철학과현실사에서 출간.
	- 장편소설 『유혹』을 해냄출판사에서 출간.
2007년	- 1월에 〈색色을 밝히다〉 전시회를 서울 인사동 북스 갤러리에서 가짐.
	- 시집 『빨가벗고 몸 하나로 뭉치자』를 시대의창에서 출간.
	- 4월에 소설 『즐거운 사라』를 인터넷 홈페이지에 올렸다는 이유로 기소되어 벌금 200만 원 형을 판결 받음.
	- 7월에 미국 뉴욕 Maxim 화랑에서 〈마광수 개인전〉을 가짐.
	- 에세이집 『나는 헤픈 여자가 좋다』를 철학과현실사에서 출간.
	- 문화비평집 『이 시대는 개인주의자를 요구한다』를 새빛에듀넷에서 출간.
2008년	- 문화비평집 『모든 사랑에 불륜은 없다』를 에이원북스에서 출간.
	- 단편소설집 『발랄한 라라』를 평단문화사에서 출간.
	- 중편소설 『귀족』을 중앙북스에서 출간.
2009년	- 연극이론서 『연극과 놀이정신』을 철학과현실사에서 출간.
	- 소설집 『사랑의 학교』를 북리뷰에서 출간.
	- 4월에 서울 청담동 '갤러리 순수'에서 〈마광수 미술전〉을 가짐.
2010년	- 시집 『일평생 연애주의』를 문학세계사에서 출간.
2011년	- 장편소설 『돌아온 사라』를 Art Blue에서 출간.
	- 2월에 〈소년, 광수 미술전〉을 서울 서교동 '산토리니 서울' 갤러리에서 가짐.
	- 에세이집 『더럽게 사랑하자』를 책마루에서 출간.
	- 5월에 〈마광수 초대전〉을 서울 삼청동 연 갤러리에서 가짐.
	- 화문집(畵文集) 『소년 광수의 발상』을 서문당에서 출간.
	- 장편소설 『미친 말의 수기』를 꿈의열쇠에서 출간.

	- 산문집 『마광수의 뇌 구조』를 오늘의책에서 출간.
	- 장편소설 『세월과 강물』을 책마루에서 출간.
2012년	- 육필 시선집 『나는 찢어진 것을 보면 흥분한다』를 지식을 만드는지식에서 출간.
	- 3월에 〈마광수·변우식 미술전〉을 서울 인사동 '토포 하우스'에서 가짐.
	- 산문집 『마광수 인생론 : 멘토를 읽다』를 책읽는귀족에서 출간.
	- 장편소설 『로라』 개정판을 『별것도 아닌 인생이』로 제목을 바꿔 책읽는귀족에서 출간.

별것도 아닌 인생이

초판 1쇄 인쇄 | 2012년 11월 10일
초판 1쇄 발행 | 2012년 11월 20일

지은이 | 마광수
펴낸이 | 조선우
펴낸곳 | 책읽는귀족

등록 | 2012년 2월 17일 제396-2012-000041호
주소 | 경기도 고양시 일산동구 백석동 현대밀라트 2차 B동 413호
전화 | 031-908-6907
팩스 | 031-908-6908
홈페이지 | www.noblewithbooks.com
트위터 | http://twtkr.com/NOBLEWITHBOOKS
E-mail | idea444@naver.com

책임편집 | 조선우
표지 & 본문 디자인 | O-hoo
표지 그림 & 본문 일러스트 | 마광수

값 13,800원

ISBN 978-89-97863-10-5 03810

※ 잘못 만들어진 책은 구입하신 서점에서 바꿔드립니다.

이 도서의 국립중앙도서관 출판시도서목록(CIP)은
e-CIP홈페이지(http://www.nl.go.kr/ecip)와 국가자료공동목록시스템
(http://www.nl.go.kr/kolisnet)에서 이용하실 수 있습니다.
(CIP제어번호: CIP2012004985)